Der Aufstieg des Regisseurs Jakob Hersch von der gettoähnlichen jüdischen Subkultur Montreals in die halb bohemehafte, halb kapitalistische Kinowelt Londons vollzieht sich augenscheinlich ohne nennenswerte Schwierigkeiten. Dennoch bleibt er ein entfremdeter Jude, zerrieben zwischen der Generation derer, die, meist noch im Schtetl geboren, fraglos der orthodoxen Gemeinschaft angehört, und jenen jungen Leuten, die kiffen, Antibabypillen schlucken und ihr Judentum bestenfalls als frommes Familiensouvenir betrachten.
Herschs Schuldgefühle – weil er den Holocaust überlebt hat, weil er sich nicht gegen die Aggressionen frankokanadischer Antisemiten wehrt, weil er Israel, trotz dessen imperialistischen Sünden unterstützt – gipfeln in einem Traum: seinen Vetter Joey aufzuspüren, der angeblich den Selektionsarzt aus Auschwitz, Mengele, jagt. Joey wird für Jakob zum Rächer aller Naziopfer, zu einer Art moralischem Zensor, zum visionären *alter ego,* und Jakob begibt sich auf eine Reise, die, dank Richlers skurrilem Humor und seinem mitreißenden Sinn für Aberwitz zu einem furiosen Abenteuer wird.

Mordecai Richler, geboren 1931 als Sohn russischer Einwanderer in Montreal, gilt als einer der bedeutendsten zeitgenössischen Schriftsteller seines Landes. Geprägt von nordamerikanischer Realität und europäischer (jüdischer) Tradition, ist er für Kanada, was Philip Roth und Saul Bellow für die USA sind. Richler verbrachte viele Jahre in Europa und lebt heute wieder in Montreal.
Im *Fischer Taschenbuch Verlag:* ›Sohn eines kleineren Helden‹ (Bd. 11785) und ›Solomon Gursky war hier‹ (Bd. 11788).

Mordecai Richler

Der Traum des Jakob Hersch

Roman

Aus dem Englischen
von Gisela Stege

Fischer Taschenbuch Verlag

Veröffentlicht im Fischer Taschenbuch Verlag GmbH,
Frankfurt am Main, Januar 1996

Lizenzausgabe mit freundlicher Genehmigung
des Carl Hanser Verlags, München, Wien

Die Originalausgabe erschien 1979
unter dem Titel ›St. Urbain's Horseman‹

Gesamtherstellung: Clausen & Bosse, Leck
Printed in Germany
ISBN 3-596-11786-0

Gedruckt auf chlor- und säurefreiem Papier

ZUM BUCH

Im Jahre 1967, als vierhundertfünfzig Millionen Menschen hungerten und in England mindestens achtzehn Prozent dieser glücklichen Insulaner unter dem Existenzminimum vegetierten, als die Maxime der Gesellschaft Alkoholismus, Drogensucht und beginnende Gewalttätigkeit hieß, bekam Jakob Hersch, aus dem Haus David, fünfzehntausend Pfund dafür, daß er einen Unterhaltungsfilm *nicht* inszenierte, liebte er seine Frau auf frischen, sauberen Laken, schickte er seine Sprößlinge auf Privatschulen und machte sich Sorgen über sein Gewicht. Er beschwerte sich über sein träges Dienstmädchen. Er beklagte den Niedergang des traditionellen Berufsstolzes bei den britischen Handwerkern und den Anstieg der Rotweinpreise. Während die Reichen reicher, die Armen ärmer wurden, lebte Jakob Hersch in relativem Wohlstand. Wie es sein bester Freund so treffend ausdrückte: Wenn wir schon alle auf der Titanic sind, werden wir wenigstens erster Klasse untergehen.

Doch eines Tages sitzt Jakob Hersch zu seinem eigenen Erstaunen auf der Anklagebank im Old Bailey, von einem jungen deutschen Au-pair-Mädchen der Vergewaltigung (und noch schlimmerer Dinge) beschuldigt.

Dabei war Jakobs Leben alle siebenunddreißig Jahre lang in einer stetig aufsteigenden Linie verlaufen, von der menschenwimmelnden St. Urbain Street im Montrealer Getto bis zu seiner gegenwärtigen, durchaus beneidenswerten Position in London.

Zur Krise kommt es, als Jakob Hersch, ein Mensch unserer Zeit, vor Gericht gestellt wird – möglicherweise auch für seinen Lebensstil, so eindeutig vom Glück gesegnet im Gegensatz zu Cousin Joey, St. Urbains Reiter, der geheimnisvoll durch Jakob Herschs Träume geistert, einmal als Rächer in Paraguay auf den Spuren des berüchtigten Dr. Mengele vom Konzentrationslager Auschwitz,

ein anderes Mal bei den Internationalen Brigaden an den Ufern des Ebro oder im Jahre 1948 im Kampf um Jerusalem.
Dieser Roman bietet eine Fülle von komischen Szenen und großartigen Charakterzeichnungen. So etwa den Harry Stein, einen kleinen, rachsüchtigen Buchhalter mit haßerfülltem Blick in den Augen, einer von denen, die schmutzige Anrufe tätigen; oder Hanna, die Zeitungen verhökert und auf der niemals endenden Suche nach ihrem Sohn verdutzte Fremde anspricht; Cousin Joey, der mit achtzehn von zu Hause ausriß; Herky, Hersteller von Toiletten-Accessoires, der als Tourist bei Harrods verhaftet wird, weil er dort voller Begeisterung die Herrentoilette fotografiert; den geschäftstüchtigen Duddy Kravitz, dank »Dr. McCoy's Real Wate-Loss« auf dem besten Weg zu seiner ersten Million; und Ormsby-Fletcher, Jakob Herschs Rechtsbeistand, mit Bowlerhut, steifem Kragen und Cherub-Mund.

Vorbemerkung der Originalausgabe

Eine Erläuterung der in dem Buch häufig vorkommenden jüdischen Begriffe findet der Leser auf Seite 471 ff.

Für meine Frau Florence und meine Lektoren,
Bob Gottlieb und Tony Godwin

Sobald ein Jude auf einem Pferd sitzt,
hört er auf, Jude zu sein...

Jüdisches Sprichwort

Defenseless under the night
Our world in a stupor lies;
Yet, dotted everywhere,
Ironic points of light
Flash out wherever the Just
Exchange their messages:
May I, composed like them
Of Eros and of dust,
Beleaguered by the same
Negation and despair,
Show an affirming flame.

W. H. Auden

Personen

Jakob Hersch
Nancy, seine englische nichtjüdische Frau
Sammy, sein 7jähriger Sohn
Molly, seine 4jährige Tochter
Ben, das Baby
Mrs. Hersch, Jakobs Mutter
Issy, Jakobs Vater
Rifka, Jakobs Schwester
Herky, Rifkas Mann
Joey, Jakobs Cousin
Arty, Joeys Bruder, Jakobs Cousin
Hanna, Joeys und Artys Mutter, Jakobs Tante
Baruch, Hannas Mann
Jenny, Jakobs Cousine
Doug Frase, Jennys Mann
Luke Scott, Jakobs bester Freund, ein Möchtegernautor
Harry Stein, ein Gauner

Außerdem:
Duddy Kravitz, Ormsby-Fletcher, Oscar Hoffman, Ruthy, Ingrid, Pilar u. a. m.

ERSTER TEIL

1 Zuweilen überlegte Jakob, ob der Doktor, in Anbetracht seines zunehmenden Alters, mit offenem, schlaffem Mund schlief oder ob er ihn – was wahrscheinlich charakteristischer war – stets fest geschlossen hielt. Spielt keine Rolle. Auf jeden Fall würde der Reiter ihm die Goldfüllung mit der Kneifzange aus der dreieckigen Lücke zwischen den oberen Schneidezähnen reißen. ›Langsam‹, dachte Jakob, der, schweißgebadet, plötzlich aus dem Schlaf hochfuhr. »Er ist gekommen«, verkündete Jakob laut.
Neben ihm bewegte sich Nancy.
»Schon gut«, beschwichtigte Jakob sie leise. »Nur wieder mal der alte Traum. Schlaf weiter.«
Es hieß, der Doktor habe bewaffnete Leibwächter, etwa vier. Mit Sicherheit hatte er auch selber stets eine Waffe zur Hand. Vielleicht eine Dienstpistole unter dem Kopfkissen oder ein Sturmgewehr, das an der Wand lehnte, an der Wand seiner Villa mit den vergitterten Fenstern an einer ungekennzeichneten Straße im Dschungel zwischen Puerto San Vincente und der Grenzfestung von Carlos Antonio López am Paraná. ›Aber auch das spielt keine Rolle‹, dachte Jakob. ›St. Urbains Reiter wird ihn überrumpeln, bezwingen.‹
Jakob konnte nicht wieder einschlafen. Also schlüpfte er, um Nancy nicht zu stören, behutsam aus dem Bett, warf seinen Morgenrock über und zog den Bauch ein, um sich zwischen dem Bett und dem Baby in der Wiege hindurchzuzwängen.
Auf dem Dachboden, in seinem Adlerhorst, warf Jakob automatisch einen Blick auf die Wanduhr, die er auf die Zeit von Paraguay eingestellt hatte – auf die Zeit des Doktors. In Asunción war es jetzt 22.45 Uhr.
Also noch gestern.
Jakob blieb stehen und betrachtete seinen Schreibtisch, scheinbar

ein heilloses Durcheinander, für das geübte Auge jedoch ein genial konstruiertes System von Fallen. Die zweite Schublade rechts zum Beispiel, die so aussah, als sei sie aus Nachlässigkeit offen gelassen worden, ragte genau eindreiviertel Zoll aus dem Schreibtisch heraus. Der Luftpostumschlag, scheinbar absichtslos auf seinen Terminkalender geworfen, lag in einem präzisen Winkel von dreißig Grad zur Schreibtischlampe. Oder waren es sechzig Grad? Verdammt! Das Dumme an Jakobs abends zuvor so listig für seine Mutter gestellten Fallen war, daß er sich am folgenden Morgen nie an die entscheidenden Entfernungen und Winkel erinnern konnte und auch zu träge war, sie sich zu notieren. Den Blick abermals auf die zweite Schublade rechts gerichtet, meinte Jakob nun, er habe sie gestern abend möglicherweise um zweidreiviertel Zoll offen gelassen. Oder war das vorgestern abend gewesen?
Um vier Uhr früh begab sich Jakob in die Küche hinab, wo er sich einen Gin-Tonic machte und eine Romeo y Julieta anzündete. Der Flurspiegel fing sein Bild ein... Jakob rückte seine Kappe zurecht. Er schüttelte den Kopf auf das Zeichen des Fängers, bog sich, auf dem linken Bein stehend, weit zurück, trat nach hinten aus und warf. Herschs berühmter Scheißball. Unnachahmlich, niemals zu treffen. Wondrous Willie Mays holte aus, fehlte, und der Schiedsrichter brüllte: »Dritter Schlag!« ›Gut gezuckt‹, dachte Jakob. Schlecht für Red Smith, der ihn als Zugnummer angepriesen hatte.
Bis die Morgenzeitungen kommen, dauert es mindestens noch drei Stunden, dachte Jakob. Ich fahre lieber zur Fleet Street runter. Verdammt noch mal, nein! Jakob zog sich mit dem »Evening Standard« in das eichengetäfelte Wohnzimmer zurück; er tat, als hätte er keine Ahnung, was auf der letzten Seite stand, versuchte sich über das »Londoner's Diary« und »die Seite mit dem human touch« an sie heranzupirschen.

NICHT VERZAGEN! DAS POLIO-GIRL KANN KOCHEN

Seit fünfzehn Jahren wünscht sich Betty Ward, ihre Mahlzeiten eigenhändig kochen zu können. Und las voller Hoffnung, daß sich ihr Wunschtraum eines Tages erfüllen würde, in ihrer eisernen Lunge Kochbücher.

Nun kann sie dank einer der neuesten Hilfsapparaturen für Opfer der Kinderlähmung im Haus ihrer Eltern in Esher, Surrey, tatsächlich selber kochen. Mit einer an ihrer eisernen Lunge befestigten Fernsteuerung bedient sie eine Kochplatte samt Bratpfanne. Sie erklärt ihrer Mutter, welche Zutaten sie nehmen soll, und bedient dann die Kochgeräte, indem sie mit dem Kinn einen Schalter in verschiedene Positionen drückt.

»Meine erfolgreichsten Gerichte«, erklärt Betty, »sind Pfannkuchen und Koteletts.«

Die Story auf der letzten Seite mit dem Foto von ihm hatte Nancy herausgerissen. Der Kinder wegen. Capital Units war, wie Jakob las, wieder um einen Penny gefallen. Ebenso M. & G. Modesty Blaise saß schon wieder in der Bredouille, aber Tittenfotos gab es keine. Tintenschwarze Brustspitzen. Wider Willen wurde Jakob geil. Sollte er Nancy wecken? Nein; das Baby raubte ihr schon genug Schlaf. Er begann in den Regalen zu suchen, hielt Ausschau nach einem Buch mit erotischen Passagen, vielleicht einem Band »Traveler's Companion«, doch dann fiel ihm ein, daß sich alles, was Harry nicht stibitzt hatte, inzwischen als Beweisstück im Gerichtssaal Nummer eins befand. Genau wie seine Unterwäsche mit dem Y-Verschluß.

In der Tasche seines Morgenrocks fand Jakob eine Münze; er warf sie hoch, aber sie zeigte Kopf. Zweimal von drei Versuchen. Dann dreimal von fünf. Er ging in die Küche, um sich noch einen Drink zu holen. 4.14 Uhr; Viertel nach elf in Toronto. Wenn er dort wäre, würde er jetzt mit lieben Freunden bei Julie Poolbillard spielen oder in der Park Plaza Roof Bar etwas trinken, es genießen, daheim zu sein. Daheim in Kanada, in Ruhe und Frieden. In der Heimat, deren Staub sie vor zwölf Jahren mit so ungeheurer Begeisterung von den Füßen geschüttelt hatten. Tausende von Meilen Weizen. Sonst nichts.

Jakob erinnerte sich, wie er mit Luke an der Reling gestanden hatte, vom Champagner beflügelt, euphorisch, während Quebec City immer kleiner wurde und sie Kurs erst in den St. Lawrence und dann aufs Meer hinaus nahmen.

»Junge, Junge!« hatte Jakob gesagt. »Was wohl in Toronto passieren wird!«

»Aufregendes.«
»Und Montreal?«
»Ist in Veränderung begriffen.«
Zukunftsland damals, Zukunftsland heute. Und doch – und doch – fühlte er sich immer stärker von diesem Land in Anspruch genommen, vor allem im Herbst, und als er das letztemal den stillen St. Lawrence in Richtung Meer hinabgefahren war, hatte er mit einem Gefühl des Verlustes, ja der Entbehrung und Melancholie die Ansiedlungen auf den Klippen vorüberziehen sehen. Jede einzelne ihm unbekannt.
›Der Kreis ist geschlossen‹, dachte er.
Als Junge aus der St. Urbain Street hatte er sich – Gott möge es ihm verzeihen – wegen des jiddischen Akzents seiner Eltern geschämt. Jetzt, da er in Hampstead lebte, mokierte sich Sammy (und sicher bald auch Molly und Ben) über seine nasale Einwandereraussprache. ›Das ist der Preis, den ein Einwanderer bezahlen muß‹, dachte Jakob, als er Sammys unfertiges Popeye-Puzzle auf dem Tisch um ein paar Teile vervollständigte, die Karten holte und sich hinsetzte, um Patience zu spielen. ›Wenn ich gewinne‹, dachte er, ›werde ich freigesprochen. Verliere ich, heißt es ins Kittchen.‹
Mit einem Angstschauer, bei dem seine Hände zitterten, jawohl, in Großaufnahme zitterten (ähnlich der übertriebenen Ausdrucksform eines schlechten Regisseurs, dachte er, etwas, das er in einem Drehbuch niemals geduldet hätte), hörte Jakob wieder, wie der behäbige, väterliche Mr. Pound gestern im Gerichtssaal Nummer eins des Old Bailey mit der Anklage begonnen hatte.
ZOOMFAHRT auf Gerichtssaal eins, HALBTOTALE auf MR. POUND.
»Euer Lordschaft, ich habe hier einen Brief und mehrere Seiten eines Filmdrehbuchs, auf die ich in meiner Anklagerede Bezug nehmen muß. Dürfte ich sie jetzt bereits aushändigen und sie zu gegebener Zeit identifizieren?«
»Gut, Mr. Pound.«
»Euer Lordschaft, meine Damen und Herren Geschworenen«, begann er, über seine Lesebrille spähend, und legte ruhig seine Anklage dar, in der er erklärte, daß Hersch, »wie Sie alle noch hören werden, in jeder Beziehung wohlhabend ist, gebildet, nach der heutigen Ausdrucksweise ein ›Swinger‹, mit einer Bibliothek, die zum

Marquis de Sade tendiert, und Neigungen, zu denen unter anderem das Sportschießen gehört. Als erfolgreicher Filmregisseur bewegt er sich ständig in der Glitzerwelt glanzvoller Premieren, eleganter Restaurants und Spielcasinos. Die Wände seines Dachstuben-Arbeitszimmers sind mit Kriegsfotos von Naziführern und ihren Opfern bedeckt. Außerdem gibt es ein bewußt karikierendes Foto von Feldmarschall Montgomery. Obwohl er selber nicht reitet, hat er im Schrank einen Sattel sowie eine Reitgerte. Aber ich greife vor. Über diese Gegenstände werden wir später mehr hören. Vorläufig möchte ich Sie bitten, sich den Brief und die Drehbuchseiten anzusehen, die der Gerichtsdiener an Sie verteilt hat. Der Brief lautet:

> Mein lieber Sturmbannführer!
> Wie Dr. Goebbels ist es auch mir klar, daß Sie ein gewissenhafter Autor sind und unsere glorreiche Vergangenheit nicht verzerrt sehen wollen. Natürlich soll man als Sieger großzügig sein, doch hier im Ministerium herrscht einhellig die Meinung, daß wir uns nicht allzu sehr bemühen sollten, dieses perfide Albion reinzuwaschen. Andererseits ist Ihnen bekannt, daß wir niemals etwas gegen das englische Volk selbst hatten, sondern ausschließlich die verbrecherische britische Regierung bekämpften. Ihre Andeutung, wir suchten die Vergangenheit zu enthärten, da wir darauf bedacht seien, uns Sympathien in den befreiten Gebieten zu sichern, ist unzutreffend. Daher bitte ich Sie, Ihre Meinung zu revidieren und Ihrem in Arbeit befindlichen Drehbuch folgende Szene hinzuzufügen.
>
> Heil Hitler!
> JAKOB VON HERSCH

»Die Szenen, die ich Ihnen nunmehr vorlesen werde, setzen meiner Meinung nach voraus, daß unsere Insel, die Hersch in Freundschaft aufgenommen hat, im Zweiten Weltkrieg eine Niederlage erlitt und daß die Nazis uns besiegten. Die Szenen stammen aus einem Filmprojekt mit dem Titel ›Die braven Briten‹. Sie lauten folgendermaßen:

> GROSSAUFNAHME GENERAL ROMMEL.
> Hebt den Feldstecher an die Augen.
> SUBJEKTIVE KAMERA ROMMEL (DURCH DEN FELDSTECHER)
> 8. Armee in wilder Flucht durch die Dünen.

ROMMEL BS

Die armen Schweine. Kämpfen wie die Löwen, und werden von Eseln kommandiert.

AUSSEN. TAG. FERNAUFNAHME VON OBEN. DIE WÜSTE

Eine endlose Reihe braver Briten auf dem Rückzug.

AUSSEN. TAG. WÜSTE. IM BRITISCHEN KOMMANDOSTAND WEIT HINTER DEN FEINDLICHEN LINIEN

Britische und amerikanische Fotografen drängen sich um GENERAL MONTGOMERY, um Aufnahmen von ihm zu machen, während der Maskenbildner ihm Schmutz auf die Wange tupft und andere weiter hinten Wüstenstaub lostreten, um Explosionen zu simulieren.

GEGENEINSTELLUNG

Die kampfmüden braven Briten lächeln zynisch.

INNEN. TAG. MONTYS HQ

Im Bild die betörend schöne, doch eindeutig sadistische MAJOR MARY POPPINS, offensichtlich eine WREN

SUBJEKTIVE KAMERA MAJOR POPPINS

...MONTY umklammert seinen TEDDYBÄREN, wiegt sich im Sessel hin und her, Daumen im Mund.

MAJOR POPPINS

Du mußt sie hier aufhalten, Monty. Weiter dürfen sie nicht kommen.

MONTY, ein Wrack, zuckt die Achseln...

KAMERA ZURÜCK auf zwei MI5-TYPEN, die Haltung annehmen. Sie tragen beide Bart und Käppchen.

MAJOR POPPINS

Ich erwarte ihn um 14.00 Uhr im ›Kinderzimmer‹.

ÜBERBLENDEN AUF:

INNEN. TAG. EIN KERKER

umgebaut zum Kinderzimmer. MONTY, auf den Knien, nackt bis zur Taille. Verängstigt, aber erregt, als MAJOR POPPINS eintritt, bekleidet nur mit Schwesternhäubchen, BH, Korsett und Knöpfstiefeln.

MONTY

(eifrig plappernd)

Berni war böse.

Sofort beginnt MAJOR POPPINS ihn auszupeitschen. Klatsch

MONTY

Ja! Ich hab's verdient. Tante... Arggh!... Aufhören! Bitte, Tante... Argggh!... Ich will ja brav sein... Ich werde den Truppen Befehl zum Eingraben geben. Bitte, Tante.

Aber sie ist sexuell zu erregt, um jetzt noch aufhören zu können.

INNEN. TAG. EIN SCHLAFZIMMER

MAJOR POPPINS, immer noch im Strafanzug, greift zum Telefon.

MAJOR POPPINS

(ins Telefon)

Geben Sie mir Moskau. KGB Hauptquartier. Bitte den Genossen Beria.

(Pause)

Shalom, Labish. Hier Malka. Sagen Sie Zukie, er kann aufhören zu zittern. Sie werden Rommel hier noch eine Weile aufhalten.

Als sie auflegt, die jüdischen Lippen feucht vor sexuellem Verlangen, KAMERA ZURÜCK auf...

...eine Reihe kampfmüder, finster dreinblickender junger OFFIZIERE, Cambridge Blues, mit bloßem Oberkörper an der Wand aufgereiht, von zwei MI5-TYPEN bewacht.

MAJOR POPPINS

(mit wogendem Busen)

Mmmmmm...

SCHWENK über die blonden, jungen OFFIZIERE bis zu dem, der am arischsten wirkt.

MAJOR POPPINS

...den da können Sie für mich waschen, und reiben Sie ihn mit Hühnerfett ein...

Als der Offizier voll Abscheu protestieren will, tritt einer der beiden MI5-TYPEN auf ihn zu.

MI5-TYP

Nun, Lord Tottenham, gehe ich recht in der Annahme, daß Ihre Frau mit Ihrem Kind noch in Belgravia wohnt?

GROSSAUFNAHME LORD TOTTENHAM

Hoffnungslos.

2

Sammys Schultasche hing am Knauf der Küchentür. Drinnen fand Jakob ein Schulheft, einen verschrumpelten Apfel, zwei Pennies, eine Anstecknadel vom Puffin Book Club und eine Kamera-Pistole à la ›Solo für O.N.K.E.L.‹. Zu seiner Bar Mitzwa, dachte er, auf gar keinen Fall Füllfederhalter. Statt dessen seine erste Spardose. »Heute bist du ein Mann geworden, *bubele*. Also schieß los.« Oder eine Injektionsspritze. Jakob nahm ein frisches Blatt Papier und schrieb:

AGENT S AN SAMMY
DRINGEND. WIDERRUFE LETZTE NACHRICHT. SOFORT PLAN XH5 EINLEITEN.

DER BEFEHLSHABER

PS. DIE AGENTEN DES BEFEHLSHABERS LIEBEN IHRE VÄTER.

Er schob das Blatt in Sammys Schulheft, ärgerte sich plötzlich über sich selbst und zog es wütend wieder heraus. Laß den Jungen doch in Ruhe, mach dich nicht lustig über ihn! Jakob knüllte das Blatt zu einem Ball zusammen, wich geschickt dem anstürmenden Wilt Chamberlain aus und beförderte das Geschoß mit einem Rückhandwurf in den Mülleimer.
Ein weiterer Korbtreffer.
Als er wieder im Wohnzimmer war, erfüllte ihn der Anblick der Bücherregale mit Müdigkeit. Bücher, in Montreal gekauft. Bücher, in Toronto gekauft. Bücher, in London gekauft. Entsetzlich teure Kunstbände, für Nancy gekauft, als er hinter ihr her war, und seitdem kein einziges Mal mehr aufgeschlagen.
»Die Ehe ist eine miese, bürgerliche Institution. Sie stinkt. Ich gehe mit der Zeit, weißt du. Aber unsere Ehe, Nancy, würde etwas Besonderes sein. Ein Fels in der Brandung.«
Bücher, von Land zu Land, von Wohnung zu Wohnung, übers Meer mitgeschleppt, verpackt und wieder ausgepackt, und immer noch weitgehend ungelesen. Auf Nancys Schreibtisch lag ein Brief von Mill Hill, Sammys Schule. Im nächsten Semester würde er eine Cricket-Ausrüstung brauchen. Innerhalb von drei Generationen vom fuchsschlauen zum fuchsjagenden Juden. Und was kam dann? Lord Hersch von St. Urbain?
Wieder den Bücherregalen zugewandt, griff Jakob nach Hugos »Spanisch im Selbststudium«, einem Band mit Eierflecken, und erinnerte sich mit einem Stich Wehmut an seine Villa auf Ibiza. Das muß jetzt mindestens zehn Jahre her sein, überlegte er beunruhigt. Vor zehn Jahren, als die Zeit noch keine Rolle spielte, konnten noch alle Ambitionen verwirklicht werden, und irgendwann nach Mitternacht entdeckte ihn Guillermo in der Bar des Hotel Bristol.
»*Vámonos*«, sagte er.
Sie holten die Mädchen aus Rositas Freudenhaus sowie einige

Fischer ab und fuhren weiter zu Guillermos Wohnung im obersten Stock des höchsten Gebäudes am Hafen. Während die anderen dort warteten, fuhr Guillermo mit Jakob zu seiner Klinik, sie schlichen auf Zehenspitzen an den schlafenden Patienten vorbei, öffneten eine Kiste Champagner und kehrten, mit Flaschen beladen, zu Guillermos Wohnung zurück. Die meisten anderen hatten sich bereits ihrer Kleider entledigt. Ein nackter Gitarrist hatte sich einen verschwitzen rosa BH wie ein Häubchen um den Kopf geknotet und tanzte auf dem Tisch. Ein Pärchen kopulierte auf dem Fußboden. Jakob drehte sich beunruhigt zu Guillermo um, der jedoch nicht im geringsten erschüttert war. Er riß sich das Hemd auf, daß alle Knöpfe flogen.
Im Handumdrehen lagen sie alle auf dem Teppich. Wälzten sich keuchend. Ein sich windendes, riechendes, feuchtes Gewirr von Beinen, Armen, Brüsten, Zungen. Mädchen stöhnten, kreischten und riefen nach ihren Müttern; Männer lachten, klatschten mit der flachen Hand auf Popos und fluchten laut. Jakob war schwindlig vom Alkohol. Er war hochrot und zutiefst verlegen. Dann ging ihm auf, daß dies tatsächlich eine Orgie war, daß er daran teilnahm, und er geriet in Begeisterung. Das nenne ich Leben, Yankel! Freies, trotzig-aufregendes Leben. Er zog sich aus und grabschte halbherzig, unbestimmt nach dem Körper neben ihm, als ihn ein feuchtes, stinkiges Bein an der Wange traf. Ein Bein, dann ein zweites legten sich um seinen Hals. Arme zwangen seinen Kopf auf eine sich windende, naßglänzende Vagina zu. Gegen Übelkeit ankämpfend, machte Jakob sich los, schlüpfte in seine Hose und setzte sich auf einen Barhocker. Er trank langsam, sein Kopf schmerzte, und unten auf dem Fußboden verschlangen, wälzten und wanden sie sich weiter. Küssen, Saugen, Schlecken, Eindringen. Was ist mit mir los? dachte Jakob. Was stört mich eigentlich? Wenn ich dies in einem Film über das inhaltsleere Leben der Reichen oder in einem Tatsachenbericht über Suburbia sähe, würde ich vor Neid platzen, doch nun, da ich es persönlich erlebe... Jakob nahm eine Flasche Champagner und trat auf die Terrasse hinaus, um den Sonnenaufgang zu betrachten. Die Mittelmeersonne. Spanien. Verschmutzte Fischerboote kamen in den Hafen getuckert. Möwen kreisten hungrig am Himmel oder schaukelten neben den Booten auf dem

schimmernden, grünen Wasser. Bewahre dir diese Erinnerung, dachte Jakob, pflege sie, und kam sich sehr gettobefreit, sehr hemingwayisch vor, als er die Flasche an den Mund setzte, sie leerte und ins Meer schleuderte. Gleich darauf wurde ihm schlecht.

Hören Sie, Euer Lordschaft. In diesem Gerichtssaal wird alles verdreht. Jakob Hersch ist kein Sexfanatiker. Ich habe Respekt vor Institutionen. Ich bin ein durch und durch anständiger Mensch. Einer, der große Reden schwingt, aber ein Feigling. Sogar in Paris bin ich Kanadier geblieben. Ich habe Haschisch gepafft, doch inhaliert habe ich nicht.

Richter Beal ist ein Furz. Gewiß, Mr. Hersch, würde er sagen. Gewiß.

5.30 Uhr. Jakob warf sich in seinen Sessel, wühlte in einem Stoß Zeitschriften und stieß auf eine alte Ausgabe der »Times«.

MEDIZIN

Wie man den Krebs überlebt

Eine ganze Generation ist herangewachsen, seit William Powell das Idol der Nachmittagsvorstellungen und berühmt war für seine chevalereske Weltgewandtheit in »Thin Man«, »The Great Ziegfeld« und »My Man Godfrey«. Von den heutigen Kinobesuchern kennt ihn kaum einer. Weiniger erstaunlich als sein verblassender Ruhm jedoch ist die Tatsache, daß der Schauspieler noch lebt. Letzte Woche feierte Powell in Palm Springs, Kalifornien, den 25. Jahrestag seiner Operation an einem Mastdarmkrebs. Und sprach mit derselben ruhigen Gelassenheit, die ihn zum Leinwandstar gemacht hat, ganz offen über die Krankheit und eine Behandlung, von der die meisten Patienten und ihre Anverwandten lieber schweigen, weil sie ihnen zu peinlich ist.

›Im März 1938 begann ich aus dem Rektum zu bluten‹, berichtete er. ›Der Arzt fand eine Krebsgeschwulst, kleiner als der Nagel des kleinen Fingers, drei bis vier Zoll weit in meinem Rektum. Man empfahl eine Entfernung des Afters. Dann würde man eine Kolostomie machen, und ich würde mich bis an mein Lebensende durch einen künstlichen Ausgang in einen Beutel entleeren müssen. Ich glaubte das nicht durchstehen zu können. Aber der Arzt meinte, in meinem speziellen Fall könnte er mir eine Alternative bieten: vorübergehende Kolostomie und Strahlenbehandlung. Ich stimmte zu.‹

> Die Chirurgen machten einen Einschnitt in Powells Bauchdecke, holten einen Teil des Mastdarms heraus und durchtrennten ihn. ›Von da an‹, erklärte Powell, entleerte sich die Kotsubstanz in einen Beutel, den ich an der Taille trug.‹

Atemlos übersprang Jakob den Text bis zum Ende der Seite.

> Nur selten wird ein Fall von Mastdarmkrebs so rechtzeitig entdeckt, daß man ihn so behandeln kann wie bei Powell. Der Schauspieler meinte dazu schlicht: ›Ich habe eben Glück gehabt.‹

Scheißkerl. Als Jakob Dr. O'Brien wegen seines eigenen Darmblutens konsultierte, hatte der ihm bloß gesagt, keine Angst, alter Freund, das sind nur Hämorrhoiden. Selbstverständlich, alter Freund, nur hatte O'Brien, während Jakob sich in diesem Eiskeller von Behandlungsraum die Hosen hochzog, hinter seinem Rücken wahrscheinlich zu der Sprechstundenhilfe gesagt: »Kennen Sie diesen netten Mr. Hersch?«
»Meinen Sie den mit dem nicht herabgestiegenen Hoden?«
»Genau. Also, ich hoffe nur, daß er gut versichert ist. Sinnlos, ihn aufzuschneiden. Vollkommen verseucht.«
Jetzt stand Jakob splitternackt, mit weit gespreizten Beinen rücklings vor dem Flurspiegel, bückte sich, bis ihm der Kopf zwischen den Knien hing, und suchte seinen After nach Krebsanzeichen ab. Nichts, soweit er sehen konnte, keinerlei Verdickungen. Dann erinnerte sich Jakob, wie Gas Berger seligen Angedenkens eines Morgens den Arm gehoben hatte, um sich zu rasieren, und da saß dieser überflüssige, kleine Knoten oberhalb des Ellenbogens. Adieu, Gas. Jakob untersuchte sämtliche verstecken Körperstellen, rieb, zwickte, kniff und tätschelte, um verräterischen Knoten und Schwellungen auf die Spur zu kommen, konnte aber nirgends etwas entdecken. Nirgends etwas Sichtbares. Eher argwöhnisch als erleichtert begab er sich in die Küche, um sich noch einen Drink zu holen, entschied sich dann jedoch dagegen und für einen Orangensaft und joggte dreimal um den Küchentisch.
Abermals fing der Flurspiegel Jakobs Bild ein, und diesmal dribbelte er den Puck mit dem Schläger bis ins Wohnzimmer, lockte Johnny Bower aus seiner Position, indem er ihm einen Schuß vorsetzte, und schob den Puck dann behutsam ans Netz zurück, damit

der Junge übernehmen konnte. Natürlich mußte der Kleine patzen, und Jakob umrundete das Netz, um den Puck per Rückstoß hineinzubefördern. Ohne zur Bank hinüberzusehen, wußte er, daß Toe lächelte, innerlich lächelte, während er zu den anderen sagte: »Dieser alte Hundsfott – wenn er will, kann er immer noch ganz groß hinlangen!«

Wenn nicht Lungenkrebs, dann ist es bestimmt ein Flugzeugabsturz.

ÜBERBLENDEN AUF:

GROSSAUFNAHME: ABGERISSENER PUPPENKOPF INMITTEN ZERFETZTER METALLTEILE UND RAUCHENDER TRÜMMER

KAMERA ZURÜCK

AUSSEN. TAG. EIN BERG. LABRADOR

Sonne, Himmel, Wolken. Gipfel... Ein Kolibri... SCHWENK AUF... zerfetzte Tragflächen. Herausgeschleuderter Motor und Leitwerk. Leichen unter Decken. Kleinere Brände hier und da, die gerade gelöscht werden. POLIZISTEN, die zwischen den Trümmern umhergehen.

GROSSAUFNAHME: JAKOBS AUGEN

KAMERA VOR

Sie haben so vieles gesehen und erkannt. Jetzt sind sie tot, blicklos.

STOP AUF EIN AUGE

MUSIK: Orgiastisch

GROSSAUFNAHME: NANCY schlüpft mit einem Ausdruck sinnlicher Erwartung aus ihrem Halbunterrock.

KAMERA ZURÜCK

INNEN. TAG. HERSCH-SCHLAFZIMMER

NANCY tummelt sich im Bett mit JAKOBS BESTEM FREUND. Beide nackt.

JAKOBS BESTER FREUND (LUKE)

(hebt sein Champagnerglas)

Na, dann auf ihn. Hoffentlich amüsiert sich der *schmock* gut in Kanada.

GROSSAUFNAHME TELEFON

Schrillt unheilverkündend.

MUSIK: JAKOBS Thema. Sehr klar, erhaben.

NANCY löst ihre Brüste aus den Händen von JAKOBS BESTEM FREUND

GROSSAUFNAHME: NANCY

Nimmt den Hörer ab.

Kummer. Stumpfer Schmerz. Ihr wird klar, *zu spät*, daß sie einen Menschen wie ihn (JAKOB) niemals wiederfinden wird.

Oder meine Schrumpfleber versagt. Oder Raubüberfall mit Körperverletzung. Oder bereits einsetzende DDT-Vergiftung. Oder mein Rücken, dachte Jakob, denn seine Bandscheibe machte ihm wieder zu schaffen. Oder mein Herz. Als er nach seinem Puls tastete, entdeckte er, daß er raste, hämmerte, ein Anzeichen für akute Tachykardie oder, Himmel, Herzneurose (oder unregelmäßige Herzfunktion oder Ermüdungserscheinungen des Herzens), Symptome, die bei übermäßigem Streß auftreten, also Palpitation, Kurzatmigkeit, schnelle Ermüdung, Depressionen und Reizbarkeit. Verdammt. Es kam Jakob durchaus vernünftig vor, das heißt, er konnte sich mit dem (traurigen, unausweichlichen) Tod anderer abfinden, aber er konnte nicht verstehen, warum sie unbedingt ihn wollten.
6.10 Uhr. Jakob ging ins Wohnzimmer, öffnete die Fenstertüren und trat auf die Terrasse und in den Garten hinaus. Durch den Maschendrahtzaun entlang der Südgrenze des Gartens konnte er das frisch bepflanzte Rhododendronbeet der »alten Dörrpflaume« sehen. Die Schlafzimmervorhänge der »alten Dörrpflaume« waren geschlossen. Gut, gut. Jakob füllte einen Eimer mit Wasser, trug ihn zum Treibhaus, schüttete Kalk ins Wasser, rührte und leerte den Eimer in den Tank seiner Spritzpistole. Dann tat er, als gieße er das Dahlienbeet auf seiner Zaunseite, richtete den Strahl todbringender Kalklösung jedoch durch den Zaun auf die Rhododendren der »alten Dörrpflaume«. Selbst wenn sie ihn durch die Schlafzimmervorhänge beobachtete, würde es so aussehen – hoffte er –, als behandele er seine eigenen Pflanzen mit flüssigem Dünger. Britisches Miststück! Der würde er's schon zeigen – giftige Briefe über den Lärm zu schreiben, den seine unerzogenen amerikanischen Kinder angeblich im Garten machten!
Im Haus goß Jakob sich eine Tasse Pulverkaffee auf. 6.30 Uhr. Zeit für die Inventur.
Sie begann gut, ritualistisch gut. Du hast eine hinreißende Frau. Drei Kinder. Du wirst geliebt. Trotzdem ist es dir gelungen, ein entfremdeter Jude zu bleiben. Modisch häßlich. Mit deinen sieben-

unddreißig Jahren jedoch bist du dir selbst eine Enttäuschung, eine Niete, und-und-und- verzweifelt suchte er das Rad anzuhalten, da er eine Hinwendung zur Katastrophe ahnte, aber es war zu spät. Und wenn er die Dinge objektiv betrachtete, mußte er zugeben, daß es andere Männer auf der Welt gab, die talentierter waren – nein, nein, nein, die angeblich talentierter oder größer oder reicher oder besser im Bett waren als er, nicht etwa, daß er so dämlich wäre, einen von ihnen ins Haus zu lassen. Immerhin konnte man seine Frau nicht ewig mit Scheuklappen herumlaufen lassen. Es gab stets diese schmeichelhaften Artikel über den neuesten Golden Boy, die sie, die Beine gekreuzt, daß der Rock bis übers Knie hochrutschte, im »Observer« lesen konnte. Oder die Siegertypen wie Luke, die auf den Parties brillierten. Sie strahlend sanft und duftend in einer von diesen busenhebenden Mary-Quant-Kreationen dasitzend, während Mr. Stielauge nicht von ihrer Seite wich und Jakob zischte: »Der ist doch schwul! Das sehe ich auf den ersten Blick.« Oder der augenblickliche Mr. Dingsda, um den man sich auf dem Fernsehschirm bemühte. Wie er sie verabscheute, diese schillernden Leute, die in Fernseh-Jurorenteams vor Selbstsicherheit nur so strotzten. Oder die einmal pro Woche eine lustige Kolumne runterschreiben konnten. Oder die klare, oppositionelle Ansichten über alles und jedes vertraten. Während sie in ihrem Kaftan zusah, wie der strahlende Mr. Dingsda der ganzen Welt und seiner Frau Augen machte und Jakob vor dem Fernseher auf und ab hüpfte. »Der redet doch Blödsinn!«

Noch schlimmer (doch unausweichlich): Luke, der sich in der Frost-Show sonnte. Mr. Fat Cat trifft Bugs Bunny.

»Ob Kanada langweilig ist? Nun, sagen wir es lieber so, David. Andere Leute finden es langweilig. Mein Freund Jakob Hersch... Sie wissen doch«, unterbrach er sich sozusagen in Klammern, »der Fernseh- und Filmregisseur...«

Frost, der eindeutig nichts wußte, nickte erwartungsvoll.

»...erzählt gern die Geschichte von dem New Yorker Verleger, der sich einen Spaß machte, indem er eine Liste von zehn Büchern für eine neue Firma aufstellte, die pleite gehen sollte. Den ersten Platz auf der Liste der Unlesbaren nahm ein Buch mit dem Titel ›Kanada, unser freundlicher Nachbar im Norden‹ ein.«

Sodann verschreckte Luke das Publikum im Studio, indem er eine Szene aus den »Braven Briten« vorlas.
Ich scheiß auf dich, alter Freund! Bei der Erinnerung schenkte Jakob sich einen Drink ein. Es ist zu kompliziert, das Leben ist zu verdreht für mich, dachte er. Es hat schon zuviel Verrat gegeben.
Wieder im Arbeitszimmer, ließ Jakob sich mit schmerzender Bandscheibe auf dem Fußboden nieder.

> Euer Lordschaft, bitte hören Sie mich an. Schicken wir doch diese teuren Anwälte weg, die der Königin und meine. Sagen Sie den Geschworenen, sie könnten nach Hause gehen. Besprechen wir die Angelegenheit von Mann zu Mann.

Gewiß, Mr. Hersch. Gewiß.
Der Richter verstand ihn nicht. Niemand verstand ihn. Nicht einmal Nancy. Natürlich erlitt Jakob Qualen, Gewissensbisse, Angstanfälle, aber es gab auch Zeiten, da alles gut lief, und die beunruhigten ihn mehr als die Aussicht auf zwei Jahre Gefängnis, na, sagen wir eines. In Jakobs Abwesenheit würden seine Freunde die Familie unterstützen und sich dabei großartig vorkommen. Langsam, geschickt würden seine Wertpapiere Kapital und Einkommen akkumulieren, wie es die verlockenden Werbetabellen versprochen hatten. Und wenn er dann wieder draußen war, würden ihn anständige Menschen mit Rührung betrachten (wieder schlank geworden, graumelierte Schläfen), weil er Unrecht erlitten hatte. Der Sacco der sexuellen Revolution. Leckere Mädchen würden seinetwegen auf Parties feuchte Höschen bekommen. Ohne Erfolg.
»Nein, Kindchen. Das ist es nicht. Du bist wirklich schön. Jung. Knackig. Eine *mechaje*, würde ich sagen. Aber ich bin nicht der Typ, der sein schwer erkämpftes Glück, seine Frau, seine Kinder, sein Heim für das Vergnügen eines Nachmittags aufs Spiel setzt. Ich werde einfach hier stehenbleiben und tropfen.«
Bestimmt würde man ihn auch bitten, einen Dokumentarfilm über das Gefängnisleben zu drehen. Handkameras, auf Sprung geklebt. Alte Knastbrüder, die Köpfe diskret im Schatten, nahmen kein Blatt vor den Mund. »Was heißt hier obszön? Briefmarken sammeln darf man ungestraft. Bei mir sind es eben Suspensorien. Ich bin ein Sackschmecker. Das ist eben meine Art zu lieben, und dafür

muß ich nun zwanzig Jahre in dieser Zelle verrotten. Wissen Sie, was obszön ist? General Westmoreland. Die CIA. Industrialisierter Ackerbau!« Aufrüttelnde, zum Nachdenken anregende Themen würden zur Sprache kommen. *Très* hart, sehr *cinéma vérité*.

ÜBERBLENDEN AUF

SCHLUSSTITEL ›INSASSEN‹ EINGEBLENDET AUF ABWASSER, DAS IN EINE GEFÄNGNISKLOAKE LÄUFT.

KAMERA VOR AUF SYMBOLTRÄCHTIGES KLOAKENGITTER

HERSCH (Off-Kommentar)

Ich habe diesen FIlm geschrieben, produziert, inszeniert und geschnitten. Ich habe außerdem die Protestlieder komponiert und gespielt und den Text gesprochen. Mein Name ist...

(Pause; dann, bescheiden)

...Jakob Hersch.

Leute, die ihn fallengelassen hatten, würden ihn vermutlich wieder einladen. »Sie hätten Hersch damals erleben müssen. Er war so redelustig, ein so fröhlicher Mensch, aber jetzt... Sobald er den Mund aufmacht, kommt ein Aphorismus heraus.« Würde er jedoch freigesprochen, würden sie sagen: »Hätte man sich ja denken können, daß sie den laufenlassen, diesen Arsch! Jetzt haben sie Harry Stein zum Prügelknaben gemacht.«
Nein.

3

Mit seinem mitleidigen Kolonistenherzen, schwer tragend an Kriegsschuldgefühlen, hatte sich Jakob, als er vor zwölf Jahren nach London gekommen war, überall nach dem *Blitz* erkundigt. »Wie sehr müßt ihr gelitten haben...« Alle sprachen jedoch sehnsüchtig vom *Blitz*. »Damals waren die Menschen wenigstens noch freundlich.«
Nur Harry, sein Mitangeklagter, sprach voll Erbitterung über den *Blitz*.
Bei dem Wort »evakuiert« stand Jakob sofort das Bild der herzigen Margaret O'Brien vor den kanadischen Augen, wie sie sich, eine groteske Puppe in der Hand, in die Ecke eines ausländischen – typisch englischen – Bahnhofs drückte, nur um von Robert

Young und Dorothy McGuire erlöst zu werden, Eltern, um die man sie beneiden konnte, weil sie nämlich, im Unterschied zu Jakobs Eltern, weder bei Tisch rülpsten noch nörgelten.
Ach, wenn man doch nur ausgebombt wäre, träumte Jakob damals oft, und als Waise von MGM adoptiert würde! Der widerborstige Harry Stein hatte jedoch ganz andere Erfahrungen gemacht. Noch ehe die Luftwaffe damals zuschlug, hatte man den zehnjährigen Harry, struppig und von Gerstenkörnern geplagt, aus seiner Grundschule in Stepney herausgerissen, ihm eine Karte umgehängt, eine Gasmaske verpaßt und ihn in einen Zug verfrachtet, der von kreischenden Müttern mit ihren Babys, von anderen Slumkindern (einige mit eiternden Schwären bedeckt, weit mehr jedoch völlig verlaust) und hektischen Lehrern überquoll; in einen Zug ohne Essen, mit unzureichenden Toiletten, alle überflutet, der Fußboden glitschig; um schließlich an einem Bahnsteig in der Wildnis von Buckinghamshire ausgeladen zu werden, wo verdrossene Einheimische, entsetzt über diese urbane Pestilenz in ihrer Mitte, sich dennoch versammelt hatten, um ihre Wahl zu treffen.
»Das war verdammt wie an der Selektionsrampe«, berichtete Harry gern. »Statt Eichmann jedoch warteten Bauern und Geschäftsleute, um uns zu betasten und sich die stärksten Jungen, die vielversprechendsten Arbeitskräfte herauszusuchen. Und unbeschreibliche alte Schachteln, die alle die Mädchen haben wollten, die für sie die besten und unbezahlten Dienstboten abgeben würden.«
Aufsässig und verwildert, gehörte Harry natürlich zu den Unerwünschten, die auch nach der zweiten Auswahlrunde noch zitternd in der Kälte herumstanden und schließlich von einem gereizten Zuweisungsbeamten einer zu spät gekommenen Familie aufgezwungen wurden.
»Die starrten mich an, als würde ich ihr Silber stehlen oder auf ihren Teppich scheißen.« Harry wurde sofort in die Badewanne gesteckt und dann in einer ungeheizten Dachkammer untergebracht, obwohl auch einladendere Zimmer leerstanden. Er rächte sich jedoch dafür, indem er in die Bibliothek schlich und aus der Erstausgabensammlung des reaktionären alten Scheißers eine Seite um die andere herausriß. Und triumphierend ins Bett pinkelte.
»Du hast wohl geglaubt, der Krieg wäre ein Spaß gewesen, wie?

Die Cockneys wären nach dem Angriff mit einem Scherzwort auf den Lippen aus den Trümmern hervorgekrochen. Und Churchill wäre durch die zerbombten Straßen gestiefelt und hätte gefragt: ›Haben wir den Mut verloren?‹ Woraufhin die Arbeiter zackig die Hand an die Stirnlocke gelegt und laut gerufen hätten: ›Nein!‹«

Unklugerweise versuchte Jakob einmal, Harry durch Spott aus seiner negativen Stimmung herauszureißen. »Bei Jehova, Herschel«, sagte er, Harrys jiddischen Namen benutzend, »du enttäuschst mich sehr. Ich hätte mir so gern vorgestellt, daß du den Krieg in Greyfriars überlebt hättest, wenn auch nicht so feudal wie die Bolshy vom Remove. Intim mit Harry Wharton und Billy Bunter, dennoch aber eintretend für die Proles und die *nignogs*. Direkt am Ball, Herschel, um Fischer T. Fish und den anderen Burschen zu zeigen, was 'ne Harke ist, im Herzen stolz auf die alten, grauen Mauern...«

Harrys Aufenthalt in Buckinghamshire fand ein vorzeitiges Ende, und er wurde, wie so viele andere Kinder vom East End, rechtzeitig für den *Blitz* nach Stepney zurückgeschickt, wo sein Vater, kein Churchill-Verehrer, sondern eifriges Mitglied des Left Book Club, ihn mit hinausschleppte, damit er sich die vielen antisemitischen Manifestationen ansah, von den Wänden, die mit Parolen wie »Dies ist ein jüdischer Krieg« beschmiert worden waren, bis zu dem Plakat mit der Aufschrift

EUER MUT
EUER FROHSINN
EURE ENTSCHLOSSENHEIT
WERDEN UNS
DEN SIEG BRINGEN

von Mosley-Anhängern abgeändert in »WERDEN DEN JUDEN DEN SIEG BRINGEN«.

Während Jakob in Montreal nach Kaugummibildchen Stukas erkennen lernte und voller Begeisterung in »Carry on, Canada« erfuhr, daß der Flotte, als Churchill auf seinen Posten als Erster Lord der Admiralität zurückkehrte, das Signal durchgegeben wurde: »Winston ist wieder da«, sah Harry, wenn er in Stepney zum Himmel aufblickte, Feuerschein und stürzte sich ins Gewühl der Men-

schen, die sich vor den Gittern der U-Bahn-Station Liverpool Street drängten, wo er während des *Blitz* fast allnächtlich Unterschlupf fand.
Während Jakob mit Vater und Mutter, Tanten und Onkels vor dem Radio saß und zuhörte, wie der große Mann sagte: »Darum wollen wir uns auf unsere Pflicht konzentrieren und uns so verhalten, daß man, sollte das britische Empire und Commonwealth tausend Jahre überdauern, stets sagen kann: ›Das war unsere größte Stunde‹«, wechselte Harry, auf der Suche nach etwas Neuem, von »Mickey's Shelter« zum stinkenden Tilbury über, wo man hinter der dunklen Tunnelbiegung entweder den Reißverschluß öffnete, um an die Wand zu pinkeln, oder sich niederhockte, um sein Geschäft zu verrichten. Bei ungünstigem Wind war der Gestank von Urin und Exkrementen nicht auszuhalten. Mücken schwärmten, Läuse nahmen überhand. Währenddessen jedoch – so behauptete Harrys Vater – währenddessen schlugen sich die Reichen in den bacchischen Kellern des Savoy und des Dorchester den Bauch mit Räucherlachs und altem Wein voll, tanzten und vernaschten Debütantinnen.
»Niemals im Bereich menschlicher Auseinandersetzungen«, hörte Jakob voller Rührung den großen Mann über BBC sagen, »haben so viele so wenigen so vieles zu verdanken gehabt.« Doch Harry wußte anderes zu berichten. »Hast du gewußt, daß bei den Brylcream Boys, der sogenannten Elite, nach wie vor Klassenunterschiede gepflegt wurden?«
»Nein, Herschel, das habe ich nicht gewußt. Aber ich nehme an, du wirst mich gleich aufklären.«
»Wenn ein Offizierspilot und ein Unteroffizierspilot sich, beide in Spitfires, beim Einsatz auszeichneten, bekam der eine das Flying Cross, der andere aber nur eine Flying Medal.«
»Ja, ja, Harry. Die Reichen kriegen immer die Beute, während die Armen die Schuld kriegen.«
»Ein R.A.F.-Offizier durfte selbstverständlich kostenlos erster Klasse mit der Bahn fahren, ein Unteroffizierspilot jedoch mußte sich mit der dritten Klasse begnügen.«
Waren die Reichen vor der Rationierung gelegentlich nach Stepney gefahren, um ihre Bentleys voll Zucker zu laden, kamen sie nun-

mehr in hellen Scharen ins East End, um die *Blitz*-Schäden zu bestaunen, vor allem die Tilbury Arches. Jakob lachte in Montreal über die »Happy Gang«, und Harry wurde in London zum ITMA-Süchtigen, der einzig wahre Witz des Krieges jedoch war, wie Harry meinte, der Tag der Roten Armee, an dem der Lord Mayor in der Royal Albert Hall Stalin pries und Harry Pollitt in Begeisterung über Churchill ausbrach, während das Schwert von Stalingrad in der Westminster Abbey ausgestellt wurde.

»Wir Inselbewohner, wir glücklichen, standen weder 1940 noch sonst irgendwann allein«, pflegte Harry zu sagen. »Wir standen Huckepack auf dem gesamten Empire, falls du kapierst, was ich damit sagen will.«

»Doch, Harry, ich kapiere.«

»Wußtest du, daß 1939 ein Penny pro Stunde in Indien ein ganz normaler Arbeitslohn war und daß das Prokopfeinkommen etwa sieben Pfund im Jahr betrug?«

»Ich zweifle niemals an deinen Zahlen, Harry.«

4

Das durchdringende Hungergebrüll des Babys ließ Nancy hochfahren, riß sie, abrupt ihren Traum unterbrechend, brutal aus einem abgrundtiefen Schlaf.

»Jakob, könntest du bitte das Baby nehmen, bis ich gepinkelt habe, und...«

Nicht da. Nancy schwankte kurz zwischen Wiege und Toilette – Bedürfnissen ihres Kindes und ihren eigenen –, dann legte sie den Säugling an ihre schmerzende, pralle Brust, damit er mit seinem Geschrei nicht auch noch Sammy aufweckte.

Und Molly.

Und Mrs. Hersch.

Am Morgen des Tages, an dem seine Mutter ankam, hatte Jakob in diabolisch liebevollem Ton gefragt: »Vermutlich werden wir uns damit abfinden müssen, daß du einen dieser einundzwanzigtägigen Rundflüge gebucht hast, wie?«

»Ich bleibe, solange ihr mich braucht, *ketzele*.«

Mrs. Hersch war eine Woche vor dem Prozeß gekommen, um während – wie sie es ausdrückte – ›Jakobs Heimsuchung‹ bei ihnen zu sein, und es oblag Nancy, als hätte sie nicht schon genug Sorgen, einen häßlichen Zusammenstoß zwischen ihnen zu verhüten, indem sie gespanntes Schweigen mit Geplauder über die Kinder oder weitschweifigen Vergleichen zwischen dem Leben in England und in Kanada ausfüllte, genau die Art von Geschwätz, die Jakob befreit, doch undankbar, sofort zum Zimmer hinaustrieb. Jakobs Verhalten war nicht nur abscheulich, sondern außerdem hinterhältig. Er schwankte zwischen eiskalter Grausamkeit seiner Mutter gegenüber und dem, was sie sich verständlicherweise als Zeichen von Sohnesliebe zu nehmen entschloß.

Nancy gewöhnte sich daran, daß er um drei Uhr nachts plötzlich aufschreckte.

»Hat meine Mutter nicht gesagt, daß sie morgen früh gleich als erstes zum Einkaufen ins West End fahren will?« fragte er sie.

»Ja.«

Dann kämpfte er sich in den Morgenrock und lief hinaus, um sich zu vergewissern, daß nur ja keine Fahrräder, Roller oder andere unfallträchtige Hindernisse in ihrem Weg lagen.

»Stell dir vor«, sagte Mrs. Hersch dann wohl zu Nancy, »heute morgen hat er darauf bestanden, mir an der Bushaltestelle über die Straße zu helfen. Einen wunderbaren Sohn habe ich!«

»Er ist wirklich einer unter Tausenden, Mrs. Hersch.« Und abends im Bett sagte Jakob, der sich ein Zigarillo am anderen ansteckte, während er sich noch einen Kognak einschenkte: »Du hast sie wieder zu Bett gehen lassen, ohne sie daran zu erinnern, daß sie ihre Medizin einnimmt. Großartig, wunderbar! Eine fabelhafte Hilfe bist du! Frauen in ihrem Alter kriegen oft Schlaganfälle. Einfach so. Bums. Außerdem sind Herzkrankheiten in unserer Familie erblich.«

»Aber sie ist deine Mutter. Trotz allem ist sie...«

»Du mußt auf sie aufpassen wie ein Schießhund, Nancy. Wie ein Schießhund, hast du das verstanden? Das fehlte uns gerade noch, daß sie jahrelang hierbleiben muß, bei uns... Bettlägerig.«

Und gestern abend noch hatte die erste Frage, die er bei seiner Heimkehr aus dem Old Bailey stellte, gelautet: »Wie geht's meiner Mutter?« Sobald jedoch feststand, daß sie sich nach wie vor guter

Gesundheit erfreute, verbrachte er den Rest des Abends damit, sie mit Geschichten aus dem Old Bailey zu quälen.
»Es ist alles sehr viel besser geworden, Ma. Ich meine, heutzutage kann man tatsächlich auf nicht schuldig plädieren.« Und er unterhielt sie, jedes *Oh!* genießend, fröhlich auf ihre tiefen Seufzer reagierend, mit Schilderungen des ›Preßzimmers‹, das früher zur Anwendung von harten Strafmaßnahmen eingerichtet worden war; und wie die Gefangenen mit ausgebreiteten Gliedmaßen auf den Steinfußboden gelegt wurden, damit man ihnen, nachdem man die Handgelenke festgebunden hatte, schwere Gewichte auf den Körper legen konnte, bis ihnen die Rippen brachen oder sie sich der ihnen zugeschriebenen Missetaten schuldig bekannten. »Aber«, fügte er eindringlich hinzu, »sogar das wurde noch gemildert. Man gewährte den Gefangenen, um das Geständnis zu beschleunigen, einen hölzernen Dorn unter dem Rücken. Eine beachtliche Ausnahme bildete jedoch ein gewisser Major Strangeways, der sich im Jahre 1658 weigerte, den Mord an seinem Schwager zuzugeben und so stark war, daß er dem Eisen und den Steinen, die man auf seine Brust häufte, widerstand. Zum Glück waren Strangeways treue Freunde beschieden, denen ein weichherziger Wärter erlaubte, sich auf ihn zu stellen und so seinen Tod schneller herbeizuführen. Und daher, Ma, stammt unser Ausdruck vom ›Freund in der Not‹. Wie mein Freund Luke. Nicht wahr, Nancy?«
Mrs. Hersch wartete als Frühaufsteherin gewöhnlich in ihrem Schlafzimmer, bis sie die Kinder draußen im Flur hörte, hockte wie eine alte ergraute Glucke, einen melancholischen Ausdruck in den glanzlosen braunen Augen, auf der Bettkante. Und so öffnete Mrs. Hersch, wie stets, auch an diesem Morgen erst ihre Tür, als Nancy um halb acht, das Baby auf dem Arm, gefolgt von Molly, gefolgt von Sammy, die Treppe hinabsteigen wollte, und schloß sich den vieren an. Mrs. Hersch trug einen rosageblümten Schlafanzug und Hausschuhe mit hellblauen Pompons. Die geschwungenen Spitzen ihrer Brille waren mit silbernen Tupfen besetzt.
»Guten Morgen, meine Schätze«, sagte sie.
»Hast du was für mich?« erkundigte sich Sammy.
»Du kleiner Teufel! Nein, so ein Schlingel!«
»Mir auch! Das ist unfair«, beschwerte sich Molly.

»Hast du gehört? Unfair ist es. Hast du gehört – ich werde bedroht! Hast du das gehört, Nancy? In diesem Alter! Ich könnte euch auffressen. Euch alle beide!«
Nancy fand Jakob, im Schlaf stöhnend, auf dem Fußboden des Wohnzimmers.
»O Gott!« Bestürzt ließ Mrs. Hersch den Blick ihrer großen braunen Augen zwischen ihrem Sohn und dem leeren Glas, das neben ihm auf dem Fußboden lag, hin und her wandern. Entsetzt hob sie die Hand an den Mund. »O Gott! Ich werde sofort die K-I-N-D-E-R hinausbringen.«
»Er schläft«, entgegnete Nancy gelassen. »Er schläft, weiter nichts.« Und zog leise die Wohnzimmertür hinter sich zu.
Als Jakob zu sich kam, schrillte die aufdringliche Stimme seiner Mutter aus der Küche zu ihm herüber. ›Sicher hat sie Molly wieder auf dem Schoß‹, dachte er.
»Meine Süße! Mein Schätzchen! Schön bist du! Schön bist du! So ein Gesichtchen! Hast du schon mal so ein Gesichtchen gesehen? Also, Goldkind, hast du deine Omi lieb? Komm, sag's mir.«
Keine Antwort.
»Sag mal, ich habe dich lieb. Ich-habe-dich-lieb.«
»Ichhabdichlieb.«
»Hast du gehört? Sie hat mich lieb, unsere Hübsche!«
»Möchten Sie Kaffee, Mrs. Hersch?«
»Nur, wenn du sowieso welchen machst.«
»Ich mache jeden Morgen Kaffee, Mrs. Hersch.«
»Habe ich nein gesagt?«
Molly begann zu jammern.
»Wahrscheinlich fühlt sie sich unbehaglich, mit der schmutzigen Windel. Vielleicht sollte ich lieber Jakob wecken.«
»Jakob hat in seinem Leben noch keine Windel gewechselt. Nein, wir wollen ihn noch nicht wecken. Und bitte, Mrs. Hersch, ich möchte Sie nicht kritisieren, aber...«
»Selbstverständlich nicht, Liebes. Warum solltest du auch?«
»... aber wenn Jakob kommt, sehen Sie ihn nicht mit einem so langen, traurigen Blick an. Als wäre heute sein letzter Tag auf Erden. Ignorieren Sie ihn einfach. Lassen Sie ihn seine Zeitung lesen.«
»Aber sicher, Liebes«, antwortete Mrs. Hersch seufzend.

Bei ihnen am Küchentisch sitzend, las Jakob:

DER JUNGE KRÜPPEL, DER ENGLAND HELFEN MÖCHTE

Ein neunzehnjähriger Krüppel möchte England helfen, findet aber keine Arbeit, obwohl er jeden Donnerstag zum Arbeitsamt geht und um eine Stellung nachsucht.
Aber für George ist der Weg – von seiner Wohnung in der Eden Street, Kingston, Surrey, eine halbe Meile – unendlich mühsam, denn er leidet an einer Krankheit, die ihm jeden Schritt zur Qual macht.
Von seiner körperlichen Behinderung abgesehen, ist er darüber hinaus auch noch blind. Vor kurzem hat er...

Es klingelte an der Haustür.
»Jakob!«
Muß sie ihn unbedingt stören? Es ist so schön, wenn man ihn mal wieder lachen sieht.
Ärgerlich ließ Jakob die Zeitung sinken.
»Ich mache schon auf«, erbot sich Mrs. Hersch und sprang von ihrem Stuhl auf. »Laß ihn nur lesen.«
»Er macht auf.«
Normalerweise hätte Pilar die Tür geöffnet. Aber sie mußte ausgerechnet jetzt ihre Familie bei Malaga besuchen, daher würden sie noch eine Woche lang ohne Hausmädchen auskommen müssen.
Es war der Briefträger.
»Herrlicher Tag heute, nicht wahr?«
»Ja.«
»Sie sind wahrscheinlich dankbar für dieses Wetter.«
Das war die Rückseite einer Platte, die sie manchmal abspielten. Darauf hatte Jakob zu antworten: »Zu Hause habe ich schon im September Schneestürme erlebt.« Und der Briefträger schüttelte dann den dicken, dämlichen Kopf, baß erstaunt, aber dankbar dafür, in einem so gemäßigten und zivilisierten Klima geboren zu sein.
Zum Teufel mit ihm! Heute morgen würde Jakob überhaupt nichts sagen. Aber der Briefträger rührte sich nicht vom Fleck und händigte ihm auch die Post nicht aus.

»Okay, Sie haben also die Zeitung gelesen«, sagte Jakob.
»Nein.«
»Ich kann mir kaum vorstellen, daß Sie das übersehen haben.«
Es gab da unter anderem einen vertrauten, jedoch unheilverkündenden braunen Umschlag, eine amtliche Zustellung. Das Finanzamt, wieder einmal.
»Ich bin überzeugt, das Mädchen lügt«, verkündete der Briefträger hitzig. Und dann verdarb er alles wieder, indem er hinzufügte: »Sie sind einfach nicht der Typ dazu.« Allerdings hoffnungsvoll, fragend.
»Das war Christie auch nicht.« Damit drückte Jakob die Tür ins Schloß.
Molly sagte: »Ich habe meinen Lunch gegessen.«
»Das Frühstück meinst du wohl, du Dummchen«, entgegnete Jakob und zupfte sie an den blonden Locken.
Molly war erst vier, Sammy aber war schon sieben, deswegen mußte man die Zeitungen vor ihm verstecken. Jakob zog sich ins Wohnzimmer zurück und wollte gerade den länglichen, braunen Umschlag aufreißen, als sich die Tür zögernd ein paar Zentimeter weit öffnete.
»Schlechte Nachrichten?«
»Ich habe ihn noch nicht aufgemacht, Ma.«
»Du freust dich doch, daß ich gekommen bin, nicht wahr? Es ist euch doch eine große Hilfe!«
»Gewiß, Ma.«
»Das freut mich. Die Kinder lieben mich, sie sind hinreißend.«
Jakob stopfte den ungeöffneten Brief in die Tasche seines Morgenrocks.
»Ich bin jetzt eine Woche hier, und du hast mir noch nicht gesagt, wie du mich findest. Würdest du nicht auch sagen, daß ich mich gut gehalten habe? Findest du nicht, daß ich jung für mein Alter aussehe?«
»Gewiß.«
»Das sagen alle. Dr. Bercovitch zum Beispiel – er betet mich an –, als ich bei ihm war, um ihm den Knoten in meiner Brust zu zeigen, in dieser hier, der war ganz baff. Einfach baff. *Sie* sind zweiundsechzig? sagte er. Das glaube ich nicht. Mit so einem Busen? Und

der ist Arzt, weißt du. Ich kriege Hitzewallungen, aber sonst nichts. Die Natur ist voll unerwarteter Schönheit, aber sie kann auch grausam sein. Also, sind die Anwälte sehr teuer?«

Nancy rief aus der Küche herüber: »Möchtest du Kaffee, Liebling?«

»Ich komme.«

Während er den Kaffee trank und so tat, als sei er in den »Guardian« vertieft, streckte Jakob unter dem Tisch den Fuß aus, bis er Nancys Fuß berührte. Er wünschte, sie würde das Baby nicht am Küchentisch stillen, solange seine Mutter hier war. Mrs. Herschs eifrig-abschätzender Blick auf Nancys Busen machte Jakob wütend. Plötzlich schrie Nancy auf.

»Jakob hat mich auch immer gebissen, immer wieder! Rings um die Brustwarzen herum hatte ich Bißspuren. Aber daran erinnerst du dich wohl nicht mehr, stimmt's, *ketzele?*«

»Hättet ihr was dagegen, wenn ich meinen Kaffee im Wohnzimmer trinke?«

Aber selbst dort konnte er sie noch hören.

»Jakob sagt, ich habe mich sehr gut gehalten. Er findet, daß ich jung aussehe, für mein Alter. Aber«, setzte Mrs. Hersch fragend hinzu, »sicher hat er mir nur geschmeichelt.«

Diesmal gab Nancy keine beruhigende Antwort.

»Sicher, mein Mund ist ein bißchen eingefallen, aber weißt du, bei mir merkt man eigentlich überhaupt nicht, daß ich falsche Zähne habe. Bei den anderen, da sind sie immer so schneeweiß, richtig mitleiderregend. Aber bei mir ist es wirklich nicht Eitelkeit. Hör mal, ich bin doch nicht dumm. Ich mache mir nichts vor, und ich lasse mir auch das Haar nicht blauspülen. Alt zu werden ist kein Vergnügen.«

»Aber man sollte sich eine gewisse Würde bewahren«, sagte Nancy wider besseres Wissen.

»Sicher, das stimmt. Aber ich war ja noch nie eine hinreißende Schönheit.« Sie warf Nancy einen bösen, scharfen Blick zu und fuhr fort: »Für eine schöne Frau ist es viel schlimmer; da muß es die Hölle sein, alt zu werden.«

Das Baby weinte kurz auf, weil Nancy es an die andere Brust legte.

»Du mußt gut aufpassen, Liebes. Manchmal wird die Haut von der Milch sehr stark gedehnt. Du mußt auf dich aufpassen.«

›Ach, Nancy‹, dachte Jakob. ›Nancy, mein Liebling!‹ Und er begann zu schluchzen. Hemmungslos. Ohne Würde. Doch mit genügend Selbstbeherrschung, um zum Wohnzimmer hinauszuschlüpfen und sich auf die Toilette zurückzuziehen. Auf dem Heizkörper lag zusammengefaltet ein herausgerissener Teil der Sonntagsausgabe des Montrealer »Star«, obenauf eine ganzseitige Anzeige von Eaton's Sportartikel und -bekleidung.

Eaton's, erinnerte sich Jakob, an einem Samstagvormittag. Es war wieder Duddy gewesen, Duddy Kravitz, der ihn dorthin mitgenommen hatte, nur waren sie diesmal, statt in der Spielwarenabteilung Sachen zu stehlen, geradewegs in die Wäscheabteilung gegangen, und dann, als niemand hinsah, schnell in den Gang mit den Umkleidekabinen gehuscht. Duddy stieß eine Tür gerade in dem Augenblick auf, als ein aufregendes junges Mädchen sich bückte, um einen schwarzen Spitzen-BH anzuprobieren. Eine dicke Verkäuferin stieß einen spitzen Schrei aus.

»Aber ich suche doch nur meine Tante Ettie«, jammerte Duddy, schon auf dem Rückzug.

Die Verkäuferin packte Duddy beim Arm. »Ich werde den Direktor holen. Dann kommst du in die Besserungsanstalt. Lebenslänglich. So was Schmutziges!«

»Tante Ettie!« brüllte Duddy.

»Ach, lassen Sie ihn doch laufen«, sagte das junge Mädchen.

Duddy trat der Verkäuferin auf den Fuß, und schon waren sie auf und davon, jagten zwischen den Einkaufenden hindurch zur Rolltreppe. Draußen sagte Duddy: »Hast du die Titten gesehen, Kleiner? Ganz schöne Handvoll!«

»Hast auch wirklich viel davon gehabt.«

»*Schmeck!* Na ja, *gesagt* hat sie zwar, lassen Sie ihn doch laufen, aber hast du gesehen, wohin sie dabei *geschaut* hat? Direkt auf meine Hose. Eine Minute noch, und ich hätte sie an die Wand genagelt.«

Sie fanden ein paar Kippen, steckten sie an und kletterten, auf der Suche nach Pärchen im Gebüsch, den Mount Royal hinauf. »*Every-*

JUDEN UND PFERDE:
Babel, Isaac. *Sonnenuntergang.*
LEVKA: Arye-Leib, du bist ein Dummkopf. Noch eine Woche, sagt er. Glaubst du, ich bin bei der Infanterie? Bei der Kavallerie bin ich, Arye-Leib, bei der Kavallerie... Wenn ich auch nur eine Stunde zu spät komme, wird mich der Sergeant frikassieren. Er wird mir das Blut aus dem Herzen quetschen und mich vors Kriegsgericht bringen. Da richten drei Generäle über einen Kavalleristen; Generäle mit Orden aus dem Türkenfeldzug.
ARYE-LEIB: Machen Sie das mit jedem oder nur mit Juden?
LEVKA: Sobald ein Jude auf einem Pferd sitzt, hört er auf, Jude zu sein...

Ein Querverweis führte zu Fitzgerald, F. Scott, »Der letzte Taikun«. Monroe Stahr »schätzte, daß die Juden die Verehrung des Pferdes als Symbol übernommen hatten – jahrelang waren die Kosaken geritten und die Juden marschiert. Jetzt aber hatten die Juden die Pferde...«
Ein weiterer Eintrag, mit Bleistift geschrieben, lautete:

Siehe Alberto Gerchunoff, »Die jüdischen Gauchos der Pampa«. Auch Rothschilds Reiter. Das Botennetz.

Der Reiter. Eben jetzt, dachte Jakob, vielleicht in diesem Augenblick, reitet er irgendwo da draußen. Über die olivgrünen Hügel von Obergaliläa oder möglicherweise auch wieder in Mexiko. Oder in Katalonien. Am wahrscheinlichsten aber in Paraguay.
»Na schön«, hatte Onkel Abe aufgebracht gesagt. »Dann versuch doch mal folgendes zu verdauen, Jakob. Nach allem, was ich über deinen Vetter weiß, falls er tatsächlich auf der Suche nach Dr. Mengele ist, dem berüchtigten Arzt von Auschwitz, was ich keine Sekunde lang glaube, falls er wirklich diesen Nazi jagt und findet«, hatte Onkel Abe geschrien und dabei mit der Faust auf den Tisch geschlagen, »wird er ihn nicht umbringen, sondern erpressen.«
Nein, dachte Jakob und verschloß die Ohren vor der aufdringlichen Stimme, nein, nein, Onkel Abe versucht nur, seine eigenen Schikanen zu rechtfertigen, und er stellte sich vor, wie der rächende Reiter die Villa mit den vergitterten Fenstern an einer ungekennzeichneten Straße im Dschungel zwischen Puerto San Vincente und der Grenzfestung Carlos Antonio López am Paraná suchte.

Joey. Joey.
Vor seinem inneren Auge sah Jakob ihn auf einem herrlichen Pleven-Hengst einhergaloppieren. Mit donnernden Hufen. Neue Feldzüge, noch waghalsigere Manöver planend.

5

Sie redete weiter:
»Also, ich sage zu dem Mann, glauben Sie vielleicht, ich wäre noch nie geflogen, ich wüßte nicht, wie *andere* Fluggesellschaften die Dinge handhaben? Sie haben eine Weltreisende vor sich, einen richtigen Jet-Setter. Er verzieht nicht mal den Mund, ich sage dir, es gibt solche und solche. Bei der Air Canada, sage ich, wenn man da zwei Stunden lang auf den Start warten muß, gäbe es Sandwiches, *einzeln verpackt*. (Wir haben jetzt dieses Saran Wrap, ich weiß nicht, ob man das hier schon kriegt, ich werde dir was schicken, ohne kommt man einfach nicht mehr aus. Ehrlich, Liebes, was die heutzutage machen, es ist einfach großartig, kein Mensch braucht mehr am heißen Herd zu stehen, wie ich damals.) Bei der Air Canada, sage ich zu ihm, würden wir nicht wie Vieh behandelt, da würde man uns Tee servieren. Also, da hättest du ihn springen sehen sollen! *Jawohl, Madame. Selbstverständlich, Madame.* Eins zu null für Sie, sagt diese Inderin, als ich mich wieder hinsetze. Woher sollte ich wissen, daß sie englisch spricht, nachdem sie mindestens eine Stunde neben mir gesessen hat? Ich sage also, ich hoffe, Sie nehmen mir das nicht übel, aber warum malen sich die Leute bei Ihnen immer so Punkte auf die Stirn? Verzeihen Sie, ich bin sonst nicht neugierig, aber wer nicht fragt, erfährt auch nichts, nicht wahr? Ist das ein christliches Symbol, frage ich. Nein, antwortet sie, in Indien haben wir Hindus. Du weißt schon, wie die Beatles. Und der Punkt bedeutet, daß sie verheiratet ist. Himmel, wie interessant! sage ich. Jetzt habe ich wieder was gelernt. Und so haben wir weitergeredet, und sie hat mir erzählt, daß man in Indien großen Respekt vor der Mutter hat. Großen Respekt! Ihre Mutter ist Witwe, sagt sie, und alle wohnen zusammen in einem Haus, ihre Familie, die Familie ihres Bruders, die Familie ihrer jüngeren Schwester, alle in einem Haus, und die Mutter, also die Mutter, ist

das Oberhaupt der Familie, und alle achten sie, das ist uralter indischer Brauch. Ist das nicht interessant?«
Als Mrs. Hersch und Nancy oben an der Treppe angekommen waren, flüchtete Jakob – ungesehen, wie er hoffte – hastig ins Schlafzimmer.
Heh-He-heh.
Die Schlafzimmertür ging auf. O Gott nein! dachte Jakob. Aber es war Nancy. »*Ketzele*«, quiekte sie, »du böser Brustwarzenbeißer, hier steckst du also.«
Jakob kicherte.
»Darf ich heute aufs Gericht mitkommen?«
»Auf gar keinen Fall.«
»Jakob«, begann sie zögernd, »ich wollte dich noch was fragen…«
»Harrods?« entgegnete er grinsend.
»Ja.«
Die elegant in Marmor und Eiche gehaltenen Toiletten neben dem Herrenfrisiersalon.
»Das können sie nicht aufs Tapet bringen. Das ist nicht Teil der Anklage, Mäuschen.«
»Und was ist mit deinem Freund Sergeant Hoare?«
»Ich halte es gar nicht mehr für so schlecht, daß Hoare mit hineingezogen wurde. Er ist eigentlich ein überraschend mitfühlender Mensch, und er ist mir überhaupt nicht mehr böse.«
»Woher weißt du das?«
»Weil wir darüber gewitzelt haben.«
»Ach, Jakob! Du bist so furchtbar naiv!«
Gerade als er sie umarmen wollte, erschien Mrs. Hersch an der Tür. Sofort nahm Jakob wieder eine steife Haltung an.
»Viel Glück heute vor Gericht.«
»Heute müssen wir Harry Glück wünschen.«
»Soll der doch in der Hölle schmoren!«
»Er ist mein Freund, Ma! Wir stecken beide zusammen im Dreck. Kameraden. Sieh's doch mal so: Harry und ich, wir sind Heilige einer neuen Weltordnung. *Lamed vovs*. Wie Jean Genet. Versuch du ihr das zu erklären, Nancy.« Die Tür hinter sich ins Schloß knallend, verschwand Jakob.

Mrs. Hersch sank auf das Bett. »Du weißt ja nicht, was es bedeutet, Mutter zu sein. Was für eine Qual...«
»Ich habe auch Kinder, Mrs. Hersch. Und wenn er ins Gefängnis muß...«
»An so was darfst du nicht mal denken!«
»Aber ich muß an so was denken.«
»Ich würde bestimmt nicht heimfahren, weißt du. Ich würde hier bei dir bleiben, solange du mich brauchst. Ich würde bleiben, wirklich – darauf kannst du dich verlassen. Du hast in eine jüdische Familie eingeheiratet, Liebes, und wir halten zusammen, weißt du. In einer Krise halten wir stets zusammen.« Mrs. Hersch senkte den Blick und strich ihren Schlafanzug glatt. »Das haben schon viele hervorragende Soziologen festgestellt.«
Nancy hob Jakobs braunes Kaschmirjackett vom Fußboden auf und öffnete die Schiebetür seines Wandschranks. Zu spät merkte sie, daß Mrs. Hersch lautlos hinter sie getreten war, um einen Blick hineinwerfen zu können.
»Was ist denn *das*?« erkundigte sich Mrs. Hersch.
»Ach, nichts.« Nancy errötete.
»Nichts? Schönes Nichts.«
Die Militärausrüstung, darunter ein Gewehr mit Zielfernrohr, war in einer Ecke verstaut. Zusammen mit den Body-Building-Geräten.
»Ach das!« Nancy lachte gezwungen auf. »Das gehört gar nicht Jakob. Das gehört einem Freund, einem Schauspieler, der das alles hiergelassen hat.«
»Aber dieses verlogene kleine Miststück, ich weiß genau, sie ist ein Flittchen, hat deren Anwalt nicht gestern vor Gericht gesagt...«
»Es gehört einem Schauspieler.«
»Ach so, einem Schauspieler. Dann ist das also für ein Theaterstück?«
»Genau«, antwortete Nancy. Nachdrücklich. Sie sah zum Fenster hinaus und entdeckte Jakob, der sich vorsichtig zur Terrasse schlich, wo das nichtsahnende Baby in seinem Kinderwagen spielte.
Auf seinen fünf Monate alten Sohn hinablächelnd, streckte Jakob verstohlen die rechte Hand aus und schnalzte mit den Fingern. Keine Reaktion. Mist, dachte er, ein eindeutiger Fall von motori-

Und wenn der Missetäter, wie Harry, ein Kind der Armen ist? Ormsby-Fletcher zeigte Jakob den emporgestreckten Daumen, und Jakob antwortete mit einem Augenzwinkern. Mit seinem nachdrücklichsten Augenzwinkern.

Zwischen Judenjungen und WASP-Kanadiern und dem Ersten Londoner Schwurgericht bestand, wie Jakob wußte, eine lange, unehrenwerte Verbindung. Er war nicht der erste.

Im Jahre 1710, als Jonathan Wild, König der Räuber, die unbestrittene Nummer eins der Londoner Unterwelt war, hatte er einen unentbehrlichen Adjutanten, einen Macher namens Abraham. »Dieser Israelit«, so der Newgate-Calendar, »erwies sich als bemerkenswerter, fleißiger und getreuer Diener für Jonathan, der ihm Angelegenheiten von größter Bedeutung anvertraute.« Traditionell behaupteten Falschmünzer und Straßenräuber, Wegelagerer, Betrüger und Gauner jeglicher Couleur, wenn sie gefaßt wurden, sie hätten ihren unredlich erworbenen Gewinn an einen Juden in Whitechapel verschachert. Und da wir gerade von Juden sprechen, Juden der Jetztzeit: Da gab es einmal einen Lord George Gordon, Anstifter der Krawalle vom 2. Juni 1780. Lord Gordons Anhänger steckten Newgate in Brand, legten es in Schutt und Asche und plünderten die Sitzungssäle des Old Bailey. Lord Gordon selbst verleumdete sodann Marie-Antoinette und den Grafen d'Amédar, ließ sich aber nicht anmerken, daß er eindeutig geistesgestört war, bis man »... ihn in Birmingham im Habitus eines Juden aufstöberte, mit langem Bart, beschnitten und zum jüdischen Glauben übergetreten«. Einst Lord, nun Reb, hauste Gordon einige Jahre lang in Newgate und hielt seine Zelle sauber, bis er am Flecktyphus krepierte. Einstmals das vergrößerte Idol des Mobs, verschied er, wie der Newgate-Calendar es ausdrückte, inmitten des tiefsten Abschaums der Gesellschaft, »... Negern, Juden, Zigeunern und Vagabunden aller Art«.

An diesem Ton hatte sich im Jahre 1880 noch nicht viel geändert, als der hochmütige Montagu Williams, Q. C., sich in seinen Memoiren über die »schäbigen Juden« beschwerte, die sich mit »finsterer Miene« vor dem Gericht herumtrieben. Schäbige Juden, die sich 1903 zu trotzigen Banden zusammengeschlossen und ihre Absicht bekanntgegeben hatten, den angeklagten Mörder Lipski zu

befreien, was die Gefängniswärter von Newgate zum erstenmal in der Geschichte veranlaßte, am Hinrichtungstag des polnischen Juden Schußwaffen zu tragen.
Von seinen WASP-kanadischen Vorläufern identifizierte sich Jakob unvermeidlicherweise am engsten mit dem schielenden Sexfanatiker, Junkie und Absolventen von McGill, Thomas Neill Cream, dem verderbten Habitué der Fleischtöpfe von South Lambeth, über das Hollingshead in »Ragged London« schrieb: »Die Häuser bieten jeden Aspekt von Schmutz und Elend«, und: »Die Gesichter, die aus den schmalen Fenstern spähen, sind gelblich und abstoßend: einige von ihnen gehören Juden, einige auch Irinnen...«
Thomas Neill Cream, geboren 1850 in Glasgow, kam als Kind nach Montreal und trat im Alter von zweiundzwanzig Jahren in die McGill-Universität ein, die er vier Jahre später als ein weiterer arrivierter Einwanderer mit dem M. D.-Grad verließ. »Ein ausgezeichneter Student, ein brillanter Geist«, schrieb sein Professor, »der allerdings einige seltsame Ideen hat: ungeheuerlich seltsame Ideen, so daß ich nicht weiß, wohin sie ihn führen werden.«
Sie führten Tommy zunächst einmal dazu, daß er ein junges Mädchen aus Toronto, dessen Vater ihn mit der Pistole zur Heirat gezwungen hatte, mit Morphium umbrachte. Als das junge Mädchen sterbend in Creams Armen lag, schluchzte er vor scheinbarem Kummer und verschwand dann nach Illinois, wo er einen älteren Rancher mit Strychnin beseitigte, damit er sich ungestört mit dessen temperamentvoller Ehefrau verlustieren konnte, wofür er zehn Jahre Kittchen absaß, um anschließend nach London zu segeln. Nach dem *swinging* London (Eng.), wo der schielende Arzt innerhalb eines Jahres mindestens sechs Freudenmädchen vergiftete, von denen vier unter Qualen verschieden, bis man ihn endlich faßte und 1892 hängte, wobei er unter dem Galgen fälschlich behauptete, Jack the Ripper zu sein.
Ein weiteres kanadisches Großmaul, das in London zu Berühmtheit zu gelangen trachtete.
Es wäre möglich, überlegte Jakob auf der Anklagebank und schlug bescheiden die Augen nieder, sobald ihn ein Geschworener ansah,

es wäre möglich, daß Kolonisten, die nach London kommen, schon immer einen Hang zu den Nymphen der Straße gehabt haben, und sang leise vor sich hin:

Ich bin kein Schlachter, ich bin kein Jid,
Nicht mal ein fremder Skipper,
Ich bin Ihr ganz persönlicher Freund,
Ihr treuer Jake the Ripper.

6 Jakob war erst eine Stunde fort, als das Telefon klingelte. »Ja«, sagte Mrs. Hersch, »sie ist da. Wen darf ich bitte melden?« Doch ehe sich der Mann am anderen Ende der Leitung vorstellen konnte...

»Ist das für mich?«

»Ja.« Mrs. Hersch reichte ihr den Hörer.

Nancy nahm ihn und überließ das Baby ihrer Schwiegermutter. »Würden Sie ihn bitte in die Küche bringen? Wenn Sie wollen, können Sie ihm ein paar zerdrückte Bananen geben.«

Auf einmal rückt Ford Knox widerstandslos sein Gold heraus. Auf einmal bin ich nicht zu unhygienisch, um meinen eigenen Enkel zu füttern.

»Aber sicher«, hörte sie Nancy sagen, »Hauptsache, ich bin um fünf zurück. Er ruft immer an, sobald sich das Gericht vertagt...«

»Du gehst aus?« erkundigte sich Mrs. Hersch empört.

»Scheint so«, entgegnete Nancy eisig.

»Und was soll ich sagen, wenn um zwölf Uhr der Anwalt anruft?«

Sag ihm, ich wäre für 'ne Darmspülung zum Forest Mere Hydro gegangen. »Ich muß mal frische Luft schnappen, Mrs. Hersch. Das habe ich dringend nötig.«

Nancy nahm ihr das Baby ab, stillte es und sang es in den Schlaf. Mrs. Hersch beschäftigte sich in der Küche mit Molly und half ihr, ein Lego-Haus zu bauen, bis Nancy wieder herunterkam, jetzt nicht mehr in Hosen, sondern hochelegant, in ihrem Schmucci-Pucci und stank wie eine Parfümerie. Yankels Prinzessin. Sie schenkte Mrs. Hersch ein Lächeln. Ein kleines Lächeln. »Machen Sie sich bitte keine Sorgen. Molly wird brav im Garten spielen. Ben muß um vier Uhr wieder gestillt werden. Bis dahin bin ich längst zurück, und außerdem wird er bestimmt durchschlafen.«

Allein im Haus, durchstöberte Mrs. Hersch diesmal nicht Nancys innen mit Zedernholz verkleidete Schrankwand mit dem extravaganten Inhalt von Dior und Simonetta, Saint Laurent und Lanvin, denn den kannte sie bereits. Auch kümmerte sie sich nicht um die zahllosen Schubladen voll Unterwäsche, die ihr ebenfalls kein Geheimnis mehr waren. Für Yankels Prinzessin natürlich nur Seidenhöschen! Wenn die sich einen Splitter in den Hintern rammte, tat sie es nicht unter Rosenholz.

Mrs. Hersch umarmte Molly, schickte sie mit dem Versprechen einer kleinen Belohnung nach dem Lunch in den Garten und stieg zu Jakobs Dachboden-Adlerhorst empor, wo er nicht ein einziges Foto seiner Mutter aufgestellt hatte. Von seinem Vater, diesem Oberidioten, ja. Von Nancy selbstverständlich. Ja, an den Wänden gab es sogar ausreichend Platz für die aus deutschen Zeitschriften ausgeschnittenen Fotos der Familie von Papen, von Frau Göring beim Einkaufen und von einem SS-General sowie für ein absurdes Gemälde von Feldmarschall Montgomery. Aber von ihrer Wenigkeit? Nein.

Ein Schrank war so gut wie leer. Denn die Reitkleidung und der Sattel, die dort normalerweise untergebracht waren, befanden sich im Old Bailey. Beweisstücke der Anklage. In einem anderen Schrank jedoch entdeckte sie zu ihrem Erstaunen stapelweise Konserven. Ganze Regale voller Blechdosen. Ein regelrechter Supermarkt Dosen in Suppenkonservengröße. Heringsdosen, Sardinenbüchsen. Seltsam war nur, daß keine einzige Konserve etikettiert war. Von allen Dosen hatte man die Aufkleber entfernt. Mrs. Hersch wählte eine, die Lachs oder Thunfisch zu enthalten schien, und stieg wieder in die Küche hinunter, die, wie sie aus bitterer Erfahrung wußte, ja doch nur mit Dreck vollgestopft war. Im Kühlschrank Speck und Wurst von Harrods, Räucheraal möglicherweise sogar und eine Speisekammer voller Konserven mit Krabben und Hummer, Muscheln und Schnecken, Speckbohnen und anderen *traifes*, aber weder *gefilte fisch* noch koschere Salami.

Ihre Hoheit hatte vergessen, bei Selfridge's anzurufen, die Nummer stets mit dem Bleistift gewählt. Gott behüte, daß ihr ein Nagel abbrach. Tomaten und Kopfsalat mußte es aber irgendwo geben, und Lachs dazu wäre ja wirklich schön. Als Mrs. Hersch jedoch die unetikettierte Dose öffnete, fand sie darin zu ihrem Erstaunen eine pappige, gulaschähnliche Substanz mit einem entschieden unangenehmen Geruch.
Bestimmt Schweinefleisch, dachte sie und schob die Dose hastig von sich.

7 Als Nancy Jakob auf einer von Lukes Parties kennenlernte, hatte sie ihn gefragt: »Sind Sie Schriftsteller?« Wobei sie das »auch« verschluckte.
»Nein«, hatte er gekränkt erwidert. »Ich bin der Regisseur.«
Das war natürlich furchtbar überheblich, doch immer noch besser als der Satz, mit dem er sich in letzter Zeit sonst vorzustellen pflegte.
»Ich bin Regisseur. Nicht die Sorte, die man kommen läßt, sondern die Sorte, die man nimmt, wenn sie gerade da sind.«
Das war 1959, kurz nach Lukes Triumph im Royal Court, als Jakob noch unsicher in der Luft hing und ausgiebig trank, während er auf die Chance wartete, zum erstenmal Regie führen zu dürfen.
Als Nancy einen Tag nach ihrer Ankunft in London zu Lukes Party kam, fiel ihr in einem Raum voll schwatzender Fremder sofort ein Mann mit dunklem lockigen Haar und sehr schlechter Haltung auf, der sie unablässig beobachtete. Nachlässig rasiert, die Krawatte gelockert, mit einem Hemd, das ihm aus der ausgebeulten Hose hing, trieb Jakob Hersch sich am Rand einer jeden Gruppe herum, zu der sie sich gesellte. Begutachtete Neigungswinkel und Fülle ihrer Brust, musterte den Schwung ihres Hinterteils und suchte nach einem Makel an der Form ihrer Knöchel. Als sie sich aufs Sofa setzte und beim angeregten Gespräch mit einem Schauspieler die langen Beine überschlug, ertappte sie ihn, ohne allzu überrascht zu sein, wie er sich ihr gegenüber, das Glas in der Hand, auf dem Fußboden niederließ und allmählich näherrückte. Unverfroren nach

dem oberen Rand ihrer Strümpfe schielte. Vor Wut errötend, erwog Nancy flüchtig, ob sie den Rock heben, ihr Höschen ausziehen und es ihm in das bekümmerte Gesicht schleudern sollte. Statt dessen zog sie die Beine näher heran und zupfte nervös an ihrem Rocksaum. Er war, wie sie erkannte, nicht sosehr ein schmutziger, kleiner Mann, sondern hatte wahrscheinlich das Gefühl, daß sie unerreichbar für ihn sei, und war daher fest entschlossen, einen Makel an ihr zu finden. Als ein außerordentlich hübsches Mädchen war sie an diesen Typ gewöhnt, unter dem sie auf der Universität unsäglich gelitten hatte. Und Jakob erinnerte sie ganz und gar an diese unerträglich gescheiten Jungen auf dem Campus, selbsternannte Intellektuelle, zumeist Juden, voller Bombast und widerwärtiger Lyrik in Kleinbuchstaben, die durch ihre Gegenwart in Erregung gerieten und dennoch zu linkisch (und verängstigt) waren, den Mund aufzumachen und sie um ein Rendezvous zu bitten. Statt dessen saßen sie bei der Studentenvereinigung neben ihr am Tisch und heischten voll Aggressivität um Aufmerksamkeit. Spekulierten lautstark über das, was sie bei ihr als eiskalte Abwehr bezeichneten. Oder glitten bei Vorlesungen kampflustig auf den Sitz neben ihr und versuchten sie mit ihren Fragen zu beeindrucken. Überdies machten sie sich bei weniger von der Natur gesegneten Mädchen über sie lustig, um sich für eine Zurückweisung zu rächen, die sie zwar erwarteten, aber aus Feigheit nicht riskierten, und trugen Gerüchte über ihr heimliches Sexualleben herum, die so widerlich waren, daß sie weinte. Es spielte keine Rolle, daß sie eifrig bemüht war, nicht provokativ zu wirken, daß sie überweite Pullover, sportliche Röcke und flache Schuhe trug. Daß sie Jungen, in die andere Mädchen verliebt waren, immer wieder abwies. Denn das bewies ja nur wieder einmal, daß Nancy Croft überheblich war; fabelhaft gebaut, ja, aber ein Eisberg.
Mit dem Glas in der Hand folgte Jakob ihr überall hin, immer am äußeren Rand ihrer Gesprächsgruppe. Sobald sie eine Bemerkung über London oder ein Theaterstück wagte, das sie gesehen hatte, schwieg er zwar, grinste aber herablassend, als wolle er sagen, Idiot. Wenn sie in ein Gespräch mit einem Langweiler geriet, tadelte er sie mit Blicken dafür, daß sie den Mann tolerierte, zog verwundert die Brauen hoch, als wolle er sagen, nur ein Dummkopf verschwendet

seine Zeit auf den. Von Zimmer zu Zimmer in ihrem Kielwasser, machte er zweimal Vorstöße in ihre Gruppe. Einmal trat er, als ein Mann ihr etwas ins Ohr flüsterte und sie daraufhin lachte, unnötig rüde dazwischen, und als er damit bei dem Kontrahenten keinerlei Wirkung erzielte, erkundigte er sich betont nach dessen Frau und Kindern. Beim zweitenmal zog er einen Herrn, der gutaussehender und größer war als er und auf dessen Flirterei sie seiner Ansicht nach zu stark reagierte, tatsächlich am Ärmel und bat ihn unter einem Vorwand beiseite. Jakob Hersch ließ sie wirklich keinen Moment aus den Augen, nicht einmal, um sein Glas nachzufüllen, bis sie ein Gespräch mit einem Homosexuellen begann. Da schlenderte er mit breitem Grinsen davon.
Schließlich streckte ihm Nancy ihr leeres Glas entgegen. »Würden Sie mir etwas zu trinken holen?«
»Wer – ich?«
»Ja. Sie.«
»WirkennenunsnochnichtmeinNameistJakobHersch.«
Daraufhin fragte sie ihn, ob er Schriftsteller sei, wobei sie das »auch« verschluckte, und er antwortete nein, er sei der Regisseur, was ihr Gelegenheit zum Lächeln bot.
Rachsüchtig entgegnete er: »Sagen Sie bloß nicht, Sie sind Schauspielerin!«
»Nein.«
Sie nahm ihr Glas, kehrte ihm den Rücken und begann sich, mit übertriebener Herzlichkeit reagierend, mit jemand anderem zu unterhalten. Als sie dann spürte, daß sein Blick über ihren Rücken wanderte und auf ihrem Hinterteil verweilte, widerstand sie der Versuchung, aufreizend damit zu wackeln, und schob sich, immer einen Herrn zwischen ihnen, damit Jakob sie nicht beobachten und kritisieren konnte, mit dem Rücken zur Wand davon. Und als sich dieser Herr als Langweiler entpuppte, wieder einmal ein Konkurrent unter so vielen rivalisierenden Egos, entschuldigte sie sich unvermittelt und machte sich auf, um ihren Mantel zu holen.
»Luke, würdest du mir bitte ein Taxi rufen?«
Ungeschickte Hände halfen ihr in den Mantel. »Ich habe selber einen Wagen«, erklärte Jakob.

»Ich glaube, ich gehe lieber zu Fuß. Ich brauche ein bißchen frische Luft.«
»Ich auch«, erwiderte Jakob munter und folgte ihr, ohne ihre Aufforderung abzuwarten.
Bis sie den Haverstock Hill hinabzusteigen begannen, fiel zwischen ihnen kein einziges Wort. Nancys schwarze Haare flogen, ihr blasses, ovales Gesicht zeigte einen nachdenklichen Ausdruck.
»Sie sind ein schönes Mädchen«, mußte Jakob widerwillig zugeben.
»Danke.«
»Na ja, das hören Sie sicher nicht zum erstenmal«, murmelte er achselzuckend.
»Stimmt.«
»Aber von mir hören Sie's zum erstenmal«, brüllte er, einen Finger drohend vor ihrer Nase schwenkend. »Und ich sage das nicht zu jedem. Wie Shapiro. Dieser aalglatte Scheißer.«
»Wer ist denn das?«
»Der Mann, der Ihnen das Schmalz aus den Ohren geleckt hat.«
»Ach so, der!« erwiderte sie mit gespielter Herzlichkeit.
»Leben Sie in London, oder sind Sie nur zu Besuch?«
»Das hängt davon ab, ob es mir hier gefallen wird oder nicht.«
»Es wird Ihnen gefallen«, versicherte er.
»Dann ist es also abgemacht?«
»Werden Sie jetzt etwa sarkastisch?«
»Ich müßte mir eine Stellung suchen.«
»Vielleicht kann ich Ihnen helfen. Was machen Sie?«
»Striptease bei Parties.«
»Nein, im Ernst. Was machen Sie?«
»Spielt das eine Rolle?«
»Sie sind doch um Gottes willen keine Sozialhelferin, wie?«
»Warum wollen Sie mich unbedingt negativ einstufen?«
»Oder, Gott bewahre, eine Kinderpsychologin?«
»Raten Sie weiter.«
»Sind Sie reich?«
»Mein Vater ist Schuhvertreter.«
»Alle Achtung!«
»Mein Gott, sind Sie ein komischer Mensch!«

Womit sie vor der Tür ihrer Wohnung in der Arkwright Road angekommen waren. Als sie den Schlüssel ins Schloß schob, zögerte er.

»Na schön. Sie dürfen noch auf einen Abschiedsschluck mit hereinkommen«, sagte sie. »Wenn Sie mir versprechen, nicht ungezogen zu werden.«

Er nickte zustimmend, ihr aber gefiel sein Lächeln nicht.

»Hauptsache, Ihnen ist klar, daß ich Sie nicht in mein Bett einlade«, ergänzte sie.

Während sie die Drinks holte, konnte sie ihn durch die Küchendurchreiche beobachten, wie er, gleich einem Beweismittel prüfenden Richter, Zeitschriften aufnahm und begutachtete. Zwei Jahre Haft für das Lesen von »Vogue«. Sechs Monate Einzelhaft für »Elle«, »The Ladie's Home Journal« – runter mit der Rübe! Danach bückte er sich, um ihre Bücherregale zu durchstöbern, ihren schlechten oder modischen Geschmack zu untersuchen und erfreut aufzulachen, sollte er Beweise für beides finden. Sie amüsierte sich über ihn, daher verriet sie ihm auch nicht, daß sie die Wohnung möbliert gemietet hatte. Dann stieß Jakob auf die »Gesammelten Geschichten« von Isaac Babel, die unter einer Zeitung auf dem Teetischchen lagen, und nahm den Band überrascht in die Hand.

»Lesen Sie das?« fragte er anklagend.

»Nein. Ich hatte gehofft, Sie hierher mitschleifen zu können, und hab's dahin gelegt, um Eindruck bei Ihnen zu schinden. Würden Sie es mir empfehlen?«

Mit zusammengekniffenen Augen trat Jakob den Rückzug an. Sein Verhalten wurde verbindlicher. »Verzeihung«, murmelte er.

»Sie haben mich den ganzen Abend lang kritisiert. Wer gibt Ihnen eigentlich das Recht dazu?«

»Niemand. Kommen Sie morgen abend mit mir zum Essen?«

Aber sie hatte schon Karten für die Aufführung von »Hedda Gabler«.

»Eine fürchterliche Aufführung«, fuhr Jakob hoch. »Eine Pleite. Dieser Mistkerl könnte nicht mal in der Verkehrszentrale Regie führen.« Und er fuhr fort, Binky Beaumont, das Royal Court Theatre, Donald Albery, J. Arthur Rank, die Granada und die BBC schlechtzumachen. Bis sie schließlich sagte: »Ich bin furchtbar

müde. Wissen Sie, ich bin nämlich gestern erst hier angekommen.«
Jakob sprang auf und leerte sein Glas. »Ich bin nicht handgreiflich geworden, weil Sie gesagt haben... Vielleicht sollte ich es doch lieber versuchen. Vielleicht haben Sie's gar nicht ernst gemeint!«
»Ich habe es ernst gemeint. Ehrlich.«
Trotzdem versuchte er sie zu küssen. Sie reagierte nicht. »Okay, okay. Sie haben's ernst gemeint. Darf ich Sie nach dem Theater abholen und zum Essen einladen?«
»Ich bin schon verabredet.«
»Wirklich? Mit wem?«
»Das dürfte Sie kaum etwas angehen.«
»Schämen Sie sich denn gar nicht?«
Daraufhin sagte sie ihm, mit wem.
»Mit dem? Ach du liebe Güte!« rief er aus und schlug sich mit der flachen Hand vor den Kopf. »Sie armes Kind! Der ist doch ein hoffnungsloser Scheißer.«
»Wie Shapiro?«
»Schlimmer. Er ist einer von den größten Angebern von ganz London. Er wird Liebling zu Ihnen sagen, den Wein zurückgehen lassen und Ihnen schmeicheln, daß Ihnen Hören und Sehen vergeht. Warum wollen Sie ausgerechnet mit dem ausgehen?«
»Also, hören Sie mal...«
»Wie wär's denn mit Donnerstag abend?«
»Da werde ich mit Luke ausgehen.«
Was ihn unvermittelt niederzuschmettern schien. Er protestierte nicht. Er wurde nicht ausfallend. Er wandte sich nur zum Gehen.
»Freitag abend hätte ich Zeit«, sagte sie.
»Na schön. Freitag abend also.«
Am Donnerstag jedoch klingelte, zehn Minuten bevor Luke sie abholen wollte, bei Nancy das Telefon.
»Ich sitze in meinem Schlafzimmer«, erklärte ihr Luke, »und ich muß mich beeilen. Jakob Hersch ist hier. Erinnerst du dich an ihn?«
»Allerdings.«
»Er kam her, um mich zum Essen einzuladen. Peinlich. Er ist in einer verheerenden Stimmung. Ich sagte ihm, ich sei verabredet,

aber er meinte, wir könnten doch alle beide mitkommen. Würde es dir sehr viel ausmachen?«
Und nach wenigen Minuten saß Jakob strahlend auf ihrem Sofa. Luke klopfte sich voll Nervosität mit dem Daumennagel gegen die Zähne. Nancy schenkte Drinks ein.
»Ich gehe das Eis holen.« Jakob sprang auf. »Bemühen Sie sich nicht, Nancy. Ich weiß, wo es ist.«
»Ich werde das Eis selber holen«, erklärte Nancy gelassen.
»Mein Gott, hoffentlich störe ich nicht.«
Im »Chez Luba« jedoch war es dann Nancy, die sich seltsam überflüssig vorkam. Während die beiden Freunde um ihren Beifall wetteiferten, sich gegenseitig mit Stories beschossen wie Beach Boys mit Handtüchern, scheinbar aus Spaß, doch jedesmal ein beißender Schmerz, fühlte sie sich zwar hervorragend unterhalten, konnte selbst aber kaum einmal ein Wort einwerfen. Luke erzählte amüsante Anekdoten über die Schauspieler in seinem Stück, die ihr Freude, Jakob jedoch Verdruß bereiteten.
»Erzähl ihr doch von diesem New Yorker Produzenten«, schlug Jakob mit boshaftem Blick über den Rand seines Weinglases hinweg vor. »Du weißt schon, und von dem Mädchen, das extra für dich bestellt war, damit du...«
»Jakob gibt niemals etwas Vertrauliches weiter«, wurde er von Luke unterbrochen.
Nunmehr erzählte ihr Jakob, daß er einmal für die Granada TV bei einem Fernsehspiel Regie geführt hatte und einer der Hauptdarsteller während der Übertragung an einem Herzinfarkt gestorben war. Von dem Moment an habe er mit seinen Kameras improvisieren müssen.
Luke lud sie in die Pinewood Studios ein, damit sie einmal nachmittags bei den Dreharbeiten zuschauen konnte, und Jakob forderte sie auf, sich vom Regieraum aus ein Fernsehspiel anzusehen.
Hin und her ging der Schlagabtausch, immer wieder griffen sie einander an, und Nancy, erschöpft, war froh, als es schließlich Zeit zum Nachhausegehen war. Jakob bemächtigte sich der Rechnung als erster.
»Wir nehmen ein Taxi«, erklärte Luke, der Nancys Arm ergriff.

Doch Jakob, der sich darauf verließ, daß Lukes Geiz die Oberhand behielt, erwiderte: »Nein, ich fahre euch. Es liegt ja am Weg.«
Jakob hielt Nancy die vordere Wagentür auf, aber sie glitt graziös neben Luke auf den Rücksitz. Miststück. Hure. »Wen soll ich zuerst absetzen?« rief Jakob.
»Wir fahren zu Nancy.«
Als er vor ihrer Haustür hielt, lud sie ihn diesmal nicht auf einen Gutenachtschluck ein. »Soll ich hier draußen auf dich warten?« erkundigte er sich bei Luke.
»Gute Nacht«, erwiderte der und warf den Wagenschlag zu. »Und danke schön fürs Dinner.«
Undankbares Schwein. Schmalspurgenie! Jakob fuhr um den Block, wartete bei Rot an der Ampel und mußte einen kurzen Umweg machen, um den Einbahnverkehr vorbeizulassen. Dann hielt er auf der anderen Straßenseite und wartete mit ausgeschalteten Scheinwerfern. *Adonoi, Adonoi*, betete Jakob, mach, daß sie ihre Tage hat. Mach, daß sie blutet. *Obwohl ihn das auch nicht weiter stören würde, diesen dreckigen Goy!*
Eine halbe Stunde verging. Das Licht im Wohnzimmer wurde ausgeschaltet, die Schlafzimmervorhänge wurden zugezogen.
»Ooooh«, stöhnt sie, »ooooh, deine Hände machen mich wahnsinnig! Bitte komm jetzt in mich hinein.«
Bebend vor Erregung zündete sich Jakob eine Zigarette nach der anderen an.
»Aber warum bist du noch so klein?«
He, he, lachte Jakob laut und schlug sich aufs Knie. Mittelmäßig begabt, ein Geizkragen, und hochkriegen tut er ihn auch nicht. »Dann erlaube mir, dich zu küssen.«
O nein! Nicht das, Nancy! Er hat Fusospirillose!
Eine Stunde. Das Licht im Schlafzimmer aus. Eigentlich, dachte Jakob, ist sie gar nicht so gescheit. Und so schön. Und ihre Zähne sind unregelmäßig.
Zwei Stunden. Jakob, voller Abscheu gegen sie, wütend auf sich selbst, weil er dort wie ein mondsüchtiger Teenager im Dunkeln saß, überlegte, wenn ich sterbe, bevor ich aufwache, und der Herr meine Seele zu sich nimmt, werde ich begraben werden, ohne jemals bei Olivier Regie geführt, eine Negerin im Bett gehabt, Jeru-

salem gesehen, mit einer Ansprache den Oscar zurückgewiesen, Heroin probiert, für eine gute Sache gekämpft, einen Kabinenkreuzer besessen, einen Sohn gezeugt, das Amt des Premierministers innegehabt, das Rauchen aufgegeben, Mao kennengelernt, ein homosexuelles Erlebnis gehabt, die Benye-Krick-Stories zu einem Film verarbeitet, die Ritterwürde abgelehnt, zwei hinreißende Mädchen gleichzeitig im Bett gehabt, einen Nazi getötet, Hanna nach London geholt, eine Erster-Klasse-Reise mit der »Île de France« gemacht, Lauren Bacall in einem Thriller besetzt, Evelyn Waugh kennengelernt, Proust gelesen, in einer Nacht vier Orgasmen gehabt (gibt es das wirklich?) und erlebt zu haben, daß das National Film Theatre eine Präsentation meiner Filme bringt.

In meinem Alter war Orson Welles berühmt. Hatte Dostojewski »Schuld und Sühne« geschrieben. Hatte Mozart seine besten Werke komponiert. War Shelley tot.

Unbeschreiblich deprimiert startete Jakob den Wagen und fuhr los. Als er um eine Ecke bog und an Lukes Wohnung vorbeikam, blickte er automatisch zu den Fenstern hinauf, und sein Herz tat einen Freudensprung, als er sah, daß das Licht im Schlafzimmer brannte.

Luke kam im Morgenmantel zur Tür.

»Was machst du hier?« erkundigte sich Jakob.

»Ich wohne hier.«

Es war vier Uhr morgens.

»Und was, wenn ich fragen darf, machst du hier?«

»Ich konnte nicht schlafen.«

»Ich auch nicht. Möchtest du einen Drink?«

Sie unterhielten sich über das Überspielen von Lukes Stück, über ein Drehbuch, das Jakob in Erwägung zog, Senator John F. Kennedys Chancen und ob sie das nächstemal den Sitzstreik am Trafalgar Square mitmachen sollten, auch wenn es ihnen sinnlos erschien. Sie unterhielten sich über Gott und die Welt, nur nicht über Nancy. Schließlich fragte Jakob: »Du bist nicht sehr lange geblieben, nicht wahr?«

»Ich habe mich fast sofort verabschiedet. Sie hatte Kopfschmerzen.«

»Zu schade.«

»Ja. Wie findest du sie?«
»Nicht umwerfend. Und du?«
Dies wurde im Laufe der Jahre zu einem privaten Scherz für die drei. Zu einem der Augenblicke, die sie verbanden.
Am nächsten Abend war Jakob, wie Nancy sich erinnerte, sehr früh gekommen, früh und zerknirscht, weil er erwartete, sie sei auf ihn wütend.
Am Morgen flogen sie miteinander nach Paris, und dort erst, als sie in seinen Armen lag, bekannte Jakob, wenn sie ihm vorgeworfen hätte, ihr den Abend mit Luke verdorben zu haben, oder wenn sie gedroht hätte, ihn fortzuschicken, würde er so getan haben, als hätte er einen Bandscheibenvorfall.
»Dann wäre ich eine ganze Woche geblieben, hätte hilflos in deinem Bett gelegen, unfähig, deinen perversen Anschlägen auf meine Lenden Widerstand zu leisten.«
Bei der Erinnerung daran lächelte Nancy im Taxi vor sich hin.
Das war 1959 gewesen.
Ach Jakob, Jakob, mein Liebling, warum mußtest du dich so sehr zum Narren machen? Und mich.
Als Luke in den Duke of Wellington gefegt kam, verspätet und atemlos, mit dem Kopf hoch über den anderen Trinkern, dauerte es einen Moment, bis er Nancy entdeckte, und in diesem Moment sah sie ihn plötzlich mit Jakobs voreingenommenen Augen. Lukes einstmals länglich-schmaler Kopf runder und runzlig, fleischig, das schüttere, flachsblonde Haar ergänzt durch Koteletten und einen Fu-Manchu-Schnurrbart. Luke trug einen gelben Rollkragenpullover, eine braune Wildlederjacke und unbequem enge Hüfthosen mit aufgesetzten Taschen, die nur von Doug Haywood geschneidert sein konnten. Unser Freund, der Trendy, würde Jake sagen.
Na ja, warum nicht, dachte Nancy, Jakobs Kritik zurückweisend, und ärgerte sich, daß seine Vorurteile nach acht Jahren sich ihr noch selbst in seiner Abwesenheit zuallererst aufdrängten. Luke, ermahnte sie sich selbst, ist immer noch ein Goldstück, er mag mich und vergißt, im Gegensatz zu vielen anderen, niemals meinen Namen. Außerdem wehren sie sich jetzt wohl alle gegen die Vierzig.
Luke zog Nancy an sich. »Wie ging's gestern?«

»Ich möchte lieber nicht davon sprechen. Wie war's in Kanada? Hast du dich überall tüchtig feiern lassen?«

Nein, nicht überall. Aber alle ihre alten Freunde in Toronto, berichtete er, hätten Näheres über Jakobs Schwierigkeiten hören wollen, hinschmelzend vor Mitgefühl, aber ganz scharf auf Schmutz. »Hör zu«, setzte er hastig hinzu, »ich möchte jetzt etwas klarstellen. Ich glaube keine Sekunde daran, daß Jakob eine Strafe aufgebrummt bekommt, es sei denn, eine kleine Verwarnung, aber du brauchst dir keine Gedanken um Geld zu machen. Ich kann dir aushelfen, ohne daß ich es überhaupt spüre.«

Das Understatement des Jahres. Dennoch war Nancy gerührt. Tränen stiegen ihr in die Augen. »Ja, das glaube ich dir.«

»Sollte das jetzt Ironie sein?« fragte er sie gekränkt.

»Nein. Ehrlich. Aber ich könnte es nicht annehmen. Jakob würde es nicht wollen.«

Luke beharrte nicht auf seinem Angebot. »Ist doch verrückt«, sagte er, »das Ganze. Ich glaube kein einziges Wort davon. Du etwa?«

Nancy musterte ihn scharf. »Ich hätte nicht gedacht, daß du beruhigende Bestätigungen brauchst.«

»Teufel, nein! Aber vergiß nicht, daß wir drei Jahre lang in derselben Wohnung gehaust haben. Ich weiß genau, daß er, was seine sexuellen Neigungen betrifft, kein bißchen extravagant ist. Im Gegenteil, eher prüde.«

»Ja. Aber er steckt nicht allein in dieser Patsche.«

Harry war zuvor schon zweimal im Gefängnis gewesen, einmal wegen Erpressung. Nancy erzählte ihm davon.

»Und was sagt Jakob dazu?«

»Er dachte, Harry hätte nur angegeben, und als er feststellte, daß es zutraf, war er beeindruckt. Er fand es einfallsreich und bitter.« Als sie das sagte, mußte sie lachen. Luke ebenfalls. »Wer hätte gedacht, daß Herschel den Mut besitzt, hat Jakob gesagt.« Harry, fügte sie hinzu, sei bereits an die »News of the World« herangetreten, um nach Prozeßende seine Inside-Story zu verkaufen.

»Und was hat Jakob dazu gesagt?«

»Er ist unendlich belustigt darüber. Harry fasziniert ihn.«

»Er ist verrückt.«

Nancy erstarrte.

»War ja nur Spaß. Ich habe das… na ja, liebevoll gemeint. Die ganze verdammte Angelegenheit ist lächerlich. Die Anwälte werden darlegen, daß er schon immer Heimatlose aufgelesen hat, daß er Harrys Wohltäter war, daß er soeben erst in tiefer Trauer von der Beerdigung in Kanada zurückgekehrt war, daß du mit den Kindern in Cornwall warst und…«

»Und wenn er ins Gefängnis *will*?«

»Ich bitte dich, Nancy!«

»Aber du kennst ihn ja kaum noch, Luke.«

»Daran ist er selber schuld. Seine Witze wurden immer mieser. Über meine Mädchen. Meinen Lebensstil. Alles. Okay, um es ganz offen zu sagen, ich hab's geschafft. Aber das muß doch nun wirklich nicht bedeuten, daß ich korrupt bin! Sobald ich mit ihm zusammen war, mußte ich mich ununterbrochen rechtfertigen. Vor allem dieses sogenannte Rumwerfen mit Namen. Verdammt, ich bin keiner, der mit klingenden Namen um sich wirft! Ich komme nur zufällig ständig mit diesen Leuten zusammen.«

»Er aber nicht.«

»Wir waren früher einmal wie Brüder, weißt du. Scheiße! Möchtest du noch einen Drink?«

»Ich darf nicht.«

»Versuch's doch mal komisch zu sehen.«

»Ha, ha.«

»Jetzt ist es natürlich nicht komisch. Ich weiß, ich weiß. Aber wenn's erst mal vorbei ist… Ach was, verdammt noch mal! Wir waren zusammen jung«, dachte er laut, »voller Hoffnung und Verheißung.«

»Nicht alle Kandidaten erreichen das Klassenziel.«

Und das hatte Jakob gesagt.

Mrs. Hersch klopfte ans Fenster, um Molly aus dem Garten hereinzurufen, und dann aßen sie beide gemeinsam Toast und Eier – gekochte, nicht gebratene, sie würde sich hüten, die Omelettpfanne der First Lady noch einmal anzufassen. Die war so fettig, daß man drin Schlittschuh laufen konnte, aber sie einmal, wie es sich gehörte, mit heißem Wasser und Seife auszuscheuern, war in den Augen ihrer Schwiegertochter ja ein Verbrechen!

Nachdem sie Molly zum Mittagsschlaf ins Bett verfrachtet hatte, machte sich Mrs. Hersch noch eine Tasse Pulverkaffee. Rein zufällig stand sie am Wohnzimmerfenster – sie spionierte keineswegs, auch wenn Nancy das glaubte –, als der Wagen vor dem Haus hielt. Ein langgestreckter, sehr, sehr teurer Sportwagen. Der Mann, der ausstieg und um den Wagen herumging, um Nancy den Schlag zu öffnen (sie konnte den Griff natürlich nicht selber drehen, die kleine *zaske*), war größer als Jakob, mager, ein *locksch*, mit strohblondem Haar und einer Brille.

Ein *goy*.

Er nahm Nancy in den Arm und streichelte ihr das lange, schwarze Haar.

»Du wirst sehen, alles wird gut.«

»Ich darf meine Milch nicht verlieren.«

Luke hielt sie eng an sich gedrückt.

»Wenn ich meine Milch verliere, werde ich ihn schließlich noch hassen.«

»Das wirst du nicht«, widersprach er und wiegte sie sanft. »Das könntest du gar nicht.«

»Wenn ich meine Milch verliere, werde ich ihn hassen, ganz gleich, was passiert.«

Dann blickte Nancy instinktiv auf, sah das aschgraue Gesicht ihrer Schwiegermutter am Fenster und erstarrte.

»Scheiße!«

Mrs. Hersch zog sich in die Küche zurück und sank, von Hitzewallungen überwältigt, mit wild klopfendem Herzen auf einen Stuhl. Sie hörte, wie die Haustür aufging, wie Nancy aus dem Mantel schlüpfte, Ewigkeiten brauchte, bis sie ihn aufgehängt hatte, und dann ins Wohnzimmer ging. Jetzt kam das Klirren einer Flasche auf dem italienischen Glastisch mit dem vergoldeten Blumenfuß. Ein Feuerzeug klickte, versagte. Klickte abermals. Endlich kam Yankels Prinzessin zur Küchentür hereingeschwebt, in der Hand mit den langen, silbrigen Fingernägeln zierlich ein Glas haltend. Drei Kinder – und sie schaffte es immer noch, einmal die Woche zum Friseur zu gehen, und diese Hexenfingernägel! Nancy roch jetzt mehr nach dem harten Schnaps als nach ihrem Parfüm. Ihre Augen waren verquollen.

»Waren die Kinder artig?«
»Warum sollen sie nicht artig sein, sie sind meine Schätze, meine Lieblinge. Ich lebe nur noch für sie.«
»Ich liebe sie auch, Mrs. Hersch, aber ich lebe keineswegs nur für sie.«
Du. Du Hure. Mrs. Hersch schob die offene, übelriechende Konservendose zu Nancy hinüber. »Was ist das?«
»Hundefutter.«
»Ja, das hatte ich mir gedacht. Das ist Hundefutter, habe ich mir gesagt. Aber ihr habt doch gar keinen Hund.«
»Nein.«
»Hattet ihr denn mal einen?«
»Noch nie.« Nancy begann sich zu amüsieren.
»Ich hab die Dose irrtümlich aufgemacht. Ich hatte meine Brille nicht aufgesetzt. Ich bin in einem derartigen Zustand... Wenn ich bloß daran denke, daß er jetzt vor Gericht steht! Wenn ich das Etikett gelesen hätte, dann hätte ich natürlich...«
»Aber es war kein Etikett drauf. Die Dosen oben in seinem Zimmer haben alle kein Etikett.«
Mrs. Herschs Augen füllten sich mit Tränen, und plötzlich wurde Nancy weich. In sanfterem, versöhnlicherem Ton sagte sie: »Wissen Sie denn nicht, daß in seinem Arbeitszimmer oben alles seine bestimmte Ordnung hat? Er merkt sofort, wenn jemand etwas angefaßt hat.«
»Wozu soll denn um Gottes willen das Hundefutter gut sein?«
»Das ist für Ruthy.«
»Ruthy?«
»Mrs. Flam. Harrys Verlobte, sozusagen. Unwichtig. Aber bitte, gehen Sie nicht an seine Sachen, Mrs. Hersch. In Ihrem eigenen Interesse nicht!«
»Ich denke gar nicht daran...« Sie erhob sich, wankte. »Das sind die Wallungen. Ich glaube, ich muß mich hinlegen.«
»Warten Sie, ich helfe Ihnen.« Nancy ergriff ihren Arm.

8 Jakob konnte nun endlich langsam erkennen, wie seine Vergangenheit, von der er immer geglaubt hatte, sie sei vom Sichgehenlassen, von hochfliegenden Ambitionen und zu großer Gier geprägt, klarere Konturen annahm. Eine sinnvolle Symmetrie. Der Reiter, Dr. Mengele, Harry, Ingrid, sie alle hatten ihn gemeinsam dahin gebracht, daß er jetzt so widersinnig, so verstört und hilflos im Saal Nummer eins im Old Bailey vor Gericht stehen mußte.
Gestern noch hatte die Anklage gegen ihn auf unsicheren, sehr unsicheren Füßen gestanden, heute aber, am Freitag, sollte Harry zum erstenmal in den Zeugenstand gerufen werden. Harry, der Idiot. Und Jakob, von Angst überwältigt, erinnerte sich an ihre erste Begegnung, oder vielmehr an das, was er zu seinem Unglück für ihre erste Begegnung gehalten hatte, bevor ihn der bekümmerte Harry korrigierte, als er das Haus verließ.
»Sie wissen nicht mehr, daß wir uns schon einmal begegnet sind, nicht wahr?«
»Nein, tut mir leid.«
»Macht nichts. Die Leute übersehen mich fast immer. Ich bin schon lange daran gewöhnt.«
Doch dann zögerte er an der Tür.
»Sie behaupten, Sie hätten nicht soviel Geld, Mr. Hersch, und Sie könnten, selbst wenn Sie wollten, nichts davon entbehren. Ein Jammer, wirklich. Denn stimmt es nicht, daß Sie momentan im Monat mehr dafür bezahlt bekommen, daß sie *nicht* arbeiten, als ich im ganzen Jahr nach Hause trage?«
»Wer hat Ihnen denn das gesagt?«
»Ich unterstelle, daß Sie mich belogen haben.«
»Wo sind wir uns schon einmal begegnet, Harry?«
»Ich nehme an, Sie wollen durchblicken lassen, daß wir uns unmöglich in denselben Kreisen bewegen können.«
»Andeuten«, berichtigte Jakob, den die Bosheit packte.
Harrys Wangen wurden blutrot.
»Und jetzt sagen Sie mir, woher Sie Kenntnis von meinen Privatangelegenheiten haben oder zu haben glauben«, befahl Jakob.
»Wenn Sie mich in diesem Zusammenhang belogen haben, behaupte ich, daß Sie auch im Zusammenhang mit Ihrem Vetter die Wahrheit verschweigen. Sie kennen den gegenwärtigen Aufent-

haltsort von Joseph Hersch. Oder de la Hirsch«, fügte er zynisch hinzu. »Und Sie decken ihn.«
Jakob rief sich auf der Anklagebank Harrys Bild vor Augen, wie er ihn beim ersten Besuch in seinem Haus gesehen hatte.
Der spöttisch grinsende, einem Frettchen nicht unähnliche Herschel. Geborener Londoner, gewachsener Londoner. Der staatliche Gesundheitsdienst war gerade noch rechtzeitig für die Nikkelbrille eingerichtet worden, zu spät jedoch für die schiefen, zahnsteinverkrusteten Zähne. Harrys braune Haare waren schütter und trocken, seine Haut fleckig und beinahe so grau wie sein Regenmantel, und aus den Ohren wuchsen ihm kleine Haarbüschel. Vermutlich aufgrund der Feuchtigkeit, hatte Jakob damals gedacht, wie die Triebe an den Kartoffeln, wenn man sie unter dem Spülstein vergißt.
Der knochige, kleine Harry, ein richtiger Knirps, trug einen Pullover unterm Jackett, und im Jackenaufschlag eine Plakette für atomare Abrüstung. Die Plakette war überflüssig, denn sein ganzes Verhalten sprach unübersehbar von ererbter Unzufriedenheit, untermauert von Erfahrung. Von schwarzer, freudloser Erfahrung. Jakob erkannte in ihm sofort den Benachteiligten, der im strömenden Regen finster am Ende der Warteschlange an der Bushaltestelle stand. Während er selbst trocken im Taxi vorüberfuhr. Es war Harry, der auf dem Heimweg eine Gallone »Esso Pink« kaufte und den »Aladdin« anzündete, bevor er für seine einsame Abendmahlzeit gefrorene »Birdseye«-Kartoffelchips und »Walls«-Würstchen auftischte. Während Jakob dem Schlachter bei Harrods Vorwürfe machte und aufgrund dessen ein dickeres, besser abgehangenes Stück Rumpsteak verlangte und erhielt. Harry, der im Juli dem Weihnachtsklub beitrat, sich Abzahlungsverträge aufhalste und sich nicht über die Reduzierung des Überziehungskredits bei der Bank beschwerte. Oder über die Warteliste für Jaguars. Oder die Schneeverhältnisse der Schweiz in Klosters. Oder die sträflichen Kapitalzuwachssteuern. Harry, den die ganze Welt kränkte. Seine grauen Augen glühten, sein Blick war von Haß erfüllt. Als er sich in den neuen Ohrensessel von Heal's setzte, bemerkte Jakob, daß seine Hose schon glänzte und daß er einen Lederbesatz an den Manschetten trug.

»Hübsch. Wirklich sehr hübsch«, lobte Harry, dem kein Detail des Wohnzimmers entging. »Ruthy würde sich freuen, wenn sie ein eigenes Haus hätte.«

Ruthy, die auf der Warteliste für Sozialwohnungen noch immer Punkte sammelte.

»Aber sie kann es sich nicht leisten. Weil wegen euch Yanks und wegen des Rachmanismus überall die Mieten in die Höhe geschnellt sind.«

»Ich bin Kanadier.«

Die Welt schien es ganz speziell darauf anzulegen, Harry zu quälen und zu verhöhnen. Als er am Morgen nach seinem ersten Besuch in Jakobs Haus erwachte, seinen übelriechenden Heizofen anzündete und darauf wartete, daß der Wasserkessel zu pfeifen begann, las er auf der Titelseite des »Express« von der neuesten Göttin, Gina Lollobrigida, die in Heathrow zur Erde herabgestiegen war, schön warm verpackt in einem Jaguarmantel mit Silberfuchsbesatz. »Außer dem Mantel, den die schöne Lollo bei ihrer Ankunft trug, brachte sie noch drei weitere Pelzmäntel mit: einen Tiger, einen Zobel und einen zweiten Jaguar. Und in der vergangenen Nacht wurde ihre Starsuite im Savoy von Sicherheitsbeamten bewacht.« Weiterhin gab es ein Foto des neuesten Girls aus »Mit Schirm, Charme und Melone«, das sich so tief bückte, daß eine Einflugschneise enthüllt wurde, groß genug, um ihn – sollte sich die Gelegenheit ergeben – hineinrammen zu können. Dann kam das Bild einer jungen Schwedin, deren Minirock vom Wind bis über ihren Schoß hinaufgeblasen wurde. Ach, könnte man doch darin rühren, bis er überlief, und ihn dann ein für allemal zustopfen!

Und während Harry sich in Gedanken vornahm, seine samenfleckigen Bettlaken auf dem Weg zum Büro in die Wäscherei zu bringen, brauchte er nur umzublättern, und schon drängte sich ihm das schöne Leben anderer Leute auf.

MEIN LEBEN UND MEINE LIEBEN

Von einem des Sexualverbrechens angeklagten Flugsteward Flugsteward Paul Crane aus Kingston Hill in Surrey, beschuldigt, eine Flugstewardeß vergewaltigt zu haben, erzählte gestern von den Frauen in seinem Leben.

Wie er erklärte, hat er eine feste Freundin in Surbiton und geht zwischen den Flügen mit Flugstewardessen aus.
Es gab also einmal seine Freundin bei der Verkehrskontrolle und dann ein bis zwei andere Stewardessen, mit denen er ausging.
Sein Anwalt fragte: »Mit wie vielen von ihnen schlafen Sie?«
Crane: »Ich schlafe mit fast allen.«

Diese Stewardessen wurden, wie Harry sehr wohl wußte, nicht aufgrund ihrer Sprachkenntnisse ausgewählt, sondern aufgrund ihres Brustumfangs und ihrer Bereitschaft, es sich von hinten besorgen zu lassen, ihn sich selber hineinzuschieben, aufgespießt auf dem Schoß des Captains in dreißigtausend Fuß Höhe, während der Autopilot die Maschine steuerte. Was man unschwer feststellen konnte, wenn sie aus dem Cockpit zur Spülung aufs Klo humpelten, und wenn man auch nur zu fragen wagte, ob man eine Stange Zigaretten oder eine Flasche Schnaps kaufen könne, auch wenn es sich nur um den billigen Mitternachtsflug nach Paris handelte, warfen sie einem jenen bestimmten Blick zu, der besagte, ich weiß, daß du nichts weiter bist als Dreck, und antworteten: »Ich hab schließlich auch nur zwei Hände, ja?« Und Harry wußte, daß sie es gerade gekriegt hatten, Zweigroschenhuren.
Harry, dazu verurteilt, den Tag mit einem halben Liter Milch zu beginnen und ihn mit einem Horlick's zu beenden. Für den »Guinness« gut war. Harry, gezwungen, nach einem einzigen Ei zum Frühstück arbeiten zu gehen.
In der überfüllten U-Bahn, wo alte Saukerle ihren Rotz auskeuchten (»Wir sind auf dem Marsch, Brüder!«) und schnurrbärtige junge Mädchen überall ihre Kaugummi deponierten (Gala ist ein Mädchen wie du), sprangen ihn abermals Plakate mit jungen Mädchen im Bikini an; die Beine gespreizt zum leichteren Eindringen, lockten sie ihn an die Strände von Malta oder Mallorca. Mädchen, die eine Flasche Sherry an die nackten Brüste drückten, sie streichelten, ihn anflehten: »Trink...« Mädchen mit unvorstellbar langen Beinen, feuchte Mädchen, die sich Nylonstrümpfe überstreiften wie Kondome. Mädchen, die in BHs schlüpften, Mädchen, die aus der Badewanne stiegen, allzeit bereit, das Handtuch fallen zu lassen, wenn er sich nur beeilen und ans Ende der

Schlange vor dem Old Compton oder dem neuen Windmill stellen, den Reißverschluß öffnen und seinen Regenmantel zur Vorbereitung für die große Szene über den Schoß breiten wollte.
Ja natürlich, alle kriegten überall und immer wieder das, was ihnen zustand. Das heißt, alle, die Geld hatten.
An der Oxford Street stieg er aus, quetschte sich auf eine Rolltreppe, die überquoll von Titten und Hintern, von selbstbewußten Teenagern in Miniröcken. Mit verschlafenen Gesichtern – kein Wunder. Bei Tag waren sie mißmutige, rotzfreche Stenotypistinnen oder Verkäuferinnen, bei Nacht dagegen pillenbesessene Groupies, vielleicht sogar Gipsgießer, die Fensterbänke ihrer Wohnschlafzimmer vollgestopft mit Abdrücken von Lumpenproletariat-Schwänzen. Doch ohne eine Minute Zeit für Harry, dem zu spät Geborenen. Der es nicht verstand, schlecht Gitarrre zu spielen, der nicht sein Haar schulterlang herabhängen ließ. Der Beethoven den Rolling Stones vorzog. Der ein soziales Gewissen besaß.
Von einem Zeitungsstand angelockt, zögernd, aber unwiderstehlich hingezogen, griff sich Harry, der nicht, wie gestern und vorgestern, widerstehen konnte, an diesem Morgen voller Zorn »Mayfair«, und sei es nur, um nachzusehen, was für Lügen sie heute wieder auftischten. »DIE NACKTESTE NATHALIE DELON, DIE ES JE GAB. SUSAN STRASBERG STRIPPT. DAS GÄSSCHEN DER TOLLEN SALLY IST EIN AUFENTHALTSORT VOLLER SINNENFREUDE.« Harry stopfte die Zeitschrift in seine Aktenmappe, machte sich auf zum Soho Square, dann der Lift, im fünften Stock aussteigen und geradewegs zu seiner Zelle, wo ganze Körbe voll Ausgabenbelegen fremder Leute seiner unübertroffenen Manipulationen harrten.
Um zwölf eilte Vater Oscar Hoffman, A. F. A., A. A. I. A., vorbei, ließ sein Lächeln wie einen Segen herabrieseln und war auf und davon, zu einem zweistündigen Geschäftsessen im »White E.«.
»Wie ich hörte«, sagte Eisenthal wachsamen Blickes, »ist Triplex Tube reif zur Übernahme. Was gibt's Neues, Oscar?«
»Steine und Mörtel. Stecken Sie's in Steine und Mörtel, dann kann nichts schiefgehen.«
Harry, aufgekratzter Stimmung, lud die überdimensionale Schwe-

ster Pinsky zum Lunch ein, bemüht, sich nicht vorzustellen, wie viele Falten ihr Bauch schlug und welch eine Last es sein mußte, diese melonengroßen Brüste zu tragen. »Kommen Sie mit, Sandra. Wir brennen durch, schmeißen unsere Quittungen zusammen und veranstalten eine Orgie.«
»Sie sind einfach schrecklich, Harry!«
Eine Tonne bebendes Fleisch.
»Würden Sie Ihren Schlüpfer ausziehen und für eine Zeitschrift posieren, Sandra? Wie Nathalie Delon?«
»Für mich«, antwortete sie heftig atmend, »müßten die mindestens eine Doppelseite opfern.«
Schwester Pinsky las eine Biographie König Faruks – ausgerechnet!
»Für mich«, erklärte sie ihm, »symbolisiert das ein geradezu klassisch vergeudetes Leben.«
O Sandra, gib mir Faruks Leben, und ich nehme seinen elenden Tod in Kauf. Gib mir Hotelsuiten mit dreißig Zimmern, Bauchtänzerinnen und Schönheitsköniginnen. Laß mich an einem Abend hunderttausend Pfund verspielen. Laß mich jedes Callgirl von Rom kennen, und weißt du was, Liebling, ich schenke dir mein Büro. Ich schenke dir alles, was auf meinem Bausparkonto ist. Meine Versicherung. Meine Rente. Meine Kameras. Meine Vergangenheit, meine Gegenwart, meine Zukunft.
Wieder in seine Zelle zurück, zu den endlosen Rechnungen, Kontobüchern und Manipulationen fremder Leute.
Es war schon halb vier, als ein vergnügter Vater Hoffman hereinrauschte und kurz haltmachte, um hallo zu sagen.
»Wissen Sie, wer am Nebentisch saß?«
Harry reagierte mit einem Lächeln.
»Warren Beatty mit einer richtigen Sexnudel. Er bricht ein Stück Brot ab, kaut es und schiebt es ihr mit seiner Zunge in den Mund. Mitten im Restaurant. Roggenbrot.«
Schließlich kam Bruder Bloom mit den verlangten, überarbeiteten Konten hereingeschlurft. Harry warf sie beiseite und sagte: »Eines Tages müssen wir uns mal einen Computer anschaffen, meinen Sie nicht?«
»Sie sind der geborene *momser*«, erwiderte Bloom, der wußte, wie

sehr es Harry ärgerte, wenn man Jiddisch mit ihm sprach. Anspruch auf ihn erhob. Vor allem, wenn Miss Bailey in Hörweite war.

Und dann war es Zeit zum Gehen, und Harry erwog die Alternative. Er konnte sich in eine Versammlung der Graphic Arts Society begeben oder sich den neuen Film im Cameo-Poly ansehen. Oder Ruthy besuchen. Er entschied sich für seine Bude und die Glotze, dachte auch daran, zuvor noch seine Wäsche abzuholen, und setzte sich mit dem »Evening Standard« zu Spiegeleiern mit Bohnen nieder. »Wenn David Bailey einkaufen geht« – las er – »so kauft er, falls sich die Rechnung auf neunzig Pfund und ein paar Zerquetschte beläuft, schnell einige Dinge hinzu, bevor er den Scheck ausstellt, weil er nicht weiß, wie man neunzig schreibt. David Frost gibt im Connaught wieder eine Frühstücksparty für dreißig Personen. Jeder, der zählt, ist schon ganz zappelig vor Aufregung bei der Frage, was er zu Lady Antonia Frasers Maskenball am kommenden Mittwoch anziehen soll. Der vierzigjährige Bernie Cornfeld, IOS-Geschäftsführer mit einem persönlichen Vermögen von über einhundert Millionen, läßt sich auf allen Reisen von mindestens vier ›Playboy‹-reifen Schönen begleiten.«

Harry wählte die Nummer des Savoy. »Könnte ich bitte Miss Lollobrigida sprechen?«

»Miss Lollobrigida nimmt keine Anrufe entgegen. Möchten Sie eine Nachricht hinterlassen?«

»Läuten Sie lieber durch, Baby, und fragen Sie, ob sie einen Anruf von... John Huston entgegennimmt.«

»Gern, Sir.« Pause. Dann: »Sie ist im Augenblick unabkömmlich, Mr. Huston. Könnten Sie in zehn Minuten noch einmal anrufen?«

»Haben Sie denn noch immer kein Telefon neben der Badewanne?«

Er wurde mit einem Kichern belohnt.

»Also dann wollen wir mal sehn. Ich mache mich jetzt gleich auf den Weg. Richten Sie Miss Lollobrigida aus, sie möchte bitte unbedingt bleiben, wo sie ist. Ich werde in zehn Minuten mit einem Badetuch und meiner Reitgerte dort sein.«

Auf seinem Bett ausgestreckt, den Reißverschluß geöffnet, griff

Harry nach »Mayfair«: »Hochzeitsnächtliche Balgerei zwischen Susan Strasberg und Film-Ehemann Massimo Girotti.« Auf dem Foto lag sie nackt auf dem Laken, den Kopf zurückgeworfen, während der behaarte *dago* an ihren Brustwarzen sog. »Oben rechts: Leicht durchschaubarer Verführungsversuch kann ihren Ehemann nicht ausreichend erregen. Unten: Resultat – Der Vetter des Ehemannes springt bereitwilligst ein.« Sie lag auf einer Bank, nackt bis auf kniehohe Lederstiefel, und der Vetter vergrub seinen Kopf zwischen ihren Beinen. Schleckte und schlabberte.
Harry blätterte weiter. »Umfrage«, eine Untersuchung über das Sexualleben alleinstehender junger Mädchen im London von heute.

> ... Ich saß auf dem Fußboden, und er kam zu mir, küßte mich und zog mich zu sich herunter. Er zog mir das Kleid über den Kopf, und ich merkte auf einmal, daß ich ganz furchtbar rot wurde, aber er war sehr zärtlich. Er schob den Arm unter mich, öffnete meinen BH, begann meine Brüste zu küssen und meine Brustwarzen zwischen den Fingern zu rollen, damit sie sich aufrichteten. Wir schoben uns gegenseitig so weit wie möglich die Zunge in den Mund, und ich fühlte seine Finger an meinem Höschen. Es war nur ein Papierhöschen, in das er nun vorn einen Schlitz hineinriß. Seine Hände schienen überall zugleich zu sein; sie machten mich wahnsinnig. Ich legte ihm meine Beine über die Schultern, rieb meine Schenkel an seinem Kopf, und dann liebten wir uns – durch mein Höschen. Wir liebten uns dreimal.

Später tupfte Harry die Finger in seinen Samenerguß und beschmierte Susan Strasbergs Mund und Brüste damit; dann riß er »Mayfair« in kleine Fetzen, kleidete sich hastig an und machte sich den Haverstock Hill empor auf den Weg zum Pub.
An der Ecke Englands's Lane blieb Harry stehen, um sich, das Büchlein mit den unregistrierten Telefonnummern in der Brusttasche, nach einer Telefonzelle umzusehen, als er ein Stück weiter unten am Straßenrand einen Rolls-Royce Silver Cloud stehen sah. Ein Chauffeur war nicht dabei. Scheinbar ziellos daran vorbeischlendernd, öffnete Harry in seiner Regenmanteltasche das Messer und kratzte damit an dem großen Rolls entlang. Er ging noch ein ganzes Stück weiter, bevor er kehrtmachte und, zum Haver-

stock Hill zurückschlendernd, den Lack auch auf der anderen Seite zerkratzte. Als er den Pub wieder verließ und sich nach dem Rolls-Royce umsah, war er verschwunden.

9 Mr. Pound versuchte Jakob im Zeugenstand fertigzumachen.

»Wäre es zutreffend, wenn ich sagte, daß Sie persönlich die Deutschen verabscheuen?«

»Aber... aber... Mozart war Deutscher«, stammelte Jakob. »Beethoven. Ja, sogar Karl M..., ich meine, Kant war ein Deutscher.«

»Dennoch verabscheuen Sie sie. Nicht wahr?«

»Ja, aber«, hatte Jakob scheinbar entsetzt erwidert, »dann wäre ich ja ein Rassist, Sir!«

Da draußen, hatte er gedacht, als er seinen Platz auf der Anklagebank wieder einnahm. Da draußen reitet er sogar jetzt. St. Urbains Reiter. Seines »Barnaby International« beraubt, ohne den maßgeschneiderten Reitdreß von Jos. Monagham Ltd. in der St. Stephen's Green, Dublin. Im Galopp, mit donnernden Hufen. Über die olivgrünen Hügel Obergaliläas. Oder vielleicht schon in Paraguay. Draußen auf dem dampfenden Überschwemmungsland des Paraná, mit der einen Hand seinen herrlichen Pleven-Hengst zügelnd, während er mit der anderen den Feldstecher aus der ziegenledernen Satteltasche holt, um die Savanne unten nach dem ungekennzeichneten Weg abzusuchen, der sich, zwischen Puerto San Vincente und der Grenzfestung von Carlos Antonio López, in den Dschungel hineinwindet, wo nichtsahnend der Doktor wartet.

Nimm dich in acht, Dr. Mengele, nimm dich in acht, denn es ist der Reiter, der einst St. Urbain's Street entlangritt, gebräunt wie ein Bademeister, die Hose fest um den flachen Bauch gegürtet. Die Männer ermahnend, verspottend, Rache fordernd.

Wie, wurde Jakob immer wieder gefragt, als sei es pervers von ihm, wie könnte er nur immer noch die Deutschen hassen?

»Leicht.«

»Jetzt paß mal auf«, argumentierte Nancy liebevoll, »kannst du Günter Grass hassen?«

»Mühelos.«
»Brecht?«
»Bis in die zehnte Generation.«
Was Nancy, am Tag des Sieges knapp sieben Jahre alt, nicht begriff.
Wie also konnte er ihr, ohne wie ein Psychopath zu wirken, wie konnte er ihr von seinem jüdischen Alptraum erzählen, von dem Entsetzen, das ihn unversehens in seinem Wohnzimmer überfiel, das nur an jenen seltenen Abenden zuschlug, an denen er sich so wohl fühlte, daß er fast überschäumte, da er das Gefühl hatte, nun endlich greife auf geheimnisvolle Weise einmal alles nahtlos ineinander, seine Frau, die Kinder, die sie gezeugt hatten, so daß er sogar seine Unzulänglichkeiten, seine Mißerfolge, den Mist, den er verzapft hatte, betrachten konnte und es dennoch, alles in allem, erträglich war.
Wenn er den Versuch machen würde, das alles zu erklären, müßte er mit seinem Wohnzimmer und dessen Alltäglichkeiten beginnen. Bourgeois-Alltäglichkeiten, die für ihn, wie er zugeben mußte, vor fünfzehn Jahren Anathema gewesen wären.
Es war Freitag abend, und obwohl sie keine Kerzen ansteckten oder Waschungen vornahmen, die es ihnen ermöglichten, den Sabbath wie eine Braut willkommen zu heißen, so war doch irgend etwas geblieben, das sich gelegentlich in ihm regte. Am ehesten nach einem guten Essen. Rostbraten mit gebackenen Kartoffeln, Salat, Käse und Wein. Er machte es sich auf dem Sofa bequem, frisch gemahlenen Kaffee vor sich, Brandy in einem Schwenker; Trägheit befiel ihn, doch er versuchte, das Drehbuch, das er gerade prüfte, zu verstehen. Nancy hatte sich in einem Sessel zusammengerollt, die Beine hochgezogen, und hörte David Oistrach, der ein Mozartkonzert spielte. Als sie endlich die Sonntagszeitungen las, riß sie ein Rezept heraus oder einen Artikel über das Anlegen von Blumenrabatten. Oder sie grübelte über dem neuesten Programm des National Film Theatre und wußte genau, was er gern sehen würde. Sammy, der Lockenkopf, lag auf dem Bauch, die Faust unterm Kinn und musterte mit nachdenklichen, blauen Augen sein Puzzle. Molly, die malte, krauste die Stirn. Nur Ben war nicht dabei. Der schlummerte voll der süßen Muttermilch in seiner Wiege. Sobald

die Kinder im Bett waren, und falls seine Lethargie nachließ, würde er Nancy durch Streicheln in Erregung bringen. Dann würden sie beide ins Schlafzimmer hinaufgehen, um sich zu lieben, unterwegs jedoch vor der Tür des Hausmädchens stehenbleiben und ihr eine gute Nacht wünschen. Nancy würde ihm im Bett Komplimente machen, und er brauchte keine Angst vor Vergleichen zu haben. Sie kamen immer gleichzeitig. Hinterher schmiedeten sie Urlaubspläne. Sollte es in diesem Sommer die Costa Brava sein oder die Loire? Andere, weniger glückliche Ehen boten Anlaß zu selbstgerechten Spekulationen. Freunden wurden ihre Unzulänglichkeiten verziehen.

Oder Jakob machte es sich auf dem Sofa so richtig bequem, bis er zu schnarchen anfing. Unhöflich, aber so schön gemütlich. Wenn er einen Pfirsich, einen Aschenbecher oder eine Untertasse voll Kirschen brauchte, bat er Sammy darum, es ihm zu bringen. Entschied er sich für eine Zigarre, brachte Molly sie ihm.

Irgendwo auf der Welt gab es Krieg und Vergewaltigung. Hungersnot. Ratten, die an den Zehen schwarzer Babies nagten. Draußen, Bestialität. Brandstifter. Feinde. Dies war der Zufluchtsort, den er für seine Familie geschaffen hatte. Sie nützten ihn gut und waren ohne Angst. Das zerbrochene Treibhausfenster ging auf Sammys Konto: ein schlecht plazierter Torschuß. Nancy pflegte die Rosenbeete und die Tomaten. Er jätete Unkraut. Das unablässige Surren in der Küche kam von Mr. Shapiro, Mollys Hamster, der in seinem Rad rennt, ohne von der Stelle zu kommen. Für die Flecken auf der Eßzimmertapete war Jakob verantwortlich: ein knallender Champagnerkorken. Das Sideboard war Nancys Tick. Ihre erste Auktion. Die Speisekammer war mit Vorräten gefüllt, in der Pantry gab es Wein, auf der Bank lag Geld. Seine Frau war *die* Frau, die er sich wünschte. Er hatte Freude an den Kindern.

»Also, Yankel. Wie geht es dir?«

»Ich kann nicht klagen.«

Und dann drängte sich das vertraute Foto eines verängstigten kleinen Judenjungen dazwischen, mit Käppchen, zerrissenem Pullover und kurzen Hosen, die Augen zerquält vor Furcht, während er die Arme hoch über den Kopf hob. Noch andere Juden drängten sich in dieser engen Warschauer Straße aneinander. Alle trugen sie

Käppchen, Bündel. Alle hatten die Arme erhoben. Hinter ihnen, für den unsichtbaren Fotografen in Positur gestellt, vier deutsche Soldaten. Einer von ihnen zielte lässig mit dem Gewehr auf den vor Schreck erstarrten Judenjungen.

»Kinder zerkratzten sich die Arme und schrieben mit ihrem Blut an die Barackenwände, mein Neffe zum Beispiel, dieses Kind hier, der schrieb: ›Andreas Rappaport – lebte sechzehn Jahre.‹«

Es gab noch ein anderes Foto, das Bild einer erstaunlich schönen Jüdin, die nackt vor einer Grube kauert, während hinter ihr Soldaten grinsen. Sie starrt direkt in die Kamera, ohne Zorn, ohne Vorwurf, eher bekümmert, und versucht mit den Händen ihre hängenden Brüste zu verdecken. Als ob das noch wichtig wäre. Als ob sie nicht innerhalb der nächsten Sekunden sterben würde.

»Was schätzen Sie, wie viele in Auschwitz ermordet wurden? Sie müßten es doch wissen.«
Boger: »Ich glaube, die Zahl war ungefähr so groß, wie Höss angegeben hat.«
»Das heißt also, zweieinhalb Millionen Menschen?«
»Zwei Millionen oder eine Million.« Boger macht eine Handbewegung. »Wer kann das heute noch genau sagen?«

Und dann kamen sie, in Jakobs jüdischem Alptraum. In sein Haus. Die Vernichtungsoffiziere auf der Suche nach jüdischem Geschmeiß. Ben wurde wie ein Huhn bei den Beinen gepackt und zum Fenster hinausgeschleudert; sein Gehirn verspritzte auf der Terrasse. Molly, die aufgrund ihrer Erfahrungen alle Erwachsenen für freundlich hielt, wurde in die Luft gestemmt – nicht, um hochgeworfen oder gekitzelt, sondern um gegen den Kamin geschleudert zu werden. Sammy wurde mit der Pistole erledigt.

»Ein gräßlicher Gestank kam aus dem Wagen, pestilenzartig. Diese Gefangenen wurden direkt auf die Lkws verladen und in die Gruben beim Krematorium II geworfen.«
»Waren einige noch am Leben?«
»Ja.«
»Mengele kann nicht die ganze Zeit dabeigewesen sein.«
»Nach meiner Meinung immer. Tag und Nacht.«

10

Freitag.
Nach Thomas Neill Cream, der auf Lipski folgte (den *poilischer paskudnyak*), saß in der Tradition von Dr. Crippen, den Seddons, Neville Heath, Christie und Stephen Ward... nunmehr Jakob Hersch, ehemals Ersatz-Werfer für Zimmer 41 der Fletcher's Field High School (lebenslanger Rekord 2–7), auf der Anklagebank im Gerichtssaal Nummer eins, nachdem er wieder einmal aus den Zellen unten heraufgeführt worden und, an jeder Seite einen schweigsamen Gefängnisbeamten, neben Harry placiert worden war.
Der Gerichtssaal Nummer eins wurde von einem riesigen, kreisrunden Dachfenster beherrscht. Die Wände waren eichengetäfelt. Das Schwert der Justitia, das über dem Richter hing, der Stadt im Jahre 1563 von einem Messerschmied gestiftet, wies mit dem Heft nach unten. Vor dem rundwangigen königlichen Richter stand ein frischer Strauß aus Blumen und würzigen Kräutern, das traditionelle Mittel gegen den Typhus, den widerlichen Gestank, der früher von Newgate heraufgedrungen war. Die Geschworenen rutschten von einer Pobacke auf die andere, auf Bänken, die derart hart waren, daß sie sie, wie Jakob fürchtete, mit Sicherheit mürrisch und gereizt stimmen würden.
Jakob trug seinen billigsten, konservativsten Anzug, grau wie auf Ratenkauf, Sittsamkeit ausstrahlend. Sein bügelfreies Hemd, speziell gewählt, um sich bei den Geschworenen beliebt zu machen, war ein Arrow. Er hatte mehr als eine Stunde lang überlegt, ehe er sich für eine Krawatte entschied – eine, die haargenau hierher paßte, im Ausverkauf bei John Barnes.
Gestern erst hatte der gerissene Mr. Pound Ingrid in den Zeugenstand gerufen. Ingrid, geziemend bleich, doch reizend anzuschauen in ihrem strengen, schwarzen Kostüm, dessen Rocksaum ihre Knie freiließ.
»Was sind Sie von Beruf, Miss Liebner?«
»Ich arbeite als Au-pair-Mädchen. Ich bin Studentin.«
Anschließend stellte der Richter, der eine Perücke trug, fest, daß Ingrid zwanzig Jahre alt war, sich seit sieben Monaten im Land befand und aus einer untadeligen Familie kam. Ihr Vater war Zahnarzt in München. Am Abend des 12. Juni hatte sie sich im »Swiss Cottage Odeon« einen Film angesehen, um anschließend auf eine

Tasse Kaffee ins »The Scene« an der Finchley Road zu gehen. Dort hatte sich ein Fremder an ihren Tisch gesetzt.

»Er behauptete, Jakob Hersch zu sein, und sagte, er sei Filmregisseur?«

»Ja, Sir.«

»Wieso haben Sie ihm das geglaubt?«

»Weil er mir einen Ausweis und eine Pressekritik seines letzten Films zeigte.«

»Und was geschah dann?«

»Er fragte mich, ob ich Schauspielerin sei.«

»Und was antworteten Sie?«

»Nein. Aber er schien aufgeregt zu sein. Auf nette Art, wissen Sie. Und behauptete, ich sei genau das Mädchen, das er suche.«

»Und was geschah dann?«

»Er bat mich, zu ihm nach Hause mitzukommen, ja, und ihm aus einem Drehbuch vorzulesen. Er wollte wissen, ob mein Englisch gut genug sei.«

»Und Sie waren einverstanden?«

»Ich fand nichts Schlimmes dabei. Er sagte, Elke Sommer sei ebenfalls Au-pair-Mädchen in Hampstead gewesen, als man sie entdeckte.«

»Miss Sommer ist eine Filmschauspielerin deutscher Herkunft, nicht wahr?«

»Ja, Sir.«

»Und sind dies hier die Drehbuchseiten, die Sie ihm vorlesen sollten? Bitte, überzeugen Sie sich genau, bevor Sie antworten.«

»Ja, Sir.«

»Das Mädchen in diesem Drehbuch soll bekleidet sein mit – ich zitiere – lediglich Schwesternhaube, Büstenhalter, Korsett und Knöpfstiefeln. Sie schwingt eine Reitgerte. Zitat Ende. Haben Sie ein derartiges Kostüm getragen?«

»Zunächst habe ich ihm den Text sehr oft vorgelesen, ja. Er schien das alles sehr ernst zu nehmen, Sir.«

»Was geschah dann?«

»Er bat mich, das im Drehbuch beschriebene Kostüm zu tragen.«

»Und was taten Sie?«

»Ich erfüllte seine Bitte. Ich las den Text in meinem BH und Höschen. Eine Schwesternhaube hatte er nicht, aber es gab eine Reitgerte.«

»Ich verstehe. Und wer spielte die andere Rolle?«

»Den General Montgomery spielte er.«

»Wenn Eure Lordschaft gestatten, werde ich jetzt ein paar weitere Drehbuchseiten vorlegen, die zu gegebener Zeit identifiziert werden können...«

Jakob starrte, die Hände fest ineinander verkrampft, auf seine Schuhspitzen hinunter. *Niemals sich entschuldigen, niemals etwas erklären.*

Nächster Zeuge war Sergeant Hoare, der lang aufgeschossene Polizist mit der schlechten Haltung und der dienstlichen Miene, der Harry verhaftet hatte.

»Und dann«, führte Sergeant Hoare aus, »fragte ich ihn noch einmal, ob sein Name Harry Stein ist, und er antwortete, wir sind hier nicht in Deutschland, er werde keine Gestapo-Methoden dulden.«

»Er weigerte sich, Ihnen seinen Namen zu nennen?«

»Er behauptete, er habe Freunde in der Fleet Street und sei mit der Polizeibrutalität vertraut. Wörtlich sagte er: ›Mir wird kein Kosak an den Wagen fahren.‹«

»Ich verstehe. Bitte weiter.«

»Dann fragte ich ihn abermals, ob er Harry Stein sei und ob er eine junge Dame namens Ingrid kenne, und er erwiderte, wir lebten immer noch in einem freien Land, trotz Polaris und der amerikanischen Basen.«

»Der amerikanischen Basen?«

»Er trug eine CND-Plakette am Rockaufschlag. Er versuchte mir die Tür vor der Nase zuzuschlagen.«

Als der Gerichtsdiener Harry Stein das Neue Testament zur Vereidigung brachte, hüstelte der Beamte und fragte leise in höflichem Ton: »Religionszugehörigkeit?«

Harrys Schweigen war nicht einfach feindselig. Es ätzte.

»Sind Sie, äh, Jude?«

Vor Jakobs Augen ging alles – die ruinös teuren Rechtsbeistände, das gute Zureden, das Einpauken, die Beruhigungspillen – unvermittelt in Rauch auf.

»Zwecks Volkszählung, Besteuerung und Pogromen«, verkündete Harry mit anschwellender Stimme, seiner St.-Crispin's-Tag-Stimme, dem feierlich lauschenden Gerichtssaal: »Ich bin ein Jude.«

Das ist der Strick, dachte Jakob. *Das ist unweigerlich der Strick.*

Mr. Pound, der Richter mit der Perücke, fixierte Harry mit seinem durchdringendsten Blick. »Als Sie das Mädchen zwangen, die Treppe hinauf- und in Herschs Schlafzimmer zu gehen«, fragte er, »war Hersch da...«

»Ich habe sie nicht gezwungen.«

»Als Sie das Mädchen die Treppe hinauf*führten*, war Hersch da bereits ausgezogen?«

»Das weiß ich nicht mehr.«

»Das wissen Sie nicht mehr?«

»Er hatte Unterwäsche an.«

»Blaue Unterwäsche?«

»Wie bitte?«

»Blau. Die Farbe.«

»Ja.«

Ja, ja. Jakob, dem der Schweiß aus allen Poren brach, zwang sich, nicht länger zuzuhören, beschäftigte sich damit, sich das Gefängnisleben auszumalen. Er sah große Schwule, die ihn auf dem Weg zum Eßsaal unsittlich berührten. Psychopathen, die ihn einen Feigling schalten, weil er sich nicht an einem Ausbruch beteiligen wollte, ihn womöglich umbrachten, weil er das Pech gehabt hatte, zufällig etwas von ihrem Plan mitzuhören. Keine Sitzungen mehr auf zentralgeheizter Toilette nach dem Frühstück mit dem avantgardistischen »Guardian«. Statt dessen ein Eimer, der den ganzen Tag in der Zellenecke vor sich hinstank, und er zu sensibel, aber qualvoll verstopft. »Nur zu, Schätzchen. Ich sehe nicht hin.« Gemeine Wärter, die Judenhetze betrieben. »Hättest du vielleicht gern Räucherlachs? Chivas Regal? Monte Cristos? Matzenklößchensuppe? Aber gern, Yankel. Schreib einfach an deine Alte, sie soll uns einen Scheck aufs Schweizer Nummernkonto schicken.« Und auf dem Hof würde er natürlich auch versagen. »Da geht Hersch. Der ist beim Messerkampf ohnmächtig geworden. Einfach lächerlich!«

11 Mrs. Hersch wälzte sich, von Schwindelgefühlen gequält, auf ihrem Bett, alles schwankte, dröhnte, und sie betete, wollte auf fünf Jahre ihres Lebens verzichten, wenn er nur nicht ins Gefängnis müßte, wenn er seine Frau, dieses Ekel, loswürde und mit den Kindern nach Montreal zurückkehrte – sie waren ja eine solche Last für sie –, um einen neuen Anfang zu machen.

Als sie dann gerade einzuschlummern begann, fuhr sie hoch, weil es an der Zimmertür klopfte. »Ja?«

»Entschuldigen Sie, wenn ich Sie geweckt habe«, sagte Nancy, fest entschlossen, liebenswürdig zu sein, »aber...«

»Wer kann jetzt schlafen?«

»...Jakob hat angerufen. Er wird erst später nach Hause kommen, sagt er.«

Eine Hand an die Wange gehoben, erwiderte Mrs. Hersch: »O du mein Gott! Was ist denn jetzt wieder passiert?«

»Gar nichts.« Nancy zwang sich zu einem beruhigenden Lächeln. »Er hat eine Menge mit Ormsby-Fletcher zu besprechen. Die beiden sind in ein Pub gegangen. Es kann sehr spät werden, Mrs. Hersch. Bitte sehr.« Damit stellte sie das Tablett vor sie hin. »Ich habe Ihnen koschere Salami und Roggenbrot besorgt.«

Das Salami-Sandwich war mit hübsch geschnittenen sauren Gurken, Radieschen, Tomaten und Salatblättern garniert. Außerdem gab es eine Kanne Tee mit Zitrone, und auf dem Tablett stand ein hohes Weinglas mit einer frisch geschnittenen Rose. Mrs. Hersch lüpfte die oberste Brotschnitte des Sandwiches, seufzte vorwurfsvoll und schob das Tablett von sich. Spontan schob Nancy es ihr wieder hin. »Essen Sie!« befahl sie.

Mrs. Hersch starrte sie verblüfft an. Pogrom, Pogrom.

»Ich mußte drei Geschäfte abklappern, bis ich koschere Salami gefunden habe. Und die werden Sie jetzt essen, Mrs. Hersch.«

»Ich kann nicht.«

»Ich werde mich jetzt hier hinsetzen, und Sie werden das Sandwich essen. Jeden – einzelnen – Bissen.«

»Ich kann nicht.«

»Essen Sie!«

»Du hast Butter auf das Brot geschmiert.«

»Was?«
»Das ist nicht koscher. Ich darf zum Fleisch keine Butter essen.«
Scheiße, Scheiße, Scheiße. »Sie sollten nicht hinter mir herspionieren.«
»Ich habe nichts gesehen. So wahr mir Gott helfe.«
»Sie haben uns durchs Fenster beobachtet. Mit ganz großen Augen.«
»Ich hab also ein Verbrechen begangen.«
»Sie werden Jakob kein Wort davon sagen. Verstanden?«
»O ja, ich habe verstanden. Keine Sorge.«
»Nein, Sie haben ganz und gar nicht verstanden. Keine Sekunde lang. Glauben Sie wirklich, Luke sei mein Liebhaber?«
»Habe ich ein Wort davon gesagt?«
»Die habe ich nämlich dutzendweise. Ganze Wagenladungen. Zwischen den Schwangerschaften. Wenn ich gerade mal kein Baby stille oder trockenlege. Immer wenn Jakob zum Lunch weg ist, kommen ganze Regimenter, um mich grün und blau zu ficken.« ›O Gott nein‹, dachte Nancy. ›*Himmel, hör auf! Was sagst du da?*‹
»Das sind Ausdrücke aus der Gosse.«
»Wenn Sie zu Ihrem Salami-Sandwich keine Butter essen dürfen«, fuhr Nancy fort, unfähig, die Tränen zurückzuhalten, »wieso dürfen Sie dann zum Hot Dog Eier essen?«
»Eier sind *parve*«, entgegnete Mrs. Hersch hochmütig.
»Oh! Oh! Oh!« Nancy stampfte mit dem Fuß auf. Und noch einmal. »Manchmal hängt mir euer ganzer jüdischer Hokuspokus...«
Sechs Millionen sind ihnen noch nicht genug.
»Es tut mir leid.«
»Es braucht dir nicht leid zu tun. Nur heraus mit dem ganzen Unflat. Nur heraus!«
In diesem Moment kam Molly ins Zimmer gestürmt und warf sich in Mrs. Herschs Arme. »Was ist los?«
»Gar nichts, mein Schatz.«
Irgendwie gelang es Nancy, sich eine Zigarette anzuzünden.
»Und wie ist es heute gelaufen?« erkundigte sich Mrs. Hersch. »Hat er diesbezüglich etwas gesagt?«

»Besonders gut kann's nicht gelaufen sein«, antwortete Nancy. »Sonst wäre er nicht losgezogen, um sich zu betrinken.«
Damit eilte sie zum Zimmer hinaus zu Ben, der empört zu schreien begonnen hatte. Sie drückte ihre Zigarette aus, nahm ihn auf, versenkte die Nase in seine Wange und atmete tief ein, bedeckte sein kleines Hinterteil mit winzigen, tränensalzigen Bissen. *Ich darf meine Milch nicht verlieren. Ganz egal, was passiert, ich darf meine Milch nicht verlieren.*
Langsam, methodisch, leerte Nancy einen Eimer voll Windeln in die Hoover-Waschmaschine, faltete die trockenen zusammen und hatte sich eben auf die Toilette geflüchtet, als Molly an die Tür hämmerte.
»Ich will rein!«
»Hol deinen Mantel, Liebes. Wir müssen Sam abholen.«
»Ich will rein! Ich will rein!«
Also öffnete Nancy die Tür.
»Plop«, quietschte Molly, die kichernd vor ihr stand. »Ploppety-plop.«

12

»Mr. Hersch«, brüllte der Wirt, »Telefon für Mr. Jakob Hersch!«
Aber es war nicht Nancy.
»Ist Harry bei Ihnen?« erkundigte sich Ruthy mit bebender Stimme.
»Nein.«
»Er sollte schon vor über einer Stunde zum Dinner hier sein. Ich habe keine Ahnung, wo er steckt.«
»Beruhigen Sie sich.« Wenn er die Kaution verfallen läßt, bin ich ja nur um 2500 Pfund ärmer. Na ja, wie Ruthy immer sagte, wenn's kommt, kommt's dicke. »Er wird sicher bald auftauchen«, log er.
»Und wenn er sich was angetan hat?«
Das wäre zu schön. »Er macht einen Spaziergang, Ruthy. Oder er ist vielleicht eingeschlafen.«
»Glauben Sie etwa, ich hätte noch nicht in seiner Wohnung angerufen?« Ruthy brach in Tränen aus.

»Möchten Sie, daß ich zu Ihnen komme?« fragte er mißmutig.
»Aber wenn er dann sieht, daß Sie hier sind, wird er wütend.«
»Richtig, das stimmt. Nehmen Sie lieber irgend etwas, Ruthy.« Zyankali. »Er wird bestimmt kommen. Ihm ist nichts zugestoßen. So wie ich Harry kenne, wird er es kaum abwarten können, bis er morgen wieder in den Zeugenstand darf.«
»Das ist gemein!«
»Ja, Ruthy. Nein, Ruthy. Gute Nacht.«
Ormsby-Fletcher meinte jedoch besorgt, Jakob dürfe keinen von den beiden verärgern, und bestand darauf, daß er bei Ruthy vorbeischaute. Also leerten sie ihre Gläser, gingen zum Parkplatz hinter dem Old Bailey hinüber und versicherten einander immer wieder, daß es ein außerordentlich vielversprechender Tag vor Gericht gewesen sei. Wenig später setzte Ormsby-Fletcher Jakob vor Ruthys Wohnung ab.
»Ist er schon da?«
Ruthy schüttelte, Tränen schluckend, den Kopf.
»Haben Sie etwas zu trinken da?« erkundigte sich Jakob und ließ sich in dem einzigen Sessel nieder, auf dem sich keine Bügelwäsche türmte.
»Ich habe Shloer's. Und eine Flasche Babycham.«
Wenn bloß Remy Martin auch Preisausschreiben veranstalten würde, dachte Jakob. Dabei fiel ihm etwas ein, und er langte in seine Jackentasche. In der Hoffnung, Ruthy zu versöhnen, schenkte er ihr ein Dutzend Kit-i-Kats und sechs Knorr-Etiketten, während er die fünf Beefeater-Etiketten vorerst noch zurückhielt.
»Wäre es sehr unverschämt, wenn ich Sie um eine Tasse Kaffee bäte?«
Die Kinder waren leider schon im Bett, daher hatte Ruthy ausreichend Zeit, beim Zubereiten des Pulverkaffees wieder einmal ihre Leidensgeschichte, die ganze Liste ihrer Beschwerden herunterzubeten. Harry habe sich bessern, habe das unstete Leben aufgeben wollen, er habe Schluß gemacht mit dieser Sorte Mädchen und mit dem Fotografieren, bis Jakob ihn zu C. Bernard Farber mitgenom-

men habe, zu *dieser* Party, wo er der Versuchung ausgesetzt worden sei.
Jakob spielte pflichtgetreu seine Rolle und wies ermüdet darauf hin, daß er alles für Harry tue, was in seiner Macht liege. Als Ruthy jedoch mit einem ganz neuen Dreh kam, wurde er auf einmal hellwach.
»Harry hat das Mädchen für Sie mitgenommen. Er selbst wollte sie ja gar nicht.«
Plötzlich kristallisierte sich für Jakob die ganze Häßlichkeit dieses Prozesses, die Rohheit, die notwendigen Lügen in der drallen Person der anmaßenden Ruthy. »Meine liebe Mrs. Flam«, sagte er ruhig, »jetzt hören Sie mir mal zu. Ich habe eine Frau und drei Kinder. Ich riskiere für Harry mehr, als ich eigentlich dürfte. Alles, was ich dafür verlange, ist die Wahrheit. Keine Tricks in letzter Minute.«
»Sie sagen dies, er sagt jenes. Woher soll ich wissen, was passiert ist? Ich war nicht dabei.«
»Sogar Sie können nicht so dumm sein, Ruthy.«
»Danke.«
»Warum sollte Harry für mich ein Mädchen mitbringen?«
»Sie sind ein Mann, oder etwa nicht?«
»Wenn ich mir ein Mädchen nehmen wollte, während Nancy fort war, hätte ich ganz bestimmt nicht Harry mitgenommen.«
»Woher soll ich wissen, auf was für Spielchen Sie stehen?«
»O Gott!« Jakob erhob sich und wollte ihr gerade die fünf Beefeater-Etiketten reichen, als es klingelte.
»Das ist er! Das ist Harry!«
Mit mißtrauisch zusammengekniffenen Augen starrte Harry Jakob an.
»Ja, hallo! Wo warst du so lange? Hast du einen um die Ecke gebracht?«
Er antwortete nicht.
»Oder war's vielleicht 'ne kleine Vergewaltigung, die dich so lange aufgehalten hat?«
Verkniffen und bleich fragte Harry: »Was hast du hier zu suchen?«
»Ruthy hat sich Sorgen gemacht. Ich wollte sie beruhigen.«

»Bestechen meinst du wohl.« Harry deutete auf die Gutscheine. »Sie gegen mich beeinflussen.«
Verärgern Sie sie nicht, hatte ihm Ormsby-Fletcher geraten. Jakob griff in die Tasche und holte ein Fläschchen mit Pillen heraus. »Aber nicht mehr als zwei, Harry.«
Harry kicherte.
»Es ist heute recht gut gelaufen«, behauptete Jakob. »Ich glaube, wir werden's schaffen.«
»*Dich* werden sie Montag zweifellos freisprechen, Freund. Keine Angst. Ich bin es, hinter dessen Kopf sie her sind.«
»Warum ist Ihr Anwalt ein Q. C.«, fragte Ruthy, »und Harrys Anwalt nicht?«
»Sie arbeiten zusammen«, antwortete Jakob.
»Verdammt, das tun sie allerdings. Gegen mich.«
»Das ist einfach nicht wahr, Harry!«
»Du gehst frei aus.«
»Er hat Beziehungen«, warf Ruthy ein.
»Genau. Und wenn alles schiefgeht, werde ich von der Königin begnadigt. Ich habe gestern erst mit Phil gesprochen. Er hat's mir fest zugesagt. Gute Nacht. Morgen früh rufe ich an, Harry.«
»Keine Angst. Ich verdufte nicht.«
»Ich habe keine Angst. Ich werde anrufen und mich erkundigen, wie's dir geht.«
»Er ist ja so rührend besorgt um dich«, sagte Ruthy.

13

Als Mrs. Hersch vom Geräusch klirrender Gläser und erhobener Stimmen erwachte, war es dunkel.
»Ich sage nie etwas über deine Trinkerei, Jakob, aber bitte schenk dir jetzt nicht noch einen ein.«
»Trotz allem, was ich für ihn tue, glaubt Harry, daß wir ihn verraten und verkauft haben. Er glaubt, sein Anwalt arbeitet in meinem Interesse. Herrgott im Himmel, wie konnte ich mich nur in eine solche Patsche hineinmanövrieren?«
»Ja. Warum hast du es getan, Jakob?«

»Was denn? Was habe ich getan? Glaubst du, ich hätte sie mit der Reitgerte verdroschen?«
»Nein. Ganz bestimmt nicht.«
»Erregt dich das? Wollen wir's vielleicht auch mal versuchen?«
»Scher dich zum Teufel!«
»Ich wollte nicht boshaft sein. Ehrlich, wenn ich manche Aussagen vor Gericht höre, kriege ich tatsächlich einen Ständer. Ich denke, Mann, das klingt wirklich, als würde es Spaß machen. Ich wäre zu gerne dabei. Aber ich war dabei, und es hat ganz und gar keinen Spaß gemacht.«
»Ich glaube dir ja, Jakob. Zum hundertsten Mal, ich glaube dir!«
»Wo ist denn meine liebe Mama?« fragte er, ein paar Tropfen Alkohol verschüttend. »Warum versteckst du sie vor mir?«
»Ich sagte dir doch, sie hat sich hingelegt.«
»Harry dreht durch, wenn sie ihn noch mal ins Gefängnis stecken. Das hält er nicht aus. Dann ist es vorbei mit ihm.«
»Aber du freust dich drauf. Wäre doch mal ein schönes Abenteuer.«
»Spielt keine Rolle. Wen kümmert's schon? Dich, mich. Spielt keine Rolle. Weißt du, was wirklich wichtig für mich ist? Wirklich wichtig? Dr. Samuel Johnson. Ich frage mich immer wieder, wenn ich zu seiner Zeit gelebt hätte, ob er mich wohl gemocht hätte? Hätte Dr. Johnson mich an seinen Tisch geladen? Luke ist übrigens wieder da, wußtest du das?«
»Wirklich?«
»Steht im ›Standard‹. Nicht auf der Gerichtsseite, sondern im Londoner's Diary. Seine Ankunft und Abreise sind immer eine Meldung wert. Ist ein großes Genie, unser Luke.«
»Bitte hör auf zu trinken.«
»Was machen die Kinder?«
»Denen geht's gut. Ich werde dir ein Omelette machen.«
»Nancy!« Er griff nach ihr.
»Ja?«
Doch als sie gemeinsam zur Küche hinauswollten, stießen sie auf Mrs. Hersch.
»Hallo, Ma! *Gut'n schabbes*. Weißt du, daß meine Mutter Freitag-

abend immer Kerzen angezündet hat? Jeden Freitagabend hat sie Kerzen angezündet, als ich noch klein war.«

Mrs. Hersch strahlte.

»Hast du heute auch nicht vergessen, deine Pillen zu nehmen?«

»Nein, ich war brav.«

»Nancy hat rote Augen. Du hast verquollene Augen. Wirklich, ihr braucht euch keine Sorgen zu machen. Es ist alles in Ordnung. Sobald es vorbei ist, werde ich Klage wegen ungerechtfertigter Verhaftung erheben.«

»Deine Mutter und ich, wir hatten einen kleinen Streit.«

»Ach was, das war nichts. Ein Mißverständnis. Wir wollen Jakob doch keinen Kummer bereiten.«

»Warum denn nicht? Ich habe mich heute auf einen Drink mit Luke getroffen. Ich bin zusammengebrochen, er hat mich nach Hause gefahren, und deine Mutter hat gesehen, wie er mich draußen vor der Tür geküßt hat. Sie ist überzeugt, daß wir ein Verhältnis miteinander haben, und deswegen bat ich sie, dir nichts davon zu sagen.«

»Ich habe kein Wort gesagt, so wahr mir Gott helfe!«

»Würdest du ihr bitte erklären, daß du auf Luke nicht eifersüchtig bist, weil wir etwas miteinander haben, sondern weil er so erfolgreich ist?«

»He, he! Ich stehe doch hier nicht vor Gericht! Ich stehe dort vor Gericht.«

»Also dann setzt ihr beiden euch doch ohne mich in die Küche«, weinte Nancy, zur Flucht gewandt, »und eßt irgendwas, was *parve* ist!«

»Was?« rief Jakob verdutzt hinter ihr her.

Er fand sie schluchzend auf dem Bett, setzte sich zu ihr und streichelte ihr das Haar. »Nelson Eddy ist tot. Stand heute in der ›Herald Tribune‹.«

Als ihre Tränen allmählich versiegten, hielt er ihr ein Glas kühle Milch an die Lippen.

»Ich tyrannisiere keine alten Damen.« Sie begann schon wieder zu schluchzen. »Und ich sage... und ich sage ihnen auch nicht ›fikken‹ ins Gesicht... oder... Das ist nicht meine Art. Ich habe mich so... so dumm benommen heute.« In abgerissenen Sätzen berichtete sie ihm zwischen Tränenausbrüchen alles, was geschehen war.

Jakob berührte ihre Wange. »Ich habe gestern in meinem Schreibtisch gekramt«, erzählte er, »da habe ich einen Schnappschuß von dir gefunden, der vor ungefähr zehn Jahren aufgenommen worden sein muß. Du warst schätzungsweise zwanzig. Standest in einem Sommerkleid unter einer Ulme und strichst dir die Haare aus der Stirn. Du sahst so schön aus, daß es richtig weh tat, und ich haßte dich dafür, weil ich nicht wußte, welchem Mann dein Lächeln galt und weswegen du so glücklich aussahst, bevor du mich kennenlerntest. Jetzt weiß ich es.« Er küßte sie. »Bitte versuche, ein bißchen zu schlafen; das Baby wird dich doch sicher wieder die halbe Nacht wach halten.«

Jakob schlich an der Tür seiner Mutter vorbei, die Treppe hinunter ins Wohnzimmer, wo er sich noch einen Brandy einschenkte. Falscher Platz, falsche Zeit. Zu spät jung, zu früh alt, lautete, wie Jakob es sah, das Klagelied seiner amerikanischen Generation. Gezeugt in der Depression, ohne jemals ihre Bitternis aus erster Hand geschmeckt zu haben, hatten sie es tatsächlich verstanden, den Spanischen Bürgerkrieg, den Zweiten Weltkrieg, den Holocaust, Hiroshima, den israelischen Unabhängigkeitskrieg, den McCarthyismus, Korea und jüngst auch Vietnam und die Drogenkultur unbeschadet zu überstehen. Immer im falschen Alter. Immer Beobachter, nie Teilnehmer. Immer der Wirbelwind anderswo.

Während Franco als Eroberer in Madrid einmarschierte, saßen Jakob und seine Freunde in Montreal in der St. Urbain Street vor der Haustür und betrauerten den Spielfeldverweis Lou Gehrigs, ihre erste Begegnung mit der Sterblichkeit. Der Einmarsch in Polen bestand für sie aus Fotos, die sie auf die ersten Seiten ihrer Sammelmappen über den Zweiten Weltkrieg klebten, in einer Zeit, die ihnen wegen des »Wizard of Oz« lieb war. Anders als ihre älteren Brüder konnten sie nur Mutmaßungen darüber anstellen, wie sie sich im Kampf verhalten hätten. Sie sammelten Aluminiumtöpfe für Spitfires und warteten ungeduldig auf das Kriegsende, damit Billy Conn seine zweite Chance bekam. Während des Holocaust waren ihre Eltern auf dem schwarzen Markt erfolgreich, und sie selbst lernten die Freuden des Onanierens kennen. Hatten sie als ungefährdete und naseweise Zehnjährige sich über ihre Vettern und Onkel lustig gemacht, die zu vorsichtig waren, um sich freiwillig zu melden, so war das die Lehre für das herannahende mittlere Alter, in dem sie jüngere Männer dazu drängten, ihre Einberufungsbefehle zu verbrennen. Von winzigen Spöttern, grünen Jungen auf den Stehplätzen des Krieges, waren sie zu Moralaposteln herangereift, ohne jemals selbst auf dem Schlachtfeld gewesen zu sein. Die Zeiten hatten sie nicht verbraucht, sondern verdorben. Zu jung, um in Europa ins Geschützfeuer zu marschieren, waren sie gleichzeitig zu alt und verlegen, zu dick, um die Fahne als Unterhose zu tragen.

»Wenn man unseren Beitrag zusammenzählt«, sagte Luke einmal, »kann man lediglich für uns sagen, daß wir ›ficken‹ aus der oralen Tradition gelöst und es offen und deutlich niedergeschrieben haben.« Statt *Iskra, Fick*. Nach Trotzki, Girodias-im-Exil. »Und früher oder später werden wir's auf die Bühne bringen, wo man mit diesem Akt sowohl Applaus ernten als auch Vergnügen daraus ziehen kann.«

Da Jakob den Eindruck hatte, daß seine Generation nunmehr zwischen zwei rasenden, fleischfressenden Generationen zermalmt wurde – den alten, galligen Saturierten und den jungen Nichtswissern, den Versicherungsvertretern, die sich gegen die Brandstifter wehrten –, folgte daraus logischerweise, daß er, einmal gestrauchelt, von der einen gerichtet und von der anderen angeklagt wurde. Ingrid würde singen, Mr. Justice Beal würde verkünden.

Was er Nancy nicht zufriedenstellend erklären konnte, war die Tatsache, daß ihn dieser Prozeß eher anregte als deprimierte, weil nämlich endlich der Kampf erklärt worden war. In gewisser Weise. Von Anfang an hatte er erwartet, daß die brutalisierte Außenwelt in ihre kleine, von Liebe erfüllte, letztlich jedoch nur für sie selbst bestimmte, von Geld warm ausgepolsterte Welt eindringen würde. Die Zeiten waren demoralisiert. Zärtlichkeit in einem einzigen Haus war, so fürchtete er allmählich, ohne Korruption ebensowenig möglich wie Sozialismus in einem einzigen Land. Und so hatte er von den ersten, halkyonischen, friedlichen Tagen an mit Nancy das Kommen der Vandalen erwartet. Vor allem der Unrechtssammler. Der Überlebenden der Konzentrationslager.

Der abgezehrten Millionen Indiens. Der Hungerleidenden Afrikas.

> Es dauerte von Anbeginn der Menschheit bis zum Jahr 1830, bis die Weltbevölkerung 1000 Millionen zählte. Die nächsten 1000 Millionen kamen in nur einhundert Jahren hinzu. Die dritten 1000 Millionen brauchten nur dreißig Jahre. Und bis zum Ende dieses Jahrhunderts wird es 6250 Millionen auf der Welt geben, beinahe doppelt so viele wie jetzt. Schon ist die Hälfte der Weltbevölkerung unterernährt, und ungefähr 450 Millionen führen ein Leben am Rand des Verhungerns. Was wird in den nächsten fünfunddreißig Jahren geschehen?

Nun, das werde ich euch sagen, dachte Jakob. Die wahnsinnigen Roten Garden Chinas werden kommen und fordern, was ihnen zusteht, dicht gefolgt von den schwarzen Fanatikern, die nur für ihre Rache leben. Die Contergan-Babys, die Querschnittsgelähmten. Die Beleidigten, die Verletzten. Ihr braucht die Tür nicht zu verrammeln, sie quellen durch eure Fenster herein.
Jakob war keineswegs überrascht, daß er infolge seiner Verbohrtheit in die Idee des Reiters sich Ruthy ausgeliefert hatte.
Die ihm Harry geschickt hatte.
Der ihm Ingrid gebracht hatte.
Elias, der Prophet, hatte ihn enttäuscht, war niemals gekommen, um am Passah-Tisch aus seinem silbernen Weinbecher zu trinken. Anders die Vandalen. Nach jahrelangem Warten war nun endlich jemand gekommen, um von ihm, Jakob Hersch, Ehemann, Vater, Sohn, Hausbesitzer, Investor, Sybarit, Filmphantasiespinner, Rechenschaft zu fordern.
»Im Jahre 1967, während 450 Millionen Menschen verhungerten, in England mindestens achtzehn Prozent dieser Glücklichen unter dem Existenzminimum lebten, und die goldene Regel der Gesellschaft Alkoholismus, Rauschgiftsucht und ansteigende Brutalität waren, gab ich, Jakob Hersch, aus dem Haus David, 15 000 Pfund *nicht* aus, um einen komischen Film zu machen, liebte meine Frau auf frischen, sauberen Laken, schickte meine Sprößlinge auf Privatschulen, sorgte mich um mein durch Völlerei erworbenes Übergewicht und durch übermäßiges Trinken verlorene Spielstunden. Überdies beneidete ich erfolgreichere Freunde und schimpfte auf

jene, die zu mehr Parties geladen wurden. Ich beschwerte mich über die Faulheit unseres Hausmädchens. Ich lamentierte über das Schwinden des Berufsstolzes bei den britischen Handwerkern und den Preisanstieg des Clarets. Während die Reichen reicher und die Armen ärmer wurden, lebte ich recht angenehm. Wie Luke es einmal so treffend sagte, wenn wir alle auf der Titanic wären, würde ich wenigstens Erster Klasse ersaufen.
Amen.«

Das Schlurfen von Pantoffeln weckte Jakob. Es war Mrs. Hersch.
»Weiß Nancy, daß du monatlich Geld an eine Frau in Israel schickst?«
»Ma, wenn ich denken müßte, du durchwühlst meine Post, würde ich an die Decke gehen. Ehrlich.«
»Der Brief lag auf dem Fußboden. Ich habe ihn nur aufgehoben. Ist das dein Kind?«
»Ich habe bereits einen *kaddish*. Hast du noch nicht genug Enkel?«
»Das ist keine Antwort.«
»Na schön, also. Nein, es ist nicht mein Kind.«
»Warum schickt sie dir dann Fotos?«
»Ein jeder möchte mal in einer Jakob-Hersch-Produktion auftreten.«
»Wie die Leute heute leben, nein, das verstehe ich einfach nicht. Ich verstehe es einfach nicht!«
»Früher«, sagte Jakob, »hat mein Vater mit mir über Berufe gesprochen, die ich vielleicht ergreifen würde. Er riet mir, kein Arzt zu werden, denn da müßte ich nach jedermanns Pfeife tanzen, sogar mitten in der Nacht. Für die Zahnmedizin, meinte er, müsse man teure Apparate kaufen. ›Werde Rabbi‹, sagte er, ›da brauchst du kein Kapital zu investieren. Du brauchst nur das, was du schon hast: ein großes Mundwerk.‹ Glaubst du, ich wäre ein guter Rabbi geworden?«
»Du hättest alles werden können, was du wolltest.«
»Mit einem Haus im oberen Teil von Outremont und einem netten jüdischen Mädchen als Ehefrau.«
»Ich habe kein Wort gegen Nancy gesagt.«

»Und das solltest du auch besser nicht tun«, entgegnete er. »Weil ich sie nämlich liebe. Und solange sie mich liebt, kann ich nicht ganz und gar schlecht sein.«

Als sie ihm zusah, wie er zum Glastisch hinüberschwankte, um seine Flasche zu holen, dachte sie, o Gott, warum, warum mußte er nur Montreal verlassen, der Narr? In jenen Jahren nach dem Krieg, wer hätte da nicht seinen rechten Arm für einen kanadischen Paß gegeben? Welcher Jude hätte da nicht auf den Knien gelegen, um Einlaß in ein so gutes Land zu finden?

»Hier ist es«, sagte Jakob, mit dem Buch in der einen und dem Glas in der anderen Hand vor und zurück schwankend. Er begann laut zu lesen. »›Wenn ich mein vergangenes Leben betrachte, sehe ich nichts als eine öde Wüste der Zeit, mit ein paar Krankheiten des Leibes und Störungen des Geistes, nahe am Wahnsinn, von denen ich hoffe, daß Er, der mich erschaffen hat, sie als mildernd für viele Fehler und Mängel ansehen wird.‹« Er klappte das Buch zu und verkündete: »Aus dem Tagebuch des verstorbenen großen Reb Shmul Johnson. Ostern 1777.«

ZWEITER TEIL

1 Jakob wurde beinahe krank vor Ärger, als er im Old Bailey auf der Anklagebank saß und daran dachte, daß seine vor Jahren mißlungene Reise nach New York, der eigentliche, wenn auch unbeabsichtigte Beginn dessen, was zu seiner Fahrt in den Ruin mit St. Urbains Reiter werden sollte, bei Licht besehen nichts weiter war als der Irrtum eines Einwanderungsbeamten.

Es war 1951, und Jakob, der seit drei Jahren an der McGill University studierte, hatte beschlossen, sich für das am folgenden Tag beginnende Herbstsemester nicht wieder zu immatrikulieren. New York, New York, lautete sein Herzenswunsch. Wenn ich nur – dachte er, als er rauchend auf dem Bett lag – das Fahrgeld auftreiben könnte. Und darüber hinaus eine Summe, die mich einen Monat lang über Wasser hält!

Seine Mutter kam herein, ohne anzuklopfen. »Du solltest deinem Vater mitteilen, was du vorhast. Er ist so aufgedunsen. Ich habe ihn auf der Straße getroffen, er sieht aus wie ein Frosch. Nicht, daß ich ein einziges Wort gegen ihn sagen will, schließlich ist er ja dein Vater, hörst du? Wohin willst du denn auf einmal?«

Wie unter Zwang, ohne bestimmte Absicht, schlenderte er die ganze St. Urbain Street hinunter und betrat Tansky's Cigar & Soda, um seinen Vater anzurufen, der, seit seine Eltern sich vor vier Jahren hatten scheiden lassen, in der Nähe ein Zimmer bewohnte. Mr. Hersch kam ihn mit seinem verbeulten Chevy abholen, dessen Rücksitz, wie immer, unter Warenproben begraben war: Büromaterial, Kugelschreiber, Kalender, Tintenlöscher. Seit Jakob ihn zuletzt gesehen hatte, hatte sich ein weiterer Montreal-Winter in die Karosserie gefressen. Der Wagen war verrostet und klapprig.

»Wie geht's, Daddy?«

Issy Hersch musterte aufmerksam seinen Sohn. »O weh!« stöhnte er dann.

Jakob trug eine blaue Baskenmütze. Er hatte sich einen Bart stehen lassen und rauchte aus einer langen Elfenbein-Zigarettenspitze. Der Vater schlug vor, wie in den alten Zeiten zu einem Delikatessengeschäft an der Main Street zu fahren.
»Aber Daddy, da geht doch kein Mensch mehr hin! Das ist längst passé!«
Zögernd nahm Issy Hersch mit Jakob dennoch Kurs auf Hy's Delikatessengeschäft an der Main Street. Im Schaufenster waren neben rotgrauen Rinderzungen geräucherte Hühnerbrüstchen wie Brotlaibe gestapelt. Als Jakob die Tür schloß, begannen die an einer Schnur aufgereihten Salamis zu tanzen. Der Duft war noch appetitanregender, als er es in Erinnerung hatte.
»Äußerst *simpático*«, erklärte Jakob liebenswürdig.
»Noch mal, bitte.«
»Wirklich nett.«
»'n Delikatessenladen. Na und?«
»Nein, ich meine, wir beide, daß wir mal wieder zusammen essen gehen.«
»Ich hab kein Geld, falls es das ist, worauf du hinauswillst.« Mr. Hersch bestellte für alle beide. Zweimal mageres Fleisch auf Roggenbrot, sauer eingelegte Tomaten und *knishes*. »Was für 'n Kamelmist rauchst du denn da?« erkundigte er sich gereizt.
»Gauloises.«
»Feh!«
»Liest du noch immer den ›Northern Miner‹?«
»Ja, noch immer. Warum?«
»Was machen deine Aktien?«
»Was meine Aktien machen? Immer frei von der Leber weg, nicht wahr? Was meine Aktien machen? Meinen Aktien geht's gar nicht so gut. Ich verstehe das nicht, wirklich! Deine Onkel haben immer Glück an der Börse, aber bei mir will's einfach nicht klappen. Wenn jemand mir mal 'n Tip gibt, dann nur, um mich reinzulegen. Tausendachthundert Dollar hab ich im letzten Jahr etwa verloren, tausendachthundert!«
»Ist ja furchtbar! Tut mir wirklich leid, Daddy.«
»*C'est la guerre*.« Mr. Hersch winkte Jakob näher zu sich heran. Die großen, ängstlichen Augen wegen seiner Kurzsichtigkeit zusam-

mengekniffen, suchte er auch den hintersten Winkel des Ladens nach Lauschern ab. »Aber eine Sorte von Aktien habe ich« – seine Stimme senkte sich zu einem kaum wahrnehmbaren Gemurmel –, »Algonquin, Mines ...«

»Al-was Mines?«

»Nicht aussprechen, du Großmaul!«

»Was denn? Ich habe dich doch überhaupt nicht verstanden.«

»Mußt du unbedingt den Namen der Mine wissen? Bleibt dir das Herz stehen, wenn du ihn nicht erfährst?«

»Nein. Natürlich nicht.«

»Ich habe *ock-stay-X-mines*«, erklärte er mit anschwellender Stimme, die wie eine Bowlingkugel durch den Ladenraum rollte. »Die sind in der letzten Woche von 1,19 auf 5,10 gestiegen ...«

Sofort stellte Hy seine automatische Wurstschneidemaschine ab. Am Nebentisch ließ ein alter Mann seinen Löffel geräuschvoll in eine Schale *kreplach*-Suppe fallen.

»Das Dumme ist nur«, fuhr Mr. Hersch fort, die Stimme wieder zum Flüstern gesenkt, »ich habe sie für 11,55 gekauft.«

Als Junge hatte Jakob, wie er sich erinnerte, ständig mit seinen Grammatikaufgaben auf den Vater gelauert und ihn mit dem Verlangen nach Hilfe bei seinen Schularbeiten gepiesackt. Jedesmal, wenn sein Vater einen Fehler machte, hatte Mrs. Hersch triumphierend aufgelacht. Wären Rifka und er nicht gewesen – das war Jakob inzwischen klargeworden –, hätten sie sich schon Jahre zuvor scheiden lassen können. Issy Hersch hätte nicht länger zu warten brauchen. Impulsiv streckte Jakob die Hand aus und streichelte dem Vater die Wange.

Hatte jemand etwas gesehen? Hastig, nach allen Richtungen zugleich schielend, stieß Mr. Hersch Jakobs Hand weg. »Was soll das?« erkundigte er sich. »Hast du das an der Universität gelernt?«

Jakob steckte sich noch eine Gauloise an.

»Heute geht alles auf meine Rechnung«, setzte der Vater hastig hinzu. »Heute hat dein Daddy das dicke Portemonnaie.«

»Wir sollten uns öfter sehen. Ich mag dich wirklich.«

»Mann Gottes, ich bin dein Vater! Was sollst du sonst – mich hassen?«

»Als ich noch klein war, gelang es dir immer wieder, mich zum Lachen zu bringen. Einmal hast du mir auf dem Küchenherd Bleisoldaten hergestellt. Die Formen hattest du bei einem Trödler gekauft, weißt du noch?«
»Ja, aber du bist kein Kind mehr«, gab Mr. Hersch etwas verwirrt zurück. »Und wenn ich ehrlich sein soll, ein so großer Klauschopf bist du auch nicht geworden. Äh, Schlaukopf, meine ich.«
Aber damit erntete er kein Lachen, nicht mal ein Lächeln.
»Na schön. Jetzt bist du mir genug um den Bart gegangen. Weswegen wolltest du mich sprechen? Hast du dir etwa die Syphilis geholt oder so?«
»Nein. Aber wegen meiner Studiengebühren brauchst du dir keine Kopfschmerzen mehr zu machen. Ich bin weg von der Uni. Und ich beabsichtige auch nicht wieder hinzugehen.«
»Warum?«
»Weil es nicht mehr zu meiner Weltanschauung paßt.«
Mr. Hersch schlug sich mit der Hand an die Wange. Er wiegte den Kopf. »Junge, was für ein *potz* du geworden bist! Was ist mit dir los?«
»Ich langweile mich«, entgegnete Jakob hitzig. »Es gefiel mir da nicht.«
»Was hat dir überhaupt jemals gefallen? Alles mußt du kritisieren.«
»Der Film.«
»*Was?*«
»Ich will zum Film.«
Ehrlich belustigt schüttelte sich Issy Hersch vor Lachen. »Also, deine Ohren sind auch nicht größer als die von Clark Gable. Das wäre doch wenigstens schon etwas, nicht wahr?«
Nun mußte auch Jakob lachen.
»Hör mal.« Mr. Hersch beugte sich zu ihm hinüber. »Man kann nicht einfach sagen Ich-will-zum-Film. Man muß entdeckt werden!«
»Ich will ja gar nicht Schauspieler werden. Ich will Regie führen.«
»Glaubst du vielleicht, ich bin gern Handelsreisender? Mir wär's auch lieber, wenn mir die Fabrik gehörte.«

»Ich dachte, ich könnte zunächst mal nach New York gehen und mich da 'n bißchen umsehen. Wird Zeit, daß ich rausfinde, wer ich eigentlich bin.«
»Was soll das heißen – wer du bist? Yankel Hersch bist du. Wenn du darauf wetten willst – ich gebe dir 'ne Vorgabe.«
»Das Dumme ist nur, daß ich nicht mal das Fahrgeld habe.«
»Wußte ich's doch, daß wir früher oder später zur Sache kommen würden. Zum Film will er!«
Beim Hinausgehen bezahlte Mr. Hersch die Rechnung und erhielt eine Handvoll Kleingeld zurück. Draußen untersuchte er blinzelnd jede einzelne Münze, bevor er sie einsteckte.
»Stimmt was nicht?« fragte ihn Jakob.
»Psst! Eine Minute.«
Ein Pärchen kam vorbei. Dann eine alte Dame mit Hakennase, die ein Paket Fisch schleppte, gefolgt von mehreren Teenagern in blank glänzenden Windblusen. Endlich waren sie allein.
»Siehst du das hier?« fragte Mr. Hersch.
»Ja.«
»Das ist ein amerikanisches Fünfcentstück, ein Nickel.«
»Na und?«
»Und? Was ist los, bist du dämlich? Wenn dieser Nickel kein Jefferson, sondern ein 1938er Buffalo mit einem winzigen S und einem D wäre – S wie San Francisco, D wie Denver –, wäre er viel Geld wert. Im letzten Sommer befördert Max Kravitz einen Betrunkenen mit seinem Taxi und bringt ihn zu Aldo's. Die Fahrt kostet zwei zehn. Er gibt Max einen Vierdollarschein. Jawohl, einen Vierdollarschein. Von der Bank of Upper Canada vom 1. Dezember 1846. Weißt du, was der heute wert ist?«
»Ach, Daddy, hör auf!« erwiderte Jakob liebevoll. »Du wirst ja doch niemals reich werden.«
»In deinen Augen ist das wohl das Höchste, reich sein, nicht wahr? Dann wäre ich bei dir beliebt, stimmt's? Wir könnten zusammen in einem eleganten Restaurant sitzen, in Snowdown gibt's jetzt koschere chinesische Küche, und du brauchtest dich nicht zu schämen, wenn deine gelehrten Freunde uns entdecken. Aber ich werde dir was erzählen, auch wenn du nicht zuhören wirst. Was soll sein, ich bin ja nichts weiter als dein Vater. Geld verdienen ist nicht alles.

Der Präsident des größten Stahlkonzerns der Welt, Charles Schwab« – er begann an den Fingern abzuzählen – »starb als Bankrotteur und lebte vor seinem Tod fünf Jahre lang von geliehenem Geld. Richard Whitney, der Mann, der im Jahre 1923 Präsident der New Yorker Börse war, sitzt heute noch in Sing-Sing. Jesse Livemore, größter Baissier der ganzen Wall Street, beging Selbstmord. Weißt du, was du brauchst? Einen Job brauchst du. Selbstachtung. Hier«, brüllte er und rammte Jakob zwei Zehner vor die Brust. »Weißt du, was ich bin? Verrückt bin ich!«
»Eines Tages wirst du noch stolz auf mich sein. Ich werde ein berühmter Regisseur.«
»Blas mir nicht die Ohren voll«, protestierte Issy entsetzt. »Du willst, daß ich stolz auf dich bin? Dann mach dich endlich ans Geldverdienen. Stell dich auf die eigenen Füße.«

Statt mit seinem Vater zurückzufahren, wanderte Jakob zu Fuß die St. Urbain Street bis zu seiner alten Schule hinunter. Fletcher's Field High, von wo aus er drei Jahre nach Kriegsende zur McGill University übergewechselt war. Nichts ist so wertvoll, hatte ihm seine Mutter eingebleut, wie eine Universitätsausbildung.
Ja.
Nicht wegen dem, was du da lernst, hatte Jakobs Vater sie korrigiert, sondern wegen der Leute, die du da kennenlernst.
Noch einmal ja.
Jakob huldigte einer vom »New Statesman« beeinflußten Lebensauffassung; er trug ein Tweedjackett mit Lederbesatz an den Ärmeln, stopfte seine Regale mit Penguin-Taschenbüchern voll und ließ sich die Haare wachsen. Wann immer er es sich leisten konnte, speiste er in italienischen Restaurants. Auf jedem Tisch stand eine leere Chianti-Flasche mit einer aufgesteckten bunten Kerze. Jakob empfahl Angelos Trattoria auch Duddy Kravitz, einem alten Schulkameraden. »Da kriegst du die phantastischsten Scampi«, verkündete er.
Seine ältere Schwester zeigte sich von Jakob und seinen respektlosen Freunden peinlich berührt. Mißtrauisch, feindselig begann Rifka ihm Fragen zu stellen, die ihm ziemlich absurd vorkamen.
»Trinkst du Sherry?«

»Na ja, manchmal. Tio Pepe.«
Zu jener Zeit las er gerade »The Quest for Corvo«.
»Aha! Und was treibt ihr so, du und deine langhaarigen Freunde, bis vier Uhr früh? Lest ihr euch gegenseitig Gedichte vor?«
»Manchmal. Oder wir hören Schallplatten.«
»Klassische?«
»Also, ja. Und?«
»Sag mal, fürchtest du dich vor Schlangen?«
»*Was*?«
Schließlich entdeckte Jakob, was hinter dieser Ausfragerei steckte. Auf dem Toilettentisch seiner Schwester fand er eine Ausgabe von »Esquire« mit einem Artikel mit der Überschrift »Ist dein kleiner Bruder homosexuell?«. Sein zukünftiger Schwager hatte Rifka die Zeitschrift gegeben. Herky hatte auch schon angeregt, Jakob solle etwas gegen seine Mitesser tun. Und zwar bitte noch vor der Hochzeit. »Das wird eine hochoffizielle Chose, weißt du. Und du bist Brautführer.«
»Ich schwöre, daß ich während der Trauung keinen ausdrücken werde, okay?«
Jakob gewöhnte es sich an, mit in Taillenhöhe gehaltenen Unterarmen und schlaff herabhängenden Händen im Haus umherzuwandern. Am Abendbrottisch sagte er zu Herky: »Sei doch bitte ein Schatz und reich mir noch eins von den köstlichen *knishes. Merci.*«
»He, nun mal hübsch vorsichtig!« warnte ihn Herky.

Geld.
»Für New York, Onkel Sam. Bis ich mich dort eingerichtet habe. Ich brauche zweihundertfünfzig Dollar.«
»Geld. Ach, aber du bist doch gesund, mein Junge; eine gute Gesundheit ist Millionen wert. Ich wäre auch gerne noch mal so jung wie du.«
»Ich könnte es dir innerhalb eines Jahres zurückzahlen.«
»Nun sieh uns beide doch mal an. Du bist ein intelligenter Junge. Wir sitzen hier... Freunde, Verwandte... Möchtest du noch einen Rye mit Ginger Ale? Nimm dir nur. Bei uns wird nicht gezählt. Wir sind ein gastliches Haus, stimmt's? Also, ich leihe dir das Geld, und

du erzählst mir, daß du es innerhalb eines Jahres zurückzahlen wirst. Richtig?«
»Ich gebe dir mein Wort darauf.«
»Und dann vergeht, Gott behüte, ein Jahr, und du hast das Geld nicht. Und was passiert dann? Dann gibt es Unstimmigkeiten. Ungute Gefühle. Wir sitzen nicht mehr beieinander, trinken zusammen meinen Rye und mein Ginger Ale...«
»Aber ich verspreche dir, Onkel Sam...«
»Du versprichst mir? Wer kommt denn schon her, leiht sich Geld von mir und sagt, ich zahle es dir nicht zurück? Ich verleihe aus Prinzip kein Geld. Das schafft nur Feinde. Vor allem in der Familie. Kannst du meinen Standpunkt verstehen?«
Auf dem Schild hinter dem Schreibtisch in Onkel Jacks Büro stand:

ALI BABA WAR IN DER TAT BENEIDENSWERT
er hatte es nur mit 40 Räubern zu tun

Onkel Jack sagte nein, er könne kein Geld verleihen, jedenfalls nicht im Augenblick. Also versuchte es Jakob bei Onkel Lou.
»Ich möchte gleich zur Sache kommen. Ich brauche zweihundertfünfzig Dollar.«
»Das ist aber ein seltsamer Humor, den du da entwickelt hast.«
»Es ist leider ernst, Onkel Lou! Ich habe nämlich 'ne *schikse* angebufft.«
»Ach du mein Gott! Das habe ich ja gleich gesehen, daß du in der Bredouille sitzt. Sofort als du reinkamst, habe ich mir gesagt, der Bengel hat Ärger, 'n ganzen Haufen. Ich habe dich immer gern gehabt.«
»Entweder ich bringe irgendwie Geld für die Abtreibung auf, oder ich muß sie heiraten.«
»Zweihundertfünfzig Dollar?«
»In der Größe ungefähr.«
»Gib nicht so an!«
»Was?«
»War nur 'n Witz. Ich versuche, bei allem die komische Seite zu sehen. Meine Lebensphilosophie.«

»Ach so!«
»Hör mal, Idas Schwager, der Arzt in Hamilton, erinnerst du dich? Der würde das sicher für dich machen, und da kostet es dich höchstens zweihundert.«
»Bei solchen Dingen möchte ich aber nicht handeln, Onkel Lou. Das ist nicht meine Art.«
»Kann ich verstehen. Ich bin auch so. Ich werde ihn also selbst anrufen und die Sache für dich regeln.«
»Dann gibst du mir die zweihundert?«
»Das ist nicht nötig. Er schuldet mir noch weit mehr. Ich streich's einfach von seiner Rechnung.«
Blieb nur noch Onkel Abe. Abe, der Überhebliche, Krönung aller Hersch-Ambitionen, führende Intelligenz von Hersch, Seligman, Conway, Bouchard & Wiser, Anwälte. Mit Kanzlei im Dominion Square Building und einer Villa in Outremont. Nicht, wie Jakob zugeben mußte, ganz und gar gewissenlos, denn während des Krieges hatte er sich der Sache der orthodoxen jüdischen Flüchtlinge angenommen, für ihre Rechte gekämpft, Spenden gesammelt, Unterkunft und Jobs für sie beschafft. Jedoch mit einer Tochter, die Jakob verabscheute, der unerträglichen Doris, und einem Nachkömmling, den Onkel Abe mit Liebe nur so überschüttete. Überheblich pflegte Abe seinen sechsjährigen Irwin auf den Knien zu schaukeln und, Jakob zur Bewunderung auffordernd, den Knaben nach den neun kanadischen Provinzen zu fragen, um ihn mit Küssen fast zu ersticken, wenn er richtig geantwortet hatte. »Dieses Kind, sage ich dir, ist ein ganz besonderes Kind.« Nein, Abe würde er nicht um Geld anpumpen.
Herky? Hm, vielleicht. Man konnte es ja mal versuchen. Jakob rief an und fragte ihn, ob er mit ihm auf einen Drink kommen wolle. »Machen wir«, antwortete Herky und fuhr mit ihm zu einem Rasthaus hinaus.
Dort gingen Jakob und Herky jedoch nicht gleich an ihren Tisch. Sondern Herky, der Jakob unterhakte, erklärte ihm: »Ich muß erst noch schnell die Klos kontrollieren. Komm mit!«
Herky stellte flüssige Seife, Handtuchspender und desodorierende Lösungen für Urinbecken her. Er betrat niemals ein Restaurant, einen Nightclub oder ein Hotel, ohne zuvor die Toiletten inspiziert

und anschließend dem ganzen Tisch Bericht erstattet zu haben. »Das ist ja wie aus der Steinzeit hier! Wißt ihr, was die in den Urinbecken haben? Eiswürfel!« Das Rasthaus gehörte nicht zu Herkys Kunden. »Das ist kein Klo, das ist ein Lagerhaus für die Furze von der vergangenen Woche. Hol mal tief Luft, Junge!«

»Ich glaube dir ja.«

»Eine Schande ist das, eine richtige Schande! Aber weißt du, warum? Bei denen gelten die Toiletten als unproduktive Einrichtung. Sie erzielen keinen Profit. Und das ist verdammt kurzsichtig gedacht, denn wenn ein Gast hier reinkommt, der sich die Haare kämmen will, und eine Nase voll von der Scheiße der gesamten letzten Woche mitkriegt, dann beschwert er sich keineswegs über die Toiletten, denn das wäre unfein; nein, er erklärt jedem, der es hören will, das Steak sei nicht saftig. Kapierst du?«

»Ja. Und jetzt komm, laß uns gehen.«

»Okay, okay.« Er begab sich mit Jakob in die Bar. »Aber sanitäre Einrichtungen müssen blitzsauber sein. Über jeden Zweifel erhaben. Wie Napoleons Frau. Eine solche Investition macht sich immer bezahlt.«

»Verdammt noch mal, Herky, *mich* brauchst du doch nicht zu überzeugen.«

»Wir haben eine Umfrage gemacht. Wenn ein Gast in einem Restaurant oder in einem Nightclub ist und scheißen muß, läßt er meistens das Dessert ausfallen und bestellt keine weitere Runde Drinks mehr, damit er zu Hause in aller Ruhe kacken kann. Ach, entschuldige – was nimmst du?«

»Scotch.«

Herky bestellte zweimal Scotch. »Öffentliche Toiletten«, dozierte er dann weiter, »haben ein negatives Image. Und jetzt erzähl mir, Toiletten wären unproduktiv. Ich meine, wenn man ein ganzes Jahr weggelassener Desserts und Drinks zusammenzählt, also, was hat es dann für einen Sinn, Lena Horne für eine Million Dollar pro Woche zu engagieren? Wir haben die Ergebnisse in unsere Verkaufsgespräche integriert.«

»Ein zugkräftiges Argument. Bist du reich, Herky?«

»Alles fest angelegt.« Herky legte die Hand aufs Herz. »Ich würde dir ja gern aushelfen, Junge, aber ...«

»Ich wollte dich gar nicht um Geld bitten.«

»...siehst du, ich stecke alles sofort wieder ins Geschäft. Rifka ist äußerst aktiv, weißt du. Immer auf Achse, in der Gesellschaft. Anfangs hat sie in Krebs gemacht, aber die Präsidentin der Organisation hat ihr nicht gepaßt. Jetzt ist sie bei den Herzkrankheiten. Diese Damen tun wirklich viel Gutes, weißt du.«

»Davon bin ich überzeugt.«

»He, weißt du was? Brauchst du 'n Mädchen? Das könnte ich nämlich arrangieren.«

»Mädchen?«

»Ja. Kostet dich nichts. Charna Rosen. Erinnerst du dich? Also, jetzt tut sie's. Bestimmt freut sie sich sehr, wenn du kommst. Liest Dylan Thomas. Brauchst ihr bloß mit 'nem bißchen von deinem Langhaarigen-Quatsch zu kommen.«

»Herky...«

»Hör auf, mir brauchst du nichts zu erzählen. Du kriegst es also regelmäßig. Ein College-Boy; ein Assimilationist. Soixanteneuf. O lala! Aber auf uns brauchst du wirklich nicht runterzusehen. Rifka und ich, wir sind Nonkonformisten.«

Jakob starrte seinen Schwager mit ernstem, melancholischem Blick an. »Herky«, flüsterte er dann, »ich bin froh, daß du das sagst.«

»Ach ja?« Herkys Ton war erwartungsvoll.

»Denn siehst du, ich stehe nun mal nicht auf Mädchen.«

»Was?«

»Weißt du noch? Du hast Rifka doch mal angestiftet, mir komische Fragen zu stellen. Zum Beispiel, ob ich vor Schlangen Angst hätte.«

»Komm, wir verschwinden!« Herky packte ihn beim Arm.

Auf dem Parkplatz setzten sie sich in Herkys Chrysler.

»Soll das heißen, du bist ein *faigele*?«

Jakob nickte.

»Mann, wir waren zusammen im YMHA«, schrie Herky und drohte ihm mit dem Finger. »Damals. Mein Gott, du widerliches Schwein!« Herky biß sich auf die Lippe. »Das würde Rifka nicht überleben. Verdammt, wenn sie jemals davon erfährt...«

»Für mich ist es auch nicht gerade ein Honigschlecken.«

»Ja. Klar.«
»Stell dir mal vor: Du gehst zum Tanzen in den Golfklub und betätschelst Charna Rosen oder die Frau von irgendeinem anderen. Was tun die übrigen Männer? Sie zwinkern dir beifällig zu. Aber wenn ich ankäme und wollte mit einem von den Kellnern oder den Caddies knutschen...«
»Hör mir mal zu, du kleiner Schmierfink...« Herky riß sich zusammen. Er kurbelte das Fenster herunter. »Könntest du nicht zum Psychiater gehen?«
Jakob antwortete nicht sofort.
»Na?«
»Rifka sagt, euer neuer Rabbi wäre so fabelhaft. Ganz modern. Vielleicht könnte ich den um... na ja, um Hilfe bitten.«
»Das würde ich nicht tun. Der gehört nicht zu den Reformern.«
»Weißt du was, Herky? Ich glaube, es wäre am besten, wenn ich überhaupt von hier verschwinde.«
»Na ja...« Herky starrte zum Wagendach empor. »Wenn du meinst...«
»Ich habe da an New York gedacht. Der Haken ist nur, daß ich absolut pleite bin. Das Geld reicht nicht mal für die Fahrkarte.«
»Wir haben alle unsere Probleme«, antwortete Herky kühl.
»Aber Herky, verstehst du denn nicht? Meine Gefühle...«
»Halt die Klappe! Ich muß fahren.«
»...lassen sich nicht mehr bändigen. Eines Nachts wird mich bestimmt noch die Polizei schnappen. Auf dem Berg... oder in Outremont...«
»Du willst dir also Geld von mir leihen – ist es das, worauf du hinauswillst?«
»Ich zahl's dir bestimmt zurück. Ehrenwort, Schätzchen.«
»Ich breche dir das Genick! Ich sollte dich auf der Stelle aus dem Wagen schmeißen und ihn dir abschneiden – zu deinem eigenen Besten.«
»Mit zweihundertfünfzig Dollar käme ich über die Runden.«
»Ich habe schon immer so was geahnt. Das ist dir doch klar, nicht wahr?«
»Bist wirklich ein kluges Kerlchen, Herky. Das muß man dir lassen.«

»Verdammt noch mal, du widerliche Schlange! Abschaum! Du knutschst also tatsächlich mit anderen Männern?«
Jakob warf ihm eine Kußhand zu.
»Nimm das zurück! Nimm das sofort zurück, du Schwein!«

2 In jedem Herbst, von Kindheit an, hatte er die Vögel beobachtet, die klugen Vögel, wie sie nach Süden flogen: In diesem Oktober konnte Jakob ihnen endlich folgen. Über die Grenze, zu den Quellen des Lichts. Für seine Onkel – Miami, die Catskills; für seine Tanten – die Wunderdoktoren der Mayo-Klinik. New York. Es war schon immer ihre eigentliche Hauptstadt gewesen. Ottawa? Quebec City? Provinznester, die man nur aufsuchte, um einen *goy* von der Regierung zu schmieren, damit man einen Auftrag oder eine Baugenehmigung bekam. Das waren Orte, von denen die Vorschriften kamen, nicht die Freuden des Lebens. New York, New York. Es gab keinen Tabakladen zwischen Park Avenue und der Main Street, der nicht die obligatorischen New Yorker Tageszeitungen führte: »News«, »Mirror« und »Daily Racing Form«. Ed Sullivan, Bugs Bear, Dan Parker. »The Gumps und Smilin' Jack«. Dorothy Dix, Hedda Hopper. Vor allem aber Walter Winchell.
Während des Krieges war Jakob noch ein Junge gewesen. Er erinnerte sich an die Schilder in Tansky's Cigar & Soda, die jeden warnten: FEIND HÖRT MIT und DIE WÄNDE HABEN OHREN. Er erinnerte sich daran, wie seine Eltern, Onkel und Tanten freitagsabends Erdnüsse geknackt und darauf gewartet hatten, daß die Vereinigten Staaten, Roosevelt und Walter Winchell, diese beiden unvergleichlichen Champions des amerikanischen Volkes, endlich mal Nägel mit Köpfen machten und in den Krieg eintraten. Die Engländer bewunderten sie, die waren tapfer, doch mehr Vertrauen hatten sie zu den US-Marines. Sie konnten sich unschwer vorstellen, wie John Wayne, Clark Gable und Robert Taylor Kleinholz aus den Panzern machten, während Noel Coward, Laurence Olivier und die anderen in einer Flut von britischen Kriegsfilmen zu viele menschliche Angriffsflächen boten. Sie konnten, genau wie man selbst, unter Herzanfällen, Hämorrhoiden und vorlauten Kindern

leiden. Winchell jedoch, Walter der Wunderbare, war gegen die Leiden einfacher Leute gefeit. Der stand Abend für Abend da draußen in Manhattan bereit, ohne Rücksicht auf Rasse, Hautfarbe oder Religion den jeweils Besten Orchideen zu verleihen. Immer auf der Wacht, unter seinem breitrandigen, weichen Filzhut, fuhr Walter Winchell mit einem Funkstreifenwagen der Polizei umher, entlarvte America-Firster, gab's den FDR-Gegnern und vernichtete die Hetzer in ihren Schlupflöchern. Wer außer WW konnte Mr. & Mrs. America und die Schiffe auf hoher See über den Beitrag der Juden zur Kriegsleistung aufklären? Über Barney Ross. Über Irving Berlin und Eddie Cantor, die so selbstlos Zeit und Können beisteuerten. Oder darüber, daß der Bombenschütze des ersten Flugzeugs, das ein Japs-Schiff versenkte, ein Jude gewesen war – gut genug, um für sein Land zu sterben, nicht gut genug aber für die Mitgliedschaft in einigen Country-Klubs, die WW namentlich aufzählen konnte.

New York war Klasse, ganz große Klasse. Es hatte Jenny Goldstein und Aaron Lebedoff nach Montreal geschickt. Als »Abie's Irish Rose« endlich His Majesty's Theater erreichte und Tanten und Onkel nicht ein-, sondern zweimal hingingen, verkündeten die Reklametafeln draußen – eine veritable Garantie –: DIREKT AUS NEW YORK. Aus dem gesegneten New York, wo Bernard Baruch auf einer Parkbank saß und Präsidenten und Premierministern erklärte, wann sie billig kaufen und wann teuer verkaufen mußten. Wo Bürgermeister La Guardia *ein* Wort Jiddisch sprach. Wo es in der Delancey Street oder in Brownsville Cousins und Cousinen zweiten Grades gab. Wo die zwerchfellerschütternden Mickey-Katz-Schallplatten hergestellt wurden. Aus dem Pierre van Paassen herübergeflogen kam, um mit seinen Berichten über die Hagana, die Rommel in der Wüste bekämpfte, zuweilen tagelang so isoliert und verdurstet, daß sie den eigenen Urin tranken, sein SRO-Publikum zu Tränen zu rühren und um Spenden zu bitten.

»Pisse. Das hat er doch gemeint, als er Urin sagte, nicht wahr?«

»Psst!«

»Stellt euch vor«, sagte Jakobs Mutter, »stellt euch das vor! Was für ein Wunderwerk der Mensch doch ist!«

Wo Jakobs Vater sein bestes Material bekam. Für nur fünfzig Cent gab's eine Zeitungsschlagzeile, auf die man warten konnte, zum Beispiel: RITA HAYWORTH VERLÄSST ALI KHAN; IHR NEUER AUSERWÄHLTER: ISSY HERSCH! Woher Jakobs Vater Juckpulver, Tintenflecke aus Metall und jene Geschäftskarten bezog, die er auf Ritas Hochzeit verteilt.

KELLY'S TOOL WORKS
Does your's?

Amerika, das *echte* Amerika, bot Jakob die Chance, die Elite der Montreal Royals (Duke Snider, Carl Furillo, Jackie Robinson und Roy Campanella) in Ebbets Field zu sehen. Es war »Partisan Review«, »PM« und »New Republic«. Es war die befreiende Erkenntnis, die ihm eines Tages in der Uni kam, daß er gar nicht unbedingt ein Freak war. Nein, es gab andere, viele andere, die lasen, dachten und fühlten wie er, und diese anderen lebten zumeist in New York. In den Straßen von Manhattan, wo man sie sehen konnte, in Lebensgröße, wo man einige vielleicht sogar berühren, mit anderen sich unterhalten durfte.

Während er seinen Koffer packte und der Mutter versprach, ja, ganz bestimmt, einmal in der Woche zu schreiben, während er seinem Vater versicherte, er werde sich wirklich einen Job suchen, sah er sich selbst schon an der Bar des »Algonquin« mit einem Mädchen im Kaschmirpullover über Kafka diskutieren, und der Mann neben ihm, der mit der blanken Glatze, warf ein: »Ich habe zufällig gehört, was Sie da eben sagten. Mann! Haben Sie diese müden, alten Augen aber geöffnet! Wären Sie vielleicht bereit, das mal für uns zu Papier zu bringen?«

»Uns?« fragte Jakob kühl zurück.

»Ach so. Verzeihung. Mein Name ist Ed. Ed Wilson.« (Oder würde er ›Bunny‹ sagen?) »Ich möchte Sie gern mit Dorothy hier bekannt machen... Mit S. J., das ist der mit dem Groucho-Schnurrbart... mit E. B. und mit Harold.«

Oder er geht auf einen schnellen Drink in Jack Dempsey's Bar, ein junger Italiener versetzt ihm einen Stoß (»Rück rüber, Hymie.«). Und Jakob legt ihn mit einem Punch auf die Bretter (der gefürchtete Hersch-Hammer, von dem eine Andeutung genügt, um Champions in Bibberpudding zu verwandeln), woraufhin der im mittleren Alter befindliche Gefährte des Makkaroni in furchtbare Aufregung gerät. »Sag doch was, Rocky! Mein Gott, Sie haben ihm den Kiefer gebrochen! Morgen abend sollte er im Garden gegen Zale antreten. Was soll ich denn jetzt bloß tun?«

Mit den Vögeln, den Zugvögeln aufstehend, erwischte Jakob am Morgen den Frühling. Ich gehe nicht fort, dachte er, ich kehre in meine geistige Heimat zurück.

Er ißt *latkes*, Käsekuchen oder was sonst Lindy's berühmt gemacht hat, und liest gerade, daß WW ihm wieder Orchideen geschenkt hat, Leonard Lyons dito, als Lauren Bacall an seinen Tisch kommt, aufreizend die Beine übereinanderschlägt und versucht, ihn in ihre Hotelsuite zu locken – alles, wenn Jakob Hersch nur bei einem ihrer Filme Regie führen wird.

»Tut mir leid«, antwortet Jakob, »aber das kann ich Bogie nicht antun.«

Oder: Obwohl er vorgestern beim Eröffnungsspiel der World Series zwölf Innings gemacht hat und nur zwei billige Treffer einstecken mußte, mustert Leo, während Mantle hereinkommt, die überfüllten Basen und bittet Jakob, noch einmal einzuspringen.

»Unter einer Bedingung«, entgegnet Jakob.

»Was immer du willst.«

»Du mußt Branch sagen, ich wünsche, daß er den Negroes in der Oberliga eine Chance gibt.«

Um zehn, als sie sich der Grenze näherten, begann der neueste italienische Filmstar, noch mehr sexy als die Lollo, in Jakobs Penthouse ihre Kleider abzulegen. *Das muß unbedingt aufhören*, dachte er. Zip, zip. Dann ein Rascheln von Seide. Nein, eine Kaskade. Schnipp, macht der Strumpfhaltergürtel. Schnapp, macht der BH-Verschluß... Und Jakob, der verlegen das Entstehen eines Zelts zwischen seinen Beinen beobachtete, bedeckte es hastig mit Norman Vincent Peales Kolumne in »Look«, hustete, steckte sich eine Zigarette an und zuckte zusammen, weil ihm jemand auf die Schulter tippte.

»Ja?«

Vor ihm stand ein amerikanischer Einwanderungsbeamter mit

saurem, von violetten Äderchen durchzogenem Gesicht und Haarbüscheln, die sich kräuselnd an seiner Wange herabzogen. An einer hartnäckigen Fleischfaser saugend, die sich zwischen seine gelblichen Zähne gesetzt hatte, begehrte er Jakobs Geburtsschein zu sehen. Er inspizierte das Dokument, knurrte etwas, kritzelte Jakobs Namen auf seinen Notizblock und watschelte dann, im Zugrhythmus schaukelnd, wieder davon. Fünfzehn Minuten später, als der italienische Filmstar ihn gerade um Hilfe bei einem widerspenstigen Reißverschluß bat, wurde Jakob abermals mit einem abgekauten Bleistift auf die Schulter getippt.

»Sie müssen an der nächsten Station aussteigen.«

»*Was?*«

»Es ist nicht sicher, daß Ihre Einreise in die Vereinigten Staaten erwünscht ist. Die nächste Station ist St. Albans in Vermont. Dort steigen Sie aus, damit die Einwanderungsbeamten eingehend prüfen können, ob Sie erwünscht sind oder nicht«, erklärte ihm der Beamte und watschelte von dannen.

Jakob blieb, völlig erstarrt, eine Minute lang regungslos sitzen; siedend heiß fiel ihm ein, daß er den Stockholmer Friedensappell sowie ein Gnadengesuch für Julius und Ethel Rosenberg unterschrieben hatte. Du Idiot, du gottverdammter Idiot! Hattest du denn noch nie was von Senator McCarthy gehört? Jakob beschloß, nach vorn zu gehen, um möglichst genauere Informationen einzuholen; er sprang auf, »Look« fiel zu Boden, das Zelt zwischen seinen Beinen augenfällig und schreckensvoll in Erinnerung bringend. Großer Gott! Eingedenk der anderen Fahrgäste fuhr Jakobs Hand hastig, instinktiv an seinen Schritt, um ihn zu verdecken, genauso hastig aber auch wieder zurück, weil ihm klar wurde, daß er damit nur die Aufmerksamkeit auf seinen Ständer lenkte. Mit knallroten Wangen sank Jakob auf seinen Platz zurück.

Verdammt noch mal! Mit geschlossenen Augen, ganz konzentriert, legte er sich »Look« wieder auf den Schoß und zwang den Filmstar kraft seiner Gedanken in sein Penthouse zurück.

»Nehmen Sie Ihre schmierigen Pfoten von meinem Reißverschluß!« sagte sie.

»Sie haben mich reingelegt. Warum sind Sie überhaupt erst mit hergekommen?«

»Ich wußte nicht, daß Sie so klein sind und so ein komisches Gesicht haben...«
(Das Pulsieren ließ nach.)
»...so jüdisch...«
(Gut, gut.)
»...und außerdem bin ich auch lesbisch...« (aaaaahhh)
Erleichtert räusperte sich Jakob, steckte sich eine Zigarette an und ging nach vorn. Er fand den Einwanderungsbeamten in einem leeren Abteil, wo dieser seine Zähne mit der Kante eines flachen Streichholzes bearbeitete und dabei in einer telefonbuchdicken Kladde mit vielen Namen blätterte.
»Warum muß ich diesen Zug verlassen?«
»Sie müssen in St. Albans einen formellen Einreiseantrag in die Vereinigten Staaten stellen. Wenn die Überprüfung dort positiv für Sie ausfällt, dürfen Sie heute abend nach New York weiterreisen. Wenn nicht, wird man Sie nach Montreal zurückschicken.«
»Und was soll das?«
»Wir haben Grund zu der Annahme, daß Sie eine unerwünschte Person sind.«
»Was für einen Grund?«
»Das kann ich Ihnen nicht sagen.«
»Wie lange wird die Verhandlung dauern?«
»Es ist keine Verhandlung.«
»Wie lange wird *es* dauern?«
»So lange, wie's eben dauert.«
»Ich frage nur, Sir, weil heute Freitag ist. Ich bin, na ja, Jude... Unser Sabbat beginnt heute bei Sonnenuntergang, und danach verstößt das Reisen gegen die Glaubensregeln.«
Der Einwanderungsbeamte musterte ihn mit neuem und, wie Jakob zu hoffen wagte, wohlwollendem Interesse.
»Falls es sich hier um etwas Politisches handelt, Sir, wäre es, glaube ich, nur fair von mir, Ihnen zu sagen, daß ich an der Universität Sekretär des ›Young Conservative Club‹ war.«
»In zehn Minuten sind wir in St. Albans. Dort werde ich Sie am Ausgang Ihres Abteils erwarten.«
Gerade als der Zug in den Bahnhof von St. Albans einrollte, begann es wie aus Kannen zu schütten. Der Einwanderungsbeamte deutete

zu einem dreistöckigen Gebäude auf einem Hügel hinüber und machte sich auf den Weg, die Straße hinauf. Jakob folgte ihm mit seinen zwei Koffern, die ständig gegeneinander und gegen seine Beine stießen. Schließlich hatten sie, keuchend und bis auf die Haut durchnäßt, das Gebäude erreicht. Über dem Haupteingang erkannte er die Insignien des Justizministeriums, an die er sich aus »T-Men« mit Dennis O'Keefe erinnerte. Der Einwanderungsbeamte führte Jakob in den ersten Stock hinauf, wo er ihn, Wasser auf das braune Linoleum tropfend, im Flur stehenließ, während er selbst kurz mit einem anderen Mann verhandelte. Dann ging es weiter in den zweiten Stock, wo sämtliche Korridore, soweit Jakob sehen konnte, mit Karteischränken vollgestellt waren. Der Beamte öffnete Jakob zuvorkommend eine Tür und bat ihn, einen Moment einzutreten. Der Raum wirkte wie ein Krankensaal. Drei ordentlich gebaute zweistöckige Betten und links daneben ein Badezimmer. Plötzlich hörte Jakob hinter sich das Klirren von Metall; er fuhr herum und mußte feststellen, daß man ihn tatsächlich eingesperrt hatte. Wortlos ging der Beamte davon.
Regen, Regen, Regen. Ein Fenster mit schmierigen Gitterstangen blickte auf einen verschmutzten Innenhof. Niedergeschlagen legte sich Jakob auf eines der unteren Betten. »H. W. war hier« und andere Initialen waren in den braunen Metallbettpfosten gekratzt worden, und in die Unterseite des oberen Bettes hatte ein Vorgänger *»baise mon cul, oncle sam«* geritzt. Das Funkgerät im Nebenzimmer krächzte und knatterte, während der Funker Mitteilungen an die Grenzposten durchgab. »Achten Sie auf Anafukobroplis, Anafuko – A wie Anton, N wie... Jawohl, Grieche. Es wird angenommen, daß er mit einer Gruppe von vierzig Rollschuhläufern von Montreal aus herüberzukommen versucht.«
Draußen gingen immer wieder männliche und weibliche Angestellte vorbei, zogen die Metallkästen der Karteischränke heraus und schoben sie mit dem Knie wieder hinein.
»Achtung«, sagte der Funker jetzt. »Wir erwarten, daß diese Babyschmuggler in zwei Tagen einen weiteren Versuch zur Grenzüberschreitung machen. Also seht zu, daß es diesmal klappt, Freunde.«
Um zwölf Uhr mittags kam der Einwanderungsbeamte wieder,

schloß die Tür auf und deutete mit seinem abgekauten Bleistift auf Jakobs Kopf. »Kein *chapeau*«, sagte er.
»Was?«
»Ich weiß Bescheid über die orthodoxen Juden. Habe da mal was in ›Life‹ darüber gelesen. Kein Hut. Dann würden Sie ja wohl auch noch nach Sonnenuntergang reisen, nicht wahr, Bürschchen?«
»Ihnen entgeht aber auch gar nichts. Eines Tages wird sicher noch Edgar Hoover auf Sie aufmerksam werden.«
Der Einwanderungsbeamte führte Jakob zum Haus hinaus und quer durch die Stadt zu einem weiträumigen, güterwagenbraunen Holzschuppen, der neben den Gleisen errichtet worden war. Jakob folgte dem glänzenden Hosenboden des Beamten die Holztreppe hinauf in ein Büro mit vier Schreibtischen und einem dicken, bauchigen Ofen. Hier saß der Vernehmungsbeamte. Das Haar streng in der Mitte gescheitelt, leblose Augen, fast keine Lippen und ein leicht angeschmutzter Hemdkragen, dessen Spitzen sich nach außen zu rollen begannen. Ein einziger, deprimierender Blick genügte, und Jakob wußte, daß er geliefert war.
Name, wollte der rundschultrige Vernehmungsbeamte wissen. Alter?
»Zwanzig.«
Name des Vaters? Geburtsort? Religion?
»Jüdisch.«
»Arbeitgeber?«
»Keiner.«
»Aha. Haben Sie jemals einer oder mehreren der folgenden Organisationen angehört? Ich lese sie Ihnen langsam vor. Kommunistische Jugendliga?«
»Ich würde sagen – nein.«
»Den Freunden der Flüchtlinge aus dem Spanischen Bürgerkrieg? Dem kanadischen Verbraucherverband? Den Studenten für den Frieden?«
»Ich möchte eine Aussage machen.«
Der Vernehmungsbeamte lehnte sich in seinem Drehsessel zurück und wartete.
»Einer meiner Feinde an der Universität hat Gesuche der Linken gelegentlich mit meinem Namen unterzeichnet.«

»Wie heißt er?«
»Das sollte ein Scherz sein. Er fand es komisch.«
»Ich verstehe. Progressiver Buchklub.«
»Hm. Moment mal. Lassen Sie mich nachdenken… Ganz sicher bin ich nicht. Progressiver Buchklub?«
»Ja oder nein?«
»Ja.«
Als nächstes las der Vernehmungsbeamte eine scheinbar endlose Liste von Zeitungen und Zeitschriften herunter und fragte Jakob, ob er jemals eine davon abonniert habe. Jakobs Antworten wurden in fünffacher Ausführung getippt, dann wurde er aufgefordert, die Abschrift auf Fehler und Unrichtigkeiten zu prüfen und jede einzelne Kopie zu unterschreiben.
»Hier steht… Religion ›hebräisch‹. Ich bin aber sicher, daß ich ›jüdisch‹ gesagt habe.«
»Na und?«
»Das ist ein ganz Kesser«, warf der Einwanderungsbeamte ein. »Ich habe Sie ja gleich gewarnt.«
»Sie wollen doch sicher nicht, daß ich eine falsche Niederschrift unterzeichne.«
»Herrgott im Himmel, Sie verstehen es wirklich, sich Ärger einzuhandeln! Okay, ich werde hebräisch in jüdisch abändern. Und Sie zeichnen jede Kopie ab, auf der ich das getan habe.«
»Roger«, erwiderte Jakob augenzwinkernd.
»Hör zu, Bürschchen. Jetzt ist's aber genug. Verstanden?«
Jakob unterzeichnete die Kopien. Dann nahm man ihm die Fingerabdrücke ab und brachte ihn ins Büro zurück. »Die Anhörung ist damit abgeschlossen«, erklärte der Vernehmungsbeamte. »Sie wurden als unerwünschte Person für die Vereinigten Staaten eingestuft. Ihr Antrag auf Einreise ist hiermit abgelehnt, und Sie werden nach Paragraph 235 c des Einwanderungs- und Nationalitätsgesetzes vorübergehend ausgewiesen. Heute abend um 19.30 Uhr werden Sie nach Montreal abgeschoben.«
»Sie haben mir immer noch keinen Grund genannt.«
»Wir sind nicht berechtigt, Informationen weiterzugeben, aufgrund derer wir eine Ausweisung beschließen.«
Jakob wurde in sein Gefängnis zurückgebracht; auf der Kante des

oberen Bettes ihm gegenüber saß jetzt mit dürren, in der Luft baumelnden Beinen ein magerer alter Mann mit eingefallenem Bauch. Der Mann trug einen flotten Strohhut, ein kariertes Hemd, das ihm mindestens zwei Nummern zu groß war, und aufgeplatzte Schuhe. Er hatte überdimensionale Glubschaugen, die er, wie es schien, in ununterbrochenem Staunen weit aufriß, und hielt einen Spazierstock hoch über den Kopf erhoben. »Keine Bewegung!« befahl er und schwang drohend seinen Stock. »Keinen Schritt weiter!«

»Du lieber Gott! Wer sind Sie denn?«

»Als ob Sie das nicht wüßten.«

Jakob setzte sich vorsichtig hin.

»Ich wußte ja, daß sie einen schicken würden. Widerlicher Wurm! Geschmeiß! Genau das seid ihr.«

»Würden Sie mir vielleicht mal erklären, worum es sich eigentlich handelt?«

»Geben Sie's zu! Sie werden von Feigelbaum bezahlt. Oder ist es diesmal Shapiro?«

»Niemand bezahlt mich. Niemand hat mich hergeschickt. Ich bin hier in Haft. Heute abend wird man mich nach Montreal abschieben.«

»Um mich unter Kontrolle zu halten. Aber ich habe euch durchschaut. Menschlicher Abschaum. Wenn Sie eine einzige Handbewegung machen, um nach einer Waffe zu greifen, werde ich nach den Wachtposten schreien.«

»Ich kann mich ja hinstellen, die Arme hochnehmen, und Sie können mich in Ruhe durchsuchen.«

»O nein, das werden wir ganz bestimmt nicht tun. Das kommt gar nicht in Frage. Damit Sie mir einen tödlichen Judoschlag versetzen können?«

»Weshalb sollte ich Sie umbringen wollen?«

»Wegen des Geldes. Fünf Millionen.«

Jakob stieß einen Pfiff aus.

»Hat man Ihnen das nicht erzählt?«

»Man vertraut mir nicht so ganz.«

»Die schrecken vor nichts zurück, wenn es gilt, mich aus dem Weg zu schaffen, das wissen Sie doch. Mein Fall ist jetzt beim Supreme Court in Manhattan gelandet. Aktennummer 33451/1953.«

»Ich wünsche Ihnen viel Glück.«
»Das ist das Geld von meinem Vater. Es gehört mir. Wo Feigelbaum ist, weiß ich, und Shapiro habe ich auch aufgestöbert; nur Czucker und Leon Feigelbaum fehlen mir noch.«
Die Augen des Mannes schienen zu Jakobs Verwunderung noch größer zu werden. Gleich fallen die tatsächlich raus, dachte er.
»Ich bin bereit, das Geld mit jedem zu teilen, der mir hilft, es wiederzufinden und die Verbrecher ihrer gerechten Strafe zuzuführen.«
»Zigarette?«
»Nein, danke. Von Ihnen nicht. Sind Sie verrückt?«
»Sie werden doch wohl nicht annehmen, meine Zigaretten wären vergiftet?«
»Als Feigelbaum mich letztesmal ermorden wollte, hat er's mit Ultraschallstrahlen versucht. Die lähmen und zerstören die inneren Organe. Die selber machen nie den Versuch, mich zu töten – o nein! Die mieten sich Leute, die ihnen das abnehmen. Menschlichen Abschaum, wie Sie es sind.«
Plötzlich klapperte ein Metallklemmbrett gegen die Tür, und ein Mann spähte zu dem vergitterten Fenster herein. »Wie war noch der Mädchenname Ihrer Mutter?« fragte er Jakob.
»Das habe ich Ihnen bereits in fünffacher Ausfertigung gesagt.«
Sofort sprang der Alte vom Bett und warf sich rasch gegen die Tür. »Sie müssen mich hier rauslassen. Ich bin nicht so wie der da.«
»Wir brauchen den Namen noch einmal.«
»Er ist hier reingesteckt worden, damit er mich umbringt. Er ist ein gedungener Killer.«
»Den Namen, bitte!«
»Er steht da auf dem Formular. Sie haben es in der Hand.«
»Buchstabieren Sie ihn.«
»Belloff. B-E-L-L-Off. Wie in ›fuck off‹.«
»Hüten Sie sich, Freundchen!« Aber er öffnete Jakob doch die Tür. »Sie können jetzt gehen. Ihr Zug fährt gleich ab.«
»Stecken Sie mich bloß nicht in denselben Zug!« winselte der Alte, der ängstlich zurückwich.
»Keine Sorge, Opa. Sie werden abgeholt.«

Er wurde abgeholt. Der Mann sank zu Boden, legte den Kopf in die Hände und begann zu schluchzen.
»Können Sie denn nichts für ihn tun?« erkundigte sich Jakob gereizt.
»Können Sie mir sagen, was?«
Die Tür schloß sich hinter Jakob, er wurde hinuntergeführt und einem anderen Beamten übergeben, einem jungen Kriminalpolizisten mit sauberem, frischem Äußeren und einem überaus entwaffnenden Lächeln. Der junge Mann bückte sich sofort, um Jakob einen Koffer abzunehmen. Es war nur eine winzige Geste, ganz beiläufig ausgeführt, die Freundlichkeit aber, die dahintersteckte, rührte Jakob, und ihm fiel zum erstenmal auf, daß er verschwitzt war und daß sein Anzug zerknittert aussah und er in den Augen dieses netten jungen Mannes wie ein mieser, kleiner Gauner wirken mußte, oder sogar wie ein Verrückter – so wie der Mann, den Jakob zurückgelassen hatte. Nach der Misere dieses langen Tages wirkte der junge Mann wie ein Schock auf ihn. Er sah so gesund aus, so kreditwürdig! Als Jakob und der junge Mann gemeinsam an die frische Luft hinaustraten, wagte er zu hoffen, die Passanten würden sie für Freunde halten statt für einen Gefangenen mit Aufseher, und war erfüllt von dem Bedürfnis, sich von der Schäbigkeit dieses Tages zu lösen und einen guten Eindruck zu hinterlassen.
»Verzeihen Sie meine Neugier«, sagte der junge Mann, »aber Sie sind doch ein politischer, nicht wahr?«
»Also, ja. Ich meine, so lautet die Anklage.«
»Ich habe nichts gegen die Politischen. Sie sind gebildet und wirklich... na ja, irgendwie Idealisten. Die Junkies und die Schwulen, die finde ich abstoßend. Oder halten Sie sie eher für... krank?«
Jakob zuckte die Achseln.
»Was wollten Sie eigentlich in New York?«
»Die Regierung stürzen.«
»Donnerwetter! Das ist'n Ding!«
»Ich allein, mit meiner kleinen Ultraschall-Strahlenkanone.«
»Sie waren also mit ihm zusammen da drin, wie? Das ist doch irre!«
»Sind Sie vom FBI?«
»Nein, nein! Nichts dergleichen. Hören Sie, ich muß Ihnen unbe-

dingt noch sagen, wie sehr ich alles, was aus Kanada kommt, bewundere. Bei uns zu Hause hören wir immer CBC. Die beleidigen wenigstens nicht unsere Intelligenz, verstehen Sie. Die haben ein Herz für Nonkonformisten. Wie dieser, äh, Professor McAllister, der manchmal über Außenpolitik diskutiert.«

McAllister dozierte an der McGill University. Ein langweiliger, pedantischer Sozialist.

»Da Sie ja auch aus Montreal sind – könnte es sein, daß Sie McAllister sogar persönlich kennen?«

»Nein. Man hat mir gesagt, der alte Mann würde abgeholt. Von wem?«

»Ach der! Mann, den haben wir schon dreimal gehabt. Von seinem Sohn, nehme ich an. Das ist ein sehr bekannter Zahnarzt. He, hat Ihnen der Alte die Zahlen auf seinem Arm gezeigt?«

Zahlen? »Nein«, antwortete Jakob, dem die Galle hochkam.

»Die Dodgers spielen morgen mit Erskine. Der alte Professor wird Whitey Ford einsetzen.«

»Hm.«

»Wenn der Zug kommt, steigen Sie vor mir ein. Muß ja nicht sein, daß Sie in eine peinliche Situation geraten, wie?«

»Was für Zahlen? Was soll das heißen, Sie verdammter Dummkopf?«

»Irgendwas, was die mit ihm im Krieg gemacht haben. Im Konzentrationslager. Wußten Sie das nicht?«

Jakob unterdrückte den Impuls, ihn mit seinem Koffer niederzuschlagen.

»Komisch ist nur, daß heute einige von denselben Deutschen in Westdeutschland wieder in Amt und Würden sind. Also, was sagen Sie dazu?«

»Lecken Sie mich an meinem königlich-kanadischen Arsch!«

»He, nun seien Sie mal 'n bißchen nett! Ist doch nicht persönlich gemeint.« Er bot Jakob eine Zigarette an. »Im Vertrauen: Ich würde sogar sagen, da ist was dran.«

»Woran? Wovon reden Sie jetzt? Von den Konzentrationslagern? Von der World Series? Sind denn alle verrückt in diesem Land?«

Der junge Mann blieb stehen; sein nettes Gesicht war vor Ernsthaftigkeit gespannt. »Glauben Sie daran?«

»Daran? Woran? Wovon reden Sie, Mann?«
»Vom Kommunismus. Von der ursprünglichen Idee. Brüderlichkeit. Also, ich bin dafür. Aber es funktioniert eben nicht. Weil es gegen die menschliche Natur geht.«
Jakob starrte die Gleise an, wünschte, der Zug liefe endlich ein.
»Vermutlich wurden Sie in New York von Ihren Genossen erwartet, wie?«
»Wir hatten einen Umzug geplant. Eine große Demonstration.«
»Soll ich vielleicht jemanden für Sie anrufen und erklären, warum Sie nicht kommen konnten?«
»Mir wird gleich schlecht. Ich muß mich setzen.«
Jakob lehnte sich an eine Säule.
»Da kommt der Zug! Steigen Sie einfach vor mir ein. Wir brauchen nicht nebeneinander zu sitzen.«
Der junge Mann nahm fünf Reihen hinter Jakob Platz und sprang, als sie die Grenze erreichten, vom Zug. Jakob sah ihn noch, als er auf dem Bahnsteig stehenblieb, um sich eine Zigarette anzuzünden. Der junge Mann winkte und verzog das Gesicht zu einem ansteckenden Grinsen. Jakobs Herz klopfte wie rasend, sein Kopf dröhnte, und zu seiner eigenen Verwunderung spie er wutentbrannt auf die Fensterscheibe. Der Zug ruckte rückwärts, vibrierte und ruckte dann wieder an. Der junge Mann blickte ihm kopfschüttelnd und schockiert nach. Und Jakob mußte voller Scham einsehen, daß er es mal wieder geschafft hatte. Daß er sich als einer von den Öligen erwiesen hatte, als Dunkelweißer. Er hatte etwas Unrechtes, Kindisches getan, hatte sich selbst zum Narren gemacht, während bis dahin das Recht einzig auf seiner Seite gewesen war. Und so erinnerte er sich jedesmal, wenn ihm dieser Tag wieder einfiel und er Jahre danach auf Dinnerparties davon erzählte, mit brennender Scham an dieses idiotische Fensterspucken, das er jedoch stets aus der Geschichte wegließ. Nur nicht, als er sie Nancy erzählte.

Wieder in Montreal, strebte Jakob stehenden Fußes der Bar in der Central Station zu, bestellte sich einen doppelten Whisky und bezahlte mit amerikanischem Geld.
»Montreal ist das Paris von Nordamerika«, behauptete der Kellner.
»Ich hoffe, es wird Ihnen hier gefallen, Sir.«

Jakob starrte auf das Wechselgeld. »Was ist denn das?« erkundigte er sich. »Monopolywährung?«
»Das ist unser kanadisches Geld.«
Jakob lachte vergnügt.
»Kanada ist kein Witz, Sir. Wir sind der größte Uranproduzent der ganzen Welt. In diesem Land wurde Walter Pidgeon geboren.«

3 Bei seiner Rückkehr nach Montreal vermutete Jakob – der wenigstens eine winzige Spur von Genugtuung aus dem New Yorker Fiasko zu ziehen trachtete – also voll Schadenfreude, er werde die Wurzel weiterer Grenzschwierigkeiten für die Hersches werden. Voll Schadenfreude deshalb, weil ihm die Vorstellung behagte, seine rudimentäre politische Vergangenheit könnte seine Onkel und Tanten des wunderschönen Miamis berauben. In diesem Winter würden vielleicht sogar die wohlhabendsten Hersches, genau wie er, unter den Minusgraden von Montreal leiden müssen. Schnupfen, Blizzards, erfrorene Zehen. Dann wurde Cousin Jerry nur eine Woche nach Jakobs Rückkehr an der Grenze angehalten, vernommen und anstandslos durchgelassen. Denn es waren weder Jerry noch Jakob, nach dem die Einwanderungsbeamten fahndeten. Es war ein anderer J. Hersch, Cousin Joey, und das hatten Jakobs Onkel seit langem gewußt. Onkel Jack, der unerschütterlichste Orthodoxe unter den Hersches, ein kurzsichtiger Pelzhändler, dessen revolutionäre Aktivitäten sich in einer mißlungenen Rebellion gegen den allzu freizügigen Apparat der Shaar-Zion-Synagoge erschöpft hatten, erzählte Jakob, auch er sei einmal an der Grenze festgehalten und zwei Stunden lang ausgefragt worden, bevor er weiterreisen durfte. »Trotzdem möchte ich wetten«, sagte er, »daß du vorlaut geworden bist. Du handelst dir selber mehr Ärger ein, als irgendein anderer es tun könnte.«
»Was haben die denn gegen Joey? Soll er ein Verbrechen begangen haben?«
»Er ist Kommunist, ein *roite*.«
Jakob, viel zu beschäftigt mit seinem eigenen, recht wenig vielversprechenden Status, tat diese Vorstellung achselzuckend und mit

geringschätzigem Lachen ab. Daß Cousin Joey früher einmal Spieler, Schauspieler, wahrscheinlich sogar Gangster gewesen war, daran konnte sich Jakob noch dunkel erinnern. Aber Kommunist?

Unsinn!

Es war, wie Jakob sich erinnerte, 1937 gewesen, als er seinen Cousin Joey kennenlernte.

Joey war damals achtzehn, Jakob selber erst sieben Jahre alt gewesen.

Hanna hatte ihre Sprößlinge Joey, Jenny und Arty an einem drükkend heißen Sonntag im Sommer zu Onkel Abes Sommerhäuschen am See mitgebracht, einem Sonntag, der sich, davon abgesehen, in nichts von anderen Sonntagen unterschied. Jakob und seine Cousins sprangen kreischend von einem Floß in den See, ewig mäkelnde Tanten spielten Mah Jong, kräftige Onkel saßen an einem Tisch im Schatten des Ahornbaumes und pokerten, die Frauen quietschten, die Männer brüllten vor Lachen, Cousins und Cousinen im Teenageralter stampften im Takt einer Boogie-Woogie-Platte, Babys schrien... als sich auf einmal eine ungewohnte Stille über das Seeufer legte und Jakob, der sich neugierig umdrehte, Hanna mit ihren drei Kindern im Garten stehen sah. Im Vergleich zu seinen Tanten wirkte Hanna erschreckend mager. Ein schwarzer Winterzweig. Ihre beiden jüngeren Kinder, die auffallend blaß für Mitte Juni waren, trugen schlechtsitzende, dunkle Stadtkleider; anders Joey, der Älteste.

Cousin Joey hielt ein wenig Abstand von seiner Familie und zeigte ein verächtliches Lächeln. Seine schwarzen Haare waren zu einer kurzen Bürste geschoren, bekleidet war er mit einem verwaschenen blauen Arbeitshemd und verschossenen Kattunhosen, der Uniform der Boy's Farm, einer Besserungsanstalt für straffällige Jugendliche in Shawbridge. Jenny, die Stirn von rot entzündeten Pikkeln übersät, ignorierte die anderen Teenager demonstrativ. Arty, ein gutes Stück jünger, ja sogar nur drei Jahre älter als Jakob, klammerte sich, die Augen vor der Sonne zugekniffen, furchtsam an Hanna. Onkel Abe führte die unliebenswürdigen Neuankömmlinge wohlwollend von einer Gruppe zur anderen. Jakob jedoch bemerkte, daß seine Tanten und Onkel steif, mißtrauisch vor ihnen zurückzuckten und sich, sobald Abe weiterging, verstohlen etwas zuflüsterten. Hanna und ihre Brut nahmen den Lunch nicht mit den anderen ein; sie wurden in der Küche abgefüttert.

»Wer ist das?« erkundigte sich Jakob auf der Heimfahrt in die Stadt bei seinem Vater.

»Deine Cousins zweiten Grades. Baruchs Kinder.«

»Und wer ist Baruch?«

Ohne Jakobs Frage zu beachten, wandte er sich an Mrs. Hersch, Jakobs Mutter, und sagte zu ihr: »Abe vermißt bereits seinen Parker 51. Wirklich eine verrückte Idee, ein schwerer Fehler.«

Aber Jakobs Mutter unterbrach ihn, und die beiden begannen hitzig auf jiddisch zu diskutieren.

»Warum haben sie dem Jungen den Kopf kahlgeschoren?« wollte Jakob wissen.

»Hast du schon mal davon gehört, daß man etwas enteist? Also, Joey ist erst vor kurzem entlaust worden.«

Die neuen Hersches wurden in eine Wohnung der St. Urbain Street gesteckt, in der es lediglich kaltes Wasser gab, in eine von Onkel Abes Immobilien im selben Block wie Jakob, und Cousin Joey, von dem es hieß, er sei kränklich, machte sich keineswegs auf Arbeitssuche. Statt dessen schlief er morgens lange, denn er mußte, wie Dr. Katz es ausdrückte, dem Ofen seines Körpers viel Energie zuführen, damit er die zu erwartenden Winterstürme gut überstand. Joey schlief gewöhnlich bis zwölf Uhr mittags; dann verließ er das Haus, und ganz gleich, wie spät er schließlich heimkehrte, immer saß Hanna, so hieß es, wartend am Küchentisch, die schwieligen, knotigen Füße in einer heiß dampfenden Schüssel, häkelte an einer Tischdecke oder strickte Socken für ihren Lieblings-Rundfunkkomiker, allzeit wach und bereit, Joey nach Schmerzen und Beschwerden, nach Zeit und Beschaffenheit des letzten Stuhlgangs zu befragen.

Vier Monate nachdem sie sich in der St. Urbain Street niedergelassen hatten, kam der Schnee, die Erde erstarrte, die Bettlaken hingen steif wie Bretter an der Wäscheleine im Hof, und Joey ging auf und davon. Zu Hanna sagte er: »Ich gehe auf ein Coke zu Tansky. Zum Abendessen bin ich wieder da.« Und ward nicht mehr gesehen.

Max Kravitz traf Joey noch bei Tansky. »Er wollte sich bei mir einen Zehner pumpen, und ich habe nein gesagt.« Nein zu Joey zu sagen war in der St. Urbain Street üblich, seit Onkel Abe dekretiert hatte, er sei nicht besser, eventuell sogar noch schlimmer als sein Vater Baruch. Also hieß es nein, wenn Joey sich eine Gitarre wünschte, und abermals nein, als Hanna Geld brauchte, damit sie Joey ein Motorrad kaufen konnte. Onkel Abe verzichtete auf die Miete für die Wohnung in der St. Urbain Street, und er beglich auch die beträchtlichen Arztrechnungen; Frivolitäten aber duldete er nicht.

Joey verließ seine Familie im Dezember 1937, und obwohl er von der Polizei, dem Baron de Hirsch Institute und schließlich vom schäbigsten aller Privatdetektive, einem Bekannten des Wunderknaben, gesucht wurde, erhielt niemand mehr ein Lebenszeichen von ihm, bis Hanna im Herbst 1938 plötzlich eine Postkarte aus Toulouse in Frankreich von ihm bekam. Europa! Woher hatte er nur das Geld? Es gab jene in der St. Urbain Street, die nicht schnell und boshaft genug darauf hinweisen konnten, daß am Tag vor Joeys Verschwinden ein Raubüberfall auf eine Autowerkstatt in der Nachbarschaft verübt worden war. Andere meinten (vielleicht in Erinnerung an Baruch), er habe wahrscheinlich auf einem Schiff angeheuert. Eine weitere Postkarte kam im Sommer 1939, diesmal mit einem Poststempel von Mexiko City.

»Der ist gar nicht so dumm«, behauptete Sugarman. »Der wollte bloß nicht zum Militär.«

»Wir wollen fair sein«, entgegnete Jakobs Vater. »Wer nähme denn schon einen so schwächlichen jungen Mann in die Army?«

Vom ersten Tag nach Joeys Verschwinden an zweifelte Hanna keinen Moment an seiner Rückkehr. Im Frühjahr, versicherte sie den Nachbarn, die sie dabei herausfordernd anfunkelte, wenn der Flieder draußen im Hof blüht. Aber der Frühling kam und kam noch einmal – ohne Joey. Statt dessen stand im Januar 1940 ein hochgewachsener Mann mit ausdruckslosem Blick in den grauen Augen auf Hannas Schwelle. »Ich suche Joseph Hersch«, erklärte er mit unangenehmem Lächeln, »alias Jesse Hope.« Er sei Inspektor der RCMP, behauptete der Mann.

»Was hat er getan?« verlangte Hanna zu wissen.

»Ein Haftbefehl gegen ihn besteht nicht. Wir wollen uns nur mit ihm unterhalten.«

»Da sind Sie nicht der einzige.«

Jeden Nachmittag hockte Hanna auf ihrem Balkon oder am Fenster des Vorderzimmers und stand unwillkürlich auf, wenn draußen ein fremder Wagen bremste. Wenn sie fort mußte und niemand mehr in der Wohnung war, klemmte sie einen Zettel in die Türritze, auf dem stand, welche Nachbarin den Schlüssel hatte. An frostkalten Abenden suchte sie, wenn sie in der Stadt, vor dem Loew's-Kino, vor Dinty Moore's, am Forum nach einem Hockeyspiel die »Gazette« verkaufte, alle Straßen nach Joey ab. »Gzet! Gzet!« Hanna war eine knorrige, knochige Frau, nichts als Ecken und Kanten, mit einem Gesicht, so zerknittert wie altes, braunes Packpapier, auch von derselben Farbe, mit hitzigen, schwarzen Augen und einer Warze, die sich wie eine Schraube in ihre Hakennase hineingedreht hatte. An blaukalten Winterabenden trug sie eine Männerledermütze mit Ohrenklappen, einen mehrfach um den hageren Hühnerhals geschlungenen Wollschal und über zahlreiche Pullover noch einen roten Hockeysweater der Canadiens. An die Taille hatte sie sich die lederne Geldtasche gehängt, die Finger ihrer Wollhandschuhe hatte sie abgeschnitten, um besser Kleingeld herausgeben zu können. An den Füßen trug sie Air-Force-Stiefel.

Hanna suchte sogar den verrückten, verrufenen Lubliner Rabbi auf, dessen Arbeitszimmer mit Chiromantietafeln und Phrenologiekarten vollgestopft war, küßte die Fransen seines *talith*, seines Gebetsmantels, ja, bot ihm Geld, ein ganzes Bündel, und flehte ihn an, Gebete für Joeys Heimkehr zu sprechen. Bei ihr jedoch versagte seine jüdische Magie. Also erklomm Hanna eine nach der anderen, auf den Knien rutschend die Betonstufen von St. Joseph's Oratory und flehte Jesus um Hilfe an, Jesus Christus, aber auch der ließ sie im Stich, was sie allerdings kaum überraschte. Dann begann Hanna die Bahnhöfe, wo die Truppentransporte kamen und gingen, aufzusuchen und unter den Soldaten nach Joey Ausschau zu halten – mit dem Ergebnis, daß eines Weihnachtsmorgens in einer ganzseitigen Reklame im »Star« ein Foto erschien, auf dem Hanna zu sehen war, wie sie sich durch eine Gruppe von Soldaten anscheinend zu einem geliebten Menschen durchdrängte. Gekrönt wurde die Seite von einem strahlenden Kreuz, das Foto selbst war von Mistelzweigen gerahmt, und ganz unten sah man die Zeichnung eines schlachtmüden Soldaten, der einen Brief las. Die Überschrift lautete:

HALTET DAS HEIMISCHE HERDFEUER WARM...
mit McTaggart's Anthrazit

Hanna trug ständig ein Foto von Joey mit sich herum, und wenn jemand in der St. Urbain Street oder sogar in Outremont Besuch aus New York oder Toronto bekam, wenn an einem Sonntagabend in einer Synagoge das Licht für eine Bar-Mizwa-Feier oder eine Hochzeit brannte, kam Hanna, St. Urbains Heimsuchung, zur Tür herein, huschte von Tisch zu Tisch und zeigte mit finsterer, vorwurfsvoller Miene das Foto herum. Bat man sie, Platz zu nehmen, stürzte sie sich sofort auf den Whisky und begann weitschweifig von Joey zu reden. Sie erzählte von der Zeit, da sein schwächlicher, vierjähriger Körper von Scherpilzflechte so rauh wie Sandpapier war und daß er beim Scharlach dem Tod nur um Haaresbreite entronnen war. Sie erinnerte sich, wie er einmal fast an einem rostigen Nagel erstickt wäre. »Und wer hätte jemals gedacht, daß er überhaupt am Leben bleiben würde«, sagte sie immer wieder. Gott, der so freundlich über sein auserwähltes Volk wacht? Spike Jones? Der schielende Oberrabbiner vom Londoner Zoo? Dr. Goebbels? Er wurde in einer eiskalten Bergmannshütte in Yellowknife geboren, mit Hilfe – falls man es so bezeichnen kann – einer betrunkenen Polacken-Hebamme, während sein Vater sich irgendwo herumtrieb und soff. Zu schwach zum Schreien. Nur *so* groß und blau wie Tinte, mein Joey. Wer hätte gedacht, daß er am Leben bleiben würde? Ich. Ich allein.
Während der Baseball-Saison annoncierte Hanna in den Personalnotizen der Oberligastädte, und während des einwöchigen Kentucky Derbys hatte sie jedesmal eine Suchanzeige im »Courier« von Louisville.

BELOHNUNG!

Jeder, der Informationen besitzt über den Aufenthalt von Joseph Hersch alias Jesse Hope, Größe 1,82 m, Haare schwarz, wird gebeten, Nachricht zu geben an
Postfach...

Immer feindseliger in ihrem Auftreten, hielt sie verdutzten Fremden in Hotelhallen, vor dem Flughafengebäude oder beim Aussteigen aus Schiffszügen Joeys Foto unter die Nase. Schließlich wurde sie sogar zum Thema einer Zeitungskolumne im »Herald«. »Die Hoffnung grünet immerdar, wie der Dichter sagt. Mistress Hanna Hersch, altbekannte Charaktertype unseres Main Stem...« Onkel Abe bestellte Hanna in sein Büro im Dominion Square Building. Die anstößige Zeitungskolumne lag vor ihm auf dem Tisch. »Feh«, sagte er.

»Er ist mein Erstgeborener«, verteidigte sie sich.

Doch nicht ihr einziges Kind. Weniger als ein Jahr nach Joeys Verschwinden mußte Jenny die Fletcher's Field High verlassen und arbeiten gehen. Es wurde allgemein anerkannt, daß Jenny zum Unterhalt der Familie beitrug und Arty nahezu allein großzog. Die Leute fanden, es lasse zweifellos auf gute Charaktereigenschaften schließen, daß sie ihre Studien an der Wellington Night School fortsetzte, waren sich aber auch darin einig, daß Jenny sich einfach zu säuerlich gab. Denn nun, da ihre Pickel ausgetrocknet waren, wirkte sie tatsächlich recht attraktiv, vor allem, wenn sie an Sommerabenden im Pullover von der Arbeit nach Hause eilte, in den Armen ihre Handtasche, eine Tüte mit Lebensmitteln und ein Buch von der Modern Library, das Hinterteil so prall im Rock wie eine Wassermelone in der Schale. Doch in der St. Urbain Street war ihr kein Junge gut genug. Außerdem hieß es, daß Jenny aus der Abendschule beunruhigend spät nach Hause komme und ihre Mutter, wie einige Nachbarinnen behaupteten, nicht mit dem Respekt behandelte, der Hanna zukam.

Sogar Hanna.

»Gzet«, rief Hanna an den Straßenecken, »Gzet«. Und dann begann sie aus heiterem Himmel zu weinen oder die Passanten wüst zu beschimpfen.

Eines frühen Lenzmorgens, als im Hof der Flieder blühte, leerte Hanna in der Küche die Kaffeebüchse, in der sie das Haushaltsgeld für die ganze Woche aufbewahrte, hastete zum Rachel Market und brachte Rinderzunge, eine fette Gans, Markknochen, Hühnerleber, saure Gurken, Kirschen, importierte Weintrauben und eine Ananas mit nach Hause. Vor sich hinsingend machte sie Feuer im Küchenherd. Jenny, auf dem Weg zur Arbeit, war weniger über das hinausgeworfene Geld beunruhigt, sondern vielmehr erschrocken, als sie sah, wie freudig erregt, wie scheinbar unangreifbar Hanna war.

»Heute kommt Joey nach Hause«, verkündete Hanna.

»Hat er was von sich hören lassen?«

»Eine Mutter weiß das.«

Als Jenny von der Arbeit heimkam, fand sie den Küchenherd voller Töpfe, die leise vor sich hinbrodelten. Aus dem Backofen kam ein Blech knuspriger Rosinenbrötchen, ein Honigkuchen wurde hineingeschoben. Der Tisch im Eßzimmer war gedeckt, über den Obstkorb ein Leinentuch gebreitet. Arty hatte Befehl erhalten, seinen Festtagsanzug anzuziehen; seine Schuhe waren blitzblank geputzt. Hanna schnupperte an Jenny. »Selbst ihre besten Freundinnen mögen es ihr nicht sagen«, zitierte sie in gespielter Entrüstung. »Nimm Lifebuoy!«

Schließlich mußte Hanna aufbrechen und ihre »Gazettes« abholen. »Wenn er kommt, bevor ich zurück bin«, sagte sie, »stellt ihm bitte keine dummen Fragen, verstanden? Auf gar keinen Fall, warum bist du weg, und wo bist du gewesen. Schenkt ihm was aus der Flasche Chivas Regal ein und sagt ihm, daß ich bald wieder zu Hause bin.« Und als die beiden ängstliche Gesichter machten, fügte sie, während sie sich die Geldtasche um die Taille schnallte, fröhlich hinzu: »Hiho, Silver!«, versetzte sich selbst einen Klaps auf den Hintern und galoppierte zum Haus hinaus.

Die Suppe kochte zwei Tage lang auf dem Herd vor sich hin. Die Gans trocknete aus und verkohlte. Die Rosinenbrötchen wurden hart wie Stein.

»Könnten wir nicht wenigstens sein Zimmer vermieten?« fragte Jenny.

»Abendschule«, erwiderte Hanna. »Glaubst du, ich weiß nicht, was sich da abspielt? Du verkaufst deinen Hintern.«

Das Radio wirkte sich auf die Zwistigkeiten der beiden noch fördernd aus. Hanna war zwar schon immer eine begeisterte Rundfunkanhängerin gewesen, seit Joeys Verschwinden jedoch waren sie und das Radio unzertrennlich. Hannas besonderer Liebling war Bob Hope. »Nein, dieser Bobby!« pflegte sie zu bemerken. »Man stirbt vor Lachen bei dem, was der von sich gibt.« An der Wand hingen Autogrammfotos von Hope, Joe Penner, dem Mad Russian, Phil Harris, Edgar Bergen und Charlie McCarthy sowie Jack Benny. Die ewig schwärende Wunde waren die Sonntagabendsendungen. An diesem Abend, an dem Jenny oft frei hatte, zog sie es vor, zum Nachdenken anregende Dramen der Canadian Broadcasting Corporation zu hören, davon aber wollte Hanna nichts wissen. Vor allem, wenn auf einem anderen Sender W. C. Fields Mortimer Snerd besuchte. »Versuch's doch wenigstens«, flehte Jenny. »Nur ein einziges Mal!«
Also machte Hanna einen Versuch. An jenem Abend gab es, wie es der Zufall wollte, ein erbauliches Fernsehspiel von einem der liberalsten Autoren Kanadas. Es handelte von einem allerliebsten, sensiblen, blinden jungen Mädchen, dem ein intelligenter Mann mit Baßstimme den Hof macht. Der Mann vergeht vor Liebe zu der jungen Blinden, aber irgend etwas stimmt mit ihm nicht. Der Mann bringt das Geld für eine Augenoperation auf, doch als der Eingriff erfolgreich verläuft und man erfährt, daß sie wieder sehen wird, entdeckt man ihn in seinem Zimmer beim Kofferpacken. Warum? Er möchte das geliebte Wesen nicht in Gewissenskonflikte stürzen. Er ist Neger.
Hanna rollte die Augen und seufzte. »Wo Leben ist, da ist auch Hoffnung, und wo Hope ist, da ist beinahe immer auch Crosby.« Damit stürzte sie sich auf den Suchknopf.
»Wenn du nur erkennen würdest, was dieses Stück über die heutige Zeit aussagt«, klagte Jenny.
»Ach du, Miss Hotzenklotz! Du machst mich krank. Warum gehst du nicht lieber auf dein Zimmer und befaßt dich mit einer Studie über Wald Disneys Hund?«
»Nur zu deiner Information: Plato war zufällig einer der größten Philosophen der Welt.«
Wann immer es eine Woche der Feindseligkeit zwischen Hanna

und Jenny gab, floß immerhin meistens dann erst Blut, wenn die störrische alte Dame ihr Radio überlaut stellte, während die Tochter, die die High School absolviert und anschließend sofort das Studium auf der Universität aufgenommen hatte, über ihren Büchern saß. Jenny zahlte es ihr heim, indem sie eine Röhre stibitzte, woraufhin Hanna Matzen auf dem Bettlaken ihrer Tochter zerkrümelte. Dann kaufte Jenny für den Freitag ein ungerupftes Huhn, das Hanna zu einem ihr widerwärtigen Arbeitsgang zwang, und Hanna schüttete Rizinusöl in Jennys Portion Borschtsch. »Das gibt Schnellfeuer heute nacht«, sagte sie.

Eines milden Frühlingsnachmittags im Jahre 1943, als der Flieder im Hinterhof blühte, kam Joey mir nichts, dir nichts zur Haustür herein, als wäre er nur eben kurz bei Tansky gewesen. Weinend schmolz Hanna in seinen Armen hin.

»Nanu, was verschafft uns denn diese Ehre?« erkundigte sich Jenny erschrocken.

Vor dem Haus parkte ein knallroter MG-Sportwagen.

Fenster wurden aufgerissen. Nachbarn kamen heraus und postierten sich auf dem Balkon. Arty, Duddy, Gas und Jakob drängten sich ehrfürchtig staunend um den Wagen. An der Windschutzscheibe prangten Aufkleber: FLORIDA, the Citrus State; NEW ORLEANS, Mardi Gras City. GRAND CANYON. COLORADO, LAS VEGAS, TOMBSTONE, CHICAGO, GEORGIA. Der Staub der Wüste lag auf der Karosserie, die Windschutzscheibe war mit zerquetschten Mücken und ausgetrockneten Regentropfen übersät. Am Kühlergrill hingen die Reste eines toten Spatzen. Das Nummernschild stammte aus Kalifornien. Auf einen Träger quer über dem Heck des Wagens waren zwei Koffer aus weichem Leder und eine Reisetasche geschnallt. Und eine Gitarre. Auf einem Koffer prangte in Goldschrift der Name Jesse Hope, der andere war mit weiteren Aufklebern bepflastert, exotischen Reklamezetteln von Hotels in Spanien, Frankreich, den Vereinigten Staaten und Mexiko.

Duddy Kravitz, kühner als die anderen, versuchte den Handschuhkasten zu öffnen. Er war verschlossen. »Da drin hat er nämlich seine Knarre«, behauptete Duddy.

4 Am Tag, als Joey nach Hause kam, wirkte sein feuerwehrroter MG, wie er da in der St. Urbain Street zwischen den verbeulten Chevrolets der Väter, den Lieferwagen der Kohlenhändler, für die Freizeit abgestellten Taxis, den Fords der Handlungsreisenden und den Lastwagen der Lebensmittelgeschäfte parkte, so schnittig und fremdartig, daß es beinahe anmutete, als wäre der MG ein prachtvoller Hengst und Cousin Joey ein Ritter, der vom Kreuzzug in ferne Länder heimkehrt.

Das Foto von Joey, das Hanna auf den Bahnhöfen herumgezeigt hatte, wäre zur Identifizierung kaum zu verwenden gewesen. Als spindeldürrer, kränklicher Junge mit einem krächzenden Husten war Joey davongegangen – als kräftiger, breitschultriger junger Mann kehrte er heim. Er besaß Lebensart, wie Jakob sich erinnerte, eine Menge Lebensart. Wenn er die St. Urbain Street entlangschritt, sonnengebräunt wie ein Bademeister, die Augen hinter einer Sonnenbrille verborgen, den Hosengürtel fest über dem flachen, harten Bauch zugeschnallt, schien er gar nicht mehr zu St. Urbain zu gehören. Seine Haltung schloß jegliche Vermutung aus, hinter der nächsten Ecke könne ein Gläubiger lauern oder ein Büttel mit einer Vorladung warten. Joey würde sich auch nicht mehr von einem *goy*, der größer war als er, so einfach auf die Schulter tippen lassen. Die Anwohner der Straße freuten sich über ihn, fürchteten ihn aber auch. Als er am Tag nach seiner Heimkehr zum Beispiel am Best Grade Fruit vorbeischlenderte, winkte Lou ihm zögernd zu, er möge doch zu ihm hereinkommen, war aber dankbar, als Joey seine Einladung zwar bestätigte, aber dann doch weiterging. Auch Tanskys Stammkunden waren nicht weniger vorsichtig. Sie sahen auf den ersten Blick, daß Joey ein Trinker sein mußte. Er schwankte nicht, er wurde nie tatsächlich gewalttätig, gelegentlich jedoch war seinen Bewegungen eine gewisse Unterwasserträgheit und seinem Verhalten eine eindeutige Drohung anzumerken. Joey war kein munterer, mutwilliger Zecher, wie Jakob sie bei den Bar-Mizwas erlebte. Sein Zustand kam nicht von einem raschen, scharfen kleinen Schnaps mit Honigkuchen, gekippt mit zurückgeworfenem Kopf und Augen, die sofort zu tränen anfingen. Der betrunkene Joey wirkte irgendwie bedrohlich.

Am Nachmittag seiner Heimkehr rief er Jenny und Arty zu sich ins

Wohnzimmer. »Unser Vater ist noch am Leben«, berichtete er. »Er wohnt in Toronto mit einer Irin zusammen. Einer Witwe, Inhaberin eines Süßwarenladens.«

Das war alles; an einem anderen Tag hörte Arty jedoch zufällig, wie Joey und Jenny sich stritten.

»Wo bist du hin, als du von hier fortfuhrst?« wollte sie wissen.

»Nach Europa.«

»Bist du auch in Paris gewesen?«

»Ja. Weißt du, ich war in Hollywood. Da habe ich geheiratet – eine Ehe, die schiefging. Mit einem Starlet.«

»Und ich bin die Königin von Siam. Erkläre mir bitte, warum du nach Hause gekommen bist. Hast du im Gefängnis gesessen?«

Er lachte.

»Du Scheißkerl! Und ich kann mir nicht mal Toronto leisten. Wenn du wüßtest, wie sehr ich das alles hier hasse!«

»Dann geh doch.«

»Und was wird aus Arty?«

»Artys Mutter ist Hanna. Nicht du.«

Am nächsten Morgen ging Joey einkaufen, und dann begannen die Pakete einzutreffen. Erlesene weiße Hemden und schwarze Seidensocken aus dem Saville Row Shoppe in der Sherbrooke Street. Ein Zigarettenetui aus Sterlingsilber von Birks. Ein Anzug, nicht etwa von Morrie Gold & Son, mit gepolsterten Schultern, großen Revers, zwei Knöpfen an den Ärmeln und auffallend weiter Hose, sondern von einem Schneider mit echt britischem Akzent. Joeys Geschmack war der St. Urbain Street fremd. Er mochte weder grellbunte Krawatten und zweifarbige Schuhe, noch hielt er sehr viel von Kamelhaarmänteln. Joey kleidete sich so nüchtern und korrekt wie ein Anwalt aus Westmount.

Nicht lange, und er stellte fest, daß Arty und Jakob, von Duddy Kravitz angestiftet, an Samstagvormittagen bei Eaton's Ladendiebstähle begingen, und schnauzte sie fürchterlich an, was Duddy verblüffte, denn er hielt Joey für einen Gangster.

Nach dem Blackjack-Spiel am nächsten verregneten Nachmittag waren Duddy, Arty und Jakob noch viel verblüffter. Joey, ernst, einschüchternd, brauchte nicht lange, um die Jungen bis aufs Hemd auszunehmen. Hinterher umschmeichelten sie ihn, strichen erwartungsvoll um ihn herum, aber Joey dachte gar nicht daran, ihnen seinen Gewinn zurückzugeben. »Komm«, bettelte Duddy, »für dich sind das doch kleine Fische. Ich dachte, wir spielen um die Ehre.«

»Spiel ist Spiel«, entgegnete Joey streng.

Duddy, der größte Verlierer, brach in Tränen aus. »Du dämlicher großer Scheißer, kleine unschuldige Kinder auszurauben! Mein Vater sagt, du hast was mit der Lindbergh-Entführung zu tun!«

Ehe Joey jedoch antworten konnte, war Duddy zur Tür hinaus. »He, Syphkopf!« schrie er zu Joey hinauf. »Ich mache dir 'n Vorschlag. Du rülpst mir in den Arsch, und ich furze dir in den Mund.«

Nur Goody Perlman war beherzt genug, ihn zu fragen: »Woher hast du das viele Geld, Joey?«

»Tjaja, Goody. Tjaja«, gab Joey zurück. »Drücken wir's doch mal so aus, *hombre*: Es ist kein Schwarzmarktgeld.«

Joey war an Goody Perlmans Kleiderfabrik in der Main Street vorbeigekommen und hatte aus alter Anhänglichkeit hineingeschaut. Goody fuhr in einem Jahr, in dem man derartige Wagen nur noch mit zehn bis fünfzehn Meilen auf dem Tacho aus zweiter Hand weit über dem Listenpreis kaufen konnte, einen Buick, und als Joey am selben Abend nach Hause kam, saß Goody in diesem Auto vor seiner Tür und wartete auf ihn. Er winkte Joey zu sich herein, um ihm Fotos von seiner Frau und den Kindern und außerdem das medizinische Gutachten zu zeigen, das ihn für wehruntauglich erklärte. Den Blick voller Angst, schwärmte er von den guten, alten Zeiten. Erzählte Witze. Und während ihm Schweiß die Wangen herabrann, drängte er Joey einen Umschlag mit zweihundertfünfzig Dollar auf. »Bitte mach mir keinen Ärger. Wir sind doch alle beide Juden. Ich wünsche dir viel Glück, alles Glück auf Erden, weil du ein solcher Prachtkerl bist.« Und Joey, so hieß es, langte nach seinem Feuerzeug, setzte den Briefumschlag in Brand, setzte ihn tatsächlich in Brand und hörte nicht auf, bis das gesamte Geld in Flammen aufgegangen war. Dann stieg er wortlos aus dem Wagen, während Goody mit knirschendem Getriebe davonschoß, nach Hause raste, sich ins Bett legte und Molly bat, Dr. Katz zu holen.

Joey richtete sich hinten im Hof einen provisorischen Trainings-

platz ein. Sandsack, Medizinball, dicke Matten. Gelegentlich erschienen auch Fremde, um mit ihm zu sparren, und brachten Mädchen mit. Klasse-Mädchen, die mit graziös gekreuzten Beinen Martinis nippten. Hinter Artys Schlafzimmergardinen versteckt, beobachteten Arty und Jakob ihn bei seinen Übungen, und so sah Jakob zum erstenmal das phantastische Spiel der Narben auf Joeys Rücken. Ein Labyrinth von unregelmäßigen Schnitten und Löchern. Eines der Mädchen, schlaksig und blond, immer mit Sonnenbrille und in Reitkleidung, besuchte ihn öfter als die anderen und blieb auch länger, rieb Joey nach dem Training mit dem Handtuch ab und wartete anschließend, während er ebenfalls Reitkleidung anlegte, in seinem MG, um dann gemeinsam mit ihm davonzufahren, zum Mietstall in der Bagg Street, wo sie sich Reitpferde ausliehen. Zuweilen erschien das Mädchen auch spätabends, um Joey abzuholen, oder sie kam nachmittags allein. Einmal, als sie im Hof mit Joey Martinis trank, klingelte ein hochgewachsener, elegant gekleideter Herr mit grauen Haaren an der Haustür. Das junge Mädchen versteckte sich im Schuppen. Und Hanna, die dem Herrn öffnete, behauptete, Joey sei nicht zu Hause. Der Herr setzte sich in seinen Wagen und wartete fast zwei Stunden lang, ehe er endlich wieder davonfuhr.
Eine andere Frau kam, ebenfalls allein, gewöhnlich per Taxi. Sie war dunkel und außerordentlich attraktiv, aber eindeutig älter als Joey. Er schien sich selten über ihren Besuch zu freuen und erlaubte ihr nie, ihn nach dem Training trockenzureiben. Einmal, als sie im Hof zu weinen begann und flehend auf ihn einredete, versetzte er ihr einen Schlag mit dem Handtuch, daß sie laut aufschrie. Dann wieder jedoch fuhr er mit ihr weg und kam erst am nächsten Morgen zurück, beladen mit Paketen aus dem Saville Row Shop.
Der elegant gekleidete Herr mit den grauen Haaren suchte das Haus in der St. Urbain Street immer wieder auf, und einmal saß er auch hinten im Hof und sah Joey beim Vormittagstraining zu. Was er sagte, konnten Jakob und Arty nicht hören, aber sie merkten, daß er Joey damit reizte; immer härter schlug Artys Bruder auf den Sandsack ein, aus seinen Augen flammte der Haß. Als Joey endlich innehielt, reichte der Herr ihm mit einschmeichelndem Lächeln einen länglichen braunen Umschlag. Statt ihn jedoch anzunehmen,

tat Joey, als wollte er dem Herrn einen Boxhieb versetzen. Der Herr lachte mit breitem Mund, und Joey schlug ihn auf einmal so brutal in den Bauch, daß der Herr eine beunruhigend lange Zeit zusammengekrümmt und keuchend dastand, weil er keine Luft mehr bekam. Als er ging, rannten Jakob und Arty zum Vorderbalkon, um ihm nachzusehen, wie er mit steifen Bewegungen auf seinen Wagen zuschritt. Hanna saß auch auf dem Balkon. Mit den beiden Jungen zusammen beobachtete sie, wie ein anderer Mann, jünger, aber ebenso hochgewachsen, dem ersten die vordere Wagentür öffnete. Die beiden hochgewachsenen Männer begannen schon vor dem Anfahren ernsthaft miteinander zu diskutieren. Hanna spuckte über ihre linke Schulter, zog sich ins Haus zurück und überließ Jakob und Arty ihren Spekulationen.

Eines Tages packte Joey sämtliche Jungen in Max Kravitz' Taxi, fuhr mit ihnen zu den Delornier Downs hinaus und nahm sie mit zu den Logenplätzen an der First Base Line. Der First Baseman winkte ihm zu. »Hi, Joey!«

Joey nickte und winkte lässig zurück.

»Kennst du den?«

»Wir waren eine Saison zusammen bei den Dodgers.«

»Hast du etwa Profi-Baseball gespielt?«

»Eine Zeitlang.«

Auf der Heimfahrt fragte Joey: »Wie kommt's, daß Jenny an bestimmten Tagen so spät von der Abendschule nach Hause kommt?«

Arty wußte es nicht und Jakob auch nicht.

»Chev-or-let?« fragte Dudley. »Snatcherly«, antwortete er. Und einen angstvollen Augenblick lang hatte es den Anschein, als wolle Joey zuschlagen. Statt dessen aber sagte er: »Erzähl Jenny doch bitte, wie gut es dir heute mit mir zusammen gefallen hat. Sag ihr, daß du mich magst, ja?«

Aber Jenny hatte den Tag damit verbracht, in den stickigen, drükkend heißen Büros von Laurel Knitwear Rechnungen zu tippen.

»Ist das so schlimm, sie ein bißchen zu verwöhnen?« fragte Hanna.

»Im Augenblick grassiert wieder die Kinderlähmung. Da sollte man sie nirgends hingehen lassen, wo viele Menschen sind.«

Hanna stöhnte und verdrehte die Augen.
»Warum kann er in dieser Hitze nicht arbeiten gehen?« protestierte Jenny.
Als Joey sich jedoch erbot, zwei frische Hundertdollarscheine zur Haushaltskasse beizutragen, lehnte Jenny das Geld verachtungsvoll ab und fragte ihn: »Wo hast du das denn nun wieder gestohlen?«
»Du solltest deinen BH und die Höschen nicht im Bad über der Wanne hängen lassen«, warnte Joey sie leise. »Arty wird allmählich erwachsen.«
»Sag bloß nicht, daß du hier auf einmal Vorschriften machst.«
»Ich hab den Blues«, sang Hanna und drehte sich, den Besen an sich gedrückt, rund herum, »ich hab den Tampax-, Ragtime... Blues...« Und kam unvermittelt vor Jenny zum Stehen. »Sind das die Manieren, die du bei Jimmy Durantes Bruder lernst?«
»Erstens heißt er Durant, und zweitens ist er ein hervorragender Autor.«
Die Nachbarn hörten voll Erstaunen, daß Joey nicht nur reiten konnte, sondern darüber hinaus einen Berufspilotenschein besaß. Er konnte tatsächlich ein Flugzeug führen. Eifrig berichteten sie Joey alles, was sich in den sechs Jahren seiner Abwesenheit ereignet hatte. Zalman Freed, erzählten sie, sei nunmehr Artillerieoffizier. Coopermans Sohn sei zur Marine gegangen und diene auf einer Korvette im Nordatlantik. Marv Bloom war über Malta abgeschossen worden, und seine Story wurde im Rundfunk wiederholt bei Werbespots für Kriegsanleihen verwendet. (»He, Mister«, sagte der Sprecher, »erinnern Sie sich an Marv Bloom, jenen netten, sommersprossigen Bengel, der Ihnen immer die Morgenzeitung gebracht hat...«) Auf all diese Geschichten reagierte Joey mit einem gedankenverlorenen Lächeln. »Und in der Zwischenzeit«, sagte er, »habt ihr allesamt Geld gemacht wie Heu.«
Als Joey eine Woche wieder zu Hause war, begann er zu husten und zu keuchen und mitten in der Nacht aufzuwachen. Deshalb blieb Hanna, wenn er das Haus verließ, jedesmal auf, bis er zurückkam, selbst wenn es ein, ja manchmal zwei Uhr nachts wurde. Und Jenny wurde von ihren Stimmen wach.
»Diesmal wird es ein milder Winter, Joey. Das sagen alle. Ehrlich, der Winter hier oben ist nicht mehr das, was er mal war.«

Angeregt vom Duft würziger Speisen und dem Klappern von Geschirr wollte Jenny sich zu ihnen setzen und kam in die Küche, wo auf dem Herd mehrere Töpfe brodelten.

»Ach was, das ist nichts Besonderes«, behauptete Hanna mit liebenswürdigem Lächeln. »Ein alter Knochen. Ein bißchen Suppe. Würde dir bestimmt nicht schmecken.«

»Ich habe gar keinen Hunger«, entgegnete Jenny dann überheblich.

»Wunderbar. Also schlaf gut.«

Es war Sugarman, der die Lunte – unbeabsichtigt – in Brand setzte. Er berichtete Joey, die Schaufenster der jüdischen Geschäfte seien eingeschlagen und auf das Straßenpflaster vor der Schule in der Fairmount Street Hakenkreuze geschmiert worden. Die Täter seien frankokanadische Anhänger von Adrien Arcand.

»Und was wollt ihr dagegen tun?« erkundigte sich Joey. »Was sollen wir tun? Wegen der frankokanadischen Schlägerbanden dürfen die Kinder nicht mehr auf Fletcher's Field Softball spielen.«

Am folgenden Nachmittag trommelte Joey Arty, Duddy, Jakob, Gas und die übrigen Jungen zusammen und fuhr mit ihnen zum Softballspielen zum Fletcher's Field hinaus. Er begleitete sie auch am folgenden und übernächsten Nachmittag. Und wenn die Frankokanadier jetzt noch was wollten, warfen sie nur einen verstohlenen Blick auf Joey, der sich hinter dem Schlagnetz im Gras lümmelte, und verdufteten.

Duddy Kravitz, den unter Joeys Schutz der Hafer stach, rief den sich davonmachenden Rowdies französische Kraftausdrücke nach. Als daraufhin die Jungen herumfuhren, griff Duddy sich an die Genitalien und rief: *»Votre sœur, combien?«*

Einer der Frankokanadier warf einen Stein nach ihm.

»Yoshka in drerd arein«, schrie Duddy.

Ein weiterer Stein fiel in den Staub. Duddy bückte sich, ließ die Hosen runter und schwenkte seinen blassen, mageren weißen Arsch. »Für Papst Pius!« brüllte er.

Zögernd machten die Frankokanadier kehrt. Joey rappelte sich auf, griff sich einen Schläger und übte ein paar Schläge auf einen imaginären Softball. Die Frankokanadier verdrückten sich.

Duddy, Jakob, Arty und die anderen kamen mit begeisterten, übertriebenen Schilderungen des Zwischenfalls in die St. Urbain Street zurück, ihren Eltern aber gefiel das gar nicht. Sie hatten ohnehin schon genug Ärger. Die von streunenden Banden brutaler Frankokanadier ausgelösten Zwischenfälle auf den Straßen nahmen ständig zu. Premier Duplessis' Partei, die Union Nationale, verteilte ein Flugblatt, das einen alten, häßlichen Juden mit langer, mißgestalteter Karottennase zeigte, wie er sich mit einem Sack voll Gold in finsterer Nacht davonmachte. Laurent Barré, Minister im Kabinett Duplessis, berichtete der Legislative, sein Sohn sei bei der Aufnahme in die Armee der Demütigung einer Untersuchung durch einen jüdischen Arzt ausgesetzt worden. »Niederträchtige jüdische Musterungsärzte«, behauptete er, »delektieren sich an nacktem kanadischen Fleisch.« Am folgenden Morgen entdeckte Onkel Abe, der zu seiner Berghütte hinauffahren wollte, auf dem Pflaster des Highway die Inschrift: *»A bas les Juifs.«* Er traf sich mit anderen führenden Gemeindemitgliedern, die alle reichlich für den Wahlfonds der Union Nationale spendeten, sie begaben sich auf einen freundschaftlichen Plausch zu einem Minister und wurden fotografiert, wie sie ihm auf der Treppe vor dem Château Frontenac in Quebec City lächelnd die Hand schüttelten. Am folgenden Tag gab ein jüngerer Minister eine Presseverlautbarung heraus. »Die Meldungen von Antisemitismus«, erklärte er, »sind stark übertrieben. Ich für meine Person möchte betonen, daß mein Steuerberater Jude ist und daß ich meine Autos bei Sonny Fish kaufe.«

Joey stürmte die Tabakgeschäfte, er besuchte die Frisiersalons, er redete auf die Männer ein, forderte sie höhnisch heraus und fragte sie, was sie angesichts solcher Beleidigungen zu unternehmen gedächten.

Das war am Mittwoch. Am Freitag machte sich ein Junge aus der St. Urbain Street, der zum Tanzlokal Palais d'Or gegangen war, um sich die *schiksen* anzusehen, mit einer jungen Frau davon, deren Mann mit der Van Doos in Übersee war. Der Junge wurde zusammengeschlagen, vor seinem Haus blutend auf dem Gehsteig liegengelassen, und sämtliche Zeitungen berichteten über den Vorfall. Am Samstagvormittag ging Joey, diesmal mit der Zeitung unter dem Arm, von einem Tabakgeschäft zum anderen, stachelte die Männer auf, drängte sie, und am Abend begab sich eine Gruppe von zwölf verlegenen, dem Vernehmen nach mit Baseballschlägern und Bleirohren bewaffneten Männern in vier Autos zum Palais d'Or. Junge Frankokanadier, die mit ihren Mädchen herauskamen, wurden von deren Seite gerissen und in eine Seitengasse geschleppt. Als die Polizei schließlich eintraf, waren die St.-Urbain-Burschen unter Hinterlassung eines bewußtlosen Frankokanadiers in der Seitengasse schon wieder auf und davon. Die Geschichte kam auf die Titelseite, weil der Junge, der an der vorangegangenen Schlägerei nicht beteiligt gewesen war, zufällig der Neffe eines Prominenten der Ste.-Jean-Baptiste-Society, eines bekannten Rechtsanwalts war. Er studierte an der Universität von Montreal. Das Palais d'Or wurde geschlossen, und am nächsten sowie am übernächsten Abend kreuzten Streifenwagen der Polizei langsam die St. Urbain Street auf und ab. Ladenbesitzer und Poolroom-Inhaber wurden wegen Verstoß gegen städtische Verordnungen, die seit Jahren nicht mehr durchgesetzt worden waren, mit Geldstrafen belegt. Huberman, angehalten wegen Überschreitung der vorgeschriebenen Höchstgeschwindigkeit von dreißig Meilen pro Stunde, reichte dem Verkehrspolizisten zusammen mit seinem Führerschein die traditionelle Fünfdollarnote und mußte sich der versuchten Beamtenbestechung beschuldigen lassen. Führende Gemeindemitglieder schrieben der Familie des jungen Frankokanadiers einen reumütigen Brief, einen weiteren schickten sie an den »Star«. Man werde nichts unversucht lassen, hieß es darin. Eine Delegation, darunter auch Onkel Abe, suchte den frankokanadischen Rechtsanwalt auf und beteuerte ihm, daß jener, der den Jungen verletzt hatte, von der Gemeinde aufgespürt und den zuständigen Behörden selbstverständlich zur Bestrafung überstellt werde.

Die Geschäfte in der St. Urbain Street schlossen zeitig, und kaum jemand wagte sich nach Anbruch der Dunkelheit auf die Straße. In der Galizier-Schule wurde ein spezielles Gebet gesprochen. Die Menschen saßen abwartend an ihren Fenstern. Am nächsten Morgen, bevor jemand im Haus erwachte, packte Joey, der insgesamt fünf Wochen zu Hause gewesen war, die Koffer und war wieder verschwunden. Zwei Tage später fand man, wie Jakob sich erinnerte, Joeys feuerwehrroten MG umgestürzt im Wald neben dem Highway. Alles übrige waren Gerüchte.

Man entdeckte Joeys Auto umgestürzt, ausgeraubt und ausgebrannt zehn Meilen außerhalb der Stadt neben der Straße nach New York. Manche behaupteten, ein Stück von Joeys Haus entfernt hätten die ganze Nacht lang zwei Wagen geparkt, in denen sechs Mann hockten, rauchten und eine Flasche kreisen ließen, bis Joey auftauchte und sie hinter ihm herjagten. Andere widersprachen, es sei ein Unfall gewesen. Ziemlich unwahrscheinlich, dachte Jakob, denn einer von Joeys Koffern war aufgeschlitzt, der Inhalt im Wald verstreut worden. Von einem anderen Koffer hatte man den Deckel abgerissen und hineingeschissen. Unter den übrigen Gegenständen, die man in der Nähe entdeckte, befand sich ein Bildbogen mit vier Studien von JESSIE HOPE, exklusiv von Nate Herman, Wiltshire Blvd., Hollywood: eine Porträtaufnahme von vorn, eine im Profil, ein Foto von Joey in Boxershorts und ein weiteres im Cowboykostüm mit drohend geschwungenem Revolver.

Das Wrack von Joeys MG wurde an einem Mittwoch gefunden. Am Montag darauf kamen die Cops, wie üblich, zu Brotsky, um ihr allwöchentliches Schmiergeld abzuholen, und die Einzel- und Großhandelsgeschäfte der Umgebung hatten keine überraschenden Besuche der Inspektoren des Amtes für Kriegspreise und Handel mehr zu befürchten. Die Anklage gegen Huberman, der wegen Geschwindigkeitsübertretung verhaftet und der Beamtenbestechung beschuldigt worden war, wurde wegen nicht ausreichenden Beweismaterials fallengelassen.

Einen Monat später gab Jenny das Haus in der St. Urbain Street auf und zog mit Hanna und Arty nach Toronto. Fliehen, fliehen. »Von nun an nimmt die Familie kein Geld mehr von Onkel Abe«, verkündete sie. »Von unserem lieben, guten, beschissenen Onkel Abe.«

5 Jenny.

Wie Jakob sie angebetet, wie sie ihn damals erregt hatte! Jenny mit ihren Modern-Library-Büchern, ihrem Plan von der Pariser Métro und den Federzeichnungen von Keats, die sie an ihre Schlafzimmerwand geheftet hatte. Jenny, die die »Saturday Review of

Literature« von A bis Z verschlang und sich für jede Vortragsreihe des »Y« einschrieb. Die Havelock Ellis las. Die leidenschaftliche Briefe versandte an Schriftsteller, die sie bewunderte, vor allem an die Rundfunkautoren der CBC, unter anderem Douglas Fraser. Die sich nicht als eine von vielen *jentes* fühlte, sondern als begehrenswerte, olivhäutige Jüdin, und die erwartete, daß irgendein Übermensch von Thomas Wolfe – ein Lüstling – sie aus der erstikkenden St. Urbain Street befreite und sie zu sich in sein Manhattan-Penthouse holte, wo sie dann, wie sie Jakob einst anvertraute, seine *raison d'être* sein würde.

Lebensprühende, vollbusige Jenny, St. Urbains pralle Knospe, die bei allen linkischen, reizlosen Herschmädchen, dieser abschreckenden Schar pickeliger Gesichter, schriller Stimmen und plättbrettplatter Busen zutiefst verhaßt war. Bei den Cousinen Sandra und Helen, Onkel Abes Tochter Doris und Jakobs Schwester Rifka, die sämtlichst, mit Schmachtlocken, Musselin, Perlen und Silberpumps herausgeputzt, bei der Bar-Mizwa und bei Hochzeiten in der Familie ihre Verehrer an Jenny im schlichten Pullover verloren und als Mauerblümchen auf ihren Plätzen schmollten, während sie, eng an den jungen Dickstein oder an Morty Cohen geschmiegt, über den Tanzboden glitt.

»Sie gibt ihnen, was sie brauchen«, erklärte Rifka.

Früher einmal hatte Jenny Jakob wahrhaftig Anlaß geboten, Arty zu beneiden. Rifka, Jakobs große Schwester, weigerte sich stets, ihn zu baden, wollte ihm nie eine Chance geben, ihre schwellenden Brüste zu bewundern, wenn sie sich über seine Wange beugte. Und Rifka wollte sich auch nicht an den langen, endlosen Samstagnachmittagen mit ihnen herumbalgen, wie Jenny es tat, wobei sie – gelegentlich – unvergeßlich! – unbekümmert um ihre fliegenden Röcke, Arty in den Schwitzkasten nahm, Jakobs widerspenstigen Kopf an ihren herrlich festen Busen preßte oder zu Boden sank, während Duddy Kravitz sie in einer rhythmisch reibenden Umklammerung hielt; und sich nicht etwa beschwerte, wenn der Kampf unvermeidlicherweise langsamer wurde und Duddys Hände nicht mehr vorgaben, geheime Stellen irrtümlich zu berühren. Sondern sich energisch, doch gutmütig aufrappelte, verkündete: »So, jetzt ist Schluß mit der Spielerei, ihr *schmendricks*«,

und ihnen Sandwiches mit gehackter Leber machte, bevor sie anschließend ins Kino ging. Oder auf den Berg. »Um durch das fallende Herbstlaub zu wandern«, wie sie ihnen erklärte.
Woraufhin Duddy sie unweigerlich fragte: »Kann ich auch kommen? War nicht zweideutig gemeint.«
Aber nur Jakob, der ihr die Bücher aus der »Y«-Bibliothek holte, durfte sie manchmal auf den Mount Royal begleiten.
Im Herbst, wie Jakob sich erinnerte. Wenn sich die Bäume auf dem Berg blutrot und gelb und kräuselnd braun färbten und die Straßen plötzlich mit wirbelnden Blättern übersät waren. Wenn der Sportteil der Zeitungen voll war von Spekulationen über und Fotos von Jungen mit abgebrochenen Vorderzähnen, die sich im Hockeytrainingslager der Kanadier zu bewähren trachteten. Wenn die Synagogen annoncierten, für die Hohen Feiertage seien noch Plätze frei.
Jenny, die sagte: »Das wirst du von mir nicht erleben, daß ich bis ins Alter hinein Tombolalose für Hadassah verkaufe, während mein vollgefressener, schwabbeliger Ehemann nach dem Essen auf dem Sofa schnarcht.«
Die ihm von der Theatergruppe erzählte, der sie sich angeschlossen hatte. Mit Kenny Pendleton, der sich, da Montreal nun einmal Montreal war, den Lebensunterhalt mit dem Dekorieren von Eaton's Schaufenstern verdienen mußte, der aber – als Profi, wie Jenny betonte – in CBC-Hörspielen und in Produktionen des Montrealer Repertoire-Theaters auftrat. Und der ihr, wenn sein Wohnungsmitinhaber Ross Evans nicht da war, Steaks brutzelte, die sie bei Kerzenlicht in der Souterrainwohnung in der Tupper Street verzehrten. Einer Wohnung, die kein Ausstellungsstück der Neureichen von Outremont, die nicht mit Sofas und Lampen – Schirme zum Schutz mit Plastik überzogen – vollgestopft, sondern wahrhaft künstlerisch eingerichtet war. Mit einem vergrößerten Foto von Michelangelos »David« im Eßzimmer. Mit »New Yorker«-Cartoons in dem Raum, den Kenny als Thronsaal zu bezeichnen pflegte. Und Postern von Jean Cocteau. Und Henri Matisse.
»Bei Kennys Parties sitzen wir auf dem Fußboden und trinken französischen Wein. Wir reden weder über Gallenoperationen noch über Wäsche-Sonderangebote oder den allmächtigen Dollar.«

Im goldenen Herbst, wenn überall, wo man hinsah, Pärchen an den Hängen im Gras lagen und knutschten.

Jenny, die sagte: »Ich möchte nicht, daß du mit Duddy Kravitz verkehrst.«

»Warum?«

»Unwichtig.«

Jenny, die um Abélard und Heloïse weinte, ihm »Nana« lieh und »The Shropshire Lad«, ein Geschenk von Kenny, unter dem Kopfkissen verwahrte, war in Jakobs Augen ein viel zu außergewöhnliches Wesen für die St. Urbain Street. Daher machte es ihm das Herz schwer, wenn er an jenen Abenden, an denen er es einrichten konnte, bei Fabrikschluß vor Laurel Knitwear auf und ab Rad zu fahren, mitansehen mußte, wie sie beim Herauskommen ebenso primitiv wirkte wie die anderen Arbeiterinnen, mit abgespanntem, mürrischem Ausdruck und feucht glänzender Stirn. Bis sie ihn sah, erfreut auflachte und ihm gestattete, auf dem Heimweg neben ihr einher zu radeln.

»Na, so was!« sagte sie dann und zog ihn am Haar. »Kleinen Mädchen vor der Fabrik aufzulauern! Was würde Onkel Abe dazu sagen?«

»Ooch.«

Eines Abends erklärte sie, er dürfe einmal mit ihr ausgehen; sie werde ihn am nächsten Samstagnachmittag ins Kino mitnehmen.

»Am *schabbes*?« flüsterte er entsetzt.

»Glaubst du, daß dich der Blitz treffen wird?«

»Ich hab keine Angst.«

Anstatt gemeinsam das Haus zu verlassen, trafen sie sich heimlich an einer Straßenecke und gingen auch nicht in ein nahegelegenes Kino, weil sie dort eventuell Nachbarn treffen würden, sondern in ein ganz fremdes, *goyisches* Stadtviertel. Hinterher lud Jenny ihn in eine Soda-Bar ein und belehrte ihn über Emily Dickinson und Kenneth Patchen. Sie verabredeten sich für den Samstag darauf. Jenny, über sich selbst belustigt, machte sich für diese Ausflüge fein, zog aus Rücksichtnahme auf Jakob nach jenem ersten Mal jedoch weder hohe Absätze an, noch türmte sie sich das Haar auf den Kopf, so daß Jakob, wenn er sich streckte (und weil er sich, was sie nicht

wußte, mehrere Lagen Zeitungspapier in die Socken gestopft hatte), beinahe ebenso groß wirkte wie sie.
An jenem ersten Samstag taten sie nichts weiter als ziemlich feuchte Händchen halten, beim zweitenmal jedoch legte sich Jenny, sobald der Hauptfilm anfing, Jakobs Arm um die Schultern und kuschelte sich eng an ihn. Am folgenden Samstag war es das gleiche, und am übernächsten auch. Als Jakob ihr dann an einem weiteren Samstagnachmittag von selbst den Arm um die Schultern legte, fiel seine Hand zufällig auf ihre Brust und hing so herab, daß sein kleiner Finger ganz zart das weiche Fleisch dort berührte. Er erstarrte, nicht kühn genug, um weiterzugehen, andererseits aber auch nicht bereit, eroberten Boden aufzugeben, bis Jenny ungeduldig flüsterte: »Ist schon in Ordnung. Ehrlich! Es ist wirklich kein Verbrechen!« Und Jakob, der hart schlucken mußte, quetschte ihre Brust mit einer so unvermittelten und aufgestauten Heftigkeit, daß sie die Zähne zusammenbeißen mußte, um nicht vor Schmerzen aufzuschreien. Dann ergriff Jenny seine Hand und zeigte ihm, wie man es richtig machte, und er begann sie ganz sanft zu streicheln und zu pressen, und sobald er weniger hektisch zu sein schien, öffnete Jenny (O du mein Gott! dachte er) ihr Kleid, löste ihren BH und führte seine Hand, die sie beruhigend streichelte, über ihre nackte Brust und die erstaunlich harte Brustwarze. Die Zeit verging schmerzhaft, zum Verrücktwerden langsam, bis er, vor neuem Erschrecken in Schweiß ausbrechend, auf einmal fühlte, wie ihre Hand seine Hose öffnete, darin herumtastete, ihn befreite, streichelte und kurz, viel zu kurz massierte, bis er, gedemütigt, in ihre Hand spritzte. »Verzeihung«, flüsterte er, doch Jenny tröstete ihn, holte ein Taschentuch aus ihrer Handtasche und tupfte sie beide trocken. Anschließend gingen sie in eine Soda-Bar. Jenny steckte sich eine Zigarette mit Korkmundstück an. »Auch eine?« fragte sie mit spöttischem Blick.
»Klar«, antwortete er, mußte aber beim Rauchen husten.
»Holst du dir einen runter, in der Nacht? Wie Arty? Mit Fotos?«
»Bist zu verrückt geworden?«
»Dachte ich mir.« Sie lächelte bösartig und griff nach ihrem Mantel.
»Willst du schon gehen?«

»Ja. Und von heute an ist es aus mit dem Kino. Wenn du alt genug bist, kannst du wiederkommen.«

Alt genug. Wie er sich danach gesehnt hatte, alt genug zu sein! Des Nachmittags büffelten sie in der Young-Israel-Synagoge für ihre Bar-Mizwa, und des Abends verschlossen sie die Tür von Artys Zimmer, ließen die Hosen bis zu den Füßen runter und untersuchten einander gründlich auf Haarwuchs. Armselige, elendige kleine Härchen, würden sie denn niemals wachsen? Duddy Kravitz zeigte ihnen, wie man den Haarwuchs durch Rasieren förderte, eine zuweilen recht schmerzhafte Prozedur. »Ein Ausrutscher mit der Rasierklinge, du *schmock*, und du wirst Friseur. Wie Gordie Shapiro.« Außerdem erklärte ihnen Duddy, wieso Japanerinnen sich in der Hängematte kitzeln konnten. Duddy war natürlich der Behaarteste, mit dem längsten, von den dicksten Adern durchzogenen, umfangreichsten Schwanz von allen. Wenn sie gegen die Uhr onanierten – wer zuerst kommt, kriegt alle Quarters –, gewann er so regelmäßig, daß sie bald nicht mehr mitmachen wollten, wenn er ihnen nicht eine Vorgabe von sechzig Sekunden gewährte.

6 O Gott! O Montreal!

HEUTE IM FERNSEHEN

14.30 Uhr Medizin und die Bibel. Interpretation von Episoden der Heiligen Schrift mit Hilfe der modernen Endokrinologie. Litt Esau an zu geringem Blutzucker und verkaufte er daher sein Erstgeburtsrecht? Litt Goliath an einer Störung der Hypophyse? Dr. Robert Greenblatt, Autor von »Search the Scriptures«, erläutert einige seiner Theorien.

Gestrandet. Gut drei Wochen nach seiner unvollendeten Reise nach New York saß Jakob noch immer in Montreal fest. Arbeitslos, ohne Perspektive. Jenny ist die Flucht vor acht langen Jahren gelungen. 1943, dachte er, aus der Subway kommend, abgrundtief deprimiert, ohne zu wissen, was tun oder wohin, als er plötzlich Gas entdeckte. Den langen, rundlichen Gas Berger, ausgerechnet, der zielstrebig, die Schultern männlich hart dem Wind entgegengestemmt, einen schweinsledernen Aktenkoffer in der Hand, die St. Catherine Street entlangeilte.

»Klopf, klopf«, imitierte Jakob.

»Wer ist da?« antwortete Gas brüllend vor Lachen.

Gas schmetterte Jakob einen Faustschlag gegen die Schulter, Jakob langte empor, um voll Begeisterung an Gas' Blumenkohlohren zu ziehen, und dann begaben sie sich ins »Tour Eiffel«, um gemeinsam ein paar Drinks zu kippen. Als sie zwei Stunden später wieder auftauchten und vor dem schonungslosen Herbstsonnenschein die Augen zukniffen, erstanden sie eine Flasche Whisky, besorgten im Feinkostgeschäft etwas zu essen und fuhren per Taxi zu Artys Pension in der Nähe der McGill University. Arty, den Onkel Abe Zahnmedizin studieren ließ, war schon vor Jahren nach Montreal zurückgekehrt. »Nanu!« rief er verwundert. »Sieh einer an, wer kommt denn da?«

Jakob, Gas und Arty machten es sich mit ihren Rauchfleisch-Sandwiches, den verbogenen Pommes frites und dem Whisky auf dem Teppich bequem. Es war ein absolut grandioser Nachmittag, vielleicht einer der erfreulichsten in Jakobs ganzem Leben. Sie waren keine Jungen mehr, aber erfreulicherweise auch noch keine erwachsenen Männer, neiderfüllt, aufgerieben von Hypotheken, Kalorienzufuhr und Kindererziehung. Alle Möglichkeiten standen ihnen noch offen. Keiner von ihnen hatte bisher resigniert, sich in reifer Selbstbetrachtung üben und sich mit einer praktikablen Ehe oder einem erträglichen Job begnügen müssen. In den kommenden Jahren würden ihre Erwartungen bescheidener werden, würden Erfolg oder Mißerfolg sie auseinanderreißen. An diesem wunderbaren Nachmittag in Artys Pension jedoch waren sie überwältigt von freundschaftlichen Empfindungen füreinander. Sie sprachen über die Einmaligkeit von Zeit und Ort, die sie gemeinsam erlebten. Sie diskutierten über John Foster Dulles, Zahnstein, Jackie Robinson, harte Praktiken im Immobiliengeschäft, ausländische Autos, Johnny Grecos zweiten Kampf gegen Beau Jack, die Behauptungen, die bei der Zahnpastawerbung aufgestellt wurden, Duddy Kravitz, die St. Urbain Street und schließlich Joey.

»War er nun ein Gangster«, erkundigte sich Gas, »oder war das Blödsinn?«

»Das habe ich nie genau erfahren, aber eines kann ich euch erzählen. Letztes Jahr, wißt ihr, in New York, da habe ich mir im Fernsehen einen alten Western angesehen, in dem Randolph Scott einen Suchtrupp zusammenstellt, und bei Gott, wer springt da mit den anderen aufs Pferd? Unser Joey. Mein großer Bruder direkt neben Randolph Scott. Mann o Mann!«

»Und wo ist er jetzt?« fragte Jakob.

Artys Begeisterung erlosch; er legte sein Sandwich hin. »Keine Ahnung. Da mußt du schon Jenny fragen.«

Die – Erfüllung ihrer Träume – einen Rundfunkautor aus Toronto geheiratet hatte und sich gegenwärtig in ihrer Eigenschaft als CBC-Dramaturgin in Montreal aufhielt.

»Was macht sie?«

»Schwierigkeiten. Wie immer.«

Wenn Jakob Jenny seit Jahren nicht mehr gesehen hatte, so nur, weil sie, nachdem sie Montreal hinter sich gelassen hatte, energisch erklärte, sie wolle nie wieder etwas mit den Herschs zu tun haben, nicht mal mit Jakob, was aber nicht ganz stimmte. Denn Jenny führte allen Besuchern in Toronto stolz ihren arischen Ehemann vor und verlangte zu wissen, was die bigotten Herschs denn von ihrer Ehe hielten. Und als sie mit den Gesalbten zu verkehren begann, plötzlich auf Du und Du mit Torontos Konklave von Autoren, Regisseuren und Schauspielern, schickte sie Lebenszeichen nach Montreal, die wie Giftpfeile auf die Herschs gezielt waren, um ihnen zu zeigen, in welch illustrer Gesellschaft sie sich bewegte. Onkel Abe war jedoch keineswegs beeindruckt. Ebensowenig Onkel Jack. Sämtliche Versuche Jennys, sich in Glanz und Glorie zu zeigen, blieben erfolglos. Ihre Welt war den Herschs fremd.

»Selbstverständlich möchte ich dich sehen«, antwortete sie, als Jakob anrief. »Falls du dich nicht vor Ansteckung fürchtest.«

»Wie bitte?« fragte Jakob verwundert.

»Na ja, ich dachte, ich wäre für alle Herschs verboten. Eine gefallene Frau.«

So saß er also am folgenden Nachmittag in Jennys Zimmer im Laurentian Hotel, wo sie ihm etwas einschenkte, das sie als »Gin-and-It« bezeichnete.

Obwohl sie zuviel Lidschatten aufgelegt hatte und obwohl ihre

Lippen viel zu grellrot und feucht glänzten, blieb Jenny eine ungeheuer attraktive Frau, lebhaft wie immer und mit glühenden schwarzen Augen. Sie sei doch bitter enttäuscht über das, was aus Arty geworden sei, berichtete sie Jakob. Zahnmedizin wolle er studieren! »Das voraussehbare Gettosyndrom. Na ja, Hauptsache, er ist... zufrieden.«
»Und du?« Überrascht stellte Jakob fest, daß er sich für Arty ärgerte.
»Tja, ich habe mich wenigstens nicht in das vergoldete Getto hineinziehen lassen. Um meine sexuellen Frustrationen durch das Organisieren von Basaren abzureagieren. Wie deine reizende Cousine Sandra. Ich leiste wenigstens sinnvolle Arbeit. Und wie geht es der lieben Doris?«
»Wie immer, nehme ich an. Ich sehe sie ja kaum noch.«
»Weißt du, daß sie frigide ist? Ihr Mann ruft mich jedesmal an, wenn er in Toronto ist. Wahrscheinlich hat er gehört, was für einflußreiche Leute zu unseren Parties kommen. Oder daß ich aufregend sein soll. Jedenfalls habe ich ihm gesagt, er braucht ein Callgirl. Ich bediene keine zu Gast weilenden B'nai-B'rith-Brüder. Vor allem, habe ich ihm gesagt, keinen, der so aussieht, als wäre nicht viel mit ihm los. ›Tut mir leid, Liebling, daß ich zu schnell gekommen bin.‹ Du hättest sein Gesicht sehen sollen. Ich dachte, er würde auf der Stelle grau werden.«
Sie saßen ziemlich steif da, Jakob voller Unbehagen, weil er jemanden, einen Mann, unter der Dusche singen hörte.
»Du bist ein richtiger Puritaner«, behauptete Jenny. »Ein echter Hersch. Und eigentlich solltest du erst in einer halben Stunde kommen.«
Jakob sprang sofort auf. »Ich komme später wieder.«
»Komm lieber morgen. Dann können wir miteinander frühstükken.«
Kochend vor Wut hockte Jakob in der Halle in einem Ledersessel, bis Duddy aus dem Fahrstuhl kam. »Du Schwein!« sagte er.
»Eifersüchtig?« fragte Duddy grinsend.
»Tu mir einen Gefallen, Duddy. Laß die Finger von ihr.«
Duddy lächelte gehässig, löste mit der Hand ein imaginäres Härchen von seinen Zähnen, zuckte mit den Augenbrauen, ließ das

Haar angewidert fallen und sah zu, wie es auf den Teppich sank. »Ihr Mann«, erklärte er voller Mitgefühl, »schafft nur sieben Runden.«

Worauf Duddy aus war, entdeckte Jakob am folgenden Morgen, als er mit Jenny beim Frühstück saß und sie ihm erklärte, sie sei bereit, ihn vor den Herschs zu retten. Sie werde ihm ein Flugticket bezahlen und ihm helfen, ins Torontoer Fernsehen zu kommen. Sie flogen mit derselben Maschine.

»Duddy hat das Gefühl, daß er stagniert«, berichtete Jenny. »Deswegen möchte er in Toronto einen neuen Anfang machen.«

»Laß dich bloß nicht mit ihm ein. Der will dich doch nur ausnutzen!«

»Und du?« gab Jenny zurück.

7 Im Wohnzimmer wartete Jennys Mann.

»Und das ist –« so führte Jenny Jakob bei ihm ein – »mein kleiner Jakob, der mich im Kino zu befummeln pflegte. Ist das zu glauben?«

»Ja, ja. Jenny ist einmalig«, erwiderte Doug, der mit verkniffenem Lächeln seine Wildlederschuhe musterte.

Doug Fraser, einer von Kanadas kompromißlosesten und produktivsten Schauspielautoren, schrieb für Bühne und Funk Bearbeitungen und Originale, bis zu dreißig Stücke im Jahr. Er besaß eine kräftige Portion Ironie. In einem seiner Stücke zum Beispiel setzt sich ein Selfmade-Businessman zum Ziel, auf Biegen und Brechen... DIE ERSTE MILLION zu machen. Eben hat er dieses Ziel erreicht, das größte Geschäft seines Lebens abgeschlossen und geht nunmehr daran, seine Familie sozusagen kennenzulernen, da muß ihm sein Arzt mitteilen, er leide nicht an einem Magengeschwür, sondern an Krebs!!! Woraus sich ein ziemlich tragisches Ende ergibt. Kanadas Highbrow-CBC ließ sich dadurch nicht abschrekken, für die amerikanischen Fernsehsender jedoch war es eindeutig nicht das richtige, sie wollten es lieber doch nicht bringen, vor allem, wie Doug sagte, in unserem Aspirin-Zeitalter. Jenny und Doug hatten keine Kinder. Ihre persönliche Methode, auf die Exi-

stenz der »Bombe« zu reagieren. Doug unterhielt ein Büro voller Karteischränke mit Aufschriften wie IDEEN, PERSONEN und VERTRÄGE. »Ich bin nun mal nicht der langhaarige Dachstubenkünstler-Typ«, sagte er.
Jakob erkundigte sich interessiert nach Hanna.
»Eben gerade war Luke hier. Er ist mit ihr ins Kino gegangen. Den neuen Tarzan ansehen.« Doug schüttelte den Kopf.
»Na großartig!« sagte Jenny ärgerlich. »Wirklich fabelhaft! Dann werden sie beide erst sehr spät heimkommen. Und zwar betrunken.«
Kaum waren die Drinks eingeschenkt, da erkundigte sich Jakob bei Jenny nach Joey.
»Nach all den Jahren«, gestand Jenny, über sich selbst belustigt, »habe ich Hannas Krankheit geerbt. Weißt du, ich habe tatsächlich manchmal das Gefühl, ihn irgendwo auf der Straße zu sehen. Dann springe ich vom Bus, laufe einem völlig Fremden mit vertraut anmutendem Rücken nach und schreie: ›Joey!‹ Nur leider ist er es eben nie.«
Joey, berichtete sie, habe während seines fünfwöchigen Aufenthalts in der St. Urbain Street unheimlich viel getrunken. Er konnte stundenlang in der Dämmerung des Wohnzimmers sitzen, eine Flasche Chivas Regal neben sich, tief versunken in seine ganz persönlichen, schwarzen Träumereien. Oft hatte sie ihn gefragt, warum er nach sechs Jahren heimgekommen sei, aber nur einmal hatte er sich zu einer Antwort herabgelassen. »Ich erwarte ein Ferngespräch. Es kann jede Minute kommen.« Nachmittags ging er meistens aus, und wenn er nach Hause kam, lautete seine erste Frage unweigerlich: »Irgendwelche Anrufe für mich?« Joey war auch der erste im Haus, der aufstand, um die Morgenpost durchzusehen. Falls einmal ein Brief für Jenny dabei war – die Ankündigung einer neuen Konzertreihe vielleicht oder etwas von ihrer Abendschule –, öffnete er ihre Schlafzimmertür, um sie zu wecken. »Er wußte natürlich, daß ich keinen Pyjama trug«, sagte Jenny. Dann sprach sie wieder von Joeys Trinkerei. »Eine Flasche pro Tag war gar nichts für ihn.« Wenn sie also, erzählte Jenny, in den frühen Morgenstunden aufwachte und hörte, wie ein Stuhl umgestoßen, geflucht wurde oder jemand unmittelbar vor ihrer Schlafzimmertür

schwer atmete, wußte sie, daß Joey, genau wie früher sein Vater, wieder einmal betrunken war. Anschließend hörte sie, wie er sich in der Toilette übergab, oder er fing an zu telefonieren, ließ den Hörer fallen und überhäufte die Vermittlung mit Flüchen. Am anderen Morgen war es dann Hanna, die sein Bett abzog, die Laken wusch, die Toilette aufwischte und seinen Anzug zur Reinigung brachte. »Hanna«, schloß Jenny, »die in meinem Zimmer nicht mal staubwischen wollte.«

»Aber warum, glaubst du, ist er nach so vielen Jahren wieder nach Hause gekommen?«

»Das weißt du nicht? Weil Joey mich unbedingt ficken wollte.«

Jakobs Wangen begannen schmerzhaft zu brennen.

»Na, hör mal, Jakob! Wie spießig sind wir denn? Du glaubst doch wohl nicht, daß Inzest den *goyischen* Leuten vorbehalten ist, wie?«

»Natürlich nicht.« Jakob kam sich sehr töricht vor.

»Tut mir leid, wenn ich unterbreche«, sagte Doug mit tiefernster Miene, »aber das ist ein typisch jüdisches Vorurteil.«

»Du bist ein aufmerksamer Beobachter«, entgegnete Jakob. Dann wandte er sich an Jenny. »War Joey Kommunist?«

»Diese Art der Befragung«, unterbrach Doug abermals, sein jungenhaftes Gesicht voller Besorgnis, »hinterläßt bei mir einen schlechten Geschmack im Mund.«

»Ich vertrete hier nicht den Ausschuß gegen unamerikanische Umtriebe. Ich stelle lediglich eine Frage über meinen Cousin.«

Jenny erhob sich ein wenig zögernd. »Ich gehe jetzt baden. Heute abend haben wir wieder eine von unseren Parties, Jakob. Alles, was Beine hat, wird da sein.«

»Und wir würden uns freuen, wenn du auch kommst«, ergänzte Doug. »Weißt du, ich habe nicht oft Gelegenheit zum rhetorischen Ballwechsel mit einem aus deiner Generation.« Er zog seinen Schemel näher zu Jakob hinüber. »Seid ihr Jungen eigentlich interessiert, ich meine *wirklich* interessiert?«

Jennys Party zeichnete sich durch ein reichhaltiges Angebot von Alkoholika und Speisen aus. Nicht nahrhafte, schwere jüdische Speisen, nach denen sich Jakob sehnte, sondern getto-emanzipierte Canapés und Hors-d'œuvres. Hauchdünne Scheiben italienischer

Salami auf Crackers. Anchovis, geringelt wie Würmer, auf Weißbrot. Kleine, liberalisierte Schweinswürstchen. Jennys Toronto-Leute waren sehr, sehr weltgewandt, jeder einzelne ein Nonkonformist, der »Time« und die Intrigen um Alger Hiss glatt durchschaute und natürlich gegen die Einmischung in Korea war. Sie sprachen bewundernd von Rod Serling, Horton Foote und einigen anderen Philco-Theater-Autoren. Paddy Chayevsky wurde mit O'Casey verglichen.

»Ja, ja«, gab ein Fernsehautor zu, »aber auch hier in Toronto ereignen sich allmählich aufregende Dinge.«

»Zum Beispiel?« fragte ein hochgewachsener, bebrillter junger Mann kriegerisch.

»Wenn dir Toronto nicht gut genug ist, Luke, warum verziehst du dich dann nicht?«

»Ich möchte es so formulieren: Bis zu dem Tag, an dem Pearl Harbor angegriffen wurde, hatten die Japaner einen Botschafter in Washington.«

Jakob lachte anerkennend.

»Und wer zum Teufel sind Sie?« wandte sich der Schriftsteller an Jakob.

»Sie können mich Ishmael nennen. Müßte ich Ihren Namen kennen?«

»Allerdings«, entgegnete der andere unerschütterlich. »Das heißt, wenn Sie sich auch nur im geringsten für die kanadische Kultur interessieren.«

»Sagen Sie's nicht! Sie sind Mazo de la Roche.«

Luke grinste.

»Von ein paar grünen Jungen brauche ich mir derartigen Quatsch nicht bieten zu lassen.«

»Dann lassen Sie's doch.«

Als Doug sich ihnen lächelnd näherte, machte Luke sich davon. Jakob sah ihn erst wieder, als er sich in den Garten zurückzog, wo er zu seiner Freude Hanna entdeckte, die mit Doug Bier trank und fröhlich lachte.

»Yankel!« rief sie, und sie umarmten einander.

Die Jahre hatten Hanna in Mahagoni verwandelt; ihr Haar war weiß geworden.

»Das ist Luke Scott, ein Freund von mir. Er geht mit mir zu sämtlichen Hockeyspielen. Und zu den Ringern.«
Jakob und Luke schüttelten sich die Hand.
»Jenny sagt, daß du vielleicht hierbleiben willst«, sagte Luke. »Ich habe eine eigene Wohnung. Ich könnte dich gern einquartieren, während du dich orientierst. Die Miete können wir uns teilen.«
»Ist das dein Ernst?« erkundigte sich Jakob.
»Das ist sein Ernst«, bestätigte Hanna und machte für Jakob neben sich auf der Bank Platz. »Weißt du, was morgen in einer Woche ist?«
»Nein.«
»Yom Kippur. Fastest du auch?«
»Tut mir leid, Hanna. Nein.«
»Letztes Jahr wollte sie mich nicht lassen.«
»In ihrem Alter will Hanna kein Risiko eingehen.«
»Halt den Mund, Luke! Sie stand vor mir und schrie mich an, du ißt das ganze Jahr lang unkoscher, und heute willst du fasten? In meinem Haus nicht! Okay, werde ich nächste Woche so tun, als müßte ich eine kranke Freundin besuchen. Also, Yankel, was hältst du von ihm?«
»Von wem?«
»Von ihrem kleinen *schmock* von Ehemann.«
»Unserem Ibsen«, warf Luke ein.
»Hör mal, Hanna! Jenny hat sich all diese Jahre lang um dich gekümmert, oder nicht?«
»Na ja, wenigstens streiten wir uns nicht mehr. Wir haben Waffenstillstand geschlossen. Ich tu Mr. Nichts und Niemand gegenüber so, als wäre sie mit mir ausgegangen, während sie in Wirklichkeit mit einem anderen bumst, die ist mit Hummeln im Hintern geboren, die da, und dann gibt sie mir Geld fürs Kino. Zur Belohnung.«
Jennys kleiner *schmock* war im Wohnzimmer und schwang große Reden, erläuterte sein in Arbeit befindliches Stück »Accident«. »Ich habe mit einem Arzt zusammen eine Untersuchung dieses Themas durchgeführt; wir haben die Unterlagen der Bus- und Lastwagenfirmen sowie zweihundert normale Autofahrer überprüft, und ihr würdet staunen, was wir da entdeckt haben! Es gibt eine kleine

Minderheit von Fahrern, die ganz extrem zu Unfällen neigen, und diese Unfaller leiden anscheinend alle am selben Problem. An der Unfähigkeit, sich dem Kodex der Gesellschaft zu fügen.«

Jakob, der sich zu der Gruppe gesellte, klatschte sich die Hand an die Wange und stieß einen Pfiff aus.

»Aber das sind Tatsachen, Jakob! Wir haben eine Studie über vierzig Taxifahrer gemacht, zwanzig mit langjähriger Unfallfreiheit, die anderen eindeutig zu Unfällen neigend. Die sicheren Fahrer waren fast alle ruhige, zurückhaltende, beinahe ein bißchen langweilige Menschen. Sie kamen aus heilen Familien, blieben ihren Frauen treu, hielten nicht viel vom Glücksspiel und waren ihren Fahrgästen gegenüber höflich. Die Unfallfahrer jedoch waren zumeist Außenseiter der Gesellschaft. Dreizehn von ihnen hatten Väter, die tranken, oder herrschsüchtige Mütter. Zwölf waren Schulabgänger, die mehrfach vor dem Jugendgericht gestanden hatten. Acht gaben sexuelle Promiskuität zu. Dreizehn wechselten ständig den Job. Vierzehn schmuggelten Alkohol. Wir stuften diese Unfallfahrer als ›leicht psychopathische‹ Persönlichkeiten ein.«

»Ich verstehe.« Jakob rieb sich das Kinn. »Ich verstehe.«

»Interessant ist, daß sie bestimmte Charaktereigenschaften gemeinsam haben. Sie sind intelligent, aber impulsiv, sie hassen Disziplin, verabscheuen Routine und wollen alle ihr eigener Herr sein. Sie sind gute Gesprächspartner, aber schlechte Zuhörer. Sie können keine Kontakte pflegen. Sie wollen immer Mittelpunkt sein. Überdies haben wir festgestellt, daß die leichtsinnigen Fahrer eine gemeinsame Eigenschaft haben: eine grundsätzliche Aggressivität gegenüber der Autorität. Während der sichere Fahrer seine Frustration auf gesellschaftlich akzeptable Art und Weise verarbeitet, benutzt der Unfallfahrer seinen Wagen als Mittel zum Abreagieren seiner Feindseligkeit. Unsere Untersuchungen haben bestätigt, daß die Unfallfahrer ihre Animosität gegen Vertreter der Autorität richten, gegen die Polizei oder den Arbeitgeber. Und dann geben sie anderen Fahrern, vor allem Frauen, die Schuld. Man kann den Kern ihres Zorns auf ihre Frauen und letztlich auf ihre Mütter zurückführen, die sie beherrscht haben. In extremen Fällen könnte man mit Berechtigung sagen, sie benutzen ihren Wagen... um ihre Männlichkeit unter Beweis zu stellen. In dem Bestreben, ihre Virilität darzutun, setzen sie sich in hochfrisierte Autos und nehmen Rache am gesamten weiblichen Geschlecht.«

»Aber das Kind, das sie überfahren, könnte das deine sein«, konterte Jakob.

»Richtig, Jakob. Siehst du, in unserer Zivilisation gehört die Tatsache, daß ein Mann viel zu oft an den Risiken gemessen wird, die er eingeht, zu den größten Problemen.«

Das war der Augenblick, in dem es Jakob endlich gelang, Doug unter vier Augen zu sprechen.

»Ich weiß, daß du das sicher schon oft gehört hast, aber ich wollte dir sagen, wie sehr ich deine Arbeit immer bewundert habe.«

»Vielen Dank, Jakob. Freut mich, daß du zu meinen Fans gehörst.«

Scheißer. »Du hast immer Substanz in deinen Stücken. Eine echte Herausforderung.«

»Und jetzt erzähl mal, wie du *deinen* Weg siehst. Was erträumst *du* dir?«

»Schön, daß du mich danach fragst. Weißt du, ich möchte unbedingt zum Fernsehen – jetzt, da es in Kanada endlich damit losgeht. Am liebsten würde ich Regie führen, weißt du, aber ich habe keine Beziehungen. Von der CBC würde sich bestimmt keiner die Zeit nehmen, mich anzuhören.«

»Wenn du sagst, ›Regie führen‹, verstehst du das als Job oder als Berufung?«

»Als Berufung natürlich. Ich denke gar nicht daran, die amerikanische Geldmühle zu treten. Ich will in Kanada bleiben und meinen Beitrag hier leisten. Und eines Tages kann ich vielleicht bei einem Stück Regie führen, das so gut ist wie deine.«

»Mit Aussage?«

»Aber ja! Es ist lediglich der Einstieg, der mir schwerfällt.«

»Hm. Ich bin aber strikt gegen Vetternwirtschaft, weißt du.«

»Ich auch, Doug.«

»Nimm zum Beispiel Jugoslawien. Nepotismus kann sogar eine sozialistisch strukturierte Gesellschaft korrumpieren.«

»Ganz deiner Meinung. Aber ich komme aus der Arbeiterklasse, weißt du. Ich will keine Vergünstigungen. Ich bin bereit, als Atelierarbeiter anzufangen, wenn mir jemand die Tür öffnet – nur einen Spalt!«

»Ich werde darüber nachdenken.«

»Mach dir keine Umstände, Doug. Für dich ist es das wichtigste, daß du schreibst. Deine Zeit ist sehr wertvoll, aber ... na ja, ich wäre dir wirklich dankbar für ein bißchen fachmännische Hilfe.«

Jenny erwischte Jakob im Flur.

»Haßt du mich?«

»Also Jenny – bitte!«

»Dann liebst du mich?«

»Ja. Sicher.«

»Ich gebe mir so große Mühe. Ich habe mich beinahe voll Haß auf das Lernen und die Literatur gestürzt, damit ich, sollte ich jemals mit Leuten zu tun haben, die in meinen Augen begnadet, begabt sind, mithalten kann. Damit ich ihre Anspielungen verstehe ... Und was passiert? Weißt du, woran ich die wirklich erstklassigen Leute erkenne, die zu uns kommen? Die paar, die keine Hochstapler sind? Daß sie sich die ganze Zeit mit Hanna unterhalten. Hanna, diese verdammte Hexe! Was hat sie denn jemals getan, daß sie so große Aufmerksamkeit verdient? Mir gehen sie aus dem Weg. Und über Doug spötteln sie. Es sei denn, daß sie was von uns wollen.«

»Wirklich?« erwiderte Jakob steif.

»Dein Hosenstall ist zwar zu, Kleiner, aber dein Ehrgeiz lugt hervor. Du warst doch früher nicht berechnend.«

»Ich werde erwachsen«, sagte Jakob und ging mit Jenny ins Schlafzimmer hinauf. »Und jetzt erzähl mir was von Joey. War er nun Kommunist oder nicht?«

»Wer soll wissen, was er war oder ist? Er hat immer gelogen.«

Die erste Telefonrechnung, die nach Joeys Heimkehr kam, lautete auf eine schwindelerregend hohe Summe, Ferngespräche mit New York, San Francisco und Hollywood, manche zwanzig Minuten lang. »Er hat die Telefonrechnung bar bezahlt«, berichtete Jenny.

»Hast du ihn denn nicht gefragt, was er in den sechs Jahren, die er fort war, getrieben hat?«

»Okay. Eines Abends – er war ziemlich kaputt, damals –, also eines Abends erzählte er mir, er sei 1938 in Spanien gewesen. In Madrid.«
»Großer Gott, die Narben auf seinem Rücken!«
»Klar, aber die können von allem möglichen stammen.«
»Was hat er dir noch erzählt?«
»Von Spanien ist er nach Mexiko gegangen. Coyocán.«
Wo Trotzki lebte. Jakobs Herz hämmerte. Er berichtete Jenny, wie er einmal für Joey gehalten und an der amerikanischen Grenze arretiert worden war.
»Na und? Muß das politische Gründe haben? Glaubst du, er hat in Spanien gekämpft? Ich bin überzeugt, daß er lediglich vor irgendwelchen Gangstern davongelaufen ist, mit denen er Ärger hatte. Er ist nach Hause gekommen, um sich die Wunden zu lecken. Dann stellte er fest, daß er sich von mir angezogen fühlte, und ist um meinetwillen wieder fort.«
»Ach, hör doch auf, Jenny!«
»Hör auf, hör auf! Glaubst du etwa, ich erzähle dir alles?«
Von unten drang unvermittelt Gelächter herauf. Die Gäste kreischten vor Vergnügen. »Sie hat's mal wieder geschafft.« Jenny hieb mit der Faust auf die Armlehne ihres Sessels, erhob sich abrupt, und Jakob trottete hinter ihr her.
»Gzet! Gzet!« Hanna, ihren alten Canadiens-Sweater über den Kopf gezogen, trabte trunken von Gruppe zu Gruppe. »Gzet! Gzet!«
Luke Scott wollte mit besorgter Miene dazwischentreten, aber Jenny ergriff ihn am Arm und hielt ihn fest. Ihr ganzes Verhalten wurde auf einmal weicher. »Das ist Luke Scott«, wandte sie sich an Jakob, seine Wange küssend. »Ein Möchtegern-Autor, der liebevolle Unterstützung benötigt.«
»Pardon?« rief Jakob durch das Partygetöse.
»Du hast mich schon ganz richtig verstanden«, rief Jenny zurück, »und außerdem bist du noch immer zu jung für mich.«
Jakob sah zu, wie sie miteinander davonwirbelten; Luke, eindeutig peinlich berührt, suchte Hanna im Auge zu behalten.
Über eine Gruppe von tanzenden Köpfen hinweg entdeckte Jakob, daß Hanna sich einer neuen Gruppe anschloß.

»In Yellowknife«, sagte sie, »konnte man im Winter die Toten nicht begraben. Weil der Boden steinhart gefroren war. Darum pflegte Formaldehyde Smith, der Leichenbestatter, uns eingehend zu mustern, damit er sich ausrechnen konnte, wie viele Gräber er im voraus ausheben mußte. Er sah meinen Joey an, meinen vierjährigen Joey, von dem niemand erwartete, daß er am Leben blieb, so kränklich war er, und schaufelte ein winziges Grab für ihn. Das hab ich mit eigenen Augen gesehen. Ich, seine Momma. Mr. Smith, hab ich gesagt, Sie schaufeln dieses Loch sofort wieder zu, sonst schneide ich Ihnen die Eier ab und werfe sie schön kroß gebraten den Hunden vor...«

8

Ungefähr nach einem Monat hielt Duddy Kravitz in Toronto Einzug und ließ sich umgehend, um seinen Namen bekanntzumachen, zur Cocktailstunde in allen Bars ausrufen, die von Werbe- und CBC-Leuten besucht wurden, unter anderem von den unverbesserlichen Spöttern Jakob Hersch und Luke Scott.

Um seine alte Firma, die Dudley Kane Productions, wieder aufleben zu lassen, versandte Duddy Einführungsschreiben. Aber der Erfolg war gering. Ohne Beziehungen, ein Eindringling, wurde ihm eine Tür nach der anderen vor der Nase zugeschlagen. Nur Jenny half ihm ein wenig. Sie aßen einmal pro Woche gemeinsam zu Mittag und zogen sich dann in seine Wohnung an der Avenue Road zurück, wo er sie geistesabwesend bestieg und möglichst schnell zum Orgasmus brachte, damit er vor seinem nächsten Termin noch rechtzeitig unter die Dusche kam. Die CBC wollte Duddys Idee für ein Fernsehquiz nicht kaufen, und auch keine einzige Werbeagentur bedurfte seiner Dienste als selbsternannter Trouble Shooter. Auf einer hektischen Reise nach New York bewarb er sich um die kanadischen Vertriebsrechte für den Hula-Hoop, die ihm jedoch nicht zugeschlagen wurden. Statt dessen kehrte er mit den Rechten an einer Schlankheitspille zurück. Eine Pille pro Tag, Sie können essen, was Sie wollen, und verlieren dennoch zwanzig Pfund in vierzehn Tagen. Zu jener Zeit jedoch wurde Duddy von Zweifeln geplagt, und außerdem fehlte ihm das nötige Kapital für

Werbung und Promotion. Er saß mit einem blutenden Magengeschwür auf seinen letzten tausend Dollar und ganzen Stapeln unbezahlter Rechnungen, als er eines nachmittags den »Star« aufschlug und las, daß jemand ein Verzeichnis der Prominenz von Kanada herausgeben wollte, und siehe da, laut Aussage des freimütigsten Kolumnisten dieser Zeitung sollte es keine Juden enthalten. Was Duddy sofort veranlaßte, ins Verlagsgeschäft einzusteigen, somit also den Grundstein für sein Toronto-Vermögen zu legen und gleichzeitig etwas für seine Leute zu tun.

Das kanadisch-jüdische »Who's Who« (herausgegeben von der Mount Sinai Press, Präsident Dudley Kane) war ein ganzes Jahr lang nichts weiter als eine fixe Idee, ein alles andere verdrängender Traum, mit dem sich Duddy in seiner zunehmend verwahrlosten Wohnung zu Bett legte, eine inbrünstige Hoffnung, mit der er durch die winterlichen Straßen stapfte, nach Einfällen suchte, wie er einen schnellen Dollar machen konnte. Startkapital. Heiß ersehntes Startkapital. Wo? Wie? Ja wie, dachte er, wär's denn mit Jakob Hersch, diesem sentimentalen Scheißer?

Jakob, vom Atelierarbeiter zum Aufnahmeleiter emporgestiegen, hatte nur wenig Zeit für ihn. Ja, er hatte nur wenig Zeit für alle außer Seiner Hoheit Luke Scott, von dessen Drehbüchern bisher noch keines angenommen worden war. Sie teilten sich eine Wohnung, umwarben mit gewaltigem Appetit dieselben Mädchen, verhielten sich jedoch ansonsten überaus loyal zu einander; unzertrennliche, professionelle Zyniker, schleppten sie die verrückte alte Hanna überall mit sich herum und brachen in Parties ein, nur um die Anwesenden zu beleidigen. Gleichermaßen verabscheut, wie Duddy feststellte, von den älteren, etablierten Regisseuren und Autoren, über die sie erbarmungslos den Stab brachen. Die Schmalspurgenies, für die, wie sie behaupteten und sich dadurch noch unbeliebter machten, Kanada ein unersetzlicher Zufluchtsort war. Die niemals zu Erfolg gelangen würden, weil ihnen, wie Luke spöttelte, niemals eine Einladung gewährt werden würde. Für die Integrität keine Tugend war, wie Jakob witzelte, sondern eine aus der Not geborene Gewohnheit. So wie seine Tante Sophie keine Kurtisane geworden war.

Als er ihre Wohnung betrat, sah Duddy erleichtert, daß Jakob allein

war. »Ihr Knaben lebt ja hier richtig hochherrschaftlich«, sagte Duddy. »Man könnte euch direkt beneiden.«
Angetan mit seinem schäbigsten Anzug, in ein ketchupfleckiges Taschentuch spuckend, wies er auf sein Magengeschwür hin, das behandeln zu lassen er sich nicht leisten könne, deutete an, die Gendarmen seien ihm auf den Fersen, nagelte seinen alten Schulfreund fest, indem er ihn daran erinnerte, daß sie, St. Urbains Sonnenscheinchen, die Kindheit zusammen verbracht hatten, und als Jakob, eines Pumpversuchs gewiß, noch zögerte, köderte Duddy ihn mit Zuckerbrot, versprach ihm, Jenny nicht mehr anzufassen, und schaffte es tatsächlich, Jakob einen Scheck über fünfhundert Dollar sowie die Zusage seiner Bürgschaft für ein Bankdarlehen von zweitausendfünfhundert Dollar zu entlocken. Um keine Sekunde zu früh, wie sich herausstellte, denn gleich darauf stieß Luke die Tür auf und schob Hanna vor sich her ins Zimmer. »Nanu!« sagte er voller Vorfreude. »Sieh mal an, wer da gekommen ist!«
Hanna, der Ärger schwante, verschwand in der Küche, um die Einkaufstüte abzustellen und das Abendessen vorzubereiten.
»Ich wollte gerade gehen, Mr. Scott«, sagte Duddy, zur Flucht bereit.
Jakob war wütend. »Hör mal, Luke, ich kann von deinen Freunden auch viele nicht ausstehen, aber so benehme ich mich denn doch nicht.«
»Stimmt. Du benimmst dich sehr viel schlechter.«
Hanna trat zwischen sie. »Wißt ihr, wie ihr euch anhört, ihr beiden? Als wärt ihr 'n paar Schwule. Strichjungen von der Jarvis Street.«
Nach dem Abendessen stieß Hanna, in ausgesprochen strahlender Laune, mit funkelnden schwarzen Augen unversehens auf ein Spiel Karten und mischte sie, wie Luke es noch nie und nirgends gesehen hatte. Jakob schüttelte sich vor Lachen, während sie Luke eine Lusche gab, ihm auch, und schließlich sich selbst eine Karte zuteilte. Als sie die ihre umdrehte, erschien ein As. »Wißt ihr, von wem ich das gelernt habe?«
»Von Joey«, antwortete Jakob strahlend.
Hanna nickte und langte nach ihrer Flasche Carlings. Dann erzählte sie von ihrem Mann. »Der war der geborene Rumtreiber,

mein Baruch, ein Tier. Er hatte es mit dem Bier, konnte den ganzen Tag Bier saufen, und abends nahm er sich dann 'ne Hure oder ging zu den Ringern. Deinen Großvater hat er bestohlen, Yankel. Als junger Mann kam er immer wieder ins Gefängnis – wegen Ruhestörung. Jahre bevor ich ihn kennenlernte, frag deinen Vater, wenn du's mir nicht glaubst, sah und hörte deine Familie manchmal drei oder sogar vier Monate nichts von ihm, und dann tauchte mein lieber Ehemann um zwei Uhr nachts plötzlich wieder auf, bearbeitete die Haustür mit den Fäusten, stockbetrunken, mit blutigem Kopf und nach Erbrochenem stinkend, und beschimpfte deinen Großvater. Juden, brüllte er dann, ich bin da! Ich bin's, Juden, Baruch; euer Bruder ist heimgekehrt!«

Im Wagen fuhr sie mit den Erinnerungen an ihren Ehemann fort.

»Einmal hat er Yosele Altman so verprügelt, daß er im Krankenhaus genäht werden mußte. Deinen Pa konnte er nicht ausstehen, Yankele, das weißt du, nicht wahr? Einmal sagte er zu ihm, he, Issy, weißt du, was du bist? Nein, was denn? Ein Versehen deines Vaters. Oder er hielt ihm einen Finger unter die Nase und sagte, das ist der, der durchs Papier gekommen ist, Issy. O ja, er war ein wandelnder Misthaufen, mein Baruch, ein Krakeeler. Ein Gauner. Und ein Verrückter! Ich will tot umfallen, wenn er nicht einmal sechs Monate lang als Kraftmensch mit einer frankokanadischen Jahrmarktstruppe rumgezogen ist und in Chicoumiti, Trois Pistoles und Tadoussac Rasierklingen verschluckt und Eisenstangen verbogen hat. In den alten Zeiten, in Montreal, als die St. Urbain Street noch keine Gehsteige hatte, nichts als Matsch überall und Hurenhäuser, trieb er sich mit den Matrosen in den Hafenkneipen rum, und es mußte ja einfach so kommen, eines Tages heuerte er selbst auf einem Schiff an. Er muß entweder betrunken gewesen oder geschanghait worden sein. Wer weiß?«

Hanna bestand darauf, daß sie mit ihr nach Hause kamen, und führte sie an der Hand ins Souterrain, durchs Spielzimmer in ihre eigene Schlafkammer, wo sie auf einen Stuhl kletterte, ihren verdorrten, kleinen Körper reckte und eine Hutschachtel aus dem Schrank holte.

»Wißt ihr, was das ist?« fragte sie und löste behutsam einen schwarzen, breitrandigen Herrenhut aus dem Seidenpapier. »Das ist ein echter Borsalino, Freunde. Einer der ersten, die es im westlichen Kanada gab. Den trug mein Baruch immer in Winnipeg.« Hanna wischte sich die Tränen aus den Augen. »Wenn er die Portage Street entlangstolzierte, bekamen die billigen Mädchen gleich feuchte Hosen, weil sie so was wie ihn noch nie gesehen hatten. Die Métis, die sich vor nichts und niemandem fürchteten, wenn sie was getrunken hatten, wichen in die Gosse aus, wenn sie ihn kommen sahen.«

Jakob und Luke fuhren schweigend zu ihrer Wohnung zurück, keiner von beiden hatte große Lust zum Sprechen, aber keiner konnte jetzt schon schlafen, also brachen sie einer Flasche Brandy den Hals und ließen den Sommerwind durch das Fenster hinein.

Es gebe eine derartige Unmenge von Herschs, erklärte Jakob, Cousins und Cousinen zweiten Grades, ganze Rudel von Tanten, kleine rothaarige Cousins und Cousinen aus Ehen, die aus Bosheit geschlossen wurden, und eisern korsettierte Großtanten von Motkes Seite, eine so weite Welt von Herschs, sagte Jakob, daß er als schlichtmütiger kleiner Junge es für selbstverständlich gehalten hatte, als Hanna, eine weitere – angeheiratete – Hersch, eines Tages aus heiterem Himmel mit drei Kindern, doch ohne Ehemann hereinschneite. Einen Ehemann aber gab es natürlich doch.

Baruch.

Im Jahre 1901 verließen Jakobs Großvater und Großonkel väterlicherseits Lodz, um nach Montreal auszuwandern, wo sie mit ihren Frauen eine enorme Anzahl von Kindern in die Welt setzten (Jakobs Großvater – vierzehn Kinder; sein Großonkel – zwölf), und als Junge habe er angenommen, das sei die ganze Familie Hersch. Darin habe er sich allerdings geirrt, erzählte Jakob weiter. Denn es gab noch einen dritten Bruder. Baruch. Jakobs Großvater und dessen Bruder überwiesen Geld nach Polen, damit Baruch, jüngster der drei Brüder, ebenfalls herüberkommen konnte. Aber schon eine Woche nach seiner Ankunft in Montreal brach Baruch aus, war er auf einmal wie verwandelt. Behauptete, kein *shoimer-schabbes* mehr zu sein. Aß trotzig unkoschere Speisen und war auch willens, am Sabbat zu arbeiten. Seine älteren Brüder verleugneten ihn.

Schließlich heuerte Baruch entweder auf einem Schiff an oder wurde, wie Hanna meinte, geschanghait. Wie dem auch sei, er fuhr als Heizer nach Argentinien. Auf einem Öltanker umrundete er das Kap und schuftete eine Saison lang als Schauermann in Australien. Er zog nach Japan und verhökerte in China Spielautomaten. Er lebte auf Tahiti und suchte Gold am Yukon, bis er schließlich Hanna heiratete, eine Tochter bekam und während der Prohibition eine kurze, aber pompöse Zeitspanne des Wohlstands durch Alkoholschmuggel genoß. Bei einer Schießerei an der Grenze nach Montana wurde Baruch verwundet, und von da an war es, soweit Jakob wußte, mit seiner Glückssträhne vorbei. Die Beinwunde wollte nicht richtig heilen, er bekam Wundbrand, und das Bein mußte über dem Knie amputiert werden.

Luke erhob sich unsicher, schwankte in die Küche und stellte Wasser für Pulverkaffee auf. »He, es wird heller«, verkündete er. »Oder sie haben Etobicoke soeben mit der ›Bombe‹ ausradiert.«

In der Ferne stand der Himmel in Flammen. Blutrot.

»Komm, wir rufen ein paar Mädchen an«, schlug Luke vor. »Rasante Mädchen, mit langen Beinen und Spitzenwäsche.« Aber es war 5.30 Uhr. »Muß eigentlich phantastisch sein, Brüste zu haben«, sinnierte Luke. »Am Morgen aufzustehen und sich nichts kommen lassen zu müssen, weißt du.« Dann setzte er sich auf die Fensterbank, beobachtete den zunehmenden Verkehr unten und begann auf alles zu schimpfen, was Torontos Eigenart ausmachte. »Ich hasse diese Stadt. Sie ist so spießig.«

»Aber das hier ist 'n Provinzverein, Luke. Solange wir uns nicht ewig hier aufhalten, gestattet man uns, die Klubeinrichtungen zu benutzen.«

England, England, dachte Jakob, und obwohl er noch niemals Regie geführt hatte, nahm er sich vor, sich erst zufriedenzugeben, wenn er ein Filmregisseur internationalen Ranges geworden war. »Wenn ich dreißig bin und immer noch beim Fernsehen rumkrebse, gebe ich auf.« Luke dagegen schwor, sein erstes Theaterstück werde so gut sein, daß es in London oder New York uraufgeführt werden würde. Oder überhaupt nicht.

Sie vermeinten, eben erst eingeschlafen zu sein, da klingelte es an der Wohnungstür. Luke ging aufmachen.

»Nicht Sie möchte ich sprechen, Mr. Scott, Sir.«

Duddy strebte geradewegs zu Jakob ins Zimmer und schüttelte ihn, bis er ganz wach war. Unwillig kämpfte sich Jakob in die Kleider und begleitete ihn zur Bank, um für das Darlehen von zweitausendfünfhundert Dollar zu bürgen.
Mit denen Duddy, nachdem er Salz über seine linke Schulter geworfen, in einer Synagoge eine *sefer torah* geküßt und den ersten Krüppel berührt hatte, dem er auf der Jarvis Street begegnete, Dr. McCoy's Real Wate-Loss als GmbH eintragen ließ und einen Bekannten, den er zuvor schon bearbeitet hatte, den Sohn des Apothekers an der Ecke, einen schwerfälligen, doch geldgierigen Bayern, so lange beschwatzte, bis der sich bereit erklärte, gegen einen Anteil an den Einnahmen als Vizepräsident und Postadresse zu fungieren. Es war mehr als ein blinder Versuch. Zwei Wochen zuvor, als Duddy bei Fran's brütend vor einem mitternächtlichen Kaffee saß und die fette Kellnerin neckte, hatte er ihr eine von seinen Pillen gegeben und ihr versichert, die werde ihr helfen. Zu seiner Verwunderung hatte die dicke Polackin, als er zehn Tage später wiederkam, tatsächlich achtzehn Pfund abgenommen. Obwohl sie, wie sie behauptete, immer noch gut und reichlich aß. Ja, sogar mehr denn je, mit einem geradezu unersättlichen Appetit.
Dr. McCoy's »Original Gewichtsverlustpillen« gingen trotz begrenzter Versandwerbung und obwohl der Verkauf letztlich von Mundpropaganda abhängig war, von Anfang an überraschend gut, vor allem in ländlichen Gegenden und in Zechensiedlungen wie Sudbury und Elliot Lake. Duddy, dessen voraussichtlicher Profit enorm zu werden versprach, prahlte in Jakobs Wohnung herum, stur und unbeeindruckt von Lukes immer unbedeutenderer Gegenwart, und behauptete, er werde seinen New Yorker Hersteller bald ausbooten, die Pillen selber anfertigen, den ganzen kanadischen Markt überschwemmen und vielleicht sogar diesen bayerischen Trottel loswerden.
»Der ist wahrscheinlich ohnehin Nazi«, warf Luke ein.
»Na, Sie müssen's ja wissen, nicht wahr? Das liegt doch ganz auf Ihrer Linie.«
Fluchend ging Luke auf ihn los. Immer wieder lieferten sich die beiden derartige Gefechte, jeder mit dem Talent begabt, im anderen das Schlimmste wachzurufen.

Luke, mit seinem selbsterworbenen liberalen Gepäck belastet und möglicherweise ein Quentchen zu stolz darauf, machte Duddy Vorwürfe, weil er fand, dies sei genau die Art prinzipienloser Geschäftemacherei, die seine leidenschaftliche Verteidigung der Juden seinem Vater und seinen verdutzten Freunden aus dem Granite Club gegenüber unterminierte.

Duddy hatte Angst vor Luke. Er traute ihm nicht.

»Weißt du, Jakob, wenn ich etwas haben will, dann nehme ich's mir. Ich kämpfe darum – Freistil. Dieser Scheißkerl aber, der ist eiskalt, der sitzt nur da und wartet darauf, daß es ihm in den Schoß fällt. Weil's nämlich von selbst auf ihn zukommt, genau wie alles andere in diesem Land. Was ist die Welt? Das Erbe des Lucas Robin Scott, Esq. Doch unter dieser Selbstironie und Kälte, da schlägt ein Herz aus Stein. Er sorgt für die Nummer eins, genau wie du und ich, aber er ist dazu erzogen, sie mit Zuckerguß zu überziehen.«

Sein Instinkt jedoch bewahrte Duddy davor, tatsächlich den ganzen kanadischen Markt zu überschwemmen, wie er es großmäulig versprochen hatte, wenn dieser Instinkt auch auf einem traurigen Zwischenfall beruhte. Als er eines Abends wieder bei Fran saß, Kaffee trank und den Wirtschaftsteil des »Globe« studierte, erkundigte er sich fürsorglich nach seiner ehedem so korpulenten Kellnerin. Maria sei im Krankenhaus und sieche dahin, hieß es. Na ja, dachte er, vielleicht 'ne Abtreibung. Oder 'ne Geschlechtskrankheit. Dennoch suchte Duddy bei seiner nächsten Reise nach Montreal einen frankokanadischen Apotheker auf, einen Mann, der bestimmt keine Fragen stellen würde, und ließ die Pillen unter dem Vorwand, jemand habe sie seiner übergewichtigen Ehefrau während des Urlaubs in Mexiko angedreht, analysieren. Als er erfuhr, woraus die wichtigste Komponente der Pille bestand, fuhr er die ganze Nacht hindurch bis nach Toronto, wo der begeisterte junge Bayer, dessen stolzer Vater Gottes Segen auf sie beide herabwünschte, ihn mit weiteren Aufträgen empfing.

»George«, begann Duddy, »es hat doch wirklich den Anschein, als wäre dieses Geschäft eine kleine Goldgrube, nicht wahr? Ich meine, wenn man es vorsichtig überschlägt, müßten zehntausend Dollar pro Jahr netto dabei rausspringen, und zwar fast ganz ohne Arbeit und Auslagen, und das ist schließlich erst der Anfang, wie?«

George strahlte, sein Vater gluckste erfreut.
»Aber ich bin in einer üblen Lage.«
Mit ernster Miene holte der Alte eine Flasche heraus und füllte drei Becher mit Scotch.
»Ich habe ein echtes Immobilienproblem, in den Laurentians. Steuerschulden. Ich brauche zehntausend Dollar. Möglichst schon vorgestern. Ich tu' dir das ja nicht gerne an, mein Freund, wir waren schließlich gute Kumpels, aber ich habe einen Käufer gefunden...«
»Wir sind Partner!« knirschte George.
»... und der gerissene Gauner will alles.«
»Sie sind Partner, Mr. Kane. Mein Sohn und Sie...«
»Ich möchte nicht unfreundlich sein, aber wenn du unseren Vertrag durchliest, wirst du feststellen, daß ich das Recht habe, dich jederzeit auszuzahlen.«
Vater und Sohn debattierten hitzig auf deutsch.
»Zehntausend Dollar. Das ist verschenkt. Aber was soll ich machen? Ich stecke in der Klemme.«
»Und wenn mein Vater das Geld aufbringt?«
»Ich würde natürlich lieber an euch verkaufen, aber, Freunde, seien wir realistisch. Woher wollt ihr zehntausend Dollar nehmen –« Duddy machte eine Pause – »innerhalb von zehn Tagen« – noch eine Pause – »in bar?«
Welchselbe Transaktion Duddy mit Kapital versorgte und ihn zugleich von Dr. McCoy's Real Wate-Loss befreite. Und zwar keineswegs zu früh. Denn eine Woche später schon kamen aus Elliot Lake die ersten bedenklichen Berichte herein. Zwei Uranbergarbeiter waren in ausgemergeltem Zustand ins Krankenhaus eingeliefert worden. Duddy, überglücklich, legte den »Star« beiseite, rief seinen Broker an, plazierte gegen dessen Einwände eine dicke Order für Uranaktien und schrieb sodann an drei der radikalsten sozialistischen MPs in Ottawa. Den Zeitungsausschnitt aus dem »Star« fügte er bei. Erst drei Tage waren vergangen, als sich einer der drei indigniert im Parlament zu Wort meldete, eine Suggestivfrage über die Strahlungsgefährdung der Bergleute stellte, und die Aktien begannen, wie Duddy es vorausgesehen hatte, zu fallen.
Ho ha, dachte Duddy, sang unter der Brause und schlüpfte tän-

zelnd in seinen Anzug, als er sich für die Party zu Ehren des ersten Fernsehspiels zurechtmachte, bei dem Jakob Hersch Regie führen sollte. Little Jake, sein Schulfreund – und dessen Name sollte bald auf den Mattscheiben des transkanadischen Fernsehnetzes stehen! »General Motors Theater presents...«

Doug Fraser war da, Jenny war da, sämtliche Mädchen aus der Besetzung und dem Team waren da, und natürlich der schlaksige, strohhaarige Lucas Scott, Esq., immer noch eine Null, bis über die Ohren eingedeckt mit abgelehnten Drehbüchern.

»Na, wie geht's, Shakespeare?« erkundigte sich Duddy strahlend.

»Begehen Sie niemals den Fehler, Ihren Witz mit dem meinen messen zu wollen, Kravitz. Sie haben nicht die geringste Chance.«

Duddy zog sich zurück und gesellte sich zu einer Gruppe, die sich auf dem Fußboden um Hanna geschart hatte. Hanna erzählte Geschichten von Joey. »Er wurde in einer eiskalten Bergarbeiterhütte in Yellowknife geboren, mit Hilfe, falls man es als solche bezeichnen kann, einer polackischen Hebamme...«

Da Jakob mit den *goyischen* Gästen, Scotts reichen Freunden, beschäftigt war und keine Zeit für ihn zu haben schien, machte sich Duddy zeitig davon, um schnell noch einen »Globe« zu kaufen und sich über die letzten Uranbörsenkurse zu informieren. Die einfach traumhaft waren.

Startkapital, dachte Duddy. Wahrhaftig und verzweifelt benötigtes Startkapital.

Denn während der ganzen Zeit hatte Duddy die Arbeit an seinem jüdisch-kanadischen »Who's Who« nicht unterbrochen, eine Arbeit, die immer frustrierender wurde, weil er nämlich dringend ein präsentables Büro, einen beträchtlichen Bankkredit, einen Drucker und Verkaufspersonal brauchte, die er sich jetzt alle zulegen konnte. Und so hatte er nun endlich Zeit, sich auf die Suche nach betuchten Gönnern zu machen, die er sich durch das Versprechen, zehn Prozent seines Profits für jüdische Hilfsorganisationen zu spenden, zu sichern hoffte.

In aller Heimlichkeit wälzte Duddy kanadische Telefonbücher aus dem ganzen Land, brütete über den Gesellschaftskolumnen der Tageszeitungen und der jüdischen Wochenzeitschriften und schrieb sich die Namen jüdischer Prominenter und Geschäftsleute heraus. Auf Jakobs Rat hin beauftragte er einen *schnuk* in Winnipeg, einen von diesen Gedichte fabrizierenden Professoren, mit der Abfassung einer bewegenden, zehntausend Wörter umfassenden Geschichte der jüdischen Verdienste in Kanada, angefangen bei den ersten Siedlern, die im Jahre 1759 mit General Amherst in das Land gekommen waren, darunter der hervorragende Reb Aaron Hart, der Leiter der Commissary (billig kaufen, teuer verkaufen also auch damals schon, sinnierte Duddy), und viele andere, die sich nur einmal kurz orientierten, um sich dann ohne weitere Umschweife sofort in den Pelzhandel zu stürzen. »Und die«, notierte Duddy am Rand, »den bis dato unterentwickelten, doch malerischen *coureurs-de-bois* modernes Marketing-Know-how und die neuesten Verkaufskniffe beibrachten.«

Der Artikel begann mit einem Zitat von keinem geringeren als dem Right Honorable Vincent Massey, Kanadas erstem kanadischen Generalgouverneur, der einräumte, die Juden seien »ein fruchtbares und fruchtbringendes Element« im kanadischen Lebensstrom (soll heißen, wir sind Pferdemist, dachte Duddy), und vermied jeglichen Hinweis auf den Whiskyschmuggel während der Prohibition, die jüdische Navy Gang der zwanziger Jahre sowie die Buchmacher und Spielkasino-Barone der Gegenwart. Ein weiterer Professor wurde beauftragt, eine Lobschrift auf die Medizin zu verfassen, von Maimonides bis Leonard Hyman Jacobson, Torontos freimütigem Kinderpsychologen. Dies sowie Probeseiten aus weiteren Aufsätzen ließ Duddy unter Überschriften in altenglischem Druck auf dem luxuriösesten Papier reproduzieren, das er bekommen konnte, ohne dafür zu bezahlen, einfach, indem er unter dem Vorwand, eine kanadische Konzession für das Papier beantragen zu wollen, aus England Musterrollen anforderte.

Mittlerweile rief Duddy, der, während Schauergeschichten die Runde machten, den Sturz der Uranaktien abgewartet hatte, abermals seinen verdutzten Broker an, kassierte seinen Profit an den Aktien und flog dann in das beunruhigte Ottawa, um den zuständigen Minister aufzusuchen, den er im Schnee vor dem Rideau Club abfing. »Hätten Sie einen Moment Zeit für mich, Sir? Ich müßte etwas mit Ihnen besprechen.«

»Wie bitte?«
»Mein Name ist Kravitz. Ich bin ein persönlicher Freund von Senator Scotts Sohn. Sie wissen schon, dem kommenden Erfolgsautor«, setzte Duddy hinzu, der sich königlich amüsierte.
»Ja.«
»Ich bin in der Lage, Ihnen den wahren Grund für die Erkrankung der Bergleute von Elliot Lake zu nennen. Ich möchte Ihnen diese Information als Ihr langjähriger Bewunderer und als eingeschworener Antikommunist anvertrauen.«
Daheim in Toronto rief Duddy zum drittenmal seinen Broker an und machte mit seinen Investierungen eine Kehrtwendung, indem er ihm eine große Kauforder für Uranaktien auf Optionen erteilte. Seinen Lohn erhielt er, als der selbstzufriedene Minister in Ottawa am folgenden Nachmittag während der Fragestunde aufstand und ums Wort bat.
Der »Globe« brachte die Story am nächsten Morgen auf der Titelseite, und Luke, der sie las, stieß vor Verwunderung einen Piff aus und reichte Jakob die Zeitung hinüber.

MINISTER DECKT SKANDAL UM VERSANDWAREN AUF
Schnellschlankpillen enthalten Bandwurm

»Na, so was!« sagte Luke. »Mir kommen die Tränen. Denn nun werden sie Duddy einsperren und den Schlüssel wegwerfen, und das habe ich ihm nun doch nicht gewünscht.«
»Willst du wetten?«
»Aber da wird er sich niemals rauswinden können, Jakob.«
»Zwanzig Dollar.«
»Gut.«
Wie Duddy nicht anders erwartet hatte, saßen George und sein Vater, als er hereinkam, bebend vor Wut in seinem Vorzimmer. Als Rückendeckung hatten sie einen übereifrigen jungen Mann mitgebracht, der mit den Fingern auf seinem Aktenkoffer einen Trommelwirbel schlug.
»Euer Rechtsverdreher?« erkundigte sich Duddy, der sie zu sich ins Büro winkte.
»Ich bin der Anwalt, falls Sie das mit diesem Ausdruck aus der, wie ich vermeine, Welt des Showbusineß sagen wollten.«

»Azoi.«
»Wie bitte?«
»Wir hätten das doch alles in Ruhe besprechen können, George. Ich muß mich wirklich über dich wundern. Du hast einen Anwalt? Gut, nehme ich mir auch einen Anwalt. Und was passiert? Briefe, Drohungen gehen hin und her, wir kommen nicht weiter, und die sacken immer kräftig ein.«
»Das ist wohl der älteste aller miesen Tricks, den es gibt«, protestierte der junge Mann und sprang auf. »Den Mandanten und seinen Anwalt auseinanderzubringen.«
»Sie sollten lieber mal das hier lesen, Sie Perry Mason.« Duddy schob ihm einen Aktenordner hinüber.
Der Ordner enthielt ein Schreiben an George, in dem er ihn anflehte, nicht Dr. McCoy's Real Wate-Loss zu kaufen, da das im günstigsten Fall ein riskantes Manöver sei, und ein weiteres Schreiben an den New Yorker Hersteller, in dem es hieß, Duddy wünsche, so sensationell die anfänglichen Einnahmen auch gewesen seien, seinen Namen nicht länger mit einem Produkt zu verbinden, von dem er fürchte, es könne dem Verbraucher letztendlich gesundheitlich nicht zum Wohl gereichen.
»Also Sie... Sie hinterhältiges Judenschwein – Sie werden noch von uns hören!«
Duddy schaltete die Sprechanlage ein. »Miss Greenberg«, sagte er mit einem finsteren Blick auf die Visitenkarte des Anwalts, »rufen Sie bitte Seligman von der Anti-Diffamierungsliga an und fragen Sie ihn, wer uns als Anwalt zur Verfügung steht. Danke.« Dann wandte er sich wieder seinen Besuchern zu. »Meine Sekretärin wird Ihnen auf dem Weg hinaus den Namen meines Anwalts mitteilen.«
An diesem Abend blieb Duddy zu Hause, um sich Jakobs Fassung von Lukes erstem Fernsehspiel anzusehen. Sein Urteil stand schon im voraus fest: Es würde die brillante Version des miesesten Stücks aller Zeiten werden. Doch schon bevor der erste Akt vorüber war, mußte er zugeben, daß Lucas Scott, Esq., was das Schreiben betraf, allen anderen Autoren von Toronto noch was vormachen konnte. Es erschien ihm ungerecht, ja sogar pervers, daß er, der von Geburt an alles hatte, nun auch noch so reich begabt sein sollte. Na ja,

möglicherweise starb er jung. Man sollte die Hoffnung nie aufgeben. An der Party, die im Anschluß an die Sendung stattfinden sollte, nahm Duddy, in saurer Stimmung, lieber gar nicht erst teil.
Nach der Party saßen Jakob und Luke im Morgengrauen beisammen und tranken – beide verlegen, weil sie auf die ersten Kritiken warteten. Denn waren sie schlecht, wäre es demütigend für sie, und waren sie gut, wäre es ebensowenig zufriedenstellend, weil es sich ja nur um Toronto handelte. Als daher die Reporter zu den Telefonen rannten, sank Luke immer mehr in sich zusammen, und Jakob tat sein Äußerstes, um möglichst beleidigend zu sein.
Es gab mehr Stücke, größere Triumphe und weitere Nächte, die sich, mit Freundinnen, bis in den Morgen hinzogen, während man die Kritiker, ohne Rücksicht auf das, was sie sagten, schlechtmachte, denn beiden erschien Torontos Beifall noch immer als Stigma. England war es, das ihre Gedanken immer mehr ausfüllte. England, England, sobald die Zeit reif war.
Duddy, der ihnen die gemeinsame Berühmtheit neidete und schmollte, weil er meinte, Jakob habe ihn fallengelassen, zog sich von den beiden zurück und verlor sich immer tiefer in seinen eigenen Träumen.
Das jüdisch-kanadische »Who's Who«.
Jetzt wurde es Zeit, daß Duddy den Köder auswarf.
Eine Testsendung von eintausend Formularen wurde an Ärzte, Zahnärzte, Anwälte und Geschäftsleute im ganzen Land verschickt und die Adressaten gebeten, ohne Verpflichtung ihrerseits Fotografien und Biographien einzusenden. Ihre Namen, so hieß es in dem Begleitschreiben, seien von einem kritischen, sorgsam zusammengestellten Gremium ausgewählt worden, denn in dieses epochemachende Kompendium, das Teil unseres unvergleichlichen jüdischen Erbes zu werden bestimmt sei, könne man sich nicht einkaufen. Jedem Umschlag war ein Bestellcoupon beigefügt, für den Fall, daß der Empfänger sich ein numeriertes, goldgeprägtes Exemplar der begrenzten Erstausgabe (die zweifellos als Sammlerstück doppelten Wert erreichen werde) des jüdisch-kanadischen »Who's Who« reservieren lassen wollte. Oder des »Juden-Who«, wie es im inneren Sanktum der Mount Sinai Press bald genannt wurde.

Einhundertzweiundzwanzig Personen schickten Schecks über fünfundzwanzig Dollar ein, von denen nur achtzehn nicht gedeckt waren, und Duddy eilte zu seiner Bank, wo er drohte, sich an ein anderes Geldinstitut zu wenden, falls man ihm nicht unverzüglich einen höheren Kredit gewähre.

Duddy Kravitz verdiente am Juden-Who legitim fünfzigtausend Dollar; um der alten Zeiten willen ließ er Jakob kostenlos als den bekannten, kommenden Fernsehregisseur eintragen, der bald schon zu größeren und schöneren Aufgaben weiterziehen und jenseits des Großen Teiches sein Talent beweisen werde.

Luke war bereits zu den Eastern Townships aufgebrochen, um seine letzte Woche in Kanada mit seiner Familie am See zu verbringen, Jakob wollte Hanna an seinem letzten Abend in Toronto zum Dinner ausführen, doch Duddy, sagte er, dürfe sich ihnen gern anschließen.

Das tat er, ungeheuer deprimiert bei dem Gedanken, daß Jakob nun fortging, und machte sich daher bald auf den Heimweg, um ganz allein in seiner Wohnung herumzusitzen und zu grübeln.

Auf dem besten Weg zu seiner ersten Million, empfand Duddy dennoch bedrückt, daß seinem Leben etwas ermangelte. Seine hübsch eingerichtete Wohnung mit der eingebauten Bar vor einem von hinten beleuchteten Wandgemälde mit Cancan-Tänzerinnen, ausgestattet mit HiFi und Telefon im Bad, befand sich ständig in chaotischer Unordnung. Überall lagen übelriechende Socken und schmutzige Hemden herum. Im Spülstein türmten sich Töpfe und Pfannen. In den Ecken schrumpften Salamizipfel vor sich hin. Und – am deprimierendsten – er mußte sich immer noch mit Restaurantessen begnügen oder sich etwas aus dem Delikatessengeschäft heraufschicken lassen. Er sehnte sich nach Hausmannskost (Hühnersuppe, *flanken, knishes*) und einer flotten, dennoch aber *haimischen* Frau. Was nützt mir eine Million, dachte er, wenn ich jeden abend allein Dreck essen und dann entweder onanieren muß, um schlafen zu können, oder mir ein hundert Dollar teures Callgirl bestellen, das noch feucht ist vom letzten Freier? Syphträgerinnen. Die Mädchen, bei denen er sich erleichterte, waren das richtige für ein Wochenende in Buffalo, aber nicht so beschaffen, daß er sie im Pine Valley Country Club vorführen konnte.

Hanna, in melancholischer Stimmung, war das ganze Dinner hindurch traurig, obwohl Jakob ihr versicherte, er werde ihr das Ticket für einen Besuch in London bezahlen, vielleicht zur Premiere seines ersten Films, scherzte er.

»Alle verlassen dieses kalte Land. Joey, und nun du.« Und sie erzählte ihm eine Geschichte, die Baruch von seinen Reisen mitgebracht hatte, eine Story, die von einem spanischen Seemann stammte. »Weißt du, woher dieses Land seinen Namen hat? Die Conquistadores in Peru hatten ihn auf eine Landkarte geschrieben. Auf ihrer Karte der beiden Amerikas stand quer über das unerforschte Gebiet der Großen Seen geschrieben: ›*Aquí está nada*‹. Und das wurde später verkürzt auf *aquí nada*. Oder Kanada.«

Baruch. Baruch.

»Wenn er furchtbare Schmerzen hatte«, erzählte sie, »nachdem sein Bein amputiert worden war, hielt ihn nur noch der Haß auf seine Brüder aufrecht. Die werden sich mit Ästen begraben lassen, sagte er, damit sie sich, wenn der Messias kommt, zu ihm hinauf durchbuddeln können. Die werden sich wundern. Ich erlebe es bestimmt noch, daß sie zwei Meter tief unter der Erde verfaulen, schimpfte er, diese verrückten Schweine, und wenn einer von euch etwas von ihnen annimmt, dann könnt ihr machen, daß ihr verschwindet – mitsamt dem Fluch eines alten Mannes.«

Nach der Amputation kehrte Baruch nach Yellowknife, der Zechensiedlung, in der Joey geboren war, zurück, verlor aber alles beim Spekulieren mit Claims.

»Er kam dann vielleicht eine ganze Woche nicht zum Schlafen nach Hause, und ich hörte nicht auf, zu weinen und zu schimpfen. Und wenn er dann schließlich doch heimkam, mit Flaschen und seinen *goyischen* Radaubrüdern, gab er mir einen Klaps auf den Hintern, drückte mir ein blutiges Paket in die Hand und schickte mich, die immer noch weinte, in die Küche, damit ich ihm *traifes*, Bries und Schweinekoteletts machen sollte... Und dann zerrte er Joey aus dem Bett, und Jenny auch, küßte und tätschelte sie und reichte sie von Hand zu Hand. Er zog Joeys Pyjamahose runter, packte ihn und schrie: Da habt ihr mal einen richtigen Schwanz, einen jüdischen Schwanz, und wenn der groß wird, dann versteckt eure Töchter! Er gab Jenny Bier zu trinken und lachte, wenn sie's wieder ausspuckte, und Joey steckte er eine Zigarre in den Mund und zündete sie an ... Und wir mußten alle dabeibleiben, mit seinen Kumpanen trinken und essen, bis er mit einem von ihnen Streit anfing. Es gibt nicht einen unter euch, prahlte er, der diesen einbeinigen Juden hier am Boden festhalten kann. Oder er kippte aus den Latschen, und die anderen Männer, die sich um meinetwillen schämten, verschwanden, indem sie mir Höflichkeiten sagten und mir versicherten, Baruch hätte sie gezwungen, mitzukommen, und er wäre ein toller Kerl.«

Baruch zog mit seiner Familie nach Toronto, wo Arty geboren wurde, und verdiente mühselig und unregelmäßig einen kaum ausreichenden Lebensunterhalt, indem er wertlose Claims und minderwertige Bergbauaktien verhökerte. Er legte sich eine Mätresse zu und begann wieder schwer zu trinken. Joey wurde vom Baron de Hirsch Institute übernommen und in ein Waisenhaus gesteckt. Er riß aus und landete auf der Boy's Farm. Hanna floh nach Montreal, wo sie sich Jakobs Großmutter und Onkel Abe buchstäblich zu Füßen warf.

So wurde Hanna mit ihren drei Kindern, erinnerte sich Jakob jetzt im Zug nach Montreal, in einer lediglich mit kaltem Wasser ausgestatteten Wohnung an der St. Urbain Street untergebracht und mußte von einem Almosen leben.

Jakob verabschiedete sich von seiner Mutter und versprach, regelmäßig aus London zu schreiben. Er suchte den Vater und seine Onkel auf, um sie, die nicht danach gefragt hatten, zu informieren, daß es Hanna gutgehe, und brachte dann das Gespräch auf Baruch, der sich, von seiner Mätresse verlassen, in einer Pension in Torontos Cabbagetown eingemietet hatte.

»Das Geld, das er für Bier und Bohnen brauchte, der Kerl«, erzählte Jakobs Vater lachend und schüttelte den Kopf, »verdiente er sich mit dem Verkauf von Zeitungen vor Bürogebäuden und mit Geschirrspülen in Restaurants. Im Jahre 1946 biß er ins Gras.«

»Ich weiß«, entgegnete Jakob scharf. »Ich bin mir durchaus darüber im klaren.«

Onkel Abe, kürzlich zum Q. C. ernannt und mit noch weiteren Erfolgen in Aussicht, lächelte belustigt. »Du mußt noch viel lernen,

Jakob.« Er tätschelte dem zehnjährigen Irwin den Kopf und setzte hinzu: »Du solltest meinen Sohn hier kennenlernen. Seine Lehrer staunen nur so. Einen Jungen wie ihn haben sie noch nie erlebt. Irwin kann die Namen aller achtundvierzig Staaten von Amerika aufsagen.«

Da ging Jakob hoch. Er beschimpfte seine Onkel, sie seien überheblich, er beschuldigte sie, einen gebrochenen, alten Mann einem einsamen Tod in einer schäbigen Pension überlassen und Cousin Joey, den einzigen Hersch, der im Spanischen Bürgerkrieg gekämpft hatte, sogar noch schlechter behandelt zu haben. Seine Onkel wieherten vor Lachen; hitzig, jedoch verständlicherweise erwiderten sie, daß jeder (nahezu jeder) Hersch bei dem einen oder anderen von ihnen Arbeit bekommen könne, was Jakobs Zorn aber nur noch mehr anfachte. Er warnte sie, er werde irgendwo in England, wo man zuletzt von ihm gehört hatte, oder möglicherweise in Israel auf Joey stoßen. Er werde ihn niemals im Stich lassen, wie seine Onkel es mit Baruch getan hatten. Im Gegenteil, er werde alles tun, was in seiner Macht stehe, um ihm zu helfen.

Und so war Jakob, ohne es recht zu merken, zu Cousin Joeys Advokaten geworden.

DRITTER TEIL

1 Wiehernd bäumt sich der Hengst, zwingt den Reiter, die Sporen zu gebrauchen. Endlich wird er ruhiger. Oben, vom Hochland aus, aufgetaucht aus dichtem Forst, um das Dickicht unten prüfend zu mustern, sucht er die ungekennzeichnete Straße zu finden, die sich zwischen Puerto San Vincente und der Grenzfestung Carlos Antonio López in den Dschungel hineinwindet.
In Frankfurt sitzt der Reiter in der von Richter Hofmeyer geleiteten Verhandlung.
Ein Zeuge erinnert sich an Dr. Mengele.
»Haargenau, wie er dastand, die Daumen in den Pistolengürtel gehängt. Außerdem erinnere ich mich an SS-Hauptsturmführer Dr. König, der in Monowitz, einem Außenlager des Konzentrationslagers Auschwitz, arbeitete, und muß zu seinen Gunsten sagen, daß er sich vorher jedesmal ausgiebig betrank; ebenso Dr. Rohde. Anders dagegen Mengele; der brauchte das nicht, der machte alles in nüchternem Zustand.«
Dr. Mengele hatte Probleme mit dem Frauenblock.
»...Die Frauen schlabberten das Essen wie Hunde; die einzige Wasserstelle befand sich unmittelbar neben der Latrine, und dieses dünne Rinnsal diente gleichzeitig dazu, die Exkremente fortzuspülen. Es standen Frauen da und tranken oder versuchten mit irgendeinem Behältnis ein bißchen Wasser aufzufangen, während gleich daneben ihre Leidensgefährtinnen auf den Latrinen hockten. Und die ganze Zeit wurden sie von Aufseherinnen mit Knüppeln geschlagen. Und SS-Männer gingen auf und ab und sahen zu.«
Leichen und ohnmächtige Frauen wurden von Ratten angefressen.
Die Frauen litten unter Läusen.
»Dann kam Mengele. Er war der erste, der das gesamte Frauenlager von Läusen befreite. Er ließ einfach einen ganzen Block vergasen. Anschließend wurde der Block desinfiziert.«

Mengeles Lieblingsplatz war an der Rampe bei der Abteilung Kanada. Die Kanada-Männer luden Häftlingstransporte aus und sammelten das Gepäck der Neuankömmlinge ein. Uhren, Handtaschen, Wolldecken, Gläser mit Marmelade, Würste, Brot, Mäntel. Die Wertsachen wurden in Lagerhallen aufbewahrt, die den gemeinsamen Namen Kanada trugen, weil dieses Land voll ungeheurer Reichtümer sein sollte.
»Mengele kann nicht die ganze Zeit dabeigewesen sein.«
»Meiner Meinung nach immer. Tag und Nacht.«

2 Als er, nur eine Woche nachdem Ingrid offiziell Anzeige gegen ihn und Harry erstattet hatte, aus einem Traum vom Reiter erwachte, dachte er – keine Angst, Jakob, bald wird Ormsby-Fletcher kommen. Ormsby-Fletcher, sein Trost, seine Hoffnung. Wird eine Bemerkung über das Wetter machen und seinen Bowler auf die Kirchenbank im Vorflur werfen. Dann würden sie sich zu zweit ins Arbeitszimmer zurückziehen, die Niederlagen des Tages analysieren und den Schlachtplan für den nächsten Tag entwerfen.
Ormsby-Fletcher.
Nachdem es sogar Jakob klargeworden war, daß niemand Ingrids Klage verhindern konnte und daß der Fall tatsächlich vor Gericht kommen würde, war sein erster, bestürzter Gedanke, daß er auf gar keinen Fall einen jüdischen Anwalt wollte, keinen flinkzüngigen Rechtsverdreher, der Richter und Staatsanwalt austricksen, Zeugen bei lebendigem Leib fressen, die Geschworenen verärgern und vor dem Gericht so füchsisch-schlau brillieren würde, daß er den Fall letzten Endes verlor. Nein. Man konnte über die *goyim* sagen, was man wollte, aber sie hatten ihr Gutes. Für seine Verteidigung brauchte Jakob einen aufrechten, arbeitsamen Mann. Und so entwarf er Abend für Abend, Kognak im Glas schwenkend, in Gedanken methodisch ein Phantombild seines Champions. Er mußte – nach Art der britischen Oberklasse – unaufdringlich gutaussehend sein, das heißt, nicht perfekt, wie eine unterentwickelte Fotografie. Ohne Pep. Er würde, wie Jakob es sich vorstellte, täglich von einem unberührten Dorf in Surrey (nahe Guildford, 40 Min.

Waterloo) in die City pendeln, aus einem Dorf, wo er am Wochenende die Rosen pflegte und mit seiner pferdegesichtigen Frau das hartnäckige Queckengras bekämpfte. (Wenn es nicht allzuviel verlangt ist, dachte Jakob, mit den Tränen kämpfend, werden wir Ableger tauschen, mein *goy* und ich.) *Er machte sich Sorgen um England.* Aufgewachsen mit der »King James Version«, mit Zitronenlimonade, »Tom Brown's Schooldays«, Hamstern aus Harrods Zoohandlung, Daddys Ceylon-Tee-Aktien, Kaffern, Pfandbriefen, Schokoladen-Abführmitteln und Pflichtbewußtsein, würde er die heutigen Swinger beunruhigend finden. Er würde den Gerichtsbeschluß über »Lady Chatterley's Lover« billigen, aber – wie Jakob hoffte – einwenden, den Roman in Paperbackform herauszugeben und ihn dadurch auch für ungeschulte Köpfe zugänglich zu machen, gehe wohl doch ein wenig zu weit. Er hätte ein gutes, aber kleines Internat besucht, seinen Militärdienst bei einem anständigen Regiment abgeleistet und wäre von dort aus aufs Pembroke in Cambridge (das College seines Vaters) gegangen, bevor er bei einem Anwalt in die Lehre gegeben wurde. Er hätte auf der Universität nicht richtig gepaukt, weil seine nörgelnden Eltern niemals eine derartige Chance gehabt hätten, *oy*, und auch so ganz gut lebten, *oy oy:* Er hätte sich schlecht und recht zum Abschluß durchgewurstelt. Er war ein Tory, aber kein reaktionärer Blimp. Während er zum Beispiel der Meinung war, die Schwarzafrikaner seien für die Autonomie noch nicht weit genug, konnte er sie doch einigermaßen gut verstehen. Seine Frau – »die Pastorentochter«, dachte Jakob laut – bestellte für sonntags einen (weichgeklopften) Braten und streckte den Speisezettel damit geschickt bis Dienstag (Fleischpastete, nicht allzuscharfer Curry aus der Farbbeilage). Spare in der Zeit, dann hast du in der Not. Am Mittwoch begnügten sie sich statt Dinner mit »high tea«, Gurken- und Fleischpasteten-Sandwiches, Brot und Marmelade, während er seinem Sohn bei den Lateinaufgaben half und sie ihrer kleinen Tochter »Mary Poppins« vorlas. Mnnn ... Ach ja, ich weiß! Jakob klatschte in die Hände. Es gab keine Zentralheizung, weil beide so etwas für ungesund hielten. Wenn sie ihre Periode hatte, war er niemals so flegelhaft eigensüchtig, Anspielungen auf alternative Formen der Befriedigung zu machen, sondern brachte ihr eine Schachtel Pralinen mit.

Die Frau meines *goy*, dachte Jakob, ehemals meistgefürchteter linker Flügelmann auf dem Hockeyplatz von Girton, zweimal in Jennifer's Diary erwähnt, fährt ihn an jedem Morgen, er und sie beide angeschnallt, zu seinem Pendlerzug, und – fügte Jakob hinzu – wenn er von meinem Haus aus telefonieren möchte, wird er mir vier Pence anbieten. Wenn sie einen prachtvollen Busen hat, versteckt sie ihn züchtig unter ihrem BH und Kaschmirpullover, ist ihr Hinterteil hinreißend gerundet, wird es in einen sportlichen Tweedrock gezwängt.

Wir unterhalten uns über Politik, mein *goy* und ich, dachte Jakob, und sind uns einig darin, daß Harold Wilson zwar bei weitem zu clever und George Brown nicht gerade der Typ ist, den man zur Königin schickt, beide aber doch eine Chance verdient haben. Jakobs Anwalt würde ebensowenig den Steuerinspektor bestechen wie seine alte Mutter beim Bézique betrügen; und was ist mit dem Kreuzworträtsel in der »Times«? Ja natürlich, das löst er auch. Gewissenhaft.

Perfekt!

Aber wo, ja wo, überlegte Jakob, von seinem Wunschbild begeistert, finde ich einen so lahmen Scheißer? Dann fiel ihm Ormsby-Fletcher ein. Ormsby-Fletcher mit dem steifen Kragen und dem Cherub-Mund, Ormsby-Fletcher, den er auf einer von Lukes Parties kennengelernt hatte, wo er allein und verlassen wie eine leere Bierflasche in einem Winkel des Wohnzimmers saß. »Ich glaube fast«, sagte Ormsby-Fletcher, »daß ich hier der einzige bin, der nichts mit Kunst zu tun hat. Ich bin nämlich Adeles Cousin, wissen Sie.«

Also suchte Jakob Ormsby-Fletchers Telefonnummer heraus und rief ihn in seiner Kanzlei an. »Mr. Ormsby-Fletcher«, begann er, »ich glaube kaum, daß Sie sich noch an mich erinnern. Mein Name ist Jakob Hersch ...«

»Aber sicher erinnere ich mich an Sie.«

»Ich habe da ein Problem.«

»Tut mir leid, aber mit Scheidungen befasse ich mich nicht; ich empfehle Sie jedoch gern an ...«

»Und was ist mit, äh, dem Strafrecht?«

»Ich verstehe«, antwortete Ormsby-Fletcher zögernd, zurückhal-

tend, im Kopf bereits Ausflüchte formulierend, wie Jakob argwöhnte.
»Könnten wir das nicht mal besprechen?« schlug er vor. »Wenn Sie wollen, ganz unverbindlich.«
Sie trafen sich in einem Pub; Jakob erschien zuerst, »Times« und »Punch« auffällig in der Hand. »Ich persönlich hätte gern einen Long Drink«, erklärte Jakob, bereits angeheitert. »Und Sie?« Einen Gin, antwortete Ormsby-Fletcher, und dann ertrug Jakob, während er sich mit ungezählten Doppelten stärkte, tapfer seichtes Geplauder, bevor er selbst zu sagen wagte: »Es fällt vermutlich nicht in Ihr Fach, Mr. Ormsby-Fletcher. Ich hätte Sie nicht belästigen sollen. Es handelt sich nämlich um ein Sexualvergehen.«
Aus Ormsby-Fletchers erdbeerroten Wangen wich das Blut, und unter dem Tisch zog er die langen Beine so eng er nur konnte an seinen Stuhl.
»Moment mal! Ich bin nicht schwul. Es geht um...«
»Wenn Sie vielleicht von vorn beginnen würden...«
Fabelhaft. Also begann Jakob zu sprechen, tastete sich in Spiralen an abstoßende Details heran, bremste unvermittelt, stotterte herum, machte zaghafte Andeutungen, schreckte vor dem qualvollen Augenblick zurück, da er konkrete Einzelheiten berichten mußte, die Krux, die ihn zwang, wenigstens zu Beginn Ausdrücke wie Penis und Penetration zu gebrauchen... Oder, fragte er sich, abermals zögernd, erwartete man von ihm ein direktes, sozusagen koloniales Vokabular? Und dann sicherte sich Ormsby-Fletcher auf ewig Jakobs Zuneigung, indem er erwiderte: »Ich verstehe. Er brachte sie also zu Ihnen ins Zimmer, wo sie aus eigener Initiative Ihren Roger ergriff...«
Meinen Roger, natürlich! »Ja«, antwortete Jakob, vor trunkener Seligkeit strahlend, »dann ergriff dieses Miststück mit der Hand meinen Roger...«
»Aber wenn das so ist, Mr. Hersch...«
Jakob versetzte Ormsby-Fletcher einen kräftigen Schlag auf die Schulter und schenkte ihm einen männlich-herzlichen Freundschaftsblick. »Jakob«, korrigierte er ihn.
»Edward«, reagierte Ormsby-Fletcher ohne Zögern.
Also schüttete Jakob ihm sein Herz aus, öffnete er die Kloakentore.

Vorsichtig, um Harry nicht zu belasten, erzählte er alles. Na ja, fast alles.
»Ich verstehe.«
»Und, Edward?«
»Versprechen kann ich Ihnen nichts, das müssen Sie verstehen; aber ich will sehen, was ich tun kann.«
»Das genügt mir«, erwiderte Jakob, der hoffte, ihn sich damit zu verpflichten.
»Ich würde vorschlagen, Sie kommen gleich morgen früh in meine Kanzlei«, sagte Ormsby-Fletcher, der noch eine letzte Runde bestellte.
»Nein danke. Für mich nicht mehr«, protestierte Jakob, unendlich zufrieden mit sich selbst. »Ich muß noch fahren.«
Dies war, wie sich herausstellen sollte, die erste einer scheinbar endlosen Reihe von Besprechungen in Kanzleien ruinös teurer Anwälte und bei Jakob zu Hause.
Jakob, völlig vernarrt in Ormsby-Fletcher, gewöhnte es sich an, dessen Wünschen sogar zuvorzukommen. Fünf Stück Zucker und etwas Milch, so heiß, daß sie einen fettigen Film auf dem Kaffee erzeugte. Brandy, ja, aber nicht lässig drei Finger hoch in einem Schwenker: sondern nach Art der Briten höchstens einen Fingerhut voll, gerade eben genug, um den Boden des Glases zu bedekken. Ormsby-Fletcher entspannte sich gern bei einer guten Zigarre und klagte über »unsere Insel heutzutage«. »Ich kann mir vorstellen, daß wir in Ihren Augen tatsächlich hoffnungslos unfähig sind...«
»Aber das Leben hier«, entgegnete Jakob mit bedeutungsvoller Miene, »ist soviel kultivierter als in Amerika. Denn schließlich lebt der Mensch nicht von Zeit-Bewegungsstudien allein, oder?«
Ermutigt erkundigte sich Ormsby-Fletcher: »Stimmt es wirklich, daß die Konzerne die Ehefrauen der Manager testen und bewerten?«
»Es ist grauenhaft. Einfach teuflisch!« Jakob schüttelte den Kopf. »Ich könnte Ihnen Sachen erzählen...«
Ormsby-Fletcher lutschte gern Smarties, wenn er an einem Schriftsatz herumknobelte. Selbst von der Sucht nach Glanz beherrscht, redete er sich ein, Jakob stehe mit allen Stars auf freund-

schaftlichem Fuß, und Jakob tat ihm den Gefallen, log auf Teufel komm raus und wiederholte sämtlichen Klatsch aus »Variety«. »Dieser Teufelskerl von Marlon«, begann er eines Abends, ohne zu ahnen, daß Nancy soeben ins Zimmer gekommen war, »jetzt ist er schon wieder ins Fettnäpfchen getreten! Er...«
»Welcher Marlon?« fragte Nancy neugierig.
»Das Baby weint.«
Plötzlich sagte Ormsby-Fletcher: »Wenn's Ihnen nicht zu langweilig ist, wollte ich Sie fragen, ob... Na ja, Pamela meinte, wenn Sie nichts Besseres zu tun haben, könnten Sie vielleicht am Samstag abend zum Dinner zu uns rauskommen.«
»Also, das wäre absolute Spitze«, antwortete Jakob.
Doch er erwachte schlecht gelaunt, von Zweifeln geplagt, und rief Ormsby-Fletcher in seiner Kanzlei an. »Wegen Samstag abend, Edward...«
»Lassen Sie nur, ich weiß schon Bescheid. Es ist Ihnen was dazwischen gekommen.«
»Nein, ganz und gar nicht. Es ist nur... Also, Ihre Frau... Pamela... Weiß sie, wie meine Anklage lautet?« Wird sie mich nicht ekelhaft finden? hatte er eigentlich fragen wollen.
»So etwas dürfen Sie nicht einmal denken, Jakob! Wir erwarten Sie um acht.«
Am Mittwoch morgen kam eine Postkarte, mit einer verschnörkelten Schrift bedeckt und von Pamela Ormsby-Fletcher unterzeichnet. Ob es Speisen gäbe, die der eine oder andere von ihnen nicht vertrage? Also, das nenne ich Manieren, dachte Jakob und antwortete schriftlich, sie vertrügen beide alles. Am nächsten Vormittag rief Ormsby-Fletcher an. »Wissen Sie, es geht nur darum, äh, na ja, gibt es vielleicht gewisse Speisevorschriften...?« Nein, nein, versicherte ihm Jakob. Nur keine Sorge. Doch als er am Samstag abend, Nancy auf dem Beifahrersitz, auf die Kingston-Umgehung einbog, war er dennoch mehr als nur ein bißchen besorgt. »Hör mal, wir wollen heute abend lieber nicht wieder diese überspannte Diskussion über Pantos und Homosexualität anfangen, wo der Hauptdarsteller ein Mädchen ist, ja?«
Das Landhaus der Ormsby-Fletchers, mit Blick auf die Grünanlagen eines unberührten Dorfes in Surrey, übertraf Jakobs ange-

nehmste Phantasievorstellungen. Es war im Georgian-Stil gehalten, mit herrlichen Fenstern und tiefroten Kletterrosen. Nachdem sie in die Zufahrt eingebogen waren, bremste Jakob unmittelbar hinter einem schwarzen Humber mit der Zulassungsnummer EOF I, erleichtert, daß Nancy das Nummernschild nicht gesehen hatte, denn er mochte ihr gegenüber nicht zugeben, daß Edwards Vater, von dem das Original gekauft worden war, Ernest geheißen hatte und daß Edward nur so hieß, weil keine anderen OF-Kombinationen erhältlich waren.

»Hallo, hallo!« wurden sie von Ormsby-Fletcher begrüßt, der sie durchs Haus in den Garten führte.

Floribunda-Rosen. Riesige rosa Hortensien. Üppige Dahlien... Pamela, eine gesträhnte Blondine und sehr hübsch anzusehen, trug ein minikurzes Mary-Quant-Kleid und weiße Häkelstrümpfe. Außer ihnen gab es noch einen anderen Gast, einen rundlichen, leicht zerknitterten Sybariten namens Desmond – er war irgendwas in der City –, der auf der Terrasse saß, wo die Drinks zusammen mit Käsestangen und Kartoffelchips serviert wurden. Plötzlich hielt ein bleicher, stammelnder Knabe namens Edward Jakob ein Buch und einen Bleistift unter die Nase. »Was ist das?« fragte Jakob verblüfft.

»Das ist unser Gästebuch«, erklärte Pamela. »Wenn Sie sich bitte mit Namen und Geburtsdatum eintragen würden...«

Das Au-pair-Mädchen holte Ormsby-Fletchers Jüngsten, einen unangenehmen Dreijährigen namens Eliot, zum Gute-Nacht-Sagen herbei. Nachdem dies erledigt war, begann Pamela übers Theater zu plaudern: Sie war eine begeisterte Anhängerin.

»Wie machen die Schauspieler das nur«, erkundigte sich Desmond bei Jakob, »Abend für Abend, immer wieder dasselbe...?«

»Es sind eben Kinder, begnadete Kinder«, antwortete Jakob triumphierend.

Pamela sprang auf. »Möchte sich jemand die Hände waschen?« fragte sie eifrig.

»Wie bitte?«

Nancy trat Jakob vors Schienbein.

»Ach so – ja. Natürlich.«

Pamela führte Nancy zur Toilette im Erdgeschoß, während Jakob nach oben gewiesen wurde. Als er an Eliots Schlafzimmertür vorbeikam, sah er den Knaben heulend auf dem Töpfchen sitzen. Das Au-pair-Mädchen war bei ihm. »Was hat er denn?« erkundigte sich Jakob.

Das Au-pair-Mädchen blickte erschrocken auf. Anscheinend hatte sie Jakobs Foto in der Zeitung gesehen und kannte die Story. »Er will nicht ohne seine Schlafpuppe ins Bett«, antwortete sie, »aber er will mir nicht sagen, wo er sie hingetan hat.«

Jakob schloß sich im Badezimmer ein und zog das Salami-Roggenbrot-Sandwich aus der Jackentasche, das Nancy vorsorglich für ihn geschmiert hatte. Kauend öffnete er das Apothekenschränkchen, das jedoch keine Geheimnisse enthielt. Anschließend nahm er sich den Wäschekorb vor. Hemden, Socken, dann endlich Pamelas Schlupfer. Feine, schwarze Spitzenhoschen, durchsichtig wie Spinnweben. Ein zierlicher schwarzer BH, zart wie Filigran. Du schlimmes Mädchen, dachte er.

Das Dinner begann mit hartgekochten, halbierten Eiern. Die Hälften waren mit Paprika bestäubt und dann unter dem Grill erhitzt worden, damit ihnen auch noch der letzte Rest Feuchtigkeit entzogen wurde. Pamela huschte von Platz zu Platz und bot feuchten, durchgebogenen Weißbrottoast zu den Eiern an. Jakob spülte sein Ei mit einem Glas warmem, widerlich süßem jugoslawischen Weißwein runter und beobachtete düster, wie Pamela drei Schüsseln hereintrug. Eine enthielt eine zähflüssige Substanz, in der zehennägelgroße Fleischstücke, Walnüsse und glasige Zwiebeln schwammen; die nächste einen Berg trockener, lauwarmer Kartoffeln, und die dritte Tiefkühlerbsen, deren Farbe bereits auslief. Pamela teilte das Fleisch jeweils mit zwei Portionen Kartoffeln und einem Riesenlöffel Erbsen aus und reichte dann wieder den Toast herum.

»Sie sind wirklich eine tüchtige Hausfrau!« lobte Desmond und langte zu.

Als nächstes kam die Käseplatte: nichts als ein Kanten British Railways Cheddar, der unheimlicherweise einem Stück Kernseife glich. Und sogar eine Nachspeise gab es: einen knallroten Klacks Himbeercreme.

Desmond bestritt die Unterhaltung beinahe allein. Die Tories, gestand er ein, schienen im Augenblick erledigt zu sein, eines Tages

jedoch werde ein neuer Volksführer mit Schmiß und Schneid kommen, und der werde dem kleinen, gesichtslosen Mann in Nummer 10 schon den Garaus machen.
»Und jetzt überlassen wir die Herren dem Port, nicht wahr?« verkündete Pamela und führte Nancy zu Jakobs Erstaunen zum Eßzimmer hinaus.
Es gab tatsächlich Portwein. Und Zigarren. Desmond entschuldigte sich für das Fernbleiben seiner Frau. Sie liege im Krankenhaus, erklärte er und fügte hinzu: »Nicht weiter schlimm. Kleine Reparatur an der Installation.«
Ormsby-Fletcher erzählte, als er seinen Militärdienst bei der Wacht am Rhein abgeleistet habe, sei er gelegentlich auf Urlaub nach Hamburg gefahren. »Fabelhafte Gelegenheit, den Docht einzustippen, wissen Sie.«
Entgeistert lehnte sich Jakob im Sessel zurück; Ormsby-Fletcher, dachte er, du böser Bube, den Docht auf der Reeperbahn einzustippen! Und während er selbst sein Gedächtnis nach einer entsprechenden Story durchstöberte, kam Desmond ihm mit einer Anekdote über die Duchess of Newbury zuvor. »In ihrer Hochzeitsnacht«, erzählte er, »wollte der Duke natürlich ein Nümmerchen schieben. Die Duchess konnte, wie sich herausstellte, gar nicht genug davon bekommen. ›Ist dies die Tätigkeit, die man als Ficken bezeichnet?‹ fragte sie schließlich. ›Ja‹, antwortete der Duke. ›Dann‹, meinte sie, ›ist es bei weitem zu schade für's einfache Volk.‹«
Zeit, zu den Damen hinüberzugehen. Jakob entschuldigte sich und begab sich mit rumpelndem Magen auf die Toilette im ersten Stock. Doch als er sich schließlich wieder erhob, um an der Kette zu ziehen, tat sich nichts. Anfangs überraschte ihn das nicht, schließlich kannte er britische Rohrleitungen zur Genüge, aber er zog immer wieder, und es tat sich immer noch nichts. Großer Gott, überlegte Jakob, dem ein dicker, fetter Stuhl ins Gesicht starrte. Was soll ich bloß machen? Ach ja, dachte er und öffnete behutsam die Toilettentür. Im Flur war niemand. Jakob schlüpfte ins benachbarte Badezimmer, fand einen Plastikeimer, füllte ihn mit Wasser, schlich auf Zehenspitzen zur Toilette zurück und kippte den Inhalt in die Schüssel. Jetzt schwamm der Stuhl in Toilettensitzhöhe. Hochflut. Schwein, dachte Jakob. Lüstling. Behaarter Jude.

Warte. Nur keine Panik, dachte Jakob und öffnete das Toilettenfenster. Es gibt eine ganz einfache Lösung. Du wickelst den Stuhl rasch in deine Unterhose, holst weit aus und wirfst ihn in die Rosenbüsche. *Ja, ja*, stimmte Jakob zu, *aber wie soll ich ihn rausholen?* Ist doch dein eigener, oder? Deine eigene Körperausscheidung. Abscheu davor ist bourgeois. *Ja, ja, aber wie soll ich ihn rausholen?* Salonsoldat! Sozialdemokrat! Middlebrow! Nicht in der Lage, dem Leben voll ins Gesicht zu sehen. Alles ist heilig, Jakob. Heilig, heilig. *Ja, aber wie soll ich ihn rausholen?* Mit deiner Unterhose. Schnell! Zip, zoom. Dann ausholen und werfen. Der Hersch-Scheißball, weißt du nicht mehr? Unnachahmlich, nicht zu treffen. In Sekundenschnelle stand Jakob energisch, Jockey-Unterhose in der Hand, über seinen Stuhl gebeugt und zählte: zehn-neun-acht-sieben-sechs-fünf-vier... drei... zwei... anderthalb... eins! ...dreiviertel... *Stimmen im Garten*. Jakob richtete sich erleichtert auf. Ich bin also doch kein Bourgeois-Feigling, dachte er. Eine Sekunde noch, und ich hätt's getan.

Jakob steckte sich ein Zigarillo an. Sie sind also alle wieder draußen auf der Terrasse. Gut, gut, dachte er, stieg in seine Unterhose und stahl sich zur Toilette hinaus, die Treppen hinab in die Parterre-Toilette. *Baruch ato Adonoi*, sagte er zweimal, bevor er die Kette zog. Sie funktionierte. Soll ich wieder raufgehen, den Stuhl holen und...? Nein. Glücklich zog Jakob die Kette ein zweites Mal, geräuschvoll, und begann dann an die Tür zu hämmern. Endlich erschien Ormsby-Fletcher. »Ich kann nicht raus!« schrie Jakob ihm zu.

»Ach, du liebe Zeit!« Ormsby-Fletcher beschrieb Jakob, wie er die Tür aufschließen mußte, und führte ihn dann in den Garten hinaus, wo Pamela Gemälde vorführte. Eine Landschaft. Ein Schiff im Hafen. Ein Porträt. Sie erinnerten Jakob an die Puzzlespiele seiner Kindheit. Alle. Er gab laute, anerkennende Äußerungen von sich.

»Bitte, sagt's ihm nicht!« Und Pamela, platzend vor Mutwillen, wandte sich an Jakob. »Würden Sie sagen, daß die Maler dieser Bilder Talent haben?«

»Absolut.«

»Aber laienhaft?« fragte sie herausfordernd.

verziehen, ein hochgewachsener *goy* mit einer komischen Pelzmütze vor dem Tor. »Die würden glatt über eine Klippe marschieren, wenn man's ihnen befiehlt«, erfuhr er. »Da kannst du mal sehen, was Disziplin ist.« Er sammelte Geld für »Bundles for Britain« und später, in denselben Häusern, abermals Geld zum Einkauf von Waffen für die Hagana. Ein britischer Transportabteilungspilot mit nach oben gezwirbeltem Schnauzbart erschien, um seinem Vater Victory Bonds zu verkaufen. »Die Russen sind im Grunde gar nicht so übel«, behauptete er. »Man muß es doch mal so sehen: Sie haben nie eine Industrierevolution gehabt. Sie packen einhundert Jahre Fortschritt in eine einzige Generation.«

Er war schlecht informiert: Nicht jeder Bewohner der St. Urbain Street war ein Roter.

»In Finnland«, sagte sein Vater, »mußte man sie an die Kanonen ketten. So was ist schlecht für die Kampfmoral.«

England war George Formby, Tommy Farr und Nebel. »Elementar, mein lieber Watson.« Big Ben. Seine Mutter, die mit geschwollenen Augen aus »Mrs. Miniver« nach Hause kam. In Shawbridge, dem sommerlichen Badekaff des Gettos, ertrank am Empire Day ein junges Mädchen, weil es zu viele *latkas* gegessen hatte. Hinter dem Berg, wo ein richtiger See lag, badeten die Nichtjuden. England, das war dort, wo man immerzu Tee trank. Ohne Zitrone. Die Engländer waren die besten Handwerker der Welt. Einmal war einer von uns ihr Premierminister. England, das war Fuchsjagd. G. B. S. Bulldog Drummond. Charles Laughton, wie er ein Hühnerbein über die Schulter wirft. Ed Murrow. »A Nightingale Singing in Berkeley Square.« Und sein eigener schottischer Schulmeister, der sie Tennyson und Scott auswendig lernen ließ. Sie empfanden keinerlei Zugehörigkeit.

Im College, als sie einen anderen Komplex von Ideen zu übernehmen begannen, erschien ihnen England in einem anderen, doch ebenso verzerrten Licht. Ein literarisches Erlebnis. Die empfindsamen Romane von Jane Austen. Anständigkeit, Intelligenz, politische Reife.

England, England. Mit Luke zusammen machte er sich auf, England zu erobern.

Als sie, überdreht vor Begeisterung, an der Reling standen, während das Schiff von Quebec City aus in den sich verbreiternden St. Lawrence hineinsteuerte, sagte Jakob zu Luke: »Junge, Junge! Was wohl in Toronto alles passieren wird.«

»Aufregendes.«

»Und Montreal?«

»Verändert sich.«

Ihre erste Begegnung mit England war das rußgeschwärzte Liverpool. Auf dem Schiffszug staunten sie über riesige Dessertlöffel, Kohlenstaub im lauwarmen Tee und einen Hinweis, der da lautete: »Die Herren werden gebeten, die Brille hochzuklappen.« Als sie mit dem Taxi nach London hineinrollten, erfuhren sie lediglich einen flüchtigen Moment der Unsicherheit, als sie die vielen Erkerfenster zu beiden Seiten der Straße sahen, vor die von innen Toilettentische geschoben waren, um die aufdringliche Sonne zurückzuhalten. Falls sie scheinen sollte.

Sie froren.

An die ersten Wochen in London erinnerte sich Jakob nur als einen nie enden wollenden Kampf gegen die eisige, bis auf die Knochen durchdringende Feuchtigkeit. Als einen Strom von Shillingen in der Gasuhr, weil der sparsame Luke auf dem billigsten Hotel bestand, während sie sich eine Wohnung suchten. Sie absolvierten die vorgeschriebenen, ermüdenden Pilgerreisen zum Britischen Museum, zur Tate Gallery und nach Westminster, wobei sie geringschätzig den Wachwechsel mieden (obwohl sie ihn beide nur zu gern gesehen hätten).

Vorher, in Montreal, hatte Jakob seinen besorgten Verwandten allen Ernstes versichert, ihre Stadt sei eine kulturelle Wüste, ein kolonialer Mitesser, und er machte sich auf, um an der Quelle des Imperiums zu trinken; sobald er jedoch angekommen und sie alle losgeworden war, konnte er nur noch an Mädchen denken. Wo waren die Mädchen? Nehmt mich, haltet mich! Großer Gott, alle, die er in den Pubs entdeckte, waren so entsetzlich pummelig, die vielen Jahre Brot mit Bratenfett, Süßigkeiten und Fischpastetensandwiches, die ihre jungen Körper wie Gift überschwemmt hatten, kamen nun wieder heraus: hier als Schnurrbart, dort als Frostbeule und wie Blei durch die Zähne. Und die eleganten *schiksen* von Belgravia, jene, die er mit den Blicken verschlang, die seit Generatio-

nen ihre tomatengesichtigen Ehemänner (C. Aubrey Smith, Ralph Richardson) davongeschickt hatten, um Indien, Kanada oder Rhodesien zu erobern (oder heimzukehren und, Gott behüte, per Post vier weiße Federn geschickt zu bekommen) – diese unerträglich arrogant wirkenden Weiber, dachte er, werden in mir höchstens den Jungen sehen, der die Avocados von Harrods zu spät liefert.
Innerhalb weniger Wochen fühlte sich Jakob elend. London, so begann er zu glauben, sei nichts weiter als eine gummigraue, deprimierende Großstadt. Wo die Arbeiter entweder klein waren und schwarze Zähne hatten oder so lang und bleich wie hochgeschossener Spargel und mit einer Veranlagung zum Stottern.
Goysville. Fades Weißbrot. Sägemehlscharrer im Pub um die Ecke. Rosenkohl, in lauwarmem, fettigem Wasser schwimmend. Im Windmill Theatre sah er mit Luke eine ältliche Stripperin mit schwabbeligen Schenkeln. Kaum kamen die hektischen Komiker auf die Bühne gesprungen... rissen die Bauern in ihren Tweedkappen, die die ersten beiden Reihen füllten, Streichhölzer an und beugten sich über ihre Pornohefte.

Am ersten Tag nach seiner Ankunft schon, als sich ihm das Straßenpflaster noch immer entgegenhob wie das Deck eines Cunard-Liners, erkundigte er sich im Canada House am Trafalgar Square nach seiner Post.
»Haben Sie was für Hersch?«
»Anfangsbuchstabe des Vornamens?«
»J.«
»Sie sind nicht J. Hersch.«
Gekränkt klatschte Jakob seinen Paß auf den Schalter.
»Ach so! Dann gibt es wahrscheinlich zwei J. Hersch.«
»Können Sie mir die Adresse von diesem anderen J. Hersch geben?« fragte Jakob aufgeregt.
»Ich glaube, der ist nicht mehr in London. Er war seit Monaten schon nicht mehr hier.«
»Hat er eine Nachsendeanschrift hinterlassen?«
»Sind Sie mit ihm verwandt?«
»Ja.«
»Hm, also der war anscheinend schlau genug, keine Adresse zu

hinterlassen.« Das junge Mädchen holte einen von einem Gummiband zusammengehaltenen Packen Briefe hervor. »Überfällige Rechnungen. Eingeschriebene Briefe von seiner Bank. Letzte Mahnungen. Vorladungen. Eine Schande!«
»Dann möchte ich meine Adresse für ihn hier hinterlegen. Nur für den Fall, daß er wieder auftaucht.«
Das junge Mädchen klopfte, während Jakob seine Adresse aufschrieb, ungeduldig mit dem Bleistift auf den Tisch. »Sind Sie gerade erst aus Kanada gekommen?« erkundigte sie sich.
Jakob nickte.
»Auslandsreisende sollten sich als Botschafter des guten Willens für unsere Heimat verstehen. Wir Kanadier sind hier wohlgelitten.«
»Wie Willy Loman. Ich weiß. Aber«, erklärte Jakob, »ich bin rauschgiftsüchtig. Ich bin nur hergekommen, um mich beim staatlichen Gesundheitsdienst eintragen zu lassen.« Damit nahm er sein Paket und zog sich ins Lesezimmer zurück.
Das Paket kam von Jakobs Vater. Ein jüdischer Kalender mit den Feiertagen, die er einhalten sollte, ein Käppchen und ein Gebetbuch. In dem Käppchen steckte ein Zettel: *Write Weekly, not weakly* (was soviel heißt wie: »Schreib wöchentlich, aber nicht lahm«).
Jakob und Luke trafen in London ein, getragen von der Woge eines Fernsehspiels, das Luke in Toronto geschrieben und Jakob dort inszeniert hatte und das im englischen kommerziellen Fernsehen wiederholt werden sollte.
Es war, wie sich herausstellte, selbst für so unerfahrene Kanadier wie sie ein äußerst günstiger Zeitpunkt zur Eroberung des Vereinigten Königreichs. Das kommerzielle Fernsehen gedieh, benötigte jedoch verzweifelt Fachleute. Da Amerikaner, die eine Arbeitserlaubnis brauchten, verboten waren, wurden übereifrige Kolonisten wie Jakob und Luke für derartige Jobs auserwählt. In diesen verrückten, halkyonischen Tagen des direkt übertragenen Fernsehtheaters, da Stücke gewöhnlich zwei Wochen lang geprobt wurden und anschließend zwei Tage Kameraprobe folgten, scheuchten die Kanadier die trägen eingeborenen Kameracrews, beschwatzten sie schmeichelnd am Vormittag, boten ihnen am Abend Bakschisch, bis sie tatsächlich ihre bis dahin statischen Kameras in Bewegung setzten, hier näher herangingen, dort zurückfuh-

ren, imitierten überall den Film, improvisierten vom Regieraum aus, wenn Kamera drei während der Übertragung streikte, und warteten den ganzen nächsten Tag am Telefon erschöpft auf den Ruf von hoch oben, der nicht kam. Von der Heiligen Dreifaltigkeit: MGM, Columbia, Twentieth. Warteten auf die Chance, den Durchbruch zu schaffen.

Bis sich Jakob mit dem Mädchen einließ, das seine Produktionsassistentin war, und eine eigene Wohnung bezog, lebte er mit Luke zusammen in Highgate. In den Doppelhäusern rings umher prangte, wo immer ein Vertreter oder Ladeninhaber florierte, der gestern erst unter dem Mittelklassezaun hindurchgeschlüpft war, keine Aspidistra, sondern ein Tory-Plakat im Fenster, das Symbol atemloser Ankunft, gerade als Sir Anthony Eden seine Partei in eine Wahl führte. Überzeugt, es werde nun Zeit, daß er sich ganz in das Leben seiner Adoptivheimat integrierte, eilte Jakob zum zuständigen Büro der Labour Party, um sich freiwillig zur Mitarbeit zu melden – in der heimlichen Erwartung, die traumhafteste kleine – leider Gottes sexbesessene – Wahlhelferin in diesem Büro werde in Anbetracht seiner wachsenden Reputation auf der Stelle seinen Namen erkennen (»Doch, ich bin *der* Hersch«), und man werde ihn bitten, einen parteipolitischen Film fürs Fernsehen zu inszenieren, der Hugh ins Amt hievte, so daß alle vor einem Rätsel standen, als er sich als das große Licht der Hampstead-Gruppe entpuppte.

»Doch, es ist mir klar, daß es ein sicherer Job ist. Ich bin nicht undankbar, Hugh. Aber...«

Das abblätternde Büro der Labour Party, ein bankrotter, auf Zeit gemieteter Waschsalon, war menschenleer bis auf eine korpulente Dame mittleren Alters im Tweedkostüm. »Ja?« fragte sie barsch. »Was wollen Sie?«

Entmutigt erkundigte sich Jakob dennoch, ob es irgend etwas gebe, bei dem er behilflich sein könne.

»Kennen Sie meinen Sohn?« verlangte sie zu wissen. »Kennen Sie ihn persönlich?«

Ihr Sohn war der Kandidat. »Nein«, gestand er.

»Warum wollen Sie uns dann helfen?«

»Ich bin Labour-Sympathisant«, antwortete Jakob, schon auf dem Rückzug.

»Aha. Nun, ich weiß nicht recht...« Sie flatterte umher wie eine aufgescheuchte Henne und stürzte sich schließlich auf einen Stoß Flugblätter. »Könnte vielleicht nicht schaden, wenn Sie die hier auf die Briefkästen verteilen...«

Allmählich arbeitete sich Jakob von lärmenden Bottle-Parties zu feinen Dinnereinladungen empor, zu Visitenkarten, die auf dem Kaminsims ausgelegt waren, damit sie von den Minderwertigen, den Uneingeladenen auch gesehen wurden. Er inszenierte, Luke schrieb. Innerhalb eines Jahres waren sie die Lieblinge des Pantoffelkinos geworden und begannen zum Zeitvertreib an ihrem parodistischen Drehbuch »Die braven Briten« zu schreiben.

Jakob aß regelmäßiig in der Partisan Coffee Bar in der Carlisle Street zu Mittag, obwohl sein Revanchisten-Magen gegen das militante Irish Stew rebellierte. Zusammen mit Luke stand er am Ostermorgen 1957 in staunender Bereitschaft, als Canon Collins die Marschkolonne der Atomgegner wieder einmal auf den Trafalgar Square führte.

Als der Ruf von hoch oben endlich kam, erging er weder von der Columbia noch von der MGM oder der Twentieth Century-Fox. Und es war auch nicht Jakob, den sie wollten, sondern Luke. Ein Stück, das er dem Royal Court vorgelegt hatte – umgeschrieben, nachdem Jakob es für das kanadische Fernsehen inszeniert hatte –, war zur Produktion angenommen worden. Zu diesem Zeitpunkt geschah es auch, daß die beiden Freunde, scheinbar unzertrennliche Partner, plötzlich auseinandergerieten, und zwar aufgrund der Variante eines Leidens, das für die kanadischen Künstler ihrer Generation typisch war: eines vorübergehenden Aussetzens im Glauben an den wirklichen, nicht den nationalen Handelswert des anderen. Sie waren, *pace* Auden, aus der tiefsten Provinz gekommen, von einem Ort, der niemals Kunst hervorgebracht und die Selbstablehnung über alles andere gestellt hatte. Sie waren Produkte eines zweifach abgelehnten Landes. Von Anfang an hatten die beiden Gründerrassen Kanadas, die Engländer und die Franzosen, einander überboten in dem Bestreben, sie voller Verachtung zu enterben. Ein paar Arpents Schnee, schrieb Voltaire geringschätzig, und Dr. Johnson tat das Dominion ab als »eine Region, in der nichts zu holen war, als Pelze und Fische«.

Jakob, Luke und andere aus ihrer Generation wurden in dem Glauben an die kulturelle Dünnflüssigkeit ihres eigenen Blutes erzogen. Anämie war ihr Erbe. So wie gewisse Homosexuelle anderen zuvorkamen, indem sie die häßlichsten Anti-Schwulen-Witze erzählten, so schützten sich Jakob und Luke vor der Lächerlichkeit, indem sie selbst Spottgeschichten erzählten. Sie hatten nur eine einzige Gewißheit: daß alle eingeborenen Kulturstandards, die man ihnen anerzogen hatte, von allen als Witz betrachtet wurden. Im Ausland konnte man nationalen Ruhm niemals erwähnen, ohne sich gleichzeitig zu entschuldigen.

Dahintreibend in einem kosmopolitischen Strom widersprüchlicher Mythologien, hatten nur sie keine eigene. In den Kreisen unzufriedener Commonwealth-Typen in London neigten sie dazu, ihnen ihre echten Nöte zu neiden. Südafrikaner und Rhodesier, bona-fide-Flüchtlinge vor der Tyrannei, die gekommen waren, im Exil das Banner der Menschlichkeit zu erheben; Australier, die sich auf Vorfahren berufen konnten, die man als Insassen von Sträflingsschiffen verbannt hatte; und Westinder, bewaffnet mit dem schlimmsten Greuel überhaupt, dem Bewußtsein, daß ihre Großeltern auf dem Markt verkauft worden waren. Was sie nicht begriffen, das war die ironische Wahrheit, die in Sir Wilfred Lauriers prahlerischer Voraussage lag, das zwanzigste Jahrhundert werde Kanada gehören. Denn inmitten so vieler vor der Tyrannei des neunzehnten Jahrhunderts Geflohener, Erben von Ungerechtigkeiten, die politisch tatsächlich gutzumachen waren, Menschen, die sich konstruktivem Zorn hingaben, waren überraschenderweise nur die Kanadier echte Kinder ihrer Zeit. Nur sie hatten ihre Koffer gepackt und die Heimat verlassen, um der Höhle der Langeweile zu entkommen. Und hatten sie überall wiedergefunden.

Als der Ruf von hoch oben endlich erging, kochte Jakobs Freundin zur Feier des Tages ein besonders schönes Essen. Nachdem sie sich dann zurückgezogen hatte, wurde die Lage der beiden Freunde peinlich. Luke befand sich in innerem Zwiespalt. Er war bereit, Jakob sein Stück am Royal Court inszenieren zu lassen, falls er – höchst unwahrscheinlich – darauf bestand, er wollte ihn jedoch nicht darum bitten. Luke glaubte an Jakobs Talent, obwohl es in Kanada geformt worden war; er hatte eine tiefere Beziehung zu ihm als es bei einem anderen Regisseur je möglich sein würde, und doch... und doch... sehnte er sich nun, da ihm die erste große Chance für einen Durchbruch geboten und er von starken Zweifeln an sich selbst gequält wurde, nach Bestätigung durch einen Menschen, den er nicht kannte. Einen Berühmten. Einen echten, einen Engländer. Jakob, neben ihm, beschäftigte sich in Gedanken schon mit der Besetzung und dachte gerade über den zweiten Akt nach, als ihm mit schwerem Herzen klar wurde, daß Luke, der sich unbewußt abbittend verhielt, mit einem anderen Regisseur glücklicher sein würde.

Anfänglich beabsichtigte Jakob nicht, Luke so leicht von der Angel zu lassen. Zapple nur, Baby. Leide. An der Peripherie herumtastend, ohne sich dem Problem zu stellen, warteten die beiden Freunde, bis einer von ihnen es nicht mehr aushielt. Der eine bat nicht, der andere erbot sich nicht. Verzweifelt flüchteten sie sich in Reminiszenzen, wo sie zu ihrer Überraschung jedoch keine heilsame Wärme fanden, sondern unerwartete Ressentiments. Schließlich hatte Jakob die Nase voll.

»Ich hätte es dir gleich sagen sollen, Luke, aber so gern ich dein Stück inszenieren würde – ich habe leider keine Zeit.«

»Ach so.«

»Es ist ein wunderbares Stück. Das war schon immer meine Meinung. Aber ich muß auch an meine eigene Karriere denken, findest du nicht?«

Luke zuckte mißtrauisch zurück.

»Ich habe dein Stück schon in Toronto inszeniert. Ich würde mich nur wiederholen.«

So konnte der große, magere, strohblonde Luke, an seiner Brille fingernd, die Wohnung verlassen – nicht geplagt von Gewissensbissen, wie er sie betreten hatte, sondern auf erfrischende Weise zornig, denn er hatte bereits begonnen, sich einzureden, Jakob hätte das Stück ohne weiteres haben können, er habe es nur nicht inszenieren wollen. Er war traurig, er war wütend, aber er war auch ungeheuer erleichtert. Er glaubte mit einem britischen Regisseur eine bessere Erfolgschance zu haben, glaubte sein neues, riskantes Unterfangen höchstens behindert durch einen geschätzten Freund, der dennoch nichts weiter war als auch ein Kanadier und daher eine ständige Mahnung an seine unbedeutende Herkunft. Trotzdem konnte der Zorn Luke nicht auf dem ganzen Heimweg den Rükken stärken. Als er ins Bett kroch, kam er sich mies vor, war er bestürzt über die eigene Verschlagenheit.

Jakob hingegen, verletzt und empört, trank allein weiter, denn sein bester Freund hatte sein Talent gewogen und für zu leicht befunden. Und doch... und doch... mußte er widerstrebend zugeben, daß er sich in einem dunklen, geheimen Winkel seines Bewußtseins darüber wunderte, daß das Royal Court ein kanadisches Stück, auch wenn es von Luke war, für gut genug hielt, es herauszubringen. Außerdem war er erleichtert darüber, daß sein eigener erster Versuch auf einer britischen Bühne nicht ausgerechnet ein kanadisches Stück sein würde. Aufgrund seiner Erziehung und bitterer Erfahrungen vermutete er, daß nichts Kanadisches wirklich gut genug sein könnte. Er selber nahm an, das Stück des armen alten Luke werde zwar nicht gerade durchfallen, aber eben auch kein Erfolg werden. Es werde mit kurzen, allesamt gleichermaßen herablassenden Notizen am Fuß der Kolumne anlaufen, sechs Wochen vor halbvollem Haus weiterspielen und, als vielversprechender erster Versuch abgestempelt, irgendwo im Mittelgrund verblassen.

Innerhalb der kanadischen Kolonie entstand mehr Skepsis denn Neid, als Luke verkündete, man habe sein Stück Timothy Nash geschickt, einem jungen Regisseur, der erst vor zwei Jahren aus Cambridge gekommen war, sich aber bereits eines sagenhaften Rufes erfreute.

»Machen Sie sich nur keine Hoffnungen«, warnte ihn ein anderer Autor genüßlich. Und wieder ein anderer meinte: »Das ist doch außerordentlich ermutigend. Zwar ist Ihr Stück nicht fertig und Nash wird viel zu stark überbewertet, aber...«

Nash las das Stück zu Lukes Verwunderung innerhalb von vierzehn Tagen und bestellte ihn zu einer Besprechung. Der einzige Freund, mit dem Luke sich zuvor beraten wollte, war Jakob, aber er wußte, daß das nicht richtig sein würde, vor allem in Anbetracht seiner eigenen, rückhaltlosen Begeisterung. Also verbrachte Luke den Abend allein und las sein Stück unglücklicherweise noch einmal durch. Es kam ihm geschwätzig vor, unreif und peinlich, als hätte er nicht schon Angst genug vor der morgigen Zusammenkunft mit Nash.

»Ihr S-S-Stück ist 'n Hammer, M-M-Mann. Ich s-s-steh drauf. Hab schon seit Jahren n-n-nichts mehr gehabt, was mich so angem-m-macht hat.«

Nimm dein Stück und mach dich davon, dachte Luke – sofort –, aber er tat es nicht. Er konnte nicht. Er war viel zu geblendet von Timothy und Lady Samantha und mehr als nur ein bißchen dankbar für Jakobs Abwesenheit, die es ihm gestattete, Nash ungestraft zu schmeicheln.

Doch wenn nicht damals, dachte Luke, hätte ich eindeutig spätestens dann Schluß machen sollen, als Nash voll Eitelkeit mit den Proben begann und es mit entsetzlicher Deutlichkeit klar wude, daß er seinen Ruf nicht verdient hatte. Er war ein Hochstapler, wenn auch ein bestrickender. Luke war jedoch realistisch genug, um einzusehen, daß Nashs Mitarbeit seinem Stück Glanz verlieh. Was möglicherweise nichts weiter als eine von vielen Premieren geworden wäre, erlangte durch ihn die Dimensionen eines großen Ereignisses. Nash bekam nicht nur erstklassige Schauspieler, die sonst unerschwinglich teuer gewesen wären, sondern er holte mit einem Wink seines Zauberstabs auch die Fleet-Street-Kolumnisten aus dem El Vino's und die Zusage des begehrtesten West-End-Theaters, sollte das Stück von einem anderen Haus übernommen werden.

Übernommen? Luke, immer deprimierter vom Fortgang der Proben, wünschte sich schon bald, sein Stück würde niemals anlaufen. Er ging mit seinen Befürchtungen – und seiner unausgesprochenen Reue – zu Jakob und bewog ihn, ohne ihn direkt zu bitten, sich mal eine Probe anzusehen, mit ihm, wie in der Toronto-Zeit, in der hintersten Reihe zu lümmeln. Jakob machte sich ausgiebig Notizen, hockte die ganze Nacht mit Luke zusammen, durchkämmte immer wieder das Rollenbuch und erschien sowohl am folgenden als auch am übernächsten Abend. Dann packte Luke Nash in seinem lammfellgefütterten Wildledermantel, ging mit ihm ins »Etoile« essen und pumpte ihn mit übertriebenen Schmeicheleien voll, um ihn anschließend mit ein paar ganz scharfen Spitzen zu durchbohren. Sein Hammer, Jakobs Nägel.

Am Premierenabend ging Jakob, mit einstudierten Antworten von einmaliger Großmütigkeit bewaffnet, ins Royal Court, um mitzuleiden, wurde jedoch überredet, anschließend noch dortzubleiben und Lukes unbestreitbaren Erfolg zu feiern. Mürrisch und neidgeplagt, nach außen jedoch Freude heuchelnd, hielt er sich hinter der Bühne von Luke fern, weil er ihn nicht mit Beschlag belegen wollte wie die anderen alten Bekannten, grüne TV-Typen, unzufriedene Kanadier, in Lukes Nähe allesamt voll der schönsten Lobhudeleien, sobald jedoch an die Peripherie gedrängt, eher zum bösartigen Kritisieren geneigt.
»Derivativ, findest du nicht?«
»Tynan wird's wohl gefallen, weil's links ist. Aber sonst...«
Hochrot und kettenrauchend, eindeutig schwankend, trotz allem aber in bester Form, wurde Luke von jener Art Leute belagert, die – waren sie ihnen bisher auf Parties vorgestellt worden – sofort Ausreden erfunden, die Flucht ergriffen, sich entschuldigt hatten, um lieber der Berühmtheit zu huldigen, die an dem Abend gerade gefeiert wurde. Produzenten und Agenten, Journalisten und atemlose, seidenweiche Mädchen. Gelassen machte sich Luke von ihnen frei, ließ alle stehen und kam zu Jakob.
»Du gehst doch mit zur Party, nicht wahr?«
»Sicher.«
Der Produzent des Stücks stürzte sich auf Luke und zog ihn am Arm. »Warte auf mich!« rief Luke Jakob zu.
Jakob aber brach lieber gleich auf und war der erste, der bei den Nashs eintraf.
Die Adresse in Fulham, sagte er sich, als er noch mal ein Stück zurückging, um sich das Straßenschild genauer anzusehen, kann einfach nicht stimmen. Ein übler Scherz. Diese verwahrloste, putzbröckelnde Reihe durchsackender Terrassenhäuser – eine alte Frau, die in Pantoffeln die Straße entlangschlurfte, ein MacFisheries, ein ABC, ein Schlachterladen, das Schaufenster voll argentinischem Rindfleisch – sprach von generationenlang durchlittener Armut. In jedem Garten ein Mittelbeet mit staubverkrusteten Hortensien. Und durch den Smog am Fluß des Hügels das hoch aufragende Gaswerk.
Die Tür wurde jedoch von einem gertenschlanken jungen Mäd-

chen in Torero-Hose und mit großen, nackten Füßen geöffnet. »Sie müssen Jakob Hersch sein«, sagte sie mit rauhem South-Ken-Akzent.

Die eine Wohnzimmerwand war mit dunkelbraunem Kork verkleidet, eine andere von dem riesigen John-Bratby-Gemälde einer dikken Frau beherrscht, die auf einer Toilette hockte. Manifestation der Küchen-Ausguß-Schule.

»Möchten Sie einen Drink?«

»Ja gern, Lady Samantha.«

»Sam, bitte.«

Elegante Lederpuffs, hier weiß, dort schwarz, auf Inseln aus tibetanischem Lammfell. Innerhalb von Minuten wimmelte das Haus von Glückwünschenden, und Timothy Nash, ein kleines, schmächtiges Händchenvoll, stürzte sich sofort auf Jakob. Eine schwarze Haarlocke hing ihm in die Stirn. Unter der Cordjacke trug er ein T-Shirt, dazu verschossene Jeans und Turnschuhe, der Aktenkoffer aber, den er über den Fußboden schliddern ließ, war von Gucci. »Luke redet immerzu nur von Ihnen«, erklärte Nash. »Ich bin ganz *m-m-meschgugge* nach den Sachen, die Sie im Fernsehen gemacht haben.«

»Meschugge«, berichtigte ihn Jakob.

Schließlich wurde ein Wagen zur Fleet Street geschickt, um stapelweise Morgenzeitungen zu holen. Die Kritiken klangen alle gut. »Okay, jetzt können wir abhauen.« Luke war anscheinend rundum zufrieden.

Also verließen sie, bewaffnet mit Champagnerflaschen und Räucherlachs-Sandwiches, die sie in der Küche stibitzt hatten, Lady Samanthas Wohnung. Fünf Uhr früh und immer noch dunkel, die Winterluft eisig prickelnd. Hier und da Krokusköpfchen, die durch die Kälte emporlugten. Ein Lastwagen ratterte mit vergitterten, matt leuchtenden Scheinwerfern die Fulham Road entlang. Draußen vor einem Schlachterladen beugte sich ein Mann in blutverschmiertem weißen Kittel unter der Last einer Rinderseite. Im Zeitungsgeschäft gleich nebenan sortierte eine dicke Frau, die Augen vor der brennenden Zigarette in ihrem Mund zugekniffen, die Morgenzeitungen. Lukes Kopf begann zu nicken, sank immer tiefer. Jakob versetzte ihm einen Stoß und gab ihm die Flasche. Jetzt

umrundeten sie die Hyde Park Corner; die Wasserwagen erschienen schon und spritzten die dunklen Straßen sauber.
»Im Sommer«, sagte Jakob, »als wir noch Kinder waren, in Montreal, liefen wir denen immer nach und sprangen im Spritzwasser herum.«
»Montreal, P. Q. Das hieß bei uns in Toronto Piss Quick.«
»Und was heißt P. L. P.?«
»Public Leaning Post. Und W. H. D.?«
»Wandering Hand Disease.«
»Ach, Gertie McCormick, du mit den Baumwollhöschen, wo bist du geblieben?«
Schließlich erreichten sie Lukes Wohnung in Swiss Cottage, zündeten alle Gasheizungen an und rieben sich die kalten Hände.
»Was machen wir eigentlich in diesem komischen Land?« fragte Luke.
»Wir lernen Kultur.«
»Sehr richtig, Hersch.«
»Nur weiter so, Scott. Und jetzt sei ein guter Junge und gib mir noch 'n bißchen Schampus, ja?«
Luke las noch einmal die Kritiken vor, genoß die Erinnerung an jede einzelne Toronto-Beleidigung, die er hatte einstecken müssen, vergaß auch nicht seine Intimfeinde in London, stellte sich jeden einzelnen vor, wie er erwachte, nur um diese Zeitungen zu lesen, auf daß ihm der Tag gründlich verdorben sei.
»Du wirst jetzt ein richtiger Großmogul«, sagte Jakob.
»Das ist doch *m-m-meschgg-g-gugge*. Verdammt noch mal, ich werde Hanna rüberholen! Ich schicke ihr die Flugkarte nach London.«
»He, großartige Idee!« Innerlich kochte Jakob. Denn das war *sein* Traum. Er wollte Hanna am Tag seines Triumphs nach London holen.
Jakob saß auf dem Fensterbrett. Draußen zerrte eine schlechtgelaunte Mutter einen schniefenden Fünfjährigen hinter sich her. Der Junge stolperte und fiel aufs Pflaster; die Mutter schimpfte laut mit ihm. Er begann zu heulen. Impulsiv schob Jakob das Fenster hoch.
»Lassen Sie den Jungen in Ruhe!« brüllte er.
Die Mutter hob verblüfft den Kopf.
»Lassen Sie ihn«, wiederholte Jakob und schloß das Fenster. Dann

wandte er sich an Luke. »Weißt du, ich werde jetzt bald dreißig. In zwei Monaten. Dreißig Jahre bin ich dann alt.«
Sie setzten sich zum Frühstück an den Tisch. Luke goß Wodka in Jakobs Orangensaft und rührte mit dem Gabelstiel um, bevor er dem Freund das Glas reichte.
»Nicht alle Kandidaten kommen durch«, sagte Jakob.
»Was?«
»Auden.«
Als das Telefon schrillte, war es Tanfield's Diary. »The Daily Mail.«
»Ja«, sagte Luke. »Ich verstehe.«
Er warf einen Blick zu Jakob hinüber, plötzlich eine in sich zusammengesunkene, tieftraurige Gestalt, und beschloß, um der alten Zeiten willen, noch einmal den Tribut zu entrichten, zurückzugreifen auf ihre ehemals bilderstürmende Regel. Ihren gemeinsamen, jungenhaften Haß auf Hochstapler. »Beim Schreiben trage ich gewöhnlich meinen Hausmantel von Hardy Amies«, berichtete er dem »Tanfield's Diary«. »Exzentrische Gewohnheiten? Ach ja, ich liebe Spaziergänge im Regen. Außerdem fahre ich wahnsinnig gern mit nackten Füßen Auto.«
Jakob spürte, daß Luke ihm etwas Gutes antun wollte, sah aber zugleich, daß die Munterkeit seines Freundes gespielt war. Kaum hatte er aufgelegt, bereute er diese Geste schon, weil sie so unpraktisch war. Als das Telefon abermals schrillte – diesmal der »Evening Standard« –, schlug Jakob vor, Luke solle das Gespräch im Nebenzimmer führen.
Der nächste Anruf kam von der »Canadian Press«, die kaum eine Rolle spielte. »Einen Moment bitte«, sagte Luke und gab den Hörer an Jakob weiter. »Für Sie, Mr. Scott.«
»Nein«, erwiderte Jakob. »Ich habe keine Lust, Spielchen zu treiben.«
Jakobs Kopf dröhnte, sein Hals war rauh. Lukes Augen brannten, es juckte ihn überall.
»Ist dir klar«, sagte Luke, »daß die Hockeysaison schon halb vorüber ist und wir noch keine Wette placiert haben?«
»Vielleicht sollten wir dieses Jahr aussetzen.«
Lukes Agent rief an, er habe für morgen vormittag einen Termin mit einer Steuerberatungskanzlei verabredet, und anschließend rief

er noch mal an, um Luke zu sagen, am Dienstag finde ein Lunch mit der »Columbia« im Mirabelle statt, und »United Artists« habe ein Buch, das er unbedingt sofort lesen müsse.
Am Mittwoch flog Luke nach New York, erster Klasse, alle Spesen bezahlt, um Verhandlungen über eine Broadway-Produktion seines Stückes zu führen und weitere Angebote zu prüfen.
Jakob, allein gelassen, war ernüchtert. Er mußte Drehbücher lesen, Termine einhalten, statt dessen jedoch schlief er morgens lange, stellte Listen auf, las Zeitschriften.
Die Kritiken des Stückes in den vornehmen Sonntagszeitungen ärgerten ihn noch viel mehr. Auf Lobpreisungen war er gefaßt gewesen, nicht aber auf den Ruhm, den diese Inszenierung Timothy Nash einbrachte. Nash, von dem ein Kritiker schrieb, er habe mit diesem Stück einen großen Schritt vorwärts getan, ein zuweilen etwas großspuriges Talent, das zum erstenmal von innerer Sicherheit emporgetragen worden sei. Auf den Flügeln von Jakob Hersch, dachte Jakob.
Irgendwie war er wohltuend, äußerst wohltuend, dieser gezwungenermaßen heimliche Triumph, den Jakob genoß, vor allem in Anbetracht des Mangels an Vertrauen, den Luke ihm gegenüber anfangs gezeigt hatte, aber er konnte schließlich nicht wie ein »Ancient Mariner« herumlaufen und protestieren, die besten Einfälle seien nicht von Nash, sondern von ihm. Jakob hatte die schäbigen Zuträger von Inside-Stories, die für die Branche typisch waren, schon immer verabscheut. Der unbekannte, kurzsichtige Filmcutter, der den Film des bekannten Regisseurs gerettet hatte; der Verlagslektor, der in seinem Wohnschlafzimmer in Camden Town die ganze Nacht hindurch geschuftet und aus dem endlosen, unvollständigen Manuskript eines zu unrecht gefeierten Autors den Bestseller zusammengeschustert hatte; der begabte, aber naive junge Mitarbeiter, den man um die verdiente Anerkennung brachte. Die wirklichen Macher, wenn nur endlich die Wahrheit gesagt würde. Die emsigen kleinen Clem Attlees hinter den großen, stolzen Churchills.
Nicht zum erstenmal mußte Jakob an den zerknitterten Sportjournalisten denken, mit dem er so gern im Men's Press Club von Montreal getrunken hatte; den Mann, der ihm von einem ehemaligen

Pitcher der Montreal Royals erzählte, einem außergewöhnlich vielversprechenden Landarbeiter, dem es, als er seine Chance in der Oberliga bei den Brooklyn Dodgers bekam, ohne eigene Schuld nicht gelungen war, in die Startrotation hineinzukommen. Unerklärlicherweise konnte das Team keine Läufe für ihn herausholen. Wenn er am Abwurf war, stolperten sie im Feld fast übereinander. Der Werfer, zu den Royals zurückgekehrt, weigerte sich, in Bitterkeit zu versinken. »In diesem Spiel«, erklärte er dem Sportjournalisten, »schafft man's, oder man schafft es nicht.«
Ja, dachte Jakob. Ja, allerdings. Oder du bleibst ewig Landarbeiter.

Nach einer Abwesenheit von acht Tagen kehrte Luke völlig überwältigt aus New York zurück.
»Hör dir das an, Jakob! Es ist verrückt. Die haben mir eine Limousine zum Flughafen geschickt, einen schwarzen Cadillac mit Telefon. Die ganze Zeit mußte ich immer nur daran denken, daß ich unbedingt jemanden anrufen müßte, aber wer hätte mir wohl geglaubt, daß ich von einem Auto aus telefoniere, das die Madison Avenue entlangfährt? Sie hatten mich im Essex untergebracht, in einer Suite mit Blick auf den Park, und bevor ich überhaupt Zeit zum Pinkeln hatte, wimmelte alles von diesen Leuten von der Agency. Ich zückte 'ne Zigarette, und schon kam ein Yaley mit 'nem Aschenbecher. Ich streckte die Hand aus, und Miss Colgate drückte mir 'n Martini rein. Alles redete *cocka mamy*...«
»*Was* reden sie?« unterbrach Jakob ihn gehässigerweise, denn das Wort war ihm durchaus bekannt. Er hatte es bei einem Hollywood-Agenten gehört.
Luke erklärte es ihm, dann fuhr er fort: »Jedenfalls, an meinem ersten Abend gibt er eine phantastische Dinnerparty. Er wohnt natürlich in einer von diesen Eigentumswohnungen auf der East Side. Wo Truman Capote wohnt und ein paar Kennedys. Vollgestopft mit Antiquitäten, chinesische Jade und Erstausgaben, der Hund liest überhaupt nichts außer den Exposés. Im Wohnzimmer hängt ein Chagall, und am Fenster steht was von Giacometti. Gleich als ich reinkomme, flüsterte er mir ins Ohr, sehen Sie das Mädchen da drüben? Ob ich die sehe? Mann, die ist überhaupt das erste, was

mir ins Auge fällt. Rekelt sich auf der Armlehne vom Sofa. Also, sagt er, die ist für Sie, zum Ficken, Bißchen grob, findest du nicht?«

»Ja«, antwortete Jakob, grün vor Neid.

»Und dabei bin ich restlos kaputt. Jedenfalls, beim Dinner belabert er mich ununterbrochen, daß ich ein Originaldrehbuch schreiben soll, für...« Hier nannte er den Namen des Stars, den der Produzent unter Vertrag hatte. »Der hat mich regelrecht terrorisiert, ehrlich, wo doch alle dabei waren. Zu acht saßen wir am Tisch. Hören Sie, sagte ich, ich schreibe nicht für Schauspielerinnen. Zu der Sorte Autor gehöre ich nicht. Wenn ich was schreibe, und es paßt, na schön, Glück gehabt, aber anfangen kann ich mit der Schauspielerin nicht. Sind Sie verrückt, antwortet er und redet während des ganzen Dinners auf mich ein. Schließlich, als der Brandy kommt und alle immer noch am Tisch sitzen, fragt er mich, was verlangen Sie? Soll ich das Honorar verdoppeln? Gut, ich verdoppele es. Darum geht's nicht, sage ich schwach. Würden Sie nicht gern am Abend der Kennedy-Amtseinführung im Weißen Haus tanzen? fragt er.«

Du Mistkerl! dachte Jakob.

»Nicht unbedingt. Jetzt ist ein richtiges Spiel draus geworden. Ich sage nein und versuche das Thema zu wechseln, und er versucht mir den Bissen schmackhaft zu machen. Schließlich sage ich zu ihm, ich gehe, ich muß einfach ein bißchen Schlaf kriegen, und prompt taucht das Mädchen neben mir auf, können Sie mich zu Hause absetzen? fragt sie mich. Der Produzent versetzt mir augenzwinkernd einen Rippenstoß. Na ja, denke ich, die arme Kleine, kriegt Ärger, wenn ich sie nicht mitnehme. Vielleicht steht für sie dabei 'ne große Rolle auf dem Spiel. Also sage ich okay, das Taxi hält, und ich bin zu müde zum Aussteigen. Wollen Sie nicht noch auf einen Abschiedsschluck mit reinkommen? fragt sie mich.«

»Und was hast du gemacht?«

»Was glaubst du wohl? Das Fleisch ist schwach. Jakob, sie haben deine Fernsehstücke gesehen und finden sie gut. Wenn du willst, schreibe ich dir das Drehbuch. Wir könnten den Film zusammen machen.«

»Wenn du ihn machen willst, warum benutzt du mich als Ausrede?«

»Eine Woche New York, Jakob, und du fragst dich, was du in dieser

Stadt hier zu suchen hast. Letzten Endes, weißt du, sind wir ja doch Amerikaner. Dort würdest du dir nicht wie ein Fremder vorkommen.«
»Ich darf nicht in die Staaten einreisen, hast du das vergessen?«
»Das Klima hat sich geändert. Ich bin sicher, daß du die Sache bereinigen kannst, wenn du den richtigen Anwalt hast.« Luke hielt inne. »Das Geld leihe ich dir.«
»Was tust du?«
»Ich sagte, daß ich dir das Geld leihe.«
Aber Jakob sagte nein, und so trennten sie sich unvermittelt vor dem Chez Luba, gingen zu ihren Wagen, als Luke plötzlich noch rief: »Am Dienstag abend habe ich ein paar Leute da. Hast du Zeit?«
»Glaube schon. Sicher, warum nicht? Poker?«
»Nancy Croft kommt auch.«
»Wer?«
»Hast du sie nicht in Toronto kennengelernt? Sicher nicht, sonst würdest du dich an sie erinnern. Sie ist hinreißend. Himmel, warte doch mal 'ne Sekunde! Fast hätte ich's doch noch vergessen. Ich hab ein Einschreiben für dich. Ist gestern in meiner Wohnung abgegeben worden.«
Im Wagen riß Jakob den Umschlag auf.
Der Brief, vom Canada House, war gar nicht für ihn, sondern für seinen Cousin Joey, unterzeichnet von einem Beamten der Konsularabteilung. Die spezifische, beigefügte Rechnung lautete auf »finanzielle Hilfe für Sie durch die kanadische Botschaft in Madrid, Spanien«.

> Sehr geehrter Mr. Hersch,
> unsere Abteilung wurde gebeten, Ihnen die beigefügte Rechnung Nr. 248c vom 27. Jan. 1959 über die Summe von 132,67 (L 47.2.6) zu übersenden. Wir wären Ihnen dankbar, wenn Sie diesen Betrag so bald wie möglich begleichen könnten.
> Bitte senden Sie uns baldmöglichst die von der kanadischen Botschaft in Madrid ausgestellte Ersatzbescheinigung zurück.

Abermals mit dem Reiter verwechselt.

4 Am nächsten Morgen wurde Jakob schon vor neun Uhr vom Telefon geweckt.

»Soso, du *schmock*, dein großer Freund bringt endlich in London ein Stück auf die Bühne. Und warum inszenierst du's nicht?«

»Wer zum Teufel ist denn da?«

»Hat du Lust auf ein geräuchertes Bruststück? Direkt von Levitt's?«

»Duddy, was machst du in London?«

»Ich lanciere einen Star. Ich muß dich sprechen.«

»Na schön. Was tust du gerade?«

»Onanieren. Und du?«

Innerhalb einer Stunde war Duddy in Jakobs Wohnung; er bestand darauf, Jakob solle das Stück lesen, das er mitgebracht hatte – augenblicklich, bevor wir uns unterhalten –, und Jakobs Proteste verhallten ungehört. Widerwillig zog er sich ins Schlafzimmer zurück, und als er wieder auftauchte, nachdem er das Stück quergelesen hatte, sprang Duddy vom Sofa auf. »Also, du großer Experte, was hältst du davon?«

»Ich hoffe nur, daß du kein Geld da reinstecken wirst. Das Ding ist eine Katastrophe.«

»Brav, mein Junge! Ich werde diesen Traum von einem Stück kaufen«, erklärte Duddy, und dann redete er sich alles von der Seele. Er und Marlene Tyler, geborene Malke Tannenbaum, Glanzstück der Produktion des Mount Carmel Temple von »My Fair Zeyda« und gelegentlich auch im CBC-Fernsehen aufgetreten, hatten innerhalb von zwei Monaten nach ihrer ersten Begegnung geheiratet oder vielmehr, wie es der Rabbi ausdrückte, sich die Hände zum Flug in den Ehehimmel gereicht. Duddy, inzwischen eine Art Show-Business-Berühmtheit und in Toronto häufig mit einheimischen Schönheiten gesichtet, wurde vom »Telegram« interviewt. »Wenn's um die Ehe geht«, sagte er, »habe ich niemals den geringsten Zweifel daran gehabt, daß ich nur eine von unseren Glaubensschwestern heiraten werde. Ich habe zu viele Mischehen gesehen. So was kann einfach nicht klappen.« Und Marlene sagte. »Es kling vielleicht albern, aber in unserem Haus wird es aus den auf unserem Glauben beruhenden hygienischen Gründen niemals nach dem Fleisch Milch geben.«

Das Haus, das Duddy sich in Forst Hill baute – der Buchstabe K in die Windfangtür aus Aluminium geflochten, antike Kutschenlampen zu beiden Seiten, die Türen der Doppelgarage elektronisch gesteuert –, wurde für Marlene Tyler, das Mädchen seiner Träume, rosig und weiß wie ein Babybett, verschwenderisch ausgestattet. Doch er hatte angenommen, nach ihrer Hochzeit würde sie Bühne und Fernsehen aufgeben, da sie schließlich nur eine durchschnittliche Schauspielerin war und selbst erkannte, daß sie reich waren und keine Notwendigkeit dafür bestand, daß sie arbeiten ging. Nach den einsamen Jahren des Hochkämpfens und des Junggesellenlebens, des Herunterschlingens von Mahlzeiten in Restaurants und des Schlafens mit *schiksen* hatte er sich nach Hausmannskost, nach einem geordneten Familienleben und Bumsen auf Verlangen gesehnt. »Zum Beispiiel an einem verregneten Samstagnachmittag, wenn du nach einem Bar-Mizwa-*kiddush* nach Hause kommst und schwer geladen hast. Oder an einem Samstagabend nach dem Hockeyspiel, und im Fernsehen gibt's nur Juliette. Ich hab sogar im Schlafzimmer einen Fernseher mit Fernbedienung, damit wir vom Bett aus zusehen und richtig in Stimmung kommen konnten, bevor sie die drei Stars wählten. Vorspiel, das ist es, worauf ich aus bin.«

Duddy hatte sich auf die Abende gefreut, an denen sie gemeinsam groß ausgehen würden, auf fabelhafte Dinnerparties und, wenn die Zeit reif war, auf Kinder. Auf einen Sohn. »Denn schließlich, wofür rackern wir uns ab? Die Welt ist brutal, weißt du, die Geschäftsleute sind alle bis ins Mark korrupt.« Ein Mensch, der nichts von seinen Anfangsschwierigkeiten wußte, sondern eine erstklassige Erziehung genießen sollte. Die Harvard Business School. Und ihm in den Dudley Kane Enterprises ein bißchen Last abnehmen konnte, denn wem konnte man trauen, wenn nicht dem eigenen Fleisch und Blut? Niemandem. »Statt dessen aber, verdammt noch mal, war ich so idiotisch und hab ihr als Hochzeitsgeschenk die Toronto-Rechte an einem Off-Broadway-Musical gekauft. Ich habe die Produktion ermöglicht unter der Bedingung, daß Marlene die Hauptrolle bekommt. Na ja, so furchtbar schlimm war sie gar nicht. Manchen Kritikern hat sie gefallen. Und ehe ich mich's versah, fängt sie an, hier und da zu arbeiten. Fernseh-Shows, Theater-Revuen, Tanz.

Und eins, zwei, drei bin ich wieder Junggeselle. Nur schlimmer. Dinner zu Hause? Sicher, warum nicht? Das Mädchen wärmt mir eine Tiefkühlmahlzeit im Backofen auf. Oder ich esse draußen und spiele die ganze Nacht mit den Kameraden Poker. Und was dann? Ich bin so müde, daß ich mich kaum auf den Beinen halten kann. Ich fahre zum Theater oder zum Fernsehstudio, um sie abzuholen. Sie steht draußen, in ihren Pelz gewickelt, und kichert mit den Kollegen vom Ensemble. Die meisten davon sind schwul, okay, aber die anderen? Wer weiß, was die in ihren Garderoben treiben? Du kennst Marlene nicht. Für eine Jüdin hat sie verdammt viel Spaß dran, kann ich dir sagen. Nun ich bin ja ein Mann mit sexueller Erfahrung, weißt du. Ich will nicht angeben, aber ich bin wirklich gut bestückt. Er ist groß. Onanieren hilft, ist das zu glauben? Ich meine, weißt du noch, in der St. Urbain Street, wie sie uns immer gesagt haben, davon bekäme man Pickel oder würde klein bleiben? Unsinn! Was ist ein Schwanz, wissenschaftlich gesehen? Gewebe und Adern. Zieht man dran, streckt er sich. Benutzt man ihn nicht, schrumpft er ein. Wo war ich stehengeblieben? Ach ja, ich habe hundertzweiundneunzig Mädchen gehabt, ohne Marlene, und mehr als eine davon hat mich angefleht, ich soll aufhören. Genug, Kravitz, du unersättliches Monstrum. Big Dick, hat eine mich immer genannt. Schön, eh? Hat mir gefallen. Big Dick Kravitz. Die Mädchen sagen mir alle, daß ich ein sehr viriler Typ bin, und ich komme auch nicht so schnell wie viele von den *schmocks* heutzutage. Oder brauche etwa Prügel, ohne Scheiß, du wärst schockiert, was manche von den *goyim* wollen. Diese Mädchen sind sehr teuer, aber eine Erziehung, und die Sachen, die die einem erzählen können... Ob du's glaubst oder nicht, in Toronto, Ontario, gibt es in der Bay Street ein Genie von einem Broker, der an jedem Freitagabend einhundert Dollar dafür bezahlt, daß sich ein Mädchen in hochhackigen Schuhen, mehr hat sie nicht an, über ihn stellt und ihn bepinkelt! Verdammt noch mal, Jakob, dieser Kerl ist ein Broker, wie man ihn einmal unter Tausenden findet, einer der ganz Großen. Wenn der mein Portefeuille bearbeitet, dann würde ich auch jeden Tag hingehen, in hohe Absätze steigen und ihn anpissen – kostenlos, und am Samstag sogar zweimal. Wie dem auch sei, Marlene ist die perfekte Partnerin für mich. Die nimmt's, und dann will sie mehr, pumpt und pumpt ums liebe Leben. Also was geht da bei den Proben vor, bei diesen Tanznummern fassen die sich doch ständig an, überall haben die ihre Hände, und alle im Trikot und werden ganz heiß? Sie ist eine gute Jüdin, das stimmt, aber wie ich es sehe, sind die auch nur Menschen. Also hole ich sie um Mitternacht ab, da bin ich erledigt, kann ich dir sagen, und um halb neun muß ich im Büro sein, sonst stehlen die mir die Butter vom Brot. Aber sie, die hat Hummeln im Hintern. ›Noch einen Drink im Celebrity Club, sei doch kein Spaßverderber‹, bettelt sie, und sämtliche Schwulen trotten mit, kichernd wie die Backfische. Und wer bezahlt den ganzen Krempel? Daddy Warbucks und kein anderer. Sie kreischen vor Lachen über Witze, die ich nicht kapiere. Ich hänge schon halb im Schlaf auf meinem Stuhl, und wenn wir schließlich nach Hause kommen, will sie was essen. Kannst du das Mädchen wecken? Die würde uns sofort kündigen. Also mache ich – *ich!* – ihr Rühreier. Ich schlafwandle schon, und was sagt sie, etwa: ›Danke schön, Liebling?‹ Nein. Sie sagt: ›Du sprichst überhaupt nicht mit mir, du sitzt da wie 'n Trauerkloß. Gähnst mir ins Gesicht.‹ – ›Es ist zwei Uhr‹, sage ich, ›ich kriege kein Wort mehr raus, was willst du eigentlich? Du kannst bis zwölf Uhr mittags schlafen. Ich muß um acht Uhr raus.‹ Und zwar leise. Damit sie nicht aufwacht, die arme Kleine.«

Und so hatte er, wie Duddy erzählte, mit Marlene ein Abkommen getroffen. Er würde mit ihr nach London reisen, wo er ohnehin ein paar geschäftliche Transaktionen zu erledigen hatte, und versuchen, das Stück auf die Bühne zu bringen. Er würde sie spielen lassen, unter der Bedingung, daß sie, sollte es sich als Reinfall erweisen, auf das Theater verzichten und statt dessen ein Kind bekommen werde. »Also«, erkundigte sich Duddy, »glaubst du, es gibt hier jemand, der verrückt genug ist, das Ding aufzuführen?«

»Nein. In Toronto vielleicht. Übrigens, wer hat's denn geschrieben?«

Der Name des Autors war auf der Titelseite unkenntlich gemacht worden.

»Doug Fraser.«

»Großer Gott! Das hätte ich mir denken können.«

»Verdammt, ich hab gar nicht auf die Zeit geachtet.« Duddy

sprang auf. »Würdest du heute abend mit uns essen? Ich hab Marlene versprochen...«
»Heute nicht. Ich habe zu tun. Morgen aber, wenn es dir recht ist.«
»Gemacht. Ach, eines noch. Falls Marlene fragt – wir haben heute zusammen zu Mittag gegessen. Kapiert?«
»Hör mal, Big Dick, ich dachte, du liebst sie?«
»Selbstverständlich. Aber sie wird mich früher oder später ja doch betrügen. Das ist so klar wie Kloßbrühe. Warum also soll ich dastehen wie ein Idiot? So sammel ich meine Punkte wenigstens als erster. Morgen um sieben. Klar?«

Die rundliche, schmuckbehängte Marlene Tyler, prächtig anzusehen in einem Kleid voll glitzernder, blauer Pailletten, dem schweren Helm glatter, hellblond gebleichter Haare, falschen Wimpern, schwer und bebend, einem Schönheitspflästerchen am Kinn, einen goldenen Davidstern gegen den bösen Blick in der Einflugschneise zwischen ihren eng gepreßten Brüsten, kam quer durch die Halle des Dorchester auf Duddy und Jakob zu. »Wißt ihr, wessen Spuren ich heute nachmittag gefolgt bin?« fragte sie. »Den Spuren von Dickens bin ich gefolgt. Sie können sich glücklich schätzen, Jakob, daß Sie hier leben. Alles hat soviel Atmosphäre.«
Beim Dinner wollte Duddy Jakob unbedingt erzählen, er habe das größte gesellschaftliche Ereignis des Jahres für die Herschs, die Bar-Mizwa seines Cousins Irwin, verpaßt. »Dein Onkel Abe hat soviel Geld dafür ausgegeben, daß man ein Schlachtschiff hätte vom Stapel lassen können. Er betet den Bengel an. Er hält ihn für ein Genie.«
Marlene wollte sich jedoch nicht von ihrem Stück ablenken lassen. »Glauben Sie, daß es schwierig sein wird, hier Förderer zu finden?« erkundigte sie sich.
»Warum zieht denn Ihr reicher Ehemann nicht die Spendierhosen an?«
»Wie würde das aussehen?« Duddy funkelte Jakob ärgerlich an. »Ich wünsche dem Stück viel Erfolg, aber wenn es nur aufgeführt wird, weil ich das Geld gebe, würde man mich höchstens auslachen. Wie Randolph Hearst und Marion Davies.«

Schließlich rauschte Marlene davon und begab sich zum Waschraum der Damen.
»Duddy, warum führst du sie hinters Licht? Sie liebt dich!«
»Was soll das heißen, sie liebt mich?« fuhr er gereizt auf. »Wer zum Teufel kann denn schon Duddy Kravitz lieben?«

5 »Die Ehe ist eine beschissene Bourgeois-Institution«, behauptete Jakob in Paris. »Sie stinkt. Weißt du, ich gehe mit der Zeit. Aber unsere, Nancy, würde eine ganz große Ausnahme sein. Ein Fels in der Brandung.«
Jakobs Vater sah das anders. Eine Woche bevor Jakob mit Luke als Trauzeuge vor den Standesbeamten von Hampstead trat, sandte er ihm per Eilboten einen Luftpostbrief, dem ein Zeitungsausschnitt aus dem Montrealer »Midnight« beigefügt war.

MISCHEHEN SIND MISSEHEN!

> Die meisten Mischehen scheitern!
> Zu dieser traurigen Schlußfolgerung gelangte »Midnight« nach einer sorgfältigen Erforschung des Status quo dieser so überaus wichtigen Frage, da eine ständig wachsende Zahl junger Paare bei der Wahl ihres Partners »fürs Leben« Glaubens- sowohl als auch Rassenschranken ignoriert.

Mein lieber Sohn, begann der Brief des Vaters.

> Du hältst es für selbstverständlich, daß ich Deiner gottlosen Ehe den Segen gebe und sie mit einem Geschenk in Gestalt eines Schecks besiegle, aber ich muß Dich enttäuschen. Bisher habe ich Deinen Charakter bereits bei vielen Gelegenheiten verteidigen müssen, doch wie kann ich Dich für dieses schändliche Vorhaben verteidigen?
> Als Dein erstes Fernsehspiel in Toronto herauskam, fing ich gerade an, stolz auf Dich zu sein, und hoffte, daß Du eines Tages ein gutes und erfolgreiches Stück inszenieren und Dir eine angemessene Lebensgefährtin suchen würdest, so daß ich ohne Scham in Euer Haus kommen könnte. O nein, aber Du nicht! Du mußtest nach England gehen und dort Stücke inszenieren. Du hast in Toronto gut verdient, mehr sogar als ich. Aber Kanada war Dir nicht groß genug.

DA HINEIN PASST GANZ EUROPA, LEICHT, habe ich Dir gesagt, aber was weiß schon ein alter Mann? Der ist nur gut genug zum Anpumpen.
In Deinem Brief erklärst du mir, daß Du weder eine Jüdin noch eine Nichtjüdin heiratest, sondern eine Frau, DIE FRAU, DIE DU LIEBST. Aber jetzt sag mir mal, hast du jemals erlebt, daß junge Paare aus Haß heiraten? Nein, das geschieht immer aus Liebe, oder besser noch, aus Liebe auf den ersten Blick. Das ist ein Witz.
Und was ist mit ihrer Familie, falls sie überhaupt eine hat? Werden die einen Juden in ihrer Mitte akzeptieren? »Goyim« sind so furchtbar bigott, das wissen wir alle. Und was passiert, wenn Du ein schlechtes Stück inszeniert hast oder abgelehnt wirst, und es ist kein Geld mehr da, um die Rechnungen zu bezahlen? Dann wirst Du wütend, und wie ich Dich kenne, greifst Du zur Flasche. Worte, Widerworte, Deine Schuld, nein, Deine Schuld, und so fort, und möglicherweise mischt sich dann noch ein Dritter ein, und was kommt dann, zunächst gibt man Dir »zoress« mit Worten wie, dieser dreckige Jude, dieser Taugenichts, dieser Säufer, dieser »schmock«…

Das Wort »schmock« war nach einiger Überlegung ausgeixt worden.

…und Du entgegnest mit im Zorn gesprochenen Worten, und wie ich Dich kenne, sind das GANZ ZWEIFELLOS sehr unschöne Worte, die Stücke, die Du inszenierst, sind ja voller schmutziger Wörter, bis obenhin bist du voll davon, darum kommen sie Dir vollkommen natürlich über die Lippen. Du bist dabeigewesen, als das auseinanderbrach, was wir einst für die IDEALE EHE hielten, doch schwere Zeiten, Konflikte und die Einmischung dritter verwandelten die Liebe in Haß. Also, was hast Du zu erwarten? Das englische Wort für leben – LIVE – heißt umgekehrt EVIL – das Böse –, und so, wie Du es anfängst, sehe ich nichts als eine zum Scheitern verurteilte, katastrophale Ehe ohne Happy-End.
DENKE DENKE DENKE gut nach, bevor Du diesen verhängnisvollen Schritt tust. Denn nach dem 20. Aug., dem Tag Deines Verhängnisses, wird Dir meine Tür und alles, was dazugehört, verschlossen sein. Die Türen der ganzen Familie Hersch werden sich Dir verschließen. Da Du nicht nach dem jüdischen Gesetz verheiratet bist, werden Deine eventuellen Kinder als unehelich gelten.
Es liegt nun also an Dir, ob Du wählst zwischen
a) Deinem Vater, der versucht hat, das Beste für Dich zu tun.

b) Einer unwillkommenen Frau, die in Dein Leben getreten ist.
Wenn Du b wählst, so sehe ich keine andere Möglichkeit, als Dich zu bitten, meine Adresse zu vergessen und nicht zu versuchen, mich zu sehen. Und so beschließe ich unter tiefstem Bedauern diesen Brief, der mein letzter gewesen sein kann.

JETZT LIEGT ES AN DIR! »Sein oder Nichtsein, das ist die Frage.«

A für Dad

Nun, eine scheinbar unendlich lange, überaus qualvolle Zeit hindurch, in Wirklichkeit nicht mehr als zwei Monate, hatte es keineswegs an Jakob gelegen; dessen Entschluß stand unwiderruflich fest. Es hatte an Nancy gelegen – rückhaltlos liebevoll an einem Tag, in sich gekehrt und mürrisch am nächsten –, sich zu erklären. Nancy, die in Paris nicht nein sagte, aber auch nicht ja sagen wollte. Die sich, obwohl sie wußte, wie sehr es ihn kränkte, seiner hartnäkkigen Versuche erwehrte, sie buchstäblich von Kopf bis Fuß mit Geschenken zu überschütten, da sie fürchtete, es könne sie zu seinem Besitz stempeln.

Zu Jakobs Eigentum. Unwiderruflich.

Selbst bei ihrer Rückkehr nach London schwankte sie noch, freute sich zwar meistens an seiner Gegenwart, ärgerte sich an ihren schwarzen Tagen jedoch furchtbar über die Art, wie er sie einfach überfuhr, nach Ablauf der ersten Woche schon nicht mehr anrief, um sie zu fragen, ob sie am Abend Zeit für ihn habe, sondern jeden Abend nach Büroschluß erschien, als sei das eine Selbstverständlichkeit, sich aufs Sofa warf, die Füße auf den Couchtisch legte, die Schuhe abstreifte und sich einen Drink einschenkte. Sie fürchtete, von ihm regelrecht erstickt zu werden, und doch... und doch... wartete sie jeden Abend darauf, daß er erschien, wurde nervös, wenn er sich verspätete, umarmte ihn schon an der Tür und gab sich ihm noch vor dem Abendessen im Bett hin. Er erregte sie, er brachte sie zum Lachen. Nie hatte sie bei einem Mann eine derartige Zärtlichkeit erlebt. Doch dann gab es Tage, abgrundtief deprimierende Tage, da kam sie sich vor wie ein Beutestück, eines, das Jakob nur wollte, weil Luke es zuerst begehrt hatte, Tage, an denen sie dankbar gewesen wäre, wenn sie ihn nicht hätte sehen müssen, so wunderbar ihre gemeinsamen Abende auch waren. Tage, an denen es ihr lieber gewesen wäre, wenn es nicht erforderlich gewesen wäre, zu baden, sich zu salben und zu parfümieren, sich zu schminken und von oben bis unten anzukleiden, nur um Jakobs Verlangen zu wecken, um Jakob zu gefallen, sondern an denen sie statt dessen nur das hätte zu tun brauchen, was ihr paßte. Kleinste Verrichtungen. Etwa Unterwäsche waschen, in altem Pullover und Jeans in der Wohnung herumlümmeln, lesen, Platten hören und, wenn ihr danach war, Käse und Cracker zu knabbern, statt ein kompliziertes Essen für zwei auf die Beine zu stellen. Mahlzeiten, die – eine weitere Quelle wachsender Verärgerung – immer zufriedenstellender wurden, nicht aufgrund ihrer Vollkommenheit, denn sie war eine erstklassige Köchin, sondern nur, weil der Herr und Meister sich erfreut die Hände rieb, mit den Lippen schmatzte und voll Appetit zulangte. Und dann gab es Abende, an denen sie dankbar gewesen wäre, hätte sie ihren eigenen Launen nachgeben können, so verächtlich sie auch sein mochten, statt gezwungen zu sein, auf seine Stimmungen einzugehen. Seine Hoffnungen. Seine Arbeit. Sein aufblühendes Ego.

Er betrachtete ihre Versuche, Arbeit zu finden, natürlich mit Ungeduld.

»Die Verleger hierzulande bezahlen so schlecht, daß man kaum davon existieren kann«, warnte er sie. »Und Anfängern geben sie höchstens ein Almosen.«

Ganz verstohlen, während er tat, als gebe es keine Veränderung in ihrem Verhältnis – und prinzipiell mit dem Zugeständnis, sie habe das Recht, sich mit anderen Männern zu treffen –, begann er in wohlkalkulierter Salamitaktik in ihrer Wohnung Einzug zu halten. Eines Abends kam er mit frischem Spargel von Harrods, einem aufmerksamen Geschenk, am nächsten brachte er auch schon die Steaks mit, eine Salatschüssel aus Teakholz und eine elektrische Kaffeemühle, und als sie heftig protestierte, sie würden entweder essen, was sie sich leisten könne, oder er müsse sie nach dem Dinner besuchen, war er so tief gekränkt, ja fühlte er sich sogar so schlecht behandelt, daß sie sich im Bett selbst übertraf und ihm den süßesten Honig um den Mund schmierte, und er wiederum nahm das als Freibrief dafür, am Wochenende mit einem ganzen Kofferraum voll Lebensmittel und Alkohol zu erscheinen, mit großen Kartons von seinen Lieblingsspeisen und -drinks.

Anfangs blieb er bis drei Uhr morgens bei ihr im Bett, um sich dann, weil sie auf ihrer Unabhängigkeit bestand – und das bedeutete getrennte Wohnungen –, benommen und von Selbstmitleid überwältigt aufzurappeln, in der Kälte der Nacht davonzufahren und in sein eigenes Bett zu kriechen. Nachdem sie ihm jedoch einmal erlaubt hatte, die ganze Nacht über zu bleiben, schien es eigentlich nur vernünftig zu sein, daß er eine Zahnbürste in ihrer Wohnung deponierte, sein Rasierzeug, saubere Hemden und Unterwäsche. Und, da es schon so weit gekommen war, Drehbücher, die er zu lesen hatte, seine Nachttischlampe, die Morgenzeitungen, die *er* lesen wollte, und Matzen, die er geistesabwesend im Bett mümmelte. In ihrem Bett. Allmählich kamen Anrufe für ihn in ihrer Wohnung. Indigniert nahm sie Mitteilungen für ihn entgegen. Als wäre sie seine Sekretärin. Oder seine Geliebte. *Aber du bist jetzt seine Geliebte, nicht wahr, liebe Nancy, und der Tag beginnt für dich erst richtig, wenn er zur Tür hereinkommt. Du schläfst besser, wenn er neben dir liegt.* Was ihren Ärger auf sich selbst nur noch verstärkte. Denn warum sollte ihr Glück von einem anderen Menschen abhängen? Wer wußte denn, ob man ihm vertrauen konnte? Ob ihr Reiz für ihn nicht schon verblaßte? Und dann, eines Morgens, als er sich auf ihrem Bettlaken kratzte, beging er die Dummheit, sie zu fragen: »Warum hören wir nicht auf, uns was vorzumachen, und ziehen richtig zusammen?«

Woraufhin sie aus dem Bett sprang: »Nein, nein, nein! Diese Wohnung ist meine Wohnung!« Und hastig begann, seine Sachen mitten im Wohnzimmer aufzustapeln. Seine Hemden. Seine Unterwäsche. Seine Kaffeemühle. Seine Drehbücher. Seine Nachttischlampe. Sein Glas Rollmöpse. Er verschwand im Badezimmer, wo er eine verdächtig lange Zeit brauchte, um seine restlichen Sachen einzupacken, und griff sich mit einem »Na schön, wenn du's unbedingt so willst!« seinen Kram, einen ganzen Berg, auf dem hoch oben eine Salami balancierte. Mit tränenüberströmtem Gesicht stand sie am Fenster und sah zu, wie er die Vortreppe hinunterstieg, das Kinn fest auf den Stapel seiner Siebensachen gepreßt, während die Schnur der Nachttischlampe hinter ihm herschleifte und der Stecker über die Stufen hüpfte.

Ganz und gar kindisch, rief er sie am nächsten Vormittag nicht an, und sie weinte hemmungslos, gedemütigt, weil sie für den Fall, daß er doch noch anrief, den ganzen Nachmittag die Wohnung nicht zu verlassen wagte. Am Abend erschien er ebenfalls nicht, und da wurde sie wütend. Plötzlich erschien ihr die Wohnung leer. Ohne Erregung oder Verheißung. So groß war ihr Zorn über das, was sie eingestandenermaßen nur als Abhängigkeit bezeichnen konnte, daß sie ihm, als er sich herabließ, am folgenden Vormittag anzurufen, mit aller Frostigkeit, deren sie fähig war, mitteilte, nein, es tue ihr leid, sie habe am Abend eine Verabredung.

Nancy badete, salbte und puderte sich, sie zog den Strumpfhaltergürtel an, der ihn zum Jubeln brachte, daß er aus lauter Freude aufs Kissen hämmerte, und den BH mit der Schließe, die er nicht aufkriegte. Sie schlüpfte in ihr Kleid, öffnete die beiden obersten Knöpfe, schloß sie aber voll Reue wieder, kam sich gräßlich vor, voll Angst, sich nicht einem anderen Mann hingeben zu können. *Und warum nicht? Ihr Körper gehörte doch ihr, nicht wahr?* Also öffnete sie trotzig ihr Apothekenschränkchen, um sich – für alle Fälle – zu vergewissern, daß sie noch genügend Vaginalgel hatte. Sie suchte noch immer nach der Tube und ihrem Pessar, fassungslos, daß er es tatsächlich gewagt hatte, laut auf ihn fluchend, als es an der Tür klingelte, und während sie hinlief, um aufzumachen, öffnete sie, über ihre eigene Kühnheit errötend, erst zwei, dann drei Knöpfe an ihrem Kleid.

Der hochgewachsene, sonnengebräunte, eifrige Derek Burton, der Literaturagent, der sie seit einer Woche jeden Vormittag angerufen hatte, trug eine Krawatte der Westminster Old Boys, einen zusammengerollten Regenschirm und warf sich nicht sofort aufs Sofa, um seine Schuhe abzustreifen, sondern blieb höflich wartend stehen, bis sie selbst Platz genommen hatte, gab ihr mit einem schmalen Feuerzeug, das er in einem Beutel aus Chamoisleder aufbewahrte, Feuer für ihre Zigarette und hob sein Glas, um ihr zuzuprosten. Ihn brauchte sie nicht zu fragen, wie sie aussehe, um ein knurriges, »ganz okay« von ihm zu hören, was er dann als Aufforderung nahm, die Hand unter ihren Rock zu stecken, nein, er sagte von sich aus sofort, sie sehe einfach hinreißend aus. Draußen spannte er den Schirm auf und hielt ihn fürsorglich über sie. Derek fuhr einen Austin-Healey mit lederbezogenem Lenkrad und einer Batterie von, wie es auf den ersten Blick schien, sechs Scheinwerfern und einem Dutzend Plaketten am Kühlergrill. Im Aschenbecher lagen keine Apfelstummel. Und im Handschuhfach keine vertrockneten Bagels. Statt dessen gab es parfümierte Papiertücher in einem Behälter aus Wildleder. Außerdem einen Münzspender, geschickt versteckt und voller Sixpencestücke für die Parkuhren. Sowie eine kleine, elegante Taschenlampe und ein ledergebundenes Bordbuch. Beim Restaurant manövrierte Derek den Wagen in eine unvorstellbar kleine Parklücke – einfach gekonnt, und ohne auf Jiddisch auf die Wagen vorn und hinten zu schimpfen. Dann wartete sie, bis er ein kompliziertes, diebstahlsicheres Schloß an der Lenksäule befestigt hatte. Jakob würde ihn von Herzen verabscheuen, dachte sie, und fühlte sich dadurch veranlaßt, überaus verführerisch zu lächeln und lobend zu sagen: »Sie fahren großartig!«

»Man tut, was man kann«, stimmte er zu und fragte sie, ob sie jemals an einer Autorallye teilgenommen habe.

Also, nein.

Ob sie denn Karten lesen könne?

Nein.

Schade, er habe gehofft, sie könnten gemeinsam an einer Rallye teilnehmen.

Irgendwie – hauptsächlich indem sie ihn aufforderte, ihr von seinem Militärdienst in Nigeria zu erzählen – brachten sie das Dinner ohne allzu viele peinliche Schweigepausen hinter sich, aber es fiel ihr schwer, ihre Langeweile zu kaschieren, und sie hätte ihn bestimmt nicht auf einen Drink in ihre Wohnung eingeladen, hätte sie nicht auf der anderen Straßenseite einen bekannten Wagen mit gelöschten Scheinwerfern stehen sehen.

Zum Glück ließ Derek sich leicht in seine Schranken weisen, und als er sich, heftig atmend, mit hochroten Wangen auf sie stürzte und ihre Brüste drückte wie altmodische Hupen, während er immer wieder vor sich hinmurmelte, sie sei super, ein Klasseweib, begann das Telefon zu schrillen. Und schrillte und schrillte.

»Sollten Sie nicht lieber drangehen?« fragte er.

»Würden Sie das bitte für mich tun?«

Er tat es. Lauschte, erbleichte. Und legte auf.

»Keine Sorge«, beruhigte ihn Nancy. »Das ist nur ein Perverser aus der Umgebung. Der ruft mich gewöhnlich um diese Zeit an.«

Nunmehr begann er nachdrücklich an ihrem Kleid zu zerren – der Anruf schien seine Erwartungen gesteigert zu haben –, doch sie schützte Müdigkeit vor, reichte ihm den Schirm und brachte ihn zur Tür. Sobald er abgefahren war, überquerte sie hüftenschwingend die Straße und blieb mitten vor Jakobs Wagen stehen, um ihren Rock zu heben und ihre Strumpfhalter zu befestigen.

Schamrot stieg er aus und zuckte die Achseln.

»Ooooh« rief Nancy. »Daß du das wärst, hätte ich nicht gedacht. Ich hatte gehofft, einen schnellen Fünfer verdienen zu können.«

»Na schön«, sagte er. »Na schön.« Und trottete hinter ihr her in die Wohnung hinauf, wo er die Dellen im Sofa betrachtete.

»Komm.« Sie öffnete die Schlafzimmertür. »Willst du nicht nachsehen, ob die Laken zerwühlt sind?«

»Okay«, protestierte er. »Okay.« Aber er spähte doch ins Schlafzimmer hinüber.

»Mistkerl! Was hast du am Telefon zu ihm gesagt?«

»Ich weiß gar nicht, wovon du sprichst.« Er floh ins Bad, und als er wiederkam, erkundigte er sich: »War's schön?«

»Fabelhaft. Möchtest du einen Drink?«

Aber er schenkte sich bereits ein.

»Ich bin zum Wochenende aufs Land eingeladen«, verkündete sie mit einem Knicks. »Bei den Burtons. Den Berks. Den Burtons, du weißt schon!«

»Also, das hätte ich nie vermutet, daß du ein gesellschaftlicher Streber bist.«

»Und kannst du mir einen triftigen Grund nennen, Jakob Hersch, warum ich nicht hingehen sollte?«

»Geh nur«, entgegnete er.

»Oh! Oh! Scher dich zum Teufel! Und was, wenn wir heiraten und du dich nach zehn Jahren mit mir langweilst? Was dann? Würdest du mich gegen ein neueres Modell eintauschen, wie deine feinen Freunde?« Seine Filmfreunde.

»Ich liebe dich. Du könntest mich niemals langweilen.«

»Woher willst du das jetzt schon wissen?«

»Nancy – bitte!«

»Du kannst es nicht wissen. Woher willst du es wissen? Und vielleicht langweilst *du* mich überhaupt nach zehn Jahren.«
»Ich hab's! Wir lassen uns jetzt gleich scheiden.«
Sie mußte lachen.
»Hör zu, wenn wir alles im voraus erwägen wollen, ohne es tatsächlich zu wagen, könnte es sein, daß uns die Freude daran vergeht.«
»Ja. Ich weiß. Könnte ich bitte auch einen Drink haben?«
Statt dessen küßte er sie, öffnete ihre Bluse und führte sie zum Bett, wo sie auf einmal nicht mehr reagierte, mit der Erklärung, sie könne nicht, heute nacht jedenfalls nicht, weil ihre Sachen seltsamerweise verschwunden seien.
»Wie kommt denn das?« Jakobs Stimme bebte.
»Das will ich von dir wissen.«
»Wenn du vielleicht noch einmal nachsiehst...«
»Ach, Jakob! Liebster Jakob! Ich glaube, ich werde dich doch heiraten müssen.«
»Wann?«
»Wann immer du willst – morgen.«
»Allmächtiger!«

6 Oscar Hoffman betrachtete den vollgehäuften, chaotischen Karton mit Rechnungen, Quittungen und Kontoauszügen, den Jakob ihm gebracht hatte, dann packte ein dürrer, kleiner Mann, ein Knirps mit Stahlbrille und servilem Lächeln, alles zusammen und verließ Hoffmans Büro ebenso unauffällig, wie er es betreten hatte.
Und kehrte in seine Zelle zurück. Die winzige Zelle, in der er seine Tage verbrachte, zunehmend geschäftige und bittere Tage, rachedurstige Tage, an denen er lauwarmen, milchigen Tee zusammen mit seinen Schokolade-Abführpillen zu sich nahm. Die Zelle, in der er mit kurzsichtig zusammengekniffenen Augen über phantastischen Ausgabenkonten der Filmtypen saß (Produzenten, Regisseure, Autoren und Stars höchstpersönlich), vorgeblich unauffälligster und unterwürfigster aller Handlanger in den geheiligten Hallen von Oscar Hoffman & Co., Steuerberater.
Harry Stein, sinnierte er, weitaus servilster aller Buchhalter, ein

Schatz, ein Schöntuer non plus ultra, sogar noch überschwenglicher als die peinlich wirkende Schwester Pinsky, stets parat mit seinem Autogrammbuch, sobald einer der Gesalbten durch den Korridor in Vater Hoffmans Allerheiligstes geleitet wird, um dort über die Vorzüge einer Firma auf der Isle of Man im Vergleich zu der Möglichkeit nachzudenken, das Einkommen der nächsten zehn Jahre an Galaxy zu verkaufen, Trustanteile anstelle der Gage zu akzeptieren. Oder auf dem Felsen der Bahamas etwas ganz und gar Neues zu gründen. Oder in Luxemburg. Der zuvorkommende Harry, als erster zur Stelle, um der Diva eine Zeitschrift, eine Tasse Tee oder vielleicht einen sauberen Aschenbecher anzubieten, falls sie in ihrem (steuerlich absetzbaren) Pelz und der obligatorischen Sonnenbrille warten mußte, bevor sie in Vater Hoffmans Beichtzimmer Einlaß fand, wo sie, ihren kleinen, cleveren Steuerberater zwischen ein Rendezvous und einen Besuch bei ihrem Osteopathen einschiebend, ihre feuchte Möse verdrossen auf einen ungewohnt harten Stuhl pflanzte. »Wenn Sie nicht wären, Oscar, ich wüßte nicht, was ich tun sollte. Ich verstehe einfach nichts von Geld.«
Sofort war Harry neben dem Star und zwitscherte: »Ich möchte diese Gelegenheit nicht verstreichen lassen, ohne Ihnen zu sagen, wie großartig Sie waren, in ...« Es folgte der Titel des Films, den die Kritik verrissen hatte.
»Oh, danke«, antwortete sie dann ohne einen einzigen Blick für ihn, die kleine Null. Deren Lob letztlich so unvermeidlich war wie der Regen.
Eine besondere Freude für Harry waren die Linken, jene standfesten Helden der Hampstead-Barrikaden, die Protestbriefe an die »Times« gegen die jüngste Verleumdung durch die Amerikaner unterzeichneten. Die sich weigerten, Aktien von Dow Chemical zu erwerben. Die sich in Fernsehinterviews verächtlich über das »Establishment« äußerten und sich von ihren Chauffeuren mit dem Vornamen anreden ließen. Und doch ... und doch ... Vater Hoffmans Vermittlung beim Allmächtigen brauchten, um sie auf Erden vor dem Einkommensteuerzuschlag und der immerwährenden Habgier abgelegter Ehefrauen zu schützen.
»Ich darf Ihnen sagen«, schwärmte Harry dann wohl, »daß ich mich jetzt schon freue auf Ihren letzten ...«

»Das ist sehr liebenswürdig von Ihnen, Mr....?«
»Stein.«
»Ja. Hören Sie, Stein, hätten Sie Lust, zur Premiere zu kommen?«
»Oooooh...«
Zwei Karten für die Uraufführung der neuesten Offenbarung, wenn auch auf dem zweiten Rang, wo die Atelierarbeiter und Elektriker mit ihren Frauen hockten, alten, grellbunt herausgeputzten Kühen, die als erste kamen und am längsten in der Halle herumlungerten, die faltigen Hälse reckten, Oooohs und Aaaaahs ausstießen, sobald sie einen der Legendären aus einem großen, schwarzen Wagen aussteigen sahen – die Herren im Abendanzug, im Kielwasser Starlets, die sich mit ihren Ausschnitten gegenseitig den Rang abzulaufen suchten. Weibsteufel, die den geblendeten Plebs hinter den Absperrseilen mit zähnefletschendem Gewinke zur Kenntnis nahmen und nur kurz haltmachten, um den lästigen Fotografen von der »Mail« und dem »Express« die Titten zu präsentieren. Ein besonderes Vergnügen bereitete es Harry, eines der Fotomodelle von der Graphic Arts Academy zu diesen Jahrmärkten der Eitelkeit einzuladen. »Keine Sorge, Kleines«, sagte er, wenn sie eine der legendären Gestalten anhimmelte, »die ist eine ebenso große Hure wie du.«
In seiner schlecht durchlüfteten Zelle, gewärmt von zwei Heizröhren und seinem Haß, war es Harrys spezielle Aufgabe, die Belege eines Klienten, die Prassereien eines ganzen Jahres, zu sichten und die Spesen zu errechnen, bei den Rechnungen für Speisen und Getränke hier ein wenig zu erfinden, dort ein wenig zurechtzubiegen, diesen Rechnungen vom Mirabelle oder Les Ambassadeurs, die womöglich sein eigenes Wochengehalt überstiegen. Er war schlechthin unentbehrlich. Vater Hoffmans höchstgeschätzter Novize... Letzthin jedoch hatte sich eine dräuende Wolke auf die einstmals so gesegneten Türme von Oscar Hoffman & Co., Steuerberater, gelegt. In zunehmendem Maße prüfte der gefallene Engel des Finanzamts die auf dem Altar dargebotenen Opfergaben und erklärte sie für des Glaubens ermangelnd, denn sein Chancellor war ein eifersüchtiger Chancellor und duldete keine anderen Freistätten neben sich. Wo bis dato die Gesalbten und Legendären Vater Hoffmans Allerheiligstes von Glückseligkeit und ehrfürchtigem Staunen überwältigt verlassen hatten, denn seine Gebete wurden unfehlbar erhört, stürmten

einige von ihnen nunmehr mit hochrotem Gesicht und sogar in Tränen aufgelöst herein, wurden Stimmen erhoben, Drohungen ausgestoßen, und dann kamen sie wieder herausspaziert, für alle Welt deutlich erkennbar voll Angst, zitternd vor dem gefallenen Engel des Finanzamts und dem bevorstehenden Tag des Jüngsten Gerichts.
Vater Hoffman sah schlecht aus. Er schüttelte den Kopf, er raufte sich die Haare. Zu Mittag versagte er sich den White E., um an seinem Schreibtisch, wo er über den Kontobüchern hockte, Hüttenkäsesalat und Yoghurt zu sich zu nehmen. Die Gesetzbücher zu studieren, die ihm anvertraut worden waren.
»In unserer Mitte weilt eine Schlange, Harry. Halten Sie bitte die Augen offen.«
Es gab jetzt Nachmittage, an denen Vater Hoffman am Wasserkühlertank stehenblieb, seine Schäfchen musterte und die guten Gaben zählte, mit denen er sie überschüttet hatte: Darlehen und Lunchbons, Prämien, bezahlter Urlaub, Pensionspläne und die alljährliche Firmenparty; Nachmittage, an denen er überlegte, wer ihn wohl mehr als dreimal verleugnet habe. Wer war Ischariot?
Einmal, als Harry, ohne daß Hoffman davon wußte, am Mittag in seiner Zelle blieb, entdeckte er, als er herauskam, daß der Meister umherhuschte, sich über Papierkörbe beugte, Aktentaschen durchwühlte und in Schreibtischschubladen kramte. »Die Menschen kommen mit ihren geheimsten Problemen zu uns, Harry. Man vertraut uns. In diesem Büro gibt es eine Ratte, einen stinkenden Schweinehund, und wenn ich den finde, breche ich ihm alle Knochen.«

Für heute von seinem Büro erlöst, machte Harry Stein, Amateurfotograf, durch Soho schlendernd, die Runde bei den Buchhandlungen, nirgends darauf angewiesen, in den zellophangeschützten Zeitschriften zu blättern, die mit Clips an den Wänden befestigt waren, oder als potentieller Kunde Stripfilme zu vergleichen, sondern jeweils sofort ins Hinterzimmer gebeten, um die Kartons auf dem Zeichentisch durchzusehen. Domination, ungewöhnliche Positionen, Gummikleidung, Flagellation. Anschließend, noch eine Stunde bis zum Kursus, trank er im Yorkminster ein Bier und legte

dann, rein aus Übermut, eine Nummer in der Trattoria Terrazza ein, wo er die hochnäsige Dame am Empfang um einen Tisch für acht Personen zu neun Uhr abends bat.
Unmöglich, erwiderte sie naserümpfend, woraufhin Harry, verwirrt und stotternd, einen Zettel aus der Tasche zog und sich erkundigte, ob dies wirklich die Trattoria Terrazza sei.
Selbstverständlich.
Mr. Sean Connery schickt mich. Ich bin sein Fahrer.
Ach so! Ja dann...
Immer noch angeblich vom Zettel ablesend, fügte er in fast unverständlichem Französisch hinzu, er wünsche vier Flaschen Château Margaux, zur Entfaltung des Bouquets um Viertel vor acht zu öffnen, und einen *gâteau*, jawohl, mit achtunddreißig Kerzen. Ob das allzuviel Mühe mache?
Dann suchte Harry geduldig nach einer intakten Telefonzelle, holte sein kleines, schwarzes Buch hervor und wählte die Geheimnummer einer Diva, die ihn etwas früher am selben Tag vom Büro aus in den Regen hinausgeschickt hatte...
»Sie sind ein Schatz!«
...damit er ihr zwei Theaterkarten holte, während sie, die langen, glattrasierten Beine übergeschlagen, auf eine Audienz bei Seiner Heiligkeit Vater Hoffman wartete.
»Hallo, mein kleiner Liebling!«
»Ich freue mich wirklich sehr, wieder von Ihnen zu hören.« Eisigen Tones und dennoch voll Angst. »Denn jetzt hört die Polizei alle Gespräche mit.«
»Nun, dann will ich dir nur schnell sagen, warum ich anrufe. Wie wär's, wenn ich jetzt gleich rüberkommen und dich ein bißchen abschlecken würde? Ich meine, so abschlecken, wie du noch nie abgeschleckt worden bist. Bis du knochentrocken bist.«
»Ich lege nicht auf. Reden Sie nur weiter. Die Polizei hört jedes einzelne schmutzige Wort.«
»Das heißt, wenn du dazu überhaupt in der Lage bist. Nach der Abtreibung, meine ich. Denn schließlich möchte ich hinterher nicht Fäden spucken, wie?« Lachend warf er den Hörer auf die Gabel.
Denn jetzt wurde es Zeit für den Abendkurs, und so begab sich

Harry, nachdem er seine Fotoausrüstung geholt hatte, ins Souterrain-Atelier der Graphic Arts Society, deren außerordentliches Mitglied er schon seit langer Zeit war.

7 Sammy.
Jakob hatte sich vorgestellt, sobald der Arzt erklärte, sie sei mit hundertprozentiger Sicherheit schwanger, sie damit sozusagen salbte, werde sie ätherisch werden, der Wollust entfremdet, und er, aufmerksam, fürsorglich, um nicht zu sagen aufopfernd...
»Keine Sorge, Liebling. Er wird von selbst wieder runterkommen.«
...werde die Größe seiner Liebe beweisen, indem er sich ihr gegenüber zärtlich statt leidenschaftlich zeigte, sie eher als einen Gegenstand der Bewunderung betrachtete denn als ein Gefäß der Liebe.
Von wegen.
Statt mütterlicher Enthaltsamkeit entfesselte Nancys schwellender Bauch die Wollust in ihr. Weniger Heilige Mutter als Unsere Liebe Frau von den Orifizien. Eine sexuelle Akrobatin. Und so kam sie – ihres Zustandes nicht achtend, selbst dann nicht, als ihre steinharten Brüste eine süßliche Flüssigkeit abzusondern begannen, die ihn um so mehr zum widerstrebenden Liebhaber machte –, kam sie also, hemmungslos genußsüchtig, Abend für Abend mit Klauen und Zähnen hinter ihm her. Mit aufreizenden Fingern. Brüsten, deren Berührung Erektionen auslösten. Einer Zunge, die ihn zum Leben erleckte. Und der sich selbst verleugnende Jakob, über jede Rücksichtnahme auf das Ungeborene hinaus erregt, beritt sie bis zum Höhepunkt, zu einer gemeinsamen, himmelstürmenden Erlösung, im nachhinein erst besorgt um das Wesen, das in ihr schwamm.
Schöne Einführung bei meinem Sohn, dachte er dann, während er sich eine Zigarette ansteckte, sich erkundigte, ob alles in Ordnung, ob er auch nicht zu grob gewesen sei. Schöne Begrüßung, ihn zu rammen wie ein wildgewordener Ziegenbock! Er wurde gequält von der Vorstellung, der Junge, sein *kaddish*, könne mit einer Delle im Schädel geboren werden, bis ins Mannesalter hinein den

Abdruck von Jakobs Peniseichel auf dem Kopf tragen. Einen nicht zu widerlegenden Vorwurf. In einem anderen Alptraum lugt, wenn er sich niederbeugt, um ihre unteren Lippen zu lecken, zu küssen, zu beißen – siehe da, eine kleine Nase hervor. Hallo, hallo! Oder ein winziges, unsäglich zartes Händchen reckt sich hervor, um ihm eins aufs Auge zu geben. Hallo, hallo! Oder die Fruchtblase platzt, daß er fast ersäuft. Verdientermaßen, du Satyr! Oder sie stößt, zitternd dem Höhepunkt entgegengehend, das Baby aus, schießt es in einem Meer von Placenta und Blut quer durchs Schlafzimmer. Und ich, dachte er, wüßte nicht mal, wie man die Nabelschnur abbindet. Ich würde sie im Stich lassen, in Ohnmacht fallen.
Nancy konnte diese Befürchtungen auch nicht mildern, wenn sie, nachdem die Leidenschaft verbrannt war, plötzlich sagte: »Komm, gib mir deine Hand!«
»Wozu?«
»Fühlst du, wie es sich bewegt?«
»Ja«, sagte er dann und zuckte zurück, als hätte er sich verbrannt.
»Ganz schöner Kicker, findest du nicht?«
Kicker? Das arme Schwein erstickt an meinem Sperma. »Vielleicht sollten wir's lieber lassen, bis ... na ja ... hinterher ...«
Als Nancy im achten Monat war, kamen Jenny und Doug auf der Durchreise nach London; sie wollten zu einer internationalen Konferenz in Tanger: Fernsehen und die Entwicklungsländer.
»Wir haben euch nicht mehr gesehen, seit Duddy dein Stück in Toronto auf die Bühne gebracht hat«, sagte Jakob. »Diese Geschichte tut mir übrigens leid. Ich finde, es hätte bessere Kritiken verdient.«
»Ich selbst war nicht im geringsten erstaunt. Schließlich stört nichts so sehr wie eine *gravitas*. Eines muß man diesem Kravitz aber lassen: Er hat sich gegen jeglichen kommerziellen Druck gewehrt, gegen den Regisseur, gegen Marlene, er wollte nicht, daß auch nur ein Wort geändert wurde.«
»Er respektiert eben deine Integrität als Autor.«
Doug nickte. Jenny, die das Thema wechseln wollte, fragte Jakob, ob er sich an Jane Watson, eine Schauspielerin aus Toronto, erinnere.
»Ja.«

»Sie hat einen Jungen. Es war eine ganz normale Geburt...«
»Siehst du?« wandte sich Jakob an Nancy.
»...und dann bekam sie drei Monate später ein Gewächs in der Gebärmutter. Als es herausoperiert wurde, stellte sich heraus, daß es ein Tumor mit Zähnen und einem kleinen Bart war.«
»Entzückend! Und wie kommt es«, fuhr Jakob auf sie los, weil er böse wurde, »daß du selbst nicht schwanger wirst, Jenny? Nimmst du gewissenhaft die Pille?«
»Ich nehme Doug nicht«, entgegnete sie.
Schließlich gelang es Jakob, Jenny unter vier Augen zu sprechen. Er berichtete ihr, daß man ihn zweimal mit Joey verwechselt hatte. Bei seiner Ankunft in London und als ein Einschreibebrief des Canada House irrtümlich ihm zugeleitet worden war. »Ich möchte wissen, wo er sich jetzt herumtreibt.«
»In Israel vielleicht. Oder in Deutschland.«
»In Deutschland?«
»Hanna bekommt manchmal Ansichtskarten.«
Hanna, die immer noch Lukes Einladung annehmen und nach London kommen sollte.
»Wie lautet seine letzte Adresse?«
»Joey schreibt niemals einen Absender drauf. Aber er war achtundvierzig in Israel. Während des sogenannten Unabhängigkeitskrieges. Hanna bekommt noch immer Briefe von einer Frau dort, die behauptet, mit ihm verheiratet zu sein.«
»Und was schreibt sie?«
»Sie bittet um Geld, was sonst? Sie behauptet, Joey habe sie sitzenlassen.«
Am folgenden Morgen las Jakob in der »Times«:

ERSCHÖPFTE MÄNNER,
IN DEREN HÄNDEN LEBEN UND TOD LIEGEN
Chirurgen 48 Stunden lang im Dienst

Wegen des herrschenden Personalmangels müssen in Krankenhäusern angestellte Chirurgen Notoperationen, darunter auch Gehirnchirurgie, ausführen, nachdem sie 48 Stunden lang Dienst getan haben, häufig genug mit nicht mehr als zwei bis drei Stunden Schlaf dazwischen.

Nancy, o Nancy! Nancy, mein Liebling.

Nancys Fruchtblase platzte an einem Donnerstagmorgen um drei Uhr früh; das Kind wurde ohne Komplikationen geboren. Sammy hatte keine Delle im Kopf und schien einer ersten Zählung zufolge die vorgeschriebene Anzahl von allem zu haben. Beruhigenderweise trug er ein Armband mit seinem Namen darauf, zur Vorsicht jedoch prägte sich Jakob seine hervorstechendsten Merkmale genau ein. Schließlich und endlich war dies sein *kaddish*.

Luke wurde trotz allem gebeten, Pate zu stehen. »Weißt du, wenn du nicht die Gelegenheit ergriffen und mich euer Essen im Chez Luba hättest bezahlen lassen, hätten Nancy und ich vielleicht gar nicht zueinandergefunden.«

»Und was hältst du jetzt von ihr?« fragte Luke.

»Nicht viel. Und du?«

Nachdem sie verheiratet war, sich selber nachgegeben hatte, war Nancys Glück, ihre Freude an Jakob, dem Baby, der Suche nach einem Haus so groß geworden, daß sie nicht mehr verstehen konnte, warum sie gezögert hatte. Bald jedoch erkannte sie, daß auch ihr eigener Mann nicht, wie sie im stillen gehofft hatte, aus einem Guß war. Im Gegenteil, Jakob steckte bis obenhin voller Widersprüche. Scheinbar getrieben von überwältigendem Ehrgeiz, war er an schwarzen Tagen von Haß auf sich selbst und lähmenden Zweifeln erfüllt, weitgehend, weil er sich als Betrüger und seine Arbeit aufgrund ihrer anfälligen Natur als Schwindel verstand. Sie begann sich zu fragen, warum er überhaupt den Beruf eines Regisseurs gewählt hatte, und fürchtete in qualvoll-hellsichtigen Momenten, wenn er nicht so hoch emporsteige, wie er es sich erhoffte, werde er in Bitterkeit versinken.

Während sie Sammy um drei Uhr morgens, sich leise wiegend, am Küchentisch stillte, forschte sie nach einer Möglichkeit, ihm klarzumachen, daß er nicht um ihretwillen berühmt werden müsse. Oder wegen Sammy. Sein Ehrgeiz war jedoch derart beschaffen, daß es unmöglich schien, ihm solche Dinge zu sagen, ohne ihn damit zu verletzen, und ehe sie das tat, schwieg sie lieber.

Wenn er bei seltenen Gelegenheiten ein bißchen Befriedigung aus seiner Arbeit zog, war er zumeist von Verachtung für seine Kollegen erfüllt, von denen seiner Ansicht nach zu viele, sobald sie ein

Drehbuch in der Hand hielten, instinktiv wußten, was sich gut spielen ließ, und damit basta. Beinahe jedermann im Fernsehen sei geistig minderbemittelt, beschwerte er sich bei ihr, und außerdem ein Klischeeverbreiter. So groß war seine Geringschätzung für Schauspieler, daß sie sich eines Tages, als sie ihn im Atelier beobachtete, tatsächlich wunderte, wie sie ihn ertragen konnten. Denn im Gegensatz zu anderen Regisseuren dachte er gar nicht daran, diejenigen, die er brauchte, zu umschmeicheln und zu beschwatzen, um sie dadurch zu überragenden Leistungen anzustacheln. Sondern er spöttelte, stichelte, demütigte sie mit anzüglichen Witzen. Er kritisierte ihre Eitelkeit. Sogar er selbst konnte nicht begreifen, warum sie ihn tolerierten. »Als ich mein erstes Stück in Toronto inszenierte«, berichtete er ihr einmal, »dem Autor vorschrieb, was um- und noch einmal umgeschrieben werden mußte, obwohl kein Schreiberling das jemals richtig hinkriegen konnte, als ich die Schauspieler länger dabehielt und sie zwang, eine Szene zum zigsten Mal durchzuproben, mußte ich mich mehr als einmal auf die Toilette zurückziehen, denn ich war unfähig, ein – ungläubiges – Kichern zu unterdrücken, weil sie tatsächlich auf mich hörten.«
Nur selten lud er einen seiner Protagonisten zum Dinner ein, einer Hauptdarstellerin schickte er niemals Blumen. Die einzige Gesellschaft, die er bei einer Produktion suchte, jene Leute, mit denen er herumalberte und pokerte, waren die Kameramänner, die Atelierarbeiter, die Aushilfshandlanger und die Clique der verkrachten Schauspieler, der Kleindarsteller, über die man nichts Falsches sagen konnte, die man im Scherz als Jakob Herschs ständiges Repertoire bezeichnete. Zum großen Teil Säufer, Ausrangierte, niemals Arrivierte, reisende Ringer, elende Schwule, überalterte Varietékünstler, heruntergekommene jiddische Schauspieler, verblödete alte Berufsboxer und mehr als ein Junkie, Leute, die sich allesamt auf Jake nicht nur in puncto Arbeit und milde Gaben verließen, sondern ihn auch, waren sie etwa in Selbstmordstimmung oder wachten nach einer Sauftour im Krankenhaus auf, mitten in der Nacht anrufen konnten.
All dies, so rührend es auch sein mochte, wäre in Nancys Augen jedoch nur akzeptabel gewesen, hätte sich Jakob einer hervorragenden Begabung erfreut, doch das war, wie sie bedrückt zugeben

mußte, leider nicht der Fall, und so bangte sie denn um ihn. War ängstlich, gerührt und mißtrauisch. Denn es machte sie tief betrübt, wenn sie sah, wie wild er sich in jedes Stück stürzte, das er inszenierte, und sei es auch noch so ephemer, wie er oft nächtelang nicht schlafen konnte, wenn er es entwarf und hinterher, ausgepumpt und besänftigt, auf den Anruf mit dem Angebot für einen Film wartete, der nicht kam. Um dann das Büro seines Agenten zu belagern, mit ihm zu streiten und ihn zu fragen, wie er es denn anstelle, daß sogar weniger gute Regisseure Filmangebote bekamen.
Jakob vergrößerte seine Schwierigkeiten noch, indem er begann, die für ihn greifbaren Fernsehautoren zu beleidigen. Die, mit denen er gern gearbeitet hätte, waren entweder nicht der Typ, Aufträge anzunehmen, oder waren, obwohl sie ihn persönlich mochten, zu vorsichtig, einem im Film unerprobten Regisseur ein Drehbuch anzuvertrauen.
Je weniger Befriedigung ihm seine Arbeit einbrachte, selbst als er auf der Höhe des Fernsehplateaus angelangt war, alles gemacht hatte, was er dort machen konnte, und sich zu wiederholen begann, desto häufiger sprach er von seinem Cousin Joey, stellte Mutmaßungen über seinen Aufenthalt an, fragte sich, wie er wohl wirklich sei, seltsamerweise fest überzeugt, Joey halte irgendwie Antworten für ihn bereit.
Einmal kam ein Anruf.
»Könnte ich Joseph Hersch sprechen?« fragte der Mann.
»Der wohnt nicht hier. Dies ist der Anschluß von Jakob Hersch. Warum möchten Sie ihn sprechen?«
»Wissen Sie, wo ich ihn heute abend erreichen kann? Es ist wichtig.«
»Nein, aber...«
»Sind Sie mit ihm verwandt?«
»Ja.«
»Sagen Sie ihm, Hannon hat angerufen. Ich weiß alles. Wenn er jemals wieder hier auftaucht, werde ich ihn umbringen.«
»Warum?«
»Richten Sie es ihm nur aus, er weiß schon Bescheid.«
Ein anderes Mal war an die Monatsrechnung von Harrods ein Kassenbon angeheftet, der nicht von ihnen stammte. Zigarren

und Brandy, für über fünfunddreißig Pfund. Abgezeichnet »J. Hersch«.

»Warum macht er so was?« protestierte Jakob. »Wenn er Geld braucht, warum kommt er nicht zu mir? Warum kommt er überhaupt nicht zu uns? Das begreife ich nicht.«

Er erzählte Nancy, wie Hanna während der Derbywoche von Kentucky in der »Personal Column« des Louisville »Courier« eine Suchanzeige nach Joey aufgegeben hatte. Vielleicht, scherzte er, sollte ich jetzt, wo das Grand National bevorsteht, eine Anzeige in die »Times« setzen. Und dann gibt's ja noch Ascot. Außerdem erzählte er ihr, daß er während der Zeit, als er mit Luke eine gemeinsame Wohnung hatte, manchmal Hals über Kopf nach Hause gehastet war, fest überzeugt, der Reiter warte vor seiner Tür. Als er noch allein lebte, hatte es Nächte gegeben, in denen er imaginäre Gespräche mit seinem Cousin führte, ihm versicherte, es sei die Familie gewesen, nicht Jakob, die ihn verraten und geduldet hatte, daß Baruch im Elend gestorben war. Nächte, in denen er sich erbot, alles in Ordnung zu bringen, so gut es ging.

»Er hat einen Berufspilotenschein, weißt du. Er hat Profibaseball gespielt. Einmal war er sogar beim Film. Da ist er mit Randolph Scott geritten.«

Jakob blieb jedoch nicht ganz ohne Filmangebot. Immer wieder schickte man ihm Drehbücher, die er sich ansehen sollte, und bat ihn, jene Art von Produktionen in Erwägung zu ziehen, die eine sofortige Entscheidung erforderten. Doch entweder waren die Themen erbärmlich oder der Auftrag, den er am Montag, ganz der Euphorie hingegeben, noch feierte, löste sich am Mittwoch in Luft auf. Nachdem der zweite Film, den Luke geschrieben hatte, in Cannes einen Preis gewann, gingen sie zu dritt zum Dinner ins Chez Luba, doch der Abend wollte nicht so recht in Schwung kommen. Luke bat Jakob, sein jüngstes Werk zu lesen, ein Original-Filmdrehbuch.

»Ich werde es gern lesen und dir sagen, was ich davon halte«, antwortete Jakob, »aber wenn du einen Regisseur suchst, warum versuchst du's dann nicht mit Tim Nash? Der ist doch inzwischen auch beim Film.«

Aus reiner Notwendigkeit traf Jakob sich meistens mit kleinen

Produzenten, unfähigen Träumern, deren Phantasien er jeweils nach dem Lunch über sich ergehen lassen mußte.
Als er nach einer solchen Verabredung heimkam, entdeckte er, daß Nancy abermals schwanger war. Er hätte es sich denken können, denn erst einen Monat zuvor hatte Nancy urplötzlich angefangen, mittags nach dem Essen mit einem Buch in der Hand einzunicken, und war am Abend ungemein wollüstig im Bett.
Molly, im Mai geboren, kam ohne Komplikationen. Als Nancy erst einen Monat wieder zu Hause war, brachen seine Schwester Rifka und Herky über sie herein, atemlos, nachdem sie bereits Kopenhagen, Paris, Rom und Venedig »erledigt« hatten. Ihre erste Europareise.
»Hat es euch in Venedig gefallen?« erkundigte sich Jakob.
»Da war's wirklich großartig.«
»Und wie war Kopenhagen?«
»Peinlich sauber.«
»Und Paris?«
»Ein echtes Erlebnis.«
Herky und Rifka waren nicht ohne einen Tribut für den erstgeborenen Hersch gekommen, doch Nancy, die das Geschenk – ein Gewirr von Drähten und Kissen – auspackte, betrachtete es verständnislos.
»Siehst du, Rifka, ich hab's dir ja gleich gesagt! So was haben die hier noch nie gesehen. Das ist ein Anti-Bettnäß-Apparat. Sozusagen ein Frühwarnsystem.«
»Genau, was wir uns immer gewünscht haben«, bemerkte Jakob trocken.
Man legt das Gerät ins Kinderbett, erklärte Herky, stöpselt es ein, und kaum pinkelt er, rumms!, kriegt er einen elektrischen Schlag. »Bombensicher. Wir haben die besten Erfahrungen damit gemacht.«
Hastig drängte Jakob sie zum Schlafzimmer hinaus, um seine Schwester und seinen Schwager in ein jüdisches Restaurant in Soho zu führen. Auf der Woge von zwei Whiskys begann Herky von seiner Bildungsreise zu schwärmen.
Jeder seinem Beruf entsprechend. Amerikanische Maldilettanten, die zum erstenmal rüberkommen, eilen in die Tate Gallery, ins Jeu

de Paume, die Uffizien, den Prado. Beginnende Schriftsteller suchen Dr. Johnsons Wohnung auf, Oxford, Cambridge, Jane Austens Bath, hoffen in Paris, im Deux Magots einen flüchtigen Blick auf Sartre werfen und dort, wo James Joyce aß, ebenfalls eine Mahlzeit einnehmen zu können, nicht zu vergessen die Bar des Ritz, Hemingway und Fitzgerald. So oft, daß er es nicht mehr zählen konnte, hatte Jakob sentimentale Besucher ans Grab von Karl Marx und an der Wohnung des alten Sigmund Freud vorübergeführt, hatte ihnen das Café Royal gezeigt, Bloomsbury, die Buchhandlung in Hampstead, wo Orwell gearbeitet hatte, und andere geweihte Stätten, auf ewig unser. Herky Soloway jedoch war ein Sonderfall. In London wollte er vor allem dem Schrein des unübertroffenen Thomas Scheißer huldigen, Depositorium unsterblicher Stühle, wo die Kaskade zum erstenmal erfolgreich gerauscht hatte und der Niagara erfunden worden war. Herky, immer eifriger, berichtete Jakob von den blitzblanken Emaille-Toiletten von Kopenhagen, jede Schüssel eine Augenweide, erzählte, daß er in Rom ein Bidet gekauft habe (als Scherzartikel für seinen Ausstellungsraum), in die Abwasserkanäle von Paris hinabgestiegen sei, die sich durch die Eingeweide der Stadt zogen, und in einem übelriechenden Café am Montmartre tatsächlich auf dem verrücktesten Örtchen von allen gehockt habe, kein Sitz, nur Abdrücke für die Füße, und ein Lichtschalter, der an und aus ging, wenn man die Tür öffnete oder schloß. Geizkragen, wie? Doch eine gute Vorsichtsmaßnahme gegen die Syphilis. In St. Germain und am Etoile hatte er die Pissoirs ausprobiert. Verblüffend, mitten auf der Straße, gen Himmel stinkend, und bei Henry Miller – das war wirklich mal ein scharfer Schriftsteller – hatte er gelesen, Pervertierte ließen am Morgen ihr Brot dort liegen, um es am Abend zu verzehren, nachdem alle draufgepinkelt hatten. Und in Versailles, ich nehme an, du hast schon davon gehört, es ist unglaublich, aber da haben sie's in den Ecken gemacht, und die Gobelins – entschuldige, Rifka, ich weiß, du bist noch nicht mit dem Nachtisch fertig, aber ich muß es ihm einfach erzählen – waren zum Abwischen da. Und das beim Adel!

Sobald sie Rifka im Dorchester abgesetzt hatten, rieb Herky sich die Hände, versetzte Jakob einen Schlag auf den Rücken (Jetzt kann die Party losgehen, Yankel), und Jakob zog kurz darauf mit Herky los, um ihm nach Einbruch der Dunkelheit die Freuden Londons nahezubringen, des alten Swinging London. Angefangen bei den legendären Cottages der Hyde Park Corner.

»Also, Herky, bevor wir runtergehen, muß ich dich warnen. Sie haben an allen Urinbecken Blenden, und zwar aus gutem Grund. Fang bitte kein Gespräch an, und steck deine Nase nicht überall rein. Es gibt dort häufig Provokateure.«

»Was soll denn das heißen?«

»Cops, auf der Suche nach aufdringlichen Schwulen, wenn du's genau wissen willst.«

»Hör mal, ich hab die Taschen voller Kreditkarten. Ich bin im Besitz eines persönlichen Empfehlungsschreibens von meinem Bankmanager.«

»Tu mir den Gefallen, Herky: rein und sofort wieder raus.«

Außerdem besichtigten sie die Bedürfnisanstalt am Piccadilly zur günstigsten Zeit, kurz nach Mitternacht, wenn die Acid- und Shitheads und die Pusher gemeinsam den Ort in einen Junkie-Basar verwandeln. Als Herky eine Tür aufstieß, entdeckte er einen jungen Mann, der ausgestreckt auf dem Fußboden lag und fixte. Herky zog sich sofort zurück und stieß einen Pfiff aus.

»Gut, daß wir in Kanada keinen staatlichen Gesundheitsdienst haben.«

Schließlich kehrten sie in Herkys Suite zurück, und Jakobs Schwager, in großzügiger, mit Dankbarkeit untermischter Laune, schenkte jedem einen großen Brandy ein. »Wie's mit dir steht, weiß ich nicht, Yankel, aber ich habe mich großartig amüsiert. *Wir* haben *nicht* die Touristenmasche abgezogen, was? Das London, das ich kennengelernt habe, sehen nur sehr wenige Menschen.«

Darin mußte Jakob ihm zustimmen und ging mit Herky am folgenden Nachmittag wie verabredet zunächst in Raymond's Revue Bar und anschließend Souvenirs einkaufen, während Rifka eine Nachmittagsvorstellung von »Die Trapp-Familie« besuchte. Mit seiner Fotoausrüstung bewaffnet, darunter auch eine Filmkamera, stapfte Herky glücklich durch Hamley's und Liberty's, ließ sich von Jakob beim Füttern der Tauben auf dem Trafalgar Square,

breit grinsend und Kußhändchen werfend, auf der Treppe des Canada House filmen und zog dann weiter zu Harrods, wo er sofort nach den Toiletten fragte.
Ach Harrods, deine Toiletten geschaut zu haben!
Auf seiner ganzen Bildungsreise hatte Herky nichts entdeckt, was auch nur entfernt an die Gentlemen's Toilet heranreichte, die in Harrods Souterrain unmittelbar neben dem Herrenfriseur lag. Mit großen Augen rief er aus: »Das nenn ich Qualität, Yankel! Das nenn ich Klasse.« Der Fußboden bestand aus Marmor. Die Waschbecken ebenfalls. Jede Kabine hatte eine Tür aus Eiche. »Das ist was Reelles! Das ist wirklich was Reelles! Verdammt noch mal, hier könnte man vom Fußboden essen.«
Jakobs Proteste nicht beachtend, begann er ein Foto ums andere zu schießen. Endlose Schnappschüsse dieser berühmten Einrichtung. Ein Herr, der aus einer Kabine trat, starrte Herky fassungslos an. »Allmächtiger!«
Ein anderer verlangte erregt Herkys Film. Harte Worte fielen. »Schwule!« schrie ein dritter Mann und klopfte mit seinem Stock auf den Boden. »Dreckige Schwule!«
Friseure drangen in die Toilette ein. Jemand packte Herkys Kamera. »Die ist versichert«, beruhigte Herky Jakob, dann wurde er gegen die Wand gedrängt, während er, vor Verzweiflung schwitzend und stammelnd, ringsum Geschäftskarten verteilte. Ein Hausdetektiv erschien und übernahm das Kommando. Woraufhin sie zu einem Büro im vierten Stock geführt wurden, wo Jakob, der mühsam das Lachen unterdrückte, den Sachverhalt klärte.

8 Am Vormittag wurde Harry ins Dorchester geschickt, wo er sich mit der jüngst angefallenen Vielzahl von Rechnungen eines Stars befassen sollte; Überreste einer Affäre. Der Star, international bekannt, widerwärtig überbezahlt, wurde in seiner Suite betreut von einer Privatsekretärin Typ Mutterteufel, einem turtelnden schwulen Architekten, der dafür sorgte, daß alle Gläser ständig mit gekühltem Chevalier Montrachet gefüllt waren, und einem Fußpfleger, der kniend die auf einem Fußpolster ruhenden nackten

Füße behandelte. Der Fußpfleger, die offene Instrumententasche mit den scherengefüllten Schubladen vor sich, den schwarzen Bowler neben sich auf dem Teppich, massierte dem Star die Füße, hielt hier und da inne, um ehrfürchtig einen Nagel abzuknipsen oder eine große Zehe zu streicheln, und verharrte, wann immer er einen unwillkürlichen, kleinen Aufschrei des Wohlbehagens auslöste.
»Ich mache mir ja solche Sorgen«, sagte der Fußpfleger. »Was wird, wenn Sie nach Hollywood zurückkehren, Sir?«
»Mmmnnnn.« Mit ekstatisch geschlossenen Augen.
»Wer wird sich dort um Ihre Füße kümmern?«
Harry, beflügelt von zuviel Wein zu ungewohnter Stunde, richtete es so ein, daß er sich mit dem Fußpfleger zugleich verabschiedete und ihn noch in ein Pub einlud.
»Haben Sie viele Stars als Kunden?«
»Aber ja. Ja, natürlich. Sie lassen mich alle kommen.«
»Die Frauen auch?«
»Sie würden sich wundern, was ich alles gesehen habe«, blubberte der Fußpfleger. »Ich kann nur sagen, da lernt man anklopfen, bevor man eintritt.«
»Und bei der Arbeit, halten Sie da den Blick immer schön brav gesenkt?«
»Also, wissen Sie, das sind alles anständige Menschen. Alle.«
»Und je größer sie sind...« – Harry bestellte trotz der Einwände des Fußpflegers eine weitere Runde – »desto netter sind sie?«
»Genau.«
Harry winkte den behäbigen, rotgesichtigen Mann näher zu sich heran. Mit gesenkter Stimme erkundigte er sich: »Und was ist mit dem Zehendreck?«
»Womit?«
»Glauben Sie, der riecht besser als der Ihre? Oder der meine?«
Der Fußpfleger lachte. »Wirklich«, mit blitzenden Augen, »wirklich, Sie sind mir einer!«
»Behalten Sie ihn. Sie könnten ihn doch verkaufen, meinen Sie nicht? Wenn Sie zum Beispiel Elizabeth Taylor behandelten, könnten Sie 'ne Menge Geld mit ihrem Zehendreck machen.«
»Also, das ist abscheulich! Das ist aber wirklich abscheulich, Sir.«

»Und dann die Nägel. Denken Sie doch nur an die Zehennägel! Die könnten Sie aufbewahren. Wußten Sie, daß Christie seinen Opfern die Schamhaare auszureißen und sie in einer Tabaksdose aufzubewahren pflegte?«
»Jetzt reicht's mir aber. Hören Sie auf!«
»Oder ihre Furze. Haben Sie mal daran gedacht?« fuhr Harry fort, den anderen in die Enge treibend. »Diese verdammten Furze sind restlos verschwendet. Wenn Sie statt Ihrer normalen eine luftdichte Tasche hätten und flink genug wären, die Furze einzufangen, mein Gott, ein Vermögen könnten Sie damit machen! Nehmen Sie nur mal Marilyn Monroe jetzt, wo sie tot ist. Mann, wenn Sie nur einen einzigen Furz von der in einem luftdichten Behälter hätten...«
»Ich weigere mich, Ihnen weiter zuzuhören. Ab jetzt bin ich taub.«
»Sie sind ein katzbuckelndes Häufchen Scheiße«, sagte Harry und boxte ihm den Bowler vom Kopf. »Haben Sie das gehört? Ein katzbuckelndes Häufchen Scheiße.«

9 Sommer.
Jakob, am frühen Abend durch Soho schlendernd, kehrte in der Nosh Bar ein, um ein kräftigendes Saltbeef-Sandwich zu essen. Er hatte gerade einen saftigen Mundvoll und einen kurzen Blick auf die Börsennotierungen im »Standard« geschafft (S & P Capital unverändert, Pan Australien dagegen wieder gefallen), als er von einem dickbäuchigen Amerikaner im Dacron-Anzug abgelenkt wurde. Die Ehefrau des Amerikaners, erfolglos mit dem Schuhlöffel in einen Minirock gezwängt, hielt einen »London A to Z« an den Busen gepreßt. Der Amerikaner klappte ein dickes Mäppchen voller Kreditkarten auf, wobei man flüchtig einen internationalen Gesundheitspaß mit seiner Blutgruppe sah; er holte eine Pfundnote heraus und drückte sie dem Kellner in die Hand. »Ich nehme an«, sagte er blinzelnd, »daß ich vierundzwanzig Schilling herausbekomme, wie?«
Der Kellner warf ihm einen säuerlichen Blick zu.

»Sagen Sie Ihrem Chef«, fuhr der Amerikaner seelenruhig fort, »daß ich ein Galizier bin wie er.«

»Aber Morty«, blubberte seine Frau.

Und das saftige Saltbeef-Sandwich wurde in Jakes Mund zu Leder. Sie ist wieder hereingebrochen, erkannte er beklommen, die Saison.

Kam der Sommer, mußten sich die amerikanischen und kanadischen Bevollmächtigten des Show-Business, die ihr Domizil in London hatten, mit mehr als den üblichen Plagen herumschlagen. Die üblichen Plagen, das waren das Labyrinth der Einkommenssteuer, intrigante und unfähige Eingeborene, hochnäsige Au-pair-Mädchen oder Nannies, Ehefrauen, die bei Harrods, Fortnum's, Asprey's viel zuviel ausgaben, die Wahl passender Vorschulen für die Kinder, Verzicht auf echte Pastrami und eingelegte Tomaten, der Kampf gegen Dekorateure und Smog und, natürlich, das Warmhalten. Kam aber der Sommer, spien Touristenschiffe und -jets anspruchsvolle Horden von Verwandten und Freunden von Freunden, längst (und besser) vergessene Schulfreunde und Militärkameraden nach London hinein und verwandelten das Telefon, den ganzen Winter über erholsam funktionsunfähig, in ein Instrument des Terrors. Denn es gab nicht einen Fremden, der nicht anrief und Herzlichkeit verströmte, während er in Wirklichkeit nur Hilfe beim Ergattern von Theaterkarten, einen Stadtbummel bei Nacht (»Weißt du, wo wir wirklich scharf drauf sind? Auf 'ne schöne Pub-Runde. Die Swinging Pubs. Wie wär's, alter Knabe?«) oder eine Einladung zum Dinner daheim erwartete. (»Na, Yankel, hast du der Queen mitgeteilt, daß dein Onkel Labish kommt? Hat sie für mich einen Kuchen gebacken?«)

Die Dialoge der Touristensaison, die Bemerkungen, die Beschwerden waren eine immer wiederkehrende Belastung, die erduldet werden mußte. Man stimmte zu – ach, wie oft man zustimmt! –, die Taxis seien entzückend, die Bobbies höflich und das Tempo gemächlicher als in New York oder, in Jakobs Fall, Montreal. »Hier wissen die Menschen noch das Leben zu genießen. Das sieht man gleich.« Ja. Andererseits aber mußt du doch zugeben, daß … die Bowlerhüte zum Schreien sind, der Hotelservice mies ist, man nirgends schnell einen Anzug gebügelt bekommt, die Briten einen versnobten britischen Akzent haben und alle Amerikaner hassen. Neid. »Sagen wir's doch einfach so: Es ist eben nicht unser Zuhause.« Ja, tausendmal ja. Trotzdem jedoch waren alle froh, diese Reise gemacht zu haben, sie war teuer, aber horizonterweiternd, die Welt wurde immer kleiner, ein riesiges Dorf, nur nächstes Mal würden sie nicht versuchen, so viele Länder in einundzwanzig Tagen zu bewältigen. »Aber der American Express war wirklich überall sehr, sehr nett. In dieser Beziehung können wir nicht klagen.«

Der Sommer war belastet mit Gefahren, mit Schnorrern und Greenhorns aus der Neuen Welt. Wie herrlich, wie absolut wunderbar war es daher für den harten Kern der Show-Business-Exilanten (jene, die nicht in Juan-les-Pins oder Dubrovnik waren), sich am Sonntag vormittag zu einem schönen, nervenberuhigenden Softballspiel, einer Abwandlung des Baseball, zu versammeln, so wie die Raj einer anderen Dynastie sich in Malabar auf dem Cricketfeld zu treffen pflegten.

Der Sonntagvormittags-Softball im Sommer auf der Hampstead Heath war fraglos der ganz große Spaß. Ein Ritual.

Manny Gordon kam von Richmond herüberkutschiert, nachdem er sich und das Starlet der letzten Nacht, Fanghandschuh und Thermosflasche voll Martinis im Kofferraum, eine sportliche Tweedmütze auf dem kahlen Schädel, schon um neun Uhr früh in seinem Aston-Martin angeschnallt hatte. C. Bernard Farber kam aus Ham Common und holte vor Mary Quant's in der King's Road Al Levine, Bob Cohen, Jimmy Grief und Myer Gross ab. Moey Hanover hatte das Personal im Connaught einmal schokkiert, als er am Sonntag morgen in Schirmmütze, T-Shirt und Blue jeans, seinen persönlichen Babe-Ruth-Schläger in der einen, den Softball in der anderen Hand, die Treppe herunterstürzte. An einem anderen Sonntag war Ziggy Alter von Rom herübergeflogen – nur wegen des Lebenselixiers der gewohnten neun *innings*. Frankie Demaine kam mit seinem Maserati aus Marlow-on-Thames. Lou Caplan, Morty Calman und Cy Levi brachten gewöhnlich Frau und Kinder mit. Monty Talman, stets seine letzte, einundzwanzigjährige Freundin berücksichtigend, kam von St. John's Wood zur Heath herübergeradelt. In einem kastanienbraunen Trainingsanzug umrundete er das Feld acht- bis neunmal, bevor die anderen Spieler eintrudelten.

Jakob kam gewöhnlich zu Fuß zur Hampstead Heath, unter dem »Observer« in seiner Einkaufstasche den zerschlissenen Fanghandschuh sowie drei mit Räucherlachs gefüllte Bagels zur Stärkung versteckt. An manchen Sonntagen, wie zum Beispiel heute und möglicherweise für eine Weile seinem letzten, nahm Nancy die Kinder zum Zuschauen mit.

Die Aufstellung am Sonntag, 28. Juni 1963, lautete:

AL LEVINE'S TEAM	LOU CAPLAN'S BUNCH
Manny Gordon, ss.	Bob Cohen, 3 b.
C. Bernard Farber, 2 b.	Myer Gross, ss.
Jimmy Grief, 3 b.	Frankie Demaine, lf.
Al Levine, cf.	Morty Calman, rf.
Monty Talman, 1 b.	Cy Levi, 2 b.
Ziggy Alter, lf.	Moey Hanover, c.
Jack Monroe, rf.	Johnny Roper, cf.
Sean Fielding, c.	Jason Storm, 1 b.
Alfie Roberts, p.	Lou Caplan, p.

Jakob spielte, wie fünf oder sechs andere, die zu spät gekommen waren oder vom Vorabend noch einen Kater hatten (oder außergewöhnlich ungeschickte Spieler waren), als Ersatzmann. Als Aushilfs-Fänger saß er bei Lou Caplan's Bunch auf der Bank.

Es war ein schöner, beinahe wolkenloser Vormittag, nach einem kurzen Rundblick fand Jakob allerdings, daß zu viele Ehefrauen, Kinder und Kibitze da waren. Und schlimmer noch, auf dem Rasen hinter dem Schlagmal begann sich der Filmmaker's First Wives Club oder, wie Ziggy Alter es nannte, die Alimenten-Galerie zu versammeln – nach außen hin scheinbar lässig, innerlich mit Bosheit erfüllt.

Zuerst kam Al Levine's Team, anschließend Lou Caplan's Bunch herausgetrottet, um sich im Fangen, Werfen und Schlagen zu üben; beide Mannschaften bestanden zum größten Teil aus Männern in den Vierzigern, mit Hängebäuchen, empfindlichen Bandscheiben und schmerzhaft brennenden Hämorrhoiden.

Nate Sugarman, einstmals erstklassiger *short stop*, seit seinem Herzinfarkt jedoch nur noch Schiedsrichter, zerbiß eine Digitaliskapsel, marschierte aufs Feld hinaus und rief:
»Ans Spiel, Leute!«
»Auf geht's!«
»Wir brauchen 'n Treffer«, brüllte Monty Talman, der Produzent.
»*Du* bestimmt«, rief ihm Bob Cohen, der erst gestern einen Rohschnitt von Talmans jüngstem Fiasko durchlitten hatte, giftig von der gegnerischen Bank aus zu.
Manny, wie eine Katze übers Schlagmal geduckt, tat sein Bestes, gefährlich zu wirken, obwohl er sich unter mehr als seinem üblichen Quantum Nervosität verkrampfte. Wenn er *out* schlug, würde sein Team nicht allzu ärgerlich sein, weil das Spiel gerade erst anfing, Lou Caplan aber, der zum erstenmal seit seiner mexikanischen Scheidung als Werfer spielte, würde ihm dankbar sein, und Lou zu schmeicheln war eine gute Idee, weil das Gerücht umging, er werde einen Dreier-Vertrag mit der Twentieth abschließen; und Manny hatte seit »Chase« keinen Film mit großem Budget mehr inszeniert. *Ball one, inside.* Wenn ich, dachte Manny, einen *single* schlage, muß ich diesen ekelhaften Schwulen begrüßen, Jason Storm, 1 b., der in London ist, um einen TV-Pilotfilm für Ziggy Alter zu machen. *Strike one, called.* Einen *home run* hatte er noch nie geschlagen, das kam also nicht in Frage, wenn aber ein Wunder geschah und er einen *triple* schaffte, was dann? Dann saß er am dritten Mal bei Bob Cohen fest, absolut Zweitfilm-Niveau, der geborene Verlierer, und mit Bob wollte Manny nicht gesehen werden, nicht mal bei einem *inning*, vor allem, wo so viele Produzenten und Agenten dabeiwaren. K-NACK! *Verdammt noch mal, ein Treffer! Ein double, großer Gott!*
Während die Spieler auf Al Levines Bank sich wie ein Mann erhoben und ihn anfeuerten...
»*Go, man. Go!*«
»Schwing die Hufe, Manny! Lauf!«
...hetzte Manny, ganz auf Lou Caplans wütenden Blick konzentriert (»Nicht meine Schuld, Lou.«), am ersten Mal vorbei und nahm kurzsichtig, rundschultrig, Kurs auf das zweite, während er

überlegte, ob er zu Cy Levi, 2b., den er verdächtigte, verantwortlich dafür zu sein, daß sein Name vor Jahren auf die Schwarze Liste gekommen war, etwas Biestiges sagen sollte.
Der nächste Mann am Schlag, C. Bernie Farber, der sich verpflichtet hatte, Lou Caplans ersten Film für die Twentieth zu schreiben, schlug äußerst graziös daneben und räumte das Feld für Jimmy Grief. Jimmy zielte auf den ersten Ball, schlug ihn hoch und ins Aus, und Moey Hanover reckte sich rasch danach, schuldbewußt, weil Jimmy am nächsten Samstag nach Rom fliegen mußte und Moey sich schon für Sonntag mit Jimmys Frau zum Lunch verabredet hatte. Moey fing, Al Levine kam an den Schlag, schaffte einen *home run* und brachte auch Manny Gordon mit. Monty Talman schickte einen Bodenball zu Gross hinüber, womit die erste Mannschaft durch war.
Al Levines Team, erstes *inning:* zwei Treffer, kein Fehler, zwei Läufe.

Als erster von Lou Caplan's Bunch schmetterte Bob Cohen einen ganz scharfen Ball zur Mitte, der einen *single* brachte, Myer Gross fehlte, und Frankie Demaine schickte alle Außenfeldspieler weit, weit, weit zurück. Frankie prügelte den dritten Ball weit und hoch, ein leichter Flugball, hätte Al Levine ihn tief links gespielt statt innen rechts, wo er mit Manny Gordons Starlet flirten konnte, das sich dort im allerkürzesten Pucci-Kleid auf dem Rasen niedergelassen hatte. Al Levine war der einzige von beiden Teams, der immer in Shorts spielte – Shorts, unter denen eine elastische Binde hervorschaute, von der linken Kniescheibe bis fast ganz zum Knöchel.
»O Gott, Sie Ärmster!« Mit einer Grimasse deutete das Starlet auf Levines Knie.
Levine zog sofort den Bauch ein und antwortete: »Spanien«, als werfe er dem Mädchen eine kostbare Münze zu.
»Sagen Sie bloß!« quietschte sie. »Der Strand von Torremolinos. Pfui!«
»Nein, nein«, protestierte Levine. »Mein Gott, der Bürgerkrieg. Schrapnell. Verteidigung von Madrid.«
Demaines Flugball ergab einen *home run,* den auch ein heftig keuchender Bob Cohen zum Beenden des Laufs benutzte.

Lou Caplan's Bunch, erstes *inning:* ein Treffer, ein Fehler, zwei Läufe.
Bei den nächsten beiden *innings*, die nur anmerkenswert waren, weil Moey Hanover betrüblich nachließ, wurden keine Punkte erzielt. Im zweiten verfehlte Moey einen leichten, hohen Flugball und ließ sich von C. Bernie Farber, noch immer schwach auf den Beinen nach einer reinigenden, beinahe ganz nahrungslosen Woche im Forest Mere Hydro, doch tatsächlich ein Mal stehlen. Das Problem war eindeutig Sean Fielding, der RADA-Absolvent, den die Columbia unter Vertrag genommen hatte, weil er im Profil wie Peter O'Toole aussah. Das Spiel hatte gerade erst begonnen, da schlenderte Lilian, Moey Hanovers Frau, zu Al Levines Bank hinüber, streckte sich, als wolle sie sich ihm anbieten, neben Fielding aus, und seitdem kicherten und stießen die beiden einander ständig an, was Moey furchtbar nervös machte. Moey jedoch hatte seine Jungmannzeit nicht umsonst in einer *jeschiwe* verbracht. Nicht nur hatte er das Alte Testament für die meisten seiner besten »Rawhide«- und »Bonanza«-Themen angezapft, sondern seine teuer erkaufte jüdische Erziehung, die, wie ihm sein Vater immer wieder versicherte, unbezahlbar war, kam ihm auch jetzt, da Lilian eindeutig läufig war, aufs allerbeste zustatten. Moey hatte seinen David ha'Melech nicht vergessen: *Am Morgen schrieb David einen Brief an Joab und sandte ihn durch Uria. Er schrieb aber in dem Briefe: Stelle Uria voran, wo der Kampf am heftigsten ist; dann laßt ihn im Stiche, daß er in der Schlacht umkomme.* – Amen.
Lou Caplan lieferte im dritten zwei Treffer hintereinander, und Moey Hanover nahm seine Fängermaske ab, rief zur Pause und ging, den Ball in den Händen drehend, zum Wurfmal hinüber.
»Mir fehlt nichts«, behauptete Lou. »Nur keine Sorge. Ich werd schon wieder.«
»Das ist es nicht. Sag mal, wann fängst du an, in Rom zu drehen?«
»Morgen in drei Wochen. Hast du was Negatives gehört?«
»Nein.«
»Du gehörst jetzt zu meinen Freunden, vergiß das nicht. Also bitte keine Geheimnisse.«
»Nein. Ich habe nur noch mal über Sean Fielding nachgedacht. Ich

finde, er ist recht attraktiv. Hat viel Sex-Appeal. Es wäre perfekt für den Domingo.«

Als die beiden Männer miteinander zu flüstern begannen, riefen die Spieler auf Al Levines Bank: »Weitermachen, Leute!«

»Los, Moey! Hört endlich auf.«

Moey kehrte zum Schlagmal zurück; er wußte, Fielding war jetzt schon so gut wie in Rom. Soll er seine eigenen Eroberungen machen, dachte er.

»Ans Spiel!« rief Nate Sugarman.

Alfie Roberts, der Regisseur, erwartete gewöhnlich sanfte Würfe von Lou, da er auf ihn ebenfalls Rücksicht nahm, heute jedoch war er nicht ganz so sicher, denn am Mittwoch hatte ihm sein Agent eines von Lous Drehbüchern zum Lesen geschickt und... Lous erster Wurf schickte Alfie in den Dreck. Damit ist es endgültig entschieden, dachte er; mein Agent hat ihm schon gesagt, daß es mich nicht interessiert. Alfie schlug zu, so rasch er konnte. Lieber als Spielverzögerer gelten, als sich einen Schädelbruch holen.

Woraufhin Manny Gordon wieder am Ball war, mit einem Fehlschlag sowie Läufen am ersten und dritten. Manny dribbelte in ein *double play*, womit die Mannschaft fertig war.

Bunte Drachen tanzten am Himmel über der Heath. Liebespaare lustwandelten auf den Treidelpfaden und umschlangen sich im Gras. Alte Leute saßen auf Bänken, tankten Sonne. Nannies schoben betitelte Babys vorüber. Hin und wieder blieb ein verblüffter Engländer stehen, um den Amerikanern beim Spiel zuzusehen.

»Sind das Jungens von der Air Force?«

»Nein, Filmemacher. Das da ist ihre Version von Schlagball.«

»Und was ist das für ein riesiges Ding, das die Frau da drüben in Scheiben schneidet?«

»Eine Salami.«

»Auf der Heath?«

»Leider ja. Eines Sonntags haben sie doch tatsächlich so einen Klapptisch aufgestellt, genau da drüben, mit Aufschnitt und Hering und Bergen von Schwarzbrot und eine ganze Hälfte Räucherlachs. Scotch. *Zehn und sechs der Liter, ist das zu glauben?«*

»Auf der Heath?«

»Champagner *in Pappbechern.* Mumm. Einer von ihnen hatte gerade einen Preis gewonnen.«

Gegen Ende des fünften *inning* führte Al Levines Team mit 6 : 3, und Tom Hunt kam herein, um für Lou Caplan's Bunch als zweiter Malmann zu spielen. Hunt, ein Neger-Schauspieler, war in London, um für Bob Cohen »Othello X« zu drehen.
Moey Hanover schlug einen trägen Flugball ins linke Feld, den Ziggy Alter fing, indem er sich so lange auf dem Rasen wälzte, bis er – kurz ehe er wieder aufstand – in der richtigen Position war, um unter Natalie Calmans Rock zu schielen. Irgend etwas, das er dort sah, entnervte ihn so, daß er den Ball fallen ließ, erbleichte und es Hanover so ermöglichte, sicher zum zweiten Mal zu gelangen.
Johnny Roger kam durch vier schlecht geworfene Bälle zum ersten Mal. Nach ihm war Jason Storm am Schlag – sehr zum Vergnügen eines Rudels britischer Schwuler, die mit ihren blaffenden und nervösen Hunden am ersten Mal standen. Jason trieb einen Prachtball quer durch das Innenfeld und rannte zu Numero zwei, so daß die Schwulen mit ihren Hunden ein Mal weiterziehen mußten.

Mit zwei Aus und einem Punktestand von 7 : 7 wurde Alfie Roberts in der zweiten Hälfte des sechsten Spiels widerstrebend herausgenommen, und für Al Levines Team kam ein neuer Werfer herein: Gordie Kaufman, ein Schriftsteller, der jahrelang auf der Schwarzen Liste gestanden hatte, seine Zeit nunmehr zwischen Madrid und Rom teilte und hunderttausend Dollar pro Ausstattungsfilm verlangte. Als Gordie zu werfen begann, war der weiterführende Läufer auf dem dritten Mal, und Tom Hunt trat zum erstenmal an den Schlag. Der große, schwarze Tom Hunt, der früher einmal in Florida als Halbprofi Baseball gespielt hatte, war militant. Wenn er einen *home run* erzielte, meinte Hunt, würde man ihn für einen von den vielen Kraftniggern halten, die doch nur zum Sport taugten, wenn er aber *out* schlug, was von ihm weit größere Schauspielerqualitäten verlangte als seine Rolle in »Othello X«, was dann? Dann ermöglichte er es einer Bande fetter, fuchsschlauer, von sexuellen Sorgen gequälter Juden, sich ganz groß und *goysy* zu fühlen. Scheiß drauf, dachte Hunt.

Gordie Kaufman hatte ebenfalls ein Problem. Seine atemberaubende Villa auf Mallorca wurde von spanischen Dienstboten betreut, seine beiden Söhne besuchten ein britisches Internat von Ruf, und Gordie selbst war Präsident, einziger Aktionär und einziger Angestellter einer Firma, die nichts weiter war als ein Briefkasten in Liechtenstein. Und doch... und doch... abonnierte Gordie noch immer die »Nation«; unterschob er seinen römischen Sklaven Anti-Apartheid-Dialoge und weise Talmudsprüche; und wenn die linke *pushke* herumgereicht wurde, rückte er mit einem ansehnlichen Scheck heraus. Ich muß es Hunt schwermachen, dachte Gordie, denn wenn er aus mir auch nur einen einzigen Zufalls-*single* herausholt, stehe ich da wie ein gnädig herablassender Weißer. Und wenn er, Gott behüte, einen *home run* schafft, bin ich ein beschissener Liberaler. Und so biß Gordie nach einer 3, einer 2 und einem *walk,* dem typischen Sozialdemokraten-Kompromiß und scheinbar bequemsten Ausweg für beide Männer, biß also Gordie die Zähne zusammen, ließ sich von seiner stolzen trotzkistischen Vergangenheit hinreißen und schmetterte Hunt einen knallharten Ball entgegen, der ihn am Kopf traf. Hunt warf sofort den Schläger weg und stürzte sich mit geballten Fäusten aufs Wurfmal, nicht schnell genug jedoch, um zu verhüten, daß Spieler von beiden Seiten herbeieilten, um die Kampfhähne zu trennen, die sich beide im Recht fühlten, voll Stolz darauf, unpersönliche Rassenvorurteile überwunden und einander an einem schönen Sonntag auf der Hampstead Heath als Individuen eins auf die Nase gegeben zu haben.

Als das kritische siebente *inning* begann, wurde der Film Makers' First Wives Club unruhig; er begnügte sich nicht mehr damit, die Exehemänner aus der Ferne zu bekritteln, sondern rückte bis an die Lauflinien und Bänke vor, um dort die männliche Selbstsicherheit mit boshaften Zwischenrufen zu untergraben. Als Myer Gross zum Beispiel an den Schlag kam und zwei Mann am Mal waren, während seine Mannschaftskameraden riefen: *»Go, man! Go!«*, übertönte ein vertrautes, schneidendes Organ alle anderen Stimmen. »Schlag zu, Meyer! Sorg endlich dafür, daß dein Sohn stolz auf dich sein kann, *wenigstens dieses eine Mal!«*

Welch einen Vorwurf diese Exehefrauen verkörperten! Wie beharrlich sie waren! Wie unwandelbar! Nach all den Jahren immer noch dieses »Warten auf Lefty«. Ihr Haar mochte ergraut sein, ihr Kinn sich verdoppelt haben, der Hals faltig, die Brüste schlaff und der Bauch schwammig geworden sein, doch sage nur ja keiner, das Temperament dieser Weiber sei gealtert! Nachdem sie früher Bittschriften für die Scotsboro Boys eingereicht, wegen einer Mischehe mit ihrer Familie gebrochen, ihre Freunde zur Verteidigung von Madrid geschickt, sich mit alten Kameraden wegen des Hitler-Stalin-Paktes zerstritten, für Henry Wallace gekämpft, für die Rosenbergs demonstriert und sich nie, niemals McCarthy gefügt hatten... klatschten sie heute in China Friendship Clubs in die Hände, unterzeichneten Bittschriften, man möge die Finger von Kuba und Vietnam lassen, und schmierten ihren Söhnen Sandwiches mit gehackter Leber, um sie zum Marsch auf Aldermaston zu schicken.

Die Exehefrauen, mit Alimenten versorgt, aber verlassen, hatten die ersten mühseligen Jahre mit ihren Männern durchgefochten, die Zweifel an sich selbst, die Demütigungen, die Ablehnungen, die Kaltwasserwohnungen und die Schwarzen Listen, und waren dennoch loyal geblieben. Sie selbst hatten sich nicht verändert; nur ihre Männer.

Jede Ehe war im Auge ihres eigenen, selbstgemachten Hurrikans zerbrochen, im Grunde aber empfanden die Männer genauso, wie Ziggy Alter es einmal am Pokertisch so treffend ausgedrückt hatte: »Recht, Unrecht, alles Quatsch! In Wirklichkeit geht's doch nur um eins: Wer will schon mit Anna Pauker zusammen alt werden, wo es so viele knackige junge Dinger gibt, die wir uns Gott sei Dank jetzt leisten können?«

Da waren sie also, auf dem Rasen, und liefen am Sonntagvormittag Flugbällen nach: kleingewachsene Männer mit hohem Einkommen und ohne Prinzipien, alls längst im Infarkt- und Lungenkrebsalter, die sich, in der Hoffnung, bei ihren neuen, jungen Ehefrauen und Freundinnen Eindruck zu schinden, doch höchstens vor ihnen lächerlich machten. Da war Ziggy Alter, der einmal für das Group Theater ein Stück »mit Gehalt« geschrieben hatte. Da war Al Levine, der früher bei Demonstrationen den Pferden Murmeln unter die Hufe geschossen hatte und nunmehr in Epsom zwei eigene

Pferde laufen ließ. Am Wurfmal stand Gordie Kaufman, der einstmals ein Spruchband mit der Aufschrift *No pasarán* durch die Straßen von Manhattan getragen und heute extra einen Mann eingestellt hatte, der die Spanier vom Strand seiner Villa auf Mallorca fernhalten sollte. Und unter der Fängermaske schwitzte Moey Hanover, der an einer *jeschiwe* studiert hatte, mutig vor den Ausschuß getreten und jetzt von Desilu auf Bildungsurlaub geschickt worden war.
Gewöhnlich schafften es die Männer, ihren verbrauchten Exehefrauen aus dem Weg zu gehen. Sie trafen sie weder in den Spielräumen des White Elephant noch im Mirabelle oder im Les Ambassadeurs. Kaum jedoch kam Brecht in die Shaftsbury Avenue, da spürten sie, auch ohne aufzublicken, von Reihe zwei Mitte aus, wie sie in ihren Baumwollschlüpfern auf dem zweiten Balkon hockten und ihnen Löcher in den Nacken brannten.
Und daß sie im Sommer am Sonntag vormittag auf der Hampstead Heath erschienen, um ihnen ein schönes Baseballspiel zu vermiesen, darauf konnte man sich unfehlbar verlassen. Selbst ein *home run,* wie ihn Al Levine jetzt schaffte, half nichts gegen diese störenden Drohnen.
»Wahrscheinlich«, bemerkte eine Stimme hinter Levine auf der Bank, »tut es ihm gut, auf dem Spielfeld, *coram publico* – wenn ihr wißt, was ich meine – tatsächlich mal männlich zu wirken.«

Das Spiel schleppte sich weiter. Beim achten *inning* mußte Jack Monroe zu seinem Mercedes laufen, um sich eine Insulinspritze zu verpassen, und Jakob Hersch, bis dahin reichlich verlegener Ersatzmann, durfte endlich aufs Spielfeld traben. Hersch, dreiunddreißig, ehemals Ersatzwerfer für Zimmer 41, Fletchers Field High (2–7), begab sich umgehend ins rechte Feld, dachte an seine Bandscheiben und hoffte, keinen riskanten Ball fangen zu müssen. Auf dem Rasen war er um lockere Haltung bemüht, winkte seiner Frau, grinste seinen Kindern zu, als urplötzlich und ohne Vorwarnung ein pfeifender Treibball auf ihn zukam. Erschrocken tat Jake das einzig Vernünftige: Er duckte sich. Empörte Rufe und Stöhnlaute von der Bank gemahnten Jakob daran, wo er war, nämlich bei einem Softballspiel, und sofort begann er hastig, dem verpaßten Ball nachzulaufen.

»Lahmarsch!«

»Putz!«

Die Läufer am ersten und dritten Mal starteten zum Endspurt aufs Ziel, als Jakob endlich den Ball erreichte. Er war unter einer Bank ausgerollt, auf der eine Kinderfrau saß und über einen eleganten Kinderwagen wachte.

»Entschuldigung«, sagte Jakob.

»Amerikaner!« sagte die Kinderfrau.

»Ich bin Kanadier«, protestierte Jakob automatisch, während er den Ball unter der Bank hervorangelte.

Drei Läufe zählten. Jakob warf einen flüchtigen Blick auf Nancy, die sich das Lachen nicht verkneifen konnte. Die Kinder sahen aus, als schämten sie sich seiner.

Beim neunten *inning,* als der Punktestand abermals unentschieden 11 : 11 lautete, trat Sol Peters, ein weiterer Ersatzspieler, zögernd für Lou Caplan's Bunch ans Schlagmal. Ein Läufer wartete beim zweiten Mal, und es stand nur noch ein Schlag aus. Gordie Kaufman, der einen Treffer verhindern wollte, zielte mit dem Ball unmittelbar auf Peters selbst, und Sol, der vergaß, daß er seine Kontaktlinsen trug, hielt sich den Schläger vors Gesicht, um seine Brillengläser zu schützen. Der Ball traf den Schläger und prallte ab: ein perfekter Kurzschlag.

»Lauf, du *schmock!«*

»Go, man!«

Erschrocken, ohne den Schläger wegzuwerfen, rannte Sol los.

Monty Talman rief seine Frau an.

»Wer hat gewonnen?« erkundigte sie sich.

»Wir. 13 : 12. Aber das ist nicht so wichtig. Hauptsache, es hat Spaß gemacht.«

»Wie viele bringst du heute zum Lunch mit?«

»Acht.«

»Acht?«

»Ich *mußte* Johnny Roper einladen. Weil er weiß, daß Jack Monroe auch mitkommt.«

»Ach so.«

»Eine kleine Vorwarnung. Frag Cy um Gottes willen nicht nach Marsha. Sie wollen sich trennen. Und Manny Gordon bringt leider ein junges Mädchen mit. Es wäre schön, wenn du nett zu ihr sein könntest.«

»Sonst noch was?«

»Sollte Gerschom von Rom aus anrufen, während die Leute hier sind, vergiß nicht, daß ich den Anruf oben entgegennehme. Und fang bitte nicht schon um vier Uhr an, Gläser wegzuräumen und Aschenbecher zu leeren. Das ist mir peinlich. Der verdammte Jakob Hersch kommt nämlich auch, und das wäre genau die Geste, über die er sich noch monatelang mokieren würde.«

»Ich räume nie...«

»Schon gut, schon gut. Ach ja, verdammt – noch etwas. Tom Hunt kommt ebenfalls.«

»Der Schauspieler?«

»Ja. Also hör zu, er ist furchtbar empfindlich, also räum bitte Sheilas Negerpuppe aus dem Weg.«

»Sheilas Negerpuppe?«

»Wenn sie mit diesem verdammten, schwarzen Ungetüm reinkommt, sterbe ich. Also versteck sie. Oder verbrenn sie lieber. Hunt wird nämlich demnächst Mitspracherecht beim Drehbuch kriegen.«

»In Ordnung, Schatz.«

»Also bis später.«

10 Lou Caplan, der einen Dreier-Vertrag mit der Twentieth Century-Fox hatte, winkte Jakob bei den Talmans beiseite und ging mit ihm in den Garten hinaus. »Weißt du, wie all diese verdammten Blumen heißen?« erkundigte er sich gereizt, mit weit ausholender Geste.

»Selbstverständlich.«

»Ptsssh«, zischte Caplan voller Bewunderung; dann streckte er plötzlich den Finger aus. »Die da, zum Beispiel.«

»Das ist eine Teerose. Eindeutig eine Ena Harkness.«

»Und die da?«

»Phlox.«

»Leute, die bluffen, mag ich nicht. Komm, setz dich hierher. Warum hast du bis jetzt noch keinen Film gemacht? Ich hab dein letztes Fernsehspiel gesehen. Jake, du bist ein echtes Genie.«

»*Was?*«

»Genau so hätte ich es inszeniert.«

»Ach so. Ich verstehe.«

»Du hast Stil. Du bist schnell. Du bist gut mit der Kamera. Doch wie ich höre, bist du für die Schauspieler das reinste Gift. Ein richtiggehend *grober jung.* Ich habe da was, das könntest du dir mal ansehen. Wenn es dich interessiert, spreche ich mit deinem Agenten. Wenn nicht – wer braucht den schon. Stimmt's?«

Und so las Jakob wieder einmal bis zwei Uhr früh, grübelte und las den Roman zum zweiten Mal.

»Es ist bloß ein Thriller, Nancy. Aber ich könnte was damit anfangen. Ich werde zusagen.«

»Und wo spielt er?«

»In Israel.« Als er Nancys Besorgnis sah, fügte er lächelnd hinzu: »Ich rege mich bestimmt nicht auf, keine Angst. Nach allem, was mir bekannt ist, ziehen schon fünf andere Regisseure das Buch in Betracht. Ich bin günstigstenfalls dritte Wahl.«

Unglaublicherweise jedoch aß Caplan am Mittwoch mit seinem Agenten zu Mittag, und die beiden wurden sich sofort über die Details einig. Ein Mitspracherecht bei der Besetzung wollte ihm Caplan natürlich nicht einräumen, aber er sagte, den Autor dürfe er sich selbst auswählen. »Vielleicht«, schlug er vor, »würde dein erfolgreicher Freund Luke Scott diesmal nicht eine ganze Million Dollar fürs Drehbuch verlangen. Wenn er erfährt, daß du Regie führst...«

»Nein«, protestierte Jakob scharfen Tones. »Luke kommt überhaupt nicht in Frage.«

Wie von Caplan fest versprochen, wurde ein Vertrag unterzeichnet und am Montag per Boten überbracht. Nur ein einziger Haken blieb noch, die Twentieth Century-Fox, aber nach zehn endlosen, nervenzerfetzenden Tagen wurde Jakob vom New Yorker Büro der Firma akzeptiert.

»Das wär's«, sagte Jakob anschließend zu Nancy. »Jetzt können wir feiern.« Was sie auch taten. Und als sie später zusammen im Bett

lagen, gestand er: »Ich hatte schon gedacht, ich würde niemals eine Chance kriegen.«
Vierzehn Tage später flog Jakob, der es immer noch nicht fassen konnte, nach Israel, um dort nach Motiven zu suchen und, wie er hoffte, mehr über Joey, den Reiter, zu erfahren, vielleicht sogar seine israelische Frau aufzuspüren, die irgendwo in einem Kibbuz leben sollte.
Bei seiner Ankunft war es mild, wunderbar klar und blau; und nachdem Londons nasser, gummischwerer Himmel nur sechs Stunden hinter ihm lag, fühlte sich Jakob in gehobener Stimmung. Schließlich war dies Erez Jisrael. Zion. Er stieg im Garden Hotel in Ramat-Aviv ab und bestellte sich an einem Tisch neben dem Swimmingpool einen Drink. Überall sonnten sich fußlahme Touristen mittleren Alters. Unter anderem Mr. Cooper. Mit der zusammengerollten Zeitung lästige Fliegen verscheuchend, ruhte der behäbige, braungebrannte Mr. Cooper, die Augen von einer Baseballmütze beschattet, in seinem Liegestuhl, als sei er der Besitzer des Ganzen, und betrachtete nachdenklich seine Zehen, mit denen er Gymnastik machte. »Und woher kommen Sie?« fragte er Jakob.
Jakob sagte es ihm.
»Aha. Wie lange wollen Sie bleiben?«
»Eine Woche. Vielleicht auch zehn Tage.«
»Ist ja ungeheuer lang. Mann, dies hier ist Israel, es ist ein Wunder! In welcher Branche sind Sie tätig, Mr. Hersch?«
»Im Schrotthandel.«
Früh am folgenden Morgen klopfte ein Page an Jakobs Bungalowtür; ein Colonel Elan, Lou Caplans israelischer Partner, erwarte ihn. Untersetzt und sehnig, das ernste Gesicht von Wind und Wetter gegerbt, zeigte sich Elan salopp gekleidet. »Shalom«, grüßte er.
Mr. Cooper kam mit seiner Frau vorbei, die eine blumenbedruckte Dreiviertelhose trug. »Nun, Mr. Hersch, haben Sie inzwischen beschlossen, hierzubleiben?«
»Und Sie?«
»Ich? Ich bin zu alt. Also komme ich nur her, um mein Geld auszugeben.«
Mit einem verächtlichen Blick in den grauen Augen zuckte Elan die

Achseln. Und sobald Jakob in seinen Ford-Kombi gestiegen war, sagte er: »Möchte wissen, wie der Mann geheißen hat, ehe er Mr. Cooper wurde.«
»Und wie«, entgegnete Jakob, erstaunt über seine eigene Empörung, »haben Sie geheißen, ehe Sie Colonel Elan wurden?«
»Sie werden feststellen, daß wir hier eine ganz neue Art Juden sind. Wir haben den jüdischen Stolz wiederhergestellt.«
Hinter Ramla begann der Wagen mit dem langsamen, kurvigen Auf und Ab durch die knöchernen, dicht mit Feldern überzogenen Berge. Arabische Dörfer ragten ganz natürlich und so zerklüftet wie der Fels aus den Hügeln hervor. Hinter den Kurven der schmalen, immer steiler werdenden Straße lagen umgestürzte, ausgebrannte Panzerwracks. Hier hing ein vertrockneter Kranz an einem verkohlten Chassis; dort markierten Steinhaufen die Stelle, wo ein Fahrer, in der Kabine seines brennenden Lkws gefangen, einen qualvollen Tod erlitten hatte. Diese Ruinen entlang der Straße waren ein Denkmal für jene, die während des arabisch-israelischen Krieges die Blockade durchbrochen hatten und nach Jerusalem hineingefahren waren, zu einer Zeit, als die arabische Legion die wichtigen Höhen Bab el Wad und Kastel hielt, ein altes Römerlager und ein Kreuzritterschloß, die die kürzesten Zugänge zur Stadt beherrschten.
»Sagen Sie, Elan«, erkundigte sich Jakob, dem plötzlich unbehaglich zumute wurde, weil seine Verlegenheit ständig wuchs, »haben Sie diesen Thriller gelesen, nach dem der Film gedreht werden soll?«
»Ja.«
»Das Drehbuch wird ganz anders aussehen. Sie sollen wissen, daß ich die weite Reise hierher nicht gemacht habe, um einen primitiven Film zu drehen.«
»Wir brauchen die ausländische Währung«, erwiderte Elan ausweichend.
Jakob erzählte Elan, daß Joey Hersch, sein Cousin, zuweilen auch Jesse Hope genannt, im ersten arabisch-israelischen Krieg gekämpft habe und womöglich jetzt noch in Insrael sei, nur wisse Jakob leider nicht, wo.
»Israel ist zwar ein kleines Land, aber auch ich kenne wirklich nicht

jeden. Versuchen Sie's mal beim Verband der Amerikaner und Kanadier in Israel.«
Doch bei dem Mann vom Verband erreichte Jakob überhaupt nichts.
»Die Hälfte der angelsächsischen Juden, die herkommen«, erklärte der, »reist nach zwei, drei Jahren wieder ab. Warum sie aufgeben? Seien wir ehrlich: Die meisten kommen aus Familien der Mittelschicht, und wenn man sich hier niederläßt, so bedeutet das ein gewaltiges Absinken des Lebensstandards. Viele andere wiederum vermissen die engen Familienbande. Die Momme.«
Das, erwiderte Jakob spitz, sei zweifellos nicht Joey Herschs Problem, doch der Verband hatte keinerlei Unterlagen über ihn. Ebensowenig über seine Frau.
Am Dienstag fuhr Jakob mit Elan nach Acre hinaus, um sich in Frage kommende Drehorte anzusehen. Über die schmalen, stinkenden Straßen des arabischen Marktes waren alte Säcke gespannt, die Käufern und Verkäufern gleichermaßen Schatten spendeten. Esel, Hühner und Ziegen wanderten halb im Schlaf durch den Irrgarten der Stände. Die ausgestellten Waren wirkten mitleiderregend. Rostige Schlüssel für uralte Schlösser, verschossene Baumwollkleider, aufgeplatzte Stiefel. Barfüßige Jungen liefen durch den Matsch. Und überall Fliegen. »Sie brauchten nicht so zu leben«, behauptete Elan, Jakobs Bemerkung zuvorkommend. »Viele von ihnen besitzen Land. Sie vergraben ihr Geld in Marmeladengläsern. Im Grunde gibt es so etwas wie ›den Araber‹ gar nicht. Was zum Beispiel hat ein Araber aus Kairo mit einem Beduinen aus dem Irak gemeinsam?«
»Jerusalem?« meinte Jakob fragend.
»Gemeinsam ist allen Arabern lediglich die Tatsache, daß sie Moslems sind. Wir müssen ihnen beibringen, daß es gar nicht so schlecht ist, als Araber in Israel zu leben.«
»Vielleicht«, entgegnete Jakob, »liegt das Problem darin, daß sie Loyalitäten außerhalb ihres eigenen Landes haben. Wie mein Freund Mr. Cooper.«
Die kanadische Botschaft wußte nichts über Joseph Hersch.
Am Mittwoch morgen fuhr Jakob mit Elan nach Beersheba, um sich das Arabian Nights Hotel anzusehen, das sich damals noch im

Bau befand. Eine halbe Stunde außerhalb von Tel Aviv rollte der Kombi durch einen üppigen, beackerten Grüngürtel. Und dann waren sie plötzlich in der Wüste. »Hier sind wir siebzig Meilen breit«, erklärte Elan. »Eines Tages wird dies unser Brotkorb sein.«
Schließlich kam der Kombi am Rand von Beersheba zum Stehen. Die Augen vor dem vom Wind aufgewirbelten Sand zugekniffen, sah Jakob, daß vor ihnen in der Wüste unvermittelt ein riesiges Hotel aufragte. Mr. Hod, der Besitzer, kam zu ihnen herausgeeilt. »Ich baue das beste Hotel von Israel«, versicherte er. »Wir haben hier einen Golfplatz, heiße Quellen – was Sie nur wollen. Und bald bekommen wir die größte Neonreklame im ganzen Land. THE ARABIAN NIGHTS HOTEL. Ich möchte sogar eine Gesellschaft gründen, die ›Sons of the Arabian Nights‹ heißen soll.«
Nach dem Lunch begann Hod einen Schwenker Brandy nach dem anderen zu kippen. »Eines Tages«, wandte er sich an Jakob, »habe ich in Beersheba einen Spanier kennengelernt. Einen reichen Mann. Der sagte mir, in Madrid sei er Antisemit gewesen. Er hätte niemals geglaubt, daß die Juden ein eigenes Land aufbauen könnten, sagte er, deswegen habe er sich gedacht, er müsse unbedingt mal hinfahren und sich das ansehen. Nun, ich habe das Land gesehen, sagte er, und es ist großartig. Aber ihr hier seid gar keine richtigen Juden, ihr seid ganz anders. Die spanischen Juden würden nur für ihre Familien und für ihr Geschäft kämpfen. Ihr hier seid anders, sagte er.«
»Wenn Sie ihm wieder mal begegnen«, antwortete Jakob pikiert, »sagen Sie ihm, einige der kanadischen Juden hätten nicht nur für ihr Land und dieses Land hier gekämpft, sondern außerdem noch für Spanien. Wie zum Beispiel mein Cousin.«
Auf der langen Rückfahrt nach Tel Aviv tat Jakob, als schlafe er. Schließlich setzte ihn Elan vor dem Garden Hotel ab.
»Sie sind sehr überheblich, nicht wahr, Hersch? Sie fragen sich, warum wir vulgäre Hotels haben und reißerische Filme finanzieren, die von zweitklassigen Leuten produziert werden. Wir tun es, weil wir das Geld brauchen. Um zu überleben.«
»Ja«, stimmte ihm Jakob ein wenig lahm zu, »zweifellos haben Sie recht.« Nachdem er sich in seinen Bungalow zurückgezogen hatte, las er den Thriller abermals durch und entschied, daß mit Hilfe eines anständigen Drehbuchs, mit der richtigen Besetzung ein recht guter

Film daraus werden könne, er werde ihm Gehalt verleihen, und er nehme den Auftrag gewiß nicht nur an, weil er kein Kind mehr war, weil Zeit und Stolz ihm diktierten, er müsse jetzt unbedingt einen Film inszenieren.

Als Jakob erwachte, war er fest entschlossen, ja sogar frohgemut. Dann jedoch rief Elan an. »Ihr Cousin«, berichtete er, »lebte hier unter dem Namen Yosef Ben Baruch. Er war ein ausgepichter Scheißkerl, was mich keinesfalls überrascht. Seine Frau lebt im Kibbuz Gesher Haaziv.«

Unmittelbar nach dem Lunch mietete sich Jakob ein Taxi und holperte über die Küstenebene, durch Haifa und bis nach Obergaliläa hinein – nach Gesher Haaziv, einem Kibbuz in den Hügeln hart an der libanesischen Grenze, wo es zu diesem Zeitpunkt ruhig war, bis auf ein paar Schmuggler, die Schweinefleisch und Haschisch nach Acre schafften. Er fand Chave im Speisesaal, eine stämmige Frau mit schwarzem Kraushaar, traurigen schwarzen Augen und dicht behaarten Beinen. Eine Zwei-Gallonen-Büchse mit sauren Gurken unter dem dicken Arm, schlurfte sie von Tisch zu Tisch und deponierte auf der Mittelplatte jeweils genau sechs Gurken für das abendliche Mahl. Das Passaseder.

»Ich bin der Cousin Ihres Mannes. Ich würde gern mal mit Ihnen sprechen – wenn es Ihnen nichts ausmacht.«

»Ist er tot?«

»Nicht daß ich wüßte. Warum fragen Sie?«

»Weil ich nie was von seiner Familie höre. Ich dachte, wenn er gestorben ist, gibt es möglicherweise Papiere. Irgend etwas für unseren Sohn.«

Zev war zehn Jahre alt.

»Warum brauchen Sie in einem Kibbuz Geld?«

»Das ist hier doch kein Leben mehr. Ich möchte weg – wegen des Jungen.«

»Sind Sie aus... Amerika?«

»Vor Theresienstadt weiß ich nicht, woher ich bin«, antwortete sie und schlurfte mit ihren Gurken zum nächsten Tisch.

»Die Familie schickt Ihnen Geld. Man hat mich beauftragt, es Ihnen zu übergeben.«

»Wieviel?«

Jakob kratzte sich den Kopf. Er überlegte. »Tausend Dollar.«
»Tausend Dollar?« Sie zuckte die Achseln. »Aber sie sind doch so reich.«
»Und hundert Dollar pro Monat, als Beihilfe zum Unterhalt des Jungen.«
»Würden sie möglicherweise mehr geben?«
»Nein.«
»Versuchen Sie's. Sprechen Sie mit ihnen. Ich gebe Ihnen Fotos von Zev für sie mit.«
Sie schlenderten zu ihrer Hütte hinüber, die aus drei Zimmern bestand; eines davon war ein Schlafraum für Zev. In Gesher Haaziv wurden die Kinder nicht mehr gemeinschaftlich erzogen, sondern wohnten bei ihren Eltern. »Wir hatten gehofft, diese Generation würde anders werden. Ihnen würde der Fluch einer jiddischen Momme erspart bleiben, aber es hat nicht geklappt. Die Eltern schlichen sich immer wieder mit Süßigkeiten für ihre eigenen Sprößlinge ins Kinderhaus. Wenn sich eines erkältete, war sofort die Mutter da. Juden!« sagte sie anklagend.
Auf dem Kaminsims stand ein Foto des Reiters, etwa von 1946. Cousin Joey in Uniform, auf einem weißen Hengst.
»Das Pferd hat er vom Sohn eines *muchtars* gewonnen. Bei einem Kampf.«
Ob sie ihn damals schon gekannt habe, fragte er sie.
»Nein, aber ich kannte seine Geschichten. Er war einer von denen, die mit Deir Yassin zu tun hatten, eine Katastrophe für uns. Manche behaupten sogar, er sei ein Anführer gewesen, aber wer weiß, er wollte jedenfalls nie darüber reden.«
Im April 1948 führten Einheiten von Etzel sowie die Stern-Bande einen unprovozierten Angriff auf das friedliche Araberdörfchen Deir Yassin am Westrand von Jerusalem. Es war ein kalt berechneter Terrorakt, der eine Lektion sein sollte. Die Jewish Agency distanzierte sich von dem Massaker, den Arabern jedoch kam es zur Rechtfertigung ihrer eigenen Greueltaten gelegen.
»Mit dem dritten Konvoi tauchte er wieder in Jerusalem auf, mit jenem, der bei Bab el Wad so übel zugerichtet wurde. Man hat ein paar von den ausgebrannten Autowracks als Mahnmal neben der Straße liegenlassen.«

»Ich habe sie gesehen.«
»Das war der letzte Konvoi, der durchkam. Sie brachten Hühner, Eier und Matzen für das Passah-Fest, doch es bestand keinerlei Hoffnung, wieder aus Jerusalem herauszukommen. Joseph schloß sich einer Einheit an, die in der Altstadt kämpfte. Abermals bekam er Ärger. Diesmal mit der Neturei Karta. Die Orthodoxen der Orthodoxen, wissen Sie. Die den Staat noch immer nicht anerkennen; er sei widerrechtlich, sie warten auf den Messias. Einer der Graubärte kam zu ihm und sagte, es sei zuviel für die Frauen und Kinder, der Beschuß sei schrecklich. Er wünschte einen Sonderwaffenstillstand mit den Arabern zu schließen, damit ihr Viertel von den Kämpfen verschont blieb. Joseph sagte, wenn der Alte die weiße Flagge zeige, werde er ihn erschießen. Einfach so. In der Yohanan-ben-Zakkai-Synagoge hatten ungefähr achthundert orthodoxe Frauen und Kinder Zuflucht gesucht, mit den Arabern direkt auf der gegenüberliegenden Straßenseite. Als die Rabbis herausgewankt kamen, mit einem weißen Laken zwischen zwei Stangen, gab jemand aus den jüdischen Linien einen Schuß ab und verwundete einen von ihnen.«
Der Reiter, der gewaltig trank, war in Gesher Haaziv unbeliebt. Zuweilen verschwand er für drei Tage, manchmal sogar für eine Woche, und ging auf Sauftour nach Acre hinüber, wo er mit den Arabern auf dem Markt befreundet war. Später bestand kein Zweifel daran, daß er mit Haschisch-Schmugglern zu tun hatte.
»Was heißt später?«
Sie meinte, nach der Kastner-Geschichte.
Anfang April 1944 nahm Dr. Rudolph Kastner, Leiter der ungarisch-jüdischen Gemeinde, Kontakt mit Hauptsturmführer Wislicency vom Sondereinsatzkommando Eichmann auf und verhandelte mit ihm unter unvorstellbar schrecklichen und grausamen Bedingungen über den Freikauf von 1700 Juden für 1600000 Dollar. Die Freizukaufenden mußten aus 750000 Personen ausgewählt werden, die nicht erfuhren, daß sie fürs Krematorium bestimmt waren, und daher keine Gelegenheit hatten, Widerstand zu leisten oder in die Wälder zu fliehen. Unter den 1700 Geretteten befanden sich Kastners Verwandte. Wohlhabende und gesellschaftlich bedeutende Juden waren in der Überzahl.

Nach dem Krieg kam Kastner nach Israel. Jahre später stellte sich ein Fanatiker an die Straßenecken von Jerusalem und schwenkte ein Plakat, auf dem behauptet wurde, Kastner sei in Wirklichkeit ein Kollaborateur, und seine Machenschaften hätten zur Folge gehabt, daß 750 000 Juden ahnungslos in den Tod gingen. Und der Reiter stachelte im Speisesaal von Gesher Haaziv in seiner Trunkenheit die Männer auf, fragte sie, was sie dagegen zu tun gedächten, es gehe sie schließlich alle an. Als seien sie nicht, wie jedermann im ganzen Land, ebenfalls durch die Anschuldigungen und den darauffolgenden Prozeß hin- und hergerissen worden. Manche hielten Kastner für die Verkörperung all dessen, was an den Judenräten in Europa korrupt war, andere widersprachen, er habe in einer furchtbaren Zeit so viele gerettet, wie es ihm möglich gewesen sei, und wieder andere meinten, wir könnten heute nicht mehr verstehen, was die Menschen damals zum Handeln getrieben habe, und es sei endlich Zeit, stillzuschweigen.

Kastner errang in seiner Verleumdungsklage 1953 einen Pyrrhussieg, durch den sein Name weniger reingewaschen als befleckt wurde, und der Reiter machte, als er am Morgen danach aufstand, angeblich um einen Lkw zur Truthahnfarm zu fahren, dort nicht halt. Der Lastwagen wurde verlassen in Acre gefunden, und der Reiter wurde nie wieder in Gesher Haaziv gesehen.

In seinem zweiten Prozeß, 1957, wurde Kastner vollkommen rehabilitiert, wenige Monate darauf jedoch eines Nachts von einem ungarischen Juden auf der Straße erschossen.

»Moment mal!« warf Jakob ein. »Soll das heißen, daß Sie von ihm in all diesen Jahren weder etwas gehört noch gesehen haben?«

»Er kommt zwar von Zeit zu Zeit nach Israel, niemals aber hierher zu uns. Wissen Sie, er hatte uns schon vor dreiundfünfzig einmal für ein ganzes Jahr verlassen. 1951 war er in Frankreich.«

In Maison-Lafite, wo er, da Ausländer, keine Lizenz als Pferdetrainer bekam und deswegen illegal arbeitete, mit Papieren, die ihn als Herrenjockey auswiesen.

»Hat er jemals von seiner Familie gesprochen? Von Montreal?«

»Nur wenn er betrunken war. Sie seien schuld am Tod seines Vaters, sagte er, und an dem seinen beinahe auch.«

»Das hat er gesagt?«

Sie nickte.
»Waren das seine genauen Worte? Sie seien beinahe schuld an seinem Tod gewesen?«
»Es ist so lange her. Er war betrunken. Wir stritten uns. So was kommt vor. Joseph wollte mir nicht erlauben, meine deutschen Wiedergutmachungszahlungen zu beantragen. O ja, er war ein Pedant, dieser Mann! Ein solcher Pedant! In manchen Dingen…«
»Was heißt, in manchen Dingen?«
»Ach, von den Deutschen Geld anzunehmen, wem haben sie's denn überhaupt erst weggenommen, wenn nicht uns, das sei unrecht, aber von seinen Weibern, da konnte er's nehmen…« Sie unterbrach sich und lachte trocken auf, bis obenhin voll Bitterkeit.
»Warum sollten Frauen ihm Geld geben?«
»Frauen, Ehemänner, Väter. Jetzt braucht niemand mehr Angst zu haben. Ich habe jeden einzelnen Brief verbrannt. Er haßte Ihre Familie, wissen Sie; und außerdem war er ein Lügner.«
»Was für Briefe haben Sie verbrannt?«
»Für wen schnüffeln Sie hier eigentlich herum? Müssen Sie unbedingt alles wissen?«
»Für niemanden.«
»Ich habe nichts gegen die Herschs, und ich bin ihnen sehr, sehr dankbar für ihre Hilfe. Wenn's nur ein bißchen mehr wäre.«
»Ja, ich verstehe. Aber hat er sonst noch was gesagt? Bitte, es ist furchtbar wichtig für mich.«
»Er sagte gern, wenn die Herschs achtundvierzig in der Altstadt gewesen wären, hätten sie als erste die weiße Fahne gehißt.«
»Das ist nicht fair.«
»Hab ich gesagt, daß es fair ist? Fair. Wie alt sind Sie?«
»Dreiunddreißig.«
»Nennen Sie mir irgend etwas im Leben, das fair ist. Los doch. Nur zu!«
»Haben Sie jemals von ihm gehört?«
»Postkarten. Meistens zu Zevs Geburtstag.«
Weiter erzählte sie ihm, er sei, wenn er auf Sauftour war, häufig im Kibbuz der Überlebenden des Warschauer Gettos bei Haifa gelandet, wo die Leute noch trinken konnten und wo es ein Museum

sowie Archive über den Holocaust gab. Dann zog Chava eine Kommodenschublade auf und nahm einen Aktenordner heraus. Zwischen den Postkarten entdeckte Jakob vergilbtes Zeitungspapier und Fotos aus Zeitschriften. Die rotwangige, gemütliche Frau Göring, wie sie in der Theatinerstraße Einkäufe machte. Die ernste Familie von Papen, deren ältester Sohn Adolf hieß, auf einem Ledersofa. »Sepp« Dietrich, mit feierlicher Miene. Außerdem zerlesene Seiten aus einem Journal, in dem die Aktivitäten von Josef Mengele, Philosophiestudent und Oberarzt in Auschwitz, beschrieben wurden; er hatte bis 1951 ungestört in München gewohnt und war dann mit Hilfe der ODESSA über den Reschenpaß und Meran nach Italien geflohen, von dort aus nach Spanien, anschließend nach Buenos Aires, und als 1955 das Regime Péron zusammenbrach, nach Paraguay.

> ERKLÄRUNG. Ich, der Unterzeichnete, Dr. Nyiskizli Miklos, ehemaliger Insasse des KZ Nummer 8450, erkläre, daß diese Niederschrift in strikter Übereinstimmung mit der Wirklichkeit und ohne die geringste Übertreibung von mir in meiner Eigenschaft als Augenzeuge und unfreiwilliger Teilnehmer an der Arbeit in Auschwitz verfaßt wurde.
> Als Oberarzt des Auschwitzer Krematoriums verfaßte ich zahlreiche Sektionsberichte und Ergebnisse der forensischen Medizin, die ich mit meiner Häftlingsnummer unterzeichnete. Diese Dokumente schickte ich, gegengezeichnet von meinem Vorgesetzten Dr. Mengele, per Post an das Berlin-Dahlemer Institut für rassenbiologische anthropologische Forschungen...

Während Chava weiterredete, sich über die hohen Kosten selbst einer bescheidenen Wohnung in Tel Aviv beschwerte, las er:

> Dr. Mengele – der Selektionsarzt – gibt ein Zeichen. Sie stellen sich abermals in zwei Gruppen auf. Die linke Gruppe besteht aus den Alten, den Verkrüppelten, den Schwachen sowie Frauen und Kindern unter vierzehn. Die rechte Gruppe besteht aus arbeitsfähigen Männern und Frauen...

Chava machte Tee. Sie schenkte ein.

> Alle sind drinnen. Ein rauher Befehl ertönt: SS und Sonderkommando verlassen den Raum. Sie gehorchen und zählen ab. Die Tü-

ren werden geschlossen, und draußen wird das Licht ausgemacht. In diesem Moment hört man das Motorengeräusch eines Autos. Es handelt sich um ein Luxusmodell, zur Verfügung gestellt vom Internationalen Roten Kreuz. Ein SS-Offizier und ein SDG (Sanitätsgefreiter) tragen vier grüne Kanister aus Eisenblech. Er schreitet über den Rasen, wo alle dreißig Meter ein kurzes Betonrohr aus dem Boden ragt. Nachdem er die Gasmaske aufgesetzt hat...

»Sehen Sie?« sagte Chava. »Hier ist sie. Eine Postkarte. Wir haben sie erst vor sechs Wochen bekommen.«
Aus München.
»Er ist ein großartiger Sänger, wußten Sie das?« Zum erstenmal lachte sie. »Jesse Hope, Western Music & Folk Songs.«

11

Reiter, Reiter!
Jakob, der nicht einschlafen konnte, warf sich im Bett herum und sah ihn vor sich, wie er auf einem herrlichen Pleven-Hengst dahingaloppierte. Mit donnernden Hufen. Yosef Ben Baruch. Sohn von Baruch, dem Schauermann, dem Spielautomaten-Hausierer, dem Hinterwäldler-Kraftmenschen, dem Segler auf dem Chinesischen Meer, dem Goldsucher und Whiskyschmuggler. Baruch, der es wagte, den *seide* zu beschimpfen. »Juden, ich bin da. Ich bin's, Juden, Baruch; euer Bruder ist heimgekommen!« Der Joey in einer Bergarbeiterhütte in Yellowknife gezeugt hatte. Joey, der, wie schon einmal in der St. Urbain Street, im Speisesaal von Gesher Haaziv gefragt hatte: Was wollt ihr dagegen unternehmen?
Schon früh am nächsten Morgen meldete sich Jakob bei Elan. »Ich reise heute ab«, erklärte er.
»Aber ich habe alles für Sie arrangiert. Ich dachte, Sie bleiben mindestens noch eine Woche.«
»Ich habe mich entschlossen, den Film doch nicht zu machen.«
»Was?«
»Das ist eine lange Geschichte, die Sie doch nicht verstehen würden.«
Statt jedoch direkt nach London zu fliegen, nahm Jakob eine Ma-

schine nach Rom und flog von da aus nach München weiter. Nancy war zu seinem Erstaunen eher erleichtert als verärgert darüber. Als er sie vom Flughafen aus anrief, sagte sie: »Ich habe ohnehin nicht geglaubt, daß du den Auftrag durchführen würdest. Nur keine Angst, es wird schon noch was Besseres kommen.«
Das bezweifelte er allerdings.
»Aber was willst du in München?«
Jakob erklärte es ihr.
»Wie in aller Welt willst du ihn da finden?« fragte sie ihn.
»Ich muß es wenigstens versuchen.«

> Die Leichen liegen nicht hier und da im Raum verteilt, sondern türmen sich in einem großen Haufen bis zur Decke. Das erklärt sich durch die Tatsache, daß das Gas zunächst die niedrigen Luftschichten verdrängt und nur langsam zur Decke steigt. Dadurch sind sie gezwungen, sich gegenseitig niederzutrampeln und übereinanderzuklettern. Ganz unten in diesem Haufen liegen die Säuglinge, die Kinder, Frauen und Alten; ganz oben die Kräftigsten. Ihre Leichen, durch den Kampf jeder gegen jeden mit zahlreichen Kratzern übersät, sind häufig ineinander verschlungen. Die Gesichter, aufgedunsen und blau, bluten aus Mund und Nase.

Jakob durchstöberte die Jazzkeller von Schwabing und die Clubs in der Nähe der Maximilianstraße. Vom Märzenkeller zum Schuhplattler, von dort zum Lola Montez, Moulin Rouge, Bongo und anderen Bars, bis seine Ohren selbst auf den dunklen, nächtlichen Straßen von der rhythmischen Akkordeonmusik dröhnten. Du bist in der Dschehenna, Jakob. In den tiefsten Tiefen. Müßte er nicht Feuer legen? Passanten anschreien? Mörder, Mörder! Aber er ging einfach weiter. Setzte einen Fuß vor den anderen. Einmal rempelte er eine Dame mittleren Alters im Silberfuchs an und sagte hastig: *»Entschuldig mir«*, in der Hoffnung, sie werde es für Deutsch statt für Jiddisch halten, obwohl er eigentlich noch mit den Schultern hätte nachstoßen und sie mit Füßen treten sollen. Haß war eine Sportdisziplin. Er mußte intensiver trainieren, das war alles.
Niemand hatte jemals von einem kanadischen Folksänger namens Jesse Hope gehört, der Portier der Bongo Bar jedoch empfahl ihm, im American Way Club nachzufragen. Gewiß, warum nicht? Bist du in der Hölle, laß dir die Sehenswürdigkeiten nicht entgehen.

Besichtige alles. Auch Schloß und Krematorium in Dachau.
Am Eingang wurde Jakob von der Pappfigur eines Hillbilly begrüßt. Am Freitag abend, verhieß das Plakat, werden Sie von Pappy Burns' Tune Twisters unterhalten. Ermutigt stellte sich Jakob ans Ende der Schlange vor dem Informationsschalter.
»Wo kommen Sie denn her?« erkundigte sich der Soldat vor ihm.
»Aus Jerusalem«, antwortete Jakob spontan.
»Im Ernst? Wie ist 'n das Vergnügungsleben da?«
»Bin ganz verrückt danach.«
»Hope. Jesse Hope.« Der Mann am Schalter überlegte mit listigem Grinsen. »Sind Sie von der Militärpolizei?«
»Nein. Warum?«
Er kicherte.
»Kennen Sie ihn?«
»Er hat im Bürgerbräukeller gespielt, aber die haben ihn vorige Woche rausgeschmissen.«
»Warum?«
»Fragen Sie die doch selbst.«
Der Bürgerbräukeller, ein weiterer American Army Service Club, war nicht mehr und nicht weniger als jener Bierkeller, von dem aus Hitler 1923 seinen an der Feldherrnhalle beendeten Marsch zum bayerischen Parlament angetreten hatte. Im Nazi-Pantheon ein heiliger Schrein.
Jakob traf kurz vor Lokalschluß ein; die Augen vor dem dichten Rauch zusammengekniffen, sah er überall große, aggressive Soldaten, die, vor sich hindämmernd, tief über Tische mit karierten Tischtüchern geneigt, einem Hillbillysänger in der Musikbox zuhörten.
Der Manager kannte Jesse Hope – jawohl, der hat hier gespielt, das stimmt –, war aber nicht bereit, mit unautorisierten Personen über diese Angelegenheit zu sprechen. Nicht mal mit einem Verwandten. Vielleicht, wenn Mr. Hersch morgen früh wiederkommen könne, der Rabbi...
»Wer?« fragte Jakob ihn verblüfft.
»Captain Meltzer. Er hält hier samstags morgens den Gottesdienst. Und er kannte Jesse Hope.«
Dschehenna, ja, die allertiefsten Regionen. Der innerste Kreis.

Fünfzehn Kilometer bis Dachau, mehr nicht. Vergessen Sie nicht Ihre Rolleiflex. Dennoch schlief Jakob in seinem Hotelzimmer wirklich sehr gut und erwachte mit gesundem Appetit. Die Brötchen waren köstlich. Ebenso der Schinken, ebenso die Eier. Der Kaffee – bestens. Der Service – untadelig. Sollte er im Humplmayr essen, die berühmte Gänseleber probieren? Vielleicht einen Spaziergang im Englischen Garten machen? Dem Hofbräuhaus einen Besuch abstatten? Jakob legte das Telefonbuch aufgeschlagen aufs Bett und sah unter »Göring« nach. Vier Eintragungen. Eichmanns gab es keine, dafür aber eine Menge Himmlers.
– Hallo, Heinrich. Wo brennt's denn?
– Bei den Juden natürlich. Dumme Frage!
Gegen zehn Uhr vormittags war Jakob wieder im Bürgerbräukeller, restlos verwirrt, unsicher, ob er entsetzt oder gerührt sein sollte, als er sah, wie ein mitleiderregend kleiner, mausgrauer Armykaplan in einem Gebetsmantel vor dem provisorischen Allerheiligsten die heiligen Schriftrollen hob – genau an der Stelle, an der Adolf Hitler die ersten beiden Schüsse in die Luft abgegeben hatte. »Höre, o Israel«, intonierte er, »der Herr ist unser Gott, der Herr ist der Eine.«
Jakob und Rabbi Irwin Meltzer gingen zusammen Kaffee trinken. Der Captain war früher Rabbi in Georgia gewesen. »Oft«, erzählte er mit einer beunruhigend hohen Stimme, »wurde ich mitten in der Nacht geweckt. Und mußte ins Krankenhaus. Unfälle. Wir lagen direkt an der Hauptdurchgangsstraße nach Florida, wissen Sie, und an vielen Zusammenstößen waren unsere Leute beteiligt...«
In England war er noch nicht gewesen, wollte aber bald einmal hin.
»Ach, London! Oliver Twist, Sherlock Holmes. Liza Doolittle. Jahrhunderte von Literatur. Ich sehe es direkt vor mir.«
Jakob fragte ihn nach dem Reiter.
»Eine äußerst niedergedrückte Seele, dachte ich, die in der Flasche nach Lösungen sucht, aber wohlgemerkt nicht ohne Interesse an Metaphysik.«
»Tatsächlich?«
»Einmal kam er sogar zum Gottesdienst – er grinste ständig,

gewiß, und er war betrunken, mit ganz roten Augen –, da hat er mich angesprochen. Wissen Sie, Rabbi, sagte er, Sie haben recht. Der Herr ist unser Gott, und der Herr ist der Eine. Aber wissen Sie auch warum, Rabbi? Weil unser Herr einen Bandwurm hat, einen so gewaltigen Appetit, daß er sechs Millionen Juden zum Frühstück verspeist. Und wenn der Herr, unser Gott, zwei wäre – was dann? Zwölf Millionen. Wer konnte die damals entbehren? Deswegen ist der Herr, unser Gott, der Eine, weil wir uns Zwei nicht leisten konnten.«

»Und was«, erkundigte sich Jakob, »haben Sie darauf geantwortet?«

»Ich habe ihn darauf hingewiesen, daß es Mysterien innerhalb der Mysterien gibt und daß der Glaube selbst in Blasphemien Wurzeln schlagen kann. Es stehe mir nicht zu, alles zu wissen, warnte ich ihn, und ich sei selbst beim Bodenpersonal Gottes nichts weiter als ein einfacher Soldat.«

»Was ihn natürlich nicht zufriedenstellte?«

»Nein. Es wird allgemein angenommen, Rabbi, sagte er, daß es in den KZs keine Rebellion gab, daß unsere Leute wie die Schafe zur Schlachtbank gingen, in Wirklichkeit aber bezeugen Überlebende, daß es unter den Juden in der Tat eine Rebellion gab, eine sogar sehr tiefgreifende Rebellion. Nicht gegen die Menschen. Denn was kann man von anderen Menschen schon erwarten? Käuflichkeit, Korruption, Mord. Gegen Gott. Gegen den Heiligen Namen. Es heißt, daß es in Auschwitz unter den orthodoxen Juden einige gab, die zum erstenmal in ihrem Leben an Yom Kippur nicht fasteten. Soviel wurde dem Herrn, unserem Gott, welcher der Eine ist, endlich einmal verweigert.«

Der Rabbi bestellte noch einen Kaffee.

»Mein guter Mann, sagte ich, zweifeln Sie nicht am Allmächtigen, sonst könnte er eine Antwort von Ihnen verlangen.«

»Jetzt erzählen Sie mal, was für Schwierigkeiten Joey hier hatte.«

»Mit Haschisch soll er gehandelt haben, hieß es, aber es gab keine stichhaltigen Beweise, und es wurde auch offiziell nicht Anklage gegen ihn erhoben. Er war jedoch nicht sehr wohlgelitten. Weder bei unseren eigenen Männern noch bei den Einheimischen. Ständig belästigte er die Leute, stellte ihnen Fragen. Besonders interessierte er sich für die Familie Mengele, die in Günzberg, nicht weit von hier, eine Fabrik besitzt. Mit einem Wort, er war nicht der Typ, der schlafende Hunde ruhen läßt.«

Joey, fügte er noch hinzu, sei von hier aus nach Baden-Söllingen weitergezogen, wo er auf dem RCAF-Stützpunkt auftreten sollte.

RCAF 4 Wing in Baden-Söllingen lag im grünen, erholsamen Schwarzwald, umgeben von Bergen, die reich an kühlen Tannen und verfallenen Burgen waren, und nur fünfzehn Autominuten vom eleganten Baden-Baden entfernt. Der Frühling, mußte Jakob zugeben, stand dieser Gegend herrlich zu Gesicht. Überall an den Berghängen und in den Tälern blühten Apfel-, Birnen- und Pflaumenbäume.

Jakob erreichte, daß ihn der Posten einließ, indem er seinen kanadischen Paß und alte CBC-Ausweise vorzeigte, behauptete, er komme, um sich von den Möglichkeiten für eine Fernsehdokumentation zu überzeugen, und nach dem Public Relations Officer fragte. Er wurde zu einer Reihe von Betonwohnblocks gewiesen, den Quartieren der Verheirateten, unmittelbar außerhalb des Kasernengeländes. Im Korridor verkündete eine Tafel:

VERHALTEN BEI FALLOUT-WARNUNG

> Begeben Sie sich zum befohlenen Zeitpunkt in den Keller. Essen, trinken, rauchen und kauen Sie nicht, bis bestätigt wird, daß Lebensmittel, Wasser etc. einwandfrei sind.

Der freundliche, apfelwangige Flying Officer Jim Hanley trug eine schwarze Plakette um den Hals, einen Dosimeter, damit man im Fall eines Fallouts erkennen konnte, wie lange er der Strahlung ausgesetzt gewesen war. Sein Begleiter, Flag Lieutenant Waterman, trug auch eine.

»He, wir hatten Sie erst nächste Woche erwartet!«

»Wirklich?« fragte Jakob.

»Sind Sie denn nicht von dem Team, das ›Freedom's Defenders‹ dreht?«

»Genau. Aber ich bin so was wie ein Vorläufer. Die anderen kommen erst in ungefähr einer Woche.«

»Kommen Sie, wir gehen ins Kasino«, sagte Hanley.

Hier feierten die zum Stützpunkt gehörenden Lehrerinnen gerade eine Cocktailparty, und Jakob mischte sich kurz unter sie. Provinz-Kichererbsen aus Ontario. Ohne große Begeisterung fragte Jakob das erste junge Mädchen, auf das er stieß: »Na, wie gefällt's Ihnen denn hier?«

»Die Deutschen sind phantastische Menschen«, antwortete sie. »Genau das richtige Land für mich.«

Jakob strahlte. »Wir können viel von ihnen lernen, finden Sie nicht?« Damit machte er sich davon, zur Bar und zu den ernsthaften Trinkern, wo er sich unter einem Schild mit der Aufschrift SICHERHEIT KOMMT NIE AUS DER MODE auf einem Hocker niederließ.

»Mit Ihrem Geld können Sie hier nichts anfangen«, blubberte Jim Hanley. »Sagen Sie mir einfach, welches Gift Sie bevorzugen.«

Ein amerikanischer Air Force Major, der eher an einen erfolglosen Versicherungsvertreter erinnerte als an Steve Canyon, tauchte auf und löste lautes Gejohle aus. Der Major hielt sich den Magen, tat, als stolpere und schwanke er und ließ sich schließlich, nach vielen Faxen, überreden, seinen Kater in Alkohol zu ersäufen.

»Wie läuft die Schlacht?« erkundigte sich Hanley.

»Scheiße.« Der amerikanische Major war zu einem gemeinsamen NATO-Manöver auf einem nahegelegenen französischen Stützpunkt abkommandiert worden. »Mieser Krieg.«

»Was paßt Ihnen denn nicht? Daß der Krieg nur auf dem Papier stattfindet?«

»Nein. Wir haben Flüchtlinge und allen möglichen Mist. Die Flüchtlinge verstopfen die Scheißstraßen. Bis der Spaß richtig losgeht, ist man total erledigt. Ich würde lieber wieder gegen die Scheiß*gooks* kämpfen.«

Der Kreis erweiterte sich, als ein hochgewachsener, harter Fliegeroffizier mit ungewöhnlich breitem Stiernacken hinzukam, und Jakob, der sich noch einen Drink bestellte, musterte ihn voller Vorfreude.

»Der ist von der Sicherheit«, wandte sich Waterman an Jakob.

»Sicherheit?« Tiefernst fragte Jakob den Offizier, ob es auf diesem Scheißstützpunkt tatsächlich echte Scheißsicherheitsprobleme gebe. »Mit den Scheißkommunisten.«

»Das ist geheim.«
Waterman erklärte ihm, Jakob sei von der CBC, und sagte mit einem Klaps auf Jakobs Rücken: »Zweifellos ist Ihnen bekannt, daß Sie sich die CF 104 nicht ansehen dürfen, weil das ebenfalls streng geheim ist. Aber wenn Sie sich mit einem starken Glas draußen vor dem Zaun aufbauen, können Sie sich die Seriennummern der Maschinen notieren, die starten und landen. Und daraus können Sie dann mühelos schließen, wie viele Maschinen wir hier haben und wie oft sie fliegen.«
»Was sagen Sie dazu?« fragte Jakob den Fliegeroffizier.
»Kein Kommentar.«
»Und wenn Sie wissen wollen, wie man so eine baut«, fuhr Waterman fort, »dann kaufen Sie sich einfach ein Heft der Model Airplane News. He, da kommt unser Atomabwehrkamerad. Wenn die Bombe fällt, hat er die Aufgabe, allen zu sagen, sie sollen sich keine Sorgen machen.«
Jakob zog den Sicherheitsoffizier von den anderen fort. »Wenn's nicht ebenfalls geheim ist, könnten Sie mir dann sagen, was es hier draußen für Amüsiermöglichkeiten gibt?«
»Wir haben eine Bowlingbahn. Kino. Einen Hockeyplatz...«
»Ist hier jemals ein Sänger namens Jesse Hope aufgetreten?«
»Warum?«
»Ich habe ihn vor ein paar Wochen in München getroffen.«
»Poker?« erkundigte sich der Sicherheitsoffizier.
»Ja.«
»Der Scheißkerl hat hier ein Spiel durchgezogen, das am Freitag abend angefangen und erst am Sonntag nachmittag aufgehört hat. Hat sich mit schätzungsweise dreitausend Scheißdollars aus dem Staub gemacht.«
Langsam, gelassen, erwiderte Jakob: »So? Das freut mich.«
»Hören Sie, Freundchen, Sie sind betrunken.«
»Noch nicht. Waterman, wie wär's mit noch 'nem Drink für mich?«
»Kommt sofort.«
»Jesse Hope ist mein Cousin.«
»Damit würde ich aber nicht unbedingt prahlen.«
»Ich tu's aber«, antwortete Jakob. »Weil er nämlich ein richtiger

Soldat ist, und nicht so'n Pralinésoldat. Keiner von diesen dämlichen Scheißkerlen, die sich ihre Pension mit dem Hintern ersitzen. Er hat am Ebro gekämpft. Schon mal gehört, wo das ist?«

»Sie werden's uns bestimmt erklären, mein Junge.«

»Das ist geheim.«

»He, der ist wirklich besoffen.«

»Und wie!«

»Der Ebro ist in Spanien. ›In diesem dürren Quadrat, diesem Splitter, vom heißen Afrika abgetrennt und achtlos an das erfindungsreiche Europa angeklebt...‹ Außerdem hat er achtundvierzig in Israel gekämpft. Um Jerusalem.« Jake beugte sich ihm noch näher zu und fragte: »Haben Sie eine Ahnung, wo das ist?«

»Sie sind 'n Hammer.«

»Unser Witzbold hier behauptet, ein Cousin von diesem Kartenhai zu sein«, verkündete der Sicherheitsoffizier. »Jesse Hope.«

»Wissen Sie, warum er Israel verlassen hat? Ich hab's hier, auf einer Postkarte, die er seiner Frau geschrieben hat. Ich zitiere, meine Herren. Als Rubaschow im Gefängnis sitzt und beim Nachmittagshofgang auf und ab marschieren muß, wiederholt der Verrückte, ebenfalls ein alter Bolschewik, immer von neuem: ›So was könnte in einem sozialistischen Land nicht passieren.‹ Rubaschow bringt es nicht übers Herz, ihm zu sagen, daß sie sich ja in Rußland befinden. Zitat Ende. Möchten Sie wissen, wer das geschrieben hat?«

Keine Antwort.

»Nun, Mazo de la Roche bestimmt nicht. Das war Flying Officer Arty Koestler. *Chaver* Waterman, ich benötige noch einen Drink.«

»Wollen wir nicht lieber gehen?« fragte Hanley ihn besorgt.

»Waren Sie im Krieg?« erkundigte sich Jakob.

Der Sicherheitsoffizier nickte.

»Was ist das für ein Gefühl, die Nazis jetzt als Verbündete zu haben?«

»Junge, Sie müssen wirklich Hopes Cousin sein. Sie haben denselben Scheiß auf der Platte.«

Waterman griff ein. »Möglich, daß es einige Deutsche gibt, die früher mal die Nazipartei für gut gehalten haben, aber ich habe noch keinen kennengelernt.«

»Sie wollen die Vergangenheit ruhen lassen«, sagte Hanley.
»Und wißt ihr was?« entgegnete Jakob. »Im großen und ganzen gesehen waren sie gar nicht so schlecht. Sagen wir mal, sie haben sechs Millionen Juden umgebracht, oder fünf. Wer wollte die denn? Joel Brand hat Lord Moyne vierundvierzig eine Million gegen ein paar Lastwagen angeboten, und wie seine Lordschaft es in Kairo so treffend ausgedrückt hat, was soll ich mit einer Million Juden? Wo soll ich sie unterbringen? Richtig. Und welche, Gentlemen, sind heutzutage unsere größten Probleme? Überbevölkerung und die beschissenen Roten. Sechs Millionen Juden hätten inzwischen mindestens weitere sechs Millionen gezeugt, und seien wir ehrlich, sie hätten in so großer Zahl kommunistisch gewählt, daß die Roten nach dem Krieg in Frankreich und Italien die Macht übernommen hätten. Und was dann? Großes Malheur. Ihr hier würdet noch immer in Trenton, Ontario, stationiert sein. Moskito-Gebiet. Kein PX. Keine Dienstboten. Keine Extra-Privilegien.«
»Es überrascht mich nicht im geringsten, daß dieser Vogel, Jesse Hope, Ihr Cousin ist«, sagte der Sicherheitsoffizier.
»Ich hätte gedacht, Sir, daß alles, was über die Fibel hinausgeht, Sie überrascht, aber macht nichts. Lassen wir das.«
»Sie sind 'n Hammer. Wirklich.
»Waterman, holen Sie mir noch einen.«
»Morgen ist auch noch ein Tag. Ich glaube, wir sollten Sie jetzt lieber ins Hotel bringen.«
»Ja. Vielleicht.«
In Baden-Baden jedoch umarmte Jakob Waterman und bestand darauf, daß dieser noch auf einen Abschiedsschluck mitkomme.
»Waterman, Sie gefallen mir. Sie sind klug. Intelligent. Sie haben Stil.«
Waterman grinste gutmütig. »Sagen Sie, ist dieser Hope wirklich Ihr Cousin?«
»Nein. Ich habe endlich rausgefunden, wer er ist. Endlich. Jesse Hope, alias Yosef Ben Baruch, alias Joey Hersch ist der Golem. Na? Das ist doch bestimmt 'ne Überraschung für Sie, wie?«
»Was ist dieser... äh... Golem?«
»Eine Art jüdischer Batman.«
»Ach so.«

»Der Golem ist, zu Ihrer Information, der Körper ohne Seele. Rabbi Juda Ben Bezalel formte ihn im sechzehnten Jahrhundert aus Lehm, um die Juden von Prag vor einem Pogrom zu bewahren, und in meiner Vorstellung wandert er noch heute in der Welt umher, um aufzutauchen, sobald irgendwo ein Beschützer gebraucht wird. Haben Sie bei dem Spiel viel verloren, Waterman?«

»Ein paar hundert Dollar vielleicht.«

»Wohin wollte er von hier aus?«

»Nach Frankfurt.«

»Waterman, weil Sie einen so einmaligen Verstand haben und so liebenswert sind, werde ich Ihnen etwas anvertrauen, aber Sie dürfen dem Sicherheitsoffizier nichts davon sagen.«

»Na klar.«

»Das CBC-Team, das nächste Woche hierher kommt, behauptet nur, einen Streifen namens ›Freedom's Defenders‹ zu drehen. Wie viele Luftwaffenhelferinnen haben Sie hier auf dem Stützpunkt?«

Waterman war perplex.

»Ist das geheim?«

»Ungefähr hundert.«

»Wenn das CBC-Team kommt, halten Sie sie bloß gut unter Kontrolle. In Wirklichkeit wollen sie nämlich einen Film über Lesbierinnen beim Militär drehen. Glauben Sie mir, Waterman!«

Frankfurt, das konnte nur heißen, daß der Reiter dem Prozeß gegen Robert Karl Ludwig Mulka, Friedrich Wilhelm Boger, Dr. Victor Capesius und andere aus Auschwitz-Birkenau beiwohnte.

»Mengele kann nicht die ganze Zeit dabeigewesen sein.«

»Meiner Meinung nach immer. Tag und Nacht.«

Dr. Mengele machte sich, wie Jakob erfuhr, der auf der Pressebank saß, Gedanken über den Frauenblock.

»...die Frauen schlabberten das Essen auf wie Hunde, die einzige Wasserstelle befand sich unmittelbar neben der Latrine, und dieses dünne Rinnsal diente gleichzeitig dazu, die Exkremente fortzuspülen. Es standen Frauen da und tranken oder versuchten mit irgendeinem Behältnis ein bißchen Wasser aufzufangen, während gleich daneben ihre Leidensgenossinnen auf der Latrine hockten. Und SS-Männer gingen auf und ab und sahen zu.«

Leichen wurden von Ratten angefressen; ebenso bewußtlose Frauen. Die Frauen litten unter Läusen.
»Dann kam Mengele. Er war der erste, der das gesamte Frauenlager von Läusen befreite. Er ließ einfach einen ganzen Block vergasen. Anschließend wurde der Block desinfiziert.«
Wie Hanna, St. Urbains Plage, einstmals bei den Bar-Mizwas von Tisch zu Tisch geschlurft war und Joeys Foto herumgezeigt, wie sie Fremde auf Bahnhöfen angehalten und auf dem Flughafen verdutzten Ankommenden das Bild unter die Nase gehalten hatte, so belagerte Jakob nunmehr die Reporter vor dem Gerichtsgebäude, in Bars und Restaurants, um sie zu fragen, ob sie bei irgendeiner Sitzung den Reiter gesehen hätten.
»Manchmal, wenn Angehörige des Sonderkommandos die Leichen fortschafften, stellten sie fest, daß bei einigen Kindern das Herz noch schlug. Das wurde gemeldet, und die Kinder wurden erschossen.«
»Gab es noch andere Methoden, Kinder umzubringen?«
»Ich... Ich sah, wie sie einer Mutter ihr Kind fortnahmen, es zum Krematorium IV hinübertrugen, wo es zwei große Gruben gab, und das Kind in das brodelnde menschliche Fett warfen...«
Niemand im Gericht, niemand in den Bars, niemand in den Restaurants hatte Joey gesehen. Und er spielte auch in keinem der Nightclubs oder Keller, die Jakob aufsuchte.
»Mengele kann nicht die ganze Zeit dabeigewesen sein.«
»Meiner Meinung nach immer. Tag und Nacht.«
Wenn Gott nicht tot wäre, müßte man *Ihn* erhängen.

12

1965 inszenierte Jakob seinen ersten Film und im darauffolgenden Jahr seinen zweiten. Im selben Jahr gewann Luke in Venedig einen Preis, hörte man kein Wort vom Reiter, brach sich Molly den Knöchel, erlitt Hanna einen leichten Schlaganfall und kaufte Jakob das weitläufige Haus, das Nancy für die Familie in Hampstead gefunden hatte. Im Herbst entdeckte Nancy, daß sie wieder schwanger war. Im April 1967, als Nancy im achten Monat war, mußte Jakob nach Montreal fliegen. Die Krebsgeschwulst, die sich drei Jahre zuvor in Issy Herschs Niere festgesetzt hatte, war herausoperiert worden, der Krebs war aber wieder aufgeflammt. Issy wurde erneut operiert, der Tumor hatte Wurzel gefaßt und seine Metastasen durch den ganzen Körper geschickt.

»Was kann man machen?« fragte Jakob den Arzt seines Vaters.

»Gar nichts. Er ist vollkommen verseucht.«

Widerstrebend in Issy Herschs drückend heiße Wohnung neben einer Esso-Tankstelle zurückgekehrt, saß Jakob am Bett seines eingeschrumpften Vaters und erzählte ihm, daß sie sich nach seiner Genesung zusammen die Weltausstellung ansehen wollten – mit VIP-Service, natürlich –, daß sie in die Catskills fahren würden, nur sie beide allein, wo alle Wege zu Grossinger führten, doch Issy Hersch starrte ihn nur mit großen, leeren Augen an. Jakob erzählte ihm, daß sein eigener Sohn Sammy (der überlebt uns alle beide, die kleine Rotznase) häufig nach seinem *seide* frage, doch auch das bewirkte keine Reaktion des auf dem zerwühlten Kissen hin- und herrollenden Kopfes. Er versicherte seinem Vater, daß er glücklich verheiratet sei. Ja, ja, erwiderten die Augen des alten Mannes, aber mit einer *schikse.* MISCHEHEN STINKEN.

Jakob saß am Bett seines Vaters und lud ihn zu einem Besuch nach London ein. Wo sie sich zusammen die Strip-Shows von Soho ansehen würden, geiler als alles, was das alte Gayety bisher zu bieten gewagt hatte. Aber Issy Hersch reagierte nicht. Also begann Jakob von den alten Zeiten zu reden, versuchte es mit Tansky's Cigar & Soda, rief ihm die Sommerhütte in Shawbridge in Erinnerung, aber sein Vater, den Blick nach innen gekehrt, lächelte nicht. Jakob versprach, ihm einen Spazierstock zu kaufen, stellte ihm einen neuen Hausmantel in Aussicht. Er erinnerte seinen Vater an die Sonntagvormittage in der Young-Israel-Synagoge, er plauderte über vergangene *seder,* über ihren ersten gemeinsamen Besuch im Dampfbad, doch es gelang ihm nicht, einen Funken in den Augen seines Vaters aufspringen zu lassen. Schließlich half er Issy Hersch in den Morgenrock, bemüht, den ausgemergelten Körper nicht anzustarren, den einstmals kugelrunden Bauch, der jetzt wie ein leerer Schlauch über den Operationsnarben hing, die ihn wie ein Gürtel umschlossen. Seine gelähmte Seite stützend, führte Jakob ihn in das stickige, unordentliche Wohnzimmer vor den Fernseher, wo

Vater und Sohn gemeinsam die Jackie-Gleason-Show ansahen, wo Issy Hersch vor Lachen keuchte und seine Augen auf einmal funkelten.

»O Mann, dieser Gleason, dieser Verrückte, in was für Situationen der gerät... Kriegt ihr die Show in London auch?«

»Nein«, knurrte Jakob und wagte es, seinem Vater eine direkte Frage über seine Mutter und das Jahr ihrer Scheidung zu stellen.

»Olle Kamellen«, erwiderte der Vater, abermals lächelnd, die freudeerfüllten Augen ganz von Gleason in Anspruch genommen.

»Ich kenne ihn«, warf Jakob ärgerlich ein.

»Du kennst Jackie Gleason – persönlich?«

Jakob sonnte sich im ehrfürchtigen Staunen seines Vaters.

»Ist er im wirklichen Leben auch so ein... so ein Säufer?«

»Ja.«

Issy Hersch lächelte zufrieden und sagte nichts mehr, bis die Pause für die Werbung kam. »Kriegt ihr in London auch ›Bonanza‹?«

»Ja.«

»Er ist Kanadier, weißt du, Lorne Green. Und Jude.« Und dann fügte er hinzu, als wäre es fast zuviel verlangt: »Kennst du ihn auch?«

»Früher«, antwortete Jakob, »wollte ich ihn nie einsetzen.«

»Soll das heißen, du hättest... Lorne Green... für eine Rolle... haben können... und hast ihn nicht...?«

»Genau.«

Lügner! sagte der Blick des Alten. »Der ist jetzt Millionär, weißt du. Der hat's geschafft.«

Auf dem Bildschirm rollte Bobby Hull mit einem Ford Meteor die sonnengefleckte 401 entlang. Ganz groß in Form.

»Kennst du vielleicht zufällig auch James Bond? Wie heißt er noch?«

»Ja, kenne ich.«

»Im wirklichen Leben – wie ist er da?«

»Ganz natürlich«, erwiderte Jakob rachsüchtig. Und dann, als der Blick seines Vaters wieder zum Bildschirm zurückkehren wollte, suchte Jakob ihn noch ein wenig festzuhalten. »Er will, daß ich seinen nächsten Film inszeniere.«

»He, da steckt 'ne Menge Geld drin.«

»Würdest du stolz auf mich sein?«
»James Bond. Mann!«
Verlegen, wegen seiner Lüge, sprach Jakob nicht weiter und brachte seinen Vater, nachdem Gleason fertig war, in das Bett zurück, das er nie wieder verlassen sollte. »Das schlimme ist, daß wir nie reden«, sagte Jakob, »daß wir nie richtig miteinander reden.«
»Wer will schon Streit?«
Jakob half seinem Vater aus dem Morgenrock und wieder ins Bett, wo er ganz kurz unbedeckt dalag, ein alter Mann in verschwitztem Unterhemd und kurzen Unterhosen, der hilfesuchend lächelte. Jakob, nach der Bettdecke greifend, sah flüchtig den Penis seines Vaters, der unter der Jockey-Unterhose hervorlugte. Ein verausgabter Wurm. Jakob öffnete den Mund, erstickte tief in der Kehle einen zornigen Aufschrei. Vor vielen Jahren hatten Rifka und er freitags abends an der Schlafzimmertür gelauscht, hatten die Hände vor den Mund gepreßt, um nicht laut zu kichern, während Issy Hersch in seiner langen Penman-Unterhose zum Küchenherd patschte, das benutzte Kondom ins Sabbatfeuer warf, wo es kurz aufzischte, und dann in sein Bett zurückkehrte. Zwei zueinander passende Einzelbetten hatten sie, jedes mit einer roten Chenille-Tagesdecke. In einem anderen Schlafzimmer, erinnerte sich Jakob, zu einer anderen Zeit, war dieser Schwanz mein Erzeuger. Er bückte sich und gab seinem Vater einen Gutenachtkuß.
»Alle küssen mich in letzter Zeit«, sagte Issy Hersch verwundert.
»Du bist eben beliebt.«
»Diese James-Bond-Filme, das sind große Hits, richtige Goldgruben. Du hättest sehen sollen, wie die Leute hier beim letzten Schlange gestanden haben.«
»Ja«, sagte Jakob, schon an der Tür. »Das glaube ich gern.«
»Ach, Yankel?«
»Ja.«
»Kriegst du das ›Playboy‹-Magazin?«
»Ja.«
»Wenn du sie ausgelesen hast, könntest du mir die Hefte schicken. Ich hätte bestimmt nichts dagegen.«
Fanny, Issy Herschs Ehefrau, kam mit einem Korb voll Wäsche aus dem Keller und fing Jakob im Korridor ab.

»Ich liebe deinen Vater, er ist mir ein wunderbarer Ehemann gewesen, ich sorge ausgezeichnet für ihn.«
»Dafür bin ich dir sehr dankbar. Und Rifka auch.«
»Sie wollten ihn in ein Krankenhaus für hoffnungslose Fälle stekken, sie behaupteten, es wäre zuviel Arbeit für mich, aber ich habe nein gesagt, dort werde ich ihn nicht sterben lassen.«
»Um Gottes willen, er ist doch nicht taub! Er kann uns hören.«
»Schön, daß du gekommen bist. Es muß dir sehr gutgehen.«
»Wieso?«
»Na ja, der Flug von England hierher ist teuer. Ich freue mich sehr, daß es dir so gutgeht und daß wir gelernt haben, uns zu mögen. Du und deine Frau, ihr werdet hier immer willkommen sein. Ich bin kein Snob wie deine Tanten. Ich trage meine Nase nicht hoch.« Sie hielt inne, ein scheuendes Pferd vor dem großen Hindernis. »Jude sein ist schließlich nicht alles.«
»Ich werde Nancy berichten, daß du das gesagt hast. Bis morgen.«
Am nächsten Abend, dem ersten Abend des Passahfestes, kam Rifka mit Herky und ihren beiden überfütterten rüpelhaften Söhnen. Lenny war zwölf, Melvin erst fünf Jahre alt. Fanny hatte im Schlafzimmer einen Bridgetisch für den *seder* aufgestellt, und Jakob, das Käppchen auf dem Kopf, erhob sich, um etwas unsicher die vier Fragen zu stellen. An seinen Vater im Bett gewandt, rezitierte er: »Warum unterscheidet sich dieser Abend von allen anderen Abenden? Weil wir an allen anderen Abenden entweder Brot oder Matzen essen, heute aber nur Matzen. Weil wir an allen anderen Abenden irgendein Gemüse essen, heute abend – bittere Kräuter.«
Die Augen des Alten waren glasig; er zeigte keinerlei Reaktion.
Vor Jahren, erinnerte sich Jakob, wenn es Zeit war, die hartgekochten Eier herumzureichen, hatte sein Vater immer gegrinst und ihn gefragt: »Weißt du, warum die Hebräer an Passah ihre Eier in Salzwasser stippen?«
»Nein, Daddy. Warum denn?«
»Weil die Männer beim Zug durchs Rote Meer auch ihre Eier ins Salzwasser gestippt haben.«
Jakob fuhr fort: »Weil wir an allen anderen Abenden unser Gemüse nicht ein einziges Mal eintauchen, heute abend jedoch...«

Es klingelte; der Prophet Elias kam zu früh, um seinen Becher zu verlangen.
»Der Arzt!« rief Fanny. Der langerwartete Spezialist. Ein Nichtjude.
»Darf ich Ihren Hut nehmen, Sir? Hier entlang, Sir. Vielen Dank, Sir.«
Sie warteten alle im Wohnzimmer, während der Spezialist Issy Hersch untersuchte; seine entnervend muntere Stimme drang deutlich hörbar durch die Wand.
»Nun, nun. So schlecht sehen Sie gar nicht aus. Wie alt sind Sie?«
»Fünfundsechzig, Sir...«
»Wann sind Sie geboren?«
Issy Hersch förderte ein Datum zutage. Den Wintermorgen eines anderen Jahrhunderts in einem galizischen *schtetl.*
»Und was haben wir heute? Können Sie mir das sagen?«
»Mittwoch... nein, nein... Dienstag...«
»Sie können nicht immer das Wort aussprechen, das Sie sagen wollen, nicht wahr?«
Gedämpfte Bestätigung.
»Würden Sie bitte ein Spiel mit mir spielen, Mr. Hersch?«
»Ja, Sir.«
»Nennen Sie mir alle Monate des Jahres.«
»Januar... Februar... März...«
Der neunmalkluge Herky musterte Jakob mit wissendem Blick. »Er testet seine Reaktionen.«
Jakob funkelte ihn böse an und griff sich seine Flasche Passah-Wein, die er vorsichtshalber mit verbotenem Remy Martin gefüllt hatte.
»Fällt Ihnen das Schlucken schwer?« erkundigte sich der Spezialist.
»Ja, Sir.«
Fanny Herschs dümmliche Augen strahlten vor Freude. »Als Bronfman krank war, mit all seinen Millionen, hatte er denselben Spezialisten. Er ist wirklich weltberühmt.«
»Unser Daddy hat's endlich geschafft«, verkündete Jakob, an Rifka gewandt. »Die Hände, die Bronfmans Körperöffnungen erforscht haben, untersuchen nun tatsächlich auch ihn.«

Rifka sprang vom Sofa auf und scheuchte ihre Söhne hinaus; sie durften sich beide ein Eis kaufen.

»Wenn Sie sich jetzt mal eben umdrehen... So ist's schön«, sagte der Spezialist. »Sind Sie verwandt mit Jakob Hersch?«

»Das ist mein Sohn.«

»Ach, wirklich?«

»...ist ganz von London rübergekommen, um mich zu besuchen. Er wird den nächsten James-Bond-Film inszenieren.«

»Ha!« sagte Herky, plötzlich ganz Ohr. »Gratuliere.«

»Es geht ihm sehr, sehr gut.«

»Brauchst du Hilfe auf der Besetzungscouch?«

Als Rifka ihren Platz auf dem Sofa neben Herky wieder einnehmen wollte, ihr breites Hinterteil das Polster flachzudrücken drohte, schob Herky rasch die Hand unter sie und reckte den Daumen wie einen Pfahl in die Höhe. »Ich hab dich!«

Kichernd sprang Rifka hoch.

»Ihr verdammten Idioten!« zischte Jakob.

»Das ist angewandte Psychologie, du *schmock*. Wenn wir ins Schlafzimmer rübergehen und die Hände ringen, würden wir ihm damit helfen?«

Kaum kam der Spezialist aus dem Schlafzimmer, da schob ihn Jakob in den Flur hinaus.

»Wir haben uns noch nicht bekannt gemacht, Doktor. Mein Name ist Jakob Hersch.«

»Ich habe Ihre Arbeit im Fernsehen schon immer bewundert.«

»Vielen Dank. Also hören Sie, ich weiß, daß mein Vater bis obenhin voll Krebs steckt... aber, na ja, wie geht's nun weiter?«

»Möglicherweise Gehirnblutung. Vielleicht auch ein Herzanfall. Oder die Lunge.«

»Er glaubt, daß es ihm bald bessergeht. Er möchte Krankengymnastik machen, Therapie.«

»Wenn Sie wollen, kann ich das gern arrangieren. Allerdings arbeiten sie nicht gerne mit moribunden Patienten. Das ist zu deprimierend für sie.«

»Für meinen Vater ist es deprimierend.« Wie Jakob feststellte, war er noch nicht auf Morphium. »Wie lange hat er noch?«

»Den Sommer wird er nicht überleben.«
Jakob wartete.
»Sechs Wochen vielleicht.«

13

Und was ist mit mir, dachte Jakob auf dem Rückflug nach London, was ist mit mir und meinem Haus? Nancy, Sammy, Molly und dem Baby, das sie erwarteten? Wie er sich erinnerte, hatte Mrs. Hersch eine Woche vor Mollys Geburt darauf bestanden, herüberzukommen und bei ihnen zu bleiben.
Oben brachte Nancy Sammy zu Bett. Sie sang.

On the first day of Christmas,
my true love gave to me,
a partridge in a pear tree.

Unten beschäftigte sich Mrs. Hersch mit Sammy, half ihm, ein Lego-Haus zu bauen.
»Weißt du, wie man dieses Haus nennt, kleiner Schatz? Das ist eine Synagoge.«
Sammy baute stumm weiter an seinem Werk.
»Wo wir beten«, erläuterte Mrs. Hersch.
»Kirche.«
»Nein, Synagoge. Sag's Grandma mal nach. Synagoge.«
»Synahog.«
»Ach, du mein Schatz, mein Lämmchen! Ja, Synagoge.«
Sie waren eine neue Rasse, diese Kinder aus Mischehen. Mit einem Weihnachtsbaum im Dezember und Matzen im April. Statt unerwünscht zu sein, hier verfolgt als Christusmörder, dort verspottet, weil farblose WASPS, gehörten sie überall dazu. Mit einem Anrecht auf Jehova und einem Anteil an Jesus Christus. Einer Vorliebe für *hot cross buns* und Bagels.
Als ihr Sammy zum erstenmal vorgestellt wurde, hatte die verdammte Rifka sofort an seinen Windeln herumgefingert. »Wie ich sehe, hast du ihn immerhin beschneiden lassen, Jakob. Na, wenigstens etwas.«

Dann war Herky und ihr der quäkende Säugling Molly zur Begutachtung vorgeführt worden.
»Ein Blondchen.« Rifka schürzte verächtlich die Lippen.
»War ich auch«, protestierte Jakob spitz, »damals als Kind. Erinnerst du dich?«
»Und alle Säuglinge haben blaue Augen«, ergänzte Herky beschwichtigend. »Stimmt doch, oder?«
Zahlreiche Brandys später, in ihrer Suite im Grosvenor House, setzte sich Herky, der sich plötzlich verschwörerisch, dennoch aber ein wenig herablassend gab, zu Jakob und flüsterte: »Ich muß mit dir reden, Kleiner.«
»Na, dann los!«
Herky erhob sich, um an der Schlafzimmertür zu lauschen und sich zu überzeugen, daß Rifka schlief. »Da ist etwas, das du wissen solltest.«
Rifka ist eine Ladendiebin. »Ja?« fragte Jakob mißtrauisch.
»Es ist alles gut. Alles ist in bester Ordnung.«
»Na wunderbar.«
»Du kannst wieder heimkommen.« Herky tätschelte Jakob die Wange; in den Augen standen ihm Tränen. »Die Zeit heilt alle Wunden. Hast du mich verstanden?«
»Drück dich bitte deutlicher aus.«
»Du hast eine *schikse* geheiratet. Die Familie hat sich nicht gerade vor Freude überschlagen. Also hast du das einzig Anständige getan und uns nicht vor der Gemeinde bloßgestellt, indem du mit ihr nach Montreal gezogen bist. Sondern bist hiergeblieben.«
»Was?«
»Na ja, einige von uns haben jetzt eine modernere Einstellung, außerdem scheint sie dein Haus gut in Ordnung zu halten, und du hast jetzt Kinder, und, na ja, ich habe mit deinem Vater gesprochen. Um 's kurz zu machen, es ist okay.« Vor Edelmut strahlend, setzte er noch hinzu: »Yankel, du kannst wieder heimkehren!«
»Aber Herky, ich lebe in London, weil es mir so gefällt.«
»Was ist Stolz? Stolz ist Torheit. Willst du mir hier eine Rechnung aufmachen? Ich bin Herky, dein alter Schwager!«
Verzweifelt packte Jakob die Brandyflasche und schenkte sich noch einmal ein.

»Soll das heißen«, verlangte Herky zu wissen, »daß du tatsächlich lieber hier lebst als in Montreal?«

»Allerdings.«

»Aber die hier sind doch kalt wie die Fische! Sogar die Juden reden hier mit einem komischen Akzent. Hör auf, du willst mich wohl auf den Arm nehmen, wie?«

»Ich nehme dich nicht auf den Arm. Ehrlich.«

»Aber hier in Europa ist alles so kaputt und alt. Zu Hause, da kommen wir jetzt wirklich voran. Weißt du, daß man heutzutage nur eine Stunde bis Ste. Agathe braucht? Das kommt von dem großen, neuen Highway. *Sechs Fahrspuren!*«

Die gemischte Abstammung der Kinder und Jakobs schwächliche Versuche, ihnen ein Gefühl für soziale Gerechtigkeit einzuimpfen, wirkten zusammen oder vielmehr gerieten aus den Fugen durch das Gartenproblem, das zwei Tage vor Weihnachten in Jakobs Demütigung gipfeln sollte.

Als Nancy im April 1966 endlich in Hampstead ein Haus für sie gefunden hatte, kam Jakob aus Pinewood herein, wo er gerade einen Film drehte, um es sich anzusehen; er stieß die großen Fenstertüren an der Rückseite auf, und siehe da, es gab eine scheinbar endlose, leere Grünfläche. Dicht besetzt mit ausgewucherten, stacheligen Büschen. In der Mitte einen stagnierenden, von Mücken schwirrenden Teich und am anderen Ende einen Anderson-Bunker.

Sofort kam Nancys *goyische* Ontario-Kindheit zum Vorschein, und sie strahlte bei der Erinnerung an Granny, ans Himbeerpflücken, an selbstgemachte Marmelade, an den alten Grandad, der im Treibhaus Pflanzen pikierte. »Sieh nur, Nancy, wie hoch der Himmel ist!« *Ontari-ari-ario.* Die Toronto-befreite Mutter, selig, wieder Schweinemist schaufeln zu können, »Hallo, Nachbarn« rufend, sobald ein paar mennonitische Freaks vorbeikommen. Und sieh mal an, der Ford V-8, Dad ist zum Weekend herausgekommen, ist der unbegreiflichen Großstadt entflohen, wo Judenjungen Schuhfabriken besitzen, und sosehr er sich auch Mühe gab, er konnte nicht genug verkaufen, um Mr. Goldstein zufriedenzustellen. Goldverdammt noch mal!

»Henry«, ruft die Mutter. »Im Bach springen die Fische.«

»Yippee!«
Nancy schleckte Jakob zärtlich im Ohr, sie umarmte ihn und führte ihn ein in die Wunder ihrer Kabbala, verwirrte ihn mit Geplauder von Blumen- und gemischten Rabatten, von zweijährigen Pflanzen und Herbststauden.
Entsetzt, verwirrt, rief Jakob ihr mürrisch in Erinnerung, daß ihm dies alles fremd, daß er in städtischen Hinterhöfen groß geworden war, wo man geplatzte Reifen, Wassermelonenschalen, zerbrochene Waschbecken und zerfetzte Matratzen deponierte. Innerhalb weniger Wochen jedoch war es Jakob, der sich als der leidenschaftlichste Gärtner des Hauses entpuppte, der es für seine Pflicht als Familienoberhaupt hielt, Ordnung in das so unschöne Durcheinander zu bringen. Bei John Barnes erstand er Zweitakt-Rasenmäher, Baumschere, Gartenschere, Wannen, Harken, heimtückische Sprays, Samen und Heckenschere. Am folgenden Nachmittag machte er sich, sobald Nancy einkaufen gegangen war, mit Sammy und Molly zusammen ans Werk, verbrannte ganze Berge von Herbstlaub und säuberte sein Grundstück, sozusagen seinen Hampstead-Besitz, wie Van Heflin in »Shane«. Er zog einen verdorrt wirkenden Strauch nach dem anderen aus der Erde, trimmte die Rhododendren und stieß, als er den Boden harkte, auf ein paar scheinbar krebsförmig wuchernde Gewächse, die er ebenfalls herauszog und auf die Schubkarre warf.
Nancy war alles andere als erfreut. »Großer Gott!« rief sie entsetzt.
Herbstlaub, richtig verrottet, erläuterte sie ihm behutsam, könne von enormem Wert sein. Die dürren Dinger, die er aus dem Boden gezogen hatte, waren in Wirklichkeit ausgewachsene Rosenstöcke und die krebsartig wuchernden Gewächse nicht nur nicht krankhaft, sondern Päoniensteckl inge. Verdammte *schikse*, dachte er innerlich kochend, Ontario-Hinterwäldlerin, du kennst den geheimen Namen des Allerheiligsten nicht, du kennst die Sprüche von Rabbi Akiba nicht, und du weißt nicht, wie man einen Dybbuk austreibt, aber diese Art Mist, die kennst du perfekt; und er zog sich ins leere Wohnzimmer zurück, um dort zu schmollen und seine neuerworbenen Gartenhandbücher in aller Ruhe zu studieren. Den Talmud des Orangeman.

Es war sinnlos. Ihm fehlte das Gefühl dafür. Und so meinte Jakob verschlagen, da sie ja jetzt das neuerworbene Haus einrichten und dekorieren und außerdem die Kinder versorgen mußten, sollten sie lieber einen Gärtner nehmen, der zweimal pro Woche ins Haus kommen könne. Aber solche Tagelöhner sind unmöglich, warnte ihn Nancy. Trotz ihrer Einwände jedoch bestand er darauf. Hauptsächlich, weil er die Zügel in der Hand behalten wollte, und ein Arbeiter hatte sich ihm in seiner Eigenschaft als Hausherr gegenüber zu verantworten. Der bierselige alte Tom jedoch, der Gärtner, ein schottischer Bauer, ebenso listig wie lederzäh, mit einer Nase für Klassenunterschiede, witterte in Jakob sofort die Stadtratte, einen Menschen, der die Kräuselkrankheit nicht von Mehltau unterscheiden konnte, und tolerierte Jakob höchstens mit knappem Lächeln. Nancy dagegen war etwas ganz anderes. Nancy, ruhig und verständig, die schöne Frau vom Land, die in die Fänge dieses behaarten Juden gefallen war, Nancy verehrte er aufrichtig und unterwarf sich allen ihren Wünschen. Jakob, der empört am Fenster stand, mußte zusehen, wie sie gemeinsam durch seinen Garten schlenderten, zwei Langweiler aus einem Roman von Thomas Hardy, sich an rustikalen Trivia begeisterten und ihre arischen Geheimnisse austauschten, deren Text den Protokollen der Ältesten vom Komposthaufen entstammte.

Fest entschlossen, zumindest eine Spur von Genugtuung aus Toms Anwesenheit zu ziehen, suchte Jakob ihn als einschlägiges Beispiel zu benutzen, um Sammys Sinn für soziale Gerechtigkeit zu schärfen. Als sein Sohn, frühzeitig von der Vorbereitungsschule nach Hause gekommen, durch den Garten auf ihn zurannte und schrie, sie hätten endlich mal das Cricketmatch gewonnen, sagte Jakob unvermittelt: »Toms Enkel werden keine Privatschule besuchen, und trotzdem bist du nichts Besseres als sie.«

Sammy starrte ihn verblüfft an.

»Damit will ich sagen, daß dein Großvater ein armer Jude ist«, fuhr Jakob starrköpfig fort.

Am Abend zuvor, beim Schulkonzert, hatte Jakob als einziger mit finsterer Miene zwischen den vielen strahlenden Eltern gesessen, während Sammy mit den anderen zusammen sang:

Da liegt es, das Kindlein, auf Heu und auf Stroh
Maria und Josef betrachten es froh.
Die redlichen Hirten steh'n betend davor,
Hoch droben singt jubelnd der Engelein Chor.

Am folgenden Nachmittag schenkte sich Jakob nach einem harten Arbeitstag im Schneideraum der Pinewood Studios einen Gin-Tonic ein und wollte Zuflucht im Garten suchen. Dort jedoch lauerte, den schweißfleckigen Hut abnehmend, um sich die Stirn zu wischen, dieser heimtückische alte *goy*. Jakob fühlte sich verpflichtet, in die Küche zurückzukehren und seinem Gärtner ebenfalls einen Gin zu holen, und das ärgerte ihn. Mit einem Bier konnte er Tom nicht gut abspeisen, denn das verstieß gegen sein Gleichheitsprinzip. Außerdem war es ein schlechtes Beispiel für Sammy. Doch selbst wenn er seinen Schnaps mit Tom teilte, würde er das Gefühl nicht loswerden, Eindringling in seinem eigenen Garten zu sein. Denn Jakob brauchte sich nur im Schatten in einem Liegestuhl niederzulassen, und schon begann der alte Tom mit Feuereifer zu graben. Er glaubt, ich setze mich nur hier heraus, um mein Pfund Fleisch zu fordern, dachte Jakob und entließ Tom auf der Stelle, so daß der Alte die Arbeit von zwei Nachmittagen pro Woche verlor, nur weil Jakob sie beide nicht mehr diesem erbitterten Klassenkonflikt aussetzen wollte.
»Warum kommt eigentlich Tom nicht mehr?« erkundigte sich Sammy.
»Weil ich ihn entlassen habe. Er war faul«, stieß Jakob hervor, der ganz vergaß, daß er Sammy erst am Abend zuvor, als er ihn zu Bett brachte, erklärt hatte, es sei unverzeihlich und gemein, sich wie viele andere Eltern darüber zu beklagen, der arbeitende Mensch sei faul. »Menschen wie der alte Tom«, hatte er zu Sammy gesagt, »und andere, die in den Fabriken am Fließband stehen, müssen eine Arbeit tun, die sie hassen, um ihr tägliches Brot zu verdienen. Also sind sie natürlich verstimmt und tun ihre Arbeit nur widerwillig. Wirklich, es gibt nichts Schlimmeres für einen erwachsenen Menschen, als Tag um Tag zu einer Arbeit gehen zu müssen, die er haßt. Du bekommst eine gute Ausbildung, und wenn du erwachsen bist, wirst du die Wahl haben. Du

brauchst dich nicht zu einer Arbeit zwingen zu lassen, die deine Seele zerstört. Deswegen mußt du aber auch immer besonders rücksichtsvoll jenen gegenüber sein, die dieses Glück nicht hatten.«

Und so blickte Sammy seinen Vater nun fragend an. Mit großen Augen.

»Er war nicht faul. Er hat mich geärgert.«

Tom arbeitete weiterhin bei anderen Familien an Jakobs Straße. Des Abends, wenn Jakob in der Salonbar seines Stamm-Pubs einen großen Gin bestellte, saß Tom mit boshaftem Lächeln nebenan in der öffentlichen Bar und drehte sich mit zitternder Hand eine Zigarette.

Gegen den Herbst zu sah man Tom immer seltener in dieser Straße. Niemand brauchte ihn. Und erst zwei Tage vor Weihnachten tauchte er wieder auf.

Die Weihnachtszeit war schon immer eine unbehagliche Zeit für Jakob gewesen, der Baum im Wohnzimmer ein Affront, so vernünftig er ihn auch hinwegzuerklären suchte. Als Fruchtbarkeitssymbol. Als heidnisches Ritual. Als Nancys Geburtsrecht und das der Kinder, denn schließlich entsprangen sie beiden Traditionen, und im gemischtrassigen Haus der Herschs wurde der Baum ausschließlich mit interreligiösem Schmuck behängt. Also kein *joschka* mit Heiligenschein an der Spitze. Und doch ... und doch ... konnte man ihn mit Schokoladenweihnachtsmännern behängen, mit Silber besprühen, mit bunten Kugeln verzieren, ihn sogar, wenn man wollte, mit Hühnerfett einreiben – er blieb, bei Gott, immer ein Weihnachtsbaum. Seine Vorfahren waren nicht aus dem *schtetl* geflohen, hatten den Zaren nicht überlebt, damit die Fenster der zweiten Generation am Heiligen Abend genauso glitzerten wie die der verfluchten, unvergessenen Schwarzen Hundert. Die alte Hanna etwa hätte gesagt, feh, Yankel. Ja, ja, rechtete er mit ihr, aber dies ist auch Nancys Haus. Sammys und Mollys *seide* mütterlicherseits ist eben nur ein *goy*. Ohne Angst vor Spinoza, nicht irritiert durch die Rätsel des Zohar, war er, um gerecht zu sein, der seiner Rasse eigenen intellektuellen Offenbarungen teilhaftig geworden. Er erkannte zum Beispiel, daß Ringkämpfe Schiebung waren, und nachdem Jakob ihm soviel zugestanden hatte, war er so

zufrieden mit sich, daß er sich aufs Knie schlug und laut auflachte.
Typisch für ihn, daß er den anstößigen Baum, an diesem Weihnachten wie am letzten, verdrängte, um sich den Freuden des Einkaufens mit Nancy hinzugeben. Schließlich, wenn man es objektiv betrachtete, war dieser Feiertag nichts weiter als ein Vorwand zum Schenken und Sichvollfressen im Kreis seiner Lieben. Sie gingen zu Harrods, Norfolk-Truthahn und Yorkshire-Schinken besorgen; bei Fortnum's stürzten sie sich auf Kaviar und guten Wein. Der Räucherlachs, eine ökumenische Konzession, kam von Cohen; und wieder einmal bestand Jakob auf gehackter Leber, die er persönlich zubereitete, aus voller Kehle »Adon Olam« sang und dabei in der Küche das Hackmesser schwang.
Nach einem solchen Einkaufsausflug, nur zwei Tage vor dem Weihnachtsfest, geschah es, daß Jakob auf ein Klingeln hin in Hausschuhen die Tür öffnen ging und unvermittelt dem langen Polizisten mit den hängenden Schultern und der dienstlichen Miene gegenüberstand.
»Tut mir leid, wenn ich Sie störe, Sir. Aber wurde bei Ihnen letzte Nacht eingebrochen?«
»Nein. Bestimmt nicht«, erwiderte Jakob, der über die Schulter des Bobby hinwegspähte und auf dem Rücksitz des Streifenwagens einen Kriminalbeamten entdeckte. Neben dem, mit kleinem Lächeln unter dem zerdrückten Hut von undefinierbarer Farbe, der alte, wettergegerbte Tom hockte. »He, das ist ja mein alter Gärtner!«
»Nun, das erklärt alles.« Er hätte Jakob nicht belästigt, erklärte der Bobby weiter, hätte der Mann das Innere dieses Hauses nicht exakt beschreiben können. »Das ist jetzt die übliche Zeit für sie«, stellte er vertraulich grinsend fest. »Nicht wahr?«
»Was soll das heißen, die übliche Zeit?«
»Es ist auf einmal Winter geworden. Das Wetter wird unangenehm. Es gibt keine Arbeit. Das Problem des Essens und der Unterkunft für die kommenden Monate taucht auf. Also kommen sie in hellen Scharen auf die Wache und behaupten, sie hätten einen Einbruch begangen, in der Hoffnung, der Staat werde sie bis zum Frühjahr beherbergen.«

»Augenblick mal, Officer. Vielleicht habe ich mich geirrt. Wissen Sie, es kann durchaus sein, daß er etwas gestohlen hat. Eine Kleinigkeit, vielleicht«, vermutete Jakob.
Der Sergeant blieb passiv.
»Kommen Sie doch bitte herein. Ich laufe nur schnell mal nach oben und sehe nach.«
Aber Nancy sagte, jetzt könne Jakob nichts mehr für den alten Tom tun. Nicht überzeugt, hastete er wieder hinunter zu dem Polizisten.
»Also, Officer«, fragte er strahlend, »könnten Sie mir wohl eine Rechtsauskunft geben?«
»Möglicherweise, Sir.«
»Wieviel müßte der alte Mann gestohlen haben, um drei Monate aufgebrummt zu bekommen?«
»Wenn Sie etwas vermissen, müssen Sie offiziell Anzeige gegen ihn erstatten.« Der Sergeant zog seinen Block heraus.
»Ach so«, sagte Jakob, auf dem Rückzug.
»Das wäre Ihre Pflicht.«
»Pflicht? Der arme Hund hat keinen Platz, wo er schlafen kann. Wollen Sie, daß er an Unterkühlung stirbt?«
»Nun, Sir, das ist nicht meine Sache.«
»Verdammt, was ist denn Ihre Sache?« fuhr Jakob plötzlich wutentbrannt auf. »Demonstrationen auseinandertreiben? Westinder verprügeln?«
»Beruhigen Sie sich doch.«
Erschrocken erschien Nancy oben an der Treppe.
»Britische Gerechtigkeit«, höhnte Jakob.
»Sind Sie Amerikaner?« erkundigte sich der Sergeant verwundert.
»Nein. Ich bin Kanadier. Wie heißen Sie?« verlangte Jakob hitzig zu wissen.
Der Sergeant sagte es ihm.
»Aha!« frohlockte Jakob. »Aha!« Er rieb sich die Hände und blickte zu der entsetzten Nancy empor. »Also, das paßt! Nicht wahr, mein Freund?«
»Wieso?« fragte der Sergeant verdutzt.
»Wie schreiben Sie sich?«
»H-O-A-R-E.«

Stunden vergingen, bevor ein reuiger Jakob aus seinem Refugium auftauchte.
»Weißt du«, vertraute er Nancy an, »wir werden alle wie unsere Väter. Luke ist Mitglied im Garrick Club, und ich mache mich zum Narren. Wie konnte ich mich nur so benehmen?«

14 Harry suchte seine Fotoausrüstung zusammen und beschloß, sich heute abend ein Taxi zu leisten; er winkte einen Wagen herbei und gab dem Fahrer die Adresse der Graphic Arts Society in Fulham.
Verdammt albern, dachte er, als er die Stufen zum Kellergeschoß hinabstieg, den anderen Wartenden gegenüber distanzierter als sonst. Spießer zumeist, heute abend. Pendler. Beladen mit Kameras, Belichtungsmessern, Stativen und – in einigen Fällen – Requisiten für die Mädchen.
Schließlich trat der Assistent des Professors, ein massiger, aber gutmütiger Eunuch, in Erscheinung. »Hallo, hallo, hallo! Das Modell, das wir heute abend für Sie ausgewählt haben, ohne Mühe und Kosten zu scheuen, ist Miss Angela, Star in mehr als einem Harrison-Marks-Film. Idealmaße 99–58–96. Jawohl, meine Lieben, 99. Also bitte zurücktreten. Machen Sie Platz. Wir erwarten heute abend mehr als nur eine geniale Idee von Ihnen. Angela ist bereit, heute abend aktive Posen einzunehmen, aber... aber... unter einer Bedingung: Zweifelhaftes kommt nicht in Frage, Freunde, das hat ihr Freund verlangt, und mit ihm wollt ihr euch doch bestimmt nicht anlegen. Nicht wahr, ihr bösen kleinen Buben?«
Miss Angela, angetan mit einem blauen, durchsichtigen Negligé, einem rüschenbesetzten Strumpfhaltergürtel und schwarzen Strümpfen, kam ins Atelier geschwebt, nahm auf einem Hocker Platz und betrachtete gleichgültig ihre Kunden. Lehnte Zigaretten ab, verschmähte müßiges Geplauder. Gönnte nur Harry einen winzigen Wink des Erkennens.
»Hat der Film Spaß gemacht?« erkundigte sich Harry.
»Umwerfend. Wirklich.«
Der Professor, mit blauer Baskenmütze, Foulardschal um den Hals

geschlungen, in schwarzem Samthemd, Levi's und Sandalen, sprang auf die Bühne, um die Aktivitäten mit einem durch Dias von seinen klassischen Studien begleiteten Vortrag einzuleiten. Während sein Assistent das Licht ausmachte und das erste Bild zeigte, begann er: »Wie Sie hier bemerken werden, ist es die Vorwärtsbewegung des menschlichen Körpers, die die lokomotorischen Muskeln spannt und den Eindruck nicht aufzuhaltenden Schwunges hervorruft. Das nächste, bitte... Ah, Stella. Auch hier werden Sie wiederum feststellen, daß es die Streckung des Körpers ist, die den vollen Brüsten Straffheit verleiht und so den Ausdruck von Stolz und Würde unterstreicht. In diesem Fall aber sehen Sie außerdem deutlich, daß es der Zusammenfluß der effektivsten Linien an einem leeren Punkt ist, ein sichtbares, sorgfältig bewahrtes Gleichgewicht zwischen den Zentrifugal- und den Zentripetalkräften, ergänzt durch die Verteilung unregelmäßiger und ineinanderfließender Dreiecksformen, der es ermöglicht, die angulären Eigenschaften der Figur zu erkennen.«
Schließlich hielt der Professor seine übliche Ansprache für jene, die das Studio vielleicht zum erstenmal aufsuchten, erklärte ihnen seine Schwierigkeiten mit den Zensoren und warnte sie, der Preis der künstlerischen Freiheit sei eine niemals nachlassende Wachsamkeit. Er meditierte darüber, in welch einer törichten und heuchlerischen Welt sie doch lebten, in einer Welt, in der jedermann ein britisches Postamt betreten, Geld überweisen und sich im liberalen Dänemark einfach alles bestellen könne, während preisgekrönte britische Fotografen wie er bei der Belieferung des inländischen Marktes nicht konkurrieren, geschweige denn sich am Exporthandel beteiligen könnten, der außerdem sogar noch die Kampagne »Kauft Britisch« unterstützen würde. Er wies darauf hin, daß signierte Exemplare seines eigenen Buches für fünf Guineas erhältlich seien, und schloß: »Genau wie schon künstlerische Zeichner seit unvordenklichen Zeiten im unbekleideten, nackten Körper die ideale Vorlage für stereographisches, was heißen soll, räumliches Zeichnen gesehen haben, so entdecken auch die heutigen künstlerischen Fotografen im nackten Körper das einzig mögliche Medium für das richtige Begreifen des Spiels von Licht und Schatten auf einer unregelmäßigen und gestaltförmigen Masse.«

Anschließend drängten die Männer mit ihren Kameras, Stativen und Requisiten nach vorn, kämpften um einen Platz in der Schlange, und Miss Angela erhob sich von ihrem Hocker, um vor den Lampen zu posieren.
»Seien Sie bitte ein Schatz, und nehmen Sie den Stock, ja? Danke. Und jetzt bedrohen Sie mich damit.«
Klick.
»Noch einmal.«
Klick.
»Und noch einmal. Vielen Dank.«
Dann schob sich der nächste nach vorn und duckte sich hinter seine Kamera. »Strecken Sie bitte die Zunge raus. Bewegen Sie sie.«
Klick.
»Ja. Vielen Dank.«
Klick.
»Könnten Sie jetzt mal Ihr Negligé fallen lassen? Ein bißchen vorbeugen. Super!«
Klick.
»Jawohl! So bleiben!«
Und der nächste.
»Werfen Sie mir einen bösen Blick zu. Stärker. Als hätte ich Ihnen etwas absolut und unaussprechlich Unanständiges zugemutet. Zauberhaft, Schätzchen. Zauberhaft!«
Endlich war Harry dran.
»Die letzten beiden hatten keinen Film in der Kamera.«
Das brachte ihm ein wissendes Gekicher von Angela ein, die ihre Hände ausstreckte, damit Harry ihr die Handschellen anlegen konnte, und das blaue Negligé von den Schultern schüttelte, so daß es langsam zu Boden glitt. »Soll ich ein ängstliches Gesicht machen, Schätzchen?«
»So richtig angstverzerrt, denn –« Harry beugte sich vor, um ihr etwas ins Ohr zu flüstern, und demonstrierte damit eines seiner besonderen Vorrechte – »es ist der schreckliche Neville Heath, der hinter dir her ist. Ian Brady, der dich bedrängt.«
»Huuuch!« rief sie laut aus und erschauerte.

15

Jakob hatte, wie es ihm schien, Ewigkeiten auf die Gelegenheit gewartet, einen Film zu machen, und solange er tatsächlich mit dessen Herstellung beschäftigt war, mit dem Autor verzweifelt um das Drehbuch gerungen, die Rollen besetzt, gedreht und – am erfreulichsten – im Schneideraum gearbeitet hatte, war es ihm möglich gewesen, daran zu glauben, daß seine Mühe sinnvoll sei; sobald der Film jedoch fertiggestellt und herausgekommen war, erkannte er nur allzu deutlich, daß alles, was er hervorgebracht hatte, weder glänzend noch gräßlich, sondern schlicht und einfach gut war. Ein weiterer interessanter Film für die Verleiher. Die Energie, die er und andere verbraucht, die eine Million zweihunderttausend Dollar, die sie ausgegeben hatten, hätten weitaus wohltätiger in Unterkünften für die Obdachlosen, Lebensmitteln für die Hungernden angelegt werden können. Soweit die Ehre, soweit der Anstand.

Bei Arbeitsbeginn an seinem zweiten Film, einem Thriller, im Jahre 1966, begriff Jakob plötzlich, daß er sechsunddreißig und daß Jungsein etwas Vergangenes, Erledigtes war. Er war sechsunddreißig und ein Fachmann; weiter nichts. Zum erstenmal in seinem Leben schien er empfänglich für Bakterien zu sein. Seine Zähne hatten begonnen, sich zu lockern und aus dem Kiefer zu rutschen. Sein Darm brannte, weil kirschgroße Hämorrhoiden den Durchgang versperrten.

> In Großbritannien
> ist heutzutage eine von 22 Familien
> von einer Herzkrankheit betroffen
> DAS HERZ
> Warum es schlägt
> Wieso 60 000 Meilen Arterien versagen können

Es war Winter, eine Jahreszeit, die Jakob verabscheute, vor allem in London, wo es weder Sonne noch Schnee gab, sondern nur tief hängenden, grauen Himmel. Einstmals war der Winter etwas gewesen, das man überstehen mußte, und der Frühling konnte für ihn gar nicht schnell genug kommen. Jetzt wünschte er sich, die Zeit möge in einem weniger fieberhaften Tempo vergehen. Der Frühling war nicht mehr so sehr ein Fest wie eine weitere Jahreszeit, mit der man rechnen mußte. Etwas, das man erlebte und das nicht wiederkehren würde. Etwas, das mit einer Jahreszahl versehen und in ein Kontobuch eingetragen wurde. »Im Frühling 1967, als mein Vater im Sterben lag, war ich ...« Proust, so viele Jahreszeiten lang immer wieder aufgeschoben, würde jetzt gelesen oder ad acta gelegt werden müssen. Wenn er Athen in diesem Jahr nicht besuchte, war er im nächsten vielleicht zu beschäftigt. Oder krank.

Mit Nancy im Bett zu liegen, die Körper ineinander verschlungen, ihre Brüste von seinen Händen umspannt, hatte ihn einst mit so tiefer Befriedigung erfüllt, daß er dies für einen umfassenderen Ausdruck ihrer Liebe empfand als die so schnell verausgabte Leidenschaft anderer Nächte. Jetzt drängte sich ihm der Tod dabei genauso auf wie anderswo. Lagen sie nebeneinander, konnte er nur an die sich durchdrückenden Knochen unter dem dahinwelkenden Fleisch denken. Drehte sie sich, träge vom Schlaf, ein wenig zur Seite, um ihn zu küssen, wehte ihm manchmal ein Rüchlein sauren Atems entgegen. Die Fäulnis, die sich in ihre und zweifellos auch in seine Magenwände fraß. ANZEICHEN FÜR DEN TOD. *Der typische Gesichtsausdruck Sterbender*, Hautverfärbung, Versagen der Reflexe, *Hypostase*, Wärmeverlust, Starre. »Verwesung ist ein sicheres Zeichen; sie beginnt nach zwei bis drei Tagen als grünliche Verfärbung auf dem Abdomen.«

Für Nancy. Für Sammy, für Molly. Für das kommende Baby. Und auch für mich.

Was Jakobs Gefühl der Beklemmung noch verstärkte, war eine innere Überzeugung, das alles sei unaussprechlich banal; schließlich hatte er die Angst vor dem Altern und dem Tod mit allen Männern gemeinsam, die ebenfalls unausweichlich dem mittleren Alter entgegengingen. Dennoch gab es mindestens einen außergewöhnlichen Faktor bei ihm. Er war glücklich verheiratet. Ach, dachte er zuweilen, wenn nur meine Lebensgemeinschaft mit Nancy bedrükkend, schal, mit Ressentiments und Bitterkeit geladen wäre, dann könnte ich, wie die meisten meiner Filmbekannten, bei nichtssagenden Mädchen Trost suchen, mich dem Sex ohne Liebe hingeben, sozusagen mich selbst bestrafen. Wie Myer Gross.

»Hör mal, Jakob, glaubst du, es macht mir Spaß, Sylvia zu betrügen? Ich mag sie doch. Ich habe sie aufrichtig gern. Jedesmal, wenn ich was mit einer neuen Sekretärin anfange, ist es die reinste Hölle für mich. Dann habe ich ein so schlechtes Gewissen, daß ich Herzklopfen kriege, und das ist überhaupt nicht gut für mich, weißt du...«

»Ja, aber Myer, warum tust du's dann...?«

»Na ja, früher war's jede Nacht, sogar zweimal pro Nacht, aber jetzt machen wir's, sagen wir, einmal pro Woche, wir schuften dabei wie die Ackergäule, es fällt mir schwer, ihn oben zu halten, und ich glaube sogar, sie kommt überhaupt nicht mehr. Alles nur noch Geräuschkulisse. Aber wenn du mich mit einem enthusiastischen neuen Häschen im Bett sehen könntest! Jung. Knackig. Dann bin ich ebenfalls wieder jung. Ein veritabler Stier... Vielleicht mache ich's falsch. Aber wenn das der Fall ist, Jakob, bin ich es, der letzten Endes die Zeche bezahlen muß.«

Myer Gross ließ sich von Dr. O'Brien mit Hormonen vollpumpen, Bob Cohen schwor auf einen übelriechenden Absud, den er sich jeden Morgen in einem Glas zusammenbraute, und C. Bernard Farber spritzte sich ein ungarisches Rezept aus zerstoßenen Hummeln. Ziggy Alter ließ sich im Forest Mere regelmäßig spülen. Bei mir, vertraute Monty Talman Jakob an, geht es nicht um den Sex.

»Ehrlich gesagt, ich hab's mehr mit den Worten als mit den Taten. Wenn ich ihr untreu bin, dann im Grunde nur, weil ich weiß, daß ich sie langweile. Scheiße, wir sind jetzt achtzehn Jahre zusammen, es gibt nicht *eine* Story von mir, die sie nicht kennt und besser erzählen könnte als ich. Stell dir doch bloß mal folgendes vor. Wir haben neue Leute zum Dinner, ich fange an, eine Geschichte zu erzählen, und sofort merke ich, wie ihr Blick stumpf wird. Oder, wenn sie in richtig mieser Stimmung ist, kommt sie sogar mit der Pointe raus. Ich habe die Frauen noch nie mit meiner sexuellen Meisterschaft zum Wahnsinn getrieben, aber ich bringe sie gern zum Lachen. Das gibt mir so richtig Schwung, wenn ihre Augen aufleuchten, und wenn ich in den ›White Elephant‹ gehe, möchte ich dort mit einem Mädchen gesehen werden, bei dem die anderen vor Neid platzen. Mein Gott, du weißt ja nicht, wie schön es ist, ein fremdes junges Mädchen auszuführen und zu erleben, wie sie bei meinen Stories an meinen Lippen hängt, beinahe explodiert, wenn schließlich der Höhepunkt kommt. Ehrlich gesagt, ich habe einen

Charakterfehler. Ich schinde gern Eindruck bei den Menschen. Das ist meine Achillesferse. Aber wie könnte ich Zelda heute noch imponieren? Ich furze im Bett. Ich beginne mit einer Anekdote, und bss, bss, höre ich, daß sie mich in Gedanken zerlegt wie eine Säge. Lügner, denkt sie, Übertreiber, Quasselstrippe. Okay, es stimmt, alles stimmt, aber ich verdiene gutes Geld, die Jahre fliegen nur so dahin, brauche ich jemanden zu Hause, der mich Tag und Nacht daran erinnert?«

Jakobs Problem war, daß er Nancy mehr begehrte als irgendeine andere Frau. Nach zehn Jahren erregte sie ihn noch immer im Bett. Schlimmer noch: Er hatte Freude daran, mit ihr zu sprechen. Zum Glück waren die anderen tolerant. Sie begriffen, daß Jakob das Fremdgehen nicht unterließ, weil er ein Geizhals war wie der legendäre Otto Gelber, ein Produzent, der seine winzig kleine Frau nur deswegen geheiratet hatte, weil sie weniger Felle für den Nerzmantel brauchte, und der, wenn er eine Sekretärin einstellte, nicht vor allem sexuelle Ausstrahlung verlangte, sondern ein Mädchen nahm, das sich die Nägel kurz schnitt und tatsächlich tippen konnte. Statt seine Frau nach ihren Wechseljahren umzutauschen, schämte sich Gelber nicht, jahrein, jahraus dasselbe Modell zu fahren. Statt sich eine Geliebte zu halten, onanierte er jeden Nachmittag im Büro. »Mit einem Paperback«, schwor C. Bernard Farber.

Lou Caplan, Al Levine, Talman und der Rest der Filmclique, mit der Jakob Baseball und Poker spielte, waren zumeist zehn Jahre älter als er; er war mit Nancy einig darin, daß sie korrupt und ihre Ehefrauen hart waren, und hatte Verständnis dafür, daß sie es vorzog, im Bett zu lesen, statt wieder einmal eine von ihren Parties durchzustehen. Doch Jakob verzieh ihnen alles nur wegen ihres Witzes, ihrer Begeisterung und ihrer Fähigkeit, Hoffnung mit *chuzpe* zu verbinden und daraus einen Film zu zaubern. Von Zeit zu Zeit war er gerührt, etwa wenn er den sonst so überschwenglichen Fiedler um ein Uhr früh allein bei Tiberio sitzen und trinken sah, unglücklich, grau im Gesicht und Pillen kauend. »Ich kann diese Parties nicht mehr ertragen. Sie bringen mich um.«

»Warum bist du dann hingegangen?«

»Aber ich bin früh wieder weg«, protestierte er. »Hier sitze ich nun. Und was mache ich hier? Auf einen einzigen Schlummertrunk bin ich gekommen. Eigentlich müßte ich zu Hause im Bett liegen.«

»Dann geh doch.«

»Wenn ich nicht zu der Party gegangen wäre, hätte ich das Gefühl gehabt, etwas zu verpassen. Oder es gibt Saukerle, die behaupten würden, ich wäre gar nicht eingeladen worden. Als zählte ich nicht mehr mit. Ich *muß* mich einfach zeigen, weißt du.« Er zuckte die Achseln. »Wohin ich auch gehe, Jakob, ständig habe ich das Gefühl, etwas zu verpassen. Ich befürchte, daß andere Männer anderswo mehr Spaß haben, und verdammt, wenn ich dorthin gehe, habe ich immer noch das Gefühl, am falschen Platz zu sein. Am nächsten Morgen erst erfahre ich dann, daß ganz woanders viel mehr los war. Ich stehe unter Druck. Bei meinem Pulsschlag erbleicht der Arzt. Was sagst du dazu?«

»Geh nach Hause, Harry. Schlaf dich aus.«

»Ja. Du hast recht.« Er kippte seinen Drink. »He, warte mal! Komm doch mit zu Annabel. Da sind bestimmt ein paar Mädchen für uns.«

Wie üblich lehnte Jakob die Einladung ab. Was nicht bedeutete, daß er nicht ab und zu in Versuchung geriet, daß ihm nach einem schlechten Tag nicht so was Kleines, Kuscheliges gutgetan hätte. Ein Zeitvertreib, eine Ablenkung. Wie Cy Levi, der bei Parties und in Restaurants voll Eifer, schwindlig vor Gier auf alle Frauen losging.

»Siehst du die da drüben? Nein, am nächsten Tisch. Die hat genau die Ohren, an denen man gerne zieht, wenn sie einen mit dem Mund bearbeiten, nicht wahr?«

Cy hatte sich gegrämt, er hatte sich die Haare gerauft, er hatte geweint und einen Sexualanalytiker, einen Reichianer, aufgesucht, bevor er es übers Herz brachte, sich von seiner Frau scheiden zu lassen. Und alles wegen seines elfjährigen Sohnes, den er anbetete.

»Sag du's ihm, hat sie immer wieder gedrängt. Es ist deine Entscheidung. Also sag du's ihm. Da bin ich schließlich, weißt du, mit ihm ins Wohnzimmer gegangen und hab die Tür hinter uns zugemacht. Meine Tränen runterschluckend, hab ich gesagt: ›Mark, es gibt Dinge, die du noch nicht verstehst, weil du zu jung bist. Halte dich tapfer, Junge.‹ Ich hab seine Hand genommen, hab sie gestreichelt und gesagt: ›Ich verlasse deine Mutter, aber das heißt nicht, daß ich dich nicht liebe. Ich bete dich an. Ich werde dich an jedem Wochenende sehen. Samstag und Sonntag, das sind deine Tage. Da mache ich keine anderen Pläne. Stehe dir ganz und gar zu Diensten. Also, deine Mutter ist eine großartige Frau. Aber Erwachsene sind... nun ja, schwierig, und ehrlich gesagt, wir vertragen uns nicht mehr. Es ist nicht ihre Schuld, es ist nicht meine. Deshalb dachten wir, es wäre besser für dich, wenn wir uns trennen und du nicht, wie ich, in einer schlechten Atmosphäre aufwächst, denn meine Eltern, Gott segne sie, haben sich gegenseitig gehaßt und mir die ganze Kindheit verdorben. Sie waren nicht so ehrlich, wie ich es jetzt mit dir zu sein versuche. Deswegen gehe ich, mein Sohn. Ich werde für dich und deine Mutter sorgen. Ich verlange nicht, daß du das jetzt schon verstehst, aber ich bitte dich, nicht vorschnell zu urteilen. Behalte mich lieb, Mark, wie ich dich auch liebe. Später wirst du dann verstehen...‹ Und dann hab ich mir die Nase geputzt, habe in seinen blauen Augen nach einer Reaktion, Emotion, irgend etwas gesucht und gesagt: ›Das wär's, Junge. Also, was sagst du dazu?‹ Weißt du, was er geantwortet hat? Er fragte: ›Darf ich heute abend aufbleiben und mir Bonanza ansehen?‹«

Jakob war sich selbst gegenüber so tolerant, daß er begriff, es hätte weiter keine Bedeutung, wenn er mal fremdginge, gab es aber einmal Gelegenheit dazu, hatte er Nancy ganz einfach viel zu gern, um sie zu demütigen. Er konnte den Gedanken nicht ertragen, daß sie auf einer Party etwa einer anderen Frau, seiner Nachmittagssünde, vorgestellt würde und die andere vor heimlichem Wissen triumphierte. Ihm ermangelte es an der Rücksichtslosigkeit etwa eines Manny Gordon, der frohlockte, wenn er sah, wie seine Frau und seine momentane Geliebte am Dinnertisch Höflichkeitsfloskeln austauschten, und der später zu Jakob sagte: »Bin ich nicht ein ganz Schlimmer? Aber weißt du, ich habe gelernt, damit zu leben. In dieser Hinsicht macht sich die Analyse bezahlt.«

Es ermangelte Jakob auch an der Subtilität, um nicht zu sagen der besseren Herkunft eines Moey Hanover.

Vor vielen Jahren, als er mit seinem *seide* die »Gemara« las, sich mit ihm ein Schüsselchen Pistaziennüsse teilte und die Schalen auf eine

Untertasse warf, hatte Moey gelernt, wenn ein Mann ein Schwert aus dem Fenster des zweiten Stocks hält, und ein anderer Mann fällt gerade in dem Augenblick herunter, und er ersticht ihn – ist dieser Mann des Mordes schuldig? So einfach ist das nicht, sagt Reb Gamaliel. Ging der Fallende zum Beispiel ohnehin dem Tod entgegen? War er gesprungen, fragt Rabbi Eleazar, Sohn des Azariah, oder wurde er gestoßen? Waren die beiden verwandt? erkundigt sich der weise Raschi.

Es schien, als sei dies eine müßige Übung in geheimnisvoller Rechtsprechung ohne die Aussicht, jemals angewandt werden zu können; tatsächlich jedoch ermöglichte sie es Moey, im frühen Alter bereits einzusehen, daß die Wahrheit etwas Vielfältiges ist; daß sie ihre Nuancen hat. Und so hatte er, als seine Frau ihm vorwarf, er sei gesehen worden, wie er um vier Uhr nachmittags Arm in Arm mit einer unverwechselbaren Dirne das Paramount Hotel verließ, Lilian mit der Hand auf dem Kopf seines Sohnes schwören können, daß er ihr jedem Anschein entgegen niemals untreu geworden sei.

Denn, argumentierte er bei sich, untreu sein bedeutet Ehebruch begehen, bedeutet eine andere Frau in Fleischeslust erkannt zu haben; doch am Nachmittag im Paramount Hotel auf dem Bett liegen und sich nacheinander sämtliche Zehen ablutschen lassen ist etwas ganz anderes, selbst wenn man dabei vor Wollust stöhnt, denn, wie Reb Gamaliel sofort gefragt hätte, konnte sein großer Zeh ejakulieren? Nein. Konnte sein kleiner Zeh, und würde er bis zur Raserei angeknabbert, eine andere Frau schwängern? Nein. Konnte er, wie Rabbi Azariah möglicherweise fragen würde, eine Krankheit nach Hause bringen? Nein. Sie gehörten nicht mal zu seinen Geschlechtsteilen.

Wahrlich, behauptete er, selbst wenn man sich den Schwanz selbst so blank schlecken ließe wie einen Lollipop-Stiel, wäre das keine Untreue, denn das wäre, wie Raschie erklären würde, orales, nicht vaginales Erkennen der Frau eines anderen, es erfordere, welch Segen, keinerlei Anstrengungen seinerseits und verstoße daher – das prägte er sich genau ein – nicht einmal gegen die Sabbatvorschriften.

Jakobs Standhaftigkeit hatte jedoch auch eine hinterlistige Seite. Er meinte nämlich, solange er Nancy treu bleibe, könne sie ihm

auch nicht untreu werden. Doch ... doch ... wenn er ihr nur einmal klarmachen könnte, wie schwer es zuweilen war, welch eine lastende Verantwortung es sein konnte, sich einer so einzigartig glücklichen Ehe zu erfreuen wie der ihren! Die guten Bücher, die sie lasen, die Filme und Theaterstücke, die sie absaßen, sie alle feierten eine köstliche »Angst«. Leeren Sex am Nachmittag mit Fremden. Existentielles Kopulieren in parkenden Autos. Moderne Menschen, einsam selbst bei den größten Massenorgien. Nur die Langweiler und die Bösen, die Dummen, jene Personen, die immer die negativen Rollen bekamen, blieben zusammen.
Außerdem bedeutete die Liebe zur eigenen Frau, daß ihm die für schwarze Schafe reservierte Nachsicht verweigert wurde. Nancy, darin waren sich alle einig, war keine *jente*, sondern eine seltene, kostbare Perle. Wäre Jake, der glückliche Jake, fremdgegangen, hätte man mißbilligend die Brauen gehoben. Während seinen Filmfreunden, den glücklichen Unglücklichen, alles gestattet war.
Eine nach der anderen drangen ihre verlassenen Ehefrauen in Jakobs Wohnzimmer ein, um dort ihr Schicksal zu beklagen. Die Kinder, die Kinder. Betty Levi weinte am Eßzimmertisch. »Auf einmal ist er ein Bettnässer. Hat Alpträume. Tut nichts mehr in der Schule.«
Unsinn, versicherte ihnen Cy. »Der Junge wächst, blüht und gedeiht. Wenn sie nur aufhören würde, ihn mit Vorurteilen gegen uns zu vergiften. Ob ihr's glaubt oder nicht, sie hat ihn doch tatsächlich beauftragt, mich zu fragen, wieso sie nur mit einem Schwarzweißgerät auskommen müßten, während wir doch einen Farbfernseher haben!«
Das Fernsehen zeitigte bei mindestens zwei zerbrochenen Ehen von McLuhan nicht vorhergesehene Folgen. An jedem Donnerstagabend hatte Leah Demaine Besuch von Freunden, um sich anzusehen, wie das Mädchen, mit dem Frankie zusammenlebte, in ihrer eigenen Show auftrat und sang. »Habt ihr schon mal eine so fette Kuh gesehen?« Und Bobby Fiedler durfte sechs Wochen lang »Dr. Who« nicht sehen, weil Daddys Hure darin mitspielte.
Frankie Demaine, dessen Kinder erwachsen waren, meinte nunmehr, seinem eigenen Ich treu sein zu können. »O ja, sicher, Außenseiter mußten den Eindruck gewinnen, wir seien glücklich. Acht-

zehn Jahre lang hab ich gelitten. Warum? Weil ich Szenen hasse. Außerdem mußte ich an die Kinder denken. Und was war sie die ganze Zeit für mich? *Meine Mutter.* Mein Gott, sie haben sogar denselben Namen. Rebecca. Ja, ich weiß, was die Leute sagen. Keine Angst. Als ich krank war, hat sie mich vorbildlich gepflegt. Ich kann nicht klagen. In Wirklichkeit hat sie sich gefreut, daß ich krank war, weil sie sich dadurch unentbehrlich vorkam. Seit ich mit Sandra ein neues Leben angefangen habe, hat mein Rücken überhaupt keine Sperenzchen mehr gemacht. Also war es die ganzen Jahre rein psychosomatisch.«

Eines Abends, als Jakob nach Hause kam, fand er Ida Roberts weinend im Wohnzimmer.

»Daß er mich verläßt, ist ja gar nicht so schlimm. Schließlich, so ist das Leben nun mal. Aber diese Demütigung – die bewirkt, daß ich ihn hasse. Daß ihm die ganze Zeit, wo er so tat, als wäre er ein aufmerksamer Vater und bereitwillig immer wieder nach Brighton fuhr, daß meine eigene Tochter ihm da ihre Wohnung zur Verfügung gestellt hat!«

Alfie Roberts hatte sich in eine Studentin der University of Sussex verliebt, die Zimmer-Mitbewohnerin seiner Tochter.

»Habe ich euch erzählt, daß er jetzt Pot raucht? Ihr solltet ihn sehen, diesen Idioten, er will sogar, daß ich auch damit anfange. Behauptet, Pot sei besser für die Leber als Gin. O nein! Diesmal nehme ich ihn nicht wieder auf. Ihr wißt ja, daß er immer seine Hi-Fi-Anlage daläßt, und wenn das Mädchen, mit dem er auf und davon geht, schließlich entdeckt, daß das, was sie für einen jungen Bock hielt, in Wirklichkeit eine alte Geiß ist, kommt er plötzlich wieder an, um Schallplatten auszuleihen oder ein paar Zigarren aus seinem Zigarrenbehälter zu holen. Aber diesmal habe ich ihn rausgeschmissen und die Hi-Fi-Anlage und den Zigarrenbehälter gleich hinterher, und ich habe ihn gewarnt, he, du Ausreißer, vergiß bloß deine Hormonspritzen nicht. *Sonst könnte es sehr, sehr peinlich für dich werden, nicht wahr?*«

C. Bernard Farber, mit seinem Foulardschal, seiner Wildlederweste und -hose von Mr. Fish, auf dem Bauch einen Anhänger, den ihm eine seiner Freundinnen gemacht hatte, mit seinem Aston-Martin, auf dem plötzlich Unmengen von Blumenaufklebern prangten, bestand darauf, daß Jakob die »Szene« in seiner neuen Wohnung in Belgravia kennenlernte, in der die Rolling Stones aus den Lautsprechern plärrten, wo man ging und stand. »Du weißt ja gar nicht, was für eine Wohltat es ist, sie in der Vorführkabine nicht mehr hinter sich sitzen zu haben! Den nehmen wir, sage ich, und sie seufzt. *Oy.* Was ist los, frage ich sie, findest du einen anderen *take* besser? Es ist dein Film, antwortet sie. Ich bin ein neuer Mensch. Wenn ich morgens aufwache, springe ich singend aus dem Bett. Lasse den Sonnenschein herein. Ich kann's einfach nicht fassen, so ein Glück ist es, daß sie nicht mehr neben mir liegt. Stöhnend, mit Bauchschmerzen. Wann immer man fragt, es ist entweder nach ihrer Periode. Oder vor ihrer Periode. Oder es ist gerade ihre Periode. Und weißt du, ich glaube, ihr geht's jetzt auch besser. Wir haben nie zusammengepaßt. Wir haben schlechte Vibrationen erzeugt. Die jungen Menschen sehen es richtig, Jakob: Man muß mit dem Strom schwimmen.«

Ja, ja, vielleicht; aber bald wurde die Diät für Cy Levi eine harte Strafe. Lou Caplan war es auf einmal peinlich, daß er schnarchte und mit offenem Mund schlief. Farber mochte nicht in seinem Bruchband gesehen werden, hatte aber Angst, es wegzulassen. Beim Ausziehen stopfte Bob Cohen seine Unterhose hastig in eine Hosentasche, für den Fall, daß sie einen braunen Fleck hatte, denn das würde ein junges Mädchen stören. Al Levine, der nie vergaß, vorher eine Digitalispille zu nehmen, gab vor, irgend etwas reinzuwerfen, was *groovy* war. Myer Gross gestand: »Es ist peinlich, in meinem Alter morgens aufzustehen und die Badezimmertür abzuschließen, bevor ich meine dritten Zähne spüle. Aber ich wage es nicht, mich ohne Zähne vor ihr sehen zu lassen.«

Alle waren sich einig darin, daß sie Jakob beneideten.

»Womit hast du Nancy bloß verdient? Eine solche Frau!«

Allmählich jedoch wurde ihr übertrieben geäußerter Neid von Mißbilligung, ja sogar von Hohn abgelöst. »Wißt ihr, eigentlich ist Jakob ein Langweiler«, behauptete Talman. Lou Caplan nannte ihn einen Spießer. Und C. Bernard Farber tat ihn ganz und gar ab, indem er am Pokertisch erklärte, er gebe schlechte Vibrationen von sich.

Und wenn sie nun recht haben? dachte Jakob.

PSYCHOLOGE BEHAUPTET, »GLÜCKLICHE« EHEN SIND VIELLEICHT NUR LANGWEILIG

Washington. Eine Menge »glücklicher« Ehen sind möglicherweise ganz einfach langweilig, behauptet das National Institute of Mental Health.

Dr. Robert Ryder, der an 200 jungen Ehepaaren des Mittelstandes eine Untersuchung des Instituts durchführte, warnte vor der »unbewiesenen Vorstellung, Verträglichkeit sei besonders lobenswert«.

Jakob fürchtete, eine glückliche Ehe werfe nicht nur ein negatives Licht auf Nancy und ihn, stempele sie ab als oberflächlich, als Blech sozusagen, sondern sei auch schlecht für die Kinder. Jeder, den er bewunderte, seine phantasie- und erfindungsreichsten Freunde, stammte aus zerrütteten Familien. Dad eine Null, Mum eine fleischfressende Pflanze. Eltern, so verbittert, daß sie ihr eigenes Leben abschrieben und sich nur für die Kinder abrackerten. Geschiedene Eltern, die schamlos um die Liebe der Kinder wetteiferten. Die sich stritten, die logen und dabei unabsichtlich Rebellen heranzogen. Künstler formten. Während in seinem eigenen Heim nur Harmonie und Zuneigung herrschten, Eltern, die sich einer am anderen freuten.

Was züchten wir hier heran? fragte sich Jakob. Aus einer so gut angepaßten, liebevollen Kindheit konnten doch nur Nullen hervorgehen. Umhegte, weichhirnige Tölpel, die nicht im geringsten auf das Leben vorbereitet waren. Sammy würde niemals zum Ladendieb werden, Molly niemals hysterisch. Inmitten einer Drogenkultur waren sie bereits jetzt ruhiggestellt.

England, England.

London war jetzt so gut wie Jakobs Heimat, doch seine Gefühle der Stadt gegenüber blieben zwiespältig. Denn war die Stadt, die er kennengelernt hatte, auch nicht mehr Big Ben, Bulldog Drummond und die antizionistischen Fuchsjäger seiner Kindheitsträume, so konnte sie ebensowenig als die Quelle der Kultur bezeichnet werden, die er als junger Mann so ernsthaft gesucht hatte. Langsam, unausweichlich sah er sich gezwungen, den Preis des Kolonisten zu bezahlen, der in die Hauptstadt gezogen ist. In der Provinz hatte er London und seine Attraktionen ungestraft verehren können. Schimpfend konnte er in Montreal Auden zustimmen, daß die Dominions tiefste Provinz seien. Allen hausgemachten Dingen gegenüber voll Verachtung, war er sich einig mit Dr. Johnson und fand sein Heimatland kalt und reizlos. Wie sein Vater den *goyim* die Schuld an seinen eigenen Unzulänglichkeiten gegeben und ihnen insgeheim die Summe seiner Mißgeschicke angekreidet hatte, so machte Jake törichterweise Kanada verantwortlich für seine Unzufriedenheit. Als er London bei seiner Ankunft alles andere als überragend fand, hatte er sich sofort seiner Sicherheitsgarantien beraubt gesehen. Je mehr er erreichte, den Bandwurm seiner äußeren Ambitionen fütterte, desto größer wurde sein innerer Hunger. Er hätte es zum Beispiel vorgezogen, wenn der hochgeschätzte Timothy Nash seinen guten Ruf wirklich verdient hätte und wenn es für Jakob Hersch absolut unmöglich gewesen wäre, ebenso gut zu sein wie er. Am glücklichsten wäre er gewesen, wären die Maßstäbe der Hauptstadt nicht so mühelos erreichbar und wäre es ihm gewährt gewesen, Ikonen zu haben.

Jakob, der grübelnd in seinem Arbeitszimmer saß, begriff, daß es nicht etwa nur London oder Kanada war, was ihn so erbitterte, sondern außerdem die Bücher, Filme und Theaterstücke, die er gesehen oder gelesen hatte. Vor endlosen Jahren war, wie er sich erinnerte, ein anderer Jakob, der schwerfällig nach einer besseren Lebensmöglichkeit als die der St. Urbain Street suchte, zu seinem intellektuellen Treck aufgebrochen, unendlich ermutigt von der Tatsache, daß er in den Büchern, die ihn formten, entdeckt hatte, daß er kein Freak war. Daß es noch andere gab, die ebenso dachten und empfanden wie er. Und jetzt befriedigte ihn diese »befreite« Clique nicht mehr, ja sie langweilte ihn sogar. Die Romane, die er, von hektischen Rezensionen irregeführt, so hoffnungsfreudig verschlungen hatte, waren zwar zuweilen amüsant, sagten ihm aber nichts, was er nicht bereits wußte. Im Gegenteil, sie dienten lediglich dazu, seine eigenen Gefühle, wenn auch gelegentlich sehr stilvoll, zu untermauern. Mit einem Wort, sie waren selbstbestätigend. Wie er es war, wie seine Freunde es waren. Hatte es dem unerfahrenen jungen Kanadier, der Jakob einst gewesen war, Selbstvertrauen und Freude geschenkt, die eigenen Dilemmas bekräftigt, schwarz auf weiß gedruckt und realisiert zu sehen, so erfüllte ihn nun die zusätzliche Aussicht, daß andere, ebenfalls unzufriedene, aufgebla-

sene Egos von seinen Sorgen zerrissen wurden, mit Überdruß. Die Literatur, einstmals sein Trost, genügte ihm nicht mehr. Von der Gemeinheit anderer, von gut beobachteter Promiskuität oder wohlverstandener Gier zu lesen, zu entdecken, daß seine eigenen Unzulänglichkeiten von anderen geteilt wurden, war nicht länger ein Freibrief, ebensowenig wie all die Tode, die bisher gestorben worden waren, den eigenen nicht erträglicher machen konnten.
Reiter, ach, Reiter, wo bist du nur?
Jakob sehnte sich nach Antworten, nach einer Offenbarung, nach irgend etwas dort draußen, einer Gewißheit wie die Bombe, bevor sie erfunden wurde. Vorerst erstickte er fast am Ekel vor sich selbst. In Anbetracht seines curriculum vitae – orthodox-jüdische Herkunft, emporgekommene Arbeiterschicht, kanadischer Stadtmensch – kam ihm sein bisheriges Leben vor wie die typische Fallstudie eines jüdischen intellektuellen Handwerksgesellen. Denn erstens entsprach sein *seide* einem Klischee. Ein sanfter Jude. Schauspieler. Den Schlägereien seiner Kindheit, Thema sämtlicher Protestromane, fehlte nur ein kitschiges Detail: Niemand hatte jemals zu ihm gesagt: »Du hast Christus getötet.« Andererseits hatte seine Mutter wirklich zu ihm gesagt: »Iß, iß!« Sie war aggressiv, ein Kultursnob, und sein Vater stand unter dem Pantoffel. Da seine Eltern sich scheiden ließen, könnte er außerdem als Produkt einer gescheiterten Ehe betrachtet werden. Mit fünfzehn war er noch so kindisch gewesen, daß er zu seinem Vater sagte: »Die Synagoge ist voller Heuchler«, und zwei Jahre später besaß er soviel Originalität, daß er sich selbst als ... gettobefreit bezeichnete.
Hätte es statt eines Kodex schweigend vorausgesetzter Nonkonformitäten eine ganze Batterie von Tests für intellektuelle Greenhorns gegeben, dann hätte er, meinte Jake, als Bester jeder modernen *jeschiwe*-Klasse abgeschnitten. Er hatte alle richtigen falschen Dinge getan, sogar eine *schikse* geheiratet, stets für den besseren Kandidaten gestimmt und, in der Zwickmühle zwischen den moralischen Werten zweier Generationen, sich einerseits Sorgen um die Bürgerrechte der Araber in Israel und andererseits darüber gemacht, daß die Jugendlichen sich unsauberen Pot gefallen lassen mußten.
Von Zeit zu Zeit geriet auch Luke noch ins Blickfeld. Auf dem Rückweg von Rom, auf dem Weg nach Hollywood, zwischen zwei

Reisen nach New York. Bei seiner Rückkehr aus Malibu gingen sie gemeinsam zum Dinner, anfangs ohne viel zu sagen, statt dessen ihre Freundschaft noch einmal abspielend wie einen alten Film. Sie tauschten Anekdoten aus wie Bubble-gum-Bilder.

»Glaub mir, ich übertreibe nicht«, sagte Luke. »Genauso machen sie's da. Bevor sie sich an den Pokertisch setzen, ziehen sie ihre Hosen aus. Alle Männer, insgesamt sechs. Unter dem Tisch hockt ein junges Mädchen, und die bläst ihnen einen, jedem einzelnen, während das Spiel weitergeht...«

»Großer Gott, Luke, was soll bloß aus uns werden?«

»Hör mal, Baby. Wir sind auf der ›Titanic‹. Sie geht unter. Mit Mann und Maus. Und ich, ich habe mir vorgenommen, wenigstens erster Klasse zu sinken.«

»Ist das alles?«

»Du hast dich kaum umgedreht, und schon bist du tot.« Luke spielte verlegen mit seiner Brille. »Also gut, woran glaubst du?«

»An das Lob jener, die wahrhaft groß waren, jener, die der Sonne am nächsten kamen. Ich glaube an das Ihre und an das Unsere. Dr. Johnson, ja. Dr. Leary, nein.«

Ich bin liberal, dachte Jakob auf der Heimfahrt. Wenn ich nur für Dow Chemical schuften, Napalm herstellen und daher restlos dem Bösen ergeben sein würde oder wenn ich, im Gegenteil, als Arzt bei den Bantu leben würde, ein Feind des Todes... Aber so war er nicht mehr als einer der vielen kleinen Zulieferer der Kunst. Wie das meiste, das er las oder auf Bühne und Leinwand sah, nur um es hinterher wütend zu kritisieren, bewirkte auch seine eigene Arbeit, wie er meinte, nichts weiter als die flüchtige Freude, die sie ihm bereitete. Die Zeit, die sie ausfüllte, die gesellschaftliche Stellung, die sie mit sich brachte. Nach all dem Posieren, der aufgesetzten moralischen Einstellung, war er, wie seine geistlosen Onkel, nichts als ein Ernährer. Schlimmer. Ein Ernährer mit Prätentionen. Nahm man Norman Mailers bissige Kritik zum Maßstab, konnte er nicht aufrichtig von sich behaupten, auch nur einen Zollbreit an das Haus angebaut zu haben.

Was nun nicht heißen soll, daß Jakob nicht an manchen Tagen aus keinem besonderen Grund mit einem unzerstörbaren Glücksgefühl erwachte. Neben ihm rekelte sich Nancy. Sammy und Molly turnten auf dem Bett herum. Tage, an denen er erwachte, um in die Küche hinunterzusteigen, ein köstliches Frühstück zu bereiten und mit ihnen allen aufs Land hinauszufahren. Wo er dann, auf einer Wiese herumkarriolend, Sonne und Familie genießend, urplötzlich wieder von Angst gepackt wurde. *Warum darf ich mich freuen?* Die Götter erheben den Menschen, nur um ihn um so tiefer hinabzustürzen. Also gib acht, Yankel, irgend etwas ganz Schlimmes kommt auf dich zu.

Als er mit Sammy jetzt Fangen spielte, war seine Fröhlichkeit nur vorgetäuscht, denn Jakob durchforschte heimlich den Wald ringsum nach vorrückenden Nazitruppen. Suchte im Gras nach Giftschlangen. Prüfte den Himmel auf herabstürzende Planeten. Behutsam manövrierte er seine kichernde, ausgelassene Brut näher an den Wagen heran und vergewisserte sich, daß der Wagenheber in Reichweite war, für den Fall, daß sie plötzlich von mit Speed zum Wahnsinn getriebenen Black Panthers angegriffen wurden. Nur nicht vergessen: John Kennedy schien noch unmittelbar vor Oswalds Schuß ein mit allen Glücksgütern gesegneter Märchenprinz zu sein. Malcolm X hatte weitere Redetermine vereinbart. Und sogar Albert Camus mußte Pläne für seinen Aufenthalt in Paris gehabt haben.

Ohne beim Spielen innezuhalten, obwohl er seine Besorgnis nur schwer kaschieren konnte, versuchte Jakob dann die rachedurstigen Götter zu überlisten, indem er die schrecklichsten Heimsuchungen, die ihn nur treffen konnten, heraufzubeschwören trachtete, sich sozusagen absicherte.

Nancy entdeckt einen Knoten in ihrer Brust. Mollys Herz bekommt plötzlich ein Leck. Sammy wird Opfer eines Sexualverbrechers. Und für ihn – Lungenkrebs.

Immer wenn Jakob irgendwohin fliegen mußte, kam er viel zu früh auf dem Flughafen an und lungerte beim Versicherungsautomaten herum, um sich zu vergewissern, daß niemand zuviel investierte. Bei den Kreditausweisen in seiner Brieftasche lag eine Karte, auf der stand: »Hiermit erkläre ich, daß ich, der Unterzeichnete, im Falle meines Todes durch einen Verkehrsunfall völlig intakt beerdigt zu werden wünsche. Meine Organe stehen unter gar keinen Umständen für Transplantationen zur Verfügung.«

ÜBERBLENDEN AUF:

AUSSEN. TAG. GOLDERS GREEN, EIN INTERKONFESSIONELLES KREMATORIUM

Regen. Wind in den Trauerweiden. Kein Vogel singt. Während eine schwarze Limousine heranrollt...

INNEN. TAG. GOLDERS GREEN KREMATORIUM

Trauergäste, darunter NANCY, LORD und LADY SAMUEL HERSCH, MOLLY und GAYLORD H (ihr Ehemann, ein Black Panther) und LUKE SCOTT. Die anderen sind zumeist GLÄUBIGER.

KAMERA VORWÄRTS AUF SARG

Aus billigem Sperrholz, gerade dick genug, um den gräßlichen Geruch abzuhalten. Hier und da ein paar welkende, zerrupfte Blumen. Auf dem Sarg jedoch, als letzte Bitte des Verstorbenen, ein Schild, auf dem steht:

ENE, MENE, MINE, MEIN
WELCHER WIRD DER NÄCHSTE SEIN?

NEUE EINSTELLUNG

LUKE SCOTT betritt das Podium. Er ist über sechzig, trägt das verpflanzte Haar schulterlang, dazu Ohrringe, Omabrille und ein Medaillon um den runzligen Hals.

LUKE
(rezitiert)

Er verschwand auf der Höhe des Winters:
Die Bäche waren gefroren, die Flughäfen lagen fast gänzlich verlassen,
Schnee entstellte Denkmäler und Statuen;
Das Quecksilber sank in den Mund des sterbenden Tages.
Ja, alle Instrumente zeigen,
Der Tag seines Todes war dunkel und kalt.

NEUE EINSTELLUNG

Der SARG gleitet in die Flammen, der Vorhang teilt sich und zeigt...

DIE ANDREW SISTERS

ANDREW SISTERS
(singen)

Bei mir biste schejn

ÜBERBLENDEN AUF:

INNEN. LORD SAMUEL HERSCHS VILLA IN BELGRAVIA. WOHNZIMMER. YANKEL HERSCHS GESAMTE NACHKOMMENSCHAFT ist versammelt. Sie trinken. Essen.

LORD HERSCH

Also, was machen wir mit der Asche von unserem alten Scheißer?

MOLLY

Wie wär's mit Mutter?

LORD HERSCH

Völlig unmöglich. Das würde Luigi beim Lieben stören, meint ihr nicht auch?

MOLLY

Also, ich nehme sie nicht. Viel zu morbide für die Kinder. Außerdem, ich hab ihnen noch gar nicht gesagt, daß sie Viertel-Itzigs sind.

(Pause)

Behalte du sie. Du hast wenigstens eine Katze.

LORD HERSCH

Großartige Idee!

Nancy tritt ein, das durchsichtige Kleid halb offen, überall Knutschflecken; ihr auf den Fersen ein katzbuckelnder, struppiger junger Italiener

NANCY

Sag schön guten Tag, Luigi-Baby.

LUIGI

Tschau.

INNEN. TAG. ARBEITSZIMMER. LORD HERSCHS VILLA

LORD HERSCH sitzt hinter dem Schreibtisch, vor ihm Berge von Papieren. Die anderen versammeln sich um ihn, geifernd vor Gier. Lord Hersch schlägt Ruhe heischend auf die Schreibtischplatte.

Der Form halber sollten wir zunächst seine letzten Wünsche erledigen. Es gibt nur einen.

(liest)

Er will, daß sein Sohn...

(hat Schwierigkeiten beim Lesen)

kaddish für ihn sagt. Weiß jemand, was das ist?

MOLLY

Ist das nicht dieses schmierige Zeug, das er sich immer in der Küche gemacht hat? Mit gehackten Zwiebeln und...

LORD HERSCH

Nein, das ist gehackte Leber.

(öffnet ein Kontobuch)

Kümmern wir uns lieber um die Bilanz. Zunächst mal, das beste Angebot für sein Herz kommt vom St. George's Hospital. Eintausend Pfund. Sie sagen, es sei ein besonders großes Herz...

KURZER SCHWENK ÜBER DIE GANZE FAMILIE. Flüchtiges Aufflackern von Schuldbewußtsein.

LORD HERSCH

Die Nieren haben weitere hundert Pfund erbracht, aber Lunge und Leber waren wertlos. Ein glatter Verlust.

NANCY

Was ist mit seinem Roger?

LORD HERSCH

Dazu kommen wir jetzt. Den sind wir schließlich an ein Kinderkrankenhaus losgeworden. Paßte höchstens zu einem Zwölfjährigen, wie dir ja wohl bekannt sein dürfte.

Ohne Nancys Wissen – glaubte Jakob jedenfalls – lag unter seinem Bett ein Baseballschläger. Außerdem war Jakob Mitglied eines Schießklubs geworden und besaß daher einen Waffenschein für ein Gewehr. Er hatte sogar vorgehabt, vor dem Zubettgehen Teller auf der Treppe zum Schlafzimmer zu verteilen, damit er, falls die Vandalen kamen, rechtzeitig aus dem Schlaf geweckt wurde, um Frau und Kinder zu verteidigen. Nur wollte ihm keine zufriedenstellende Erklärung für Nancy einfallen.

Nancy, seine Liebe. Am Abend unerwartet von guter Laune gepackt, ging er spontan mit Nancy zum Dinner, bestellte köstliche Gerichte und Weine, die zu groß waren, um von ihm richtig gewertet zu werden, es sei denn, dem Preis nach, gefolgt von Brandy und Bekundungen seiner Liebe, um dann plötzlich, vollkommen überraschend die Rechnung zu verlangen. *Undichte Gasleitung.*

»Warum müssen wir denn so schnell weg?« fragte Nancy verärgert, weil sie glaubte, er langweile sich mit ihr. *Undichte Gasleitung!* Mein Gott, begreift sie denn nicht? Sammy und Molly. Leblos auf ihren Betten liegend.

Dahin, dahin.

Wenn es nicht die Sicherheit der Kinder, der Tod oder der zweite Anmarsch der Deutschen war, was ihn quälte, dann war es die Tatsache, daß er das Gefühl hatte, seine Generation sei ungerechterweise zwischen zwei rasenden, fleischverschlingenden anderen eingezwängt. Zwischen dem alten Establishment und den jungen Hipstars. Den *shits* und den *shit-heads.* Widerstrebend, bar jeder Gerechtigkeit, waren sie in Kerenskys Rolle gezwungen worden. Weder so abstoßend wie der Zar noch so blutrünstig wie Lenin. Selbst als Juden paßten sie in keine Mythologie. Waren nicht wie

Schafe zur Schlachtbank gegangen, aber auch zu sensibel, um arabische Dörfer mit Napalm zu bestrafen. Das, wofür Jakob stand, würde das Land nicht in Brand stecken: Anständigkeit, Toleranz, Ehre. Mit E. M. Forster brachte er zwei müde Hochs auf die Demokratie aus. Nach George Orwell war er für eine eingehende Prüfung jedes Allheilmittels, mit dem jemand ankam.

Jakob war liberal.

Er hätte bereitwillig für die Legalisierung von Pot gestimmt, hatte aber nicht das Gefühl, ein Sechzehnjähriger müsse Mangel leiden, wenn es bei ihm nicht zu einer Packung Acapulco Gold reichte. Er war *gegen* puritanische Repressionen, *fürs* Ficken, aber nicht unbedingt auf offener Bühne. Als geborener Polizistenfeind würde er dennoch niemals einem Gesetzeshüter ein Sandwich mit Scheiße zwischen den Brotscheiben anbieten. Obwohl er fand, die Universität sei zu eng mit dem militärisch-industriellen Komplex verflochten, hielt er es nicht für einen Schlag zugunsten der allumfassenden Liebe, wenn Studenten einem Professor die Arbeit von zwanzig Jahren in Fetzen rissen. Zugegeben, Hollywood hatte gelogen, ebenso die »Satevepost«, aber er wollte nicht, daß Molly sich mit vierzehn wie ein Mauerblümchen vorkam, wenn sie nicht bei einer Massenvögelei mitmachte. Wenn Reb Allen Ginsberg den Ungeformten predigte, die ganze Menschheitsgeschichte sei Mist, stellte man sich sofort vor, wie Göring nach seiner Waffe griff, sobald er das Wort Kultur hörte. In zunehmendem Maß hatte Jakob, wohin er sich auch wandte, das Gefühl, daß seine Generation zwischen zwei hysterischen Kräften zermalmt wurde, den aufgebrachten, arbeitsorientierten Alten und den trotzig-verspielten Jungen, die sich gegenseitig mit Halbwahrheiten bombardierten. Nicht etwa, daß seine eigene Generation ihn mit Jubel erfüllte. Denn eines Tages, fürchtete Jakob, würde man sie als trivial, als periphere Generation abtun. Verrückt nach schlechten, alten Filmen, voller nostalgischer Sehnsucht nach Comics. Ihre Götter und die meinen, gestand er sich ein, irren nicht. Schlimmstenfalls werden sie gebrechlich. Sie leiden an eingeklemmten Nerven wie Paul Hornung. Oder an Arthritis im Arm wie Sandy Koufax.

Vor allem aber fürchtete Jakob die Ungerechtigkeits-Kollektoren. Die hungernden Millionen Indiens. Die Hungerleider Afrikas.

Monate nachdem sein erster Film herausgekommen war, erhielt er einen Brief aus Kanada.

Sehr geehrter Herr Regisseur (des Lebens, der Existenzkämpfe),
Ich rate Ihnen als Künstler, setzen Sie sich Ihr Ziel nahe am Volk, wie GBS es in seinen bescheidenen Anfängen getan hat. Was nun zur Erhebung der Massen führt. Der Arbeitslosen. Der Geschlagenen auf den schiefen Ebenen Nordamerikas. Darunter die schlafenden Riesen Kanadas, unsere Fischer und Holzhauer, nicht zu vergessen die armen Farmer.
Zur Ermutigung lesen Sie die »Logger«. Diesen Spaß von dem begabten Hobo Jim Tulles. Er hat »Die Bettler des Lebens« außerhalb von Hollywood auf die Leinwand gebracht.
Lesen Sie auch die Bücher, die Upton Sinclaire bekanntgemacht haben. »Der Sündenlohn«, »Der Sumpf« etc. Ebenso »Die eiserne Ferse« von Jack London.
Das beste über Religion ist »Der goldene Zweig« von Frazer. Über Psychologie Riek, »Mythos und Schuld«. Und bei Zeitschriften sollten Sie »Fate« mit offenem Verstand lesen.
Sollten Sie einen Job erwägen, der Ihnen neue Wege des modernen Denkens erschließt, hier ist ein guter Tip. Gehen Sie zu einem Immobilienmakler in Ihrer Stadt oder Chicago, N. Y. C., oder Newark, N. J. Es sollte eine große Firma sein, die Slumgrundstücke verwaltet. Diese Arbeit wird Sie dicht an das Leben heranführen.
Auch Kreditbüros sind gut für die Suche nach Juwelen, die Ihre Inszenierungen brillieren lassen.
Ich brauche nichts weiter als ein Tonbandgerät und Sie: für den Erfolgsfilm, den ich erstrebe. Ich habe Kurzgeschichten, Lyrik, Abenteuer etc. Ich finde, ich bin ein Naturtalent. Ich verstehe sehr wenig von solcher Kunst. Universitäten machen Diamanten blind. Aber ich lebe in Chicago. Seit fünfundzwanzig Jahren und habe als Bauarbeiter geschuftet. Mit drittklassiger Schulbildung. In den Jahren der großen Panik bin ich ganz zufällig Tausende von Meilen gereist. Und habe beim Existenzkampf gelernt.
Meine Jahre sind die von 1893, August. Ich arbeite in Englewood, B. C. Ich wünsche Ihnen viel Glück,
Junge.
Ergebenst Ihr

Stuart McCallum

Er fürchtete die Roten Garden Chinas und die schwarzen Fanatiker, denn er wußte, eines Tages würden sie an seine Tür klopfen

und von Jakob Hersch, Ehemann, Vater, Hausbesitzer, Investor, Sybarit und Film-Phantasie-Spinner, Rechenschaft fordern.
Je mehr er grübelte, desto mehr Zeit verbrachte er in seinem Adlerhorst, sichtete die Papiere des Reiters.
Die Seiten aus Dr. Mengeles Tagebuch.
Mehr als einmal sah Jakob vor seinem inneren Auge den Reiter in Entre Ríos, wo Argentinien an den Paraná grenzt. Er sah ihn auf einem herrlichen Pleven-Hengst einhergaloppieren. Mit donnernden Hufen. Neue Feldzüge, noch waghalsigere Manöver planend.

Eines Abends, als er Sammy zu Bett brachte, fragte ihn der Junge: »Tibbett glaubt an Gott. Wir tun das nicht, oder?«
»Ich nicht, aber…«
»Ich auch«, rief Molly aus dem unteren Bett herauf.
»… das mußt du selbst entscheiden, Sammy.«
»An was glaubst du denn?«
Er wollte schon sagen: »An den Reiter.« Es lag ihm auf der Zunge, zum Glück aber verkniff er es sich gerade noch. »Es ist spät. Morgen reden wir weiter.«
Als er aufgewühlt das Kinderschlafzimmer verließ, wurde ihm klar, daß er seit Jahren zwischen die Gutenachtgeschichten von Rabbi Akiba, den Sechsunddreißig Gerechten, Maimonides, dem Golem, Trumpeldor und Leon Trotzki, seinem jüdischen Grabbelsack, Erzählungen von St. Urbains Reiter geschmuggelt hatte. Während er sich einen Drink einschenkte, erkannte er, daß der Reiter, seit er den Film in Israel abgelehnt hatte, weil er in seinen Augen ein Affront gegen alles darstellte, was sein Cousin verkörperte, sein moralischer Zensor geworden war. Wenn er ein Drehbuch prüfte, wie gewohnt tagelang darüber nachdachte, Nancy befragte, mit sich selbst diskutierte, schwankte, las und abermals las, wußte er genau, daß er in der letzten Analyse ja oder nein nur aufgrund dessen sagen würde, was er für den strengen Maßstab des Reiters hielt. Ging er in die Produktion, ob beim Fernsehen oder Film, suchte er vor allem den Ansprüchen des Reiters zu genügen. Denn der war zweifellos irgendwo, um zu beobachten, zu urteilen.
Einst Cousin Joeys Advokat, war er nunmehr sein Alkoluth geworden.

VIERTER TEIL

1 Von Ruthy hörte Jakob zum erstenmal an dem Morgen, nachdem er aus der Produktion seines dritten Films gefeuert wurde; er wollte sich gerade zum Frühstück hinsetzen, da klingelte das Telefon.

»Ist dort Jakob Hersch?«

»Ja.«

»Könnten Sie mir bitte sagen, wo Ihr Cousin Joseph ist?«

»Wer spricht denn da?«

»Das spielt keine Rolle.«

»Nein, tut mir leid. Ich habe keine Ahnung...«

Die Frau lachte schneidend, als wäre das genau die Art von Hinterhältigkeit, die sie von einem Hersch erwartet hatte.

»Ehrlich, ich habe ihn seit Jahren nicht mehr gesehen.«

»Sie sind doch sein Cousin, nicht wahr?«

»Ja.«

»Dann sagen Sie mir bitte eines: Sind Sie Mitglied einer alten französisch-jüdischen Familie namens de la Hirsch?«

Jakob mußte lachen. Und bereute es sofort. Die Frau hatte zu weinen begonnen.

»Wir sind aus Galizien.« Er kam sich töricht vor.

»Nun, um den Stier bei den Hörnern zu packen, ich sitze in der Klemme. Joseph wollte mich heiraten. Nun ist er verschwunden. Könnten Sie zu mir kommen?«

»Aber gewiß doch.«

»Ich habe um halb sechs Feierabend. Kennen Sie das King's Arms in der Finchley Road?«

»Ja. Natürlich.«

Jakob rief eine Kellnerin herbei.

»Einmal Eier-Tomaten-Sandwich, bitte.«

»Steht nicht auf der Speisekarte.«
»Ich weiß. Könnten Sie mir bitte trotzdem eins bringen?«
»Tut mir leid, Sir, es gibt kein Eier-Tomaten-Sandwich.«
»Es gibt aber doch Eier-Sandwiches, nicht wahr?«
»Ja, Sir.«
»Und es gibt Tomaten-Sandwiches?«
»Ja, Sir.«
»Na also! Wenn's Ihnen nicht zuviel Mühe macht, könnten Sie mir dann doch sicher ein Eier-Tomaten-Sandwich machen, nicht wahr?«
»Aber es gibt kein...«
»Ich will Ihnen was sagen. Sie bestellen mir ein Eier-Sandwich und ein Tomaten-Sandwich. Ich werde alle beide bezahlen...«
Amerikaner.
»... und Sie, Sie cleveres kleines Ding, machen mir aus beiden einfach ein kombiniertes Sandwich.«
»Aber das wäre dann ja ein Eier-Tomaten-Sandwich.«
»Anzunehmen.«
»Eier-Tomaten-Sandwiches stehen aber nicht auf der Karte. Wenn Sie den Geschäftsführer sprechen wollen...«
»Ach was, lassen wir das. Bringen Sie mir nur einen großen Gin. Und eine Flasche Tonic-Wasser.«
Jakob wußte nicht recht, was er erwarten sollte. Auf Ruthy jedoch war er ganz sicher nicht gefaßt. Eine Rubensfigur, prall und dunkel, mit großem Busen, eindeutig in den Vierzigern, aber in einem mit viel Elan getragenen Minirock. Ihre sanften braunen Augen waren wäßrig, sie zupfte sich die Augenbrauen, und dort, wo sie am Kinn Gesichtshaare entfernt hatte, zeigten sich winzige Pockennarben. Ruthy ließ sich aufseufzend auf einem Stuhl nieder; ihre überquellende Kunstlederhandtasche landete mit einem Plumps auf dem Tisch. Wie sie erklärte, arbeitete sie in einem benachbarten Bekleidungsgeschäft.
»Joseph ist ein guter Mann. Das weiß ich. Aber er hat psychologische Probleme, und deswegen lügt er. Mein Bruder hätte sich nicht einmischen dürfen.«
»Darf ich Ihnen etwas bestellen?« erkundigte sich Jakob.
»Bitte eine Pepsi-Cola.«

Ruthy war Witwe und hatte zwei Kinder. Ihr Mann war vor vier Jahren einem Herzinfarkt erlegen. »Woher soll eine Frau in meinem Alter einen anständigen Mann nehmen, der zu ihr paßt?« Ruthy hatte einen Lese- und Diskussionszirkel gegründet, Joey hatte die Anzeige im »Jewish Cronicle« gelesen und war beim ersten Treffen aufgetaucht. »Es waren mehrere Damen da, und er hat auf alle großen Eindruck gemacht. Eine fragte ihn doch sofort, ob er verheiratet sei – also, manche Leute benehmen sich einfach unmöglich! Aus Josephs Verhalten jedoch konnte man schließen, daß er keine Auskunft über sein Privatleben geben wollte.«

Das glaubte Jakob ihr aufs Wort.

»Er blieb noch da, als die anderen gegangen waren, und wir unterhielten uns. Er interessiert sich sehr für das Bauwesen, aber das ist Ihnen vermutlich bekannt; er warnte mich vor der Feuchtigkeit in der Küchenwand. Ich solle mit dem Besitzer sprechen, meinte er. Also, das bin ich selbst, antwortete ich, und da mußten wir beide lachen. In der darauffolgenden Woche besuchte er mich zum zweitenmal.«

Die träge Kellnerin brachte Jakob den bestellten großen Gin und füllte Ruthys Glas mit Pepsi-Cola. Die leere Flasche wollte sie wieder mitnehmen, doch Ruthy griff so schnell danach, daß die Kellnerin von Verblüffung plötzlich wach zu werden schien. »Na ja«, sagte sie schnippisch.

»Im Laufe des Abends erzählte er mir, er sei Junggeselle, und fragte mich, ob ich ihn heiraten wolle.« Ruthy zog das Etikett von der Pepsi-Flasche. »Also, es gibt Schlimmeres, nehme ich an. Ich antwortete, ich hätte noch gar keine Gelegenheit gehabt, ihn kennenzulernen, aber er meinte, wenn sich zwei Menschen begegnen, die gut miteinander auskommen, sei es in unserem Alter Zeitverschwendung, auch nur einen einzigen Tag verstreichen zu lassen, ohne ihn gemeinsam zu verbringen. Ich teilte seine Auffassung«, fuhr sie fort, indem sie das Etikett in ihre Handtasche steckte. »Endlich mal ein Mann, der kein Blatt vor den Mund nimmt, dachte ich. Außerdem hatte ich bemerkt, daß er eine schnelle Auffassungsgabe besaß, daß er ruhig und aufrichtig war. Joseph sagte, ich müsse ihm spätestens in einer Woche Antwort geben, denn es sei unter seiner Würde, eine Frau lange zu bitten. Nun, er gefiel mir sehr, und körperlich war er ja wirklich überaus attraktiv. Außerdem merkte ich, daß er in Philosophie und griechischer Mythologie bewandert war. Aber woher sollte ich wissen, ob er nicht irgendwo eine Ehefrau hatte? Ich hätte ihn nicht danach fragen sollen. Er war darüber furchtbar indigniert. ›Hinter deinem Geld kann ich ja wohl kaum her sein‹, sagte er, ›denn daß du keins hast, ist schließlich nicht zu übersehen.‹ – ›Nun, gar keins auch wieder nicht‹, entgegnete ich. Wenn wir verheiratet wären, sagte er, könnte ich aufhören zu arbeiten. Womit er seinen Lebensunterhalt verdiente, sagte er nicht, aber man sah ihm an, daß er ein Arbeitgeber und kein Arbeitnehmer war.

Ich sprach mit meinem Bruder – mein erster Fehler –, und der sagte, ich müsse zuerst Erkundigungen über den Mann einziehen. Man könne nicht einfach einen Wildfremden heiraten. Inzwischen hatte ich Angst, Joseph zu verlieren. Als er das nächste Mal kam, fragte ich ihn, warum er noch nicht verheiratet sei, und er antwortete, er halte ständig Ausschau nach einer gescheiten Frau mit viel Sex und physischer Schönheit. Er sei sicher, daß ich alle diese drei Eigenschaften besitze. Er schien große Bewunderung für weibliche Schönheit, körperliche Schönheit zu hegen. Und offen gestanden, ich wußte nicht, ob ich da mithalten konnte. Ich sagte ihm, objektiv gesehen sei ich doch gar nicht so sehr schön. Ich hätte Narben am Körper. Außerdem sagte ich ihm, ich wüßte nicht, ob ich ihn sexuell befriedigen könne. Aber –« Ruthy drehte an ihrem leeren Glas – »er zerstreute meine Besorgnis.«

»Möchten Sie noch eine Pepsi?«

»Gerne.«

»Noch einmal dasselbe«, wandte sich Jakob an die Kellnerin. »Nein, Augenblick mal bitte. Lieber einen großen Gin und zweimal Pepsi.«

»Trotzdem habe ich nein zu ihm gesagt, zu einer fruchtbaren Ehe gehöre schließlich mehr als Sex. Ich müsse seelisch, geistig und dann erst sexuell erobert werden. Wir sind doch keine Tiere, finden Sie nicht auch?«

»Selbstverständlich.«

»Ich könne mich nicht mit einem Mann einlassen, der mir nicht Verständnis und Kameradschaft entgegenbringe. Nun, er brachte noch viele Argumente für den Sex vor.« Ruthy holte tief Luft. »Zum Beispiel ›Lady Chatterley's Lover‹. Er war wirklich sehr belesen. Aber die Sache mit dem schönen Körper machte mir angst. Außerdem war seine Liebe sehr... na ja, feurig. Ich sagte, wir müßten noch warten, aber er behauptete, man könne doch mit der Liebe weitermachen, bis ich mich entschieden habe. Na ja, wer A sagt, muß auch B sagen.« Als die Kellnerin mit ihrem Tablett kam, beugte sich Ruthy zu Jakob hinüber. »Behalten Sie Ihre Pepsi-Flasche«, flüsterte sie.

Diesmal jedoch machte die Kellnerin, hochnäsig wie zuvor, keinerlei Anstalten, die Pepsi-Flaschen wieder mitzunehmen.

»Dann jedoch hörte ich zwei Wochen lang nichts mehr von ihm. Gar nichts. Kein Wort. Ich hatte Kopfschmerzen, ziemlich schlimm, sage ich Ihnen. Ich dachte, mein Bruder hätte ihn abgeschreckt, aber der behauptet, nichts unternommen zu haben. Dann stand er plötzlich wieder vor meiner Tür. Er habe eine unerwartete Geschäftsreise machen müssen...«

»Nach Deutschland?« erkundigte sich Jakob.

»Nein. Aber er ist sehr weit gereist.«

»Ich weiß. Hat er Ihnen erzählt, daß er auch einmal in Deutschland war?«

»Für kurze Zeit, ja.«

»Was hat er Ihnen über seine Tätigkeit dort erzählt?«

»Gar nichts. Jedenfalls, er sagte, da sei diese unerwartete Geschäftsreise gewesen, und da ich ihn sehr gekränkt habe, hätte er auch nicht angerufen. In Wirklichkeit aber könne er nicht mehr ohne mich leben. Es sei Zeit, meinte er, ernsthaft über unsere Zukunft zu sprechen. Wissen Sie, ich lebe koscher, und sogar darüber sprach Joseph mit mir. Er selber halte nicht viel von *kashruth*, er mache kein Geheimnis daraus, aber ich könne gern einen koscheren Haushalt führen, da würde er sich nicht einmischen. Ich fand das sehr großzügig von ihm. Sie nicht auch?«

»Ja.«

»Na ja«, sinnierte sie und schälte geistesabwesend die Etiketten von den beiden Pepsi-Flaschen, »im Grunde ist er ja auch kein großer Esser.«

»Daran hatte ich nicht gedacht.«

»Jedenfalls hatte mein Bruder von Anfang an das Gefühl, mit Joseph könnte irgend etwas nicht stimmen. Mein Bruder ist Immobilienmakler und Grundstückserschließer. Suchen Sie vielleicht zufällig ein Haus?«

»Im Augenblick nicht.«

»Sie brauchen nicht unbedingt zu ihm zu gehen. Ich bin kein Mensch, der anderen etwas aufdrängt. Wenn eine Kundin in den Laden kommt, versuche ich nie, ihr dies oder das aufzuschwatzen, bloß damit sie etwas kauft, ist das nicht schrecklich? Und wie die feilschen! Ja also, mein Bruder ist ebenfalls sehr ehrlich, und das ist selten, heutzutage. Man könnte sagen, mein Bruder ist für seine Ehrlichkeit bekannt. In seinem Beruf hat er viel Kontakt mit Leuten und ist ziemlich stolz auf seine gute Menschenkenntnis...«

Ruthys Bruder, der Menschenkenner, hatte Joey nur einmal, als er ihn in seiner Wohnung im Earl's Court aufsuchte, zu sehen bekommen und Ruthy sofort vor ihm gewarnt. Als Joey dann jedoch am nächsten Tag, offensichtlich übermüdet, zu ihr kam und ihr erklärte, er brauche dringend Geld für einen Flug nach Israel, wo er seine weitverzweigten Geschäftsinteressen wahrnehmen müsse, zapfte sie ihren Bausparvertrag an und lieh ihm auf der Stelle siebenhundert Pfund.

»Sobald er zurück sein würde, wollten wir heiraten. Ich wußte, daß er zurückkommen wollte. Sogar seine Reitsachen hat er bei mir gelassen.«

Joey, so erzählte sie weiter, sei ein ganz hervorragender Reiter. Er galoppiere zweimal wöchentlich durch den Richmond Park.

»Also, das war vor über einem Monat, und dann bekam ich diesen Brief.«

Der Brief kam aus einem Hotel in Galway. Galway, dachte Jakob mit hämmerndem Herzen, wo Skorzeny sich auf einem Riesenbesitz niedergelassen hat. SS-Obersturmbannführer Otto Skorzeny, der mit einem Fieseler Storch bei dem Hotel im Gran Sasso d'Italia gelandet war, dem höchsten Berg in den Abruzzen, um Mussolini herauszuholen. Der am 20. Juli 1944, nachdem Stauffenbergs Bombe in der Wolfsschanze danebengegangen war, den SD in der Panzerschule zusammengeholt hatte und in die Bendlerstraße ge-

fahren war, um den letzten Verschwörern Handschellen anzulegen. Der in den Ardennen mit Männern in amerikanischen MP-Uniformen durch die Linien geschlichen war und größte Verwirrung gestiftet hatte. Im Jahre 1947 in Dachau vor ein US-Gericht gestellt und freigesprochen. Anschließend nach Spanien und Südamerika und von dort aus nach Galway, wo inzwischen so viele von ihnen gelandet waren. Gentlemen-Farmer.
In Joeys Brief stand, bitte vertrau mir, ich liebe Dich, aus persönlichen Gründen kann ich aber im Augenblick nicht nach Israel zurückkehren. Ich gehe nach Argentinien, um mit einer international bekannten Ingenieursfirma über eine wichtige Position zu verhandeln, und werde Dich in sechs Monaten nachkommen lassen.
Argentinien. Möglicherweise Entre Ríos. Wo Argentinien an Uruguay und den Paraná grenzt.
»Er hat meine ganzen Ersparnisse mitgenommen. Was meinen Sie?«
Jakob wagte nicht auszusprechen, was er dachte.
»Ich weiß genau, daß er mich liebt. Sagen Sie, ist Ihre Familie in Kanada für ihre philanthropischen Aktivitäten bekannt?«
»Die Herschs? Nun ja, hm, ich nehme schon an, daß sie Geldspenden geben. Ja, natürlich«, setzte er hastig hinzu. »UJA, Jeschiwes, Israel... Ich bin schon lange nicht mehr zu Hause gewesen.«
»Okay. Er lügt, um Eindruck zu schinden. Das ist noch lange kein Mord, nicht wahr? Ich meine, wenn man heutzutage in die Zeitung sieht, da steht doch überall was über die H-Bombe. Ich bin tatsächlich dagegen. Diese Bomben sind das Gegenteil von dem, was George Bernard Shaw die Lebenskraft genannt hat. Was schert es mich, daß er nicht von französischem Adel ist? Ich will Joseph. Ich liebe ihn. Ihre Familie hat sich ihm gegenüber schrecklich verhalten. Sie sind, wie er sagt, sehr bigott.«
»Nun ja, borniert. Das könnte man sagen. Aber, Ruthy, eines noch. Anscheinend wissen Sie, daß ich Joeys Cousin bin, weil er es Ihnen erzählt hat. Hat er Ihnen jemals gesagt, warum er niemals selbst zu mir kommt?«
»Ooooh«, entgegnete sie, »jetzt nehmen Sie mich aber auf den Arm, nicht wahr?«

»Wirklich?«
»Sie treffen sich doch. Und zwar oft!«
»Er hat also behauptet, er stehe mit mir in Verbindung?«
»Ja.«
»Hat er jemals von meiner Arbeit gesprochen?«
»Wie meinen Sie das?«
Weicht er mir aus, wollte Jakob fragen, weil er eine so schlechte Meinung von mir hat? »Hat er meine Filme gesehen?«
»Ich weiß es nicht.«
»Aha.«
Es folgte eine lastende Pause.
»Also, *falls* Sie ihn sehen sollten, wenn er zurückkommt, sagen Sie ihm doch bitte, ich hätte seine Miete bezahlt und seine Reitsachen an mich genommen.« Ruthy erhob sich. »Ich bewahre sie für ihn auf.«
»Falls ich ihn sehe«, antwortete Jakob.

2 Bloom leckte an seinem Bleistift und kontrollierte zum drittenmal seine Kontoauszüge, obwohl es wirklich wenig Sinn hatte. Denn Harry würde ja doch einen Fehler finden, so oder so. Harry, der *mamser*. In letzter Zeit hatte Bloom den Verdacht bekommen, daß Harry selbst hier und dort eine Zahl veränderte, denn zuweilen hatte er den Eindruck, die Blätter wiesen, wenn Harry sie zum Korrigieren zurückgab, mehr Radierstellen auf als zuvor. Harry würde vor nichts zurückschrecken, wenn er sich einen Spaß machen konnte. Hatte er nicht mit eigenen Augen gesehen, wie er beim Firmenpicknick in Brighton Miss Pinskys Handtasche versteckte, obwohl er wußte, daß sie ihre Tage hatte, und sie erst wieder rausrückte, nachdem sie sich beschmutzt hatte und voller Verlegenheit entfloh? Er haßt mich. Warum? Weil ich koscher lebe. Bloom mußte seine Lunch-Sandwiches in der untersten Schreibtischschublade einschließen, seit Harry in einer seiner scherzhaften Launen sein Hühner-Sandwich mit *traifes* vertauscht hatte und ihm erst etwas davon sagte, als Bloom schon runtergeschluckt hatte. Er konnte es nicht ertragen, daß andere Juden gläubig waren. Respekt hatten.

»Sag mal, Bloom, du bist doch ein so frommer, kleiner Jude; wußtest du schon, daß im Talmud steht, wir sollen den Nichtjuden mehr Zinsen berechnen als unseren Brüdern?«
»Und warum nicht?«
»*Und warum nicht?* Glücklich, wer als Unwissender geboren ist.«
»Was brauchen wir Nasser, solange wir dich haben? Du bist auch nicht besser als ich.«
Am meisten Spaß machte es Harry, Bloom mit seiner Tochter Aviva aufzuziehen.
»Ich verstehe dich nicht, Bloom, das ist doch überhaupt kein Leben, das du führst. Nach dem, was du von den Freuden dieser Welt genossen hast, und darin schließe ich gern deine Erfahrungen mit *la dolce vita* in Bournemouth ein, hättest du gar nicht erst geboren zu werden brauchen. Verheiratet mit einer *jachne*. All die Jahre lang knausern – wofür? Damit du deiner Aviva eine Hochzeit im Grosvernor Hotel ausrichten kannst?«
»Ihr Name in deinem dreckigen Mund ist eine Beleidigung.«
»Weißt du denn nicht, daß Jüdinnen, die sexy sind, keine Ärzte mehr heiraten? Oder große Hochzeiten wollen, deren Gästeliste im ›Jewish Chronicle‹ abgedruckt wird? Nein, Bloom, die sind jetzt auf die Schwarzen scharf...«
»Scher dich zum Teufel!«
»... und wenn sie überhaupt heiraten, dann höchstens standesamtlich, weil sie nämlich was im Ofen haben.«
»Weißt du was? Ich behaupte, du bist übergeschnappt. Mädchen bezahlen, damit du schmutzige Fotos von ihnen machen kannst. Schöner Lebemann! Sieh dich vor, James Bond! Gib acht, Rex Harrison! Hier kommt der kleine Harry Stein, der nie ein Mädchen kriegt, die's mit ihm treibt, wenn er ihr nicht 'n Fünfer zusteckt.«
»Wieviel wettest du, daß Aviva die Pille nimmt?«
»Nun sieh dir den an! Ganz rot im Gesicht. Deine Sorte kenne ich. Don Juan? Wenn du mich fragst, weit eher Yosel Putz.«
Abermals leckte Bloom an seinem Bleistift und befaßte sich mit seinen Kontoauszügen, als Harry plötzlich die Tür öffnete und ihm zurief: »Bloom!«

Harry studierte eingehend die Auszüge, nickte, lächelte auf einmal und sagte: »Gratuliere.«
»Wozu?« fragte Bloom mißtrauisch.
»Wie ich höre, ist Aviva an der University of Sussex angenommen worden.«
»Und an der von Oxford. Und von Cambridge. Und da wir gerade davon sprechen, an Mr. Stepneys Grammar School auch.«
»Aber sie geht lieber nach Sussex?«
»Ja.«
»Kluges Kind. Das ist 'ne richtig swingende Universität, weißt du. Da bumsen sie sich grün und blau.«
»Weißt du, wonach es hier riecht? Nach sauren Trauben.«
»Glaubst du mir nicht? Hier –« er reichte ihm einen Zeitungsausschnitt –, »das war im ›Sunday Telegraph‹. In Sussex wird jede Menge Pot geraucht.«
»Was?«
»Pot. Und das ist kein Topf zum Teekochen. Ich rede von Marihuana. Rauschgift. Das macht die Mädchen unheimlich geil.«
Bloom begann heftig zu zittern.
»Weißt du, was passiert ist, als die Polizei die Party der Rolling Stones auflöste? Man fand einen Kerl, der einem jungen Mädchen einen Schokoriegel aus der Möse lutschte. Aber in Sussex sind die Mädchen wegen einer anderen Spezialität berühmt. Das menschliche Sandwich. Das Mädchen in der Mitte. Und die Jungen bearbeiten sie von vorn und hinten.«
»Eines Tages bring ich dich um! Ich nehme ein Messer und renne es dir in den Bauch.«
Harry lächelte herablassend. »Aber bis dahin möchte ich, wenn du nichts dagegen hast, mal nachsehen, wie viele Fehler ich hier noch finde.« Und ging auf den Flur hinaus.
Wo vor Vater Hoffmans Beichtstuhl ein nervös kettenrauchender Kunde saß.
»Ich möchte diese Gelegenheit ergreifen, um Ihnen zu sagen«, wandte sich Harry an ihn, »wie gut mir Ihr erster Film gefallen hat.«

»Ach ja, danke«, murmelte Jakob geistesabwesend, sprang auf und verschwand in Hoffmans Büro.
Schwester Pinsky, zu schüchtern, um ihn persönlich zu fragen, hatte Harry einen Zettel auf den Schreibtisch gelegt.

Der Lese- und Diskussionszirkel frisch und munter,
Will's treiben noch ein wenig bunter
Und lädt euch alle lieb und fein
Zu unserer lustigen Party ein.

Die Sandra, Viv und Ruthy geben
Am Samstag, dem 7., um einen zu heben
Von 20.30 Uhr bis in die Puppen.
Doch sehn wir nicht gerne miese Fluppen.

Drum laßt schlechte Laune bitte daheim
Und kommt lieber mit ein paar Fläschchen klein
Ins Langley House, die Adresse ist wichtig.
Nr. 22 Belmont Road, dort seid ihr richtig.

Dazu N. W. 8 auf euer R. S. V. P.
Und ein Ja – hoffen wir – zu unsrer Soirée.
Oder 4 Pence in Bells Apparat
Für HE 1-0376. Und kommt nicht zu spat!

Sandra Pinsky
Vivian Gold
Ruthy Flam

Na ja, warum nicht? dachte Harry.

»Na«, fragte Oscar Hoffman Jakob, »was gibt's Neues?«
»Also, heute sieht's aus, als würden sie meinen Vertrag erfüllen und mich voll auszahlen.«
»Aha.«
»Wenn das der Fall ist, Oscar, müssen Sie mir unbedingt raten, was ich mit dem Geld anfangen soll. Ich möchte es wirklich nicht gern morgens abholen und nachmittags dem Finanzamt in den Rachen schmeißen.«

»Ist auch nicht nötig.« Oscar griff zum Telefon. »Sie werden das Geld gar nicht erst hier ins Land hereinholen.«

3 Im Grunde hatte Jakob gar nicht so recht an diesen Film herangehen wollen, aber er hatte so viele Drehbücher gelesen, von denen die meisten einfach entsetzlich waren. Und wegen Nancys Schwangerschaft wollte er keinen Auftrag für einen Film annehmen, der im Ausland gedreht werden mußte. Außerdem langweilte er sich und war ruhelos. Deswegen hatte er sich törichterweise von seinem Agenten überreden lassen, den Film doch zu machen.

Das Projekt stand von Anfang an unter einem schlechten Stern. Vor dem ersten Drehtag schon hatte Jakob Einwände gegen das Buch. Bei Drehbeginn geriet er fürchterlich mit der Hauptdarstellerin, einem atemberaubenden, aber vollkommen hirnlosen jungen Mädchen, aneinander. Sie lebte nach einer makrobiotischen Diät und las eifrig Zen, fest überzeugt, der Weg zum internationalen Starruhm sei mit Trendiness gepflastert. In ihrer Welt waren die Dinge entweder »swinging« oder ein »drag«, andere Menschen entweder »groovy« oder »uptight«. Sie sei bereit, Nacktszenen zu spielen, erklärte sie Jakob nicht ein-, sondern zweimal, solange es »künstlerisch notwendig« sei.

Am ersten Drehtag, schon immer Jakobs labilste Phase im Atelier, war der Produzent an seiner Seite, sobald er auch nur den Sucher in die Hand nahm. Es war ein grauenhafter Tag, schier endlos, und als er vorüber war, hatte Jakob nur eine einzige Minute im Kasten – eine höchst unbefriedigende Minute, wie er genau wußte, auch ohne sich am Mittag des folgenden Tages die Muster anzusehen. Im Vorführraum eingepfercht mit dem Produzenten, dem Star, ihrem Agenten und anderen Leuten, allesamt indigniert und nervös. Niemand sagte etwas, als das Licht anging – aus lauter Angst, sich festzulegen, bevor der Produzent sein Urteil gefällt hatte. Der Produzent, der in einer Ecke bereits mit dem Chefkameramann, dem Star und dessen aufdringlichen Agenten flüsterte.

Mit der Ankündigung, er erwarte alle in zwanzig Minuten im Atelier, ging Jakob hinaus.
»Laß dich von dem nicht aus dem Konzept bringen, Yankel. Das ist ein ganz grober Typ.«
Während der ersten Einstellung des Nachmittags, einer Restaurant-Szene, kam es dann zum Eklat. Die Diva, mit den falschen Wimpern klimpernd, die sie gegen Jakobs Einspruch trug, wandte sich zwischen den Takes an ihn und deutete auf die Gruppe, die seit Mittag im heißen Scheinwerferlicht stand, probte, abwechselnd in Aktion treten, warten, in Aktion treten und abermals warten mußte, nur damit sie, während ihr die Kamera folgte, durch die dicht Zusammenstehenden hindurchfegen, einen aufsehenerregenden Abgang inszenieren und ihre drei Zeilen richtig hinkriegen konnte, wandte sich also mit einem bezaubernden Lächeln für den dahockenden Standfotografen an ihn und sagte: »Sind die nicht irgendwie ... verrückt?«
»Was?«
»Na, die Gesichter, die Sie ausgesucht haben. Sind das richtige Leute«, fragte sie weiter, »oder nur Komparsen?«
»Das sind meine Freunde«, antwortete Jakob verkniffen. »Und wo wollen Sie hin?«
»Wir wiederholen doch wohl nicht noch einmal?«
O doch. Und noch einmal und noch einmal, während der Produzent innerlich kochte. Dann abermals und noch zweimal, bis sie in ihre Garderobe floh, der verblüffte Produzent mit hilfloser Miene hinterher.
Vor sechs Uhr abends wurde im Büro von Jakobs Agenten ein Schreiben abgegeben. Jakob hatte Atelierverbot.
»Sagen Sie ihm, er soll sich beruhigen«, trug Jakob seinem Agenten auf. »Ich kündige.«
»Das tun Sie nicht! Sie werden am Montag wieder im Atelier stehen. Sie werden diesen Film fertigstellen.«
»Hören Sie auf, mir zu drohen.«
Am Dienstag fand eine Sitzung statt und schon am Mittwoch eine zweite, mit Anwälten. Am Donnerstag ging ein kleinlauter Agent mit Jakob zum Lunch und berichtete ihm, der Produzent habe einen anderen Regisseur engagiert. »Einen Vorschlag zur Eini-

gung habe ich sofort abgelehnt. Ich verlange, daß Sie Ihr volles Honorar bekommen.«
»So ist's richtig.«
»Wenn's klappt, dürfen Sie aber während der Zeit, die Sie eigentlich an diesem Film arbeiten müßten, den Vertrag für keinen anderen Film annehmen. Wenn Sie es dennoch tun, verfällt das Honorar.«
Jakob lachte.
»Finden Sie das so komisch?«
»Mann, ich kriege fürs Nichtstun monatlich mehr, als ich jemals im Leben mit Arbeit verdient habe!«
»Lassen Sie sich davon nicht entmutigen. Ich kenne keinen auf unserer Liste, dem das nicht mindestens einmal passiert wäre.«
Da er nicht wußte, wohin, und auch nichts anderes zu tun hatte, als mit Hoffman zu beratschlagen, wie man das Geld dem Zugriff des Finanzamts entziehen könnte, gewöhnte Jakob es sich an, morgens lange zu schlafen und dann nach Swiss Cottage hinunterzuschlendern, um sich bei W. H. Smith die »Herald Tribune« zu holen. Beinahe täglich kam er an dem Bekleidungsgeschäft vorbei, in dem Ruthy angestellt war. Wenn sie ihn sah, klopfte Ruthy gewöhnlich voll Hoffnung ans Fenster und schreckte ihn aus seinen Träumen hoch. Sie winkte, er winkte zurück, dann jedoch gab sie sich mit diesem stummen Austausch nicht mehr zufrieden. Sie fing an, Jakob an die Ladentür zu rufen.
»Haben Sie was von Joseph gehört?«
»Nein.«
»Nicht weiter schlimm. Aber fragen kostet ja schließlich nichts, wie?«
An einem anderen Tag.
»Schnell, sehen Sie sie? Nein. Auf der anderen Straßenseite. Die Dame, die in den Bentley mit dem Chauffeur einsteigt.«
»Ja.«
»Das ist eine Cousine von Lady Cohen. Jedesmal, wenn sie in den Laden kommt, will sie von mir persönlich bedient werden. Es ist ein Vergnügen, sie zu bedienen. Das ist mal keine *jachne* von Golder's Green, wenn Sie wissen, was ich meine. Gibt's was Neues?«
Jakob sah sie verständnislos an.

»Ich meine, von Jospeh. Haben Sie was von ihm gehört?«
»Bitte, Ruthy! Ich habe ihn seit meiner Kindheit nicht mehr gesehen!«

4 Erst fünf Minuten bevor der Babysitter kommen sollte, als Ruthy sich gerade Parfüm hinter die Ohren tupfte, wurde sie ans Telefon im Korridor geholt. Es war Sandra Pinsky. Sie konnte nun leider doch nicht mitkommen.
»Und warum nicht?« erkundigte sich Ruthy vorwurfsvoll.
»Soll ich dir die Wahrheit sagen?« Sandra brach in Lachen aus. »Ich habe sie alle aufgebraucht.«
»Ooooh.« Ruthy stöhnte. »Komm doch mit!«
»Die Boy Scouts und ich, wir haben genau dieselbe Parole: Allzeit bereit.«
Und 'ne Menge hat es ihr geholfen, all diese Jahre lang bereit zu sein, aber das sprach Ruthy lieber nicht aus. »Kannst du nicht deinen Arzt anrufen, damit er dir ein Rezept gibt? Du könntest es dir bei ihm abholen.«
»Ich habe vorhin schon angerufen, da wollte er gerade ins Wochenende fahren. ›Aber, Herr Doktor‹, habe ich zu ihm gesagt, ›ich habe keine Pille mehr.‹ – ›Was für eine Pille?‹ fragte er. ›*Die* Pille.‹ – ›Wenn das so ist, meine Gute‹, antwortete er, ›dann würde ich an Ihrer Stelle die Höschen bis Montag schön fest anbehalten.‹« Abermals brach sie in Lachen aus. »Ein ganz Schlimmer, nicht wahr?«
»Aber er muß doch in der Klinik einen Vertreter haben. Den könntest du um ein Rezept bitten.«
»Das ist ein Pakistani. *Oy*, Ruthy, das ist einfach unmöglich! Das wäre mir viel zu peinlich.«
»Ooooh«, bettelte Ruthy. »Komm doch mit.«
»Ich bin noch nicht mal angezogen. Übrigens, ich habe Mr. Stein eine Einladung auf den Schreibtisch gelegt. Er kommt am Samstag. Nimm dich vor ihm in acht, Liebes, er sieht zwar nicht so aus, aber er denkt immer nur an das eine.«
»Kommst du nun mit?«
»Komm du doch zu mir. Heute abend gibt's ›Mit Schirm, Charme

und Melone‹. Eine zweiteilige Folge. Den ersten Teil habe ich letzte Woche gesehen.«

»Ach so! Jetzt ist der Groschen gefallen.« Damit legte sie auf.

Ruthy beschloß, nun doch nicht mehr in den Freundschaftsklub zu gehen; allein würde es ihr keinen Spaß machen, mit diesen sogenannten 27- bis 45jährigen (o ja, natürlich). Erbärmliche Typen, die meisten Männer mindestens fünfzig, ewig wollten sie wissen, wieviel man wert war, ob es eine Mitgift gebe und, falls gar nichts zu holen war, ob man sich nicht gern ein bißchen amüsieren wolle.

Ein kurzer Blick in den »Jewish Chronicle« verriet ihr, daß in der Ben Uri Gallery nichts los war und daß es auch keinen Vortrag gab, der ihr zusagte. Auf der anderen Straßenseite erstand sie ein paar Süßigkeiten und die »Evening News«.

Versäumen Sie nicht unsere Filme über
KANADA
– es könnte ein neues Leben bedeuten –
auch für SIE

Niagarafälle. Deanna Durbin. Ja, und Joseph Hersch, dachte sie, vielen Dank.

Vor Grodzinski wurde sie von Mrs. Frankel angesprochen.

»Heute nachmittag haben sie Golda wieder ins Krankenhaus gebracht. Haben Sie nicht die Ambulanz gesehen?«

»Nein.«

»Ihre Gebärmutter hängt zu tief, sie kann kaum gehen. Wissen Sie, das verstehe ich nicht; ich dachte, sie hätten sie ausgeräumt?«

»Keine Ahnung«, entgegnete Ruthy.

»Ich finde, es ist viel besser, alt zu werden, als jung zu sterben. Und was haben Sie heute vor, so elegant?«

»Im Buckingham Palace *latkes* essen. Wo sonst?« entgegnete sie und lief zu ihrem Bus.

Man stelle sich vor, dachte sie, ein neues Leben. Ohne *Jentes* auf Schritt und Tritt. Man packt die Koffer, kauft sich ein Ticket, und los geht's. Lebwohl, Quality Outfitting, auf Nimmerwiedersehen, Sonntagnachmittagstees in Edgware bei ihrer Schwester, die ewig fragte: »Hast du in dieser Woche jemanden kennengelernt?«

Australien, Kanada, Südafrika. Sogar ihr Bruder, und der las täglich die »Financial Times«, sagte, dort gebe es eine bessere Zukunft. Er war schon mal in Toronto gewesen, der Bürgermeister sei ein Jude. Die Regierung quetsche einen dort nicht so aus wie eine Zitrone.

Nelson Eddy und Jeanette MacDonald hatten, wie Ruthy sich erinnerte, in Kanada einen Film gemacht, aber der Titel wollte ihr nicht einfallen. »Gebt mir Männer, die starken Herzens sind...« Einer würde ihr schon genügen.

Im schwankenden Bus nach Victoria öffnete Ruthy ihre dickbäuchige, vollgestopfte Handtasche und verstaute darin ihr Lexikon gleichlautender Wörter, während sie sich noch ein paar besondere sprachliche Leckerbissen auf der Zunge zergehen ließ. A *reckless* driver is seldom *wreckness* long und – als Babyname – Prince of *Wails*.

Es war ein scheußlicher Abend, kalt und regnerisch, aber mal hineinschauen kann schließlich nicht schaden, dachte sie, als sie sich zu der Gruppe von Leuten gesellte, die vor der Caxton Hall ihre Regenschirme zumachten. Die Tafel mit den Ankündigungen studierend, las Ruthy, daß sich im Erdgeschoß eine Yogagruppe sowie die Schopenhauer Society traf und daß der Druiden-Orden – brrr– seine Monatsversammlung abhielt. Der Vortrag über Kanada fand, wie sie es sich gedacht hatte, im Hauptsaal statt, und sie konnte von Glück sagen, daß sie noch einen Platz ergatterte.

Man packt die Koffer, und schon geht's los. Das zwanzigste Jahrhundert.

Überall unterhielten sich die Leute, einige mittleren Alters, in der Mehrzahl aber solche, die noch jung waren und Kleinkinder auf dem Schoß hielten. Mit bemüht gleichgültiger Miene machte Ruthy es sich auf ihrem Stuhl bequem, bot dem schweigsamen Mann, der neben ihr saß, eine Praline an und erkundigte sich nervös: »Warum wollen Sie nach Kanada auswandern?«

»Weil man hier zu lange warten muß, bis einer stirbt und seinen Platz räumt.«

»Und warum wollen Sie weg?« wandte sich Ruthy an den Mann zu ihrer anderen Seite.

»Wegen Harold Wilson.«

»Meine Familie lebt schon seit Generationen hier. Ich erkundige mich nur für eine Freundin.«

»Trans-Canada Journey«, der Farbfilm über eine Reise von Halifax nach Vancouver zeigte sämtliche Naturwunder des weiten Dominions und berichtete begeistert von den Möglichkeiten, die es dort gab. Kaum war der Film aus – das letzte Bild zeigte einen Corporal der R. C. M. P., der die Stufen zum Parlament hinaufstieg –, da gingen die Lichter wieder an und ein flotter, lächelnder junger Mann von der Einwanderungs- und Einbürgerungsbehörde sprang aufs Podium. »Sie sind ein ausgezeichnetes Publikum. Phantastisch! Ich bin überzeugt, unsere Einwanderungsbüros werden morgen früh brechend voll sein.«

Was eher Husten als Hurrarufe auslöste.

»Kanada braucht Menschen, die *richtigen* Menschen...«

Antisemiten auf Schritt und Tritt, sinnierte Ruthy.

»... Wir haben viele, viele Jobs, die besetzt sein wollen, und beinahe den höchsten Lebensstandard der Welt.«

Der junge Mann rief drei Experten zu sich aufs Podium, die ebenfalls strahlend lächelten und das Publikum mit ihrem Enthusiasmus ansteckten.

»Sind auch ungelernte Arbeiter willkommen?« fragte ein Mann.

»Das ist eine schwierige Frage. Wenn Sie einen Neunzehnjährigen meinen, gewiß, der kann noch lernen, aber wenn Sie einen Vierzigjährigen meinen, so einen, der immer wieder der Wohlfahrt zur Last fällt... nun, die könnt ihr behalten, wir wollen sie nicht.«

»Ich persönlich bin Ingenieur.«

»Sie sehen auch aus wie ein Akademiker, Sir. Es ist mir klar, daß Ihre Frage allgemein gedacht war.«

»Wenn alles so rosig ist in Kanada, warum kommen dann so viele Einwanderer wieder zurück?«

»Diese Frage beantworte ich«, rief der jüngste Experte mit einem Augenzwinkern für die erste Reihe. »Heimweh, Anpassungsschwierigkeiten. Wenn Ihre Frau zu denen gehört, die jeden Tag ihre Mutter besuchen müssen und am Sonntag möglichst viermal, dann kommen Sie bitte nur nach Kanada, wenn Sie auch Ihre Schwiegermutter mitbringen.«

»Wie steht's mit der Arbeitslosigkeit?«

»Drei Komma neun Prozent.«
Irgend jemand lachte höhnisch.
»Oh, ich gebe zu, im Winter steigt die Zahl an, aber ...«
»Hatten Sie 1961 nicht eine Rezession?«
»Rezession, nein; eine gewisse Nivellierung, ja. Im Augenblick aber herrscht ein Boom. Ein Boom. Wir brauchen Menschen, die richtigen. Wir brauchen britische Einwanderer.«
»Wie steht es mit der ärztlichen Versorgung?«
»Das ist eine sehr, sehr gute Frage. Wir haben keinen staatlichen Gesundheitsdienst, aber wir haben private Versicherungen, die sehr billig sind.«
»Wissen Sie, ich habe vier Kinder.«
»Wenn Sie zu denen gehören, die ewig zum Arzt rennen und den ganzen Tag im Wartezimmer rumhocken, nur weil's nichts kostet und Sie einen kleinen Schnupfen haben ...«
Schließlich erhob sich Ruthy und sagte mit zaghafter Stimme: »Ich bin schon über vierzig ...«
»Bitte, lauter!«
»Ich erkundige mich für eine Freundin, die über vierzig ist und in einem Bekleidungsgeschäft arbeitet. Wie stehen da die Arbeitschancen in Kanada?«
»Das ist eine sehr gute Frage. Ich freue mich, daß Sie sie stellen. Also, wenn Sie ein Mann wären, würde ich sagen, daß Ihre Chancen wegen der Rentenversicherung und so nicht allzu groß wären ... aber viele Geschäfte und Büros stellen lieber Frauen ein, die über das Heiratsalter hinaus sind.«
»Na ja, vielen Dank. Ich danke Ihnen wirklich sehr.«

5 Obwohl er sich ein wenig schämte, suchte sich Jakob einen anderen Weg zu W. H. Smith, schlug jedoch gelegentlich, wenn er in Gedanken versunken war, wieder die alte Route ein. Eines Tages, zwei Wochen später, sprach Ruthy ihn an. Ob er sie um halb sechs im Pub erwarten könne. Ja, warum nicht?
»Pepsi?« erkundigte sich Jakob neugierig.
»Nein. Zitronenlimonade. Canada Dry, wenn's geht.«

Aus ihrer geflochtenen Einkaufstasche schaute eine Stange Bleichsellerie hervor. Außerdem enthielt die Tasche zwei ihrer Etiketten beraubte Konservendosen. Jakob bestellte für sich einen großen Gin mit Tonic, für Ruthy zwei Flaschen Canada-Dry und lehnte sich bequem zurück.
»Ich bin verlobt«, verkündete Ruthy von oben herab. »Oder lesen Sie nicht die Gesellschaftskolumne der ›Times‹?« Sie kicherte.
Jakob gratulierte ihr.
»Er ist ein bezaubernder Mann. Sehr bewandert in Literatur und Politik. Er liest den ›New Statesman‹ und die ›Tribune‹. Einmal hat die ›Tribune‹ sogar ein Gedicht von ihm gebracht. Eine großartige Leistung, nicht wahr?«
»Allerdings.«
»Wissen Sie, ich werde das Geld brauchen.«
»Welches Geld?« Jakob wurde sofort hellwach.
»Die siebenhundert Pfund. Das Geld, das Joseph von mir bekommen hat.«
»Aber was, zum Teufel, habe ich damit zu tun?« Mit weit aufgerissenen Augen sah er zu, wie sie die Etiketten von den beiden Canada-Dry-Flaschen löste.
»Sagen Sie ihm, daß ich es brauche. Harry ist nicht besonders erfolgreich auf dem materiellen Sektor. Geld interessiert ihn nicht.«
»Ruthy, zum letztenmal, ich habe ihn seit Jahren nicht mehr gesehen!«
»Ach, hören Sie doch auf! Bitte, hören Sie auf damit.«
»Ich fürchte, Sie werden mir glauben müssen.«
»Vielleicht könnten Sie mir das Geld zurückgeben?«
»Warum sollte ich?«
»Harry hat Ihren Film gesehen, aber leider muß ich sagen, daß er nicht sehr begeistert davon war. Er fand ihn nicht lebensnah. Er sagt, wenn Sie etwas über die Leute aus der Arbeiterklasse inszenieren, dann tun Sie's ganz eindeutig nur, damit die Reichen darüber lachen können. In seinen Augen sind Sie ein Mensch, der sich selber haßt.«
»Zieht Ihr Bruder Erkundigungen über ihn ein?«
»Harry hat nichts zu verbergen. Sein Leben ist wie ein aufgeschla-

genes Buch. Wollen Sie die Wahrheit über Joseph wissen, warum er die Kurve gekratzt hat? Die schlichte Wahrheit ist, daß ich mich ehrlich glücklich schätzen darf. Ich hätte nicht mit ihm leben können.«

»Ich wünsche Ihnen und Harry das Allerbeste. Ich…«

»Ein schöner französischer Edelmann war Ihr Cousin Joseph! In Wirklichkeit fehlt nicht mehr viel, und er ist ein unheilbarer Säufer.«

»Selbsthaß, Selbstzerstörung. Wir sind schon eine verrückte Familie.«

»Ich weiß nicht, was ihn in der Kindheit psychologisch so verletzt hat, daß er so geworden ist. Und er muß Qualen gelitten haben, nachdem er sich in mich verliebte, aber…«

»Das hat er sicher.«

»Oh, wie nett! Wirklich sehr nett und gentlemanlike. Woher nehmen Sie sich das Recht, so mit mir zu reden?«

»Ich bitte um Verzeihung.«

»Deswegen ist er auf eine vierzehntägige ›Geschäftsreise‹ gegangen. Um zu trinken. Nun, zum Glück habe ich's noch rechtzeitig gemerkt, bevor es zu spät war. Ich trage ihm nichts nach. Ich habe Mitleid mit ihm.«

»Ich werd's ihm ausrichten.«

Mit triumphierendem Lächeln lehnte sich Ruthy zurück. »Jetzt hab ich Sie aber reingelegt, nicht wahr?«

»Oh, du mein Gott! Wenn ich ihm jemals begegne, meine ich doch!«

»Ich hab Sie ertappt, Sie gemeiner Lügner. Warum geben Sie's nicht zu?«

»Verdammt noch mal, Ruthy, Joey ist mir seit über zwanzig Jahren nicht mehr unter die Augen gekommen!«

»Der hat mich so richtig schön eingeseift.«

»Das hat er. Und es tut mir leid.«

»Nun, keine Sorge. Es hat schon Schlimmeres gegeben. Harry ist ein sehr begehrenswerter Mann, wissen Sie.«

»Das freut mich für Sie…«

»O ja, das glaube ich Ihnen. Aber diesmal habe ich meinem Bruder schwören müssen, kein Risiko einzugehen. Keine überstürzte

Heirat schon nach zwei Wochen. Ich soll die Katze nicht im Sack kaufen, sagt er, wenn Sie verstehen, was ich meine.«
»Ich verstehe.«
»Cyril sagt, ich soll das Wasser zuerst mal probieren und sehen, ob mir der Schuh paßt. Und er hat recht. Wir leben nicht mehr im viktorianischen Zeitalter, oder?«

6 Jakob wußte nicht, wohin, er hatte nichts zu tun, aber er wurde gut bezahlt, damit diese Untätigkeit erträglich wurde. Es war, wie er zugeben mußte, ein ungesetzliches Lösegeld, listig auf einer Bank im Ausland versteckt.
Eines Tages wirst du stolz auf mich sein, hatte er einmal zu Issy Hersch gesagt. Ich werde ein berühmter Filmregisseur.
»Hör auf mit dem Unsinn«, hatte sein Vater protestiert. »Du willst, daß ich stolz auf dich bin? Dann arbeite und verdiene Geld. Stell dich auf die eigenen Füße.«
Weiß Gott, Daddy. Weiß Gott.
Jakob las, er ging nachmittags mit Nancy ins Kino und erwachte mitten in der Nacht, um sich eine Zigarette anzustecken und auf das Ferngespräch zu warten, das ihn vom Tod seines Vaters unterrichtete. Jakob schrieb an Hanna, erzählte ihr von seiner Reise nach Israel, erklärte ihr, daß er den Reiter auch in der Dschehenna gesucht hatte, und gab zu, daß er ihm wieder einmal entkommen war. Er ordnete seine Bibliothek, er sortierte alle wahllos verstreuten »Encounter«-Hefte in chronologischer Reihenfolge. Er kaufte und etikettierte einen Karteischrank aus Stahl und jätete im Garten Unkraut.
Jakob sah gerade einige Papiere durch, als es an der Haustür klingelte. Der kleine, hämisch grinsende Fremde stellte sich als Mrs. Flams Verlobter vor.
»Darf ich Ihnen einen Drink anbieten?« fragte ihn Jakob.
»Dazu ist es für mich noch zu früh.«
Jakob schenkte sich einen Gin und Tonic ein. Harry Stein putzte sich die Nase, sah sich verstohlen im Wohnzimmer um und taxierte die Einrichtung. Den Teppich aus der Casa Pupo, den Ohrensessel

aus Heal. Durch die Küchentür, die ein Stück offenstand, konnte er den großen, blitzblanken Kühlschrank sehen. »Hübsch«, sagte er anerkennend. »Sehr hübsch.«
Jakob verzichtete auf die Eiswürfel aus der Küche und beschloß, seinen Gin warm zu trinken.
»Ruthy hätte auch gern so ein Haus, nur kann sie es sich leider nicht leisten. Durch euch Yanks und den Rachmanismus sind die Mieten überall in die Höhe geschnellt.«
»Suchen Sie denn ein Haus?«
Harry lächelte.
»Möchten Sie dieses für den Sommer mieten? Ich glaube, wir werden nach Spanien fahren.«
»Dollars für Franco«, stellte Harry triumphierend fest.
Du Scheißkerl, dachte Jakob und ging doch noch Eiswürfel holen.
»Wissen Sie, wie viele politische Gefangene noch in Francos Kerkern schmachten?«
»Ich bin Faschist.«
»Versuchen Sie ja nicht, sich über mich lustig zu machen.«
»Was wollen Sie, Harry?«
»Hören Sie das Flugzeug da oben? Eine amerikanische Maschine.«
»Ich bin Kanadier.«
»Die fliegen Tag und Nacht über uns hinweg, mit Atombomben im Bauch. Eine haben sie schon über Grönland abgeworfen, und eine zweite in Spanien...«
»Glauben Sie etwa, als nächstes wäre NW3 dran?«
»Sie sind wohl ein Witzbold, wie?«
»Hören Sie, Harry, ich lese auch den ›New Statesman‹. Also, was wollen Sie von mir?«
Harry steckte sich eine Zigarette an und legte das verbrauchte Streichholz in die Schachtel zurück. »Werden Sie Ihren Urlaub über Spesen abrechnen?«
»Möglicherweise.«
»Mir werden die Steuern im voraus abgezogen. Fünfunddreißig verdiene ich pro Woche, nach Hause bringe ich sechsundzwanzig. Und Sie?«

»Das geht Sie nichts an. Also, was wollen Sie?«
»Die siebenhundert Pfund.«
»Sie sind verrückt.«
»Sagen Sie einfach Ihrem Cousin…«
»Ich habe Ruthy schon erklärt, daß ich ihn seit Jahren nicht mehr gesehen habe. Und ich weiß auch nicht, wo er sich aufhält.«
»Das bestreite ich.«
»Sie tun – was?«
»Ich könnte die Angelegenheit meinen Anwälten übergeben.«
»Zwecks Eintreibung?«
»Es ist Ihnen hoffentlich klar, daß sich der, der einem Betrüger hilft, genauso strafbar macht wie der Betrüger selbst.«
»Okay. Verklagen Sie mich.«
»Jedoch, wenn Sie bereit wären, die Schuld zu begleichen…«
»Es ist sinnlos, Harry. Selbst wenn ich bereit wäre, Joeys Schulden zu bezahlen, könnte ich das Geld im Moment nicht entbehren.«
»Warum nehmen Sie's nicht von Ihrem Schweizer Nummernkonto?«
»Und wenn ich nun pleite wäre?«
»Was das Pleitesein betrifft, da sind wir vermutlich verschiedener Auffassung. Meinen Sie nicht?«
»Doch, ich glaube schon.«
»Ruthy ist den ganzen Tag auf den Beinen, von neun bis fünf. Sie kriegt Krampfadern. Sie steht jeden Morgen um sieben Uhr auf, wußten Sie das? Wäscht und füttert die Kinder, bringt sie zum Kindergarten und sieht sie erst wieder, wenn sie nach Hause kommt. Am Abend muß sie ihre Wäsche zum Waschsalon schleppen. Haben Sie eine Waschmaschine?«
»*Which's* Best Buy. Außerdem haben wir eine Haushälterin.«
»Hübsch. Sehr hübsch.«
»Finde ich auch. Nun…« Jakob sah vielsagend auf die Uhr.
»Ist das wirklich Ihr letztes Wort? Sie wollen die Schulden Ihres Cousins nicht bezahlen?«
Jakob nickte.
»Sie wissen nicht mehr, daß wir uns schon einmal begegnet sind, nicht wahr?«
»Nein. Tut mir leid.«

»Macht nichts. Die Leute übersehen mich fast immer. Ich bin schon längst daran gewöhnt.«
Doch dann zögerte er an der Tür.
»Sie behaupten, Sie hätten nicht soviel Geld, Mr. Hersch, und Sie könnten, selbst wenn Sie wollten, nichts davon entbehren. Ein Jammer, wirklich. Denn trifft es nicht zu, daß Sie momentan *nicht* arbeiten und mehr dafür bezahlt bekommen, als ich im ganzen Jahr nach Hause trage?«
»Wer hat Ihnen denn das gesagt?«
»Ich unterstelle, daß Sie mich belogen haben.«
»Wo sind wir uns schon mal begegnet, Harry?«
»Ich nehme an, Sie wollen durchblicken lassen, daß wir uns unmöglich in denselben Kreisen bewegen können.«
»Andeuten«, berichtigte ihn Jakob, den die Bosheit packte. Harrys Wangen wurden blutrot.
»Und jetzt sagen Sie mir, woher Sie Kenntnis von meinen Privatangelegenheiten haben oder zu haben glauben«, forderte Jakob.
»Wenn Sie mich in diesem Zusammenhang belogen haben, behaupte ich, daß Sie auch im Zusammenhang mit Ihrem Cousin die Wahrheit verschweigen. Sie kennen den gegenwärtigen Aufenthaltsort von Joseph Hersch. Oder de la Hirsch. Und Sie decken ihn.«
»Ich weiß nicht, wovon Sie reden.«
Erst nachdem Harry fort war, entdeckte Jakob das große, runde Brandloch im Bezug des neuen Ohrensessels von Heal. Dieser Hund, dachte Jakob mit einer Spur von Bewunderung, das hat er absichtlich getan.

7 Am nächsten Morgen brachte die Post einen langen, beleidigenden Brief. LBJ, der Vietnamkrieg, Barry Goldwater, die CIA, der Mord an Malcolm X und die John Birch Society wurden ebenso heraufbeschworen wie noch frühere, wenn nicht sogar noch bösartigere Beispiele amerikanischer Schande. Jakob gab den Brief an Nancy weiter und schlug die »Times« auf.
Jede Frau über vierundzwanzig, mahnte das Gesundheitsamt, solle

monatlich zwei einfache Proben auf Brustkrebs durchführen, denn täglich würden dreißig Frauen an Brustkrebs sterben – ein Fünftel aller Krebstoten.

ALLMONATLICHER KREBSTEST

Nur wenige Minuten in jedem Monat – mehr Zeit braucht man nicht, um sich zu vergewissern, daß alles in Ordnung ist. Wir hoffen, daß jede Frau über 24 sich das ebenso zur Gewohnheit machen wird wie das Umdrehen der Matratzen.

Nancy, im achten Monat schwanger, ging früh zu Bett. Jakob ebenfalls. Um drei Uhr nachts wurden sie vom Telefon geweckt. *Mein Vater*, dachte er. Doch als er sich mit Hallo meldete, antwortete niemand. Hallo, hallo. Am anderen Ende der Leitung hörte er leises Atmen, weiter nichts.

»Harry, Sie Scheißer!«

Jakob legte sich vorsichtshalber nicht wieder schlafen. Er steckte sich ein Zigarillo an, zog Johnsons »Lives of the Poets« aus dem Stapel von Zeitschriften und Drehbüchern auf seinem Nachttisch, las und wartete. Zwanzig Minuten später schrillte das Telefon abermals.

»Willst du nicht drangehen?« fragte Nancy.

»Nein. Schlaf weiter, Liebes.«

Am Morgen erhielt Jakob eine Broschüre über die politische Lage im Spanien der Gegenwart; die Karikatur auf dem Umschlag war von Vicky. Das Ganze unterschied sich sehr nachteilig von dem Material über die Annehmlichkeiten von Torremolinos, das er sich im spanischen Reisebüro besorgt hatte, und er schlug Nancy halbherzig vor, man solle, wenn das Baby da sei, vielleicht doch lieber die Côte d'Azur ins Auge fassen.

Warum? Er mache sich Sorgen wegen der Milch dort, vielleicht bekomme sie dem Baby nicht. Aber sie werde dieses Kind selbst stillen, genau wie die beiden anderen. Na ja, aber die machten doch alles mit Olivenöl, das würde den Kindern sicher nicht schmecken. Aber Südfrankreich sei bei weitem zu teuer. Ja, ja, aber Spanien sei nur deswegen so billig, weil die Arbeiter dort mit Hungerlöhnen abgespeist würden. Überdies trage der Tourismus nur dazu bei, eine korrupte Diktatur zu stützen. Also wirklich! Und sei es nicht ein bißchen spät für ihn, genau jene Art hyperempfindliches Sozialgewissen zu entwickeln, über das er sich bei anderen immer lustig mache? Den Teufel sei es.

Nancy verließ die Küche und ging ins Schlafzimmer, während Jakob, mit Sammy im Schlepptau, einen Spaziergang machte.

»He«, sagte Jakob, »da drüben auf der anderen Straßenseite. Der Junge trägt dieselbe Schuluniform wie du.«

Sammy würdigte ihn keines Blickes. »Hat der 'n Elefanten am Strick?« erkundigte er sich.

»Hm, nein.«

»Dann ist es nicht Rogers.«

Nach dem Essen machte Jakob es sich für einen Fernsehabend bequem. Es gab Nachrichten für Taubstumme, die er sich jede Woche ansah, damit er, sollte er das Gehör verlieren, das Lippenlesen nicht ganz von Grund auf lernen mußte. Anschließend kam »Born to Live«.

> Die Wände von Denise Legrix' Pariser Atelier sind mit ihren Bildern bedeckt, Bildern von einer Ausdruckskraft, die man bei einer Künstlerin, die ohne Arme und Beine geboren ist, niemals vermuten würde.
>
> Denise Legrix ist Anfang fünfzig. Sie lächelt gern und ist sehr geistreich, in ihren Augen jedoch entdeckt man einen Hinweis auf ihre Kraft. Während wir uns unterhielten, telefonierte sie nach einem Taxi, wählte die Nummer mit einem Brieföffner, den sie zwischen Schulter und Hals einklemmte. Ich lernte sie kennen, als ich das Programm des heutigen Abends vorbereitete. Ich hatte mehrere Fragen auf Lager, um die zu erwartende Verlegenheit zu überbrücken. Ich hätte mir die Mühe sparen können. Mit einem Messer, das sie in die rechte Achselhöhle klemmte, und einer Gabel, die sie auf ihrem linken Armstumpf balancierte, aß sie genauso geschickt wie...

Harry rief erst wieder um zwei Uhr nachts an.

»Geh nicht dran«, riet Nancy Jakob.

Doch Jakob hatte den Hörer schon abgenommen. »Harry, wenn Sie noch ein einziges Mal hier anrufen, komme ich zu Ihnen und prügele Sie windelweich.«

Keine Antwort. Nur das Atmen.

»Und wenn er es nicht ist?« fragte Nancy.

»Sei nicht albern.«
Jakob wählte Harrys Nummer. Das Telefon klingelte. Und klingelte und klingelte. Endlich sagte Harry mit verschlafener Stimme: »Hallo?«
»Harry? Hier Hersch. Jakob Hersch.«
»Was...«
»Wenn Sie nicht aufhören, zu allen möglichen Nachtstunden hier anzurufen, werde ich Sie bei der Polizei anzeigen.«
»Wie bitte?«
»Sie haben mich sehr gut verstanden, Harry.«
»Das ist eine Unverschämtheit!«
»Harry, ich habe nachgedacht. Vielleicht wohne ich in einem so schönen Haus, vielleicht verdiene ich soviel mehr Geld als Sie, weil ich intelligent und begabt bin und Sie nur ein hirnloser, kleiner Furz sind.«
Es folgte eine lange, quälende Pause. Schließlich sagte Harry: »Das bestreite ich.«
»Dennoch ist es zufällig wahr!« brüllte Jakob. Dann legte er, erregt und beschämt, den Hörer auf.
»Ich glaube, das hättest du besser nicht sagen sollen«, meinte Nancy.
»Na schön. Okay. Ich hab's aber gesagt.«
Das Telefon begann wieder zu klingeln.
»Siehst du? Ein Verrückter. Jemand, der uns nicht mal kennt.«
Nancy nahm den Hörer ab, packte ihn unter ein Kissen und sagte: »Laß uns jetzt schlafen.«
Zur Frühstückszeit erschien ein Polizist, glücklicherweise nicht Sergeant Hoare. Ein Mr. Harry Stein habe sich beschwert, er sei mitten in der Nacht durch Drohanrufe aus dem Schlaf hochgeschreckt worden. Mit hochrotem Kopf und übereifrig erklärte ihm Jakob, im Gegenteil, Sir, er selbst sei von böswilligen Anrufen zu allen möglichen Nachtstunden belästigt worden und habe Mr. Stein nur gewarnt, endlich damit aufzuhören.
Woher Mr. Hersch wisse, daß Mr. Stein der Anrufer war?
»Ich bin froh, daß Sie mir diese Frage stellen.« Weil er nämlich, erklärte Jakob, niemals durch derartige Anrufe belästigt worden sei, bevor er Mr. Stein kennengelernt habe.

Ob Mr. Hersch weitere Beweise anführen könne?
Gewiß. Doch die werde er erst zu gegebener Zeit vorlegen.
Wie dem auch sei, ob Mr. Hersch verspreche, Mr. Stein bis dahin nicht mehr zu belästigen?
Ja.
Kaum war der Bobby fort, da kletterte Jakob zum Dachboden hinauf und rief Harry an.
»Also ehrlich, ich muß schon sagen. Sie sind ein gerissener kleiner Bastard!«
»Ach, wirklich? Und ich dachte, in Ihren Augen wäre ich – ich zitiere – ein hirnloser kleiner Furz, Zitat Ende.«
Erstick doch meinetwegen an Tampax!
»Zu Ihrer Information, Mr. Hersch, ich gehöre, intellektuell, nicht materiell gesehen, zu den ersten zwei Prozent der Bevölkerung dieses Landes.«
»Ha, ha. Das ist 'n Ding. Und wer sagt das?«
»Mensa.«
»Was ist denn das?«
»Sie können kein Latein?«
»Eine tote Sprache.«
»Mensa ist lateinisch für Tisch. Das ist der Name eines Vereins, zu dem ich gehöre und bei dem man nur Mitglied werden kann, wenn man aufgrund seiner angeborenen Intelligenz zu den obersten zwei Prozent gehört.«
»Aha. Nachdem Sie wegen Spanien so auf die Tränendrüsen gedrückt haben, sind Sie auf einmal ein *élitiste*. Ein mieser, kleiner Faschist.«
»Mensa hat weder politische noch religiöse Bindungen. Der Verein diskriminiert weder aufgrund von Rasse noch von Hautfarbe oder Gesellschaftsschicht. Wenn wir eine Elite sind, dann nicht aufgrund von Geburt, Herkunft oder Reichtum, sondern einzig und allein auf der Basis angeborener Intelligenz.«
»Einen Moment mal! Wollen Sie etwa behaupten, Sie Zwerg, daß Sie zur intellektuellen Elite gehören?«
»Ich behaupte, daß das eine wissenschaftlich erwiesene Tatsache ist.«
»Da nimmt Sie einer aber ganz schön auf den Arm, Harry.«

»Wirklich?«
»Was haben Sie denen bezahlt, um in diesen Idiotenklub aufgenommen zu werden? Um wieviel haben die Sie erleichtert?«
»Ich habe einen Test bestanden, der meine Qualifikationen beweist.«
»Wenn Sie das können, dann kann mein Sohn Sammy das auch. Und zwar mit verbundenen Augen.«
»Also, wären Sie bereit, sich diesem Test zu unterwerfen?«
»Na ja, hm, sicher. Aber wer hat Zeit für solchen Quatsch?«
»Ich verstehe.«
»Sie verstehen? Okay. Woher kriege ich den Test?«
»Ich werde veranlassen, daß er Ihnen zugeschickt wird.«
»Gut. Und ich wette zehn Pfund, daß ich mehr Punkte kriege, als Sie es sich jemals erträumt haben. Intellektuelle Elite – daß ich nicht lache!«
»Die Wette gilt, Mr. Hersch.«
»Allerdings gilt sie. Und bis dahin keine nächtlichen Anrufe mehr, verstanden?«
»Ich weise diese Beschuldigungen zurück.«
»Vergessen Sie nicht, was ich gesagt habe.«
»Haben Sie es sich überlegt, mit dem Geld, das Ihr Cousin Ruthy schuldet?«
»Nein. Auf Wiederhören.«
Am Frühstückstisch entschied sich Nancy dafür, nichts zu sagen. Sie schenkte ihm noch einmal Kaffee nach.
»Was ist bloß mit mir los?« fragte er sie. »Wo ich auch hintrete, überall trete ich auf Quicksand.«

8

* Unterstreichen Sie diejenige der vier mit Nummern versehenen Figuren, die auf den leeren Platz gehört.

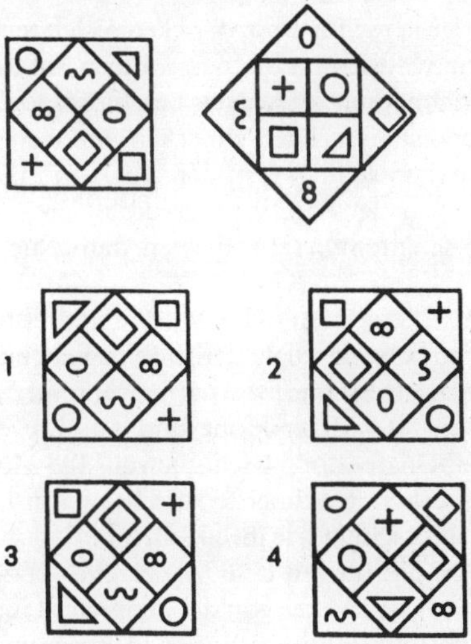

Setzen Sie die fehlende Zahl ein.

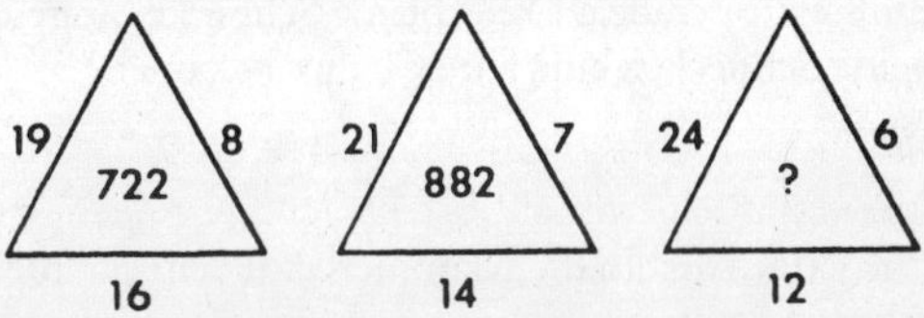

Ergänzen Sie das folgende:

SCOTLAND 27186453 LOTS 7293 LOAN 8367 und

unterstreichen Sie das Wort, das nicht zu den anderen paßt:

AZEETRIULOS
OHEELORRUMAELUS
NIVOERINNIURIS
REALOPPOOSILILOO

* Die im folgenden angeführten Intelligenztests sind entnommen aus: H. J. Eysenck, »Know your Own I. Q.«, Penguin Books, und Nicholas Scripture, »The Mensa Puzzle Book«, New English Library

Das ist doch lächerlich. Einfach lächerlich!

Während John den Flur neu tapezierte, hatten Billy und Tony strengen Befehl, im Garten zu bleiben.
Nachdem sie keine Lust zum Cricketspielen mehr hatten, überlegten die Jungen, was sie nun machen sollten. Auf ihrer Suche stießen sie auf zwei Schnecken, deswegen beschlossen sie, ein Schneckenrennen zu veranstalten. Die Schnecken unterschieden sich ein wenig, und die Jungen stellten fest, daß eine von ihnen zu einem Typ gehörte, der gern kletterte, während die andere lieber geradeaus kroch. Infolgedessen mußten sie aufpassen, damit die beiden gleiche Chancen hatten.
Beide Schnecken waren sich in Größe und Form gleich; der einzige Unterschied bestand darin, daß die eine lieber kletterte als geradeaus kroch. Die Kletterschnecke schaffte während der zwölf Stunden, die sie wach war, 0,9 Meter Höhe und rutschte während ihrer zwölfstündigen Schlafperiode wieder jeweils 0,3 Meter herunter. Die geradeaus kriechende Schnecke rutschte natürlich nicht, obwohl sie genauso lange schlief wie ihre Kollegin.
Bald fanden die Jungen eine Mauer und setzten die Schnecken an ihrem Fuß ab. 1,2 Meter von der anderen Mauerseite entfernt stand das Ziel, ein üppig grüner Busch. Wenn nun die Mauer 2,1 Meter hoch war und die beiden Schnecken so eifrig waren, daß sie direkt auf den Busch zuhielten, in wieviel Meter Entfernung von dem Busch mußte die geradeaus kriechende Schnecke hingesetzt werden, damit beide Schnecken eine faire Chance bekamen?

Kinderspiel!

Setzen Sie jedes Wort in die Klammern, zu dem alle hier aufgeführten Vorsilben passen.

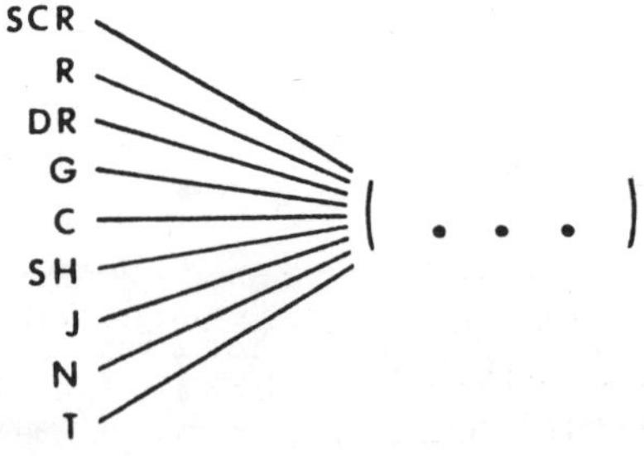

Obwohl der Nachwelt wegen seiner Stiche bekannt, scheint Albrecht Dürer, der im sechzehnten Jahrhundert lebte, auch ein gewisses Interesse an der Mathematik gehabt zu haben.
Auf seinem berühmten Bild »Die Melancholie« zum Beispiel haben Astronomie, Architektur und Geometrie alle drei ihren Platz – zusammen mit dem Beispiel eines magischen Quadrats vierten Grades, bei dem die Zahlen in der Mitte der untersten Reihe angeblich das Entstehungsdatum des Bildes nennen.
Obwohl die Zahlen in diesem magischen Quadrat in Wirklichkeit eindeutig sind, nämlich aus den Zahlen 1 bis 16 bestehen, nehmen wir hier einmal an, dem sei nicht so und das Quadrat sähe so aus wie Abb. 10.
In welchem Jahr entstand Dürers Meisterwerk?

16			
	10		
		7	
4			

Außerdem beweist das alles überhaupt nichts.

9 Der Großinquisitor erwirkte Jakobs Besuch in seinem Büro, indem er ihm einen Bescheid über eine Neuveranlagung für sieben Jahre, 1960 bis 1966 inklusive, ins Haus schickte, eine Forderung über nicht weniger als 7200 Pfund, zahlbar innerhalb von einunddreißig Tagen.
»Was machen wir nun?« erkundigte sich Jakob bei Oscar Hoffman.
»Machen Sie sich keine Sorgen. Die werden einem Kompromiß zustimmen. Das tun sie immer.«
Hoffman begleitete Jakob zum Büro des Großinquisitors, wo zunächst Höflichkeitsfloskeln ausgetauscht wurden, und dann ...
»Oh!« rief Jakob, der im Korb für die ausgehende Post eine Ausgabe von »Dance & Dancers« entdeckte. »Wie ich sehe, sind Sie ebenfalls ein Ballett-Fan.«

»Ja.«
»Wie fanden Sie Nurejews Romeo?«
»Ich fürchte, da stehe ich mit meiner Meinung ziemlich allein. Meines Erachtens hat man ihn überschätzt.«
»Freut mich, daß Sie das sagen; das ist haargenau meine Meinung.«
Der Inspektor, ein linkischer, unsicherer Beamter in den Zwanzigern, studierte die Unterlagen des ersten Geschäftsjahres der Jakob Hersch Productions Ltd. und las vor: »Anläßlich der ersten Jahressitzung der Jakob Hersch Productions Ltd., am 12. Oktober 1960, erklärte der Vorsitzende, man habe bei einem Umsatz von £ 10000 einen Gewinn von £ 841.19.6 erzielt. Es wurde beschlossen, keine Dividende auszuzahlen. Ist das richtig?«
»Das ist alles so lange her; ich weiß es nicht mehr.«
Mmmmmn, machte der Inspektor verkniffen.
»Nach meinem besten Wissen ist das richtig, ja. Soweit ich mich erinnere, habe ich in jenem Jahr eine Menge Geld für törichte Optionen verschwendet.«
»Wie es scheint« – der Inspektor konsultierte die vor ihm liegenden Papiere – »wurden die meisten davon in bar bezahlt, und das Ursprungsland war Kanada.«
»Ich weiß, Vaterlandsliebe ist heutzutage nicht mehr modern«, entgegnete Jakob, »aber ich bin nun mal so verrückt und glaube, daß jene Kanadier, die das Glück haben, hier leben zu können, wo es so aufregende Theater- und Ballettaufführungen gibt, den in der Heimat arbeitenden Autoren etwas schulden. Ich hoffe immer noch, einmal ein gutes kanadisches Drehbuch zu finden, aber ich verbrenne mir immer wieder die Finger.«
Oscar Hoffman strahlte: Jakob erwies sich als erstklassiger Schüler.
»Ich sehe hier eine Zahlung von £ 1000 Vorschuß an einen gewissen Jean Beliveau, Drehbuchautor, Forum Apartments, St. Catherine St. W., Montreal.«
»Dieser Versager! Ich wünschte, ich hätte ihn nie kennengelernt. Das können wir abschreiben, fürchte ich. Absolut unbrauchbar.«
»Im gleichen Rechnungsjahr, sehe ich hier, haben Sie einen weite-

ren Vorschuß bezahlt, ebenfalls in Höhe von £ 1000, an einen gewissen John A. MacDonald.«
»Der entpuppte sich als Säufer. Aber den Film hoffe ich immer noch auf die Beine stellen zu können.«
»Sie halten sich in Kanada eine Sekretärin. Mrs. Laura Secord, 312 Ontario Street, Montreal?«
»Ja.«
»Ist Ihnen klar« – der Inspektor löste das Gummiband von einem Stapel Restaurant- und Spirituosenrechnungen –, »daß absetzbare Ausgaben vollständig, ausschließlich und unvermeidlich aus geschäftlichen Gründen anfallen müssen?«
»Das ist mir klar.«
»1960 haben Sie £ 1750 als Bewirtungsspesen deklariert.«
»Wenn man bedenkt«, sagte Jakob, der entgeistert den Kopf schüttelte, »wie gut es mir heute gehen würde, wenn ich das Geld in Wertpapieren angelegt hätte!«
»Übrigens, wieviel davon, würden Sie sagen, waren tatsächlich Geschäftsunkosten, und wieviel würden Sie als private Unkosten bezeichnen?»
»Sagen wir ... fünf Prozent privat.«
Der Inspektor beugte sich über den Stoß Rechnungen.
»... sieben Prozent *wäre* möglich. Im Höchstfall acht.«
Die Rechnung, die er schließlich herauszog, stammte von der Victoria Wine Company, Februar 1960, und lautete über £ 81, einschließlich einer Order von einhundert Zigaretten.
»Wie viele von diesen Zigaretten wurden Ihrer Schätzung nach im Rahmen Ihrer geschäftlichen Tätigkeit konsumiert? Wie viele aus Privatgründen? Von Freunden oder von Ihrer Frau?«
»Die Grenze dazwischen variiert. Ihre Frage klingt beinahe schon talmudisch. Also will ich sie, wie es der Brauch ist, mit einer anderen Frage beantworten. Wenn ich Ihnen jetzt eine Zigarette anböte, wäre das privat, oder fiele es unter Geschäftsspesen?«
Der Inspektor hob den Blick nicht von seinen Papieren, Hoffman jedoch hüstelte mißbilligend.
»Ehrlich gesagt, ich erinnere mich nicht. Aber diese Aufstellungen wurden 1960 akzeptiert. Warum kommen Sie jetzt darauf zurück?«

»Das Finanzamt nennt niemals die Gründe für eine Neuveranlagung. Hier ist etwas ganz Typisches.«
Es handelte sich um eine Dinnerrechnung. Speisen und Getränke für vier Personen im Chez Luba, £ 21.
»Ich hatte einen Produzenten und seine Frau eingeladen. Um mit ihm ein Projekt zu besprechen.«
»Würden Sie sagen, daß Sie Ihre Frau zu Ihrem persönlichen Vergnügen mitgenommen haben?«
»Nein. Das würde ich nicht sagen. Sie verabscheut Produzenten. Aber er nahm seine Frau mit, deshalb mußte ich meine auch mitnehmen. Wollen Sie wirklich all diese alten Rechnungen einzeln durchgehen?«
Keine Antwort.
»Wie ich sehe, hatte die Jakob Hersch Productions 1965 einen Nebenvertrag mit World-Wide in Genf, Schweiz, an die sie die Managerdienste von Jakob Hersch gegen einen Jahresbetrag von £ 7500 auslieh… aber vorher hatten Sie doch mehr verdient.«
»Es ist peinlich. Es ist furchtbar. Ich könnte mich selber ohrfeigen. Ich hätte es niemals tun sollen.«
»Sie sind sich hoffentlich klar darüber, daß es gesetzwidrig ist, Bankkonten im Ausland zu unterhalten?«
»Selbstverständlich. Großer Gott, Sie beschuldigen mich doch wohl nicht der… Steuerhinterziehung?«
»Wir beschuldigen Sie vorerst überhaupt nicht.«
»Ja, aber was wollen Sie dann von mir?«
»Ich unterstelle, daß etwa fünfundneunzig Prozent dieser angeblichen Geschäftsunkosten in Wirklichkeit Privatausgaben waren.«
»Also, das ist doch lächerlich!«
Der Inspektor schob seinen Schreibtischsessel zurück und beendete damit das Gespräch. »Ich werde mich weiterhin mit diesen Unterlagen befassen«, erklärte er. »Anschließend melde ich mich dann wieder bei Ihnen.«
»So wird es wohl am besten sein.« Das war das erste, was Hoffman nun sagte. »Mein Klient ist Ihnen dafür verbunden.«
»Den Teufel bin ich! Dieses ganze Theater kommt mir vor wie das

ehemalige Star Chamber. Nach meiner Ansicht sind Sie es mir schuldig, mir zu erklären, warum man mich unter die Lupe nimmt.«

»Es ist nicht Usus beim Finanzamt, Gründe für eine Neuveranlagung zu nennen. Ich werde mich mit Ihnen in Verbindung setzen.«

10

Am nächsten Morgen brachte die Post ein Schreiben von Mensa:

Sehr geehrter Mr. Hersch,

wir danken Ihnen für Ihr interessantes Schreiben vom 19. April 1967.

Wir nehmen zur Kenntnis, daß ein Verein, der 98% der Bevölkerung »diskriminiert«, in Ihrer »bescheidenen Meinung« als »undemokratisch« gilt, und wir nehmen weiterhin mit Interesse und einigem Verständnis zur Kenntnis, daß unsere Tests weder Talent noch Originalität messen, sondern im Höchstfall spezifische Fähigkeiten aufzeigen können. Wir müssen uns jedoch entschieden gegen die Behauptung wehren, MENSA nähre den Größenwahn von »Angestellten und Milchmännern, Dentisten und Verkäufern« und bestärke sie in dem Glauben, ihre Erfolglosigkeit sei eine Folge gesellschaftlicher Ungerechtigkeit und nicht ihrer eigenen Unfähigkeit. Offen gestanden, für uns schmeckt eine solche Äußerung arg nach sauren Trauben. Überdies, wenn Sie mit einer dermaßen »schäbigen, selbstzufriedenen Gruppe« nichts zu tun haben wollen, warum haben Sie dann unseren Test mitgemacht?

Schließlich möchten wir noch klarstellen, daß weder Erfolg noch Mißerfolg bei unserem Test allzu ernstgenommen werden sollten. Ein Gran Unsicherheit ist in jeder Art statistischer Erfassung enthalten und, wie Sie so energisch erklären, es bestehen immer Zweifel an jeder Messung von Intelligenz, wodurch diese Unsicherheit noch verstärkt wird...

11 »Ja, Harry. Was ist?«
»Haben Sie sich das mit dem Geld überlegt, das Ihr Cousin Ruthy schuldet?«
»Scheren Sie sich zum Teufel!«
Die Minicars, die zu den unmöglichsten Tages- und Nachtzeiten vor Jakobs Haustür auftauchten, waren lästig, und die Fahrer wurden immer ungehaltener. Jakob entschuldigte sich bei der Feuerwehr und schwor, er habe sie nicht gerufen. Er versicherte dem Ausfahrer von Harrods, es müsse sich um einen Irrtum handeln, er habe keinen zwölfpfündigen Braten bestellt. Er weigerte sich, Nachnahmepakete anzunehmen, und schickte alle Bücher und Schallplatten zurück, die ihm die Post zur Ansicht brachte. Unter höflichen Entschuldigungen erklärte er dem Krankenwagenfahrer, sie seien beide einem üblen Scherz zum Opfer gefallen.
»Ja, Harry. Was gibt's heute?«
»Ich dachte, Sie hätten es sich möglicherweise überlegt. Das mit den Schulden, meine ich.«
»Ich habe Nerven aus Stahl, Harry. Aber wenn dies nicht aufhört, poliere ich Ihnen die Schnauze.«
»Wenn was nicht aufhört?«
»Überlegen Sie doch mal, Harry: zwei Menschen können das gleiche Spiel treiben.«
Drei Tage lang kamen keine Pakete mehr. Der Tierschutzverein rief nicht an, und auch nicht der Gasmann. Am folgenden Morgen, als Jakob in fieberhafter Eile den Koffer packte, klingelte dann wieder das Telefon. Es war Harry.
»Was ist denn *jetzt*?«
»Wir haben doch eine Wette abgeschlossen, nicht wahr?«
Vorübergehend war Jakob verwirrt.
»Ich wollte nur fragen, Mr. Hersch, ob Sie schon was von ›Mensa‹ gehört haben?«
»Ach so, das! Hören Sie, ich kann mich jetzt nicht mit Ihnen unterhalten. Ich muß in vierzig Minuten am Flughafen sein.«
»Wohin wollen Sie?«
»Nach Cannes. Was geht Sie das an?«
»Hübsch. Sehr hübsch.«
»Zufällig geschäftlich. Nicht zum Vergnügen. Ich bleibe nur über

Nacht. Zu einer Besprechung mit einem Produzenten. Sie können mich morgen mittag hier wieder erreichen.«
Beim Start umklammerte Jakob die Armlehnen seines Sessels und rezitierte stumm seine Standardlitanei. Die Statistiken beweisen, daß Fliegen sicherer ist als Autofahren. Die Vanguard hält einen einmaligen Rekord. Rolls-Royce-Motoren sind unübertroffen. Es half nichts – das tat es nie –, aber zwei doppelte Scotch beruhigten seinen Magen, und anderthalb Stunden nach London störte ihn nur noch sein Platznachbar, ein geschwätziger Amerikaner und Versicherungsvertreter. Jakob tat, als sei er eingeschlafen.
Als Jakob die Augen öffnete, um sich noch einen Drink zu bestellen, begann plötzlich sein Herz zu hämmern. Die Sonne, bisher auf der rechten Seite, schien jetzt durchs linke Fenster herein. Seine Ohren dröhnten. Sie verloren Höhe.
»Ich wollte Sie nicht wecken«, erklärte der Amerikaner, »aber wenn Sie mich fragen, nehmen wir wieder Kurs auf unser gutes, altes London.«
Aus dem Lautsprecher erklang plötzlich eine Stimme: »Meine Damen und Herren, hier spricht der Captain. Wir haben technische Schwierigkeiten und werden nunmehr Paris anfliegen. Die erwartete Flugzeit beträgt fünfunddreißig Minuten.«
Die Stewardeß kam mit Drinks.
»Alles in bester Ordnung«, versicherte sie gelassen. »Kein Grund zur Beunruhigung.« Aber ihr Gesicht war aschgrau.
Ich glaube es nicht, sagte sich Jakob immer wieder. Ein so sinnloser Unfall passiert immer nur anderen.
»Mein Name ist Newby«, stellte sich der Amerikaner vor.
»Hersch.«
»Glauben Sie an Gott?«
»Selbstverständlich. Schon immer.« Hörst du?
»Ich nicht. Nicht mehr. Wissen Sie, ich habe im Krieg die B-29 geflogen.«
»Wirklich?«
»Neunundzwanzig Einsätze, und kein einziges Mal habe ich einen Engel gesehen. Die Kameraden übrigens auch nicht.«
»Vielleicht hatten sie gerade woanders zu tun. Oder sind in einer anderen Höhe geflogen als Sie.«

»Die Leute kaufen denen das nicht mehr ab. Seit den Raumflügen nicht mehr. Die Astronauten haben auch keinen gesehen.«
»Die Russen würden's jedenfalls nicht zugeben, wenn sie einen gesehen hätten«, entgegnete Jakob.
Newby dachte darüber nach.
»He!« Jakob zitterte und schwitzte vor Aufregung. »Wir sinken ja immer noch.«
»Na klar. Er bringt uns wahrscheinlich auf 10000 Fuß.«
Die Tragflächen hielten. Beide. Und ein Motor schien nicht defekt zu sein. »Warum?« erkundigte sich Jakob.
»Wenn's zu einer Explosion kommt...«
Beiß dir doch die Zunge ab, Newby.
»... brauchen wir keinen Sauerstoff.«
Während es keinen Grund zur Beunruhigung gab, verkündete der Captain über den Bordlautsprecher, die Passagiere würden gebeten, das Rauchen einzustellen und die Sicherheitsgurte anzulegen.
Sofort verlangte Jakob nach mehr Alkohol.
»Es ist alles in Ordnung«, flötete die Stewardeß.
»Danach habe ich nicht gefragt.«
»Es besteht kein Grund zur Beunruhigung«, erwiderte sie.
Eine Frau begann zu schluchzen. Irgend jemand betete laut.
»Haben Sie sich je gefragt, warum wir hier sind?« erkundigte sich Newby.
Ohne ihn zu beachten, begann Jakob einen Brief an Nancy.
»Eine höhere Intelligenz aus einer anderen Galaxie hat uns zur Erde gebracht. Drei Rassen. Weiß, gelb und schwarz. Wir sind ein Experiment. Wie in einem kosmischen Treibhaus. Sie wollen sehen, wer am robustesten ist, bevor sie die anderen Planeten besiedeln, welche Farbe die Oberhand gewinnt.«
Die Maschine legte sich in eine Kurve; Orly befand sich in aufreizender Reichweite.
»Wir werden in acht Minuten in Paris landen«, verkündete der Captain.
Die Stewardessen gingen von Platz zu Platz, versicherten, es sei alles in Ordnung, und baten die Passagiere, scharfe Gegenstände aus ihren Taschen zu entfernen.

»Jetzt ist es soweit.« Newby erhob sein Glas und setzte hinzu: »Flammt etwas auf vor Ihren Augen?«

»Schnauze, verdammt noch mal!«

Eine andere Stewardeß wies Jakob darauf hin, daß er neben einem Notausgang sitze...

»Wirklich?«

... und zeigte ihm, wie man ihn öffnete.

Die Maschine legte sich zum Landeanflug in eine letzte Kurve, setzte sanft auf und kam in einiger Entfernung vom Flughafengebäude federnd zum Stehen. Auf dem Betonfeld warteten Krankenwagen und Feuerwehrautos, aber sie konnten aussteigen wie gewohnt, allesamt ein wenig euphorisch.

»War das nicht aufregend?« meinte die Stewardeß.

Ja, allerdings, Jakob wollte wissen, was für ein Defekt es denn nun gewesen sei.

»Ein übler Scherz«, antwortete die Stewardeß. »Aber wir dürfen kein Risiko eingehen.«

Sobald sich die Passagiere in sicherem Abstand von der Maschine versammelt hatten, erklärte ihnen der Captain: »Man hat mir mitgeteilt, es könne sich eine Bombe an Bord befinden.« Da der anonyme Anrufer der BEA genaue Informationen über den Flug gegeben habe, sei den Beamten keine andere Wahl geblieben, als den Zwischenfall zur definitiven Bombendrohung zu erklären. Er bedauere die Ungelegenheiten usw. usw. Während Sicherheitsbeamte die ganze Maschine durchkämmten, wurde das Gepäck der Passagiere auf einem Feld aufgebaut. Jeder mußte seine Koffer identifizieren und zur Durchsuchung öffnen.

»Was ist das?« fragte der Inspektor und deutete auf die ungekennzeichneten Zäpfchen in Jakobs Farbbanddose, die er gerade geöffnet hatte.

»Ein Medikament«, erwiderte Jakob errötend.

»Was ist es?«

Fremde beobachteten sie voller Interesse.

»Könnte ich mit Ihnen sprechen... äh... unter vier Augen?«

Sie traten beiseite, ohne daß der Inspektor seinen stahlharten Griff an Jakobs Arm lockerte.

»Es sind Suppositorien.«

»Bitte, sprechen Sie etwas lauter. Der Lärm...«
»Ich habe Hämorrhoiden. Genau wie vor mir schon Karl Marx, wissen Sie...«
Der Rest des Fluges verlief zwar ungestört, jedoch mit weit katastrophaleren Folgen. Der Produzent, der Jakob im Carlton erwarten sollte, hatte nicht länger bleiben können und war nach New York weitergeflogen. Jakobs Hotelbuchung war verwechselt worden, so daß er sich mit einem stickigen, mückenverseuchten Loch in einer Hintergassenpension zufriedengeben mußte. Verkatert, mit lädierten Nerven hatte er, als er am nächsten Vormittag nach London zurückkehrte, nur einen einzigen Gedanken: wieviel Vergnügen es ihm bereiten würde, Harry Stein kaltlächelnd zu ermorden.
Jakob suchte Ruthy in ihrem Bekleidungsgeschäft auf. »Ich muß dringend Ihren Freund sprechen. Können Sie mir sagen, wo er arbeitet?«
Oscar Hoffman, Steuerberater.
»O Gott, nein!« Doch das nicht!
»Warum nicht?«
Harry erklärte sich einverstanden, sich um zwölf Uhr mit Jakob auf einen Drink im Yorkminster zu treffen.
»Ich werde Sie nicht verprügeln, Harry. Ich werde Ihnen nicht die Zähne einschlagen. Ich möchte Sie lediglich warnen, daß ich mir jetzt einen Anwalt nehme. Ich werde Sie wegen Erpressungsversuch anzeigen.«
»Ich weiß nicht, wovon Sie reden.«
»Und wenn in der Maschine nun jemand einen Herzanfall bekommen hätte und gestorben wäre?«
Scheinbar verständnislos schüttelte Harry den Kopf.
»Sie mieser, kleiner Furz«, sagte Jakob und packte ihn beim Kragen.
»Ich glaube, ich bin es, der einen Anwalt braucht.« Harry machte sich los. »Denn was Sie brauchen, ist in meinen Augen ein Psychiater.«
»Der Wahnsinnige sind Sie, Harry. Nicht ich.«
»Ich unterstelle, daß Sie an Paranoia leiden.«
»O Gott, Sie sind gut.« Jakob bestellte noch eine Runde. »Sie sind

nicht auf gewöhnliche Weise wahnsinnig. Ich komme langsam zu der Ansicht, daß Sie etwas ganz Besonderes sind. Und nun, mein psychotischer Freund, erzählen Sie mir mal, seit wann Sie bei Oscar Hoffman sind.«

»Seit fast zehn Jahren.«

»Sind wir uns da schon mal begegnet?«

»Ja.«

»Dann haben Sie meine Unterlagen gesehen und wissen genau, daß ich pleite bin.«

»Um der Wahrheit willen muß ich diese Behauptung bestätigen.«

»Wissen Sie vielleicht zufällig auch, daß ich gerade von den Steuerprüfern unter die Lupe genommen werde?«

»Nein«, antwortete Harry teilnahmslos.

»Wieviel haben Sie dafür gekriegt, daß Sie mich angezeigt haben?«

»Mann, Sie sind ja paranoid!«

»Harry, Sie widerlicher, kleiner Autodidakt, man lernt in Penguin-Paperbacks nicht alles über Psychologie...«

Harrys Blick füllte sich mit Haß.

»... also, was bekommen Sie dafür, daß Sie mich verraten haben? Zehn Prozent?«

»Ich weise Ihre Behauptungen auf das entschiedenste zurück. Sollten Sie offiziell Anzeige erstatten, werden Sie von meinen Anwälten hören.«

»Idiotischer Scheißer!«

»Da wir gerade von intellektuellen Fähigkeiten sprechen – haben Sie schon von ›Mensa‹ gehört?«

Jakob fischte zwei Fünfer aus der Tasche und drückte sie Harry in die Hand. »Da. Und von mir aus können Sie dran ersticken.«

»Jetzt schulden Sie mir nur noch siebenhundert Pfund.«

»Was soll das heißen, *ich schulde Ihnen*?«

»Sie sacken tausend pro Woche ein, ohne einen Finger dafür zu rühren...« Harry senkte die Stimme. »Steuerfrei, mein sogenannter sozialistischer Freund.«

Jakob erbleichte.

»Ihr Filmtypen seid doch allesamt Männer mit Grundsätzen.«

»Ich bin kein Filmtyp.«
»Was sind Sie denn?«
»Na schön, na schön. Aber Sie wissen ja wohl, daß das Erpressung ist.«
»So würde ich es nicht bezeichnen.«
»Das Geld gehört ohnehin nicht Ihnen. Es gehört Ruthy.«
Harry bestellte eine Runde. »Geben Sie's ihr, statt mir.«
»Warum wollen Sie sie eigentlich heiraten? Hat sie noch mehr?«
»Das war Ihr Cousin, der feine Herr, der hinter ihrem Geld her war, nicht ich.«
»Dann soll ich wohl glauben, daß Sie sie lieben.«
»Sie ist eine attraktive Frau«, sagte Harry trotzig.
»Ich hätte gedacht, ein Mann, der intelligenzmäßig zu den ersten zwei Prozent zählt, ein Angehöriger der Elite sozusagen, gutaussehend und belesen wie Sie, hätte etwas Besseres haben können.«
»Begehen Sie nur ja niemals den Fehler, sich über mich lustig zu machen, Hersch. Niemals!«
»Keine Angst. Wenn ich Sie anfangs nicht respektiert habe, dann habe ich's in der Maschine gelernt. Mein Gott, wie konnten Sie nur so was tun?«
»Jetzt sind wir also wieder dabei gelandet!«
»Raus damit, Harry! Sie haben die BEA angerufen.«
Harry hob sein Glas. »Prost.«
»Wie alt sind Sie?«
»Achtunddreißig.«
»Dann sagen Sie mir was anderes. Wie haben Sie es angestellt, all diese Jahre lang einer Gefängnisstrafe aus dem Weg zu gehen?«
»Wer sagt, daß ich das getan habe?«
»Im Ernst?« Jakob musterte ihn mit neuem Interesse, sogar mit Respekt. »Weswegen hat man Sie denn eingesperrt?«
»Ich muß jetzt gehen.«
»Gehen Sie mit mir zum Mittagessen. Ich lade Sie ein.«
Harry zögerte.
»Wir können's als Spesen verrechnen. Schließlich gehören Sie zu meinen Finanzberatern, nicht wahr, Sie Scheißer?«
»Also, gut. Wenn Sie's so ansehen.«

Von zu vielen großen Gins getragen, von Alkohol leutselig gestimmt, verriet Harry Jakob, er sei zum erstenmal in Lady Dockers England mit dem Gesetz in Konflikt gekommen, als es noch die Rationierung gab, Gilbert Harding, Ealing-Komödien, Attlee, Krieg in Korea; und als Harry Stein, angehender Steuerberater, im »News Chronicle« vom Verschwinden, möglicherweise auch der Entführung einer besonders rauhbeinigen und herrischen Dame, der Frau eines Handelsbankiers, las. Die Polizei suchte die benachbarte Putney Heath ab, durchkämmte die verlassenen Bahnanlagen, hoffte das Beste und wartete auf einen Anruf mit Instruktionen. Oder einen Erpresserbrief.

Harry tat ihnen den Gefallen.

> Wenn Sie Ihre Frau lebend wiedersehen wollen, deponieren Sie am Mittwoch abend um 19 Uhr am Tor des Friedhofs von Putney Vale einen Koffer mit £ 5000 in gebrauchten Einpfundnoten. Ich nehme an, das ist nicht mehr, als Sie alljährlich der Konservativen Partei spenden oder auf wenig anständige Art und Weise in einem ›schlechten‹ Monat am ehrlichen Schweiß der Arbeiter verdienen. Vorerst ist Ihre Frau in Sicherheit. Sexuell kann mich eine so verbrauchte alte Schachtel wohl kaum erregen, aber sie friert und ist verärgert. Sollten Sie zur Polizei gehen, stirbt sie; dasselbe trifft zu, wenn das Geld markiert worden ist.

Zu Harrys Pech wurde die Dame am Mittwoch nachmittag nach einem postklimakterischen Anfall von Amnesie in einem Strandhotel in Sussex gefunden, aber das wußte Harry nicht, das konnte er gar nicht wissen, und als er am Mittwoch abend um sieben am Friedhofstor von Putney Vale vorbeischlenderte, schlug die Polizei zu. Harry leugnete heftig, er wisse nicht, was die Polizei wolle, jedoch mit Proben seiner eigenen Handschrift konfrontiert, durch seine eigene Dummheit überführt, behauptete er, es sei alles ein Scherz gewesen. Er habe die Dame schließlich nicht entführt, was zweifellos zutraf, und habe das Geld an den Verteidigungsfonds für Julius und Ethel Rosenberg überweisen wollen.

Richter Delaney jedoch, im Old Bailey, sah die Sache völlig anders. Während eine Familie, von Angst und Kummer gequält, endlose Nächte hindurch am Telefon auf Nachricht von einem geliebten Menschen wartete, habe dieser unglückselige junge Mann, von

Bosheit und Habgier getrieben, das Äußerste getan, um die Tortur der Familie noch zu verschlimmern. Tatsächlich habe man Mr. Watkins, der erst zwei Jahre zuvor einen Herzinfarkt erlitten habe, beim Eintreffen von Steins verabscheuungswürdigem Brief mit einem Beruhigungsmittel zu Bett bringen müssen.

»Man bittet mich, das bisher untadelige Verhalten des Angeklagten zu berücksichtigen, doch dieser Fall ist schlechthin abstoßend und nur allzu symbolisch für die dekadente Gesellschaft, in der wir heutzutage leben. Bereits ein Zehntel der Bevölkerung des Landes ist entweder körperlich oder geistig defekt. Ist ungeeignet, Staatsbürger dieser großen Nation zu sein. Dies ist, wie ich behaupte, die schreckliche Folge einer wahllosen Produktion durch unkontrollierte Fortpflanzung. Meiner Ansicht nach werden junge Männer wie dieser hier auf Kosten der Gesellschaft zu nachsichtig behandelt und dann wieder auf geachtete Bürger losgelassen. Diese Politik ist unklug, höchst unklug. Ich werde an Ihnen ein Exempel statuieren und plädiere für drei Jahre Gefängnis.«

Woraufhin Harry, ehe er nach unten eskortiert wurde, lächelnd erwiderte: »Vielen Dank, Euer Ehren.«

Da die Pubs, als sie schwankend das Restaurant verließen, bereits geschlossen waren, gelang es Jakob, sich von Harry in seine Wohnung einladen zu lassen – unter dem Vorwand, er brauche unbedingt noch einen Drink, in Wirklichkeit aber nur, weil er sehen wollte, wie Harry wohnte.

Das Geschrei der Vögel aus dem Regent's Park Zoo war in Harrys Drei-Zimmer-Souterrainwohnung deutlich zu hören. Die Wohnung bestand aus Küche, Wohnzimmer und Schlafzimmer, wo überall Teile seiner Fotoausrüstung herumlagen, und das Bad diente nebenbei als Dunkelkammer. Das Bett war ungemacht, die Laken unbeschreiblich, auf dem Nachttisch standen ein klebriges Marmeladenglas, Brot und ein Messer. Im Spülstein der Küche stapelweise schmutziges Geschirr. Im Wohnzimmer hing ein Poster von Che Guevara sowie eine Nacktstudie von Jane Fonda. Harry spülte zwei Gläser aus und brachte eine halbe Flasche Scotch zum Vorschein. Ermutigt las er Jakob eines seiner Gedichte vor.

Strafgefangen

Der oh-
ne
lsd
oder
frei
heit
weiß es nicht.
er ist eingesperrt
injederfabrikjedembürojedentag
aber er weiß es nicht.

willig, gehorsam
eine gezähmte Katze.
schnurrend wenn ihr herr lächelt.

Doch wenn der mann oh-
ne
lsd
oder
frei
heit
die zähne zeigt oder auf den teppich scheißt
läßt sich der herr die reitgerte bringen
ruft seine hunde.
unbequeme würmer müssen zertreten werden.

Dann ließ er sich herbei, Jakob einige Fotos zu zeigen, die er geschossen hatte. Unter anderem das Bild einer jungen Asiatin mit überdimensionalen Brüsten, die Arme erhoben, die Handgelenke mit einem Strick gefesselt, in Ketten geschlagen.
»Sie hat eine Gänsehaut«, stellte Jakob fest, für den es einfacher war, einen Witz zu reißen, während er das nächste Foto zur Hand nahm.
Auf diesem Bild hockte ein schwergewichtiges Mädchen mit weit gespreizten Beinen da und lächelte den Fotografen an, während sie

eine Schlange unter sich hervorzog, sie an ihre Lippen hielt und ihre Zunge zum Kuß herausstreckte.

»Herschel, Herschel, was sollen wir bloß mit dir machen?« fragte Jakob.

Stunden später hatten sie die Flasche geleert, teilten sich den letzten Rest Scotch. Trunken, mit geröteten Augen, benebelt, doch hochgestimmt wollte Harry nicht aufhören zu reden. »Weißt du, ich bin anders, nicht wahr? Ich erzähle dir dies nur, damit du nicht glaubst, ich bin eine Null. Damit du weißt, daß ich auch ein paar Bücher gelesen habe und im Konzert gewesen bin. Stell dir bitte mal vor, was ich durchgemacht habe. Ich meine, verdammt, wer hätte da keinen Nervenzusammenbruch gekriegt, wenn man's mal so bezeichnen soll? Ich hatte nichts, gar nichts, Mann. Verdammt überhaupt nichts und große Erwartungen auf noch mehr verdammt überhaupt nichts. Und die Jahre vergingen. Nur, daß ich das wußte, nicht wie die anderen. Ich wußte, was ich verpaßte, und das war mein großes Problem. Nicht wie die anderen. Die ewig Angst hatten, rausgeschmissen zu werden. Die wie die Hamster jeden Shilling aufs Postsparbuch trugen. Die bei einer Gehaltserhöhung von zehn Shilling außer sich waren vor Freude. Nicht so Harry. Harry gebraucht seinen Grips, und das ist sein großes Problem, oder? Eines Tages, hör dir das an, eines Tages hält da dieser dicke, alte Kerl in seinem Bentley, kurbelt das Wagenfenster runter und fragt wahnsinnig höflich, könnten Sie mir sagen, wie ich von hier zur Battersea Bridge komme? Natürlich, du alter Pisser, habe ich gesagt, aber erst sag mir lieber mal, wieviel du geben würdest, um noch mal wieder so jung sein zu können wie ich, bei dir ist das doch schon 'n Weilchen her, nicht wahr, Mann, trotz all deinem Geld. Ich dachte, ihn trifft auf der Stelle der Schlag. Dann bin ich zur Bootsausstellung gegangen. Hab ich dir das schon erzählt? Von der Bootsausstellung im Olympia? Weißt du, das war 1960, da bin ich zur Bootsausstellung gegangen, das kannst du in der Zeitung nachlesen, wenn du's nicht glaubst. Ich dachte, jetzt kaufst du dir 'n Geschenk zum dreißigsten Geburtstag. Ein Witz! Ich hab mir eins ausgesucht (ich habe noch die Prospekte) und habe mit dem Verkäufer über den Liefertermin verhandelt. Eintausend Pfund alles in allem sollte es kosten. Und ich dachte, wenn ich mir die nächsten zehn Jahre gar nichts leiste, kann ich das immer noch nicht bezahlen. Nie, niemals würde ich mir so was leisten können. Nichts. Keine Jacht. Keinen MG. Keine einzige Woche in Monte Carlo. Obwohl ich intelligenzmäßig zu den ersten zwei Prozent dieses Landes gehöre, und dafür hast du jetzt den Beweis, oder, Mann? Obwohl ich bewiesenermaßen intelligenter bin als du und ganz bestimmt als einer von denen, würde ich niemals so was haben. Weil ich nur ein Insekt bin.«

Und dann, erzählte Harry weiter und lachte bei der Erinnerung, war er zu einer Telefonzelle um die Ecke gegangen, hatte seinen Latino-Akzent hervorgekramt und behauptet, in dreißig Minuten werde eine Bombe hochgehen als Protest gegen die Kubapolitik der Regierung.

»Weißt du, die haben das tatsächlich ernstgenommen. Old Chruschtschow, wie er in der UNO mit dem Schuh auf den Tisch hämmert. Castro, wie er denen in New York die Hölle heißmacht. Die sind kein Risiko eingegangen. Polizeiautos, Feuerwehrautos. Die ganze Palette. Und alle diese würdigen Scheißer und ihre Huren, du hättest sehen sollen, wie die gerannt sind! Wie 'ne Lawine sind die raus, aus dem Olympia. Ich habe von der anderen Straßenseite aus zugesehen; mich hätte es fast umgehauen. Das ganze Haus haben sie durchgekämmt, von oben bis unten. Das Unterste haben sie zuoberst gekehrt im Olympia, auf der Suche nach meiner Zeitbombe. Sieh's ruhig nach, wenn du mir nicht glaubst. Vielleicht habe ich sogar noch die Zeitungsausschnitte.«

12

Am nächsten Morgen, nachdem er Sammy zur Schule gefahren hatte, suchte Jakob Ruthy in ihrem Bekleidungsgeschäft auf. Aber sie war nicht zur Arbeit erschienen. David, ihr Ältester, hatte über neununddreißig Grad Fieber.

»Ach, Sie sind es«, sagte sie, als sie Jakob öffnete. »Ich hatte gehofft, es wäre der Arzt. Ich hätte es wissen müssen.«

»Wieso?«

Ruthy erklärte ihm, sie habe sich energisch geweigert, David warm einzupacken und mit ihm zu Dr. Engel zu fahren. Sie hatte Dr. Engel mit einem Beschwerdebrief an den Nationalen Gesundheitsdienst gedroht, wenn er sich weigere, einen Hausbesuch bei ihr zu machen, und nun hatte sie Angst, weil sie genau wußte, es würde Stunden dauern, bis er kam, und wenn er dann endlich erschien, würde er einfach furchtbar sein. Er sei, sagte sie, ohnehin ein sehr mürrischer Mensch. Beinahe so schlimm wie Dr. West. Als David noch ein Baby gewesen sei, neununddreißig Grad Fieber gehabt und sich ständig übergeben habe, sei Dr. West schimpfend zu ihr in die Wohnung gekommen, um ihn sich anzusehen. »Sie machen Theater«, habe er gesagt, »nichts als Theater. Er kriegt Zähne. Das ist alles.« Vierundzwanzig Stunden später jedoch, als Davids Fieber immer noch stieg, habe sie ihn genommen und sei mit ihm ins Krankenhaus gefahren, wo man festgestellt habe, daß er eine Lungenentzündung hatte, und ihn sofort unters Sauerstoffzelt gelegt habe.

Also hatte Ruthy ihre Krankenscheine zurückverlangt und sich bei Dr. Engel als Patientin einschreiben lassen. Der eulengesichtige Engel, der überall Zigarettenasche verstreute, habe die Scheine durchgeblättert, die Stapel von Briefen des Krankenhauses und andere Unterlagen, und dann gesagt: »Wissen Sie, es gibt nur eine Sorte von Patienten, die mit einer solchen Krankengeschichte zu mir kommen.«

»Und was für eine Sorte ist das, Herr Doktor?«

»Die Neurotiker.«

»Als ob der Nationale Gesundheitsdienst kostenlos wäre!« protestierte Ruthy. »Wir zahlen schließlich furchtbar hohe Steuern. Wenn Engel der Nationale Gesundheitsdienst nicht paßt, warum emigriert er dann nicht?«

»Und was ist mit Ihnen?« erkundigte sich Jakob. »Haben Sie schon mal ans Auswandern gedacht?«

»Natürlich nicht.« Sie sagte es gekränkt. »Harry sagt, Sie wollen mir das Geld zurückzahlen, das mir Ihr Cousin gestohlen hat. Ist das wahr?«

»Ich habe einen Scheck für Sie.«

»Möchten Sie eine Tasse Tee?«

»O ja, danke. Ruthy, wenn Sie sich wirklich Sorgen um Ihren Sohn machen, könnten wir vielleicht meinen Arzt anrufen. Ich bin sicher, der kommt sofort.«

»Sie brauchen also nur mit den Fingern zu schnippen, wie? Muß ein großartiges Gefühl sein«, sinnierte sie, »in Ihrem Stil zu leben. Mit Beziehungen überall.«

»Soll ich ihn nun anrufen oder nicht?«

»Aber sicher, rufen Sie an. Mein David ist nicht schlechter als Ihre Kinder.«

»Und wo ist das Telefon?«

»Das Dienstmädchen benutzt es gerade. Haben Sie Sixpence?«

»Ja.«

»Es ist draußen im Flur.«

O'Brien versprach, im Laufe der nächsten Stunde zu kommen. Jakob folgte Ruthy in die Küche, wo er, als sie auf der Suche nach Teebeuteln den Küchenschrank öffnete, zu seinem Erstaunen sah, daß die Regale mit Konservendosen gefüllt waren, Dosen in allen erdenklichen Größen und Formen, und allesamt ohne Etikett.

»Was ist denn das«, erkundigte sich Jakob.

»Ach«, sie kicherte, »ich beteilige mich gern an Preisausschreiben. Wußten Sie das nicht?«

Ruthy zeigte ihm ihr »Büro«, den Bridgetisch in einer Wohnzimmerecke, auf dem sauber Etiketten von Suppen, Sardinen, Limonaden, Keksen, Schokoladenplätzchen, Chips und so weiter gestapelt waren. Daneben lagen Schere, Klebstoff, Umschläge und Formulare. Da gab es Preisausschreiben der »News of the World« von dieser Woche, »Suchen Sie den Ball«, £ 5000 für den glücklichen Gewinner, jenen Teilnehmer, der auf dem Foto eines Footballspiels sein X genau an der Stelle machte, wo sich der fehlende Ball befand. Daneben lagen Formulare für das »Goldene Gelegenheit«-Preisausschreiben von Heinz, das Opals/Spangles-Preisausschreiben, das Preisausschreiben »Suchen Sie einen Namen für den Schimpansen«, den Jackpot des »Daily Sketch«, das »Gewinnen Sie eine ›Woman‹-Traumküche« von Topcat, das »Schatzinsel«-Preisausschreiben von Great Tetley und das Preisausschreiben mit der Persönlichkeitsanalyse von Pepsi um £ 1000 sowie die Preisausschreiben »Geheime Träume« von Horlick und »Suchen Sie einen Namen für die Suppe« von Wall.

»Würden Sie auch Etiketten für mich sammeln?« fragte ihn Ruthy.
»Hm, ja. Aber welche?«
»Alle, bei denen es ein Preisausschreiben gibt. Sie trinken wohl nicht zufällig Beefeater's Gin, wie?«
»Könnte ich machen.«
»Ooooh, die verlosen einen Triumph-Sportwagen. Würden Sie mir die Etiketten bringen?«
»Ja. Sicher. Aber haben Sie überhaupt schon mal was gewonnen, Ruthy?«
»Halten Sie mich für dämlich? Das tut nämlich mein Bruder, wissen Sie. Sicher habe ich was gewonnen, viel sogar.«
Den Bridgetisch. Ein Messerset aus rostfreiem Stahl. Ein Eßservice. Einen Karton voll Heinz-Suppen. Sieben Tage in Butlin's Holiday Camp. Und vieles, vieles andere mehr.
»Außerdem habe ich beim Lotto fünfzig Pfund gewonnen. Sagen Sie, glauben Sie, daß Harry ein guter Vater für meine Jungen wird?«
»Er ist ein ziemlich komplizierter Mensch, nicht wahr, Ruthy?«
Die Jungen brauchten einen Vater. David, ihr Ältester, sei zu schwermütig und sensibel für Prüfungen; er sei durchgefallen und müsse auf eine andere Schule gehen. Sidney, ihr Jüngster, lutsche immer noch am Daumen. Nichts helfe dagegen. Weder, daß man seinen Arm festbinde, noch, daß man ihm den Daumen mit scharfem Senf bestreiche. Aber ihr Neffe sei Internatsschüler am Carmel College, dem jüdischen Internat in Wallingford. »Nicht schlecht bei einem Vater, der in der Commercial Road aufgewachsen und niemals weitergekommen ist als bis zur jüdischen Free School.« An den hohen Feiertagen, erzählte sie, wohne die Familie ihres Bruders im Green Park Hotel in Bournemouth. »Kennen Sie das? Es ist wunderschön. Einfach phantastisch. Genau wie Versailles.«
»Waren Sie schon mal dort?«
»Sie spinnen wohl! Ich? ›Sollen sie doch Kuchen essen.‹ Wissen Sie, wer das gesagt hat?«
David rief, und Ruthy entschuldigte sich. Die beiden hoben die Stimmen. Ruthy wurde ziemlich scharf. David begann zu weinen, dann knallte sie die Tür ins Schloß. »Er will unbedingt aufstehen.

Aber gleich kommt doch Ihr Arzt. Dann würde ich ganz schön dumm dastehen.«

»Wie hoch ist seine Temperatur jetzt?«

»Nur noch 37,2«, gab sie bedrückt zu.

O'Brien kam hereingefegt, untersuchte den Jungen und sagte, als er aus dem Schlafzimmer auftauchte: »Eine leichte Mandelentzündung. Die Dinger müßten raus, wissen Sie.«

»Glauben Sie, ich stehe nicht auf der Warteliste? Seit fast vier Monaten warte ich jetzt. Wenn Sie vielleicht, Herr Doktor, bei Ihren Beziehungen...«

»Bitte«, mischte sich Jakob ein. »Dr. O'Brien ist ein sehr beschäftigter Mann.«

»Sie sind alle sehr beschäftigt«, entgegnete Ruthy, die O'Brien zur Tür brachte. Dann nahm sie Jakobs Scheck zur Hand und studierte ihn noch einmal gründlich. »Vorausgesetzt, der Scheck ist gedeckt«, sagte sie kichernd, »dann habe ich das nur Harry zu verdanken. Er ist so klug, aber er ist von sich selbst enttäuscht. Wenn er kein Jude wäre, könnte er bei seinen Fähigkeiten schwer reich sein.«

»Charles Clore hat sich von seinem Judentum nicht hindern lassen.«

»Es liegt an diesem Land, wissen Sie. An dem Klassensystem. Harry hat den falschen Akzent. Für ihn gibt es keinen Altherrenverband, der sich seiner annimmt. Wenn er, wie Sie, aus Kanada wäre, wo die Qualität nicht zählt, wäre er eine sehr prominente Persönlichkeit. Dort würde man an seiner Herkunft ganz sicher nicht Anstoß nehmen.«

»Vielleicht liegt Harrys Problem darin, daß er sich selbst zu sehr bemitleidet.«

»Glauben Sie etwa, Prinz Charles könnte ›Mensa‹-Mitglied werden?«

»Das hat er nicht nötig.«

»Na bitte!« erwiderte sie triumphierend.

»Also gut, aber warum wandern Sie nicht mit Harry aus? Vielleicht hätten Ihre Kinder in Kanada eine bessere Chance.«

»Glauben Sie, ich hätte mich nicht schon erkundigt? Hören Sie sich das mal an.« Sie las aus dem Antragsformular vor. »›Sind Sie oder ist eine der in diesem Antrag aufgeführten Personen jemals wegen eines Verbrechens oder Vergehens bestraft oder eines solchen überführt worden?‹ Damit wäre der Fall Harry ja wohl erledigt, nicht wahr?«

Ruthy zog eine Kommodenschublade auf und holte die Fotokopie eines zehn Jahre alten Zeitungsausschnittes der »News of the World« heraus.

HITCHCOCK-FILM INSPIRIERT BUCHHALTER
ZU MORDVERSUCH AN STARLET

Ein 25jähriger Buchhalter hat versucht, inspiriert von einem Hitchcock-Film, ein Starlet zu ermorden, in das er sich verliebt hatte, indem er an den Bremsen ihres Triumph-Sportwagens herumbastelte.

Carol Lane, eine 24jährige Schauspielerin, die unter anderem in »Doctor in the House« und »The Long Arm« gespielt hat, konnte gerade noch einen kleineren Gang einlegen und den Wagen zum Stehen bringen, erklärte Mr. Godfrey Hale, der Kronanwalt.

Und so wurde verhindert, was leicht hätte zur Tragödie werden können, ergänzte er.

Harry Stein, der Angeklagte, wohnhaft Winchester Road, NW 3, behauptete, unschuldig zu sein an dem Mordanschlag auf Miss Lane, die in der nahen St. John's Wood Road wohnt.

Mr. Hale bezeichnete dies als einen äußerst betrüblichen Fall.

Soweit bekannt, hatte der Angeklagte Miss Lane zwar niemals persönlich kennengelernt, sich aber dennoch leidenschaftlich in sie verliebt.

Wochenlang hatte er sie mit unanständigen Anrufen belästigt, die in einem Telefonat gipfelten, in dem er erklärte, wenn er sich ihres Körpers nicht erfreuen dürfe, solle es auch kein anderer tun.

Am Abend des 10. Mai parkte Miss Lane ihren Wagen vor ihrer Wohnungstür in der St. John's Wood Road.

Am nächsten Morgen fuhr sie wie üblich los. In der Finchley Road merkte sie, daß etwas mit ihren Bremsen nicht stimmte. Nachdem sie den Wagen zum Stehen gebracht hatte, rief sie die AA an.

Bei der Untersuchung des Fahrzeugs kam der AA-Inspektor zu dem Ergebnis, daß sich jemand absichtlich an den Bremsen zu schaffen gemacht haben müsse...

»Zwei Jahre hat er dafür gekriegt«, erzählte Ruthy, »während sie mehr und bessere Rollen bekam. Aber jetzt wird Harry den Fall wiederaufnehmen lassen. Wir werden seinen Namen reinwaschen.«

»Würde eine Berufung nicht sehr viel Geld kosten?«

»Das Geld gehört nicht Cyril, sondern mir«, begehrte sie auf. »Mein lieber Bruder hat meinem verstorbenen Mann eingeredet, ich wäre dumm, deswegen wird mein Erbe treuhänderisch verwaltet. Harry hat das Testament gelesen. Es ist voller Löcher, hat er gesagt. Wir werden es anfechten.«

Armer Cyril.

»Ach, noch eins, Ruthy. Nachdem ich nunmehr die Schulden meines Cousins beglichen habe, hätte ich gern seine Reitsachen. Und den Sattel.«

»Ich bin froh, wenn ich sie loswerde«, erwiderte sie und ging sie holen.

Als Jakob, den Sattel über der Schulter, die Reitgerte in der Hand, das Haus betrat, klatschte Nancy in die Hände. »Seht mal, Kinder, das ist gar nicht Daddy. Das ist Ben Cartwright!«

»Ha, ha.«

Erst jetzt bemerkte er die gepackte Reisetasche auf dem Fußboden des Korridors. Er erstarrte.

»Keine Angst. Die Wehen sind noch relativ leicht und kommen in großen Abständen. Aber ein Kind kann ziemlich schnell dasein.«

Pilar brachte sie schniefend ans Auto, und Jakob fuhr mit besonderer Vorsicht los. Er erzählte ihr, daß er Ruthy die siebenhundert Pfund gegeben habe.

»Ich begreife nicht, warum du dich überhaupt mit denen abgibst«, entgegnete Nancy.

»Na ja, wir stehen nicht gerade Schlange. Und mein Cousin hat sie tatsächlich reingelegt.«

»Bei diesem Harry kriege ich eine Gänsehaut.«

»Harry ist ein Verkehrsunfall, bei dem ich zufällig Zeuge war. Was sollte ich tun, davonlaufen, ohne meinen Namen anzugeben?«

»Bitte, sei nicht so böse zu mir.«

»Ich kann diese aufgezwungene Untätigkeit nicht mehr ertragen!«

»Dann sieh dich um nach einem Film. Wenn du einen findest, den du gern machen möchtest, verzichte auf das Resthonorar.«
»Du sagst das, als wäre das so einfach.«
»Ist es das nicht?«
»Doch«, sagte er. »Du hast recht.«

13 Ben kam ohne Schwierigkeiten, schreiend und sehr schnell, am folgenden Morgen zur Welt. Am 10. Mai 1967. Und Jakob eilte jubelnd nach Hause, um Sammy und Molly die große Neuigkeit mitzuteilen – und um zu entdecken, daß Pilar mit ihnen ins Kino gegangen war. Lukes Sekretärin erklärte, der große Meister sei in Cannes. Impulsiv rief Jakob in Hoffmans Büro an und fragte nach Harry.
»Ja? Hier Stein.«
»Der verrückte Bombenleger persönlich?«
»Wer ist denn da?«
»Wir von ›Mensa‹ haben beschlossen, Sie aufgrund sexueller Perversion zu disqualifizieren. Sie sind eine Schande für den Rest der Elite.«
»Jakob Hersch, bist du das?«
Er lud Harry zum Lunch ein, was er eine halbe Stunde später, als er mit ihm im Sonnenschein durch den St.-James-Park bummelte, schon wieder bereute. Er unterbrach Harrys Schmähreden und sagte: »Mein Gott, Herschel, ich scheiße auf die Ungerechtigkeit der Steuerhinterziehung bei den hohen Tieren. Oder wie Marmadukes Schuldgeld bezahlt wird. Es ist Frühling, und ich bin gerade wieder Vater geworden. Du und ich, wir werden jetzt schottischen Lachs, köstlichen Spargel und eine gute Flasche Wein zu uns nehmen. Frische Erdbeeren. Ich fühle mich himmlisch. Fühlst du dich auch manchmal so himmlisch?«
»Dankbar für die Einladung, willst du wohl sagen. Also, nein. Es paßt mir nicht, Almosen entgegenzunehmen.«
»Harry, du böser Junge, was sollen wir bloß mit dir machen?«
»In diesem Augenblick«, antwortete Harry, »sonnen sich träge Scheißkerle, die um keinen Deut besser sind als ich, an Deck ihrer

Jacht in der Bucht von Cannes, während unten mannbare Starlets warten, hechelnd vor Gier nach der Gelegenheit, ihnen einen zu blasen. Aber wenn ich nach dem Lunch zurückmuß, dann nur, um wieder über ihren Steuern zu schwitzen.«
»Herschel, ach, Herschel, weißt du, deine Vorstellungen von einem schönen Leben und die meinen sind nicht die gleichen. Bitte, laß doch Ruthy in Ruhe.«
»Was?« fuhr Harry verblüfft auf.
»Sie ist nicht übermäßig gescheit. Sei ein Mensch, Harry. Nur dieses eine Mal.«
»Ich wäre dir dankbar, wenn du dich nicht in meine Privatangelegenheiten einmischen würdest.«
»Ich dachte, wir wären jetzt Freunde, Harry.«
Harry lachte ironisch. »Hör auf damit! Ich bin für dich nur so eine Art Clown. Du hörst gern meine Gefängnisstories. Ich habe den Mut, Dinge zu tun, von denen du doch nur träumen kannst.«
»Den Teufel hast du!« Jakobs Ärger wuchs.
»Du bist nicht mein Freund. Du würdest mich nie zum Dinner einladen, weil ich für deine Frau nicht gut genug bin. Oder deinen Freunden vorstellen. Für dich bin ich doch bloß ein Ding.«
»Na schön, abgemacht. Sobald Nancy es wieder verkraften kann, bist du bei uns zum Dinner eingeladen.«
»Willst du mich zu eurem Haus-Cockney machen?«
»Ich war nicht in Eton, das weißt du. Ich bin der Sohn eines Arbeiters, genau wie du.«
»Hör zu, Mann, ich habe niemals Freunde gehabt, und es gefällt mir so recht gut. Glaubst du, ich würde dir jemals vertrauen?«
»Warum denn nicht?«
»Alle Menschen sind schlecht.«
»Und wenn ich's nicht bin?«
»Keine Angst. Du bist auch schlecht.«
»O weh! Da hab ich mir den Richtigen ausgesucht, um die Geburt meines Sohnes zu feiern. Ich muß ja verrückt sein!«
Doch als sie zum White Elephant kamen, stand auf Jakobs Tisch eine Flasche Champagner im Kühler.
»Die habe ich bestellt«, protestierte Harry, »und ich werde sie auch bezahlen. Veuve Clicquot. Ist dir der gut genug?«

»Selbstverständlich. Danke, Harry. Ich bin gerührt. Ehrlich.«
»Du hast schon so manche Flasche Champagner getrunken. Also brauchst du nicht gleich in Tränen auszubrechen.«
»Prost, Genosse.«
»Prost. Hast du den Jungen schon in einer guten Schule angemeldet?«
»Hör auf damit, Harry. Entspann dich endlich. Wir wollen doch ein bißchen fröhlich sein.«
Aber Harry hörte ihm nicht mehr zu. Mit verbittertem Blick beobachtete er die anderen Tische. Graziöse junge Mädchen in Miniröcken lachten über die Witze von Herren, die ihre Väter hätten sein können. Harry sah – und sein Schweigen wirkte erschreckend –, wie ein hochgewachsenes Mädchen mit rabenschwarzem Haar in einem entzückenden Pucci-Kleid in Richtung Damenwaschraum davonglitt, mit umwerfender Selbstverständlichkeit stehenblieb, um vom Obstwagen eine Erdbeere zu nehmen, sie sich auf die herausschnellende rosa Zunge flippte und dann nickte, ja, ja, eine Hand anerkennend auf den Magen gelegt. »Sofort, Madame«, schnurrte der Kellner.
Unvermittelt packte Harry Jakobs Arm. »Du hast ja keine Ahnung!« rief er erregt. »Ich kriege einfach nicht genug von allem, verstehst du? Und für die meisten Dinge, die ich mir wünsche, bin ich schon zu alt, um sie richtig genießen zu können.«

14

Zuletzt entschieden Nancy und Jakob, Spanien sei ebenso unpraktisch wie Südfrankreich, und mieteten statt dessen ein Haus in Cornwall. Eine Woche nachdem Nancy aus dem Krankenhaus kam, fuhr Jakob sie und die Kinder zu der Villa, die er in der Nähe von Newquay gefunden hatte. Pilar, die schon per Bahn vorausgefahren war, stand an der Tür, um sie zu begrüßen. Jakob blieb übers Wochenende und kehrte dann nach London zurück – wie er hoffte, nur für eine Woche, um sich mit seinen Anwälten zusammenzusetzen, seinen Agenten zu konsultieren und die Möglichkeit eines Neunzig-Minuten-Films für das BBC-Fernsehen zu diskutieren.

Jeden Abend kehrte er nach Hause zurück, um mutterseelenallein in seinem Adlerhorst zu trinken und auf den Anruf zu warten, der ihm mitteilte, sein Vater sei tot. Kein RITA HAYWORTH VERLÄSST ALI KHAN WEGEN ISSY HERSCH mehr. Jenny schrieb und berichtete ihm von der Expo und der Möglichkeit, eine Nationale Filmentwicklungsgesellschaft zu gründen. »Hier geschehen allmählich aufregende Dinge...« Hanna, fügte sie hinzu, leide neuerdings an Schwindelanfällen. Joeys letzte Postkarte, das heißt, die erste seit zwei Jahren, sei aus Buenos Aires gekommen. Wo sich, wie Jakob im Atlas feststellte, der Paraná in den Atlantik ergießt.
Joey Hersch, Jesse Hope, Yosef ben Baruch, Joseph de la Hirsch, St. Urbains einziger Reiter, wo bist du?
Während er nachdenklich das Tagebuch des Reiters und seine neuerworbenen Effekten betrachtete, den Reitanzug, nach Maß gefertigt von Joseph Monaghan, Ltd., Herrenschneider in Dublin, und den »International«-Sattel von Barnaby, versuchte Jakob zu begreifen, wie sich der Reiter mit einer so geistlosen Frau wie Ruthy hatte einlassen können. Geld, die naheliegendste Erklärung, war für ihn nicht akzeptabel. Und Chava war bei näherer Überlegung ebenfalls sehr ordinär. Anders als jene eleganten Mädchen, die einst so disharmonisch den Hinterhof in der St. Urbain Street geziert, die ihre Manhattans getrunken und zugesehen hatten, wie Joey den Punchingsack attackierte. Joey, mit seinem Rücken voller Narben und Löcher. Schrapnell? Und wer, falls überhaupt, hatte ihn damals verraten und war verantwortlich dafür, daß man den feuerroten MG umgekippt und ausgeschlachtet im Wald neben dem Highway fand? Onkel Abe?
Immer wieder nickte Jakob ein, glitt in Träume vom Reiter hinüber, der im Kibbuz von Gesher Haariv genauso wie einst in der St. Urbain Street fragte: »Und was wollt ihr dagegen unternehmen?« Der in Frankfurt im Gerichtssaal saß.
Mengele kann nicht ständig dabeigewesen sein.
Meiner Meinung nach immer. Tag und Nacht.
Undeutlich erinnerte sich Jakob, daß er zu Waterman gesagt hatte: »Der Golem ist, zu Ihrer Information, der Körper ohne Seele. Rabbi Juda ben Bezalel formte ihn im sechzehnten Jahrhundert aus Lehm, um die Juden von Prag vor einem Pogrom zu bewahren,

und in meiner Vorstellung wandert er noch heute in der Welt umher, um aufzutauchen, sobald irgendwo ein Beschützer gebraucht wird.«

Dort draußen ritt er, sogar jetzt. St. Urbains Reiter. Im Galopp, mit donnernden Hufen. Sieh dich vor, Mengele, die Juden kommen! Mit der Zange wird er dir die Goldfüllungen in der dreieckigen Lücke zwischen den oberen Schneidezähnen extrahieren. Langsam, ganz langsam.

Aus einem Traum vom Reiter auftauchend, wälzte er sich am Freitag morgen, dem 2. Juni, mit bleiernen Füßen und rauhem Hals schwerfällig aus dem Bett, tastete sich in seinen Morgenrock und machte nur einmal halt, um sich auf einen Stuhl zu stützen und, aufseufzend vor Erleichterung, einen Furz fahrenzulassen, ehe er die Haustür erreichte, wo er sich, sofort von einem Schwindelanfall gepackt, bückte, um die Morgenzeitungen hereinzuholen. Die Schlagzeile der »Times« tanzte ihm vor den Augen. Blinzelnd suchte Jakob zu entziffern:

WEITERE ÄGYPTISCHE PANZERMASSEN IM SINAI

Der ägyptische Oberkommandierende, General Mortagi, hatte einen Tagesbefehl an seine Soldaten im Sinai herausgegeben, der lautete: »Das Ergebnis dieses einzigartigen Augenblicks ist von historischer Bedeutung für unsere arabische Nation und für den Heiligen Krieg, durch den ihr die Rechte der Araber, die man ihnen in Palästina genommen hat, wieder einsetzen und den geplünderten Boden Palästinas zurückerobern werdet...« Und doch... und doch... waren die israelischen Truppen, wie er erfuhr, als er weiterlas, auf Urlaub geschickt worden und vergnügten sich in aller Ruhe am Strand.

Noch immer keine Kämpfe, stellte Jakob verblüfft fest, ließ die Zeitung zu Boden fallen und stieg wieder die Treppe hinauf in den ersten Stock. Wo ihn angenehmere Nachrichten wieder aufrichteten. Beim Pinkeln studierte er, wie es am Morgen seine Gewohnheit war, eingehend den Strahl – hoffnungsvoll, aber mit kritischer Objektivität. Mit *cojones*, dachte er gern, und mit einem Gebet. Der Urin dieses Morgens war von einem satten, glasigen Gelb, schön durchsetzt mit Schleimhautablagerungen. Noch einmal verschont.

Wieder gab es kein verräterisches Rosa, das auf Nierenstauungen durch Steine oder bösartige Geschwülste hingedeutet hätte – das Schicksal seines Vaters. Auch war keinerlei Grün zu entdecken, was wiederum auf die Galle zurückzuführen gewesen wäre. Oder, Gott stehe dir bei, Jakob, schwarz, ein Zeichen für Darmverschluß oder melanotisches Sarkom.

Erleichtert, beinahe so glücklich, daß er pfiff, rollte sich Jakob wieder auf dem Bett zusammen und begann tief zu atmen, seine Gedanken schweifen zu lassen. Warte, warte. Irgend etwas klingelte. Nein, diesmal nicht in seinem Kopf. Irgend etwas draußen. Das Telefon.

»Ja?« fragte Jakob. »Wer ist da?« Seine Stimme, belegt wegen seiner verstopften Nase, klang in seinen eigenen Ohren fremd.

»Ich dachte, wenn du heute abend nach Cornwall fährst«, sagte Harry, »könnte ich vielleicht dein Haus benutzen.«

Cornwall? Ach ja. Da war Nancy. Mit den Kindern. »Was haben wir heute?«

»Freitag.«

»Freitag ist heute? Dann *gut'n schabbes*, Herschel.«

»Hast du schon die Zeitung gelesen?«

Ja, und Jakob gestand, daß er über die Situation in Israel außerordentlich besorgt sei.

»Glaub mir, es gibt überhaupt keinen Grund zur Besorgnis.«

»Ach ja?« fragte ihn Jakob pikiert. »Wieso?«

»Öl.«

»Hör mal, Kamerad. Ich bin nicht in der Stimmung dafür.«

»Die amerikanische Sechste Flotte ist nicht umsonst da unten, weißt du.«

»Die Russen auch nicht.«

»Keine Angst, die Amerikaner werden nicht zulassen, daß einer das Boot zum Kentern bringt. Um täglich ein Barrel Rohöl zu fördern, ist im Mittleren Osten eine Kapitalinvestition von einhundertneunzig Dollar erforderlich, in Venezuela dagegen von siebenhundertundddreißig, und in den Vereinigten Staaten von eintausendfünfhundert.«

»Na und, Herschel?«

»CIA, Feisal und Standard Oil. Die...«

»Harry, sie haben einen *dschehad* erklärt...«
»Der Mittlere Osten ist eine Goldgrube. Die Produktionskosten für ein Barrel Öl betragen dort nur fünfzehn Cent gegenüber einem Dollar dreiundsechzig in den Vereinigten Staaten.«
»... sie wollen die Juden ausrotten.«
»Kaum wahrscheinlich. Israel ist keine vom Imperialismus unterdrückte Kolonie, weißt du, sondern ein *colon*. Eine Siedlerzitadelle. Also werden die Yanks schon für sie sorgen. Kann ich denn jetzt nun dein Haus benutzen oder nicht? Ich werde weder Unordnung machen noch deinen Schnaps trinken. Ich bringe meinen eigenen mit.«
»Laß den Quatsch, Harry. Ich rufe dich später an. Im Augenblick weiß ich noch nicht, ob ich überhaupt vor Dienstag nach Cornwall fahren kann.«
Wieder im Bad, nahm Jakob seine Brücke heraus, legte sie in einen Becher, fügte heißes Wasser sowie eine Tablette Polydent hinzu und zeigte sich im Spiegel die Zähne. Wieder mehr Zahnstein. Weiteres Schrumpfen. Zunehmende tierische Erosion. Die Zerstörungen der *Pyorrhea alveolaris* (auch Riggsche Krankheit), heute üblicherweise bekannt als eitrige Parodontose, im Endstadium gekennzeichnet durch Bildung von Taschen eitrigen Materials um die Zähne und Lockerung der befallenen Zähne.
Jakob bürstete sich kräftig die Zähne, spie rötlichen Speichel. Dann schenkte er sich einen Fernet Branca ein. Anschließend legte er sich wieder aufs Bett, hob die Knie, spreizte die Beine, schälte das Silberpapier von einem der verhaßten Zäpfchen, stippte es in Vaseline, tastete nach seinem Anus und schob das Suppositorium hinein (»Da hast du's, du Sauhund!«), wobei seine fettigen Finger an eine kirschgroße Hämorrhoide stießen.
Dann wusch er sich ein zweites Mal und setzte seine Brücke ein. Dann trank er zwei Tassen Pulverkaffee und widmete sich kurz der »Times«. Auf die Titelseite folgte eine ganzseitige Anzeige.

WÄHREND SIE HEUTE ABEND BEIM DINNER SITZEN, STERBEN 417 MENSCHEN AN UNTERERNÄHRUNG

Will man ein schönes, gemütliches Dinner verzehren, so dauert das ungefähr eine Stunde. Von der Minute an, da Sie beginnen, bis zu der, da Sie das Dessert verspeist haben, sterben 417 Menschen an Unterernährung. Denn die Weltbevölkerung hat den Lebensmittelvorrat der Erde *bereits* überholt. Alle 8,6 Sekunden stirbt in einem Entwicklungsland ein Mensch an den Folgen einer Krankheit, die durch Unterernährung hervorgerufen wurde. Das sind 7 Tote in der Minute, 417 Tote in der Stunde, 10000 Tote Tag für Tag. Die meisten von ihnen Kinder.

Jakob wischte die »Times« vom Tisch und rief Nancy in Cornwall an. Am Telefon meldete sich Sammy.

»Hier spricht der Polizeipräsident«, sagte Jakob. »Wir haben eine Meldung erhalten, nach der sich eine fliegende Untertasse in Ihrem Garten befinden soll.«

»Es ist Daddy! Möchtest du mit Mommy sprechen?«

Ben schrie, als Nancy ihn absetzte.

»Hallo.«

»Großer Gott, Jakob – du klingst ja fürchterlich!«

»Ich werde das Rauchen aufgeben.«

»Wo warst du so lange?«

»Ich war mit Jimmy Blair und einem Produzenten essen, aber ich möchte vorläufig noch nichts darüber sagen, weil nämlich am Montag alles wieder platzen kann.«

»War Harry dabei?«

Erschrocken antwortete er: »Nein.« Eine rein technische Lüge. »Wie kommst du darauf?«

»Wirst du ihn unser Haus benutzen lassen, wenn du zu uns kommst?«

»Nein. Ja. Was macht das schon?«

»Ich will ihn nicht in unserem Haus.«

»Okay, okay. Der Wagen wartet. Ich bin spät dran. Ich rufe dich dann vom Studio aus an.«

In Wirklichkeit hatte Jakob, nachdem er sich im Restaurant von Blair und den anderen getrennt und ihnen mehr oder weniger versprochen hatte, sich später mit ihnen in C. Bernard Farbers Wohnung in Belgravia zu treffen, impulsiv einen Umweg zum Regent's Park gemacht, weil er fand, nur Harrys boshafte Begleitung könne ihm den Rummel bei Farber erträglich machen. Er hatte Harry aus dem Bett trommeln müssen.

»Nun komm schon, Herschel. Ich nehme dich mit zu einer Party. Mädchen, Schampus, was du willst. Wir leben schließlich im *swinging* London, oder?«

»Du vielleicht.«

»Ich?« Jakob lachte. »Nancy und ich, wir lesen im Bett. Wir gehen kaum jemals zu einer Party.«

»Zu was für einer?«

»Einer von unseren Prokonsuln, C. Bernard Farber, hat Lorbeeren errungen. Er hat Gnade vor den Augen eines neuen Triumvirats gefunden und kehrt ins kaiserliche Hollywood zurück. Es ist eine Abschiedsparty.«

»Was soll ich anziehen?« erkundigte sich Harry.

»Ach, irgendwas. Hauptsache, du trägst 'ne Sonnenbrille.«

Ein Meer von Autos umringte Farbers Haus; sie füllten den Hof der ehemaligen Remise und quollen über bis auf die Straße und noch weiter. Es gab einen in psychedelischen Farben bemalten Rolls-Royce, mehr als nur einen Ferrari, doppelt geparkte Aston Martins und mehr E-Typen, als man zählen konnte. Jakobs Hillman-Minx, eine Beleidigung für seine Nachbarn, mußte in einer Entfernung von mehr als einem Häuserblock zurückgelassen werden.

Hübsche Mädchen zierten die schmiedeeiserne Treppe. Sie saßen auf dem Fußboden. An die Wand gedrängt, ließen sie ihre Blicke auf der Suche nach Prominenten schweifen. Deren es eine ganze Anzahl gab. Einen *bona-fide*-Hollywoodstar und mehr als einen berühmten Regisseur, darunter der erste, der Schamhaare in CinemaScope gezeigt hatte. Ein Beatle sollte angeblich zu Farber unterwegs sein und ständig näher kommen. Bereits anwesend, zum Greifen nahe, war ein Mann, der Jacqueline Kennedy einmal Feuer für ihre Zigarette gegeben hatte. Und jemand, der Orson Welles ins Gesicht gesagt haben wollte, er habe auch nicht mehr das gewisse Etwas. Sowie die erste britische Schauspielerin, die sich in BCU als erste in den bloßen Busen hatte zwicken lassen.

Jakob, in überschäumender Laune, war keineswegs auf Streit versessen, als Frankie Demaine zu ihm trat. »Wer ist dein Freund?« erkundigte er sich und zeigte auf Harry. »Ist er wichtig?«
Harry, der das gehört hatte, zuckte zusammen. Mit solchen doppelzüngigen Witzen wurde er nicht fertig. Das war nicht sein Stil.
Jakob fuhr hoch. »Da hast du verdammt recht, daß er wichtig ist! Er ist *der* Stein. Du weißt schon, von...« Und es gelang ihm, den Namen der Firma im Stimmengewirr untergehen zu lassen.
Rachsüchtig führte er Harry von einer Gruppe zur anderen und stellte ihn als Produzenten vor. Drängte ihm Mädchen auf. »Das hier ist Stein«, erklärte er. »Ihr wißt schon, *der* Stein. Er wird jetzt hier Filme machen.«
Harry, urplötzlich mit jenen Mädchen beglückt, nach denen ihm so die Zunge aus dem Hals hing, brachte keinen zusammenhängenden Satz zustande. Er war entweder grundlos und ohne abschwächenden Esprit einfach plump oder so überwältigt, daß er überhaupt stumm blieb. Schließlich kam Jakob ihn erlösen. »Machen wir, daß wir hier rauskommen«, sagte er.
Draußen protestierte Harry. »Mann, du hast dir wirklich den ungünstigsten Zeitpunkt ausgesucht. Ich hatte mir grade 'ne Fotze gesichert.«
»Harry, bitte! Ich mag es nicht, wenn man so über Frauen spricht. So was beleidigt mich.«
Harrys Gesicht war rot vor Wut.
»Na schön«, lenkte Jakob ein. »Wenn du gerade ein Mädchen hattest – wo ist sie?«
»Die kann ich unmöglich in meine Wohnung mitnehmen.«
»Geh sie holen. Ihr könntet mit zu mir kommen.«
»Ein großartiger Zeitpunkt, mir das zu sagen. Jetzt ist es ja auch zu spät, oder?«
Erschöpft, mit zerknirschtem Lächeln, lud Jakob Harry zu einem Gutenachtschluck zu sich ein.
»Ja, ja, natürlich«, antwortete der bissig. »Leider kann ich nicht lange bleiben, Mann. Denn sonst käme ich gerade noch rechtzeitig nach Hause, um mich vor dem Büro zu rasieren.«
»Du kannst bei mir übernachten.«
»Das Dienstmädchenzimmer ist diese Woche frei, nicht wahr?«

Okay, Harry. Hör endlich auf. Nachdem er ihn am Regent's Park abgesetzt hatte, fuhr Jakob zum White Elephant und verlor beim Roulette fünfunddreißig Pfund.
Harrys Wochenlohn.

Mit dieser Erinnerung und noch immer schmerzendem Kopf rief Jakob, sobald er im Studio angekommen war, Nancy noch einmal an, um ihr zu sagen, er könne zwar am Samstag morgen nach Newquay losfahren, müsse aber am Montag mittag wieder in London sein, und das bedeute, daß er am Sonntag nachmittag schon abfahren müsse. Mehr als nur ein bißchen deprimiert, ja sogar voll Schärfe, stimmte sie ihm zu, daß es sich kaum lohne; die viele Fahrerei werde ihn nur überanstrengen. Zufrieden legte Jakob auf, eilte zu Harrods, sauste von einem Ladentisch zum anderen, belud sich mit den verschiedensten Fleisch-, Käse- und Delikatessensorten sowie mit allen möglichen Spielsachen, warf alles in seinen Wagen und raste davon, in die Nacht hinein, um am Sabbat bei seiner Familie in Newquay zu sein, genau wie vor vielen Jahren sein Vater zu ihnen ins fliegenverseuchte Shawbridge gekommen war, dem Sommerbadeplatz des Gettos, schwer beladen mit Wassermelonen und Kirschen, koscherem Fleisch, einigen Flaschen mit Kik sowie mit Sandeimern und Schaufeln.
Weißt du, was das Leben ist, Yankel?
Sag du's mir, du bist so klug.
Ein Kreis. Ein kleines *kaikele*.
Als er am Samstag morgen ankam, hämmerte Jakob an die Tür ihres Hauses in Newquay. »Aufmachen, aufmachen! Dein Mann ist da! Wirf sofort den Niggerbock aus deinem Bett!«
Jakob schlief bis zum Mittag und verbrachte dann den Nachmittag mit Sammy und Molly am Strand, stets auf der Hut vor Haien und den Periskopen deutscher U-Boote.
Niemand am Strand machte eine antisemitische Bemerkung.
Keines der Flugzeuge, die oben kreisten, war eine Stuka.
Er blieb nahe genug beim Haus, um sehen zu können, wenn Feuer ausbrach, und war überzeugt, rechtzeitig hinzugelangen, um Nancy und das Baby zu retten. Und Pilar.
Mit anderen Worten, dachte er, irgend etwas so richtig Schlimmes

liegt in der Luft. Gib acht, Yankel, die Scheiße kann jeden Moment den Ventilator treffen.

Nachdem die Kinder zu Bett gegangen waren, aß er mit Nancy zu Abend und erzählte ihr, daß er zwar ganz gewiß nicht mit etwas Bestimmtem rechne, aber der Film, den sein Agent für ihn festzumachen suche, sehe überaus vielversprechend aus. Am Montag werde er mehr erfahren.

»Für ein Mädchen«, sagte er, »bist du ziemlich kostspielig. Sieh dir nur an, wie weit ich gefahren bin, nur um mit dir ins Bett zu steigen. In Plymouth wollte ich eigentlich umkehren, weil mir einfiel, daß du ja noch nicht wieder kannst...«

»Ich verspreche dir, daß ich dich nicht vollkommen frustriert nach London zurückschicken werde.«

»Ooooh!« Er klatschte sich die Hand an die Wange. »Du unanständiges Dingelchen, du!«

Am Sonntag nachmittag brach er wieder nach London auf, nachdem er Nancy versprochen hatte, sich anzugurten und niemals schneller zu fahren als siebzig Meilen pro Stunde; am Montag vormittag saß er im Projektionsraum in Pinewood, tastete gelangweilt seinen Kopf nach keimenden Tumoren ab, legte die Hand aufs Herz, um seinen Schlag zu spüren, und wartete auf die Ankunft von Jimmy Blair und den anderen, damit sie gemeinsam einen Film prüfen konnten. Er war beinahe eingenickt, als plötzlich Sid Patmore die Tür aufriß und ihm zurief, er habe gerade im Autoradio gehört, daß die Kämpfe begonnen hätten. Ein israelischer Sprecher habe erklärt, als Antwort auf einen Angriff der Ägypter seien israelische Panzer in Aktion getreten. Im Sinai sei eine heftige Panzerschlacht im Gang.

Bald darauf saßen sie, kettenrauchend und gindurchtränkt, zu zehnt im Vorführraum um ein Transistorradio und stellten Spekulationen an. Diesmal, dachte Jakob, werden die verdammten Ägypter die israelischen Panzer immer tiefer in den Sinai hineinlocken, dann wird Jordanien die Sharon-Ebene überfallen und Israel dort durchtrennen, wo es nur zwölf Meilen breit ist. Jakob würde sich freiwillig melden müssen. Er würde zum Mitkämpfen verpflichtet sein. Wie der Reiter, dachte er.

Am Ebro.

Bei Bab el Wad.
Kairo behauptete, vierundvierzig Flugzeuge abgeschossen zu haben. In den Straßen wurde getanzt. Die Schlagzeile der ersten Ausgabe des »Evening Standard« verkündete, Deutschland werde Israel zwanzigtausend Gasmasken schicken. »Heutzutage«, schrie Jakob den anderen zu, »macht aber auch jeder in schwarzem Humor!« Und zerknüllte den »Standard«.

Die ägyptische Luftwaffe wurde am Boden zerstört, Jordanien erledigt. Wohlmeinende Bekannte luden Jakob in der Bar der Pinewood Studios zum Drink ein.
»Man muß die Israelis wirklich bewundern«, sagte jemand. »Das haben sie verdammt gut gemacht«, unterbrach ihn ein anderer und schlug Jakob auf den Rücken.
Israelis badeten im Suezkanal und lagerten an den Ufern des Jordan. Cousin Joey, das wußte Jakob, war dort, mußte dort sein, wahrscheinlich im Kampf um Jerusalem. In der Hoffnung, ein Foto von ihm zu entdecken, kaufte Jakob sämtliche Zeitungen. Er betrachtete so viele Wochenschauausschnitte, wie er nur bekommen konnte, und hielt den Film von Zeit zu Zeit an, um sich ein Bild näher anzusehen. Kein Reiter. Auf einem großen Foto der Titelseite der »Daily Mail« jedoch stand inmitten der mit Dajan konferierenden Offiziere, ungewöhnlich gutaussehend und sehr selbstsicher, Colonel Elan.
Jakob hatte Elan seit jenem Tag in Beersheba nicht mehr gesehen. Auch war er nirgendwo mehr den Coopers begegnet. Elan, nahm Jakob an, hatte tapfer gekämpft – an der Spitze seiner Männer, nicht dahinter. Und Mr. Cooper, wo immer er sich befinden mochte, hatte nach Jakobs Überzeugung den Krieg der Israelis mit großzügigen Spenden unterstützt. Wie es die Coopers immer und überall tun würden. Auch zu Jakob kam jemand, um zu sammeln. Sehr zu seiner Verlegenheit jedoch zögerte Jakob. Dajan, mitsamt seiner melodramatischen Augenklappe, war ein Held. Unser Held. Und doch … und doch … steckt diesen arroganten General, diesen Dajan, in eine amerikanische Uniform, nennt ihn MacArthur, nennt ihn Westmoreland, und Jakob hätte ihn glatt verabscheut. Jakob schrieb zwar einen Scheck aus, doch ohne große Begeiste-

rung. Da er zu dem alten Schlag Juden gehörte, zu den Diaspora-Juden, würde er sich so oder so schuldbewußt fühlen.
Unmittelbar nachdem der Spendensammler das Haus verlassen hatte, klingelte das Telefon. Ein Ferngespräch. Montreal. »Ja?« meldete sich Jakob.
»Ich habe schlechte Nachrichten für dich«, sagte Onkel Abe.
»Mein Vater ist tot.«
»Er ist vor einer Stunde entschlafen.«
»Ich verstehe.«
»Kommst du zur Beerdigung?«
»Ich nehme die Vormittagsmaschine. Ist meine Schwester da?«
Rifka kam schluchzend ans Telefon. »Er war ein so guter Mensch«, sagte sie. »Ein so wunderbarer Vater.«
Wahrscheinlich drängten sich jetzt alle um das Wandtelefon in der Küche. Seine Tanten, seine Onkel, nickten und weinten.
»Er hatte keinen einzigen Feind«, fuhr Rifka fort.
Und keinen Freund. »Wir sehen uns morgen.« Jakob legte auf.
Er brauchte nicht einmal zu packen. Seine Koffer waren schon fertig für Newquay. Jakob rief bei der Air Canada an und hatte sich gerade einen Kognak eingeschenkt, als ihn das Telefon abermals zusammenfahren ließ.
»Nun, dein Freund Dajan weiß, wie man Befehle ausführt, nicht wahr?«
Großer Gott, Harry!
»Du weißt wohl, woher er gerade zurückgekommen ist, nicht wahr?«
»Nein, Harry. Sag du's mir.«
»Aus Südvietnam. Er wollte dort alles über Napalm lernen, direkt von Westmoreland und Marschall Ky. Und angefangen hat er 1920, indem er Hand in Hand mit der britischen Militärpolizei arbeitete und die arabischen Dörfer terrorisierte.«
»Harry, du Miesling, hast du denn gar kein Herz für die jüdischen Kinder?«
»Ich habe ein Herz für die Arbeiterkinder der ganzen Welt und hasse die Reaktion, wo immer sie auftritt. Israel hat 1954 die Franzosen in Algerien unterstützt und der portugiesischen Regierung in Angola Waffen geliefert. Machen die sich was aus der Landwirt-

schaftsrevolution oder der radikalen Landreform? Kein bißchen. Der Zionismus hat sich der arabischen Fellachen entledigt und will nichts mehr mit ihnen zu tun haben.«
Jakob schnitt Harry das Wort ab und erklärte ihm, daß er nach Montreal müsse; für eine ganze Woche. Ja, ja, verdammt noch mal, er könne das Haus benutzen, Jakob werde einen Schlüssel unter die Matte legen.
Jakob rief Nancy an, erzählte ihr, was geschehen war, und versprach, nach der Beerdigung von Montreal aus anzurufen.
Schließlich hatte Issy Hersch doch länger als sechs Wochen durchgehalten. Jakob hatte ihn vor zwei Monaten zum letztenmal gesehen.

15

Ein Glas Wasser, mit einem Bausch Verbandswatte auf dem Rand, stand oben auf der schadhaften, surrenden Klimaanlage. Jakobs Großmutter füllte es jeden Morgen mit frischem Wasser. Es stand da, um die Seele ihres Erstgeborenen zu erfrischen, für den Fall, daß sie durstig oder fieberheiß zurückkehrte. In der kleinen, bescheidenen Wohnung des verstorbenen Issy Hersch war es zum Ersticken. Überfüllt. Es roch nach Hersch-Schweiß, nach welkenden Hersch-Körpern, nach den zerknitterten Männern, die in dem winzigen Loch von Wohnzimmer Gäste empfingen. Während Jakobs Großmutter, Fanny, seine Schwester Rifka und seine Tanten die Trauerbesucher im Schlafzimmer erwarteten, wo der Krebs, in Issy Herschs Niere beginnend, Wurzel gefaßt und seine Metastasen im ganzen Körper verbreitet hatte.
Etwas früher, als Jakob elend nach sechs Stunden Gin in Dorval von Bord der Maschine gegangen war, hatte er seinen Schwager Herky vor dem Zollgitter auf und ab gehen sehen.
»Na, guten Flug gehabt?« fragte Herky.
Jakob zuckte die Achseln.
»Was macht die Familie?«
»Alles in Ordnung.«
»Und deine Frau, sieht sie immer noch so gut aus?«
Scheiß auf dich!

»Er ist ganz friedlich eingeschlafen. Ich möchte, daß du das weißt.«
Als sie in seinem klimatisierten Buick saßen, fragte Herky: »Sag mal, ist das 'ne gute Krawatte?«
»*Was?*«
»Wir fahren von hier aus direkt zu Paperman.« Dem Beerdigungsinstitut. »Die schneiden sie dir mit 'ner Rasierklinge ab. So ist es Vorschrift, das weißt du doch.« Zum Teufel mit dir, Herky!
Jakobs Großmutter mit den großen Stiefeln, dem gegerbten Gesicht, dem Bauch, der vierzehn Kinder getragen hatte und nunmehr nutzlos, ein schlaffer Sack, in Falten hing – die törichte Fanny, fest entschlossen, Rifka mit quäkender Stimme zu übertönen – seine säuerlichen, in Mieder gezwängten Tanten – sie alle bildeten im Beerdigungsinstitut mit ihrem Weinen und Klagen einen Kontrapunkt zu der letzten Würdigung durch den Rabbi. Die feierlich dreinblickenden Männer, Brüder und Cousins ersten Grades starrten auf den Sarg, der eine gequält von einem Leiden, das den Beteuerungen zufolge ein Magengeschwür war, der andere in Erwartung eines Biopsieresultats.
Sein Leben lang hatte Issy Hersch Anzüge aus Räumungsverkäufen und Schuhe aus brandgeschädigten Beständen getragen, und nun wirkte sogar sein Sarg für ihn zu groß. Sein letztes Sonderangebot.
Der Rabbi machte es kurz.
»Ich finde keine Worte, um der Trauer angemessenen Ausdruck zu verleihen, die ich mit euch empfinde. Obwohl das jüdische Gesetz die Gesprächsthemen der Hinterbliebenen einschränkt, ist meine Zunge gelähmt, denn ich trauere mit euch um Isaac Hersch, der sein Leben lang das Judentum verkörperte, die wahre, die echte *jiddischkeit*; erfüllt vom reichen Symbolismus seines Volkes, den er freudig unter uns verbreitete. Möge die liebevolle Erinnerung an eine gute, mit Gefühlen niemals geizende jüdische Seele uns Anlaß sein, ihm in allem nachzueifern, was gut in ihm war...«
Die Frauen, die in Limousinen Platz nahmen, begannen auf dem Friedhof von neuem zu lamentieren, ein hingebungsvolles Klagegeschrei anzustimmen. Die arme Fanny, deren Platz in der Familienhierarchie nunmehr beängstigend wackelte, die geduldete zweite Frau eines unterversicherten, so gut wie mittellosen Man-

nes, mit einer Stieftochter, die sie verabscheute, und einem ihr praktisch fremden Stiefsohn, mußte natürlich die anderen übertreffen. Sogar Tante Sophie, über die ihr Sohn, der zweiundzwanzigjährige Irwin, fettleibig, mit hochrotem Gesicht, schützend einen Sonnenschirm hielt. Irwin, einen Strohhut mit kariertem Band auf dem Kopf, starrte Jakob unverwandt an. Jakob maß ihn mit einem durchdringenden Blick, und Irwin, noch tiefer errötend, zuckte flehend mit den Augenbrauen und wandte den Blick ab.

Die männlichen Herschs der älteren Generation, Issys Brüder und Cousins, marschierten pflichtgetreu, doch widerwillig, mitleiderregend widerwillig am Grab vorbei, ergriffen einer nach dem anderen die Schaufel und schippten nassen Lehm auf den Sarg. Klatsch, klatsch. Die Herschs, allesamt, wirkten auf Jakob inzwischen wie ein einziger, geliebter, sich auflösender Körper. Bakteriengefährdet, genau wie er. Dahinwelkend. Gemeinsam fröstelnd trotz glühender Hitze. Um einen verringert.

Und plötzlich begannen die ringsumherstehenden Vögel zu zwitschern. Alle erdenklichen Rabbis, jung und alt, schwarzbärtig und glattrasiert, wiegten sich mit nickenden Köpfen im Gebet, wetteiferten mit ihrer Frömmigkeit. Denn ein jeder unter die Erde gebrachte Hersch zeitigte über der Erde Dividende. Eines jeden dahingegangenen Herschs würde unweigerlich gedacht werden durch das Arbeitszimmer eines Rabbis, durch ein zusätzliches Klassenzimmer für eine *jeschiwe*, eine gestiftete *sefer thora* hier, eine gespendete Bundeslade dort, eine Konfessionsschulbibliothek oder einen vollständig eingerichteten Kindergarten. In ewigem Gedenken an...

»*Oy, oy*«, klagte Rifka.

»Issy! Mein Issy!« übertrumpfte Fanny sie unverzüglich.

Jakob konnte keine einzige Träne vergießen; er fühlte sich vollkommen ausgelaugt und fürchtete das bevorstehende Gejammere.

In der Wohnung der Witwe jedoch, einem regelrechten Backofen an diesem Tag, nachdem die Hände gewaschen waren und der Magen vor Hunger knurrte, legten die Männer die Jacken ab, lösten ihre Krawatten und Gürtel, öffneten die Frauen Haken und Reißverschlüsse. Alle redeten auf einmal und postierten sich in der Nähe des Tisches, auf dem Platten mit hartgekochten Eiern und Zwiebelbrötchen neben Schüsseln mit *lox*, Brathuhn und dampfenden Kartoffel*varenikes*, Apfelkuchen und Schokoladenplätzchen, Pfirsichen und Pflaumen, Flaschen mit Tab und Diät-Pepsi standen. Wieder einmal merkte Jakob, daß ihn der überdimensionale Irwin anstarrte. Von Jakob ertappt, zuckte Irwin wie schon zuvor mit den Augenbrauen, errötete und spuckte sich einen Pflaumenkern in die Hand.

Onkel Sam schaltete sein Transistorradio ein, und die gesättigten Herschs versammelten sich um ihn, um zu hören, wie an der Klagemauer von Jerusalem das Widderhorn geblasen wurde.

»Wenn Issy das doch noch erlebt hätte!« sagte Jakobs Großmutter weinend. »Daß in Jerusalem das *schofar* ertönt.«

Ein sich dazwischendrängender Rabbi drückte der alten Dame die leberfleckige Hand. »Sie dürfen den Allmächtigen nicht in Frage stellen«, warnte sie, »er könnte sofort eine Antwort von Ihnen verlangen.«

Dasselbe, was Rabbi Meltzer zum Reiter gesagt hatte. Hatten sie, überlegte Jakob, vielleicht beim selben Oberrabbiner Platitüden abonniert? Waren sie beim Verlassen der *jeschiwe* mit dem gleichen Kondolenzrüstzeug versehen worden?

Nun sicherten sich die Männer (bis auf Jakob, der dieses Ritual haßte), in Hausschuhen und unrasiert, je nach Bedarf einen Platz auf dem Sofa oder einem Sessel nahe der Balkontür, auf dem Stuhl, der am nächsten bei der Küche oder auch der Toilettentür stand. Als Onkel Jack aus der Toilette kam, erkundigte sich Irwin: »Na, alles gut ausgegangen?« Und seine Schultern bebten vor Lachen. Dann begegnete er Jakobs vorwurfsvollem Blick, zuckte die Achseln und zog sich zurück.

»Habt ihr gesehen? Sugarman, dieser *chazer*, war nicht mal bei Paperman.«

»Da war's ja wegen deiner angeheirateten Verwandtschaft sowieso viel zu voll.«

Onkel Abe rieb sich das Stoppelkinn und beschwerte sich über das Pieksen am ersten Tag.

»Nach ein paar Tagen werden sie weicher«, wurde ihm beruhigend versichert.

»Das ist auch bei mir immer das Problem«, warf Onkel Lou ein.
Onkel Sam hielt die Trauerrede des Rabbi für einen Mißerfolg, Onkel Morrie jedoch war anderer Ansicht. »Die Rede eines Rabbi«, behauptete er, »sollte einem Minirock gleichen. Eh, Yankele?«
Jakob dankte für die Anspielung auf London.
»Lang genug, um das Wichtigste zu beinhalten, und kurz genug, um es interessant zu machen.«
Herky erzählte ermutigt eine verwickelte Geschichte von einem armen Weißen aus den Südstaaten, einem Juden und einem Neger, vorgetragen im Amos-'n'-Andy-Akzent, die im Ausspruch des Negers gipfelte: »Ich habe vier Zoll. Mehr nicht? fragt der Itzig. *Vier Zoll vom Boden, Baby.*«
Onkel Morrie lachte, daß er sich mit dem Taschentuch die Augenwinkel trocknen mußte. »Ihr Jungen!« sagte er.
Jakobs nachdenkliches Schweigen wurde als Mißbilligung ausgelegt.
»Hör mal, Yankele«, sagte Onkel Lou und schlug ihm klatschend auf den Rücken, »wenn es dein Onkel Morrie wäre, den wir hier gerade beerdigt haben ...«
Was ihm einen giftigen Blick eintrug.
»... und dein Vater, er ruhe in Frieden, wäre er noch bei uns, dann würde er die besten Witze erzählen.«
»Damit hast du durchaus recht«, erwiderte Jakob, dem es leid tat, daß sie ihn mißverstanden hatten.
»Dann hab ich hier einen für dich, einen mit einer Limey-Pointe. Wie kriegt man sechs Elefanten in einen Vauxhall?«
»Keine Ahnung.«
»Mann, alter Junge! Drei vorn und drei hinten.«
Jakob brachte ein Lächeln zustande und hob Onkel Lou sein Glas entgegen.
»Und wie kriegt man sechs Giraffen in denselben Wagen?« Kurze Pause. »Indem man die Elefanten wieder auslädt«, platzte Lou heraus.
»Sehr gut.«
»Du solltest nie den Humor verlieren, Yankel. Diese Philosophie hat mich noch nie im Stich gelassen.«

»Ich werd's mir merken.« Jakob schlenderte auf den Balkon hinaus, wo Irwin, ein Transistorradio ans Ohr gepreßt, eine Gruppe jüngerer Cousins überragte.
»Mays hat gerade einen *home run*«, berichtete er. »Jetzt kommt McCovey.« Als er Jakob sah, schluckte er und kehrte ihm den Rükken.
Jakob beschloß, lieber zu Fanny zu gehen, ehe er allzu betrunken war. Sie saß im kleineren Schlafzimmer.
»Kann ich irgendwas für dich tun?« fragte Jakob.
»Setz dich.«
Er setzte sich.
»Weißt du, eines Nachts... nachdem wir verheiratet waren, verstehst du... da haben dein Vater und ich, na ja...« Sie errötete. »... wir haben uns amüsiert, weißt du. Verstehst du, was ich meine?«
»Ihr habt was?«
»Na ja, du weißt schon. Ich wurde schwanger. Aber er zwang mich, zu jemandem zu gehen.«
»Warum?«
»Weil er dachte, seine Brüder würden ihn auslachen. Ein Kind – in seinem Alter!«
»Das tut mir leid.«
»Du bist ein sehr rücksichtsvoller Mensch. Wenn ich es mir leisten könnte, würde ich dich in London besuchen.«
Eine Bemerkung, die Jakob in den Flur hinaustrieb, von wo aus er Irwin sah, der, inzwischen allein auf dem Balkon, zum Geländer hinüberwatschelte.
Onkel Jack redete noch immer und verstreute dabei Zigarrenasche.
»He, kennt ihr den Witz von den beiden australischen Schwulen? Einer von ihnen mußte Sydney verlassen.«
Herky klopfte Jakob auf den Rücken. »Komm, mein Junge, ich muß mit dir sprechen.« Er schob Jakob vor sich her in die Toilette.
»Wie steht's denn mit deinen Finanzen, Kleiner?«
»Ich würde dir ja gern aushelfen, Herky«, erwiderte Jakob unsicher, »aber ich habe alles fest angelegt.«
»Du verstehst mich nicht. Ich brauche kein Geld. Du hast jetzt Kinder. Sicher möchtest du für die Zukunft investieren. Du bist mein

einziger Schwager und... na ja, ich möchte dich auf eine günstige Gelegenheit aufmerksam machen.«
»Schon kapiert.«
Strotzend vor Selbstzufriedenheit steckte sich Herky eine Zigarette an. »Was ist deiner Ansicht nach heutzutage das Wertvollste auf unserer Erde?«
»Die jüdische Tradition.«
»Was erreichst du eigentlich damit, daß du so säufst? Gar nichts.« Herky nahm Jakob das Glas aus der Hand. »Verdammt noch mal, ich meine es ernst.«
»Also gut. Keinen Krebs haben.«
»Ich meine, an Ressourcen.«
»Gold?«
»Rate weiter.«
»Öl?«
Herky platzte fast. »Gibst du auf?«
Weißt du nicht, daß du sterben wirst, Herky? Aber er sagte es nicht laut.
»Wasser.«
»*Was?*«
»H_2O. Paß auf.« Mit einer knappen Handbewegung zog Herky die Toilettenspülung. »So geht das überall, Tag und Nacht. Und nun nimm mal zum Beispiel den Fraser River. In den leert sich mehr als einmal pro Tag der unverarbeitete Inhalt von einhunderttausend Toilettenschüsseln.«
»Das ist wirklich 'ne Menge Scheiße, Herky.«
»Rausche, rausche, rausche. Kanada besitzt mehr sauberes Wasser als jedes andere Land der freien Welt, aber dennoch gibt es da eine Grenze.«
Jakob holte sich sein Glas wieder.
»Wenn du nur zehn Jahre in die Zukunft blickst, siehst du Containerschiffe, ganze Flotten, die nicht etwa Öl oder Eisenerz transportieren, sondern reines kanadisches Wasser in die verschmutzten amerikanischen Städte bringen.«
»Und?«
»Jetzt paß genau auf.« Herky zog wieder die Wasserspülung. »Überall in der Stadt tun die Menschen dasselbe wie ich eben,

aber... aber... *diese Toilette läßt, wie jede andere, jedesmal die gleiche Wassermenge heraus, ganz gleich, wieviel davon wirklich gebraucht wird*. Verstehst du mich?«
»Laut und deutlich.«
»Ich nenne das gedankenlos – diese Toiletten, meine ich.«
»Ich bin müde, Herky. Komm endlich zur Sache.«
»Der Mensch uriniert im Durchschnitt etwa viermal am Tag, seinen Darm entleert er aber nur ein einziges Mal; da diese Toilette jedoch gedankenlos ist, hat man sie so eingestellt, daß sie genug Wasserkraft entläßt, um jedesmal einen Stuhl hinunterzuspülen. Allein im Gebiet von Montreal werden also jeden Tag Millionen von Gallonen Wasser verschwendet. Und hier hake ich ein. Wir entwickeln einen Tank, der genug Wasser für einen Stuhl entläßt, andererseits aber eben auch nur das, was notwendig ist, um den Urin fortzuspülen. Mit anderen Worten, eine Toilette mit Köpfchen. Der größte Durchbruch seit Thomas Scheißers Niagara. Wenn wir erst mal die Kosten gesenkt haben und in die Produktion gehen können, hoffe ich, daß unsere Erfindung für alle Neubauten Vorschrift wird. Und dir biete ich nun die Chance, von Anfang an mit von der Partie zu sein. Also?«
»Du denkst wirklich in großen Dimensionen, Herky.«
»Man muß mit der Zeit gehen.«
»Laß mich's überschlafen. Okay?«
»Okay. Aber bis dahin – bitte kein Wort.«
Eine halbe Stunde vor dem ersten Abendstern kamen die Rabbis in ihren glänzenden schwarzen Röcken in die unerträglich heiße Wohnung geströmt. Die Mafia der einheimischen *jeschiwe*. Von hochgewachsenen, vollbärtigen Männern in breitrandigen, schwarzen Hüten bis zu pickeligen, flaumbärtigen Jungen in viel zu großen Homburgs. Und schließlich erschien dann auch ihr Anführer, der zierliche Rabbi Polsky persönlich, der das Abendgebet der Männer leitete.

Unmittelbar hinter Jakob stand, mit keuchendem Atem, der plattfüßige Irwin mit dem Gebetbuch in der Hand. Während Jakob verlegen durch das Gebet für die Verstorbenen stolperte, wurde Irwins Keuchen allmählich schneller... begann zu rasen... brach plötzlich ab... und dann nieste er, nieste abermals und besprühte

Jakobs Hals wie mit Schrapnellsplittern. Als Jakob herumfuhr, zog Irwin den Hals zwischen die Schultern. Glotzaugen, ein verschwitztes rotes Gesicht und ein Doppelkinn waren alles, was Jakob von ihm sah. Als er jedoch sein Gebet wiederaufnahm, war er sich bewußt, daß Irwin, der sich mühsam das Lachen verkniff, gleich wieder zu explodieren drohte. Und kaum war das Gebet vorüber, da schoß Irwin auch schon mit angehaltenem Atem, eine schweißnasse Hand an der Nase, auf den Balkon hinaus.

Rabbi Polsky, ein heiliger Mann für die Herschs, war dünn und rundschultrig, mit einer Haut, grau wie Gummi, mit wäßrigen, blauen Augen und einem schütteren, gelblichen Bart. In Hausschuhen schlurfte er zum Sofa. Eine ränkespinnende Feldmaus. Vorwurfsvoll ärmlich inmitten des Wohlstands der Herschs. Mit seinem schmuddeligen Hemdkragen, dessen Ecken sich rollten, mit seinen ausgefransten Manschetten erschien Rabbi Polsky jeden Abend und wischte sich mit einem riesigen feuchten Taschentuch den Mund, um den Herschs, die in seiner Gegenwart alle zu strahlen begannen, zu predigen.

»Einmal kam ein Mann zu mir, der bat mich, zum Rebbe in New York zu gehen und ihn zu fragen, was er für seinen Vater tun solle, der im Sterben lag. Er kaufte mir das Flugticket, ich flog nach Brooklyn, ich sprach mit dem Rebbe, und als ich zurückkam, sagte ich zu dem Mann, der Rebbe sagt, bete, du sollst jeden Morgen beten. Beten? fragte der Mann. Jeden Morgen. Also ging er hin und sprach jeden Morgen, bevor er ins Büro ging, seine Gebete, nachdem er das jahrelang nicht mehr getan hatte. Dann hatte er eines Vormittags einen Termin bei einem *goy*, einem Finanzmann von außerhalb, im Mount Royal Hotel. Er mußte diesen *goy* wegen eines Darlehens für sein Geschäft sprechen. Der *goy* sagte: ›Seien Sie Punkt neun Uhr hier, ich will versuchen, Sie einzuschieben, ich habe sehr viel zu tun.‹ Nun gut.

Aber der Mann verschlief, und am Morgen wurde ihm klar, wenn er sich die Zeit nähme, seine Gebete zu sprechen, würde er zu spät kommen. Er würde sein Darlehen verlieren. Dennoch aber betete er, und als er ins Mount Royal Hotel kam und in das Zimmer des Mannes ging, war der *goy* wütend, schrie und brüllte, *Sie* lassen *mich* warten? Also antwortete der Mann, sein Vater liege im Sterben, und sein Rabbi habe ihm gesagt, er müsse jeden Morgen beten, und deswegen sei er zu spät gekommen. ›Soll das heißen‹, fragte der *goy*, ›Sie kommen zu spät, obwohl Ihr Geschäft ruiniert ist, wenn ich Ihnen das Darlehen nicht gebe – nur um auch an diesem Tag für Ihren Vater zu beten?‹ – ›Ja.‹ – ›Wenn dem so ist‹, sagte der *goy*, ›möchte ich Ihnen die Hand schütteln, hier, Sie sind ein Mann, dem man Vertrauen schenken kann. Einem solchen Mann Geld zu leihen ist mir eine aufrichtige Freude.‹«

Euphorie ergriff die Herschs. Nur Jakob protestierte; er stieß Onkel Lou an. »Daß Beten gut für einen Kredit ist, wissen wir nun; aber was ist aus dem Vater des Mannes geworden?«

»Weißt du, was mit dir los ist? Du glaubst an gar nichts.«

Rabbi Polsky fuhr fort, möglicherweise an Jakobs Adresse: »Manchmal stellen junge Menschen das Gesetz in Frage. Ich sehe keinen Grund dafür ... das da ist doch nur Aberglaube ... Ihr kennt sicher den Typ. Warum zum Beispiel, fragen sie, sollen wir keine Meeresfrüchte essen?«

Onkel Lou stieß Jakob verstohlen an. »Deine Schwester Rifka macht eine Seefisch-Diät.«

»Was?«

»Jedesmal, wenn sie Fisch sieht, will sie ihn essen.«

»Warum«, fuhr der Rabbi fort, »dürfen wir keine Krabben und keinen Hummer essen? Darauf möchte ich euch mit einer Frage antworten: Warum gibt es bei den *goyim* soviel Wahnsinn, daß sie jeden Tag zum Psychiater rennen? Warum? Ein Artikel in der Zeitschrift ›Time‹ sagt, man habe inzwischen wissenschaftlich bewiesen, daß der Genuß von Meeresfrüchten den Menschen verrückt machen kann. Er fördert den Wahnsinn.«

»Für dich, Jakob«, Onkel Jack reichte ihm den Hörer des Küchentelefons.

»Wer ist denn da?«

»Dein Boß«, antwortete er augenzwinkernd.

»Würdest du bitte die Tür hinter dir zumachen?« sagte Jakob, bevor er den Anruf entgegennahm.

Es war Nancy, in großer Sorge um ihn. »Ich dachte, du würdest gestern abend anrufen.«

»Mir geht's gut. Ehrlich.«
»Du brauchst mir nichts vorzumachen.«
»Das Peinliche ist«, berichtete Jakob, »daß es hier wie auf 'ner Familienparty zugeht. Ich trauere nicht. Ich amüsiere mich großartig.«
Während er Tag und Nacht, eine Flasche Remy Martin zwischen den Füßen, mit den Herschs zusammensaß, war Jakobs Verwunderung, untermischt mit Vergnügen über ihre Reaktionen, so groß, daß er nicht angemessen um seinen Vater trauern konnte. Er kam sich geborgen vor, nicht verlassen. Außerdem fühlte er sich wie Rip van Winkle – zurückgekehrt in eine unverdorbene, geordnete Welt, die er fälschlicherweise für längst untergegangen gehalten hatte. In der Gott über alles wachte und seine Kontobücher führte. Wo alles zueinander paßte. Selbst der Holocaust, der schließlich den Staat Israel gezeitigt hatte. Wo der Ausspruch: »Gentlemen, the Queen« bei einer Feier die Aufforderung zu dem obligatorischen Toast auf Elizabeth II. war und nicht der Beginn einer Diskussion über Andy Warhol. Wo *smack* ein Klaps war, den ein ungezogenes Kind verdiente, und nicht etwas, das süchtig machte; und *pot* ein Topf, in dem man Hühnersuppe kochte; und *camp* das Lager, in das man die Jungen während der Sommerferien schickte. Es war erstaunlich, Jakob konnte es kaum fassen, daß es nach so vielen Jahren und Fiebern, nach Dachau, nach Hiroshima, nach Revolution, Raumschiffen, Brutalität auf den Straßen, Morden zu allen Jahreszeiten, daß es da immer noch Bräute mit strahlenden Gesichtern gab, die in Weiß heirateten und stolz mit ihrer Beute, birnenförmigen jungen Männern im Abendanzug, für die Gesellschaftsseite des »Star« posierten. Da gab es Tanten, die Tombolalose verkauften, und Onkel, die auf »Reader's Digest« schworen. Da wurden Frankokanadier, wie Flugzeuge am Himmel, die das Fernsehbild verzerrten, geduldet. MANIPULIEREN SIE NICHT AN IHREM FERNSEHGERÄT, DIE STÖRUNG WIRD SOFORT BEHOBEN. Da riefen Tanten einander noch immer an jedem Vormittag an, um sich zu erzählen, was für einen Kuchen sie backten, wer sein Examen bestanden, wer eine Operation hinter sich hatte. Da war es ein Skandal, wenn ein Cousin ersten Grades zum Bar-Mizwa-*kiddush*, nicht aber zum Dinner eingeladen wurde. Da war Beredsamkeit die Predigt des Rabbi.

Von Kunst verstanden sie zwar nichts, sie waren zu fein gekleidet, sie waren übersättigt und hatten einen erschreckend schlechten Geschmack. In ihrer selbstzufriedenen Welt jedoch herrschte Ordnung. Sie funktionierte.
Da kein anderer sie ehrte, feierten sie sich – äußerst vernünftig – bei Wohltätigkeitsessen der Synagoge gegenseitig, ernannten sich abwechselnd zum Mann des Jahres, verliehen einander reich geschmückte Plaketten, die man über die Bar im Partykeller hängte. Darüber hinaus war Gott am Schicksal der Herschs interessiert, er hatte Zeit und ein Herz für jeden. Beten hieß, gehört werden. Es gab nicht einmal den Tod, nur eine Übergangszeit unter der Erde. Denn eines Tages, so versicherte ihnen Rabbi Polsky, werde der Messias in sein Horn stoßen, sie würden sich wie ein Mann erheben und endlich nach Zion heimkehren. Beerdigt mit Zweigen in ihren Särgen, wie Baruch einmal gesagt hatte, um sich vor ihren Nachbarn zu ihm durchgraben zu können.
Als er Hanna in Toronto anrief, mußte Jakob sich zuerst mit Jenny befassen.
»Na, sitzt du *schiwe* mit den Heuchlern?«
O Gott.
»Wie ich annehme, machen sie jedesmal, wenn mein Name fällt, sozusagen drei Kreuze«, sagte sie, über ihren eigenen Witz kichernd.
Er hatte nicht das Herz, ihr zu erwidern, ihr Name sei kein einziges Mal gefallen, und dann war plötzlich Doug am Apparat.
»Ich möchte dir erklären, warum ich keine Blumen geschickt habe.«
»Das wird gar nicht erwartet«, sagte Jakob verdrossen.
»Das ist es nicht. Wie du weißt, stehe ich über derartigen ethnischen Tabus. Statt Blumen habe ich im Gedenken an deinen Dad einen Scheck an SUPPORT in Hanoi geschickt.«
»Das hast du getan?«
»Er wird für den Kauf künstlicher Gliedmaßen für Kinder verwendet, die bei Luftangriffen verstümmelt wurden.«
»Ich wußte ja, daß du mal wieder mit was Besonderem kommen würdest, Doug. Kann ich jetzt bitte mit Hanna sprechen?«
»Nu, Yankel?«

»Hanna, wie geht's dir?«

»Es tut mir leid. Du weißt, wir waren früher nie große Freunde, aber schließlich ist er dein Pa, deswegen tut's mir leid.« Sie erkundigte sich nach Nancy und dem Baby und erbat Fotos von Sammy und Molly. »Ich wollte nach Montreal kommen, aber du kennst ja Jennys Einstellung zu den Herschs. Sie wollte mir kein Reisegeld geben. Na und? sagte ich. Dann fahre ich eben per Anhalter, wie die Hippies...« »Ich würde dir das Reisegeld schicken, Hanna, das weißt du, aber...« Er sorgte sich, daß die Familie sie schäbig behandeln werde.

»Ich weiß. Du brauchst mir nichts zu erklären. Könntest du wenigstens für einen Tag rüberkommen?«

»Ach, weißt du, Hanna, wir haben doch jetzt das neue Baby, und... Wirklich, ich...«

»Schon gut. Nächstes Mal, ja?«

»Dann besuchen wir ein Hockeyspiel miteinander.«

»He, Red Kelly ist im Parlament. Er ist M. P.«

»Wer?«

»Was soll das heißen, wer? Der Verteidiger der Maple Leafs. Du erinnerst dich doch noch, Imlach hat doch seinetwegen mit Detroit verhandelt.«

»Und der ist jetzt im Parlament?«

»*Aquí está nada.*«

»*Aquí está Hanna.*«

»Jawohl, Sir. In Lebensgröße und quicklebendig. Eine lebende Reklame für Carling's Bier. Wie geht's Luke?«

»Wie immer.«

»Ihr beiden; ihr macht mich wirklich noch verrückt. Wann vertragt ihr euch endlich wieder?«

Seine Mutter verlangte, daß Jakob bei ihr zu Hause zu Mittag aß. Sie versicherte, wie traurig sie sei, daß sein Vater gestorben war. Es sei nicht seine Schuld, daß er für sie nicht intelligent genug gewesen sei, und sie sei sicher, für eine einfache Frau wäre er ein guter Ehemann geworden. Nachdem das erledigt war, fragte sie: »Was macht mein neues Baby?«

»*Nancys* Baby geht's großartig«, antwortete Jakob.

Immer wieder trieb es ihn zur St. Urbain Street, zu der verwahrlosten Wohnung, in der einst Hanna, Arty, Jenny und – vorübergehend – der Reiter gehaust hatten. Mehr als einmal schlenderte er um die Ecke und in die Gasse hinein. Um zu dem Fenster des hinteren Schlafzimmers emporzublicken, Jennys Fenster, das oft bis in die späte Nacht hinein erleuchtet gewesen war, wenn sie sich mit solchem Eifer ihren Studien widmete, den Büchern, die sie von der St. Urbain Street, den Büros von Laurel Knitwear und all den tyrannischen Herschs erlösen sollten.

»Weißt du, was sie da drinnen in sich hineinstopft?« hatte ihn Issy Hersch gefragt. »Latein. Eine tote Sprache.«

Durch ein Loch im Zaun betrachtete Jakob den Hinterhof, in dem der Reiter einst sein provisorisches Trainingszentrum eingerichtet und sich vor den bewundernden Mädchen, erstklassigen Mädchen produziert hatte. Er und Arty hatten, wie Jakob sich erinnerte, vom Schlafzimmerfenster aus zugeschaut, und einmal hatten sie gesehen, wie Joey mit vor Haß funkelnden Augen einem Fremden gewaltig die Faust in den Bauch rammte.

Plötzlich erschien ein dunkeläugiger Junge mit olivfarbener Haut im Hof, kam an den Zaun und baute sich vor Jakob auf. »He, Mister! Verpissen Sie sich!«

Duddy, erinnerte er sich, Arty, Gas und ich.

Alles war damals so schnell geschehen. An einem Tag sammelten Arty, Duddy, Stan, Gas und Jakob noch Altmaterial und übten sich im Identifizieren von Flugzeugen, und scheinbar am nächsten schon war dann der Krieg vorüber gewesen. Die Söhne der Nachbarn kamen nach Hause.

»Wie war's denn drüben?«

»Sehr lehrreich.«

Ist Hitler wirklich tot? Diese Frage beschäftigte einen jeden. Das und das Ende der Kriegsverknappungen und Lebensmittelkarten.

Eines bitterkalten Samstagnachmittags kam ein Mann an die Wohnungstür. Ledermütze, wäßrige Augen, Nase mit vielen geplatzten Äderchen. Kampfspangen am Rockaufschlag. Ein Arm war nur noch ein Stumpf, der Ärmel von einer riesigen Sicherheitsnadel gehalten, und mit dem anderen gesunden Arm bot dieser Mann einen Veteranenkalender an, Karshs Churchillporträt in einem V aus Blattgold. »Nur fünfzig Cent das Stück.«

»Nein, danke«, sagte Mr. Hersch.
Vorwurfsvoll heftete sich der blutunterlaufene Blick des Mannes auf seine Kampfspangen. »Schon mal was von Dieppe gehört?« knurrte er, mit seinem Stumpf wedelnd.
Jakob sah flehend zu seinem Vater auf.
»Und haben Sie schon mal was vom Verbraucherverband gehört?« entgegnete Mr. Hersch. »Die haben nämlich zufällig über den Rundfunk eine Warnung an gesetzestreue Bürger herausgegeben, niemals etwas von Krüppeln zu kaufen, *die nur behaupten, Kriegsversehrte zu sein*.«
»Judenschwein!«
Mr. Hersch knallte die Tür ins Schloß. »Da siehst du, wie sie unter der Tünche sind, allesamt. Da siehst du's, Jakob.«
»Aber hast du seinen Arm gesehen? Vielleicht hat er ihn wirklich bei Dieppe verloren.«
»Und hast *du* seinen *schnozz* gesehen? Das ist doch ein Säufer. Die einzige Schlacht, die er jemals geschlagen hat, ist die Schlacht mit Johnny Walker. Wer Issy Hersch übers Ohr hauen will, der muß früh aufstehen.«
Oder, dachte Jakob – in Erinnerung an Tom, den Gärtner, schamerfüllt, an Sammy, der ihn mit großen Augen anschaute – oder seinen erstgeborenen Sohn Jakob.

Die alten Freunde, die Jakob aufsuchte, verhielten sich zu seiner Bestürzung unhöflich bis ärgerlich.
»Was macht denn der berühmte Regisseur hier draußen bei uns auf dem Land?« fragte Ginsburg. Artys Begeisterung für Jakobs Film kühlte sich bei drei Drinks merklich ab. »Wenn du mich gefragt hättest, als wir noch Kinder waren, ich hätte niemals gedacht, daß du's schaffst. Stan vielleicht.« Der geistreiche, bissige Stan Tannenbaum, mit dem zusammen Jakob in Klasse einundvierzig der Fletcher's Field High School gesessen hatte. Stan war inzwischen Professor, hatte sich das lange, fettige Haar mit einem Kopfband zurückgebunden und trug einen Anhänger auf seinem Schmerbauch. »Ich bin die führende Kapazität für Shakespeare in diesem Land und doziere furchtbar gern über das Thema, aber es macht einen demütig, weißt du. Ich schmeichle mir nicht, etwas Neues

hinzufügen zu können. Heutzutage wird soviel Mist geschrieben. Nimm nur zum Beispiel deinen Freund Luke Scott.«
Gordie Rothman, ein anderer alter Schulfreund, der das Lehrfach mit dem Körperschaftsrecht vertauscht hatte, wollte sich unbedingt auf einen Drink mit ihm bei Bourgatel treffen. »Ehrlich gesagt, der Rubel rollt nur so herein...« Er war glücklich verheiratet, hatte zwei Kinder, ein Haus in Westmount und einen von ihm so bezeichneten Schuppen in Vermont, nur für den Fall, daß die frankokanadische Frage außer Kontrolle geriet. »Nur einen Wunsch habe ich.« Gordie zog ein plastikgeschütztes, ledergebundenes Manuskript aus seinem Aktenkoffer. »Ich möchte, daß mein Drehbuch produziert wird.«
»Soll das heißen, daß du ein...?«
»Verdammt noch mal, mach mir doch nichts vor! Wer hatte denn je von dir gehört, bevor du berühmt wurdest?«
»Niemand.«
»Ich habe das Drehbuch an Agenten in New York und sogar in London geschickt, aber denen war natürlich alles schnurz, was in Kanada spielt. Du mußt doch Verbindungen in dieser Branche haben, das weiß ich genau, und ein Mann wie du...«
»Ich werde es lesen, Gordie. Aber ich lege ziemlich hohe Maßstäbe an, weißt du.«
»Hör mal, ich auch. Aber nicht jeder ist ein James Joyce. Ich meine, du würdest sicher auch gern so gut inszenieren können wie Hitchcock oder... oder Fellini...« Unvermittelt heftig erregt, funkelte er Jakob böse an. »Ich habe dich schon gekannt, als du noch ein Niemand warst. Kein Mensch hier hat jemals viel von dir gehalten. Wie zum Teufel hast du es überhaupt geschafft, ins Filmgeschäft reinzukommen?«
»Ich habe mit den richtigen Leuten geschlafen«, antwortete Jakob augenzwinkernd.

Jeden Abend nach dem Gebet kamen die Tröster in die Wohnung geströmt. Cousins zweiten Grades, an die er sich dunkel erinnerte, alte Nachbarn, Geschäftsfreunde. Sie verglichen Miami-Hotels nach ihren Preisen und Rabbis nach ihrer Ausstrahlung, vor allem aber staunten sie über das Wunder des Sechstagekrieges und verfolgten gespannt die Debatte über den Waffenstillstand in der UNO. Ein Rabbi, ein Vorstadt-Mod, wollte den Israeli-Sieg durch einen neuen Feiertag geheiligt wissen, ein neuzeitliches Passahfest.

Onkel Lou überfiel jeden Besucher mit derselben Frage: »Was für Panzer haben die Ägypter im Sinai eingesetzt?«

»*Russian*.«

»Falsch. Nicht *rushin'. Standing still*.«

Jedesmal, wenn die Gäste die Taten der israelischen Luftwaffe priesen, wies Lou sie spöttisch auf die bevorstehende Anleihenkampagne hin. »Niemals zuvor in der Menschheitsgeschichte«, deklamierte er gern, »werden so wenige so vielen soviel schulden.«

Jack versicherte allen Eintreffenden, die Ägypter hätten im Jemen nur Gas eingesetzt, um es für die Juden zu testen.

»Aber die Israelis haben doch Napalm verwendet«, protestierte Jakob.

»Wenn man auf Jakob hier hört, ist alles, was wir tun, verwerflich. Und alles, was die tun, ist großartig. Wußtet ihr schon, daß sie in Kairo für unsere Leute Verbrennungsöfen bereitgestellt hatten?«

Nur Onkel Sam wunderte sich nicht über den Sieg der Israelis. Er erinnerte jeden daran, daß es die Juden waren, die das Blättchen im Zweiten Weltkrieg gegen die Nazis gewendet hatten. Bei Tobruk.

»Sie standen gegen fünf arabische Staaten«, wiederholte Onkel Abe noch und noch, »ganz allein. Es muß die Folge einer göttlichen Intervention gewesen sein, sogar der größte Skeptiker muß doch einsehen, daß es Gottes Erfüllung seines Versprechens an Abraham...«

Eines Abends kam zögernd Max Kravitz, die Taxifahrermütze in den knotigen Händen. Seine Haare waren weiß, sein Gesicht grau. »Erinnerst du dich noch an mich?« fragte er, Jakob an die Wand drängend.

»Ja.«

»Was? Soll das heißen, daß du dich nach all den Jahren noch an mich erinnerst?«

»Ja. Selbstverständlich.«

»Na schön, aber ich erinnere mich nicht mehr an dich«, erwiderte Max triumphierend.
Auch Arty, der längst etablierte Zahnarzt, machte seinen Kondolenzbesuch. Arty war ein Witzbold geworden. So ein Witzbold! sagten sie. Er erzählte wunderschöne Geschichten; und wenn man dann lachte, schoß Artys Kopf vorwärts, bis auf wenige Zoll vor den aufgerissenen Mund, sein Blick forschte, seine Nase schnupperte mißtrauisch, entsetzt über das, was sie sahen und rochen, sein Lächeln ging unvermittelt in ein mitleidiges Kopfschütteln über. Und am nächsten Vormittag lag man würgend und hilflos in seinem Stuhl. Witzelnd hatte sich der listige Arty den Weg durch Hersch-Backenzähne gebohrt, hier eine Gebißplatte eingesetzt, dort eine Bonanza von schiefen Zähnen entdeckt und sich den Durchbruch in ein Eigenheim in Ville St. Laurent erarbeitet.
Issy Herschs Hinscheiden wurde eine Woche lang betrauert, die fanatischen Rabbis kamen an jedem Abend hereingeschneit, gefolgt von Gebeten und weiteren Gästen. Die angenehmste Zeit war für Jakob der Frühnachmittag, wenn die trägen Herschs nach einem bleischweren Lunch den Schlaf bekämpften, indem sie sich in Reminiszenzen über gemeinsame Kinder- und Schulzeiten, die ersten Jobs, alles in einer frankokanadischen Straße, ergingen.
»Sie sind so dumm!« Tante Malka schüttelte verwundert den Kopf. »Einer erzählte ich immer am Freitag einen Witz, und erst am Sonntag, mitten im Gottesdienst, fiel endlich der Groschen, und sie fing an zu lachen.«
Was ist mit den Separatisten?
Für die wäre die Geburtenkontrolle angebracht. Die vermehren sich doch wie die Kaninchen.
Plötzlich wurde es im Zimmer dunkel. Irwins Korpus füllte die Balkontür zum Überfließen; das Transistorradio hielt er ans Ohr gepreßt. »Arnie hat am fünfzehnten gerade Mist gebaut. Damit ist er Casper nur noch um zwei voraus.«
»Dieser Arnie. Mann!«
»Wo ist Nicklaus?«
»Moment mal.«
Geschickt brachte Jakob das Gespräch auf Cousin Joey und Baruch.

»Als sie Baruch kommen ließen, wißt ihr, den Verrückten, da hatte der noch nie eine Banane gesehen. Als Pa ihm eine Banane gab, hat er sie mit der Schale verschlungen.«

Onkel Abe sagte, kichernd bei der angenehmen Erinnerung: »Auf dem Schiff, mit dem dieser Gangster rüberkam, wurde einem anderen Juden die Brieftasche gestohlen. Sie stellten das ganze Schiff auf den Kopf, aber sie konnten sie nicht finden. An der Gangway warteten zwei Polizisten von der Spezialabteilung und durchsuchten das Handgepäck. Als Baruch die Gangway runterkommt, hat er seine Tasche schon für die Inspektion geöffnet. Er ißt einen Apfel und pfeift dabei. In dem Apfel steckt das Geld aus der Brieftasche.«

»Junge, Junge – dieser Baruch!«

Und plötzlich fühlte sich Jakob, der gekommen war, um mit den Herschs Totenwache für seinen Vater zu halten, fühlte sich Jakob also verpflichtet, den Reiter in seiner Abwesenheit zu ehren. Ohne Vorrede wandte er sich an Onkel Abe, erinnerte ihn an Joeys letzten Besuch in Montreal, an die Männer, die vor dem Haus in der St. Urbain Street im Wagen gewartet hatten, an den ausgeplünderten MG im Wald und an Jennys hartnäckigen Haß. »Du warst es, der ihn verraten hat, nicht wahr, Onkel Abe?«

Onkel Abe wurde puterrot. »Was redest du da, du betrunkener Quatschkopf?«

»Ich verlange eine ehrliche Antwort.«

»Nun gut, hier ist sie.« Er versetzte Jakob eine schallende Ohrfeige und stapfte hinaus.

Auf dem Zimmer lastete erstickendes Schweigen.

»He«, sagte Onkel Lou, »kennt ihr den mit dem Mädchen, das kein Pessar trug, weil sie kein Panoramafenster in ihrem Spielzimmer haben wollte?«

»Onkel Lou, ich habe genug von deinen kindischen Witzen.«

»He, hoppla, alter Junge! Steck dir's meinetwegen sonstwo hin.«

Rifka schüttelte die Faust gegen ihn. »Du kommst hierher, vielleicht einmal im Jahr, du säufst von morgens bis abends Schnaps und stiftest Unruhe. Und dann fliegst du wieder weg. Von mir aus kannst du ruhig ganz wegbleiben.«

Hitzig erkundigte sich Herky: »Was ist eigentlich aus dem James-

Bond-Film geworden, den du inszenieren wolltest? Du Großmaul.«
»Blah, blah, blah«, war die geistreiche Antwort, die Jakob einfallen wollte, bevor er gekränkt, die Kognakflasche in der Hand, auf den Balkon hinausflüchtete.
Leider war jedoch schon Cousin Irwin dort. Irwin, der Berg, der keuchend seine Fingernägel kürzte. Nachdem Irwin einen Blick auf Jakobs erhitztes, gekränktes Gesicht geworfen hatte, wich er ihm aus und zuckte gewinnend mit den Augenbrauen.
»Sag was, du Scheißer! Sag endlich was zu mir!«
»Mach ich.«
»Gut. Also los.«
Irwin überlegte mit zusammengekniffenen Augen. Er betrachtete eine Benzinpfütze in der ESSO-Tankstelle gegenüber. Er kratzte sich den Kopf und studierte seine Fingernägel. Endlich, als stürze er sich mit einem Satz auf die Worte, fragte er: »Hast du viele Eisen im Feuer?«
Oh, du mein Gott, dachte Jakob und zog sich wieder ins Wohnzimmer zurück, wo Köpfe, zum Flüstern zusammengesteckt, hastig auseinanderfuhren.
»Hört mal«, bat Jakob, »wir müssen alle einmal sterben...«
»Was hast du?« wollte Sam wissen.
»...setz dich nur, du alter Narr, es ist nicht ansteckend. Ach verdammt, wozu halte ich überhaupt *schiwe*? Ich glaube doch gar nicht daran. Wieso sollte ich euch einen Gefallen tun?«
»Aus Achtung vor deinem Vater.«
»Ich habe nie Achtung vor meinem Vater gehabt.«
»He, Junge!«
Ich habe ihn geliebt, fügte Jakob in Gedanken hinzu, aber aussprechen wollte er es nicht.
»Jetzt ist er noch keine Woche tot«, heulte Rifka, »und er hat keine Achtung vor ihm. Habt ihr das gehört? Habt ihr das alle gehört?«
»Du brauchst dich nicht so aufzuregen, Herzchen. Er hat kein Geld hinterlassen.«
»Du Mistkerl! Du Biest! Als du diese *schikse* geheiratet hast, das hat ihm das Herz gebrochen.«

Mit schlappenden Hausschuhen kam Onkel Abe wieder hereingeschlurft.
»Ich hätte dich nicht schlagen sollen. Tut mir leid, Jakob.«
»Nein. Du hättest mich verdammt noch mal nicht schlagen sollen. Du hättest mir eine ehrliche Antwort auf meine Frage geben sollen.«
»Kannst du«, fragte Abe ihn müde, »eine Entschuldigung nicht wie ein Gentleman entgegennehmen?«
»Hast du ihnen gesagt, wo sie Joey finden?«
Seufzend führte ihn Onkel Abe in die Küche und machte die Tür hinter sich zu.
»Hast du Joey in London gesehen?«
»Ich glaube, er ist jetzt in Südamerika. Ich habe ihn seit meiner Kindheit nicht mehr gesehen.«
Onkel Abes Augen flackerten vor Erleichterung. So schien es Jakob jedenfalls.
»Dann hast du Glück gehabt. Weil er nämlich verdorben ist.«
»Und wieso?«
»Du hältst sehr viel von deinem Cousin, stimmt's?«
»Vielleicht.«
»Joey hat mit den Internationalen Brigaden im Spanischen Bürgerkrieg gekämpft; das gestehe ich ihm ja zu...«
»Und achtundvierzig in Israel. Er ist mit dem letzten Konvoi nach Jerusalem hinein.«
»Gut. Wunderbar.« Onkel Abe lächelte zweifelnd. »Und wenn das genügt, um in deinen Augen ein Held zu sein, lassen wir's lieber dabei, ja?«
»Nein. Wir lassen es nicht.«
»Du bist zäh. Okay. 1943 kam er mit eingezogenem Schwanz wieder zu uns zurückgekrochen, weil er mit irgendwelchen Gangstern Ärger hatte. Er war den ganzen Weg von Las Vegas bis hierher durchgefahren, ohne daß er zurückzublicken wagte.«
»Was für Ärger war denn das?«
»Nichts Großartiges, Jakob, nichts mit Stil. Mieser Ärger. Hauptsächlich mit Buchmachern. Er hat gespielt, okay, das tun viele. Er hat seine Schulden nicht bezahlt. Okay, er ist nicht der erste. Aber er war außerdem ein Gigolo. Er war ein Erpresser. Er hat Frauen

Geld abgenommen, manchmal sogar, indem er sie heiratete. Erinnerst du dich an die Frauen, die in das Haus in der St. Urbain Street kamen?«

Jakob nickte.

»Nun, erstens waren das leichte Mädchen, Barhockerinnen, deren Männer mit der Army in Übersee waren. Dann war da ein junges Mädchen aus Westmount, die hatte er bei einer Pferdeshow kennengelernt, glaube ich, und das führte zu weiteren Hyänen der Gesellschaft, die sich nach ein bißchen Nervenkitzel sehnten. Schließlich war Joey ein interessanter Bursche. Er war Stuntman beim Film gewesen. Er hatte Profi-Baseball gespielt. Und wenn es um Pferde ging, da konnte er mit den besten von ihnen mitreiten. Aber, weißt du, er war auch ein Rauhbein. Keine Erziehung. Er wurde ehrgeiziger als gut für ihn war, er überschritt die Grenze. Er fing an, sich in der Maritime Bar herumzutreiben, im Ritz, weißt du, sich bei verheirateten Frauen anzubiedern. Die kauften ihm Kleider, schenkten ihm Geld, und wenn er nicht genug hatte, unterzeichnete er Rechnungen auf meinen Kredit. Nachdem er weg war, habe ich über zweitausend Dollar Schulden für ihn bezahlt.«

»Du hast ihm nach dem Zwischenfall beim Palais d'Or diese Männer auf den Hals geschickt. Du hast ihn verraten.«

»Quatsch mit Soße, was du da redest. So war es nicht, Jakob. Dein Cousin litt daran, daß ihm einiges zu Kopf gestiegen war. Er ließ sich mit der Frau eines Prominenten hier ein, eines Mannes von echter Qualität und guter Position, mit einer einflußreichen Familie. Die Frau trank zuviel und war scharf auf Joey. Sie war, um es gelinde auszudrücken, äußerst indiskret. Wenn der Ehemann verreist war, kam Joey zu ihr ins Haus. Oben auf dem Hügel. Und er ist nicht mit leeren Taschen gegangen. Schmuck verschwand, ebenso einiges Familiensilber. Der Mann kam, um mit Joey zu sprechen. Er bot ihm Geld, aber es war nicht genug. Sie stritten. Joey schlug ihn. Dann kriegte dein großer Held kalte Füße, aber es war zu spät, um davonzulaufen. Der Ehemann wollte ihm eine Lektion erteilen. Was sollte er machen, er war zum Gespött geworden. Also bezahlte er ein paar Rowdies, um es Joey heimzuzahlen.«

»In Israel habe ich Joeys Frau besucht«, sagte Jakob, in der Hoffnung, ihn zu erschrecken.

»Joeys Frau. Eine von ihnen, meinst du wohl. Es gibt mehrere.«
»Er hat ihr erzählt, unsere Familie sei verantwortlich für den Tod seines Vaters und beinahe auch für seinen eigenen.«
»Sagt er. Worte wie Gold. Der Mann ist der geborene Lügner.«
Jakob erzählte Onkel Abe von den Mengele-Dokumenten, die er im Kibbuz entdeckt hatte. Er erzählte ihm von Deir Yassin, vom Kastner-Prozeß und wie er, nachdem er den Reiter in München und Frankfurt gesucht hatte, zu der Überzeugung gelangt sei, Joey versuche Josef Mengele in Südamerika aufzuspüren. Zu seinem unmittelbaren Bedauern erzählte er ihm auch von Ruthy.
Onkel Abe schüttelte verblüfft den Kopf. Er lachte höhnisch. »De la Hirsch«, sagte er. »Das ist der Gipfel.«
»Ich kann nicht darüber lachen. Und ich glaube deine Geschichten von Joeys Liebesaffären nicht. Du hast ihn verraten, Onkel Abe.«
»Ich wünschte, es wäre so. Ich hätte es getan, ohne mit der Wimper zu zucken.«
»Aber warum, in aller Welt?«
»Du hast ja keine Ahnung, wie dicht wir damals vor Rassenunruhen standen! Damals, das war nicht wie heute. Damals wurde ›*A bas les Juifs*‹ aufs Straßenpflaster gepinselt, die jungen Männer versteckten sich im Wald, sie wollten nicht den Krieg der Juden kämpfen. Was sie anging, konnten wir ruhig alle in den Verbrennungsofen geschaufelt werden. Und jetzt haben sie die *chuzpe*, zu erklären, wie sehr sie die Zionisten bewundern. Die Separatisten behaupten, sie seien die Zionisten ihres Landes, und die Juden müßten sie unterstützen. Nur über meine Leiche, Yankel. Wenn die heute ihre Unabhängigkeit kriegen, gibt es morgen einen Sturm auf die Banken. Warum? Wegen der Juden; und dann wird für uns hier wieder der Boden zu heiß. Weißt du, du lebst nicht hier. In deiner esoterischen Welt, Filmleute, Schriftsteller, Regisseure, Schauspieler, da spielt es kaum eine Rolle, ob einer ein Jude, ob einer schwarz ist. So helfe mir Gott, beinahe hätte ich Neger gesagt. Du führst ein beschütztes Leben, mein junger Freund. Wir leben hier in einer realen Welt, und ich sage dir, es ist heute viel besser als damals, als ich noch jung war. Ich jubele, ich freue mich, aber ich erinnere mich auch. Und wie ich mich erinnere! Und ich bin auf der Hut. Mein Vater, dein *seide*, kam im Zwischendeck hier-

her, um Trödler zu werden. Er sprach kein Englisch und lebte in Furcht vor den *goyim*. Ich war eine Ausnahme, einer der ersten meiner Generation, die die McGill University besuchten, und zu meiner Zeit war es wahrhaftig kein Vergnügen, auf dem Campus ein Jude zu sein. Damals, das war anders als heute. Zu meiner Zeit, weißt du, da hatten wir noch Angst. Wir durften in Mount Royal keine Immobilien erwerben, wir rochen schlecht. Hotels waren uns verschlossen, die Country Clubs, und an den Universitäten gab es Zulassungsquoten für Juden. Ich weiß noch heute, wie ich eines Tages mit Sophie, sie war im vierten Monat, jung verheiratet, mit dem Auto in die Berge fuhr und einen Platten bekam; ich mußte zwei Meilen weit zu Fuß zu einem Hotel marschieren, um eine Werkstatt anzurufen. Für Juden und Hunde verboten, stand draußen am Zaun. Wenn ich die Augen zumache, Yankel, sehe ich das Schild noch genau vor mir. Aber heute bin ich Kronanwalt. Ich bin im Schulvorstand. Der Bürgermeister ist zum Jubiläumsdinner zu uns in die Synagoge gekommen und hat ein Käppchen getragen. Genau wie ein paar Minister aus Ottawa. Juden bekleiden das Richteramt. Ja, heute gibt es sogar Juden, die tatsächlich Mitglieder im University Club sind. Drei bis jetzt.«

»Und da fühlst du dich geschmeichelt, wie?«

»Geschmeichelt, nein; erfreut, ja. Mein Irwin kennt kaum Antisemitismus. Er ist ein braver Junge, weißt du, du solltest dich mal mit ihm unterhalten. Er ist ernsthaft, und er hat Achtung vor Älteren, nicht wie andere Jungen seines Alters, die jetzt schon mit Rauschgift zu tun haben. Weißt du, ich habe Vorträge an der McGill University gehalten. Ich, der Sohn des Trödlers, was sagst du dazu? Ich habe über das Talmudgesetz gesprochen, und diese Kinder, mein Gott, mein Gott, jüdische Kinder, ich sehe sie vor mir, sie sind größer, als wir es waren, groß und gesund, die Mädchen eine Augenweide, gekleidet wie amerikanische Prinzessinnen, die Jungen mit Autos, und ich finde, wir haben Grund, stolz zu sein, wir haben gute Arbeit geleistet. Der Kampf hat sich gelohnt. Und was wollen sie, unsere jüdischen Kinder? Schwarz wollen sie sein. LeRoi Jones, oder wie er heißt, und dieser verrückte Cleaver, die erzählen ihnen, die Juden seien bis ins Mark verdorben, und sie klatschen Beifall. Es ist eine *mechaje*. Nicht, daß sie ein einziges

Wort Jiddisch könnten – Französisch, ja, das ist *groovy*. Das Herz bricht ihnen wegen der unterdrückten Frankokanadier. Nun, vor höchstens zwei Generationen wollten dieselben Frankokanadier ihnen den Schädel einschlagen. Und sind's nicht die Schwarzen oder die Frankokanadier, dann sind es die Eskimos. Sie können nicht schlafen, so schlägt ihnen das Gewissen wegen der Indianer. Da sind sie also, unsere jüdischen Kinder, und tragen indianische Kopfbänder. Rauchen Pot. Es ist die Last, weiß zu sein, die sie so quält. Seit wann sind wir denn überhaupt weiß? Vor zwei Generationen nur, wer war da weiß? Wir waren Itzigs, weiter nichts. Schöne Bande. Was ist für sie Israel? Ein kapitalistischer Vorposten. Und der Zweite Weltkrieg, das war, als wir Hiroshima vernichteten, und das wunderschöne Dresden, wir armen, alten Sünder. Wir Philister. Weißt du, neulich habe ich einen jüdischen Jungen auf dem Motorrad gesehen, der junge Bernstein, er trug die Haare wie die Ritz Brothers und auf dem Kopf einen deutschen Stahlhelm. ›Schande‹, sagte ich zu ihm, ›es ist eine Schande.‹ – ›Es ist *campy*‹, quietschten die Mädchen. ›Warum regen Sie sich auf, Mr. Hersch?‹ Und sie kommen mir mit Harlem, den *zoress* der Eskimos, Indianerkriegern ohne Hoffnung. Vietnam. Cuba. Hört mal, sagte ich zu ihnen, das ist Abraham Hersch, der hier vor euch steht. Ich bin ein gar nicht so übler Bursche. Ich bin für die Leiden dieser Welt nicht verantwortlich. Was ich besitze, habe ich verdient. Ich habe das Napalm nicht erfunden. Ich habe niemanden gelyncht. Es tut mir leid, daß ihr nicht schwarz und schön seid, sondern nur jüdische Kinder. Für mich gelten die Gedanken des Rabbi Akiba, nicht die des Vorsitzenden Mao. Und dieses *pischerke* spielt sich auf, sie seien die *love generation*, sagt er, sie seien für den Frieden, sie schenkten einander Blumen. Ganz neu, was, Yankel? Und was bin ich, frage ich sie, die *hate generation*? Ein Kriegshetzer? Hab ich den Mädchen, hinter denen ich her war, Gift geschenkt? O nein, ich hab ebenfalls Blumen sprechen lassen. Nein, nein, ich finde das alles nicht gut. Da sagt dieses Kind, wenn sie ein Rockkonzert haben, kommen Tausende von ihnen von meilenweit her zusammen, und es gibt keinen Krawall. ›Hör zu, du *schmock*‹, hab ich ihm geantwortet, ›wenn ich zu einer Veranstaltung in die Synagoge gehe oder zu einem Mozartkonzert, da kommen wir auch nicht mit

Knüppeln an und schlagen uns die Schädel ein. Weshalb soll das so großartig sein, daß eure Konzerte nicht mit einem Krawall enden? Was ist so fabelhaft daran?‹ Aber er ist noch nicht fertig, dieser moderne Weise. Schließlich marschiere ich nicht mit einem *Fuck* auf die Stirn gemalt durch die Sherbrooke Street. Würde ich onanieren, hätte ich ein schlechtes Gewissen. Ich würde nie einen anderen Mann küssen. Feh, sagte ich. Ihre Körper seien schön, erzählt er mir. Wenn sie nackt baden, bescheint die Sonne auch ihren Hintern. ›Hör mal, du kleiner Scheißer, glaubst du, ich wäre dick und kahl geboren und mit einem Herzfehler? War ich nicht auch mal jung, und wirst du nicht auch mal alt werden? Sind wir nicht alle aus Fleisch und Blut?‹

Ach, es war zum Verzweifeln. Unglaublich. Aber mein Irwin, der hat einen Kopf auf den Schultern.« Onkel Abe klopfte an Holz. »Und steht mit beiden Beinen auf festem Boden. Ich muß dich noch einmal daran erinnern, Yankel: Dies hier ist unsere Heimat. Wir leben hier, du nicht. Ich bin ein geachteter Bürger. Meine Tochter ist gut verheiratet, es fehlt ihr an keinem Komfort. Sie telefoniert jeden Tag mit ihrer Mutter, sie ruft mich im Büro an. Wir beten unsere Enkel an. Eines Tages wird Irwin, so Gott will, ein nettes Mädchen heiraten, und es wird noch mehr Enkel geben. Ich habe sie großgezogen, Irwin und Doris, und wenn der Tag kommt, werden sie mich begraben. In der Schule trage ich den *talith* meines Vaters, bald wird Irwin ihn tragen und dann sein Sohn und der Sohn seines Sohnes. Es ist ein gutes Leben. Ich genieße es. Ich bin nicht so wie ihr ruhelosen Herschs, ein ewiger Wanderer, der nur nach Hause kommt, um bissige Bemerkungen zu machen und Unruhe zu stiften. Ein Scheiße-Aufrührer.«

»Wie Joey«, erkundigte sich Jakob, »oder wie ich?«

»Ich vergleiche dich nicht mit ihm. Du bist ein guter jüdischer Junge. Sieh in dein Herz, Yankel, und du findest *jiddischkeit*.«

»Erhebe bitte keinen Anspruch auf mich. Wenigstens nicht auf diese Art. Denn so amüsant du bist und so plausibel, die Familienehre der Herschs lastet doch auf Joeys Schultern und nicht auf deinem nachgiebigen Rücken, und mein Herz gehört ihm.«

»In Paraguay?«

»Jawohl.«

»*Putz*. Da ich in deinen Augen der Bösewicht bin, will ich dir eine Frage stellen. Was hat Joey jemals für seine Frau getan? Oder für Hanna? Oder für Jenny? Oder für Arty? Ich, der Weichherzige, ich habe sie alle aufgenommen, als sie in Lumpen ankamen und Artys Kopf von Läusen wimmelte. Ich habe die Miete und die Arztrechnungen bezahlt. Ich habe Arty Zahnheilkunde studieren lassen, und ich sage dir, ich bereue es nicht, denn er hat sich zu einem angesehenen Mann entwickelt, von dem man in der Gemeinde sehr viel hält.«

»Komm mir bloß nicht mit der Gemeinde! Denn du, mein Lieber, der älteste Sohn des Trödlers, gehörtest doch zu den Gemeindeoberen, die einen unterwürfigen Brief an den ›Star‹ unterzeichnet haben, in dem sie erklären, sie würden keine Mühe scheuen, denjenigen zu finden, der den frankokanadischen Studenten zusammengeschlagen habe.«

»Ja, ja, ich bin der Schuldige. Er hat ja nichts weiter getan, als einen unschuldigen Jungen zusammenzuschlagen und ihn bewußtlos auf der Straße liegenzulassen.«

»Als Jenny diese Stadt verließ, hat sie gesagt, kein Geld mehr von Onkel Abe, dem lieben, beschissenen Onkel Abe. Warum?«

»Weil sie eine Hure mit einem schmutzigen Mundwerk ist und uns haßt. Weißt du denn nicht mal das?«

»Du hast Joey zusammenschlagen und zur Stadt hinausjagen lassen, Onkel Abe. Du weißt es, und ich weiß es.«

»Ich schlafe mit gutem Gewissen. Das einzige, was mich manchmal nicht schlafen läßt, ist die Magensäure.«

»Ach, was soll's!«

»Wir wollen mal eines klarstellen, Yankel. Wir sprechen von einem Erpresser. Von einem Glücksspieler, einem Bigamisten und Lügner. Du und ich, wir reden von einem Gigolo. Von einem Mann, der unter falschem Namen, sicherlich mit gutem Grund, von Land zu Land zieht. De la Hirsch«, sagte er kichernd. »Und ausgerechnet Josef Mengele. Paraguay. Okay, keine durchbohrenden Blicke mehr von dir, bitte. Joey ist der Golem. Er ist Bar-Kochba. Eine Ein-Mann-Makkabäer-Bande. Er sucht im Dschungel nach Mengele. Schließlich ist Eichmann ja auch von jemandem geschnappt worden. Aber wenn er ihn findet, was dann? Wie alt würde dann dieser Dreck sein? Sechzig? Siebzig? Wenn Joey ihn findet, schneidet er ihm die Kehle durch. Gleicht das etwa die Rechnung aus? Nein, Sir. Das bringt nur die Juden von Asunción in Schwierigkeiten, mehr nicht.«

»Wie Joey euch hier in Schwierigkeiten gebracht hat?«

»Also gut, dann versuch mal folgendes zu verdauen, mein junger Freund. Wie ich deinen Cousin kenne, wenn der wirklich nach Mengele sucht, woran ich keine Sekunde glaube, wenn er also diesen Nazi jagt und findet«, schrie Onkel Abe und hieb mit der Faust auf den Tisch, »dann bringt er ihn nicht um, dann erpreßt er ihn höchstens!«

Draußen war es immer noch erstickend heiß. Aber es sah nach Regen aus. Cousin Irwin lehnte, Schirm in der Hand, am Familien-Cadillac und wartete darauf, daß er seine Eltern heimfahren konnte. Irwin leckte an einem dreifachen Eis. Erdbeer, Schokolade und Pistazien. Seine Augen wurden von einer Baseballmütze beschattet (*Go*, *METS*, *Go*). Seine Arme waren von der Sonne verbrannt. Anstelle von Ellbogen hatte er Grübchen. Er trug einen gelben Pullover, durch den man seine Brustwarzen sah. Sein überdimensionaler Bauch quoll über die karierten Bermuda-Shorts.

Mit finsterem Blick ging Jakob auf ihn zu.

»Willste mal lecken?« Irwin bog sich vor Lachen.

Jakob schlug ihm das Eis aus der Hand. Es klatschte gegen den Cadillac und rutschte aufs Pflaster. »Wie viele Staaten hat die Union?« wollte er wissen.

»Achtundvierzig.«

»Fünfzig«, fuhr Jakob ihn an.

»Na schön, fünfzig.«

»Zähle sie auf!«

»*Was?*«

Jakob hob den Fuß und trat Irwin mit dem Absatz so fest auf die Zehen, wie er nur konnte.

»Oregon, Idaho, North Dakota, Nebraska, Wyoming, Illinois, Michigan, New York, North Dakota...«

Jakob stieß ihm den Ellbogen in den Bauch. »North Dakota hatten wir schon.«

»... South Dakota, Vermont, New Hampshire, Texas, Nevada. Wie viele sind das?«
Jakob klatschte ihm die flache Hand ins Gesicht.
»Arizona, California, Utah, New Mexico, Missouri, Miami, Georgia, Florida, Alabama.« An die Kühlerhaube des Wagens gedrängt, kaum noch in der Lage, das Gleichgewicht zu wahren, begann Irwin mit vorquellenden Augen heftig zu zittern. »Kansas, Virginia, North Carolina, South Carolina, Alaska...«
Tante Sophie, die aus dem Haus kam, begann zu kreischen.
»Was geht hier vor?« fragte Onkel Abe entgeistert.
»Mein Großvater ist nicht im Zwischendeck hierhergekommen, Baruch ist nicht im Elend gestorben, Joey ist nicht zur Stadt hinausgejagt worden, damit dieser Pudding hier, dieser Nasenbohrer, dieser Sportidiot, dieses Stück Scheiße, dein Sohn Irwin die Erde erbt.« Damit machte Jakob kehrt und schritt die Straße hinunter; er kämpfte gegen die Übelkeit und betete, daß ihm nicht schlecht werden möge, bevor er um die Ecke gebogen war.

16

Zu komisch, Nancys Liebesbriefe in Jakobs unterster Schreibtischschublade zu finden! (»... Das habe ich vorher noch nie getan, Liebling, mit keinem anderen Mann...«) O Gott, tat die großartig! (»... immer Vorsorge getroffen, denn es gab noch nie einen Mann, von dem ich ein Kind wollte...«) Diese transzendentalen Gedanken! Diese hochgestochenen Gefühle! Als wäre sie nicht genauso beschaffen wie alle anderen, mit der Antwort zwischen den Beinen.
Als Harry immer tiefer in der Schublade wühlte, stieß er auf ein paar maschinenbeschriebene Blätter.

GROSSAUFNAHME GENERAL ROMMEL
hebt den Feldstecher an die Augen.
SUBJEKTIVE KAMERA ROMMEL (DURCH DEN FELDSTECHER)
8. Armee in wilder Flucht durch die Dünen.

Harry überschlug einiges.

INNEN. TAG. EIN KERKER
umgebaut zum Kinderzimmer. MONTY, auf den Knien, nackt bis zur Taille. Verängstigt, aber erregt, als MAJOR POPPINS eintritt, bekleidet nur mit Schwesternhäubchen, BH, Korsett und Knöpfstiefeln.

Interessant. Ungeheuer interessant. Wenn Jakob insgeheim auf solches Zeug stand, welches Recht hatte er dann, eine derartige, mit Abscheu gepaarte Überheblichkeit an den Tag zu legen, als Harry ihm soweit vertraute, daß er ihm einige Fotos zeigte, die er gemacht hatte? Ihn zu verspotten. Scheißüberheblichkeit! Obwohl Harry offener mit ihm gesprochen hatte als mit irgendeinem anderen Menschen. Herablassendes Schwein! Mit einem so selbstgerechten Lächeln, wie Harry sich erinnerte, daß er nicht schlecht Lust gehabt hatte, ihm mit dem Stativ eins überzuziehen. Schließlich besaß er wirklich alles. Eine schöne Frau. Drei Kinder. Ein Haus in Hampstead. Ein Schweizer Nummernkonto. Scheiß auf ihn, dachte Harry, den es plötzlich keine Minute mehr in diesem Haus hielt.
Draußen regnete es. Wieder einmal auf die Barrikaden, Harry, für England und Fotzen. In den Cafés an der King's Road und Kensington Church Street verströmte er seinen Charme vergebens, so daß er ziemlich niedergeschlagen war, als er zur Finchley Road zurückkehrte und es ihm gelang, sich kurz vor Ladenschluß den Weg ins »The Scene« zu bahnen.
Das Mädchen, auf das sein Blick fiel, war mürrisch, aber entschieden hübsch, mit verschlafenen blauen Augen und langem Blondhaar. Allein am Tisch, paffte sie am Stummel einer selbstgedrehten Zigarette. Tittenenger Pullover, Minirock. Derjenige, der sie begleitet hatte, war fort, hatte seinen Kaffee und Käsekuchen unberührt stehengelassen.
»Ich weiß nicht recht, wie ich es formulieren soll«, begann Harry schüchtern, »denn Sie werden mir doch nicht glauben.«
»Ganz recht«, stimmte sie zu. Mit deutschem Akzent.
»Ich bin Filmregisseur.«
Sie kicherte, scheinbar desinteressiert.
»Sehen Sie...« Harry glitt auf den leeren Stuhl neben ihr.

»Ich habe Sie nicht zum Sitzen aufgefordert. He, ich wüßte nicht...«
»Geben Sie mir zwei Minuten, dann können Sie alles sagen, was Sie wollen, und ich werde verschwinden« – er schnalzte mit den Fingern – »einfach so.« Dabei hielt er seinen Belichtungsmesser dicht vor ihr Gesicht und beobachtete sie. »Sie sind wunderschön.«
»Tick-tock, tick-tock.«
»Ich suche nun schon den ganzen Abend, aber jetzt weiß ich's genau: Sie sind's!«
»Tick-tock, tick-tock.«
»Also, zufällig bin ich wirklich Filmregisseur. Hier, bitte – sehen Sie.« Er schob ihr eine Kreditkarte hin.
»Jakob Hersch«, las sie laut, gleichgültig.
»Und sehen Sie sich bitte das hier an.«
Nicht ohne Mühe, immer wieder zwinkernd, las sie eine Kritik von Jakobs letztem Film und musterte prüfend seinen Gewerkschaftsausweis. Dann nahm sie noch einmal den Zeitungsausschnitt zur Hand, las ihn diesmal, die Lippen bewegend, langsamer, und reichte Harry geistesabwesend ihren Zigarettenstummel. Harry tat, als inhaliere er tief. »Fabelhaft«, sagte er.
»Und was wollen Sie nun von mir?«
»Lassen Sie uns lieber gehen; wir können bei mir dann noch was trinken. Es ist nicht weit.« Er hatte sich schon halb erhoben.
Aber sie rührte sich nicht vom Fleck.
»Sind Sie Schauspielerin?«
Sie schüttelte den Kopf.
»Wunderschön. Fabelhaft.«
»Ich bin Studentin. Au-pair-Mädchen.«
»Nicht zu fassen!« Harry schüttelte den Kopf; er schlug sich mit der Faust in die Hand. »Ist das zu glauben?«
»Was denn?«
»Daß der Blitz zweimal einschlägt.«
»Ich verstehe Sie nicht.«
»Elke Sommer. Sie war auch Au-pair-Mädchen, wissen Sie; hier in Hampstead. Als sie entdeckt wurde.«
Als er diesmal ihren Arm ergriff, um sie vom Tisch hochzuziehen, leistete sie keinen Widerstand.

»Verstehen Sie mich bitte recht, ich kann Ihnen nichts versprechen«, fuhr Harry fort. »Ihr Englisch ist nicht schlecht, im Gegenteil, es ist sogar reizend, aber ich möchte doch, daß Sie mir ein paar Zeilen vorlesen. Meinen Sie, daß Sie das könnten?«
Achselzuckend entgegnete sie: »Warum nicht?«
Draußen sagte Harry, ganz nervös vor freudiger Erregung, mit klopfendem Herzen: »Gehen Sie bitte vor mir her.«
»Warum?«
»Tun Sie, was ich Ihnen sage. Bitte!«
Sie glitt vor ihm her.
»Umwerfend! Absolut umwerfend.« Harry beeilte sich, wiederum ihren Arm zu ergreifen. »Kommen Sie mit.«

17

Jakob blieb nicht die vorgeschriebene Trauerwoche, sondern reiste, entnervt von seinem schmerzlichen und hitzigen Streit über den Reiter, schon einen Tag früher ab. Es wurmte ihn. Oh, wie es ihn wurmte! Auf dem Rückflug nach London, am blauen Himmel von Labrador, in unruhigem Schlummer, während er über dem sich kräuselnden, stahlgrauen Atlantik schwebte, kämpfte sich Jakob immer wieder durch den Wortwechsel mit Onkel Abe, blieb er in der Retrospektive Sieger.
England kündigte sich an durch Ohrenschmerzen, das Sinken des Jets und die üblichen schmutzigen Wolkenbänke. Als Jakob schließlich in Heathrow von Bord ging, war er in schwärzester Laune, und vor ihm lag noch die lange Fahrt nach Cornwall zu Nancy und den Kindern.
Im Haus brannte Licht. Hatte er etwa vergessen...? Nein, sicher war Harry da. Verdammt noch mal, dachte er, als er den Schlüssel drehte, verdammt, verdammt!
In der Diele duftete es süßlich nach Weihrauch.
Und im Wohnzimmer sah er das Mädchen. Schläfrige blaue Augen. Glattes, blondes Haar. Wie ein Füllen. Er hatte sie überrascht, als sie gerade aus dem Arbeitszimmer kam, und nun bückte sie sich mit gemessener Unverfrorenheit, um einen Schal vom Fußboden aufzuheben und ihn sich vor die Brust zu halten. Wie in einem Stand-

foto beim Film, so erinnerte er sich später, maßen sie einander, Jakob, kochend vor Ungeduld, das Mädchen, lässig an der Tür lehnend, das lebendig gewordene »Playboy«-Foto.
»Ja?« sagte sie.
»Das hier ist mein Haus!« fauchte Jakob. »Mein Name ist Hersch.« Und als wolle er sein Besitzerrecht dokumentieren, warf er seine Flugtasche aufs Sofa, war er sich voller Befangenheit dessen bewußt, daß er sich etwa so kampflustig benahm wie in Cronins Romanen ein Vater, der plötzlich heimkehrt.
Das Mädchen zog sich ins Arbeitszimmer zurück; er hörte Gekicher, Flüstern, und dann erschien ein äußerst erregter Harry.
»Mann Gottes! Zieh dir was an, hörst du?«
Mit idiotischem Grinsen schlüpfte Harry in seine Hose. »Aber du wolltest doch erst morgen kommen.«
»Ich hab's mir eben anders überlegt.«
Flehend zerquetschte er fast Jakobs Arm. »Ich habe ihr gesagt, ich wäre beim Film. Regisseur. Mach's mir nicht kaputt, Jakob!«
Sie war wieder da, stand an der Tür, diesmal den Schal um den Körper gewickelt.
»Willst du sie?« flüsterte Harry. »Sie ist verrückt danach. In jeder Form.«
»Im Augenblick, Fellini, bin ich nur nach einem verrückt. Nach einem Drink.« Damit machte er abrupt kehrt und eilte, zwei Stufen auf einmal, die Treppe zum Schlafzimmer empor, wobei er nur ein einziges Mal stolperte.
Der listige Harry schickte ihm Ingrid mit einer Flasche Remy Martin und einem Glas auf einem Tablett nach. »Sie sind uns böse«, stellte sie fest.
»Ihre Beobachtungsgabe ist gut.«
»Sie sind der intellektuelle Typ.«
»So ist es.«
»Aber Sie haben eine Waffe.«
Harry hatte ihr also seinen Adlerhorst gezeigt. Dieses kleine deutsche Biest hatte bestimmt die Fotos an der Wand gesehen. Frau Göring, die von Papens, »Sepp« Dietrich.
»Mit gutem Grund«, antwortete er. »Würden Sie jetzt bitte das Tablett hinstellen und gehen?«

Sie roch nach Sex, und er, ebenso spürbar, nach Tod. Unbegründet fügte er noch hinzu: »Ich will baden.«
»Was für ein Grund?«
»Die Waffe oder das Bad?«
»Die Waffe.«
»Vielleicht will ich ein paar Deutsche erschießen. Vielleicht sogar Sie. Wer weiß?«
Ingrid kicherte und wies mit dem Finger auf ihn, aber es war nicht seine Männlichkeit, über die sie sich lustig machte. Es war die Unterhose mit dem Y-Verschluß, in der er da stand. Hellblau. Pilar hatte sie dämlicherweise mit Sammys Jeans zusammen in die Maschine getan, und die hatten abgefärbt.
Boshaft zupfte Jakob an ihrem Schal, der sich sofort löste. Dann – nur um ihr zu zeigen, daß er nicht vollkommen unbeeindruckt oder prüde war – strich er ihr mit der Hand über die Brüste und griff ihr grob zwischen die Beine. Mit böse funkelndem Blick klemmte sie ihn dort ein. Zu seinem eigenen Erstaunen reagierte Jakob darauf, indem er sie mit aller Kraft zwickte. Woraufhin sie am ganzen Körper zu zittern begann. Und ehe er sich's versah, lag sie auf den Knien und steckte den Kopf zwischen seine Beine. Jakob riß sie hoch und mimte überhebliches Desinteresse, widerlegt durch eine pulsierende Erektion. Dennoch sagte er zu ihr: »Gehen Sie jetzt wieder zu Harry runter. Er wird sicher schon ungeduldig.«

Um fünf Uhr dreißig morgens begann Ingrid den Haverstock Hill hinaufzumarschieren, mit unsicherem Schritt, beinahe schwankend. Schluchzend stählte sie sich gegen den Wagen, der langsam auf sie zugerollt kam, ohne zu ahnen, daß es sich nicht um einen Annäherungsversuch handelte, sondern um einen Streifenwagen der Polizei, der die Hampstead Heath auf Exhibitionisten hin kontrolliert hatte: Echo-I von der E-Division.
»Alles in Ordnung, Miss?«
Ihre unzusammenhängende, von Schluchzen erstickte Erzählung klang wie der übliche Nonsens. Obwohl Sergeant Hoare skeptisch war, denn um diese Nachtzeit griffen die meisten in ihrem Zustand aufgegriffenen Mädchen auf dieselben wilden sexuellen Anschuldigungen zurück, vor allem, wenn sie verängstigt waren, parkte er,

ohne den Motor abzustellen. Policewoman Everett forderte Ingrid auf, sich neben sie in den Fond des weißen Jaguar zu setzen. Gelangweilt baten sie das junge Mädchen, noch einmal von vorn anzufangen. Es hatte keinen Zweck. Abermals stotterte sie hysterisch herum, weinte und fiel immer wieder ins Deutsche zurück.
»Wie war der Name des anderen Mannes noch mal?« erkundigte sich Sergeant Hoare mit einem scharfen Blick zu Policewoman Everett hinüber, die zum erstenmal ihr Notizbuch zückte.
»Hersch.«
»Haben Sie Drogen genommen?«
»Niemals. Ich nicht.«
»Sie nicht. Aber die anderen?«
Ingrid verstummte, jetzt eher verschlagen als hysterisch, und protestierte, sie fühle sich schon wieder besser und sei durchaus in der Lage, allein nach Hause zu gehen.
»Es macht uns keine Umstände. Wir fahren Sie. Aber wie wär's zunächst mal mit einer schönen Tasse Tee?«

18

Um zehn Uhr dreißig vormittags erschien Jakob mit Harry vor dem Magistrates' Court in der Great Marlborough Street. Harry wurde Perversion, Vergewaltigung und Rauschgiftbesitz vorgeworfen. Jakob der Vergewaltigung, der Beihilfe zur Perversion und des Besitzes von Rauschgift beschuldigt. Beide bekannten sich nicht schuldig. Detective Inspector Mallory, der für den Fall zuständige Beamte, erhob keinen Einspruch gegen ihre Freilassung auf Kaution, die für Jakob mit £ 1000 und für Harry mit £ 2500 festgesetzt wurde. Mallory verlangte einen Aufschub von acht Tagen, damit die Polizei ausreichend Zeit hatte, alle notwendigen Beweise zu sammeln. Auch diesem Wunsch wurde von Seiner Ehren stattgegeben. Und Jakob, völlig benommen von den Ereignissen, die einander mit bestürzender Geschwindigkeit jagten, zog sich mit Harry ins gegenüberliegende Pub zurück.
»Jetzt werden wir sehen, was für 'ne Sorte Freund du bist«, giftete Harry.
Jakob starrte ihn an. Er hatte Harry ganz vergessen.

»Jetzt werden wir ja sehen, ob du mein Freund bist oder ob du die Kurve kratzt.«
»Keine Angst, Harry. Ich werde nicht davonlaufen.«
»Kannst du auch gar nicht. Ich würde es dir jedenfalls nicht raten, Freundchen. Denn du steckst bis an den Hals in der Scheiße. Genau wie ich.«
»Von wegen! Ich habe euch beiden doch nur zufällig überrascht«, wandte er ein. »Ich bin ein unbeteiligter Zuschauer.«
»Hallo, hallo, hallo!«
Jakob war mit den Gedanken woanders. »Ich fühle mich blamiert«, sagte er. »Ich fühle mich bis auf die Knochen blamiert.«
»Na, na, Herzchen. Es hat ja noch gar nicht angefangen. Bis jetzt ist überhaupt noch nichts passiert.«
»Schwein!«
Harry schnalzte mit der Zunge. Drohend fuchtelte er mit dem Zeigefinger vor Jakobs aschgrauem Gesicht umher. »O nein, das tust du nicht. Weil nämlich gar nicht ich das Schwein bin. Sondern du. Wenn du nicht wärst, Freundchen, wäre das alles nicht passiert.«
Jakob begann zu zittern. Er verbarg seine Hände.
»Wenn du sie nicht rausgeschmissen hättest, wäre sie nicht zu den Cops gegangen. Dann hätte sie nichts in der Hand gehabt. Hätten wir ihr erlaubt, die Nacht über zu bleiben, wie sie es erwartet hatte, hätte sie mit uns gefrühstückt, gäbe es kein Gericht im Land, das sie nicht hohnlachend aus dem Saal gewiesen hätte. Aber wir wollten ja vermeiden, daß sie deine kostbaren Scheißbettlaken beschmutzt, nicht wahr?«
»Nein.«
»Lieber dies, meinst du nicht auch?«
Aber Jakob war geistesabwesend; er bemühte sich noch immer, zum Lärm heftig erhobener Stimmen und dem beharrlichen Bellen eines Hundes, den Schlaf abzuschütteln, im Morgenrock hinunterzusteigen, um verwirrt und gereizt festzustellen, daß Harry mit Sergeant Hoare in eine heftige Debatte verwickelt war.
»Warum haben sie meine Vaseline mitgenommen?« fragte er.
»Weil der Polizeiarzt ihr mit einem Tupfer ins Arschloch gefahren ist, und was meinst du wohl, was er dort gefunden hat, Herzchen – etwa die Northwest Passage?«

»Hast du sie gezwungen, Harry?«
»Wohl kaum. Sie konnte nicht genug kriegen. Aber das spielt überhaupt keine Rolle. Weil Analverkehr selbst zwischen Erwachsenen, die damit einverstanden sind, ein Verbrechen ist. Sogar deine Frau kann dich deswegen anzeigen. Oder mag sie die Hintertür etwa nicht?«
»Ach, verpiß dich!«
»Du fährst jetzt zu ihr raus, oder? Na, dann auf dich. Viel Glück.«
Jakob sagte, er werde sich am nächsten Morgen mit Harry in Verbindung setzen. Es wäre besser, wenn sie miteinander zu einem Rechtsberater gehen würden.
»Wenn du dich von denen überreden läßt, aus mir das Opferlamm zu machen«, warnte ihn Harry, »bringe ich dich vor den Kadi, Freundchen. Und werde alles tun, was in meinen Kräften steht, damit du verurteilt wirst.«
»Davon bin ich überzeugt.«
Auf der Fahrt nach Newquay schwankte Jakobs Stimmung zwischen Anfällen von Angst, die ihn zwangen, links heranzufahren, zu halten und seinen Kopf aufs Lenkrad sinken zu lassen, bis sich die Übelkeit wieder legte, und langen Perioden der Unbekümmertheit, sogar Ungläubigkeit, in denen er sich einredete, ihm sei so etwas nicht zugestoßen. Es sei einfach zu absurd.
Nancy, die ihn die ganze Nacht lang zu Hause zu erreichen versucht hatte, war furchtbar aufgeregt. »Wo warst du, Jakob?«
»Im Gefängnis.«
Er hatte sich eine Erklärung zurechtgelegt.
»Als ich auf der Uni war, spielten wir oft etwas, das wir das Spiel der Werte nannten. Wir stellten uns gegenseitig vor moralische Dilemmas. In einem, ich erinnere mich gut daran, überquerst du eine Brücke, bleibst am Geländer stehen und siehst einen Ertrinkenden. Einen dir völlig Fremden. Möglicherweise kannst du ihn retten. Doch wenn du hinter ihm herspringst, wäre es ebensogut möglich, daß du in dem entstehenden Kampf mit ihm zusammen untergehst. Außer dir ist kein Mensch auf der Brücke. Wenn du also einfach weggehst und so tust, als hättest du ihn nicht gesehen, würde niemand etwas davon erfahren. Was machst du?«
Dann beichtete er Nancy, daß er sie belogen, daß Harry doch das

Haus benutzt hatte und dort gewesen war, als Jakob in der Nacht aus Montreal zurückkehrte. Er habe ein Mädchen bei sich gehabt, aufgelesen in einem Café. Harry und das Mädchen hätten alle möglichen Sexspiele gemacht, an denen er nicht teilgenommen habe – berichtete er –, aber er habe sich auf einen Drink unten zu ihnen gesellt, und das Mädchen habe etwas gesagt, das ihn furchtbar in Rage gebracht habe. Er habe sie in einem Anfall von Wut eigenhändig vor die Tür gesetzt. Aus Rachsucht sei das Mädchen daraufhin zur Polizei gegangen und habe ihn angezeigt. Jakob erklärte ihr, wie die gegen ihn vorgebrachten Anklagepunkte lauteten und wessen Harry beschuldigt wurde. Er versicherte ihr, er sei unschuldig, und die Anklage gegen ihn, wenn auch nicht die gegen Harry, werde in acht Tagen vor dem Magistrates' Court mit Sicherheit fallengelassen, aber es würden, wie immer, Reporter dort sein, die Öffentlichkeit werde zugelassen, böswillige Menschen, und sie würden sich dem stellen müssen.

Nancy weinte nicht. Sie machte ihm auch keine Vorwürfe. Mit äußerster Gelassenheit sagte sie lediglich: »Ich glaube, wir sollten sofort nach London zurückfahren.«

»Du könntest mit den Kindern hierbleiben. Das wäre vielleicht sogar besser.«

»Nein.«

Er sagte ihr, daß Harry ihm die Schuld gebe, und gestand, Stein habe mit seiner Behauptung ein wenig recht, wenn auch nur in gewisser Beziehung. Er werde Harrys Verteidiger bezahlen, erklärte er, sobald jedoch die Verhandlung vorbei sei, werde er ihn nie wiedersehen. Das sei ein Versprechen.

»Er könnte weitergehen als bis zum Magistrates' Court, Jakob. Darauf solltest du dich gefaßt machen.«

»Bestimmt nicht«, entgegnete er erregt. »Ganz unmöglich!«

»Wenn es in die Zeitung kommt, solltest du lieber deiner Mutter schreiben, bevor sie es unvorbereitet liest.«

Kanada. Er erzählte ihr von der Beerdigung seines Vaters, Lichtjahre entfernt, wie es schien, auf der anderen Seite des Mondes, und von seinem Streit mit Onkel Abe wegen des Reiters. Und das war das einzige Mal, daß sie verriet, wie leicht zu erschüttern ihre gelassene Ruhe war.

»Bei dem kannst du dich für alles bedanken«, sagte sie scharf. »Wenn Joey nicht wäre, hättest du weder Ruthy kennengelernt noch...«

»Nicht!« protestierte er entsetzt.

»Verzeih.«

Der Morgen dämmerte; und sie hatten gepackt.

»Sobald die Kinder auf sind, können wir fahren«, sagte er. »Ich brauche keinen Schlaf.«

In London hatte Jakob am folgenden Abend seine erste Zusammenkunft mit Ormsby-Fletcher. Am Morgen erschien Detective Inspector Mallory mit zwei Polizisten, von denen einer ein Fotograf war, und Jakob schickte Nancy schnell mit den Kindern hinaus. Mallorys freundliche Männer vermaßen das Haus von einem Ende zum anderen. Sie machten Fotos, erörterten mit Jakob die richtigen Objektive und Belichtungszeiten, denn schließlich war er ja ein Profi. Und Jakob servierte ihnen Drinks.

»Ich habe Neuigkeiten für Sie«, sagte Mallory leutselig.

»Ja?«

»Ich dürfte es Ihnen eigentlich nicht sagen, aber es wird schließlich ja doch bekannt werden. Wir haben eine geringe Menge Cannabis in ihrem Zimmer gefunden. Sie behauptet, Stein hätte es ihr gegeben, aber...« Er zuckte die Achseln. »Aber vielleicht kann sie das nicht aufrechterhalten.«

»Hoffentlich nicht«, erwiderte Jakob hitzig.

»Sie machen sich zuviel Gedanken, Mr. Hersch. Meiner Meinung nach haben Sie nicht viel zu befürchten.«

»Ach«, erwiderte Jakob vorsichtig.

»Es ist Pech, daß Sie sich ausgerechnet mit Stein eingelassen haben. Er ist ein Bösewicht. Er hat ein übles Vorstrafenregister. Wußten Sie das nicht?«

»Ich glaube, wir sollten nicht weiter über den Fall sprechen.«

»Keine Angst. Alles inoffiziell. In Steins Wohnung haben wir übrigens kein Cannabis gefunden.«

»Harry raucht kein Pot.«

»Mag sein. Vielleicht hat er es nur für die Mädchen. Wissen Sie, er ist ein ziemlich gerissener Bursche. Eine Art Hobbyfotograf.«

»Mmmn«, machte Jakob.

»Ich finde, man sollte Pot endlich legalisieren. Meinen Sie nicht auch?«

»Je eher, desto besser.«

»Haben Sie's schon mal versucht?«

»Ich dürfte solche Dinge nicht mit Ihnen besprechen.«

Mallory zog ein gekränktes Gesicht.

»Jetzt werde ich Ihnen eines sagen und dann aber gar nichts mehr«, fuhr Jakob fort. »Harry hat dieses Mädchen nicht vergewaltigt.«

»Dieses vielleicht nicht.« Mallory erhob sich. »Na ja, wir werden Sie nicht weiter belästigen.«

»Tut mir leid, daß wir uns nicht unter günstigeren Umständen kennengelernt haben«, erwiderte Jakob.

»Alles Gute für den Prozeß.«

Es war alles so angenehm, so erfrischend zivilisiert gewesen, daß Jakob sich in einem Zustand des Wohlgefühls wiegte, bis er entdeckte, daß Mallory, statt in seinen Wagen zu steigen und davonzufahren, nach nebenan zu Lady »Dörrpflaume« ging. Eine Stunde darauf kam er wieder zum Vorschein, um nunmehr bei den Clarkes an der Tür zu läuten.

In den Tagen vor ihrem Auftritt vor dem MC in der Great Marlborough Street trafen sich Jakob und Harry jeden Nachmittag und an den meisten Abenden mit Ormsby-Fletcher und knobelten über polizeilichen Aussagen sowie der Darstellung des Sachverhalts, den Ormsby-Fletcher vorbereitete.

Die Vorverhandlung begann mit Pauken und Trompeten. Sobald der Anwalt, der den öffentlichen Ankläger vertrat, die Verhandlung eröffnet und die Anklage gegen Stein und Hersch vorgetragen hatte, ergriff Ormsby-Fletcher das Wort als Verteidiger.

»Euer Ehren«, begann er, »wie Ihnen vielleicht bekannt sein dürfte, ist mein Mandant ein renommierter Filmregisseur und daher den Auswirkungen einer negativen Publicity besonders stark unterworfen. Da ich überzeugt bin, daß die Anklage gegen ihn nicht über dieses Gericht hinausgehen wird, bitte ich Sie, diese Untersuchung unter Ausschluß der Öffentlichkeit durchzuführen, wie es aufgrund von Abschnitt 4 (2) des Magistrates' Courts Act, 1952, gestattet werden kann.«

Seine Ehren überlegte nicht lange. Er zuckte nicht mal mit der Wimper.
»Ich fürchte, ich kann Ihrem Ersuchen nicht stattgeben. Es ist die allgemeine Praxis der Gerichte, diese Voruntersuchungen in der Öffentlichkeit abzuhalten, und ich sehe zu diesem Zeitpunkt keinerlei Grund für ein Abweichen von dieser Praxis.«
Der Kronanwalt beendete seine Eröffnungsansprache ohne weitere Unterbrechungen. Dann wurden die Aussagen der Zeugen herausgesucht und vom Gerichtssekretär vorgelesen. Ingrid unterzeichnete die ihre, dann unterschrieb Detective Inspector Mallory, gefolgt von Sergeant Hoare und dem Polizeiarzt. Sie alle verpflichteten sich, sollte der Fall einem Schwurgericht übergeben werden, im Old Bailey auszusagen.
Gilbray, ein Kollege von Ormsby-Fletcher, der Stein vertrat, plädierte auf nicht schuldig und übernahm offiziell die Verteidigung seines Mandanten. Dann sprang Ormsby-Fletcher, Ungeduld vortäuschend, tapfer abermals für die Verteidigung in die Bresche.
»Euer Ehren«, sagte er, »ich behaupte, es besteht keinerlei Veranlassung dafür, daß mein Mandant sich hier verantwortet, und ebensowenig dafür, daß der Fall vor ein Schwurgericht kommt. Die Beweise gegen meinen Mandanten sind mager und nicht schlüssig. Selbst wenn wir annehmen, das Mädchen wurde tatsächlich vergewaltigt, so weist nichts darauf hin, daß mein Mandant etwas anderes war als ein bestürzter, unbeteiligter Zuschauer. Die vorliegenden Beweise rechtfertigen es jedoch auf gar keinen Fall, daß Sie meinem Mandanten die Unkosten und Nervenbelastung eines Prozesses aufbürden.«
Seine Ehren war anderer Ansicht.
»Wie Sie sehr wohl wissen«, entgegnete er, muß ich nicht über jeden vernünftigen Zweifel hinaus überzeugt sein, daß der Angeklagte Ingrid Loebner vergewaltigt hat. Das ist ein weit höheres Beweisniveau, das nur erreicht werden muß, wenn eine Jury urteilen soll. Ich brauche lediglich überzeugt zu sein, ›daß es ausreichende Beweise gibt, um den Angeklagten vor Gericht zu stellen‹. Wie der Fall aussieht, bin ich davon überzeugt, es sei denn, der Angeklagte ist in der Lage, mich durch eigene Aussage oder durch Aufrufen von Zeugen zu überzeugen, daß die Beweise nicht ausreichen.«

Der Angeklagte jedoch, Jakob Hersch, verhielt sich still. Er gab keine Erklärung ab. Er machte keine Aussage.
»Mein Mandant«, sagte Ormsby-Fletcher, »bekennt sich nicht schuldig und behält sich seine Verteidigung vor.«
»Nun gut.« Seine Ehren wandte sich an Jakob. »Sie werden während der nächsten Sitzungsperiode des Central Criminal Court vor Gericht gestellt werden.«

19

Über drei Monate vergingen, bevor Jakob tatsächlich mit Harry auf der Anklagebank des Gerichtssaals Nummer eins im Old Bailey saß, oder richtiger gesagt, im Central Criminal Court: Die Verhandlung begann an einem Donnerstagnachmittag im Oktober, um 14.30 Uhr. Die Anklagebank, ein achteckiger Kasten mit Glasscheiben in schwarzen Holzrahmen, maß sechzehn mal vierzehn Fuß und bot somit Platz für zwanzig Häftlinge. Sie war zur Richterbank ausgerichtet.
Auf der Richterbank saß der Vorsitzende, Mr. Justice Beal. Aber nicht etwa auf dem mittleren Sessel unter dem eleganten, von Säulen flankierten Palladian-Bogen mit dem Wappen Edwards VII. an seiner Spitze und dem emporgerichteten Schwert der Justitia in der Mitte, denn der blieb traditionsgemäß für den Lord Mayor von London als dem Oberkommissar reserviert. Nein, Mr. Justice Beal hatte auf dem Sessel daneben Platz genommen, und sein überdimensionales Hinterteil ruhte auf einem grünen Samtkissen.
Der düstere, eichengetäfelte Gerichtssaal Nummer eins war tatsächlich erstaunlich klein, höchstens vierundvierzig mal sechsundfünfzig Fuß, doch das gewährleistete, daß der Ton der Verhandlung gedämpft, eher privat ausfiel, statt dröhnend und überlaut. Unterhalb der perückengeschmückten Richter befand sich ein Tisch für den Gerichtssekretär und darunter der freie Gerichtsraum. Links lagen die Plätze der Anwälte, jene für die Anklage den Richtern am nächsten, jene für die Verteidigung den Angeklagten am nächsten. Anwalt der Königin, beauftragt vom öffentlichen Ankläger, war Mr. Peregrine Pound, Q. C., assistiert von Mr. Henry Fraser. Anwälte der Verteidigung, beauftragt von Ormsby-

Fletcher & Co., Rechtsberater, waren Sir Lionel Watkins, Kronanwalt, und Mr. Guy Harrington für den Angeklagten Jakob Hersch; Mr. William Coxe und Mr. Julian Fowler für den Angeklagten Harry Stein. Rechts vom freien Gerichtsraum standen die Bänke für Beamte und Presse, und rechts von den Pressebänken befand sich die Einfriedung für die Geschworenen. Der Zeugenstand, mit einem Mikrofon ausgestattet, lag zwischen Richter- und Geschworenenbank. Außerdem gab es eine Anzahl von Bänken sowie eine Galerie für das Publikum, das ungehindert und nach Belieben ein und aus gehen konnte.
Der Gerichtssekretär klagte Harry Stein wegen Perversion, Vergewaltigung, unschicklicher Belästigung und Cannabisbesitz an. »Harry Stein«, fragte er, »bekennen Sie sich schuldig oder nicht schuldig?«
»Nicht schuldig.«
Jakob Hersch wurde angeklagt der Beihilfe zur Perversion, eines reduzierten Vorwurfs der unschicklichen Belästigung und des Besitzes von Cannabis. Auch er bekannte sich nicht schuldig.
»Euer Lordschaft, meine Damen und Herren Geschworenen«, begann der behäbige Mr. Pound mit der Eröffnung der Anklage, »ich habe hier einen Brief und mehrere Seiten eines Filmdrehbuchs, auf die ich in meiner Anklage Bezug nehmen werde.«
Mr. Justice Beal gestattete ihm, mehrere Seiten des Filmdrehbuchs an die Geschworenen zu verteilen, Auszüge aus »Die braven Briten«; anschließend las er den Inhalt vor.
Dann beschrieb Peregrine Pound, wie Ingrid Loebner, ein Au-pair-Mädchen, von Stein im Café »The Scene«, in der Finchley Road angesprochen und mit einem Trick dazu gebracht worden war, ihn in das Haus der Herschs zu begleiten, eine Neunzimmervilla mit ummauertem Garten im beneidenswertesten Teil von Hampstead. »Stein versprach ihr, er werde keine ›komischen Sachen‹ machen, und versicherte ihr sogar, seine Frau sei nicht daheim. Er zerstreute weiterhin das Mißtrauen des jungen Mädchens, indem er vorgab, Hersch zu sein, ein anerkannter Filmregisseur, und ihr *bona fides* sowie Zeitungsausschnitte zeigte, die diese Behauptung stützten.«
Hier bat Mr. Pound höflich um Nachsicht für eine Abschweifung.

»Ich muß Ihnen erläutern, meine Damen und Herren Geschworenen, daß ein Au-pair-Mädchen keine gewöhnliche Hausangestellte ist, sondern normalerweise die wohlerzogene Tochter einer achtbaren Familie der Mittelschicht, die in dieses Land gekommen ist, um unsere Sprache zu erlernen, wobei sie sich das Schulgeld als Haushaltshilfe der Mutter verdient und wie ein Familienmitglied behandelt wird. Madame Joan Vickers, konservatives M. P. für Devonport und«, bemerkte Mr. Pound, »eine veritable Jungfrau von Orléans der Au-pair-Mädchen, sprach erst kürzlich über die Gefahren, in die ein junges Mädchen, unerfahren und fern von der Heimat – sozusagen unter fremdem Himmel – geraten kann.«

Hier hielt Mr. Pound inne, um die Geschworenen über den Rand seiner Lesebrille hinweg anzusehen.

»Steins ›Frau‹ war nicht zu Hause, als Miss Loebner eintraf, doch er versicherte ihr, sie werde bald kommen. Inzwischen bot er ihr einen Drink an und etwas, das sie für eine Zigarette hielt, das in Wirklichkeit aber Cannabis war. Er zeigte ihr jene Drehbuchseiten, die ich Ihnen vorgelesen habe. Sie protestierte, sie könne keine Rolle lesen, in der sie nur mit BH, Korsett und Knöpfstiefeln bekleidet auftreten müsse. Er beruhigte sie, das sei auch nicht nötig.«

Aber Miss Loebner, fuhr er fort, deren Widerstandskraft durch Drinks und Drogen geschwächt war, sei dennoch schon bald damit beschäftigt gewesen, den Text vorzulesen – lediglich mit BH und Höschen bekleidet.

»Dennoch«, führte Mr. Pound weiter aus, »wollte sie sich zu mehr nicht herbeilassen, und als er auf sie eindrang, leistete sie Widerstand. Sie drohte, um Hilfe zu rufen. Woraufhin er eine Schallplatte auflegte, ›Lumpy Gravy‹ von Frank Zappa, die er überlaut abspielte. Stein begann ihr zu drohen. Er schwang eine Reitgerte. Er warnte Miss Loebner, wenn er sie mit nassen Handtüchern schlage, werde man keine Spuren an ihrem Körper finden. Selbst dann noch, eingeschüchtert, wie sie war, und unter Drogeneinfluß, leistete sie Stein Widerstand, als dieser versuchte, den Geschlechtsverkehr mit ihr auszuführen. Sie wehrte sich, so gut es unter den gegebenen Umständen ging, was durch das medizinische Gutachten ausführlich bestätigt werden wird. Sobald er sein Vergnügen gehabt hatte, schien Stein sich zu beruhigen. Sie hoffte, er werde einschlafen, damit sie ihre Kleider an sich nehmen und fliehen konnte. Daher stellen Sie sich nur einmal vor, wie konsterniert sie war, als plötzlich Hersch auftauchte, und die Spielchen, statt aufzuhören, eine Wendung zum noch Unangenehmeren nahmen.«

Mr. Pound beschrieb diese sogenannten Spielchen und lenkte die Aufmerksamkeit der Geschworenen abermals auf den Sattel und die Reitgerte, Utensilien im Besitz eines Mannes, der selber kein Reiter war. Er beschrieb ihnen, wie Hersch Miss Loebner beim Haar gepackt, ihr seinen erigierten Penis in den Mund gezwungen und hineinejakuliert habe. Und wie Stein, von Herschs Gegenwart zu noch gemeineren Akten der Perversion aufgestachelt, Miss Loebner *per anum* genommen habe.

»Die Krone behauptet«, schloß er und ließ ein unerwartetes Aufflackern von Zorn erkennen, »daß Miss Loebner Stein zum Haus der Herschs begleitete, in der Erwartung, für eine Rolle in einer Filmproduktion vorlesen zu müssen. Naiv, mag sein, aber kein ungewöhnlicher Traum für ein hübsches, junges Mädchen. Sie ging ganz sicherlich nicht mit Stein in der Erwartung, geschlagen, vergewaltigt, *per anum* genommen und bis fünf Uhr früh gefangengehalten zu werden von zwei Männern, die beinahe doppelt so alt waren wie sie.«

Der liebenswürdige Inspector Mallory war der erste Zeuge der Anklage, der vereidigt wurde.

»Was«, fragte ihn Mr. Henry Fraser, »hat Hersch zu Ihnen gesagt, als Sie ihm mitteilten, er sei wegen Beihilfe zur Perversion angezeigt worden?«

»Er sagte: ›Wieviel kann ich dafür kriegen?‹ Ich antwortete ihm, sieben Jahre bis lebenslänglich.«

»Und was sagte er darauf?«

»Er sagte, da das britische Recht das Eigentum über alles andere zu stellen scheine, und er zitierte die dreißigjährigen Strafen des großen Postraubes als Beispiel, müsse man doch daraus schließen, daß es auf dieser Insel kein Eigentum gebe, das so kostbar sei wie Miss Loebners Hintern.«

Endlich kam man zu Mallorys zweitem Besuch im Hause Hersch.

»Sprachen Sie mit ihm über Cannabis?« erkundigte sich Mr. Fraser.
»Ja.«
»Was sagte er?«
»Ich fragte ihn, ob er meine, es sollte legalisiert werden. Je eher, desto besser, antwortete er.«
Beim Kreuzverhör fragte Mr. Guy Harrington: »Haben Sie im Hause Hersch Cannabis gefunden?«
»Wir fanden die Reste von drei Zigaretten.«
»Haben Sie bei der Durchsuchung der Schubladen, auf Regalen, unter Schränken oder sonstwo Cannabis oder etwa auch nur Spuren davon gefunden?«
»Nein.«
»Könnten die Reste, die Sie gefunden haben, die Stummel von Zigaretten gewesen sein, die Miss Loebner ins Haus mitgebracht hatte?«
»Ja. Das wäre möglich.«
Dann nahm sich Sir Lionel Watkins, eindeutig gelangweilt, Inspector Mallory vor.
»Sie sagen, Hersch habe gesagt, Cannabis solle legalisiert werden. Je eher, desto besser. Wäre es möglich, daß Sie Hersch eine Suggestivfrage gestellt, daß Sie behauptet haben, Pot werde sicherlich bald legalisiert, und ihn dann erst nach seiner Meinung gefragt haben?«
»Nein. Das habe ich nicht.«
»Haben Sie ihn anläßlich Ihres Besuchs im Hause Hersch gemeinsam mit einem Fotografen vorschriftsmäßig gewarnt, oder haben Sie zu ihm gesagt –«, hier imitierte er die burschikose Art des Inspektors, »alles ganz inoffiziell, alter Knabe?«
»Ich habe ihn gewarnt.«
Sir Lionel lächelte. Er nickte. »Das ist alles, Inspector.«
Sergeant Hoare, in den Zeugenstand gerufen, bestätigte Mallorys Aussage und berichtete von seinen anfänglichen Schwierigkeiten mit Stein an der Haustür. Der Polizeiarzt gab zu Protokoll, daß sich Miss Loebner, als man sie zu ihm brachte, im Schockzustand befunden habe und daß er bei der Untersuchung Anzeichen sowohl von vaginaler als auch von analer Penetration entdeckt habe.

Das Eindringen des Penis in den Anus sei mit Vaseline erleichtert worden.
»Würden Sie sagen, daß das Eindringen erzwungen war?«
»Es könnte erzwungen gewesen sein. Aber es muß nicht.«
»Würden Sie das bitte erklären?«
»Die Öffnung ist eng. Wenn das Glied groß und erigiert gewesen wäre, würde das die Verletzungen erklären.«
Beim Kreuzverhör fragte Mr. Harrington: »Waren an Miss Loebner irgendwelche Kratzspuren zu sehen, die auf einen Kampf hinwiesen?«
»Es waren keine analen Verletzungen zu finden, die über jeden Zweifel hinaus bewiesen hätten, daß das Eindringen erzwungen war. Andererseits hatte sie eine böse Prellung am Unterarm. Der eine Oberschenkel war innen, unmittelbar unterhalb der Vagina, leicht verfärbt. Außerdem war die linke Gesäßhälfte verfärbt.«
»Könnte diese Verletzung Folge eines Liebesklapses gewesen sein?«
»Nun ja, aber dann eines recht kräftigen.«
»Sie sagen, sie war im Schockzustand?«
»Ja.«
»Ist das nicht nur natürlich, wenn man bedenkt, daß sie, high von Cannabis, um fünf Uhr dreißig morgens von der Polizei aufgelesen und dann aufgefordert worden war, sich einer gründlichen Untersuchung ihrer Geschlechtsteile zu unterziehen?«
»Ja.«
Nun wurde Old Lady »Dörrpflaume« vereidigt.
»Haben Sie in der Nacht des zwölften Juni irgend etwas Ungewöhnliches im Haus der Herschs gehört oder gesehen?«
»Ich hörte, daß laut Musik gespielt wurde.«
»›Lumpy Gravy‹ von Frank Zappa?«
»Das kann ich nicht sagen«, erwiderte sie schnippisch.
Ingrid Loebners Arbeitgeber, ein Mr. Ungerman, wurde vereidigt und bestätigte ihren guten Charakter. Beim Kreuzverhör jedoch stellte Sir Lionel fest, daß Miss Loebner, obwohl sie erst seit drei Monaten bei den Ungermans war, mindestens vier weitere Nächte nicht nach Hause gekommen war.
»Raucht sie, soweit Sie wissen, Cannabis?«

»Nein. Nicht, soweit ich weiß.«
»Was, sagten Sie, verbrennt sie manchmal abends in ihrem Zimmer?«
»Weihrauch, glaube ich.«
»Ist Ihnen nicht klar, daß man Weihrauch verbrennt, um den Geruch von Cannabis zu überdecken?«
Mr. Pound erhob hitzig Einspruch. Sir Lionel zog die Frage zurück.
Dann wurde Ingrid vereidigt.
»Hat Ihr Vater im Krieg gedient, Miss Loebner?«
»Er war beim Sanitätscorps. An der Ostfront. Es war furchtbar für die Männer. Sie hatten keine Winterkleidung.«
»War er Mitglied der NSDAP?«
»Niemals!« protestierte sie heftig. »Das habe ich Hersch auch gesagt. Mein Vater war strikt dagegen.«
»Haben Sie Hersch auch gesagt, daß Ihr Vater Zahnarzt sei?«
»Ja.«
»Was hat er geantwortet?«
»Wenn das der Fall ist, sagte er, muß er während des Krieges voll damit beschäftigt gewesen sein, Juden die Goldfüllungen rauszubrechen.«
Ingrid beschrieb dann, wie sie ins Haus der Herschs gelockt worden sei, wo man sie mit Alkohol und Cannabis gefügig gemacht habe. Herschs Auftauchen sei eine Überraschung gewesen, gab sie zu, und sie habe sich sofort um Hilfe an ihn gewandt.
»Was sagte Stein, als Hersch eintraf?«
»Er sagte: ›Willst du sie jetzt? Sie ist verrückt danach. In jeder Form.‹«
»Und was sagten Sie dazu?«
»Gar nichts. Ich hatte große Angst.«
»Was geschah dann?«
»Stein schickte mich zu Hersch ins Schlafzimmer hinauf, mit Kognak.«
»Was hatten Sie an?«
»Ich war nackt.«
»Ist das nicht ziemlich ungewöhnlich?«
»Er hatte meine Kleider versteckt«, begehrte sie auf.

»Wer?«
»Stein. Er zwang mich. Er warnte mich, ja, Hersch sei ein sehr wichtiger Mann. Er sagte, er könne einen Star aus mir machen, ja, aber er müsse zuerst sehen, wie ich nackt aussehe. Ich müsse Hersch zu Gefallen sein, sonst werde er sehr böse werden, sagte er.«
»Und Sie waren einverstanden?«
»Aber er hatte doch meine Kleider versteckt!« rief sie. »Er hatte ein nasses Handtuch in der Hand. Einmal hatte er mich damit schon geschlagen. Er sagte, man sähe die Striemen nicht. Ich hatte Angst und wollte Zeit gewinnen. Ich wollte verhindern, daß er mir noch mehr weh tat.«
»Was geschah dann, nachdem Sie Herschs Schlafzimmer betreten hatten?«
»Er war in Unterhosen, ja. Die waren blau. Ich fragte ihn, warum er ein Gewehr hat.«
»Woher wußten sie, daß er eines besitzt?«
»Stein hatte mich mitgenommen und es mir gezeigt. Er sagte, ein ungezogenes Mädchen zu sein, zahle sich in diesem Hause nicht aus.«
»Aha. Und was sagte Hersch, als Sie ihn fragten, warum er ein Gewehr besitze?«
»Er sagte, vielleicht wolle er ein paar Deutsche damit umlegen. Vielleicht dich. Wer weiß?«
»Was geschah dann?«
»Er packte mich bei den Haaren, warf mich aufs Bett und zwang mich, ihn in den Mund zu nehmen.«
»Er nötigte Sie zur Fellatio?«
»Das ist, wenn man am Schwanz lutscht, ja?«
Mr. Pound nickte vorwurfsvoll. »Ja«, sagte er.
»Ja. So war es.«
»Haben Sie sich gewehrt?«
»Ich war zu verängstigt.«
»Haben Sie um Hilfe geschrien?«
»Aber ich hatte doch den Mund voll. Ich konnte nicht.«
»Was geschah dann?«
»Ich sagte zu ihm, ja, warum behandeln Sie mich wie ein Tier? Er sagte, weil ich ein netter Mensch bin. Das ist mehr, als dein Vater

für den meinen getan hätte, sagte er, hätte er die Gelegenheit dazu gehabt.«

»Und was geschah dann?«

»Er war betrunken. Er wollte schlafen. Geh weg, sagte er. Geh nach unten. Tu alles, was Harry will, sonst setzt es was.«

Es wurde Zeit, die Verhandlung zu vertagen.

»Mitglieder der Jury«, sagte Mr. Justice Beal, »ich brauche Ihnen wohl kaum zu erklären, daß Sie mit niemandem über diesen Fall sprechen dürfen und es mir mitteilen müssen, falls jemand Sie daraufhin anspricht.«

Ingrid setzte ihre Aussage am Freitag vormittag um 10.30 Uhr fort. Sie erzählte dem Gericht von dem Sattel und dem Gebrauch, den Harry davon gemacht hatte. Sie sagte, er habe Fotos machen wollen und ihr Gewalt angedroht.

»Was hat Stein dann getan?«

»Er zwang mich auf den Teppich, mit dem Gesicht nach unten.«

»Und was geschah dann?«

»Er zwang seinen Schwanz in mein Arschloch hinein.«

»Haben Sie sich gewehrt?«

»Aber sicher! Es hat doch weh getan. Aber er hatte die Reitgerte in der Hand.«

»Wie lange dauerte das?«

»Ich weiß es nicht mehr. Ich glaube, ich bin ohnmächtig geworden.«

»Wann ist Hersch wieder erschienen?«

»Das war vier Uhr. Das weiß ich noch.«

»War er bekleidet?«

»Er trug einen Morgenrock, aber man konnte ihn sehen.«

»Wen?«

»Sein Morgenrock war nicht geschlossen. Er stand offen.«

»Was hat er getan?«

»Er war sehr böse mit Stein.«

»Warum?«

»Nicht wegen dem, was er mit mir gemacht hatte. Das war ihm egal, das Ficken.« Sie unterbrach sich, errötete. »Verzeihung, Euer Lordschaft.«

Mr. Justice Beal winkte, sie möge fortfahren.
»Das Englisch der Zeugin ist mangelhaft«, erklärte Mr. Pound. »Sie weiß nicht, welche Wörter anstößig sind.«
»Bitte weiter, Mr. Pound.«
»Jawohl, Euer Lordschaft. Warum also war er böse?«
»Wegen des Gewehrs. Und des Sattels. Vor allem wegen des Sattels. Er zog Stein in ein anderes Zimmer und schrie ihn an, und als Stein wieder herauskam, ja, da hat er den Sattel weggetan.«
»Hätten Sie die Abwesenheit der Männer nicht zur Flucht benutzen können?«
»Ich hatte keine Kleider. Sie hatten das Gewehr. Sie hatten die Reitgerte. Und sie kamen auch sofort zurück, ja.«
»Und was geschah dann?«
»Zuerst war Hersch sehr freundlich zu mir. Er schenkte Drinks ein. Er setzte sich neben mich und wollte nur, na ja, er nahm meine Hand und legte sie auf sein Ding.«
»Seinen Penis.«
»Ja. So war das. Dann änderte sich seine Stimmung. Er fragte mich, ob ich jemals in der Hitlerjugend gewesen sei. Ich sagte, dafür sei ich zu spät geboren. Da mußte er lachen. Ich sagte, mein älterer Bruder sei in der HJ gewesen, es sei alles ein Unsinn. Mein Vater hat im Krieg Juden gerettet. Darüber mußte er noch mehr lachen. Er fand das komisch.«
»Wußten Sie, daß Hersch Jude ist?«
»Ist doch uninteressant. Wen kümmert das schon?«
»Antworten Sie bitte ja oder nein.«
»Ich wußte es nicht. Dann sagte er es mir. Ich sagte, Sie sind so nett, ich hätte es nie gedacht. Er sah mich nicht an, wissen Sie. Na ja, vielleicht war mein Englisch nicht richtig. Aber er wurde sehr, sehr böse im Gesicht.«
»Und was geschah dann?«
»Er bestrafte mich. Er stieß mich. Er packte mich sehr, sehr fest hier« – sie deutete auf ihren Arm –, »und er sagte zu Stein, sieh zu, daß sie sich anzieht und sofort verschwindet.«
»Was geschah dann?«
»Stein fand das nicht gut. Er sagte, es wäre besser, mich bis zum Morgen gefangenzuhalten. Ich habe blaue Flecken, sagte ich.

Hersch stieß ihn auch. Er schrie: ›Ich will, daß sie sofort verschwindet.‹«
Also gab Stein, trotz seiner bösen Vorahnungen, Ingrid schließlich ihre Kleider, und sie entkam.
»Es war ein Alptraum.« Damit brach sie in Tränen aus.
Das Kreuzverhör durch Sir Lionel Watkins war kurz, aber tödlich. Er stellte in rascher Folge fest, daß es für Miss Loebner keineswegs ungewöhnlich war, bis Mitternacht im »The Scene« zu sitzen. Er konfrontierte sie mit der Tatsache, daß die Polizei in ihrem Zimmer eine kleine Menge Cannabis gefunden hatte und sie daher wahrscheinlich doch einen Joint erkennen würde, wenn ihr einer angeboten wurde.
»Das hat nicht mir gehört«, weinte sie. »Ein Freund, ein Student hat es zusammen mit seinem Schlafsack bei mir gelassen, ja. Ich wußte nicht mal, daß es da war.«
Außerdem brachte er sie zu dem Geständnis, daß sie nicht von sich aus zur Polizei gegangen, sondern von einem Streifenwagen angehalten worden war. Dann fragte er sie übergangslos: »Nehmen Sie die Pille, Miss Loebner?«
Sie sah zu Mr. Pound hinüber.
»Miss Loebner, haben Sie meine Frage verstanden?«
»Ja.«
»Ja, Sie haben meine Frage verstanden, oder ja, Sie nehmen die Pille?«
»Ja, die Pille. Ich nehme sie.«
»Haben Sie die Pille auch in der Nacht des zwölften Juni genommen?«
»Ich weiß es nicht mehr.«
»Seltsam. Ich hätte gedacht, das wäre äußerst wichtig für Sie.«
Warum, erkundigte sich Sir Lionel, habe Ingrid nicht eine Vase durchs Fenster geworfen und um Hilfe gerufen? Oder einen Stuhl? Warum sei sie, als sie im Wohnzimmer allein war, nicht lieber nackt auf die Straße geflohen, statt scheußliche Unanständigkeiten über sich ergehen zu lassen?
Sie verließ den Zeugenstand sichtlich erschüttert, ein Taschentuch vors Gesicht gedrückt. Dann begann Mr. William Coxe mit der Verteidigung in Sachen Stein. Mr. Coxe drückte den Geschwore-

nen sein Mitgefühl aus, anständigen Menschen, die sich bereits einige überdeutliche Aussagen hatten anhören müssen, hauptsächlich von der gekränkten Miss Loebner, deren mangelhafte Kenntnis des Queen's Englisch eine umfassende Kenntnis jener Wörter nicht ausschloß, die man gemeinhin mit der Gosse in Verbindung brachte. »Die Anklage gegen Stein«, führte er aus, »ist schon immer zwar mühelos zu erheben, jedoch furchtbar schwer zu beweisen gewesen, und die medizinischen Beweise belegen im Gegensatz zu dem, was Sie von meinem verehrten Kollegen hörten, keineswegs den Vorwurf der Gewalttätigkeit. Man will Ihnen weismachen, meine Damen und Herren Geschworenen, daß Miss Loebner vergewaltigt, entehrt und gefangengehalten wurde, die Verteidigung jedoch behauptet, daß sie fröhlich und freiwillig mit Stein ins Haus der Herschs ging und...«

Jakobs Gedanken begannen zu wandern, bis Sir Lionel Watkins, ein magerer Mann mit strengem Gebaren, das Wort als sein Verteidiger ergriff. Sir Lionels Hauptpunkt lautete, Miss Loebner habe aus zwei Gründen gelogen. »Als die Polizei sie fand, war sie high von Cannabis, ein Vergehen, für das sie auf der Stelle ausgewiesen werden konnte. Außerdem fürchtete sie den Zorn ihres Arbeitgebers, denn dies war, wie wir gehört haben, nicht das erste oder das zweite Mal, daß sie die ganze Nacht fortblieb, und ihr Arbeitgeber hatte sie gewarnt, das nächste Mal sei endgültig das letzte. Es sei denn, sie könne sehr gute Gründe für ihr Ausbleiben anführen.«

Fort und fort rollte die Stimme von Sir Lionel, unentrinnbar wie die Flut, sein Zorn stieg und prallte in einem prachtvollen Crescendo gegen die Geschworenenbank. »Als sie zur Tür des Hauses Hersch hinausgeworfen wurde, lauteten ihre letzten Worte: ›Dafür werde ich dich hinhängen, du verdammter Arsch. Dafür werde ich dich hinhängen, du verdammter Arsch.‹«

Als Sir Lionel wieder Platz nahm, sonnte sich Jakob in schöner Hoffnung, genoß er die reuigen Blicke der Geschworenen. Jakob Hersch, der ausgenutzte Bourgeois, Typ des braven Kolonisten, wenn auch Jude, Opfer eines hinterlistigen ausländischen Flittchens. Alle seine Antennen meldeten ihm Freispruch, doch dann wurde Harry in den Zeugenstand gerufen, und schon als er durch den Raum schlurfte, mit fahler Haut, sein starres Lächeln voller

Verachtung, spürte Jakob, wie sich der Wind drehte. Böse Ahnungen ließen ihn erschauern.
Mr. Coxe lächelte beruhigend, suchte Harry die Angst zu nehmen.
»Würden Sie uns bitte einmal genau schildern, was sich abspielte, als Sie das Café ›The Scene‹ an der Finchley Road betraten?«
»Ich setzte mich an einen Tisch, bestellte einen Kaffee, und dann setzte sich dieser Vogel da zu mir, vollkommen high von Pot. Wir fingen an, uns zu unterhalten.«
»Haben Sie dem Mädchen –« er warf Harry einen warnenden Blick zu – »gesagt, wer Sie sind?«
»Ich habe nicht gesagt, daß ich Jakob Hersch wäre. Sehen Sie, ich wirke anziehend auf Frauen. Ich brauche sie nicht einzuseifen. Oder ihnen auf dem Papier des Unterhauses zu schreiben, wie John Profumo.«
Mr. Justice Beals Hände flatterten. Mr. Pound lehnte sich strahlend zurück; dann flüsterte er seinem Junior etwas zu, woraufhin dieser lächelte und sich die Hand vor den Mund hielt.
»Meine Frage lautete...«
»Ich sagte ihr, mein Name sei Stein.«
»Und was geschah dann?«
»Ich habe ihr keine Filmrolle angeboten. Ich lud sie lediglich auf einen Drink und ein bißchen Spaß ins Haus ein.«
»Und was geschah dann?«
»Sie konnte es gar nicht erwarten, das geschah dann.«
»Aber sie hat aus dem Drehbuch gelesen, das uns allen vorliegt?«
»Wir haben das eine oder das andere Spielchen getrieben.«
Harry leugnete, Gewalt angewandt zu haben. Miss Loebner sei mehr als wild darauf gewesen, behauptete er. Er habe sie nicht mit der Reitgerte geschlagen. »Aber sie bat mich darum. Da stehen viele drauf, wissen Sie. Vor allem eure Typen von Kensington Gore. Das geilt sie auf.«
»Ich wäre Ihnen unendlich dankbar, wenn Sie Ihre Bemerkungen auf die Ereignisse beschränken würden, die innerhalb des Hauses stattgefunden haben.«
Er habe keinen Analverkehr mit Miss Loebner gehabt. »Sie bat

mich darum, aber das ist nicht mein Stil. Ich bin kein Establishment-Typ. Ich war in Eton für niemanden die Tunte.«

Mr. Pound erhob sich zum Kreuzverhör. Seine Angriffslust war vom Mitleid gedämpft, und er wies rasch darauf hin, daß das medizinische Gutachten Spuren von Sperma in Miss Loebners Anus festgestellt habe.

»Auf ihre flehentliche Bitte hin habe ich es versucht. Ich habe ihr Hinterteil berührt, aber ich brachte es einfach nicht fertig, den Akt zu vollziehen.«

»Dann haben Sie also trotz Miss Loebners Aufforderung keinen Analverkehr mit ihr gehabt?«

»Nein. Und der Beweis dafür ist, daß sie, als Jakob – Hersch – wieder herunterkam, zu ihm sagte: ›He, Mann, dein Freund will mich nicht von hinten bumsen, er ist nicht der Typ, der die Hintertür nimmt, wie wär's mit dir?‹«

Jakob, der als nächster aussagen sollte, wand sich inzwischen auf seiner Bank.

»Könnten Sie uns sagen«, erkundigte sich Mr. Pound, »wie Miss Loebner das Haus verlassen hat?«

»Wie gesagt, wir wollten, daß sie zum Frühstück blieb, aber sie geriet plötzlich in Panik. Sagte, sie müsse unbedingt nach Hause, bevor ihr Arbeitgeber aufwache, aber ob wir uns nicht morgen abend wieder mit ihr treffen könnten.«

»Sie erbot sich, wiederzukommen?«

»Sie sagte, sie hätte sich nicht mehr so amüsiert, seit sie's mal mit zwei Westindern getrieben habe.«

Nun kam Mr. Pound auf das Thema Sergeant Hoare zu sprechen.

»Sagten Sie zu Sergeant Hoare, als er sie verhaften wollte, kein Kosak werde Ihnen mit schmutzigen Tricks kommen?«

»Na, so was ist doch schon öfter passiert, oder? Das ist erwiesen.«

»Also, haben Sie es nun zu ihm gesagt?«

»Ja. Wissen Sie, ich habe Erfahrung mit solchen Dingen.«

Mr. Pound zögerte unsicher. Hilfesuchend wandte er sich an Mr. Justice Beal. Statt dessen sprang Mr. Coxe auf und fragte: »Würden Eure Lordschaft mir ein Wort mit meinem Mandanten gestatten? Ich habe ihn bereits gewarnt, aber...«

»Halten Sie es für nötig, daß die Geschworenen den Gerichtssaal verlassen?«
»Nein, Euer Lordschaft.«
»Wünschen Sie hier mit ihm zu sprechen, oder unten?«
»Hier, Euer Lordschaft.«
Mr. Coxe warnte Harry, niemand hier wisse etwas von seinen Vorstrafen; die könnten erst zur Erwähnung kommen, nachdem die Jury ihren Spruch gefällt habe. Und selbst dann nur, wenn sie ihn schuldig spräche.
Dann nahm Mr. Pound die Anklagevertretung wieder auf. »Sie sagten, Sie hätten ein paar Spielchen mit Miss Loebner getrieben. Gehörte zu diesen Spielchen auch das Verstecken ihrer Kleider?«
»Nein. Das nicht. Sie hätte jederzeit gehen können.«
Als Harry voller Trotz den Zeugenstand verließ, spürte Jakob den Abscheu der Geschworenen.
Er wurde von Verzweiflung gepackt; und als er gleich darauf vereidigt wurde, hatte er das Gefühl, zugrunde gerichtet worden zu sein.
Sir Lionel fragte: »Wurden Sie in der Nacht des zwölften Juni in Ihrem Haus zurückerwartet?«
»Nein. Ich sollte erst am folgenden Tag eintreffen.«
»Woher kamen Sie?«
»Aus Montreal.«
»Weshalb waren Sie dort?«
»Wegen einer Familienangelegenheit.«
Näher befragt, mußte Jakob zugeben, daß er an der Beerdigung seines Vaters und an der dem religiösen Brauchtum entsprechenden anschließenden Trauerwoche teilgenommen hatte.
»Was geschah, als Sie in Ihrem Haus eintrafen?«
»Ich fürchte, ich kam für Stein und Miss Loebner sehr überraschend.«
»Wirkte Miss Loebner verängstigt?«
»Auf gar keinen Fall.«
»Wie war sie bekleidet?«
»Sie war nackt.«
»Brachte sie das in Verlegenheit?«
»Ganz im Gegenteil.«

»Bot Stein Ihnen das Mädchen an? Sagte er: ›Willst du sie jetzt? Sie ist verrückt danach – in jeder Form‹?«
»Nein. Das sagte er nicht.«
»Und was geschah dann?«
»Sie kam mit Kognak auf einem Tablett zu mir ins Schlafzimmer.«
»Auf Ihre Bitte?«
»Nein. Aus eigenem Antrieb.«
»Was geschah in Ihrem Schlafzimmer?«
»Sie versuchte meinen Penis zu streicheln, aber ich sagte ihr, ich sei müde. Ich wolle ein Bad nehmen. Ich schickte sie wieder hinunter.«
Jakob erklärte, es sei vier Uhr gewesen, als er erwacht und ebenfalls hinuntergegangen sei.
»Erwachten Sie, weil Sie störende Geräusche von unten hörten?«
»Ich erwachte, weil ich Kopfschmerzen hatte. Dann hörte ich Lachen von unten. Lustgestöhn, mehr nicht.«
Sie übergingen Jakobs Streit mit Harry um den Sattel und das Gewehr. Jakob mußte zugeben, er könne sich nicht erinnern, ob sein Morgenrock offengestanden habe oder nicht.
»Sie waren noch immer im Zustand der Trauer?«
»Das ist richtig.«
»Wie hat Miss Loebner Sie begrüßt?«
Jakob zögerte. Er biß sich auf die Lippe. »Sie rief mir zu: ›He, Mann, dein Freund will mir's nicht von hinten besorgen, er ist nicht der Typ, der die Hintertür nimmt. Wie wär's mit dir?‹«
»Was haben Sie geantwortet?«
»Irgendeinen lahmen Witz. Ich erinnere mich nicht.«
»Was geschah dann?«
»Ich nahm auf dem Sofa Platz. Sie setzte sich neben mich.«
»Und was geschah dann?«
»Sie begann meinen Penis zu streicheln.«
»Und was haben Sie getan?«
»Gar nichts.«
Pause.
»Ich war müde«, erklärte Jakob. »Es wirkte beruhigend.«

»Was geschah dann?«
»Sie wurde sehr erregt. Ich befahl ihr, aufzuhören.«
»Und was geschah dann?«
»Sie war gekränkt. Wir stritten. Plötzlich hatte ich genug. Ich bestand darauf, daß sie das Haus verließ.«
»Haben Sie sie grob angefaßt?«
»Nein. Grob nicht. Na ja, ich hab sie vielleicht ein bißchen geschubst.«
»Und was geschah dann?«
»Sie sagte: ›Dafür hänge ich dich hin, du verdammter Arsch.‹«
Es wurde Zeit, die Verhandlung zu vertagen, und Mr. Pound kündigte sein Kreuzverhör für Montag vormittag an.

Harry, der seit ihrem ersten gemeinsamen Auftreten im Magistrates' Court immer mehr aus der Fassung geriet, war inzwischen vollkommen aufgelöst. Seine Nerven waren völlig zerrüttet. Im Verlauf des langen, qualvollen Wochenendes, eines weitgehend schlaflosen Wochenendes, kam und ging Jakob in Ruthys Wohnung, in der Harry sich nur noch aufhielt.
»Du hast mich angesehen, als wäre ich ein Haufen Scheiße«, warf Harry ihm vor. »Als ich mit meiner Aussage fertig war, habe ich zu dir rübergesehen, wie du da auf der Anklagebank saßest, mein lieber Freund, und da habe ich's in deinen Augen gesehen, kein bißchen anders als bei den anderen. Harry Stein ist ein Haufen Scheiße.«
Ruthy, deren Reserven sich, falls sie welche besaß, restlos erschöpft hatten, war ständig in Tränen aufgelöst.
»Wenn sie diesen Mann hinter Gitter stecken, werde ich Trauer tragen bis zu dem Tag, an dem er rauskommt. Jeden Morgen werde ich in Schwarz vor Ihrer Tür stehen.«
»Es könnte sein, Ruthy, daß ich gar nicht zu Hause bin. Vielleicht werden wir beide ins Kittchen gesteckt.«
»Ich bin schon einmal Witwe gewesen. Aber so etwas, wie dies, das habe ich auf keinen Fall verdient. Gott darf mich nicht zum zweitenmal zur Witwe machen.«
Harry bekam Gürtelrose. Er hatte einen Kältepickel an der Lippe. Er schwankte in seinen Stimmungen: Einmal tadelte er Jakob,

bedrohte ihn, dann wieder kehrte er plötzlich die sanftere Seite seines Charakters hervor, die niedergedrückte Seele ganz tief innen. Er wirkte ermüdend mit seinen Launen, die von einem Moment zum anderen wechselten.

»Wenn die mich schuldig sprechen und dich nicht, werde ich meine Aussage ändern. Dann sage ich einfach, du hast mich aufgefordert, sie von hinten zu bumsen.«

»Das wäre gelogen«, sagte Jakob müde.

»Ja, hör dir das an! Ich muß schon sagen! Lügst du denn überhaupt nicht, da drinnen?«

»Und ob! Wie gedruckt.«

»Hast du dich nicht mit ihr amüsiert?«

»Doch, Harry. Das habe ich.«

Harry imitierte eine Falsettstimme. »Hat sie die Hand auf Ihren Schwanz gelegt? Jawohl, Sir Fickgesicht, es war so beruhigend. Beruhigend war das also? Wirklich?«

»Halt den Mund, Harry.«

Doch als Jakob verzagt werden wollte, sagte Harry ohne Groll: »Keine Angst, mein Freund. Morgen ist für dich alles vorbei.«

»Meinst du?«

»Letztlich ist es doch immer wieder die Klasse, die in diesem Land zählt. Dort drinnen gibt es nur zwei Underdogs: Ingrid und mich.« Er fuhr Jakob durchs Haar. »He, erinnerst du dich noch an den Tag, als wir im ›White Elephant‹ saßen und zusammen Champagner getrunken haben?«

»Ja. Das war lustig.«

»Von allen Leuten, die du kennst, hast du mich ausgewählt, um die Geburt deines Sohnes mit dir zu feiern.«

»Ja«, log Jakob.

»Du hast gesagt, nicht alle Menschen sind verdorben. Also, ich glaube, du bist tatsächlich nicht verdorben. Du bist mir ein guter Freund gewesen, genau, wie du's gesagt hast.«

Und plötzlich packte ihn wieder der Zorn.

»Die blauen Flecken an ihrem Arm, die werden uns reinreißen. Die hat sie von dir, als du sie rausgeschmissen hast. Nicht von mir. Wenn du nicht die Beherrschung verloren hättest, würden wir jetzt nicht vor Gericht stehen.«

In der Nacht zum Montag versuchte Jakob gar nicht erst, zu schlafen. Er lag neben Nancy im Bett, rauchte Kette und trank Kognak.

»Mein Leben scheint sich in Kategorien abzuspielen«, sagte er. »Wenn ich in Montreal bin, kann ich nicht an mein Leben hier mit dir und den Kindern glauben. Vor Gericht habe ich das Gefühl, auf der Anklagebank geboren zu sein, das Gefühl, es gebe kein Leben vorher und keines nachher. Wenn ich aber hier neben dir liege, kann ich einfach nicht daran glauben, daß ich morgen wieder vor Gericht stehen soll.«

Möglicherweise, um verurteilt zu werden, dachte sie.

»Die ziehen mir da bei lebendigem Leibe das Fell über die Ohren, Nancy. Sie kränken mich. In meinem ganzen Leben bin ich noch nie so furchtbar gekränkt worden.«

»Morgen abend ist alles vorbei.«

»Diese Lügen. Mein Gott, wir lügen doch alle. Die Anwälte, Harry, ich, Ingrid. Alle lügen. Es ist nicht zu fassen.«

Am nächsten Morgen brachte er Sammy zur Schule, hielt auf dem ganzen Weg die Hand seines Sohnes. Dann kehrte er nach Hause zurück, um Molly ebenfalls zur Schule zu bringen, erzählte ihr unterwegs eine Geschichte von Rabbi Akiba. Wieder verweigerte er Nancy die Erlaubnis, ins Old Bailey zu kommen. Verbot es ihr strikt. Ormsby-Fletcher kam mit dem schwarzen Humber.

»Ich erwarte dich zum Dinner«, sagte Nancy.

Mrs. Hersch steckte den Kopf zur Tür hinaus.

»Alles Gute, *ketzele*.«

»Danke, Ma.«

Um 10.30 Uhr wurde Jakob wieder vereidigt, und Mr. Pound begann mit dem Kreuzverhör.

Anfangs ging es noch recht gut, dann aber hatte Jakob die Nase voll. Nervosität und Indignation ließen ihn die Beherrschung verlieren.

»Sie hatten uns erzählt«, begann Mr. Pound, »daß Sie es« – hier pausierte er, um das treffende Wort zu suchen –, »daß Sie es... beruhigend gefunden hätten, als Miss Loebner Ihren Penis streichelte.«

»Ja.«

»Hätten Sie dann nicht Fellatio sogar noch ... beruhigender gefunden?«
»Ich habe ihr nicht gestattet, mich in den Mund zu nehmen.«
»So lautete meine Frage nicht.«
»Wenn wir jetzt«, erwiderte Jakob, kochend vor Zorn, »sexuelles Vergnügen im Abstrakten besprechen, sozusagen, nun, dann muß ich sagen, jawohl, ich halte Fellatio nicht für eine unangenehme Handlung.«
»Aber nicht mit Miss Loebner?«
»Nein.«
»Weil sie eine Deutsche ist?«
»Weil sie nicht anziehend auf mich wirkte.«
»Haben Sie schon einmal Cannabis geraucht?«
»Ich bin Gin-Trinker. Vermutlich ist das eine Frage der Generation ... des unterschiedlichen Geschmacks ...«
»Ich frage Sie noch einmal: Haben Sie jemals in Ihrem Leben Cannabis geraucht?«
»Ja«, antwortete er scharf. »Ein- oder zweimal.«
In seinem abschließenden Plädoyer für die Krone brandmarkte Mr. Pound in blumigem Stil die permissive Gesellschaft, warnte die Geschworenen, daß die Fundamente der Gesellschaft, wie sie ihnen vertraut waren, bedroht seien, falls nicht irgend jemand Vernunft genug besitze, um endlich Schluß damit zu machen. Voller Verachtung verriß er Harrys Aussage und Verhalten. »Steins Fall«, sagte er, »ist auf erschütternde Weise eindeutig. Es handelt sich hier um einen enttäuschten, kleinen Mann, ganz eindeutig ohne Anziehungskraft für Frauen, der einem unschuldigen jungen Mädchen seine unanständigen Aufmerksamkeiten aufgedrängt hat. Der sie belogen, mit Drogen traktiert und schließlich auch noch geschlagen hat. Stein hat niemals den Vorzug einer erstklassigen Ausbildung oder Erziehung genossen. Ich vermute, mein gelehrter Kollege wird darauf bald genug herumreiten und Ihnen von der entbehrungsreichen Vergangenheit dieses Mannes erzählen, als wäre das ein Freibrief für Vergewaltigung und Perversion. Die Verteidigung, meine Damen und Herren Geschworenen, wird Ihnen die Tränen in die Augen zu treiben versuchen, indem sie Ihnen erzählt, daß dieser arme, kleine Mann zwar vom Nationalen Gesundheitsdienst eine Brille be-

kommt, daß ihm unser Wohlfahrtsstaat aber nun einmal keine Mädchen besorgen kann.« Mr. Pound schnalzte mißbilligend mit der Zunge. Er schüttelte den Kopf. »Und schließlich leben wir in einer permissiven Zeit, und alles, was der Angeklagte in sogenannten Erwachsenenfilmen oder den Striptease-Klubs von Soho gesehen hat, sagt ihm, daß er ein Recht auf alles besitzt. Selbst auf die Befriedigung seines ganz besonders ausgefallenen Geschmacks. Denn Stein ist, wie Sie wissen, so eine Art Fotograf. Wie Sie gehört haben, fotografiert er regelmäßig nackte, mit Ketten gefesselte Mädchen. Die Sorte Mädchen, die sich für derartige Jobs in schmierigen Soho-Souterrains hergeben. O ja, Steins Fall ist uns nur allzu vertraut. Er ist Treibgut. Treibgut, das im Brackwasser dieser Mir-geht's-prächtig-Gesellschaft schwimmt. Wandern Sie durch die Straßen von Soho, durch die Hintergassen dieser einstmals so stolzen Stadt, und Sie werden im Schatten der Nelsonsäule eine Fülle von Steins entdecken, die vor Pornogeschäften und dem Aushang von Striptease-Lokalen herumlungern...«

Mr. Pound erinnerte die Jury an Jakobs Wohlstand und lenkte ihre Aufmerksamkeit abermals auf den Sattel und die Reitgerte, im Besitz eines Mannes, der selber kein Reiter war. »Meine Damen und Herren Geschworenen, natürlich fragen Sie sich, warum und zu welchem Zweck.« Hersch, meinte er, sei möglicherweise der eigentliche Bösewicht in dieser unerquicklichen Angelegenheit. »Zugleich privilegierter, möchte ich unterstellen, und tadelnswerter. Er ist kein verbitterter kleiner Mann wie Stein, dem sein Anteil am Füllhorn des Materialismus vorenthalten wird. Er ist gebildet, erfolgreich, begabt, verheiratet und hat drei Kinder. Er lebt stilvoll, verkehrt mit Filmstars in Mayfairs elegantesten Restaurants. *Betrachten Sie es doch einmal so. Er ist in seinem Beruf so erfolgreich, daß er im Jahr mehr verdient als der Premierminister dieses Landes.* Warum, ja warum, müssen Sie sich fragen, sollte ein solcher Mann, scheinbar gesegnet mit allem, was diese Welt bieten kann, so tief sinken, daß er sich zu derartigen Perversionen herbeiläßt? Lassen Sie mich eine Antwort darauf zu geben versuchen, meine Damen und Herren Geschworenen: Er ist so arrogant, so sehr daran gewöhnt, in bestimmten Dekorationen Phantastereien zu inszenieren, daß er dieses Mal versucht hat, die Umstände seines Berufs in

die Realität umzusetzen, *er wollte sozusagen wirkliche Menschen in nicht jugendfreien Szenen agieren lassen.*«
Überfließend vor Selbstzufriedenheit, lächelte Mr. Pound Sir Lionel Watkins zu. Sir Lionel nickte, akzeptierte den rhetorischen Lekkerbissen beifällig.
Zum Abschluß meinte Mr. Pound, daß Hersch wohl, wie jene überbezahlten Popstars, die über Nacht am Himmel aufgingen, das Gefühl habe, es gebe ein Gesetz für ihn und ein anderes für die Spießer, wie gottesfürchtige Menschen abfällig von ihnen genannt würden. Er wies noch einmal auf das medizinische Gutachten hin. Es habe eine perverse Handlung stattgefunden. Miss Loebner, so *charmant* Stein sie auch gefunden, so *beruhigend* sie sich auch für Hersch erwiesen habe, Miss Loebner sei unter Rauschgift gesetzt worden. Sie sei vergewaltigt worden. Es sei die Pflicht der Geschworenen, Stein und Hersch der ihnen zur Last gelegten Straftaten für schuldig zu befinden.
Der honigsüße Mr. William Coxe, der nunmehr für Stein das Wort ergriff, lobte die Geschworenen für ihre Aufmerksamkeit und ihre offensichtliche Intelligenz. Er ermahnte sie: »Sie sind nicht hier, um über Steins erotische Neigungen zu urteilen. Künstlerische Fotos von nackten Damen zu machen, meine Damen und Herren Geschworenen, ist kein Verbrechen. So etwas habe ich sogar schon in der Farbbeilage der ›Sunday Times‹ gesehen. Ob es uns paßt oder nicht, das holde Erröten, das wir einstmals bei der leisesten Erwähnung des Wortes ›Sex‹ sahen, ist von den Wangen unserer Jugend gewichen.« Er erklärte ihnen, um Stein für unschuldig zu halten, sei es nicht notwendig, ihn nett zu finden. Er sei kein Teilnehmer an einem Beliebtheitswettbewerb. Er stehe nicht wegen seines Charakters vor Gericht. Promiskuität, wenn auch für die Geschworenen ebenso geschmacklos wie für ihn, sei kein Verbrechen. Stein werde der Perversion, der Vergewaltigung, unschicklicher Belästigungen und des Besitzes von Cannabis beschuldigt, also werde dieser Prozeß, sollte man ihn für schuldig befinden, sehr schlecht für ihn ausgehen. Und schuldig gesprochen werden dürfe er nur, wenn es keinen vernünftigen Zweifel gebe. »Man will Ihnen weismachen, meine Damen und Herren Geschworenen, Miss Loebner sei vergewaltigt, entehrt und gefangengehalten worden. Du meine Güte!

Wie konnte es nur zu so etwas Schrecklichem kommen? Sie wurde um Mitternacht in einem Café angesprochen und ist ohne weiteres in Herschs Haus mitgegangen – in der Erwartung – nicht etwa verführt, o Gott, nein – für eine Filmrolle getestet zu werden...«
Als nächster erhob sich Sir Lionel Watkins.
»Meine Damen und Herren Geschworenen«, erklärte er sofort, »dieser vielgeschmähte Mann sitzt nicht auf der Anklagebank, weil er ein Haus in Hampstead mit einem ummauerten Garten besitzt. Er hat dieses Haus nicht ungesetzlich erworben, sondern durch fleißige Arbeit und durch sein Talent. Und er ist auch nicht hier, weil er in eleganten Restaurants zu essen pflegt oder sich in glanzvoller Gesellschaft bewegt. Lediglich seinem Pech, einer Kombination unglückseliger Umstände ist es zu verdanken, daß dieser Mann hier vor Ihnen steht. Wäre er nicht einen Tag zu früh aus Kanada heimgekehrt, hätte er seinen Freund nicht bei einem Schäferstündchen mit einem nur allzu willigen Mädchen gestört. Hätte er dieses Mädchen nicht abstoßend gefunden und sie im Zorn aus dem Haus gewiesen, hätte sie sich nicht bei der Polizei beschwert und ihn vor Gericht gebracht, das unschuldige Opfer der rachsüchtigen Phantasien eines unmoralischen Mädchens...«
Sir Lionel konzentrierte sich auf Miss Loebners Behauptungen, die er mit Begeisterung zerpflückte. »Wurde sie mit einem Auto entführt? Zwangsweise in das Haus in Hampstead gebracht? Wurde sie in einer dunklen Gasse gepackt und überwältigt? Nein. Arm in Arm mit Stein marschierte sie aus dem Café hinaus.« Er erinnerte die Jury an Ungermans Aussage und an die Tatsache, daß man in ihrem Zimmer Cannabis gefunden hatte. Er behauptete, es gäbe keine Beweise gegen Hersch, man könne ihm höchstens vielleicht seine Torheit vorwerfen, und die Geschworenen sollten ihn auf der Stelle freisprechen.
Mr. Justice Beal, der mit seinen Notizen hantierte, fühlte mit den Geschworenen, die, wie er sagte, in einem Heuhaufen widersprüchlicher Aussagen nach der Nadel der Wahrheit suchen müßten. Eindeutig halte sich jemand nicht an die Tatsachen. Aber wer? »Bei der Beantwortung dieser Frage dürfen Sie sich nicht von Gefühlen oder Vorurteilen beeinflussen lassen. Sie müssen darüber nachdenken und zu einem vernunftbegründeten Ergebnis kom-

men.« Abermals ging er für sie die Beweise durch. »Wenn Sie, nachdem Sie all dieses gründlich durchdacht haben, folgender Meinung sind: ›Wir hegen Zweifel. Wir neigen zu der Ansicht, daß sie es getan haben, aber wir sind nicht ganz sicher‹, dann haben die Angeklagten ein Recht auf das, was wir ›Im Zweifel für den Angeklagten‹ nennen, und Sie müssen auf nicht schuldig erkennen. Die Schuld eines Angeklagten zu beweisen, ist Sache der Anklage. Von ihr müssen Sie überzeugt werden. Ich muß Ihnen höchstwahrscheinlich nicht erst sagen, daß Sie an Ihre Aufgabe nicht herangehen dürfen wie der Geschworene, der sich sagte, als er den Häftling auf der Anklagebank sah: ›Wenn er nichts auf dem Kerbholz hätte, wäre er jetzt nicht hier.‹ Der Angeklagte ist so lange unschuldig, bis der Ankläger seine Schuld bewiesen hat.«

Das Gericht vertagte sich bis nach der Mittagspause, und als es um 14.30 Uhr wieder zusammentrat, hatten die Geschworenen ihren Spruch gefällt.

Der Gerichtssekretär erhob sich und fragte: »Meine Damen und Herren Geschworenen, sind Sie zu einem Spruch gelangt?«

»Ja«, antwortete der Sprecher.

»Wie lautet Ihr Spruch für den Angeklagten Jakob Hersch – ist er der Beihilfe zur Perversion schuldig oder nicht schuldig?«

»Nicht schuldig, Euer Ehren.«

»Ist der Angeklagte der unschicklichen Belästigung schuldig oder nicht schuldig?«

»Schuldig.«

»Sie sagen also, der Angeklagte Jakob Hersch ist schuldig, und das ist Ihr einstimmiges Urteil?«

»Ja.«

»Ist er des Besitzes von Cannabis schuldig oder nicht schuldig?«

»Nicht schuldig.«

»Und das ist Ihr einstimmiges Urteil?«

»Ja.«

»Angeklagter Jakob Hersch, Sie werden der unschicklichen Belästigung der Ingrid Loebner für schuldig befunden.«

Nun kam die Anklage gegen Harry.

»Wie lautet Ihr Spruch: Ist der Angeklagte Harry Stein der Perversion schuldig oder nicht schuldig?«

»Schuldig.«

»Ist er der Vergewaltigung schuldig oder nicht schuldig.«

»Schuldig.«

»Ist er des Besitzes von Cannabis schuldig oder nicht schuldig?«

»Nicht schuldig.«

»Und ist das Ihr einstimmiges Urteil?«

»Ja. Das ist unser einstimmiges Urteil.«

»Angeklagter, Sie sind der Perversion mit und der Vergewaltigung von Miss Ingrid Loebner für schuldig befunden worden.«

Bevor Jakob seine Strafe zudiktiert bekam, wurde Lucas Robin Scott in den Zeugenstand gerufen, um über seinen Charakter auszusagen.

Rasch wurde festgestellt, daß er der Sohn von Senator James Colin Scott, O. B. E., und daß er nach dem Upper Canada College zum Victoria College, University of Toronto, gegangen war, wo er den Abschluß in englischer Literatur mit Auszeichnung machte. Er war Bühnen- und Drehbuchautor. Er hatte den Governor-General's Award für Literatur gewonnen, er war ehemaliger Guggenheim-Stipendiat und Autor zweier preisgekrönter Drehbücher. Mit brechender Stimme sagte Luke, er kenne den Angeklagten seit zwölf Jahren. Sie hätten in Toronto eine gemeinsame Wohnung gehabt und seien zusammen nach England gekommen. Er sei ein Mensch mit einem besonders guten Charakter, ein vorbildlicher Ehemann und Vater, ein überaus großzügiger Freund. »Ich kann mir nicht vorstellen« – Lukes Stimme verriet Zorn –, »daß er in irgendeinem Punkt der Anklage schuldig sein soll.«

Jakob beobachtete das alles benommen, mit einer leichten Neigung zum Kichern, denn das alles passierte ja einem völlig anderen Menschen. Nicht er war es, den man hier verurteilte.

»Angeklagter, haben Sie noch etwas zu sagen, bevor das Urteil verkündet wird?«

»Nein, Euer Ehren.«

Mr. Justice Beal seufzte schwer. Er konsultierte seine Notizen. Er winkte den Gerichtssekretär zu sich, und beide flüsterten miteinander. Mr. Justice Beal nickte, dann räusperte er sich umständlich.

»Sie sind ein Dummkopf gewesen, Hersch. Sie sind ein Mann, der alle Vorteile auf seiner Seite hat, sichtlich intelligent und begabt,

und doch stehen Sie heute hier in Schmach und Schande.« Er schüttelte mißbilligend den Kopf. »Aus Torheit und vielleicht auch aus schierem Egoismus haben Sie sich mit einem Mann von eindeutig schlechtem Charakter zusammengetan, Ihre Familie und Ihren Besitz in Gefahr gebracht. Wie, in aller Welt, konnten Sie sich überhaupt mit diesem Stein zusammentun?«
Jakob antwortete nicht.
»Wenn ich Sie heute nicht ins Gefängnis schicke, was durchaus ein Fehler sein kann, dann nur aus Mitleid mit Ihrer Familie und nicht mit Ihnen. Ich denke, Ihre Frau und Ihre Kinder haben wegen Ihrer Torheit genug gelitten. Ich glaube kaum, daß eine Haftstrafe einen sinnvollen sozialen Zweck erfüllen würde. Im Gegenteil. Sie würde nur die Leiden Ihrer Familie verschlimmern. Sie haben an einigen abscheulichen Handlungen teilgenommen, Hersch, aber ich gebe Ihnen eine Chance. Ich hoffe, daß Ihnen dies eine Lehre sein wird. Ich verurteile Sie zu einer Geldstrafe von £ 500 plus Gerichtskosten.« Mit schmerzlicher Miene fügte Mr. Justice Beal hinzu: »Es bleibt abzuwarten, ob ich einen dummen Fehler gemacht habe. Haben Sie mich verstanden, Hersch?«
»Jawohl, Euer Ehren.«
»Der Angeklagte ist entlassen.«
Harry hatte niemanden ins Old Bailey mitgebracht, der für ihn als Leumundszeuge auftrat. Wie er sagte, habe er keine Freunde. Daher rief der Gerichtssekretär ohne weitere Vorrede Inspector Mallory zur Aussage über seine Vorstrafen auf. 1952 drei Jahre für versuchte Erpressung. 1957 weitere zwei Jahre für den Versuch, einer jungen Dame in böser Absicht schweren körperlichen Schaden zuzufügen.
»Sie sind ein Gauner, Stein, und ein Unruhestifter der allerübelsten Sorte. Meiner Meinung nach brauchen wir eine Insel, auf die man Menschen wie Sie verbannen kann. Nicht nach dem Motto, aus den Augen, aus dem Sinn, sondern um die Öffentlichkeit vor Ihnen zu schützen. Denn Sie sind eine Gefahr, eine ständige öffentliche Gefahr. Ich weiß sehr wohl, daß man mich morgen früh in der liberalen Presse für diese Worte kritisieren wird, aber mir scheint, daß Männer wie Sie gleich nach der Entlassung aus dem Gefängnis stets wiederum die anderen Mitglieder unserer Gesellschaft ausnehmen.

Ihr Vorstrafenregister ist das beste Beispiel für den Fehler des Court of Criminal Appeal, milde Strafen auszusprechen. Meiner Meinung nach hat man bisher bei Männern, die eindeutig beabsichtigen, ein Leben in sexueller Perversion zu führen, eine verkehrte Politik angewandt. Unangebracht milde Strafen sind meiner Meinung nach bisher nicht zum geringsten Teil für die gegenwärtige bedenkliche Zunahme an sexuellen Perversionen und Verbrechen verantwortlich gewesen.«
Nachdem er vom Gerichtssekretär einige Papiere entgegengenommen hatte, durchleuchtete Mr. Justice Beal Harrys Vorstrafen in qualvoll detaillierten Details; anschließend verurteilte er ihn zu sieben Jahren Gefängnis.
Harry öffnete den Mund, schloß den Mund. Er öffnete den Mund abermals, eine unangebrachte Zote erstarb ihm auf den Lippen. Jakob packte ihn. Seinen anderen Arm packte ein Gefängnisbeamter.

20 Nach dem Prozeß weigerte sich Jakob, seine Post zu lesen. Es gab niemanden, von dem er etwas hören wollte. Daher blieb Jennys Brief ebenso ungeöffnet liegen wie die anderen.
Am Tag nachdem Mr. Justice Beal das Urteil gesprochen hatte, machte Nancy den Vorschlag, eine Woche mit dem Baby aufs Land zu fahren, Sammy und Molly jedoch solange unter Mrs. Herschs Obhut zu Hause zu lassen. Jakob wollte nichts davon wissen. »Wir sind ohnehin beinahe pleite. Ich müßte mich nach Arbeit umsehen.«
Wann immer jedoch sein Agent anrief, bat er Nancy, ihm zu sagen, er sei nicht da. Er sah sich auch die Drehbücher nicht an, die ihm per Boten geliefert wurden. Sondern saß auf der Gartenbank unter dem Kastanienbaum, sah Sammy und Molly beim Spielen zu, löste vormittags das Kreuzworträtsel in der »Times« und verbrannte nachmittags welkes Laub. Leichte Beute für Mrs. Hersch.
»... und dann habe ich diese Schmerzen in der rechten Achselhöhle, also melde ich mich bei Dr. Bercovitch an, weißt du, der Arzt, der die Biopsie an meiner Brust gemacht hat. Er sagte, ich

soll mich wegen der Knoten nicht auf mein Tastgefühl verlassen. Die Drüsen an meinem rechten Arm waren geschwollen, aber Dr. Bercovitch sagte, das sei vor drei Jahren auch schon dagewesen. Du hörst mir nicht zu, Jakob.«

Wenn Luke kam, wie er es fast jeden Nachmittag tat, schickte Nancy Pilar mit einem Tablett voll Drinks in den Garten und holte Mrs. Hersch und die Kinder ins Haus, damit die beiden alten Freunde allein sein konnten. Doch jeden Nachmittag, so schien es Nancy, war immer nur Luke es, der redete, während Jakob beinahe katatonisch starr dasaß. Eines Nachmittags, als Luke gerade gegangen war, kam Jakob zu ihr in die Küche und sagte: »Luke hat mir sein neues Drehbuch gegeben. Er will, daß ich den Film mache.«

In dieser Nacht im Bett schöpfte Nancy neuen Mut, weil er die Nachttischlampe anknipste und das Drehbuch tatsächlich von vorn bis hinten durchlas. »Nicht schlecht«, mußte er widerwillig zugeben.

»Deine Begeisterung überwältigt mich.«

»Aber du weißt doch, daß ich seit Jahren auf diesen Augenblick warte. Ich träume davon. Seit er damals sein Stück einem anderen Regisseur gegeben hat, sage ich mir, eines Tages wird er zu mir kommen, das Schwein, dann kommt er an, Drehbuch in der Hand, weil er mich braucht, und ich werde ihm sagen, er soll sich's sonstwo hinstopfen.«

»Dann wäre das also erledigt?«

»Nein. Keineswegs. Weil Luke sich seinen Regisseur aussuchen kann. Er braucht mich nicht. Er ist nur freundlich.«

»Du bist nicht weniger begabt als die anderen«, sagte sie mechanisch.

»Wirklich?«

»Na schön. Bist du wirklich begabt, Jakob? Wirklich? Du bist arrogant, das muß ich zugeben. Aber ob du wirklich ein guter Regisseur bist, weiß ich nicht, weil du bisher noch keine echte Chance gehabt hast.«

Verdutzt protestierte er: »Ich dachte, mein erster Film hätte dir gefallen.«

»Ja. Als erster Film. Der Film eines jungen Mannes. Aber seitdem hast du nichts Besseres mehr gemacht.«

»Ach so.«
»Du hast die Wahl, Jakob. Ich kann deine Frau sein oder dein Kindermädchen. Sag du mir, was dir lieber ist.«
»Mann!«
»Ich habe mir viel gefallen lassen. Das war kein Spaß. Ich werde nicht mein Leben lang Harry nachtrauern. Oder allein im Bett lesen, während du in deinem Adlerhorst mit dem Reiter rechtest. Sogar die Kinder sind schon gereizt. ›Ihr sollt Daddy in Ruhe lassen, er ist deprimiert.‹ – ›Ihr dürft Daddy jetzt nicht stören, er hat Sorgen.‹ Ich denke gar nicht daran, sie so zu erziehen.«
»Und was soll ich deiner Ansicht nach tun?«
»Wenn das Drehbuch gut ist, mach's. Das bist du uns allen schuldig.«
»Ich habe nicht bemerkt, daß einer von euch irgendwie Mangel leidet, nur weil ich mich ein bißchen gehenlasse. Und ein so schlechter Ernährer bin ich in all den Jahren wohl auch nicht gewesen.«
»Ich habe dich nicht geheiratet, weil du ein guter Ernährer bist. Es gab unendlich viel bessere Ernährer, die mich wollten. Ich habe dich geheiratet, weil ich dich liebe.«
Jakob las das Drehbuch noch einmal von vorn. Er war erst auf Seite zehn angelangt, als sie herzzerreißend zu schluchzen begann. Er wollte sie in die Arme nehmen, aber sie entzog sich ihm.
»War es hier in diesem Bett?«
»Ihr wart nackt zusammen auf einem Bett. Ich lese nämlich auch Zeitung. Und außerdem gab es genug gute Freundinnen, die mich prompt anriefen. Wußtest du, daß Natalie jeden Tag im Old Bailey war? Und Ethel?«
»Ich habe sie nicht bemerkt. Ich hatte andere Dinge im Kopf.«
»Warst du mit ihr auf diesem Bett?«
»Ich beantworte keine Fragen mehr. Ich habe es gründlich satt, Fragen zu beantworten.«
»Hat sie dich in den Mund genommen?«
»Ja, Euer Ehren. Nein, Euer Ehren.«
»Wage es ja nicht!«
»Ja, sie hat mich in den Mund genommen, aber ich habe sie weggeschoben.«
»Sie ist hübsch.«

Er lachte trocken.
»Hast du ihre Brüste angefaßt?«
»Ja.«
»Sie hat noch keine Kinder geboren.«
»Ach, Nancy, mein Liebling – bitte!«
»Hast du ihr zwischen die Beine gefaßt?«
»Nein.«
»Lügner!«
»Ben schreit. Du solltest ihn lieber holen gehen.«
»Wenn wir in einem Restaurant sitzen, verschlingst du die anderen Frauen mit den Blicken.«
»Ich bin auch nur ein Mensch. Na und?«
»Hast du schon mal gesehen, daß ich den Männern auf die Hose schaue?«
»Ben schreit.«
»Würde es dich erregen, wenn ich manchmal eine blonde Perücke trüge?«
»Geh lieber Ben holen.«
»Wie kam Harry überhaupt auf die Idee, daß du sie wolltest?«
»Ich habe ihn jeden Abend losgeschickt, Mädchen für mich aufzureißen. Weil ich selber keine finde. Und jetzt solltest du lieber Ben holen, oder ehe wir's uns versehen, *ketzele*, kommt meine Mutter reingeplatzt.«
»Du bist furchtbar zu deiner Mutter. Du brauchst sie nicht mehr. Was passiert, wenn du eines Tages glaubst, daß du mich nicht mehr brauchst?«
»Würdest – du – bitte – Ben – holen?«
»Hier!« schrie sie und zog ihre Nachttischschublade so heftig heraus, daß sie zu Boden krachte. »Hier. Und hier. Und hier.«
Es waren Briefe von Harry, in denen er obszön und detailliert sämtliche Dinge schilderte, die Jakob angeblich mit Ingrid getrieben hatte. Wie sie gemeinsam zu C. Bernard Farber gegangen waren, Weiber aufreißen. Wenn er aus dem Gefängnis komme, schrieb Harry, müßten sie mal zu dritt ins Bett gehen, dann würde er ihn ihr richtig in den Arsch rammen. Sie würde in Harry endlich mal einen richtigen Mann haben und ihn bis ganz hinten in ihrer Kehle schmecken. Er werde mit der Reitgerte kommen. Er werde Hand-

schellen mitbringen. Alles, was ihr Herz begehre. Wenn man eine Frau mit nassen Handtüchern schlage, blieben keine Spuren zurück. Sie könne Jakob fragen.
»Großer Gott, ich bringe den Kerl um! Irgend jemand muß diese Briefe für ihn rausgeschmuggelt haben. Er darf offiziell nur einmal pro Woche schreiben.«
Nancy saß auf der Bettkante, wiegte sich sanft hin und her und wimmerte leise vor sich hin, während sie Ben stillte. Obwohl es dunkel war, kehrte sie ihm den Rücken zu, damit er ihre Brüste nicht sah. Ihr Rücken war wunderschön.
»Nichts als Lügen, Nancy. Er ist psychisch krank, das weißt du doch.«
»Ja. Aber du würdest ohnehin sagen, es wäre gelogen. Nicht wahr?«
»Ja.«
»Du könntest gar nicht anders.«
Am nächsten Nachmittag kam Luke nicht, und Jakob wagte sich zum erstenmal nach dem Prozeß wieder aus dem Haus, wanderte geistesabwesend sogar bis Swiss Cottage. Wo Ruthy ans Fenster des Bekleidungsgeschäfts klopfte, um ihn auf sich aufmerksam zu machen.
In King's Arms (ihr Pub, sinnierte er) löste Ruthy das Etikett von einer Orangenlimonade-Flasche und verkündete, sie habe einen wunderbaren, einen ganz wunderbaren Mann kennengelernt, hochsensibel, versessen auf klassische Musik und sehr bewandert in jüdischem Wissensgut. Es gebe nur ein einziges Problem, fügte sie kummervoll hinzu. »Er ist ein unheilbarer Masturbierer. Er kann eine Frau in den Wahnsinn treiben, bis er sich selbst befriedigt hat, und schließlich ist sie in einem ganz furchtbaren Zustand. Es ist teuflisch!«
»Ruthy, Ihr Liebesleben interessiert mich nicht mehr.«
»Oh, das ist ja reizend. Das ist wirklich ganz reizend. Nach allem, was wir zusammen durchgemacht haben.«
»Ich will nichts mehr davon hören.«
»Er behauptet, Verkehr ist gar nicht notwendig, zählen tut allein das Vorspiel. Es ist, als klettere man auf einen Berg, sagt er, man braucht den Gipfel nicht zu erreichen, es langt, wenn man hinauf-

blickt und sieht, daß er da ist. Was halten Sie davon – mal ganz ehrlich?«

»Offen gestanden meine ich, Ruthy, daß Sie's wohl überleben werden. Und nun«, er erhob sich abrupt, »leben Sie wohl.«

Als er nach Hause kam, berichtete Nancy, Luke habe angerufen und sie beide zum Dinner eingeladen.

»Ich bin zu müde. Geh du.«

Also rief sie zurück, um abzusagen. »Armer Luke. Gesagt hat er kein Wort, aber er stirbt bestimmt vor Neugier auf dein Urteil über sein Drehbuch.«

Soll er leiden.

»Willst du ihn nicht anrufen?«

»Morgen.«

Aber am Tag darauf rief Jakob auch nicht an, und nachmittags kam Luke nicht zu ihm.

»Könntest du nicht wenigstens anrufen und ihm sagen, daß du's gelesen hast?«

Oben begannen Sammy und Molly zu streiten. »Mommy, Mommy!« brüllten sie.

»Ich komme schon, Liebling«, erwiderte Mrs. Hersch.

»Hast du dich noch nie schlecht benommen einem Menschen gegenüber, der dir vertraut hat?« erkundigte sich Nancy, ehe sie das Wohnzimmer verließ.

Jakob, der sich einen Drink einschenkte, fragte sich plötzlich, ob der Reiter, wo er auch sein mochte, in der Zeitung von seinem Prozeß gelesen hatte.

Ormsby-Fletcher kam, Ormsby-Fletcher mit dem steifen Kragen und dem Cherub-Mund, unter dem Arm seinen schwarzen Aktenkoffer. Mit ernster Miene. Jakob konferierte über eine Stunde hinter verschlossenen Türen mit ihm, dann schritt Ormsby-Fletcher zum Haus hinaus, gurtete sich in seinem schwarzen Humber an und fuhr wieder davon.

»Rate mal«, sagte Jakob. »Harry legt Berufung ein.«

»Mit welcher Begründung?«

»Na ja, zunächst habe ich meinen Arzt dazu gebracht, ihm jeden Morgen vor der Verhandlung Drogen zu verabreichen. Dann war Ruthy meine Geliebte, womit erklärt wäre, warum ich siebenhundert Pfund auf sein Konto eingezahlt habe. Außerdem habe ich Ormsby-Fletcher bestochen, damit er in seiner Darstellung des Sachverhalts ein falsches Bild von ihm zeichnet. Er will, daß Ormsby-Fletcher die Anwaltslizenz entzogen wird.« Jakob lachte; er schüttelte den Kopf. »Ich habe Luke angerufen. Morgen kommt er.«

Luke und Jakob saßen den ganzen Nachmittag im Garten. Nancy brachte ihnen Sandwiches und ging dann nach oben, um Ben zu stillen. Als sie wieder aus dem Küchenfenster sah, war Luke fort. Er hatte sich nicht einmal verabschiedet.

»Habt ihr euch gestritten?«

»Nein. Ich habe ihm sogar gesagt, daß mir sein Drehbuch gefällt.«

»Mit Vorbehalt?«

»Ja«, antwortete er bissig.

»Dann wirst du es also machen?«

»Ich weiß nicht mal, was ich morgen machen werde. Ich habe vor, aufzuwachen, mehr nicht.«

»Dann hast du nein gesagt?«

»Ich habe gesagt, daß ich Zeit zum Nachdenken brauche. Quäl mich doch nicht, Nancy!«

Am Morgen stiegen sie alle in den Wagen, um Mrs. Hersch zum Flughafen zu bringen. Sie brach erst in Tränen aus, als sie mit Jakob allein an der Paßkontrolle stand.

»Als Kind hast du meine Liebe und meinen Schutz gebraucht, und jetzt, wo ich alt werde, brauche ich dasselbe von dir.«

»Ich tue alles für dich, was in meinen Kräften steht, Ma.«

»O ja, daß du mich vor Krankheit und Alter schützt, mit allem, was dein Bankkonto hergibt, das ist mir klar. Aber bei mir geht es tiefer. Ich bin nicht dumm. Ich bin eine Frau mit Stolz und Würde und Intelligenz. Das stimmt doch, oder?«

»Ja, Ma.«

»Also geht es bei mir tiefer als Geld.«

»Ich verstehe.«

Mit tränenüberströmtem Gesicht packte sie ihn und überschüttete sein Gesicht mit Küssen. Er reagierte so liebevoll, wie er nur konnte, in diesem Augenblick war das jedoch nicht genug. Plötzlich stieß Mrs. Hersch ihren Sohn mit wogendem Busen, die Augen voll Zorn, von sich. »Du hast auch Kinder«, erklärte sie heftig. »Du hast Kinder, Yankel.« Damit machte sie kehrt und passierte die Kontrolle. Er zögerte noch, aber sie drehte sich nicht mehr um. Sie winkte auch nicht.

Dann schneite Duddy, der erfolgreiche Duddy Kravitz herein. Vor dem Lunch schlenderte Jakob mit ihm die King's Road entlang, wo die Mädchen in ihren Miniröcken und Lederstiefeln flanierten.

»*Oy*. Wer könnte dich nicht verstehen? Wie kannst du's hier bloß aushalten?« fragte Duddy. »All die Mösen an der frischen Luft unter diesen kurzen Röckchen. Kurz? Ich sag dir was, Yankel, wenn eine von diesen Puppen ein Tampax drin hätte, würdest du den Faden rausbaumeln sehen. Das kann einen ja verrückt machen! Wenn man hier langgeht und wenn man den Arm dabei wie einen Haken schwingen würde, mit steif ausgestreckten Fingern, könntest du stundenlang heißen Saft von deiner Hand lecken.«

Sie aßen bei Alvaro. Duddy bestellte, wie er es sich jetzt angewöhnt hatte, Beluga-Kaviar für beide, doppelte Portionen, mit einer Beilage von gehackten Eiern mit Zwiebeln für sich selbst. Denn in Wirklichkeit mochte Duddy gar keinen Kaviar, und nur wenn er ihn mit Eiern und Zwiebeln mischte, erreichte er eine Annäherung an den Geschmack von gehackter Leber.

»Diese Röcke – Himmel, wenn ich daran denke, was für Qualen wir zu unserer Zeit ausgestanden haben, bis wir ein Mädchen dazu bringen konnten, den Rock so hoch zu lüften! Wenn ich nur an die obligatorischen zwei Filme im Rialto denke, die man durchsitzen mußte, das Gerede, die Tomaten-Sandwiches, die man bezahlen mußte, die Limonaden, um hier einen Zentimeter zu gewinnen, dort wiederum zwei zu verlieren! Großer Gott, einen ganzen Monat lang konnte man mit dicken Eiern und Lügen zubringen, bevor einem überhaupt ein Blick auf den Strumpfrand gegönnt wurde, ganz zu schweigen von Stinkefingern. Aber diese Jugend heute, Scheiße, wissen die überhaupt, wie man sich etwas schwer erkämpft? Die gehen mit so 'ner Göre aus, und schon sitzt ihr der Rock oben zwischen den Beinen. Du brauchst ihn nur noch zurückzuschlagen und kannst ihn reinstecken.«

Nachdem er eine weitere Flasche Veuve Clicquot bestellt hatte, beschwerte sich Duddy über die modernen Bücher und Filme. »Wenn man's genau nimmt, bin ich ein traditionsbewußter Jude. Für mich, wenn ich Spaß am Sex haben soll, muß ich ein bißchen, na ja, du weißt schon... schlechtes Gewissen haben. Als Marlene mir zum erstenmal einen blies, habe ich mich tatsächlich für sie geschämt. Ganz davon abgesehen, daß sie mich hinterher mit meiner ganzen Soße, die ihr vom Kinn tropfte, noch auf den Mund küssen wollte. Feh!« Er zog eine Grimasse. »Was ist? Bringe ich dich in Verlegenheit?«

»Nein. Keineswegs.«

»Na ja, als sie mich zum erstenmal abschleckte, da dachte ich, Mann o Mann, Duddy im Glück, da hast du wirklich 'ne ganz Wilde geheiratet. Etwas ganz Besonderes. Wenn du jetzt einen Roman aufschlägst oder ins Kino gehst, schlecken sie sich alle vom ersten Kapitel oder der ersten Szene an ab. Die ganze Welt macht schlabber, schlabber, schlürf, schlürf. Was ist also jetzt noch so Besonderes an meiner Ehe? Was macht mein Leben zu einem Spezialfall? Das Ganze ruiniert den Sex für mich nur, sage ich dir. All diese moderne Offenheit in der Kunst, die nimmt bloß die ganze Spannung. Vorbei die schuldbewußten Freuden, die schmutzigen, heimlichen Genüsse.«

»Ich weiß, Duddy, du willst mir nur die Schuldgefühle nehmen. Aber es war wirklich nichts, ehrlich. Es gab keine Orgie in meinem Haus.«

»Wenn das so ist, dann bist du ein noch größerer Scheißer, als ich dachte. Willst du behaupten, nach dem Prozeß, nach allem, was du durchgemacht hast, mit all diesem *zimess*, bist du nicht mal beschlafen worden?«

Jakob nickte.

»Hoffentlich bin ich der einzige, dem du das erzählst. Ich kenne dich schließlich noch von früher. Ich weiß, daß du ein *schmock* bist. Aber sonst würde dir das bestimmt niemand glauben.«

»Glaubst du mir denn?«

»Leider ja. Aber weißt du, du verströmst so einen Geruch von schlechtem Gewissen. Du siehst aus wie aufgewärmte Scheiße, Jakob.«

Als Duddy sich vorbeugte, um seine Zigarre in Brand zu setzen,

bemerkte Jakob, daß er sich die Haare über die wachsenden Geheimratsecken gekämmt hatte. Seine Koteletten waren grau. Unter den Augen hatte er dicke, dunkle Säcke.
»Macht dir Nancy denn so große Schwierigkeiten?« erkundigte sich Duddy.
»Sie ist nicht gerade erbaut davon.«
»Kauf ihr 'n Mantel.«
»Mann Gottes, Duddy, sie ist doch nicht so eine!«
»Was soll man nur mit dir machen? Schmus-Schwätzer. Bist du pleite?«
»Ich komme schon rum.«
»Als ich in Toronto pleite war, hast du mir auch geholfen, weißt du noch? Wieviel brauchst du?«
»Und wenn ich nun sage, zehntausend Dollar?«
»Dann brauche ich höchstens in die Portokasse zu greifen.«
Jakob lachte ungläubig, als Duddy den Scheck ausschrieb. »Wirklich schön, dich wiederzusehen«, sagte er.
»Ho, ha! Es ist immer schön, jemanden wiederzusehen, der dir zehn große Scheine pumpt. Hier« – damit drückte er ihm den Scheck in die Hand – »und nun erzähl mir mal, was dir dein sogenannter bester Freund, Lucas Scott, Esq., jüngst gegeben hat.«
Jakob erzählte ihm von Lukes Drehbuch und den Problemen, die es ihm bereitete.
»Nimm's an, Jakob. Nimm's an. Wenn es gut ist, nimm's an. Und dann schick ihn zum Teufel.«
Jakob lachte und bestellte eine Runde Kognak, aber Duddy sagte nein, für ihn nicht, er könne das nicht mehr vertragen. Es hindere ihn am Einschlafen. Er schluckte eine Tablette zum Kaffee.
»He, Yankel, wie wär's, wenn ich ein Klassentreffen veranstalten würde? Könnte ich mit dir rechnen?«
»Selbstverständlich. Aber warum willst du das machen?«
»Ich habe von meiner Sekretärin alle überprüfen lassen, die mit uns in Klasse einundvierzig gesessen haben. Und von allen bin ich der einzige Millionär. Ich will, daß sie zu mir ins Haus kommen und an ihrem Neid ersticken. Was meinst du?«

Mit Duddys Scheck in der Brusttasche fühlte sich Jakob neu belebt, ja sogar wohlgemut – zum erstenmal seit dem Prozeß. Auf der Heimfahrt wurde ihm klar, daß er sich nicht mehr mit seiner Mutter herumschlagen mußte.
Und mit Anwälten.
Und mit Harry.
Und mit Mr. Justice Beal, jeden Morgen.
Jetzt war er nicht mehr länger verpflichtet, Lukes Drehbuch anzunehmen. Wenn er ja sagen wollte, okay, aber wenn er sich dagegen entschied, konnte er Duddys Scheck einlösen. Der Prozeß ist vorüber, Yankel. Du hast dich nicht schlecht gehalten. Nancy wird dich nicht verlassen. Sie kann nicht. Er beschloß, nett zu Sammy zu sein, wenn er aus der Schule kam. Und über Molly würde er sich heute nicht ärgern.
Jakob fand Nancy in der Küche. »So was, wie das hier, nennt man Blumen«, erklärte er, »und sie sind für dich.«
»Oh«, sagte sie, nicht unangenehm berührt.
»Wenn Duddy Kravitz mir glaubt, warum kannst du mir nicht glauben?«
»Aber das tue ich doch – meistens jedenfalls.«
Jakob griff sich den Karton mit der angesammelten Post und setzte sich an den Küchentisch. Rechnungen, Zeitschriften, sein Bankauszug. Briefe von Schauspielern, Drehbücher, ein paar Einladungen. Jedesmal, wenn er etwas besonders ausgefallen fand, las er es ihr vor. Einmal lachte sie laut auf.
»Du hast gesagt, du hast mich geheiratet, weil du mich liebst. Liebst du mich immer noch?«
»Ja.«
»Ich liebe dich auch.«
Dann riß er Jennys Brief auf, las ihn voll Ungeduld, nickte dazu und wendete, während sie ihn beobachtete, ein Blatt. Und plötzlich wich die Farbe aus seinem Gesicht. Seine Hände begannen zu zittern wie die eines alten Mannes. Er stöhnte. Er sah zu ihr auf, kopfschüttelnd, mit flehendem Blick, ohne ein Wort herauszubringen.
»Jakob, um Gottes willen, was ist denn?«
»Joey ist tot.«

»Ach, das tut mir aber leid! Das tut mir wirklich sehr leid.«
»Er ist seit über zwei Monaten tot. Verdammt! Zum Teufel noch mal!«
Nancy, die hinter ihn trat, um ihm über den Kopf zu streichen, merkte, daß er ganz naß von Schweiß war.
»Mach lieber die Küchentür zu.«
»Die Kinder sind im Garten«, erwiderte sie. »Es ist schon gut.« Sie schenkte ihm einen Kognak ein.
»Er ist seit über zwei Monaten tot. Ach, Joey. Joey, Joey. Und ich wollte ihn noch so vieles fragen.«
»Ich weiß, Liebling.«
»Der kanadische Konsul in Asunción hat bis jetzt gebraucht, um Hanna zu erreichen.«
Jakob trat ans Fenster, um Molly in ihrem Sandkasten zu beobachten. Sammy hockte mit seinem »Action-Man« im hohen Gras, den er, nach Jakobs Erzählungen, ›den Reiter‹ getauft hatte.
»Wie ist es passiert?« erkundigte sich Nancy.
»Was?«
Sie wiederholte ihre Frage.
»Ein Flugzeugabsturz. Es heißt, er habe Zigaretten geschmuggelt. Das ist ein ganz großes Geschäft in Paraguay, weißt du. Auf amerikanische Zigaretten gibt es keinen Zoll. Sie importieren Millionen und Abermillionen und fliegen sie bei Nacht nach Argentinien, Brasilien und Bolivien hinein. Sie landen auf provisorischen Flugplätzen. Er ist völlig verkohlt.«
»Arme Hanna.«
»Seine Leiche ist bis zur Unkenntlichkeit... Warum Joey? Es gibt schließlich so viele Saukerle auf der Welt, ohne die ich gut leben könnte.«
Sie reichte ihm eine Tasse Kaffee.
»Es gibt da eine kleine Lebensversicherung. Fünftausend Dollar für Hanna. Man hat seine Papiere in einem Hotelzimmer von Asunción gefunden.«
Jakob sank vornüber und legte den Kopf auf den Tisch. Nancy massierte ihm den Nacken.
»Er ist auf einer Lichtung zwischen dem Mato Grosso und dem brasilianischen Hochland verunglückt, nicht weit von Paraná.«

Wiehernd steigt der Hengst auf die Hinterhand, so daß der Reiter die Sporen zu Hilfe nehmen muß. Schließlich fällt er wieder in Trab. Immer noch auf dem Hochland, aufgetaucht aus dichtem Wald, um das Unterholz unten zu beobachten, versucht er die Straße ausfindig zu machen, die sich zwischen Puerto San Vincento und der Grenzfestung Carlos Antonio López in den Urwald hineinwindet.

»Weißt du«, sagte Jakob und erhob sich, »laut Simon Wiesenthal, dem Leiter des Dokumentationszentrums über die Nazis in Wien, geschah es, als Dr. Mengele nach Buenos Aires flog, um sich in Barloche in den Anden zu verstecken, wo so viele von ihnen in luxuriösen Villen leben, geschah es also, daß eine Israelin dort ihre Mutter besuchte. Beide Damen waren in Auschwitz gewesen, Mengele hatte die Israelin sterilisiert. Eines Abends, im Ballsaal des einheimischen Hotels, sah sie sich plötzlich Mengele gegenüber. Selbstverständlich erkannte er sie nicht, schließlich hatte er Tausende sterilisiert. Aber er bemerkte die Nummer auf ihrem linken Unterarm. Augenzeugen berichten, die beiden hätten kein Wort gewechselt. Aber wenige Tage später kehrte die Israelin nicht von einem Ausflug in die Berge zurück. Nach mehreren Wochen erst wurde ihre Leiche bei einer Schlucht gefunden. Bergunfall, behauptete die Polizei.«

»Hör auf, Jakob! Wenn er nun wirklich nichts weiter war als das, was man behauptet? Ein Zigarettenschmuggler?«

»Ich weiß es nicht. Und jetzt werde ich es nie erfahren«, rief er erregt. »Begreifst du denn nicht?«

»Doch«, antwortete sie beunruhigt.

»Wiesenthal schreibt, ich habe sein Buch irgendwo oben, er schreibt, daß die jüdische Gemeinde in Asunción seit Jahren schon argwöhnisch ist. Sie haben viele anonyme Briefe bekommen. Wenn Mengele entführt werden sollte, drohen die Briefe, werde kein einziger Jude in Paraguay am Leben bleiben... Ach, verdammt, wer weiß schon, was wahr ist? Manche Leute, weißt du, verstehen $E = mc^2$ nicht, es macht sie verrückt. Ich verstehe überhaupt nichts. Ich gehe nach oben.« Damit griff er sich den Karton mit der Post.

»Ist auch wirklich alles in Ordnung?«

»Selbstverständlich.«

LEVKA: Arye-Leib, du bist ein Dummkopf. Noch eine Woche, sagt er. Glaubst du, ich bin bei der Infanterie? Bei der Kavallerie bin ich, Arye-Leib, bei der Kavallerie... Wenn ich nur eine Stunde zu spät komme, wird mich der Sergeant frikassieren. Er wird mir das Blut aus dem Herzen quetschen und mich vors Kriegsgericht bringen. Da richten drei Generäle über einen Kavalleristen; drei Generäle mit Orden aus dem Türkenfeldzug.

ARYE-LEIB: Machen die das mit jedem so oder nur mit den Juden?

LEVKA: Sobald ein Jude auf einem Pferd sitzt, hört er auf, Jude zu sein...

Auf der ersten Seite fand Jakob die Eintragung, die da lautete: »Der Reiter: Geboren als Jakob Hersch in einer Bergmannshütte in Yellowknife, Yukon Territories. Genaues Datum unbekannt«, und fügte hinzu: »gestorben am 20. Juli 1967 bei einem Flugzeugabsturz zwischen dem Mato Grosso und dem brasilianischen Hochland, nicht weit vom Paraná.«

Was wirst du dagegen tun? fragte ihn eine Stimme.

Er weinte, das tat er. Die Tränen, die er sich am Grab seines Vaters nicht hatte abpressen, bei Mr. Justice Beals Richterspruch über Harry und beim Abflug seiner Mutter nicht hatte vergießen können, flossen nun reichlich. Tief aus seiner Seele gerissen, quollen sie durch seine Kehle und liefen ihm über die Wangen. Er wimmerte, er stöhnte. Er sank zitternd aufs Sofa. Er weinte um seinen Vater, dessen Penis sich aus der Unterhose ringelte wie ein verausgabter Wurm. Sein Penis, mein Schöpfer. Verfaulend in einem zu großen Fichtenholzsarg. Er weinte um seine Mutter, die einen liebevolleren Sohn verdient hatte. Er weinte um Harry, der in seiner Zelle tobte und mit Sicherheit Rachepläne schmiedete. Er weinte um Nancy, deren Bauch Schwangerschaftsstreifen vom Kindertragen hatte. Die ihn nicht mehr bei Licht lieben wollte. Er weinte, weil der Reiter, sein Gewissen, sein Mentor nicht mehr war.

Es sei denn, dachte er und schenkte sich am Schreibtisch einen Kognak ein, ich selber werde jetzt der Reiter. Ich suche die Villa mit den vergitterten Fenstern an der unmarkierten Straße im Dschungel zwischen Puerto San Vincente und der Grenzfestung Carlos Antonio López am Paraná. Ich werde St. Urbains Rache-

reiter sein. *Falls*, meldete sich eine skeptische Stimme, *es jemals einen gab*.
Warum war er nach Montreal zurückgekehrt? Um mich zu ficken, behauptete Jenny. »Wenn er diesen Nazi verfolgt und findet«, schrie Onkel Abe, »wird er ihn nicht umbringen, er wird ihn erpressen.« Und wenn der Reiter ein Zerrspiegel war und wir, jeder einzelne, das selbstrechtfertigende Bild sahen, das wir von ihm verlangten?

> Ich bin der HERR, dein Gott, der dich aus dem Land Ägypten, aus dem Haus der Gefangenschaft, geführt hat.
> Du sollst keine anderen Götter haben neben mir.
> Du sollst dir kein Abbild machen noch eine Form dessen, was im Himmel ist noch auf der Erde noch in den Wassern unter der Erde:
> Du sollst dich nicht beugen vor ihnen noch ihnen dienen: denn ich, der HERR, dein Gott, bin ein eifersüchtiger Gott, der die Sünden der Väter heimsucht an den Kindern bis in das dritte und vierte Glied derer, die mich hassen.

Nein, nein widersprach Jakob und zog den Sattel des Reiters aus dem Schrank, hievte ihn vor sich auf den Boden. Er wackelte kurz und fiel dann auf die Seite. Mit einem deutlich vernehmbaren metallischen Klicken.
Jakob stützte sich auf den Sattel, richtete ihn auf und fand, als er ihn untersuchte, die Tasche. »Da drin hat er seine Knarre.« Da drin steckte tatsächlich ein Revolver, den Jakob jetzt voller Nervosität, mit hämmerndem Herzen zur Hand nahm. Feh, dachte er, vor der Waffe zurückschreckend, und legte sie behutsam so auf den Schreibtisch, daß der Lauf von ihm fortwies. Jakob schenkte sich noch einen Kognak ein und betrachtete den Revolver nachdenklich. Er verstand so gut wie gar nichts von diesen Dingern, doch selbst in seinen unerfahrenen Augen schien dies eine archaische Waffe zu sein. *Nimm sie, Feigling!* Also nahm er sie wieder in die schweißfeuchte Hand, hob sie auf und zielte aufs Fenster.
Nimm dich in acht, Mengele. Die Juden kommen.
Dann biß Jakob, um sich selbst seinen Mut zu beweisen, die Zähne zusammen, drehte den Revolver um und preßte sich den Lauf an die Stirn.
Potz, du könntest dich verletzen.

Ich will herausfinden, wer ich bin, hatte er Issy Hersch erklärt. Es hat Jahre gedauert, aber jetzt weiß ich's. Wer ich bin? Nun ja, Hedda Gabler bestimmt nicht. Vielleicht Aaron.
Jetzt richtete Jakob den Revolver auf das helle Rechteck an der Wand, wo »Sepp« Dietrichs Foto gehangen hatte. Er zielte, kniff die Augen zu und drückte ab. Es gab einen ungeheuren Knall und einen Ruck, zu seinem Erstaunen aber kein Loch in der Wand.
Nancy kam die Treppe heraufgejagt und in sein Arbeitszimmer gestürzt. »Jakob! Jakob!« Sie weinte tatsächlich.
Er nahm sie in die Arme, hielt sie ganz fest und erklärte ihr alles.
»Paß auf.« Er griff wieder zum Revolver. Diesmal mit größerer Selbstsicherheit.
Abermals feuerte er auf die Wand. Diesmal mit offenen Augen. Wieder ein ungeheurer Knall, aber kein Loch.
»Er schießt nur mit Platzpatronen. Eine Theaterwaffe. Wahrscheinlich ein Andenken an seine Hollywoodzeit.«
Jakob schenkte sich noch einen Kognak ein und warf sich aufs Sofa. »Ich will nur dies noch fertig machen und dann versuchen, ein bißchen zu schlafen. Mit mir ist wieder alles in Ordnung, Nancy. Ehrlich.«
Um sechs Uhr weckte sie ihn. »Luke hat angerufen. Er möchte uns zum Dinner einladen.«
»Sag zu.«
»Wirklich?« fragte sie ihn verblüfft.
»Ja, wirklich.«
Aus sentimentalen Gründen trafen sie sich im Chez Luba. Jakob teilte Luke mit, er werde sein Drehbuch inszenieren. Luke zeigte sich offensichtlich erfreut. Nancy ebenfalls. Und auch Jakob. Doch ihre gemeinsame Fröhlichkeit wirkte gezwungen, ein leichter Korken, der auf den Strömungen des Zweifels tanzte.
Selbst noch als Jakob sich in ihrer Sorge um sein Wohlergehen, seine verspätete Rückkehr ins Land der Lebenden sonnte, ritt er in Gedanken mit dem Reiter. Er erzählte ihnen von dem anderen Brief, den er gefunden hatte, dem Brief von Hanna. »Sie glaubt nicht, daß Joey tot ist. Sie meint, er hat vielleicht wieder Schwierigkeiten mit der Polizei und den Absturz nur inszeniert, um sich der Verhaftung zu entziehen und weil er das Versicherungsgeld

braucht. Sie rührt dieses Geld nicht an. Sie hat es auf ein Sonderkonto eingezahlt, bis Joey es ihr abfordert.«
Luke stellte müde sein Glas ab. Nancy spielte bedrückt mit einer Gabel.
»Das ist natürlich absurd«, sagte Jakob.
Als sie sich trennten, verabredeten sie sich für den folgenden Tag zum Lunch. Um über das Drehbuch zu sprechen. Und dann schliefen Jakob und Nancy zum erstenmal seit dem Prozeß miteinander, voll Scheu.

In seinem Alptraum war er jetzt der Reiter. Jakob war jetzt St. Urbains Reiter auf dem Schimmelhengst. Gekommen, um die Goldfüllung in der dreieckigen Lücke zwischen Mengeles oberen Schneidezähnen mit der Zange herauszubrechen. Ganz langsam, dachte er, als er plötzlich naßgeschwitzt hochschreckte. »Ich komme«, verkündete Jakob laut.
Neben ihm bewegte sich Nancy.
»Es ist nichts«, beruhigte er sie leise. »Nur ein Alptraum. Schlaf weiter.«
Vorsichtig, um sie nicht zu stören, schlüpfte er aus dem Bett, warf seinen Morgenrock über und zog den Bauch ein, um sich zwischen dem Bett und dem Baby in der Wiege hindurchzuzwängen.
In seinem Adlerhorst holte er das Tagebuch des Reiters aus dem Schrank, schlug die Seite auf, wo er geschrieben hatte: »Gestorben am 20. Juli 1967 bei einem Flugzeugabsturz«, strich die Eintragung aus und schrieb darüber: »Angeblich gestorben.« Dann kehrte er ins Bett zurück, zog Nancy an sich und fiel in einen tiefen Schlaf.

ERLÄUTERUNG

der im Buch häufig vorkommenden Begriffe
aus dem amerikanischen Jiddisch

adonoi
eigtl. ›Adonai‹, pluralis majestatis von ›Mein HERR‹, der heilige Name Gottes, der nur im Gebet und nur mit bedecktem Haupt vom frommen Juden ausgesprochen werden darf

azoi
(jidd.) ›Aha‹, bzw. ›So ist das (zu verstehen/zu tun)‹, Ausdruck des (fragenden) Erstaunens/Beteuerns

chazer
›chazir‹ (hebr.), Schwein; im Jiddischen ist damit nicht nur das Tier gemeint, dessen Genuß absolut tabu ist, sondern auch ein Mensch von niederträchtigem Charakter

chuzpe
›chuzpa‹ (hebr.), Unverschämtheit, Frechheit; im Jiddischen bezeichnet dieses Wort eine unverfrorene Selbstsicherheit, mit der jemand ein unberechtigtes Anliegen vorbringt

dago
abgeleitet vom span. Namen Diego, verächtlichmachende amerikanische Slangbezeichnung für dunkelhäutige Menschen spanischer, portugiesischer oder, meistens, italienischer Abstammung

dschehad
(arabisch) heiliger Krieg, der zur Ausbreitung des Islam und zur Verherrlichung Gottes geführt werden darf und dessen Teilnehmer direkt ins Paradies eingehen werden

faigele
(jidd.) Vögelchen, weiblicher Vorname und zärtlicher Kosename für Frauen und Kinder

flanken
eine Scheibe Tellerfleisch von der Flanke (!) des Rinds, wird meist gekocht und mit Meerrettich gegessen

gooks
verächtlichmachende amerikanische Slangbezeichnung für Asiaten philippinischer, japanischer, koreanischer Abstammung. Besondere Verbreitung seit dem Vietnam-Krieg

goy
(hebr.) Volk; ›goy‹ und der Plural ›goyim‹ meint im allgemeinen einen oder mehrere Nichtjuden, kann aber auch einen gefühls- und herzlosen Menschen oder sogar einen Juden bezeichnen, der seine Beziehung zum Judentum verloren hat oder verleugnet

haimisch
(jidd.) hier: eine jüdische Frau

jachne
ursprünglich die weibliche Form des hebräischen Namens Jochanan, wurde es die Bezeichnung für Frauen, deren Hauptvergnügen darin besteht, Gerüchte zu erfinden oder zu verbreiten

jente(s)
wahrscheinlich ursprünglich vom italienischen ›gentile‹ abgeleitet und auch als weiblicher Vorname gebraucht, bezeichnet Menschen, die (ob Mann, ob Frau) ekelhafte Exemplare der Gattung ›jachne‹ darstellen

jeschiwe
›jeshiwa‹ (hebr.), Ort, wo man sitzt (von ›jeshow‹, sitzen) und lernt; die ›jeschiwe‹ ist eine Hochschule, in der ausschließlich die Bibel und der Talmud studiert werden; die Absolventen dieser Hochschulen genießen hohes Ansehen

joschka
osteuropäische Form des jüdischen Vornamens Josef (eine andere Form wäre ›Jossel‹), wird manchmal auch als getarnte Benennung von Jesus gebraucht

kaddish
›kadosh‹ (aramäisch) heilig; feierlichstes Gebet der jüdischen Liturgie, in dem Gottes Name verherrlicht wird; es wird meist gegen Ende des Gottesdienstes und vor allem von Trauernden gesprochen

kaikele
griech. kyklos, kleiner Kreis

kashruth
Regelsystem der jüdischen Speisevorschriften, abgeleitet von ›koscher‹ (jidd.), geeignet, passend, erlaubt, mit dem die rituelle Reinheit beim Essen und Trinken überwacht wird

ketzele
(jidd.) Kätzchen, zärtlicher Kosename für Frauen und Kinder

kiddush
(hebr.) Heiligung; Bezeichnung für das Gebet und die Zeremonie, mit denen der Sabbat und die jüdischen Feiertage eingeleitet werden. Der Vater spricht den Kiddush am Freitagabend nach dem Entzünden der Kerzen und vor Beginn des feierlichen Sabbatessens, einer der zentralen Augenblicke jüdischen Familien- und Religionslebens

knishes
das aus dem Ukrainischen abgeleitete Wort ›Knish‹ bezeichnet einen Teigkloß, der mit Grütze, geriebenen Kartoffeln, Zwiebeln, gehackter Leber oder Käse gefüllt sein kann; in Amerika sind die Knishes zu einer nicht nur bei Juden beliebten und berühmten Zwischenmahlzeit geworden, die es in beinahe jedem Delikatessenladen (zumindest New Yorks) zu kaufen gibt

kreplach
drei- oder viereckige Teigtaschen (ravioliähnlich), die mit Hackfleisch, Käse oder Kartoffeln gefüllt, gekocht und in einer Suppe serviert werden; besonders beliebt sind Kreplach an bestimmten Feiertagen wie Purim und Rosh Hashana

lamed vovs
›lamed vav‹ (hebr.), sechsunddreißig, die Lamed Vovs oder Vovniks sind nach der Legende jene sechsunddreißig Gerechten, um derentwillen Gott die Welt nicht vernichtet; sie kennen sich gegenseitig nicht und wissen nichts von ihrer heiligen Funktion

latkes
jidd. Name für die universell beliebten Kartoffelpuffer; die landschaftlich und von Familie zu Familie unterschiedlichen Arten, Latkes zu machen, bilden (wahrscheinlich seit Jahrhunderten) den Gegenstand langer und tiefsinnig-philosophischer Gespräche

locksch
(jidd.) Nudel, ›lockschen‹ sind Nudeln; aber auch für einen dünnen, hochaufgeschossenen Menschen; manchmal sogar die Bezeichnung für einen Italiener

lox
(jidd.) Lachs, insbesondere geräucherter Lachs; wird in den Vereinigten Staaten sehr gerne auf einem ›bagel‹ (die deutsche Semmel kann es bei weitem nicht umschreiben) mit Butter und Käse gegessen. Obwohl ›lox‹ beinahe etwas wie *die* jüdische Nationalspeise darstellt, kam es erst in Amerika auf den Tisch

mechaje
(jidd.) große Freude, Genuß, Labsal; leitet sich aus derselben Wurzel her wie das hebr. Wort für Leben, ›chaim‹, und wird besonders gerne in Augenblicken der Erleichterung, der erfüllten Hoffnung und des Glücks gebraucht

mamser
(hebr.) uneheliches Kind, Bastard; im übertragenen Sinne für Menschen gebraucht, die dank ihrer Intelligenz und Beweglichkeit immer und überall ihren Vorteil zu erkennen und zu wahren wissen

nignogs
möglicherweise vom amerikanischen Slangausdruck ›nimenog‹ bzw. ›nigmenog‹ abgeleitet, was soviel wie dummer Kerl, Depp bedeutet

oy
ausdrucksstärkster und allgegenwärtigster Ausdruck der jiddischen Sprache; mit ›Oy!‹ kann von der Ekstase bis zum Abscheu beinahe alles belegt werden: Wehgeschrei, Protest, Unmut, Freude; die Steigerung durch Reihung ist erlaubt und beliebt: ›Oy oy oy oy!‹

parve
oder ›pareveh‹: ein Wort, über dessen Ursprung wir zwar nichts wissen, dessen Bedeutung jedoch klar ist; mit parve sind all diejenigen Lebensmittel gemeint, die weder fleischig noch milchig, das heißt, dem jüdischen Speisegesetz nach neutral sind; als Beispiele seien Öl, Fisch, Kartoffeln, Getreide, Hülsenfrüchte und Obst genannt

pischerke
Diminutiv von ›pisher‹, was vom deutschen ›Pisser‹ kommt; also nicht nur ein Bettnässer oder ein unerfahrener junger Mensch, sondern auch ein inkompetenter Niemand; falls möglich, steigert hier die Verkleinerungsform noch die Abwertung

poilischer paskudnyak
ein ›Paskudnyak‹ ist eine Person, die ›paskudneh‹ ist, ein Wort, das sich aus der polnisch-ukrainischen Bezeichnung für ›schmutzig, ekelhaft, schlampig‹ ableitet; das jiddische Wortfeld erstreckt sich jedoch auch auf ›gemein, kleinlich, unfreundlich, verachtens- und hassenswert‹; der ›paskudnyak‹ ist die Ultima ratio der Abscheulichkeit; hier ist die polnische, d. h. polnisch-jüdische Ausgabe dieser Gattung gemeint, wahrscheinlich kommt der Anwurf aus der litauischen oder galizischen Ecke

pushke
Von ›puszka‹ (polnisch), die Dose, Schachtel, Büchse; traditionelle Bezeichnung für jede Art von Sammelbüchse für wohltätige Zwecke (hier gibt es natürlich Hunderte), die in beinahe keinem jüdischen Haushalt fehlen darf

potz
eigentlich das männliche Geschlechtsteil, doch fast immer als Beschreibung einer Gesamtpersönlichkeit gebraucht, und zwar eines Trottels oder Blödmanns, der weder den Sinn seiner eigenen noch der Handlungen seiner Mitmenschen einzusehen vermag

roite
roit (jidd.), rot; der/die ›roite‹ wäre eine rothaarige Person oder eine Person mit roter (linker bzw. kommunistischer) Gesinnung

schabbes
jiddisches Wort für Sabbat (Samstag), was im Hebräischen Ruhe oder Arbeitsunterbrechung bedeutet. Schabbes ist ein heiliger Tag, an dem nicht gearbeitet werden darf, der von Sonnenuntergang Freitag bis Sonnenuntergang Samstag ganz Gott gehört

schikse
jiddisch für ein nichtjüdisches (meistens also christliches) Mädchen, manchmal mit schlechtem Leumund, immer jedoch eine abzulehnende weibliche Person für den jüdischen Mann. Die Etymologie ist unklar, man vermutet eine Herkunft von ›shikkuz‹ (hebr.), Greuel

schiwe
oder ›shivah‹ (hebr.: sieben), die siebentägige Totentrauer, die unmittelbar nach der Beerdigung beginnt; die engsten Familienangehörigen verbringen diese Zeit im Hause des Verstorbenen, auf niedrigen Hockern, ohne Schuhe, mit einem Riß in der Kleidung, bei verhängten Spiegeln und dem Sprechen des Kaddish (Totengebet) dreimal am Tag

schmeck
obwohl es sich vom deutschen ›schmecken‹ ableitet, bedeutet es das Riechen bzw. der Geruch, je nach Zusammenhang kann es auch für Schnupfen (von Tabak) gebraucht werden

schmendrick
Plural ›schmendricks‹, ursprünglich der Name einer Gestalt in einer Operette von Abraham Goldfaden, definiert er heute jene Gattung von Männern, die nicht nur klein, schwach und armselig aussehen, sondern die auch feig und unbedeutend sind; allerdings können sie auch als harmlose und ungefährliche Zeitgenossen mitleidige Zuneigung hervorrufen

schmock
obszöne Bezeichnung für den Penis, im übertragenen Sinn ein Idiot, ungehobelter, grober Mensch, auch ein ›Fiesling‹

schnuk
nur im amerikanischen Jiddisch, von ungeklärter Herkunft, ein verängstigter, passiver Mensch, der nichts Rechtes zustande bringt, bedauernswert, aber nicht unbeliebt, auf gut bayerisch ›a arme Sau‹

schofar
(hebr.) das Widderhorn, mit dem die Gläubigen während der Hohen Feiertage (Rosh Hashana und Yom Kippur) immer wieder schaudernd Bekanntschaft machen; die genau vorgeschriebenen Töne und ihre Reihenfolge verlangen nicht nur einen atemgewaltigen Bläser, sondern auch einen außergewöhnlich frommen und gut beleumundeten Menschen; für viele Menschen symbolisiert der Schofar die mahnende Stimme Gottes

schnozz
vermutl. von jidd. Schnojz Docht, (hier: Nase)

schozz
mit Sicherheit vom deutschen ›Schuß‹ abgeleitet, aber im Jiddischen als ›Schlag‹ oder ›Hieb‹ gebraucht, seltener, aber dennoch auch abstrakt zu verstehen, wenn Gedanken oder Meinungen aufschreckend-beunruhigend urplötzlich losgelassen werden

schtetl
Verkleinerungsform von ›Stadt‹, also kleine Stadt, kleiner Ort, Dorf, insbesondere die jüdischen Gemeinden Osteuropas, unvergessene Heimat von Millionen Menschen, die bei aller Armut und Armseligkeit dort eine komplexe und faszinierende Kultur hervorbrachten

seder
(hebr.) Ordnung, Gebetsordnung; gemeint die beiden ersten Abende des Pessach-Festes (Ostern), an denen sich die ganze Familie und möglichst auch Gäste zu einer Kombination von Festessen und Gottesdienst um einen feierlichen Tisch versammelt, um des Auszugs der Israeliten aus Ägypten zu gedenken; nicht wenige Juden sehen im Seder den Höhepunkt des Jahres

sefer thora
(hebr.) Buch der Thora (von ›jarah‹, werfen, die Hand ausstrecken, zeigen, lehren: die Lehre); die Pergamentrolle, welche handschriftlich die fünf Bücher Mose enthält und die in einem Schrein am Ostende jeder Synagoge aufbewahrt wird; da für die Juden die Sefer Thora die göttliche Offenbarung enthält, ist sie der heiligste Kultgegenstand, den man aus Verehrung auch küßt

seide
wahrscheinlich ursprünglich ein slawisches Wort; der oder ein Großvater, aber auch jeder alte Mann

shoimer-schabbes
›shomer‹ (hebr.), Wächter, Hüter, also einer, der den Schabbes (Sabbat) ›abhütet‹, d. h. genau einhält; ein frommer Jude, der die vielen Vorschriften, was man am Sabbat tun oder nicht tun darf, beachtet und so ein gottgefälliges Leben führt

talith
(hebr.) Gebetsmantel; ein weißes Tuch mit Fransen und Knoten an den vier Ecken, mit schwarzen oder blauen Streifen, das die Männer beim Gebet um die Schultern legen; für den religiösen Juden ein Gegenstand von großer Wichtigkeit und Verehrung; in den osteuropäischen Gemeinden wurde er allerdings nur von verheirateten Männern ständig getragen

traifes
abgeleitet von ›teref‹ (hebr.), in Stücke gerissen, bedeutet ›traif‹ oder ›traife‹ als Gegensatz zu ›kasher‹ (koscher) unrein, ungeeignet, unerlaubt und betrifft all jene Lebensmittel, die ein Jude nach den Vorschriften der ›Kashruth‹ nicht zu sich nehmen darf, z. B. Schweine- oder Pferdefleisch

varenikes
sind die jiddischen Geschwister der Palatschinken, in feinste Pfannkuchen werden süße Käsehäufchen gefüllt und am liebsten mit heißem Tee genossen; es handelt sich auch um Verwandte der ›kreplach‹

zaske
eigentlich ›tsatske‹ oder ›tschatschke‹, ein Spielzeug, eine Puppe, ein kleines Geschenk, aber auch ein süßes Mädchen, zum Spielen; wahrscheinlich stammt das Wort vom slawischen ›shalet‹ ab: Streiche, Possen spielen

zimess
eigentlich ›tsimmess‹, gebildet aus den beiden deutschen Worten ›zum‹ und ›Essen‹, also ein Nebengericht aus verschiedenen gekochten Gemüsen und/oder Früchten (Kompott), mehr oder weniger gesüßt; besonders beliebt waren und sind Karotten oder süße Kartoffeln; es kann aber auch bedeuten: eine langwierige Angelegenheit, ein schwieriges Geschäft, ein vertracktes Problem

zoress
eigentlich ›tsuriss‹, pl., von ›tsarah‹ (hebr.), Problem, Schwierigkeit; der Oberbegriff für all das, was das Leben schwermacht, was einen belastet; nicht zufällig hört man oft ein altes jiddisches Sprichwort: ›A jid is schtendik off tsuriss‹, ›Ein Jude hat es immer schwer‹.

Mordecai Richler

Sohn eines kleineren Helden

Roman

Aus dem Englischen von
Paul Baudisch
Band 11785

›Sohn eines kleineren Helden‹ ist die Geschichte Noah Adlers aus Montreal. Der Konflikt Noahs ist der Zwiespalt des assimilierten jungen Juden von heute, der sich seines Judentum zwar bewußt ist, sich aber befreien möchte aus der bedrükkenden Atmosphäre eines Ghettos, das nicht mehr zwangsweise auferlegt ist, sondern sich durch die Mauern jüdischer Tradition und Strenggläubigkeit aus freien Stücken von der Umwelt abschließt. Noah, der sich vor allem als Kanadier versteht, bricht aus, kehrt aber zurück, als er erfährt, daß sein Vater unter mysteriösen Umständen bei einem Brand ums Leben gekommen ist. Todesmutig hatte er, der sonst nicht gerade ein Ausbund an Charakterstärke war, sich in die Flammen gestürzt, um eine Schatulle zu bergen. Großvater Melech, der orthodoxe Patriarch der Familie Adler, umgibt den Tod seines Sohnes mit einer frommen Legende. Noah, der die Wahrheit kennt, fügt sich – der Ehre seines Vaters, eines eben doch nur kleineren Helden, zuliebe – noch einmal dem strengen Kodex. Aber dann ist er endgültig reif für die Freiheit und sucht sein Glück in Europa.

Fischer Taschenbuch Verlag

fi 1069 / 4